读一页书　舔一口蜜

怀旧船长 ◎ 著

神探萧邦探案系列之

惊世大海难

浙江出版联合集团
浙江文艺出版社

北京读蜜文化传媒有限公司
策划

在灾难面前，我们都有罪。

目 录 Contents

引子 / 1

001 ｜孟神通 / 4
002 ｜秘密任务 / 10
003 ｜惊世大海难 / 18
004 ｜亲历者讲述 / 25
005 ｜美女来敲门 / 33
006 ｜你犯了滔天大罪 / 44
007 ｜无法结案 / 49
008 ｜又一起阴谋 / 58
009 ｜你究竟是谁 / 66
010 ｜惊变 / 71
011 ｜谁制造了海难 / 79
012 ｜被绑架的总裁 / 86
013 ｜主雇摊牌 / 91
014 ｜亡命之赌 / 95

015 | 港城第一神探 / *102*

016 | 谁是最可怕的角色 / *107*

017 | 甥舅与叔侄 / *112*

018 | 复仇的父亲 / *118*

019 | 神秘的家族 / *122*

020 | 苏洋洋失踪 / *129*

021 | 刚强的弱母 / *136*

022 | 棋逢对手 / *143*

023 | 海难责任人突然死亡 / *150*

024 | 麻乱的头绪 / *156*

025 | 萧邦出手 / *162*

026 | 神探与神通 / *168*

027 | 夺命鞭和五四枪 / *174*

028 | 叔侄反目 / *180*

029 | 穿皮鞋的人 / *187*

030 | 意外之外 / *195*

031 | 小马"将军" / *203*

032 | 肩伤 / *211*

033 | 奇异的刺客 / *218*

034 | 船舵再现 / *225*

| 035 | 嫌疑人现身 / *231*
| 036 | 夺命三凶 / *239*
| 037 | 死地 / *248*
| 038 | 意外的结局 / *255*
| 039 | 共同的对手 / *262*
| 040 | 通透的女人 / *270*
| 041 | 存疑的身份 / *277*
| 042 | 幕后的黑手 / *283*
| 043 | 家国情怀 / *290*
| 044 | 往事不如烟 / *298*
| 045 | 祸出多源 / *304*
| 046 | 杀机与矛头 / *310*
| 047 | 高手过招 / *316*
| 048 | 上峰的命令 / *322*
| 049 | 社会的脊梁 / *329*
| 050 | 入套 / *337*
| 051 | 麻将桌上释兵权 / *344*
| 052 | 孤掌难鸣 / *350*
| 053 | 海运街奇遇 / *356*
| 054 | 不归船 / *363*

055 | 海难发生前 / *370*

056 | 船上的杀机 / *376*

057 | "巨鲸号"沉没 / *384*

058 | 劫后余生 / *390*

059 | 绝密隐情 / *397*

060 | 情劫 / *404*

061 | 月光宝盒 / *413*

062 | 点化 / *420*

063 | 航运教父 / *427*

064 | 决战 / *434*

065 | 恩与情 / *440*

066 | 艰难的抉择 / *447*

067 | 人祸 / *454*

068 | 孟神通认罪 / *460*

069 | 带血的仕途 / *464*

070 | 罪恶的联盟 / *470*

071 | 天子魔与人间佛 / *475*

072 | 无言的结局 / *480*

引 子

船体陡然下沉。

冰冷的海水从四面压过来。叶雁痕感到体内生出一股前所未有的燥热。这股强烈的燥热试图穿过每一个毛孔抗击无穷无尽的深寒,如同狂风吹熄微弱的烛火,将她卷入一个黑暗阴冷的深渊。不能呼吸,无法思考,甚至连知觉都随着急遽的下沉逐渐消失。生命从未变得如此沉重和脆弱。叶雁痕强迫大脑发出微弱的指令,但平日敏捷的四肢毫无反应。只有下沉。

突然,某个比海水更冷的物体刺入了她的右脚掌,钻心的痛使她本已麻木的心脏又突突跳动,求生的强烈欲望瞬间迸发……疼痛更加深入,但她强忍着,终于凭借双腿的配合摆脱了下沉和刺入脚掌的铁器,身体开始上浮,如同游鱼一样刺破水面。将口中的海水喷出的一刹那,她听到自己的喘息声震颤了整个海面。

惨白的月亮像一个巨大的轮盘,悬吊在她的头顶上方。海面平滑如镜,空阔辽远,没有一丝声音,只有一块宽大、腐朽的木板静静地向她漂来。她扑上去抓住了它。一股刺鼻的柴油味道袭来,让她感到生命从未如此真实地存在过。

她长舒了口气,随着木板静静地漂浮。此刻她唯一的念头,就是祈求这块木板将她带回岸上。她要活下去,无论尊贵卑贱!

身后似乎有什么在响。她吃力地划水转身,就看到了一具浮尸。

是一具女尸,一具抱着婴儿的女尸。月光照在女尸的脸上,蓬乱的头发贴在她苍白的脸颊上,两只眼睛怒睁着,绛紫色的嘴唇向外翻卷,龇着白森森的牙。那牙似乎咬得太紧,致使她的腮帮扭曲变形。夹在她左臂弯里的孩子,若不是那与母亲一样苍白的小脸,一定会被当成熟睡的婴儿。

浮尸慢慢逼近,巨大的恐惧让叶雁痕眩晕。幸好,浮尸在她前面两米左右的水面停住了。

叶雁痕喘息稍停,突然,浮尸的身后"咕咚"一声冒起了两个巨大的水泡。眨眼之间,女尸的后面又多了两具浮尸。叶雁痕惊魂未定,海面纷纷冒起奇大的水泡,浮尸一具接一具破水而出,瞬间铺满了她的视野……

叶雁痕失声尖叫,奋力扭转身子,拼命划水,结果却看到了更为恐怖的场面———一望无际的浮尸浸泡在海水里,仿佛一直延伸到月亮照不到的地方。每一具浮尸都面容煞白,每一双死鱼般的眼睛都在渗出黑红的血,淌过狰狞的面颊,继而落在海面上,将海水染成暗红……叶雁痕只觉得四肢僵硬。她本能地呼喊着一个名字:"浚航……"她觉得自己的呼喊让所有的浮尸都晃动了一下。

随后,她看见一张英俊男人的脸庞从木板下钻了出来,月亮像个移动的灯笼从天空速降,耀眼的强光使她能看清男人脸上细密的皱纹,皱纹上方那双呆滞的眼睛突然转动起来,并瞬间蓄满了泪,漫出眼眶,淌过颧骨,变成黑血……

一只大手伸出水面,夺走了她的木板;另一只大手举起一个巨大的舵盘,砸向她的头顶。叶雁痕想喊,但她的整个身体正在迅速地下沉。

强大的压力,无边的黑暗,要命的窒息,让她完全绝望……

冷汗浸透了身上的丝质睡衣,叶雁痕终于从噩梦中醒来。

宽敞的卧室里只有粗重的喘息声回响。她像一个被重量级拳手击瘫的挑战者一样不能动弹。同样场景、同样内容、同样细节而又清晰无比的恐怖画面,已经数十次光临她的梦境。

一股新鲜的血腥味游丝般钻进她的鼻孔。她挣扎着下床,开灯,头脑昏沉地走向书桌。刹那间,她如遭电击,全身的毛发都不约而同地抖了一下。

那是一枚精巧的船舵模型,静静地躺在书桌中央。船舵有八个手柄，直径寸余，轮毂为水晶所制，此刻却被鲜血染红，四只血淋淋的狗眼被均匀地穿在手柄上。

叶雁痕终于坐下，颤抖着手从抽屉里摸出一支烟，点上，深吸了一口，拿起了这枚精美的船舵。

六年前，她从希腊回国，将这枚船舵作为生日礼物送给了丈夫苏浚航。那真是幸福的一天。丈夫明确表示，要将这枚船舵永久带在身边。

1999年12月21日，丈夫带着她的弟弟叶雁鸣去一家子公司检查船舶安全。他们踏上的"巨鲸号"客滚轮，意外地在那片内陆浅海神秘沉没，酿成举世皆惊的"12·21"特大海难。船上人员共265人，其中260人死亡或失踪，仅5人获救，直接经济损失达3亿元，间接损失难以估计。一时间，举国悲痛，全球震惊，联合国降半旗致哀。

叶雁痕得知消息后当场昏厥，被送往医院抢救。从那以后，那个可怕的噩梦便一直缠着她。而她也非常清楚：如此骇人的海难，其真实场面远比她的梦境惨烈。

经过打捞、调查、论证，国家权威部门对这起海难的基本认定是：在恶劣的海况和气象条件下，轮船公司决策失误，操控不当。在严惩了几个当事领导后，一场谜一样的海难事故渐渐地淡出了人们的视线。

然而，叶雁痕的丈夫和弟弟的尸体至今没有找到。

今夜，船舵神秘地出现在叶雁痕的房间，它预示着什么？难道丈夫和弟弟没有死？她的心狂跳起来。

她将烟头掐灭，拨通了一个电话号码。她知道，在这个世界上，至少有一个人能给她答案。

001 | 孟神通

冬日,上午。大港市中心正义路,神丰大厦十四楼。

孟中华西装革履,端坐在宽大的老板台后面,将左手握成拳头,拳心向里,很自然地托住了肥硕的下巴。这个动作可以让任何走进这个房间的人轻易地看到他腕上的劳力士手表。

萧邦就坐在他对面的小椅子上,身旁是一个洗得掉了色的迷彩包,周身都透着落魄。

"老排,你怎么不事先打个电话?我好安排车去接你嘛!老战友还客气?何况,当年在部队,你还是我的领导呢!"孟中华表现出一种友善的责怪。

"你现在是老总,我是来求你赏碗饭吃的。"萧邦耸了耸肩说。

"你看你!咱们都是兄弟,自己人。想喝点啥?咖啡,果汁,还是可乐?"孟中华终于放下那只戴着沉重手表的左手,抓起电话听筒,右手轻按快捷键。

"随便吧。"萧邦把交叉着的双手放在膝盖上,开始试探,"孟总,你看,公司这边能给我派点……"

"别忙嘛!晚上先给你接风。来到大港,就到家了,老排可别客气哟!"孟中华打断萧邦,取出一根雪茄叼在嘴上,用足有四寸长的火柴点燃后,吧嗒了一口。

一个穿职业套裙的女郎端着托盘走了进来,托盘上摆着各种饮料。她微笑着将它送到萧邦面前,轻声说:"先生,请。"

萧邦随手取了一杯纯净水。女郎轻轻地退出房间。

一阵沉默。孟中华转动着两只混浊的肉包子眼,仔细地打量萧邦。这个当年的老排长,还是那样瘦。不同的是,当年的板寸头如今变成了一蓬衰草,且有不少白发夹杂其间;那张仍然瘦削的脸似乎因为营养不良而变得苍白,眼角处也已生出细密的皱纹;那双眼睛依然黑亮,只是更加忧郁了。稍微有点社会经验的人都能得出这样的结论：这是一个被生活挫败过的男人。

萧邦也在打量眼前这个衣装考究的成功人士：头发像高尔夫球场上的进口草坪一样，不仅油亮，而且被精心修剪过；当兵时的那张娃娃脸如今光润得像是在白面馒头上均匀地涂了一层奶油；连接头部和躯干的脖子已特征不明，全是肉，中间那条细缝像被麻线勒出来的；那双常年水肿的眼睛一片混浊，让人无法从中读出任何秘密。

"你真是投奔我而来？"孟中华捻灭雪茄，突然问。

"是。"萧邦说，"老战友，我就直说了吧。转业后找工作不顺，就自己做生意，结果赔了。老婆和我离婚了，女儿上学我得负担三分之二的费用，还得照顾在农村的老母亲。我需要钱！"

"那，为什么是来找我？咱们的战友中，干得大的有的是啊。"孟中华歪着脖子问。

萧邦叹了口气："脱下军装后才发现这个社会很残酷，选择下海却败得很惨。但我不甘心，因为我知道，还有最后一个机会等着我，那就是找到你！我相信，你会帮我。也只有你，才懂我的价值！"

孟中华激动地从宽大的老板台后绕出来，紧紧握住了萧邦的手："老排，你见外了。我有今天，全靠你当年的栽培！你这样的英才，请都请不到啊！"他掏出一盒中华烟，塞给萧邦，又搬了把椅子坐下来，似乎打算促膝谈心。

萧邦也点了根烟，连声道谢。二人又聊了聊当年在部队的往事，孟中华突然说："老排，我知道当年在特侦大队，你是侦察专家。今天考考你，你就说说刚才进来倒水的那个服务员吧。"

"算面试？"萧邦笑问。

"就算是吧。"孟中华把眼睛眯了起来。

萧邦略一思忖："第一，这个姑娘不是普通的服务人员，是孟总的机要秘书或特别助理；第二，她练过武术，主要是腿功；第三，她受过高等教育,可能是英语专业;第四,她有很好的酒量;第五,她是孟总的亲戚。先说这五点吧。"

孟中华哈哈一笑:"老排毕竟是老排!可是,我还是有一点不明白。"

"请讲。"

"像你这样的人做生意,怎么会赔?"

"我只会看人,不会做生意。"

孟中华摇摇头,正色道:"人,就是最大的生意。能看透人的心思,就能够做成生意。老排有敏锐的观察力,如果分析能力足够,会做成大生意。你来得很巧,今天就有一笔大生意,我想请你来做。"

"大生意?"萧邦一脸茫然。

大港天天渔村海鲜酒楼。夜幕还没有落下,顾客已基本填满了座位。

萧邦随孟中华走进包间,两名气质优雅的女子已站着迎候。萧邦已见过其一,是在孟中华办公室送饮料的美丽小姐,他已知道她叫孟欣;另一位则是成熟的少妇,拥有少女般的肌肤,眼神却带着老妇般的沧桑,不好猜测年龄。萧邦见过不少美女,但唯有这个女人,给他一种绵长的威慑感。少妇朝前一步,握住了孟中华的手,微笑着说:"孟总,现在见您一面真不容易啊!请坐!"萧邦注意到,她面向孟中华,而眼角的余光却在迅速地扫描自己。

孟中华大马金刀地往主位上一坐,开始介绍:"哈哈,叶总说笑了。这位先生是我最亲密的老战友萧邦,真相调查集团第一副总裁,刚刚从真相北京公司总经理的位置升任集团副总。"

副总裁?北京公司总经理?萧邦有些糊涂。但他还是友好地伸出了手。

"萧总,我来向你介绍一下,"孟中华肥手一引,"这位是航运巨子、环亚蓝鲸集团总裁叶雁痕女士，著名女实业家。"

"久仰。"萧邦轻轻地握了一下那只温润的手。

接下来孟中华滔滔不绝地讲述国内外时事和高层秘闻，尽管他明显看出叶雁痕和萧邦都不太"感冒"。

酒菜上齐。一桌丰盛的海鲜，一瓶标有年份的法国红酒。这桌酒菜钱是西部一个普通农民三年的收入！萧邦暗自盘算了一下。

孟中华借着酒劲，还在讲那些奇闻逸事。叶女士已经五次欲言又止了！萧邦真不明白他是装糊涂还是真没看出来。

终于，叶雁痕在敬了孟中华一杯后，郑重地说："孟总，我想单独和您谈谈。"

孟中华一使眼色，孟欣就出去了。可是萧邦纹丝不动。

孟中华放下酒杯，郑重地说："叶总，如果您相信我，也请相信萧总，萧总才是真正的大侦探。您交代的任务，具体由他负责。实话告诉您，我的这位老战友，只有三种案子他才接：一是涉及省部级以上领导，二是事关巨星名人，三是酬金在百万以上。要知道，真相集团虽然无法与蓝鲸相比，但做事讲规矩、有考量。"

叶雁痕略带歉意地笑了一下："孟总，不是我不相信萧总，关键是此事需要严格保密，不能出一丁点儿差错。您知道，我处在危险当中，必须在最短的时间内查出真相。至于酬金，就按您上次说的办。确定细节后，预付款三天内到账。"

孟中华沉思了一下，表情变得凝重起来："叶总，真正的生意人是有原则的。您也知道，真相集团仅仅用了8年就在全国发展了9家分公司，破了2300多起案子，其中重案43起，追回欠款14亿，解救人质28起，代理诉讼139件，胜诉93件。这些可并不全靠运气。这，您和公安机关一样清楚，不然也不会来找我。俗话说，拿人钱财，与人消灾。您这案件非常复杂，但我担保：第一，我们保证您的人身安全；第二，您会在最短的时间内得到准确的调查结果；第三，您预付的 30% 酬金，我将单独入账，如果不能满足前两个条件，我将全额退还，分文不取。我这样做，并不是因为您的舅舅，而是因为您的为人！最后我再强调一点，萧总亲自出马，没有办不成的事！"

叶雁痕点头："孟总有'孟神通'的威名，我不怀疑。不过……"她看了一眼萧邦。

她不相信我。萧邦脑子里飞快闪过一句话。

"叶总，我可以给您看看相吗？"萧邦突兀地转变话题。

"好啊。"叶雁痕歪着头，居然妩媚一笑。

"那就冒犯了。"萧邦点了根烟，"您有严重的颈椎病，严重的神经衰弱，睡眠极差，常做噩梦。您的右手肘关节受过重伤后骨质增生。您小时候受过惊吓，至今没有安全感。您意志坚定，进取心强，但情感脆弱，患得患失。您的员工都很惧怕您，但又非常依赖您。您能够很好地领航一家大型企业，却无法为自己指引方向！"

叶雁痕酒杯中的红酒微微晃了一下，表情凝固在脸上。这样尖锐甚至刻薄的男人，她还是第一次遇到。

"当然，您的业余爱好不是上网或购物，而是云中漫步。"

"云中漫步？"这句莫名其妙的话令孟中华忍不住发问。

"只有烟雾才能够使叶总镇定。"萧邦拿起桌上的中华烟，递给她一支，并站起来为她点火。叶雁痕果然没有推辞，还说了声"谢谢"。

在吞吐了几口烟雾之后，叶雁痕恢复了平静。她自嘲地说："这不是一个好习惯，尤其对于女士。"

孟中华歪头看着叶雁痕："叶总，萧总所言是否有些道理？我认识您的时间也不短了，怎么不知道呢？"

"看来萧总干错行了，应该去做医生。"叶雁痕没有评价，只是笑了笑，旋即敛起笑容，起身转向孟中华，"孟总，抱歉得先告辞，忘记有急事了。"

叶雁痕拎起咖啡色的小皮包，轻轻留下一句"再见"，头也不回地走出了房间。

萧邦有些错愕。

孟中华哈哈一笑,拍了拍萧邦的肩膀,说:"来,为我们今天的成功,干杯!"

成功?萧邦一脸困惑。

002 | 秘密任务

一辆黑色的广州本田驶过大港城区，在海边停下来。

驾驶座上的孟中华摘下墨镜，欣赏着阳光下波光粼粼的海面，惬意地感叹："海真是好啊，每次看她都会有不同的感受。当年我单枪匹马从省公安厅出来创业的时候，一度失败，曾几次想跳海自尽。但每次来到海边，我所有的忧愁都烟消云散了。不是我没有勇气跳，而是大海给了我新的希望。"

萧邦转头看他一眼，示意继续。

"知道我今天为什么要带你来看海吗？"孟中华问。

萧邦摇摇头。

"实话告诉你，公司现在面临困境。我们急需叶雁痕这笔钱来化解危机。"孟中华盯着他。

公司面临危机？一个总部拥有办公大楼、下属九个分支机构、信誉良好的公司会陷入危机？萧邦很难相信。

"我们是老战友，比亲兄弟还亲，我才告诉你这个秘密。你也做过生意，民间有句俗话：挣钱犹如针挑土，花钱好比水推沙。你参与公司业务后，就会发现，所有的繁荣基本都是假象。越大的公司债务越多，那些风光一时的所谓大老板，其现金流往往还不如那些被称为土鳖的小老板。别看我们公司账上进得多，可花得更多。中国的私企，尤其像我们这样的高风险行业，挣的那点血汗钱有80%都花出去了。你说叶雁痕失眠，哪有我失眠得厉害？我哪天不吃三片安定才能睡着？老排啊，你的到来让我欣喜若狂！这是我的心里话。当年你对我的照顾，真是胜似爹娘啊！我跟了你四年，学会了侦察，才有今天一口饭吃。十多年了，每当我想起当年那种亲如兄弟的情感，心里就特别温暖，特别有力量！老排啊，你来了，别把我当老板看，我永远是你的兵，你的兄弟！咱们有钱大家分，有难大家当。要知道，你这次可是在和一个富婆打交道,她可不是一般人。老排啊,不多说了,你就是我的海,我的希望啊!全靠你了!"一席话说完,孟中华混浊的眼里居然有了泪水。

萧邦没有说话,只是将手钳子一样夹住了孟中华肥蚕般的手掌。

孟中华也不是一个啰唆的人。曾经四年的朝夕相处,他了解这个外表冷漠但内心火热的战友。他收起了泪,表情又凝重起来:"咱们公是公,私是私,真相公司的弟兄们等着吃饭哪。你的任务是紧跟叶雁痕,按她提的所有要求去调查。要见机行事,随时向我汇报。昨天咱俩交流过了,叶雁痕无非是想知道她的丈夫和弟弟是死是活,你的任务就是找到证据并交给她,这案子就结了。考虑到你的工作需要,我为你准备了一些行头,现在就和你交接。"

一张交接清单放在了萧邦的手上。

交接清单

广州本田车一辆(含行驶证、保险单各1份),车号港A11083,车钥匙一套(含车用自动锁);IBM笔记本电脑1台(含组件和优盘1个、正版软件1套);索尼数码相机1台;东芝针孔摄像机1部、松下DV 1台;窃听器3套;仿真录音笔1支;显微镜1架;三星多功能充电器1套;瑞士多功能军刀1把;防身藏刀1把;睡袋1只;潜水服1套;西装2套;衬衣3件;太阳镜1副;陆战靴1双;手套5双;假发套3个;面具5张;攀登工具1套;GPS手表(带夜光)1块;手机1部;多功能综合工具1套;麻醉剂1瓶;注射器5套;洗漱用具1套。

下面是签收人及年月日。

孟中华等他看完,再从衣兜里掏出一张银联卡、一个驾驶证和一个记者证。

好高的效率！好精细的准备！这些东西居然在三天内办齐！要是国家有关部门有如此办事效率，哪会有孟中华之流的容身之地！萧邦心里在叹息。

"这三样东西，就不必列在清单上了。卡里是 5 万元，需要时你就花。至于这两个证件，我是按你的要求办的。清单上的东西都放在后备厢里，一会儿就清点。你看，还缺什么？"孟中华问。

萧邦摇摇头。

黄昏。

风姿绰约的叶雁痕在别墅前迎接她的私人侦探萧邦。

偌大一座别墅，只住着叶雁痕和一个五十多岁的保姆徐妈，的确显得清冷了些。走进别墅，萧邦有些恍惚，感觉像是走进了旧社会的富贵人家。他猛然想起，以前看过一部电视剧《上海滩》，剧里的一些镜头与眼前的场景何其相似。看来无论是什么年代，富人的生活条件总是优越而不可企及的……萧邦胡思乱想着，随着叶雁痕进了客厅，在沙发上坐下来。

徐妈端来咖啡，上楼去了。

"萧总，前次匆匆一面，略有失礼，请多多包涵。"今天的叶雁痕显得特别有精神，言谈举止也越发温柔。

"不敢，不敢。"萧邦说，"叶总了解孟总，但对我一无所知，很难相信我有能力帮助您。那天唐突了叶总，是想直接展现我的能力，取得您的信任。"

"我完全相信。"叶雁痕说，"不瞒萧总，我虽然没有能力查清丈夫和弟弟的下落，但我还是可以知道一个活人的大概情况的。"

"是啊，活人好找，死人难查。"萧邦承认。

"你是说，我丈夫和弟弟真的……真的死了？"叶雁痕的眼神里闪过一丝悲痛。

"不能完全确定。但据我目前掌握的资料来看,他们活着的概率不大。他们是您的亲人,倘若活着,为何不来找您?除非这里面有不可告人的秘密!"萧邦故意加重语气,寒星一样的眼睛直盯叶雁痕。

"什么秘密?难道是我杀害了自己的丈夫和亲弟弟?大侦探,他们是遭遇了海难,而这起海难是有定论的!"叶雁痕气血上涌,脸色很难看。

"可您送给苏浚航的船舵为何会突然出现在卧室?这个船舵既然是您丈夫随身携带之物,应该是人在舵在,人死舵沉。找那么小的东西,无异于大海捞针,即使是无意中打捞上来,又有谁知道是您丈夫之物?如果苏先生根本没死,他何必将狗血涂抹在船舵上,再从窗口进来吓您?倘若从窗口进来的另有其人且要害您性命,何必费这心思?倘若要图您钱财,又没留下片言只字,这些怎么解释?"萧邦没有丝毫怜香惜玉之心,一连串的逼问让叶雁痕瑟瑟发抖。

半响,叶雁痕终于蹦出一句话来:"要是我知道这些,我为何要花两百万找你们?难道你们这些地下侦探只会质问雇主吗?没有金刚钻,就别揽瓷器活……恕不远送!"她强抑愤怒。

两百万!怪不得她的眼睛快喷出火来了,怪不得老孟让我"全副武装"……萧邦纹丝不动。

客厅里顿时陷入寂静。半响,叶雁痕打破沉默:"你还有什么想说的?"

"我在想叶总刚才的话,挺有意思的。"萧邦认真地说。

"哪一句?"叶雁痕似乎是个容易被转移注意力的女人。

"恕不远送!"萧邦故意放慢语速,"这恐怕是史上最有礼貌的让别人滚的表达了。"

叶雁痕想笑,但又强忍住:"这么幽默,你太太应该也拿你没辙。"

"离了……"萧邦眼里的痛苦之色,像星火一闪而灭。每个人都有伤疤,每个人都小心地护着它,但它还是最易被触动。别开玩笑了,赶紧办完此案,回家好好陪陪闺女豆豆吧。念头闪过,萧邦突然严肃起来:"走,去卧室看看!"

卧室足有50平方米,装修极为考究。实木红檀香地板,丝涟床垫,金丝楠木床,意大利诺维家镜工艺烤漆玻璃入墙衣柜,巨大的书桌则是中国式的,用樱桃木精制而成。天花板上是一盏巨型吊灯,结构极为复杂,可以通过开关调节色调及亮度。靠窗的位置是一个大型书柜,书柜旁边的墙上是一台42英寸的壁挂式液晶电视。

一个有品位的女人的房间总是让人神清气爽。叶雁痕客气地请萧邦在精致的小椅上坐下,拉开了书桌的抽屉。她的脸色立刻变了,浑身不由自主地颤抖。

抽屉里没有船舵,只有一张纸,一张打印有图案和文字的A4纸,上面画着一枚精巧的船舵,通体暗红,正滴着鲜血。船舵下写着一首小诗:

在生活的海洋里,
应扶正船舵,
不能为顺风,
而卷入旋涡。

回到客厅,二人没有说话,各自抽着烟。

萧邦定定地看着这张纸,陷入沉思:海洋——船舵——顺风——旋涡,什么意思?萧邦的思维被这八个词牢牢地拴住了。

"叶总以前见过这首诗吗?"他突然问。

"何止见过……"叶雁痕恢复镇静,"这是我送给浚航的诗。这首诗我很喜欢,它是顾城一首叫《铭言》的诗中的句子,全诗是这样的:在生活的海洋里／应扶正船舵／不能为顺风／而卷入旋涡／且把搁浅／当作宝贵的小憩／静看那得意的帆影／去随浪逐波。我送给浚航这枚船舵的那天晚上，就抄了这首诗送给他。"

"那就是说，除了您和苏浚航，没有人知道您写了这首诗送给他？"

"肯定没有。"

"为什么肯定？"

"因为……因为那是我在卧室里和他……亲密后，写给他的。"

"那船舵呢？您送他船舵的事，都有谁知道？"

"这个知道的人不少，但都是亲近的人。因为那天，是浚航的生日。"

"都有谁？请说得具体些，这很重要！"萧邦来了精神。

"我的公公苏振海，弟弟叶雁鸣，还有浚航的妹妹苏锦帆和妹夫王啸岩。"

"再没其他人？"

叶雁痕仔细回忆后说："那天就在这个客厅里过的生日，吃的是家常饭。除了徐妈，再没别人。"

"请给我这些人的详细资料。"萧邦严肃地说。

"他们都是我的亲人，这事跟他们有关系吗？"叶雁痕不解。

"凡是知道您送了船舵给苏浚航的人，都可能与此案有关。"

"我口头介绍一下行吗？"

"不行。我必须看到详细的文字资料和照片，最好都有通信地址和电话。现在就要。"

叶雁痕从电脑室出来时，已是一个小时之后。徐妈已经准备好饭菜。萧邦在仔细阅读完叶雁痕提供的材料后，才上桌吃饭。

"怎么样？我把家里人都介绍清楚了吧？"叶雁痕喝了口酸奶，说。

"还有一个人的资料没有啊。"萧邦突然盯着徐妈。

徐妈正小心翼翼地吃着饭。她五十多岁，头发已经花白，穿着朴素，脸有些苍白，一看就是个勤劳朴实的农村妇女。

"你说徐妈？"叶雁痕奇怪地看着萧邦，"徐妈有什么资料？她在我们家很多年了，我还没嫁过来时，她就跟着公公。跟了我们之后，除了每年回一趟老家，几乎寸步不离家门。自从浚航失踪后，我俩相依为命，她就跟我的母亲一样。"

萧邦放下筷子，没有理会叶雁痕，而是严肃地问："徐妈，您老家哪儿的？"

"俺家在山东临沂。"徐妈乡音未改，这是她今晚说的第一句话。看得出，她是一个不多嘴的保姆。

"家里还有什么人？"

"俺当家人早在俺孩儿5岁时就去世了，只有俺和孩儿。"

"您孩子叫什么？现在在干什么？"

"叫李信民，在大港海事大学读书，明年就毕业了。"

"什么专业？"

"俺不知道。"

"是男孩？"

"男孩。"

徐妈转身进了厨房。

"你怀疑她？"叶雁痕小声地问。

"我对谁都怀疑。"

"连我和孟总你都怀疑？"

"那倒没有。"萧邦放下碗筷，"一个是我的老板，一个是我的衣食父母，我哪敢怀疑？"

"可是，谁拿走了那枚船舵？"叶雁痕终于忍不住问。

"不清楚。但有一点非常明确，那就是您现在处境不妙。您是否愿意听我的建议？"

"请讲。"

"马上搬出别墅,住在公司或酒店。您的住处,只能让我知道。"
"为什么?"
"因为您处在危险当中。"
"一定要搬出去吗?"
"如果您想尽快得到结果并安全地活着,就只能这样。"
叶雁痕长吸了口气,没有说话。

003 | 惊世大海难

"要查出苏浚航和叶雁鸣的下落，必须了解当时'巨鲸号'的情况。因此，你要找叶雁痕弄到关于'巨鲸号'的全部资料以及幸存者的名单。"在萧邦离开大港之前，孟中华在电话里非常清楚地指示。

这并不难。"巨鲸号"本就属于蓝鲸航运集团下属的云台轮渡公司，对5名幸存者已经按规定赔付了损失。而且，媒体也对5名幸存者做了详细的采访，还上过电视节目。虽然网络的发展还没有全民普及，但网上仍能查到不少资料。

萧邦已将所有能搜集到的资料存入了电脑，正反复地研究，企图理出一丝头绪来。花了一个晚上，他终于按关键词梳理成了几个文件夹，并做了概要，便于调阅。

1. 蓝鲸航运。前身为新加坡万国航运下属的远东万国航运公司，1986年正式成立环亚蓝鲸航运公司，创办人苏振海。公司从事近海及远洋运输，下属分公司9家，其中上市公司2家，在国外有4家办事机构，总资产482亿元人民币……

2. 苏振海。蓝鲸集团董事局主席，山东青岛人，著名航海家，20世纪60年代曾参与印尼接侨活动，后任远洋船长，是7条国际航线的开辟者，全国政协委员，世界航海协会理事，知名社会活动家……

3. "巨鲸号"。二手客滚船，1980年由日本近海造船株式会社建造，船长128米，宽21米，11000载重吨，由蓝鲸集团下属的云台轮渡公司花800万美元购进并投入使用，系大港市至云台市的往返班轮，乘客定额553人，核定载车90辆。该轮共分5层，其中甲板以上2层为客舱，甲板以下分别为A、B、C三个货舱。两年前在大港海域倾覆，死亡或失踪260人，仅5人生还，即震惊中外的"12·21"特大海难……

4. 保赔。"巨鲸号"共投货物运输保险500万元，已由太平洋保险公司全额赔付；共投船舶保险9500万元，已由中国人民保险公司分期赔付。此外，凡是个人投保的，均按投保金额赔付；没有投保的，大港市政府按每人6万元的金额赔偿。

5. 幸存者。共5名，分布在辽宁、山东和江苏三地。简要情况如下：

施海龙，男，53岁，工人，辽宁沈阳人，冬泳爱好者，去云台探亲时乘坐"巨鲸号"。据说海难发生后游到岸边，在公路上打了一辆出租车独自走了。

洪文光，男，35岁，辽宁旅顺人，建材老板，遇难后被海浪冲到岸边，为渔民所救。

王玉梅，女，32岁，山东枣庄人，在云台做服装生意。乘船是因为到大港进货，遇难后被海水冲到岸边，为当地村民所救。

刘小芸，女，38岁，江苏连云港人，下岗职工，在大港打工，回家时乘船，遇难后被前来搜救的海军官兵救起。

李子仪，男，22岁，江苏盐城人，汽车司机，当日同老板带车从大港去云台，遇难时和老板在一起，落水后上了一个救生艇，后被海军官兵所救。

萧邦兴奋起来。他决定先去东北，再去云台和江苏，一探究竟。

在沈阳市和平区十三纬路一家灯光昏暗的地下台球厅，萧邦找到了第一个幸存者施海龙。

施海龙看上去要比他的实际年龄小十来岁，体格健壮，满面红光，目光如炬。他上下打量着萧邦，将球杆横在胸前，很警惕地问："找我采访？你是哪家报社的？"

"北京《华夏新闻周刊》，我叫萧邦。"萧邦将记者证亮了一下。

施海龙倒没有仔细查看记者证。他放下球杆，淡淡地说："我早就说过，不再接受记者采访了。都两年了，你们也该让我过几天安生日子吧？"

萧邦微笑着说："施先生，我是你们区公安分局梁局长的朋友。他说过，你一定会给他面子的。记者这碗饭不好吃，我大老远赶来，你就帮个忙？"

"怪不得你能在这里找到我。"施海龙拍了拍手，"请里面坐。我这个人认朋友，梁局长帮过我不少忙。小孙——"他朝厅里喊了一声，"给客人上茶。"

屋子很小，能听到彼此的呼吸。施海龙喝口茶，看了一眼萧邦，说："你问吧。凡是我知道的，都告诉你。"

"请你回忆一下1999年12月21日那天，你经历的沉船过程吧。"

施海龙翻了翻眼皮，开始讲述："那天，天很阴。我要到云台姨妈家去为她老人家拜寿，下午一点半上的船，可是等了一个多小时船才开。船上的广播说，当天海上有大风，就有乘客下船走了。但大多数的乘客常年往返在这条线上，从未出过问题，就都没在意。后来船开了，我坐在三等舱里闭目养神。船一开始很平稳，几乎感觉不到晃动。也不知道过了多长时间，船上有一声巨响，船身开始剧烈地晃动起来，我被惊醒了。我睁眼一看，外面能见度很低，整个海面黑沉沉一片。这时播音员在广播里说，因为海况问题，船会暂时颠簸，请乘客不要慌张，一会儿就会过去的。可是，情况越来越糟，船身的颠簸越来越剧烈，我身旁有一个老太太不住地呕吐。

"风浪越来越大,我可以看见巨大的浪头山一样扑打过来,船上根本无法站立或坐下,每个人都找一个什么东西紧紧抓住。舱外几乎看不清东西,舱里的灯忽明忽暗,时不时传来几声惊叫。我很紧张,但我仍然没想过这条大船会沉。

　　"也不知过了多久,更不知道船是在前进还是随着风浪漂移,但天肯定是黑透了。广播里突然传来播音员的声音,她的嗓子很破,声音断断续续,大意是风浪太大,但船上的领导正积极想办法解决问题,请旅客密切配合。如果实在无法前进,船长会掉头返航,把大家安全送回大港。凭感觉,我认为当时的船已经开了整个航程的一半了,但风浪实在太大了,向前逆风推进,几乎寸步难行。终于,船开始掉头,可怕的事情就在这时发生了。

　　"船在掉头时,我明显感觉船身猛地一颠,巨大的海浪扑过来,打在舱门上,船上进了水。我本来是抓紧了一根柱子,可这下被甩出去老远,头磕在舱壁上,差点昏了过去。接下来舱里一片混乱,好几个旅客都被撞晕了。接着,我听到了一阵爆炸声,似乎是下面的舱室起火了,一会儿就闻到了呛人的浓烟。我吓出了一身冷汗。要知道大风再加上船舱起火,问题就严重了。

　　"后来我才知道,当时船长决定掉头是个致命的错误。如果逆风而行,虽然难以前进,但船不会翻沉,舱里的汽车也不会脱离捆扎,再因剧烈的碰撞而起火。船虽然死活掉转了头,却因为大风从侧面吹来变得更加危险。

　　"船掉过头后,我们都惊魂未定。起火的船舱火势越来越大,广播也停了。我们不敢乱动,也不知下面发生了什么。这时风浪越来越大,海水不断地溅进舱里来,窗户也破了,寒冷的狂风直吹进来。多数乘客牙关打战,不少人用手机向家里人哇哇乱喊,哭声震天。那时我唯一的念头就是逃命。我心里默默地念着,如果上天让我活下去,我一定做三件好事,今后再也不坐船了。

"船继续在黑暗的海面上挣扎,但一切都显得徒劳。或许是底舱爆炸起火后破坏了船上的设备,船很快丧失了动力,像断线的风筝一样在狂风恶浪中漂荡。这时,我们所在的舱门被打开,一个领导模样的人带着几个人,打着手电摇摇晃晃地走了进来,大声安慰旅客们要镇定。但我看得出,他的身上也流着血,眼镜都是破的……"

"这位领导是个什么样的人?你说得仔细些。"一直静听的萧邦打断了他。

"他有四十来岁吧,我好像记得他说他姓苏,'巨鲸号'是他们公司的船。"施海龙双眼往右上方看,似乎在努力回忆。

"是不是这个人?"萧邦拿出一张照片,放在施海龙的面前。

施海龙睁圆眼睛看了一会儿,肯定地说:"指定是他!虽然当时场面很乱,但我肯定就是他!他的颧骨很高,眼神很亮,而且是张国字脸。对,就是他。怎么?你认识他?"

"认识,他是我的朋友。你接着说吧,这个人到你们舱里后做了些什么?"萧邦似乎有点着急了,紧盯着施海龙。

"他正在安慰我们,突然另外一个人跌跌撞撞地跑过来,在他耳边喊了两句什么话,然后他就跟着那人下舱去了。"

"那个来叫他的人有什么特征?"萧邦不想放过这个细节。

"没看清,好像是个年轻人。"

"接下来呢?"

"接下来,船就开始下沉。我们纷纷逃出船舱,跑到甲板上。其实,一开始船沉得很慢,我没感觉到船在沉,也许是在风浪中震荡太久的原因吧。这会儿风浪小了一点,但明显感到甲板是歪斜的,不断有人滑倒。船上一片混乱,妇女和儿童都在哭喊,甚至有人主动往海里跳。我努力使自己镇定,但船还是下沉了。冰冷的海水疯狂地灌进舱里,没有灯火,没有救助,我们就眼睁睁地看着船往下沉……"

萧邦发现,施海龙的眼里,有了恐惧之色。

"后来呢?"萧邦似乎也进入了那个可怕的场景,机械地发问。

"后来,当又一个巨浪打过来时,船体急速下沉。我深深地吸了一口气,跟着船往下沉。我不怕冷,因为我冬泳二十多年了。当我踩到一个什么东西后,我开始上浮,冲出了海面,然后拼命地向前游。记者同志,后来有的记者采访我后瞎写,说我只顾自己逃命,对别人漠不关心。你想想,在那种情况下,人能够逃命就非常不容易了,谁都不知道自己能不能活下去!因此我只向着一个方向拼命地游,直到筋疲力尽时,我双腿猛地一蹬,便踩着了沙子。事后我才知道,其实沉船的地方离陆地只有不到五公里远,船返航后被风刮得离岸边已经很近了。可是在那种慌乱的情况下,又没有光亮,谁又知道呢?我不过是够幸运,捡回一条命罢了。"

"我看过关于你的报道,说你上岸后跑到公路边,打了一辆的士回城里睡觉了,是真的吗?"萧邦问。

"瞎扯淡!"施海龙粗暴地骂道,"我是爬着上岸的,离公路远着呢,哪有那么神?说来您别笑话,当时我连裤子都没了,光着脚,拼命地往前爬,最后找到了岸上的一户人家,连水都没喝一口,就打电话报了警……"

过程讲完了。萧邦觉得再也问不出什么来,便起身告辞。施海龙客气地送他出门。等萧邦刚离开地下室,他便掏出手机,急不可耐地打了个电话。

汽车在高速路上奔驰。萧邦边开车,边听了一遍采访施海龙的录音。这次采访没有给他什么惊喜。实际上,在他的想象中,海难应该更惨烈些。但他清楚,施海龙的讲述也只能是这样了。

看来,这起海难的概况是这样的:由于天气恶劣,船行至半途突然掉头,导致货舱内汽车脱离捆扎,互相碰撞起火。轮船丧失动力,又遭大风侧袭,导致倾覆……

最重要的一点是,苏浚航真的在"巨鲸号"沉没前出现过!但疑问仍然存在：

1. 明知海况恶劣，为何在拖延了一个多小时后仍然开航？

2. 船长为何决定中途返航？是集体的决定，还是个人的决定？或是有人指令所为？

3. 船上起火导致船舶动力丧失，但起火是不是由于汽车互相碰撞造成？在客滚船上，车辆系固要求极高。

4. 船上的安全救助措施为何如此之差，居然只有5人生还？这中间到底发生了什么？

5. 从起火到船沉长达7个小时，为何没有组织救助？船长是怎么死的？

6. 苏浚航如果死了，是怎么死的？如果没死，身在何处？

现在还剩下4个亲历者，或许会有更多的线索。萧邦加大油门，向旅顺口疾驰而去。

洪文光开的建材店生意很冷清。萧邦走进去的时候，他正和几个伙计打扑克。

旅顺是个小地方。它之所以有名，是因为一百年前俄、日两军在此大战。如今，这里是一个军港。

洪文光的"旅顺文光建材城"就开在离军港不远的镇上。在这种地方开建材店，很难想象能挣到钱。但洪文光看上去绝不穷。他穿一身笔挺的毛料西服，戴一根鲜红的真丝领带，头发梳得油光可鉴，看上去像一个风流倜傥的纨绔子弟。萧邦进去后，直接说明来意，洪文光马上甩了手中的牌，站起来很有礼貌地同他握手，然后将他领进了一间装修得很精致的办公室。洪文光很直率，在认真听完萧邦的问题后说："这件事虽然过去了两年，但我一辈子都不能忘记。我想问一下萧记者，都过去两年了，这还能算新闻吗？"

"我们主要是想做一篇'12·21海难两周年祭'的深度报道，一是缅怀那些死难者，二是为了提醒航运管理部门和民众重视水上安全。现在离春运已经不远了，我们周刊有义务这样做。"

"好吧。"洪文光将门关上，点了根烟，开始讲述。

"您也看见了，其实我开这家店主要是将东北这一带的货，运到江苏一带去销售，并不是坐商。每年，我至少要运上百卡车货到江苏去，但通常是由我们的伙计押货。两年前的12月21日那天，我有一车贵重的家具要运到老客户那里去。因为对方是老朋友，我决定亲自去一趟。在中午一点左右，我和司机就已经装好了船。我坐的是二等舱，司机小王在三等舱。这条船很干净，房间也很舒适，还能看电视。

"我上船早，刚开始我的房间里没有人，我就坐在床上看电视。开船后大约十分钟，进来了一个穿皮衣的年轻人，将行李放在对铺的床上，就关门出去了……"

"是个什么样的人？请讲得详细些。"萧邦注意到，以前关于洪文光的报道里没有这个年轻人，无非是讲述了一些自己落水后的惊恐感受而已。

"三十一二岁吧，这很重要吗？"洪文光平静地问。

"很重要。因为这个人很可能是我的一个朋友。"萧邦说。

洪文光努力回忆，半响才说："你的这位朋友是不是瘦高个，戴着一副眼镜，山东口音，姓叶，叫叶雁鸣？"

叶雁鸣？叶雁痕的弟弟？这个意外的收获让萧邦心中暗喜。他不动声色地说："也不是多么铁的朋友，他是我同学的弟弟，失踪两年了。我只不过是想替我的老同学证明一下，他是不是还活着。"

"唉，萧记者，我可以明确地告诉你，他绝对没有生还的可能！"洪文光的眼睛望着窗外，"我是亲眼看着他掉进海里的。他……他为了救我，独自走了。实际上，活着的人应该是他……"

叶雁鸣救了洪文光？可是媒体对洪文光以前的采访中，怎么没有提到这个叶雁鸣？萧邦觉得这件事有些蹊跷。

"也许，你在想为什么以前我没对媒体说过是吧？这件事压在我的心头整整两年了，让我受到了良心的谴责。我睡不好，吃不香。因为，我应该向公众说明我的救命恩人，他是个英雄啊！"萧邦看见，这个东北汉子的眼睛里居然有了泪光。

"那，你以前为什么不对媒体讲呢？"萧邦接着问。

"因为……因为我未能完成他的遗愿……"

"什么遗愿？"萧邦追问。

"我还是从头给你讲起吧。"洪文光再次点了根烟，接着讲述，"刚上船时，我不知道他叫叶雁鸣。他出去后半天才回来，见我坐在那里看电视，就主动跟我打了声招呼。我们互相通了姓名，闲聊了些天气、新闻之类的话题。后来，船身开始剧烈地震动，他坐卧不宁，说出门看看。突然有人敲门，我开门一看，是一位中年人。叶雁鸣见了他,很恭敬的样子,又叮嘱我不要慌张,然后就跟着那人走了……"

"来叫叶雁鸣的中年人是什么模样?穿什么衣服?说了些什么?"萧邦心头又一震。这个中年人,莫非就是苏浚航?

"他有四十来岁吧,国字脸,颧骨很高,戴一副眼镜。穿什么衣服?好像是一件皮大衣,黑色的那种,记不太清了。他什么也没说,领着叶雁鸣就走了。我猜想叶雁鸣就是他的手下。反正他们这一走,我再没见过这个中年人……"

"那你再见到叶雁鸣是什么时候?"

"那时船都沉了。风浪很大,我掉进海里后抓住了一块木板,在风浪里漂浮着,我喝了几口海水,头昏脑涨,只好听天由命了。这时,一个皮筏子被浪头打了过来,上面坐着一男两女。我一看,那男的有些面熟,他大声喊着我的名字,拼命地划水,向我这边靠过来,把我拉上了皮筏子。我吐了口海水,才看清他就是叶雁鸣。

"我们都浑身湿透了。那两个女的,一个二十多岁,一个三十多岁,都惊恐地睁着眼睛,看来是被突如其来的灾难吓傻了。叶雁鸣显然是受了伤,脸上全是血。他上身只穿着一件毛衣,而把皮衣脱给了那个三十多岁的女人,自己冻得直发抖。我们谁也没有说话,随着皮筏子漂移,等待着救援的船只。然而过了一个多小时,还是没有等到救助。又一个浪头打来,我们的皮筏子在恶浪中无法承受四个人的重量,眼看就要沉下去。这时,叶雁鸣做出了决定,他咬紧牙关,嘶哑着嗓子对我喊:'老洪,我拜托你了,照顾好她们,我要走了……'然后,他突然松开了手,一翻身掉进了海中……"洪文光讲着讲着,泪水漫出了眼眶,良久不语。

"他没再浮起来?"萧邦似乎被感动了,心有不甘地问。

"风浪很大,又没有船只来营救,水温很低,他又受了伤,怎么可能……况且,他是为了我们做出的决定,他是将生的希望留给了我们呀!"洪文光用手抓扯着头发,悲痛到了极点。

"后来呢？那两位女士获救了吗？"

"这就是我一直不敢提起叶雁鸣的原因。我对不起他啊！那两位女同志，一个劲地哭，我那时体力全失，又悲伤过度，根本无法帮助她们。这时又一个恶浪打过来，我失去了知觉……等醒来时，我已躺在渔民的家里了。皮筏子不见了，那两个女同志也不见了。后来我才知道，我是被海浪冲上岸的，碰到了沿岸搜救的渔民，才保住了这条命。"

萧邦看着这个泪流满面的建材商人，想找出几句话来安慰他，但又不知说什么好。

十分钟后，洪文光送走了这位陌生的访客。然后，他变戏法似的从桌子底下拿出一个小小的录音机，摁了一下倒带键。听着磁带沙沙的声响，他拿起一把牛角梳，轻轻地梳理被手指弄乱了的头发。

云台市经济开发区龙翔服装市场，王玉梅一如既往地与顾客砍着价。中午时分，她打开已经有些凉的盒饭，刚刚扒了一口，口袋里的手机就响了。

"是王玉梅吗？"电话里传来一个沙哑的男中音，王玉梅的心紧缩了一下。

"你是哪位？"

"钱都收到了吗？"对方没有直接回答她的问题，"事情办好了，另一半下午就汇到你的账上。要注意，这位记者很厉害，不该说的不要乱说，该说的要说到位。上次给你的那份资料，都背会了吗？"

"会……会了。"王玉梅结结巴巴地说，"不过，他要是不按这些问题提问，我该怎么办？"

"你真有那么笨？"对方冷声说，"凡是资料以外的问题，你就说不知道，或者说想不起来了！"

王玉梅沉默着。

"想想你儿子的性命！看在钱的分上，机灵点，别出岔子！"不等王玉梅再说什么，对方挂了电话。

冷汗从她蜡黄的脸上渗出，她再也没有心情吃这顿简单的午餐。

整个下午，她都无心再做生意，眼睛不停地往市场门口看。当她透过沾满了灰尘的落地玻璃窗看见一辆黑色的广州本田在市场大门外停下，从车上走下一个标枪般的男人时，她突然恢复了镇定，慢慢地将一张被汗水浸透了的纸揉成团，扔进纸篓里。

"你是王玉梅？"那个男人站在她的摊位前，直接向她发问。

"我是。请问您是？"王玉梅将手边的一件羊毛衫叠好，打量着来人。来人一米八左右，瘦，黑黑的脸，双眼皮，胡子刮得铁青，只是那双眼睛如夜空的星一样，闪着光。

"我叫萧邦，是《华夏新闻周刊》的记者。今天来，是想采访你。"

"采访我？"王玉梅居然笑了笑，"我有什么好采访的？一个卖衣服的，会有什么新闻？"

"还记得两年前12月21日那天的事吗？"萧邦直盯她的眼睛。

王玉梅的身体微颤了一下。她避开萧邦灼人的目光，低下头，轻轻地说："怎么不记得？那是我死过一回的日子。"

"你愿意再讲讲那天发生的事情吗？"萧邦察觉此时自己的行为太不像记者，便降低了声调，"那么多遇难者家属，都想知道他们的亲人到底遭遇了一场什么样的劫难。你愿意帮帮他们吗？"

"可是，两年前已经有记者采访过了，大家不是都知道了吗？"王玉梅不解。

"以前刊登的新闻并不详细。我需要细节，更细的细节。你只需将那天的情形再讲一遍就可以了。当然，最好讲一些你上次没有谈到的细节。"萧邦在提示她。

"好吧。就在这里吗？"王玉梅问。

"到外面去也行。我请你喝杯饮料吧。"萧邦环视了一下四周，市场里人来人往，很乱。

"可是……可是我还要做生意。"王玉梅半步都没有挪动。

"那就在这里吧。"萧邦笑了笑。王玉梅突然觉得，这个硬邦邦的男人笑起来也挺温暖。

19：40。萧邦在宾馆看完《新闻联播》，便开始放当天下午采访王玉梅的录音。

    萧邦：你说你买的是散席票，可为什么最后一个跑到甲板上？

    王玉梅：因为我一直不相信这条船会沉。我就一直坐在座位上，抓紧了椅子。虽然，我已经将胃里所有的东西都吐出来了，但我仍然抱着一线希望，希望一切会好起来。然而，所有的乘客都跑出去了，我心里很怕，严格地说，我是吓得走不动了。我想，死就死在船里吧，外面这么冷，出去也活不成。也不知道过了多长时间，突然有一个男人打着手电进来了，用手电筒照着我，大声喊：妹子，快出去逃命吧！

    萧邦：那是个什么样的人？我是说他的外貌。

    王玉梅：他很高大，长得很帅，有四十来岁吧，戴着一副眼镜，说的是标准的普通话。他见我没动，一把把我扶起来，拽着我往外跑，一直跑到甲板上，那时船已经开始下沉了。我清楚地听见一个年轻人跑到他的身边，叫他苏总。

    萧邦：叫他什么？还说了些什么话？

    王玉梅：叫他苏总。其余的都记不清了。当时场面很乱，那个年轻人好像是叫他赶快逃命，并说救生艇已经准备好了。可是这位大哥根本不听。他向那个年轻人吼道：你没看见这个女士需要帮助吗？你先走吧！

    萧邦：后来呢？（听到这里，萧邦自嘲地笑了笑。原来自己的问话技巧也不过如此!)

王玉梅:一个巨浪打过来,我什么都不知道了。我醒来时,发现自己躺在一个皮筏子里,一件皮大衣盖在我的身上。我努力地睁开眼,就看见那个叫苏总的人只穿着保暖内衣,正在给旁边一个老大爷做人工呼吸。

萧邦:皮筏子多大?当时上面有几个人?

王玉梅:那是个比较小的皮筏子,当时上面有四个人。我、那位苏总、一位老大爷,还有一个昏迷不醒的小伙子。我挣扎着坐起来,明显感到那个皮筏子已经承受不住了。皮筏子旁边的海水里还有人在拼命地挣扎,大声叫喊。我一看,原来是一位姑娘,她正拼命地向皮筏子这边游来……

萧邦:那姑娘上来了吗?

王玉梅:(呜咽声)就是为了救那个姑娘,苏总献出了自己的生命!我亲眼看见他跳进海里,一会儿就浮出水面,托着那姑娘往皮筏子上送。姑娘是爬上来了,可是苏总刚一扒着皮筏子,皮筏子就往下沉。我伸出手,一把抓住了他,可是,他使劲地甩。我听见他大声喊:你们走吧!都是我的错,都是我的公司害了你们呀!他的手就这样从我的手心里滑掉了。一个浪头打过来,他沉下去了。我们都哭出声来,希望我们的这位恩人浮出水面。可是,我们的眼睛眨都没敢眨一下,也没见他再浮上来……

(接下来是王玉梅的哭声)

萧邦:你确定他再也没有浮上来?那后来呢?

王玉梅:那么冷的天,他怎么会浮上来?后来……后来我们四个人就在皮筏子上冻着,等候救援的人。可是盼星星,盼月亮,就是没有人来。四周再也没有人和船,甚至连皮筏子也没有一个。我们谁都没有讲话,任由皮筏子漂浮着。这样漂浮了不知多久，一个大浪打过来，把皮筏子打翻了，我们都掉进了海里，失去了知觉……等我再次醒来时，已经在医院里了……"

萧邦关掉录音，点了一根烟，陷入沉思。

一个小时后，他又将针孔摄像机接到电脑上，仔细地观察每个受访者的表情。画面虽然不太清晰，但每个受访者的表情都与自己的言谈相吻合。

如果按照这三位幸存者的讲述，可以串联出这样的场景：

苏浚航和叶雁鸣的确在船上。苏浚航因为是老总，大概住在一等舱的单人间，叶雁鸣同洪文光住二等舱。船舶发生故障后，苏浚航叫叶雁鸣一起去察看，后来到三等舱去安慰乘客，最后又到散座去检查还有没有未到甲板上的乘客，正好碰到失魂落魄的王玉梅。沉船后，叶雁鸣救了洪文光，而苏浚航因一直保护着王玉梅，便救她上了皮筏子。最后由于皮筏子承载力有限，苏浚航舍己救人，落水淹死。

由此推出的结论就是：苏浚航与叶雁鸣被证人目击，确定落水身亡。

然而，260人已葬身海底，仅存的5名乘客中，竟有3名幸存者的讲述都印证了这一点，这太多的巧合却让萧邦觉得这个结论显得太戏剧化了！他收拾好所有的资料，感觉大脑左半球像被马蜂蜇过似的疼。

突然，敲门声响起。都12点了，谁会来敲门？难道是这个宾馆上门"服务"的小姐？他开了门，果然是一位美貌的小姐。

005 | 美女来敲门

夜里 12：00，叶雁痕再次被那个噩梦惊醒。

她努力地睁开双眼，才记起这是在宾馆的房间里。冷汗已将她的内衣浸透。她挣扎着爬起来，拧亮床头灯，到浴室去冲洗身上的汗水。五分钟后，她一边擦拭着身上的水珠，一边无聊地看着电视。突然，电话铃尖锐地响了起来。她心里一紧。等电话铃响到第四声，她拿起了话筒。

"喂，你好。"电话里没有声音。她又"喂"了两声。

正当她准备挂断时，一个阴沉的男中音从话筒里传来："叶总，一切还好吧？"

"请问，你是谁？"叶雁痕打了个寒战，努力保持镇定。

"我是一个死难者的家属。我老婆在那场海难中死了。她临终前要我找到你，向你索命！"对方的声音像冬天的海水一样冷。

"可是……可是这跟我有什么关系？"叶雁痕感到一阵眩晕。

"真的没有关系吗？你连你的丈夫和弟弟都敢谋害，何况那些无辜的百姓？你自认为这件事策划得天衣无缝，可是叶总，举头三尺有神明啊，再完美的策划都有漏洞！你的阴谋很高明，但我这里有证据能够证明你害死无辜，夺取了蓝鲸集团的财产！你就不怕那几百条冤魂向你索命吗？还记得那枚血色船舵吗？我当时没有要你的命，只是想提醒你，看你还有没有一点人性。可是，你倒好，躲起来了。有句俗话叫'躲得过初一，躲不过十五'！"对方的语速很慢，像在念稿子。

"你……你想怎么样？"叶雁痕的腿控制不住地发起抖来。

"很简单，将你那些不义之财分一点出来，由我转交给那些无辜遇难者的家属。反正事情都过去了，你得拿出点赎罪的诚意来吧？"

"可……可是我真的没有什么阴谋，这件事的原因，国家权威部门都已经认定了,跟我没有关系……"

"别装了!"对方粗暴地打断了她,"实话告诉你,你老公已经死了,但临死前他已经知道是你害了他,还害了260条人命!现在,所有的证据都在我手上。像你这样聪明的人,也该知道我为什么将那枚船舵放在你的房间又拿走了吧?"

叶雁痕浑身哆嗦,说不出话。

"好了叶总。现在你只有两个选择,一个是报警,一个是按我的要求去赎罪。我给你三天时间,你考虑清楚吧。具体怎么做,十分钟前我已经发到你的电子邮箱里了,你自己看吧。晚安。"对方不等叶雁痕说话,就挂断了电话。

叶雁痕呆若木鸡,直到电话里的忙音响了十几下,她才慢慢地挂上。如果说以前的噩梦是深海寒流,那么今晚这个电话则是晴天霹雳!她明白现在自己完全处在被动状态。她马上打开电脑,插上无线网卡,接入互联网。在自己的邮箱里,果然有一封新到的邮件。

打开邮件,屏幕一片漆黑,大约两秒后出现了一条船,船上装满了骷髅。画面切换,出现了一个精致的船舵模型,船舵由黄变红,一滴一滴的鲜血正从上面滴下。画面再次切换,出现了一首向上翻动的小诗:

> 在生活的海洋里,
> 应扶正船舵,
> 不能为顺风,
> 而卷入旋涡。
> 在叶总的阴谋里,
> 有一起海难,
> 不惜浮尸百具,
> 只为权力金钱!

画面渐渐淡去，跳出一个文件，是一封信：

尊敬的叶总：

你好。这两年过得还好吧？做了这么一件惊天动地的大事，并且顺利地坐上了蓝鲸集团总裁的宝座，想必很有成就感吧？但不要忘了，善有善报，恶有恶果。现在，该是你向死难者作出交代的时候了！

也许你一直认为你的老公和弟弟没有死，心怀鬼胎，夜不能寐。现在不必了，他们真的已经死了，但并不是这个世界上无人知情了！你的那些手段，不可谓不高明，但你的老公是什么人？只是他知道得太迟了，只好将所有的证据交给一个可怜的女乘客，要她揭发这一阴谋。这个女乘客为了要让真相大白于天下，顽强地与大海搏斗，然后将这一切告诉了我。她就是我美丽可爱的妻子，她的肚子里还有一个才刚刚两个月的胎儿！叶总，你现在知道你究竟干了一件什么事吧？这件事就连拉登这样的恶魔都干不出来！！

我的妻子临终前告诉了我一切，并将所有的证据交给了我。可以告诉你，这两年我什么也没干，就研究你了。多少个夜晚，我像条狗一样守在你家的楼下，听见你的尖叫，我愤怒的心情稍稍得以缓解。看来，你还有那么一点点良知，你也会做噩梦，所以我让你活下来了。

现在，是该了断的时候了。杀死你易如反掌，但那些死难者的冤魂不会安息。因为，他们的家人永远活在痛苦之中。因此，我想了一个比较好的办法，就是请你拿出一点钱，由我分发给那些可怜的人们吧！这么多死难者，至少也需要两千万吧？当然，这点钱对堂堂的女企业家来说，并不多，但对那些孤儿寡母却有用。放心，在你交钱的同时，我会将所有的证据交给你,包括那枚沾满了鲜血的船舵。

你可以报警,也可以花钱找人帮忙,但我告诉你,你的一举一动全在我的掌握之中!我保证,只要你交了这笔抚恤金,我决不再找你的麻烦,你可以安稳地当你的总裁,也可以再找个老公,过幸福的生活。多说无益,看你的行动吧!

给你三天时间考虑。三天后我会找你!不要心存侥幸,换手机和换宾馆都没有用,承担你应尽的责任吧!"

他妈的,敲诈!叶雁痕恨恨地骂出声来。如此冠冕堂皇的敲诈,她还是第一次遇到。可是,除了一头撞死,叶雁痕想不出什么办法。看来对方蓄谋已久。但她对此仍然半信半疑。

丈夫怎么会知道自己想害他?又怎么会在临死前将所谓的证据交给一个陌生女乘客?这个女乘客是谁?恫吓自己的又是谁?他到底掌握了些什么材料?真的给他两千万就没事了?他说"保证",拿什么来保证?这会不会是个无底的深渊?萧邦去秘密调查,现在进展如何?自己是该报警还是任由宰割?报警后又如何向警察解释?万一真的有什么证据掌握在别人手里,一切都完了……叶雁痕不停地抽烟,脑袋里一团乱麻。

她呆坐良久,终于忍不住呜呜地哭出声来。

萧邦一开门,就看到了孟欣。

今天的孟欣打扮得像个美国电影明星。她修长的双腿被柔软的皮裤紧紧地裹住,直插进黑色的高筒皮靴,上身也穿着黑色紧身皮衣,勒得鼓胀的胸脯呼之欲出,高绾的青丝使她的整个面部完全暴露出来。萧邦惊诧她的五官搭配得那么完美。以前看章回小说,其中写女人总用一句"眉目如画"来形容,萧邦觉得用在这个女孩身上绝对合适。

"萧总,我可以进去吗?"孟欣忽闪着大眼睛,有些调皮地问。

"请……请进。"萧邦觉得眼球受到刺激。但他冷静地想,她怎么突然出现在云台?

"萧总,我不请自来,是不是让您感到意外?"没想到她倒挺直白。

"呵,干我们这行的,天天跟意外打交道。再说,如果每次意外都能见到美女,那倒是幸运了。"

孟欣咯咯地笑了。掩不住的清纯,竟让萧邦想起初次见到妻子时她那相似的笑容。萧邦定了定神,瞬间恢复了常有的那种不即不离的神色,为孟欣倒了杯水。且看她怎么表演吧。

孟欣将玉葱般的手指绕在一起,娇嗲地说:"天气真冷啊,还是屋里暖和。萧总,收获很大吧?您别老看着人家嘛,您那双眼睛跟刀子似的,我是您的下属,又不是特务。"

萧邦面无表情:"说吧,你星夜赶来,有什么要事?"

"没事就不能来看看您?人家想您了嘛!"孟欣娇嗔起来。

只见过两次面的女孩会想我?我有那么大的魅力?萧邦心里冷笑了一声,继续看她的表演。

"当然,您是不会相信的。我告诉您,您别用老眼光去看一个新时代的女孩子。我们这一代人,敢爱敢恨,从不含蓄。萧总,也许您不相信,我已经爱上您了!"孟欣目光迷离,像蒙着一层水雾。

"爱上我?为什么?"萧邦居然很镇定。

"因为您就是我心目中真正的男人,更因为您懂我。"孟欣突然勇敢地看他。

"我懂你?"萧邦一头雾水。

"是呀,"孟欣说,"要不然为什么第一次见面,您就对孟总说我是他的亲戚,练过几天功夫,是学英语的,还会喝酒。您为什么知道这些?肯定是用心分析过我,对吧?"

萧邦一时语塞,头一次遇上这样难缠的女人。

"您分析我,我也研究您。您思维缜密,身怀绝技,感情专一,爱护别人,尤其孝敬您的母亲和疼爱宝贝女儿豆豆。您来真相之前,开过一家公司,欠了 23 万元的债务。您的妻子不体谅您,和您大吵一架后离了婚。您生在乡村,6 岁没了父亲,在部队干了 18 年,升到副团级,后来您选择自主择业,离开部队。您在部队破过 8 起重案、31 起大案,立一等功 1 次、二等功 2 次、三等功 7 次,拿过军区的比武冠军。对吧?"孟欣抬起头,温柔地看着他。

"看来,你对我了如指掌啊!"萧邦叹了口气,"你是不是还知道我的女儿在北京九一小学上学,家住花家地馨园小区 21 号楼 3 单元 806 号?"

"当然知道。因为我想做您的女朋友,也就是豆豆未来的妈妈。您想,哪个妈妈会不知道自己的女儿在哪里上学?又有哪个妻子买菜回来会找不到家为丈夫做饭?"孟欣居然脸都没红。

"你凭什么认为我会娶你?"萧邦认真地看着她。

"因为您懂我,我也懂您。因为即使您赔了 230 万我也会跟着您,也因为我会将您的母亲接到家里来像对待我的母亲那样对待她老人家,并能接受那些城里人不能容忍的生活习惯,还因为当您的胃病犯了时我会为您拿药、擦汗。当然,还会每天烧水给您洗那双臭汗脚。另外,豆豆的英语一直不好,有了我,她会在全校拿第一名。"孟欣将皮衣脱下,有些激动地说。她胸前高耸的乳房似乎也激动起来,像两只不安分的兔子。

"就这些?"萧邦似乎很感兴趣。

"如果您觉得还不够,可以增加要求。"孟欣大大方方地说。

"还是你自己加吧。"萧邦说,"加到我动心为止。"

"我这两年挣了点钱,不多,除了能还掉您的债务,还可以在北京买套中档的房子和买辆宝马什么的。当然,还有您意想不到的筹码,会令您惊喜。"

"什么筹码?"萧邦似乎很感兴趣。

"就是我。"孟欣调皮地眨着眼。

"你？如果你上面说的都是真的，你就是我的了……"萧邦露出不解的神色。

"这个'我'与普通的'我'不同。"孟欣突然有点不好意思了。

"有什么不同？"萧邦好奇地问。

"因为……因为您这个老男人的新媳妇，还是个处女！"孟欣的脸真的红了，是那种鲜艳欲滴的红。

"噢——"萧邦没料到她居然来这么一出。

"您不相信？"孟欣见他并没有什么反应，变得有些着急，但随即又羞红了脸，说，"您要是不相信，现在就可以检验。不过，不过您不能反悔。"

"如此优厚的条件，看来我别无选择？"萧邦微笑着看她。他感到自己那个见不得人的地方热了一下。

"难道这有什么不好？"孟欣问，"难道我配不上您？"

"只是我怕我配不上你。"萧邦说，"另外，我还有一点弄不明白。"

"哪一点？"

"这么多的好事，为何会突然降临到一个失败的老男人身上？"

"在我的眼里，您不是一个失败的男人，更不老。"

"那我是个什么样的人？"

"谜一样的人。这正是我喜欢的男人，因此我愿意奉献我的一切，永远追随您！女人的一生就是为了她心爱的男人而准备的，这是女人的命。"

"你不是已经对我了如指掌了吗？"

"可是，那些只是表象。您的内心像海一样浩渺，它激起了我探索的欲望。"

"看来我只能答应？"萧邦歪了一下头，问。

"您有什么理由不答应吗？"孟欣笑靥如花。

"没有。至少现在没有。"萧邦说。

"那我从现在开始，就做您的女朋友，好不好？"孟欣温柔地看着他。

"是不是早了点？"萧邦觉得自己的口才并不好。

"反正迟早都是一回事，干吗不马上就做？"孟欣咯咯地笑起来。

"你叔叔不反对？"萧邦突然说。

"他是您的战友，您的故事他十年前就跟我讲过，他为何要反对？"孟欣噘起了湿润的小嘴。

萧邦只是微笑着沉默不语。

"今晚你来找我，恐怕不是只为了谈恋爱吧？"在宾馆二楼餐厅的一间小包房里，萧邦要了点夜宵，招待这位深夜造访的美女同事。

"有公事，也有私事，这叫资源整合。怪不得你做生意会赔，也会离婚，就是因为不懂得经营之道。"孟欣又咯咯地笑起来。

萧邦注意到，这会儿的孟欣完全放松了，而且将称呼中的"您"改成了"你"。

"那我们是先谈公事，还是先谈恋爱？"萧邦严肃起来。他最反感别人提他离婚这件事。

孟欣一怔，随即也正色说："叔叔这次派我来，是让我协助你。事实上，叶雁痕不过是想知道她的丈夫是死是活，只要找到目击证人就可以了。"

"目击证人？"萧邦警觉起来，"你怎么能够断定苏浚航和叶雁鸣之死一定会有目击证人？"

"不是有5个幸存者吗？"孟欣淡淡地说，"5个人当中，只要有一个人看见苏浚航落水而亡就行了。"

"要是一个都没有呢？"萧邦说。

"是吗？"孟欣喝了口咖啡，镇定地说，"萧大侦探这几天难道没有一点收获？"

"有啊。"萧邦突然感到一种说不出的压力，"就是收获太大了，反而显得不真实了。"

"能不能向你未来的老婆透露一点点？"孟欣含情脉脉地看着他。

萧邦正琢磨如何向她解释，突然，他感觉胸前震了一下，说了声"对不起"，起身去了洗手间。他打开手机，看到了一条短信：

目标已出现，请来电收听电话录音。

萧邦马上拨通号码，听到了叶雁痕在威胁中无助的声音。不知为何，他竟然十分担心这个女人。听完录音，他删除了短信和已拨电话号码，若无其事地洗了手，回到座位。

"是不是胃又疼了？"孟欣像一个贤淑的妻子一样，关切地问。

"不是胃疼，是头疼。"萧邦说。

"为什么突然头疼了呢？"孟欣不解。

"因为我不能确定是让我的美女朋友与我同住，还是需要给她另外开个房间？"萧邦摊了摊手。

"哈哈，悉听尊便！"孟欣没想到萧邦有时也会来点幽默。

"既然咱们是这种关系，我就实话告诉你吧，我探访的3个幸存者都从不同侧面证明了苏、叶二人已经死亡。"萧邦边说边观察孟欣。

孟欣此时没有任何表情。她又吃了块点心，平静地说："你是不是认为有了这些人的证明，叶雁痕就会相信她的丈夫和弟弟已经死了？"

"应该相信啊。"萧邦说，"连我都相信了，她为什么不信？"

"那，船舵又如何解释？"孟欣此时像变了个人似的，继续发问，"已经死了的苏浚航和叶雁鸣，又如何会将船舵放在叶雁痕的房间？

而且船舵又怎么会突然消失？这个船舵，是叶雁痕和苏浚航之间的秘密，这怎么解释？"

"那就是另外有知情者故意利用这个船舵去威胁叶雁痕，先给叶雁痕造成精神上的打击，进而为实现其企图做铺垫。"萧邦分析道。

"那这个人是谁？他有什么企图？"孟欣问道。

"现在还不知道。也许你知道。"萧邦突然盯着她。

"我知道？我怎么会知道？"

"因为，这件案子你实际上比我知道得更多。"

"何以见得？这可是你负责的调查，又不是我。"

"我知道，公司不只派我一人调查。如果我没有猜错，孟总派你来，是想告诉我，此案离结案已经不远了。"

"你真聪明！看来我没有选错男朋友。"孟欣笑得很甜。

萧邦没理她这茬，继续说："其实，从我开门见到你的那一刻，我就知道，我对此案的调查已经可以告一段落了。"

"不是还有两个目标吗？你不到江苏去了？"孟欣问。

"还有去的必要吗？"萧邦说，"我肯定，如果我到了江苏，找到另外两个幸存者，其结果都与前三人相似，只不过是从不同的侧面证实苏浚航和叶雁鸣确实死于海难而已。"

"这难道有什么问题吗？你这位老侦探，难道不知道证据才是硬道理吗？"

"就是因为这次调查太顺利，没有任何破绽，才让我觉得这是最大的破绽。"

"哦？那你准备怎么办？继续查下去，还是回大港？"

"这要看你是怎么安排的。"萧邦还是盯着她。

孟欣似乎已经习惯了这种目光，显得很自然。她微微一笑："看来你倒是明白得很。说真的，真相公司的侦探队伍可谓高手如云，但他们连你的一个指头都比不上。"

"但他们至少有一点是我难以比拟的。"
"哪一点?"
"他们忠于利益,而我有时会不识时务。"
孟欣突然闭上了嘴巴。

006 ｜你犯了滔天大罪

整个下午，叶雁痕都在忙着召开公司的年度安全会议。这是每年都必须履行的职责。今天到蓝鲸总部开现场会的有国家交通部水运司、海事局、救捞局、中国船级社以及大港市交通、海事、港务等职能部门的人员，偌大的会议室坐得满满当当。主持会议的是大港海事局副局长兼船舶处处长李海星。

叶雁痕为此次会议准备了差不多半个月，公司上下严阵以待。那么多领导到蓝鲸来开会，足见政府对蓝鲸的高度重视。而叶雁痕非常清楚，自从"12·21"特大海难发生后，蓝鲸就成了重点监管企业。虽然一年多前，法院只对蓝鲸下属的云台轮渡公司的主要负责人判了刑，相关部门也没有对蓝鲸总部采取强硬的处罚措施。但很明显，领导对蓝鲸越来越不放心，隔三岔五就来检查，搞得蓝鲸上下人心惶惶。叶雁痕手上签的招待费高达七位数，以致总部那些对这位新任总裁心存芥蒂的人，私下里称叶雁痕为"招待总裁"。

今天的话题仍然提到了"12·21"特大海难，发言的领导们义正词严，纷纷从国家的高度作了指示，敲了警钟。叶雁痕觉得头昏脑涨。她瞥了一眼坐在身旁的蓝鲸集团主管业务的副总裁王啸岩，见他全神贯注地记录着领导的讲话内容，像个正在做庭审记录的书记员，心里冷笑了一声。

她与王啸岩一向不睦。这个妹夫兼副手是个令人难以捉摸的人。海难发生后，苏浚航失踪，蓝鲸又面临重大事故，急需整顿，公司一片混乱。王啸岩趁势发起攻势，极力想爬上总裁的宝座。论资历，王啸岩在蓝鲸工作了16年，从船上的一名普通船员干到船长，又当过国际部总经理，且在副总的位子上一干就是8年，根子很深，很受蓝鲸创始人苏振海的器重。老爷子不仅将女儿苏锦帆下嫁给他，还给了他股权。而叶雁痕只不过是有过留洋经历罢了。她以前在中远集团任职,后来在希腊创办了蓝鲸航运欧洲中心,回国时间并不长,威信远不如王啸岩。但令蓝鲸上下感到惊奇的是,最终还是叶雁痕掌管了蓝鲸,王啸岩继续做副总。或许叶雁痕感到过意不去,就委任她的小姑子苏锦帆担任蓝鲸的CFO。此前,苏锦帆是蓝鲸集团财务部副总经理。

等领导们各自发表完慷慨激昂的演说,已经是晚上六点多钟了。大港香格里拉饭店顶楼的旋转餐厅来电话催了两回,叶雁痕才恭敬地请领导们下楼上车,往饭店而去。

酒过三巡,领导们便变得平易近人了。叶雁痕领着王啸岩轮桌敬酒,气氛非常热烈。在座的人,大都跟海打交道,性格豪爽。几杯酒下肚,便松开了领带,大声地说着话。差不多每个人都安慰叶雁痕,说领导那么重视蓝鲸,就是为了保护蓝鲸,并没有其他的意思,例行公务而已,不要压力太大云云。有几个年轻的处长曾受过苏振海的恩惠,还亲密地称叶雁痕"大姐",嚷嚷着只要大姐有事,一定效劳。

叶雁痕喝了几杯酒,头脑昏昏的。突然,一个服务生悄悄走过来,塞给了她一张纸条。她连忙出了餐厅,打开一看,上面有一句话:

> 叶总,请马上到滨海路老鸦嘴,期限到了。就你一个人来,否则,我会将证据印发给今天到会的每一个人!

叶雁痕一惊。随即,她又恢复了常态,走到王啸岩的身边,悄悄地说:"啸岩,我有点急事,麻烦你照顾一下各位领导,我先走一步。"王啸岩点点头。在公开场合,王啸岩表现得如同叶雁痕的一个跟班。

五分钟后,叶雁痕开着她的宝马向滨海路驶去。

老鸦嘴是海滩上一个偏僻的小公园。正是冬季,公园里寂寂无人,几盏半明半暗的路灯衬托出一种肃杀的气氛。叶雁痕关了车灯,向窗外搜寻。视线里,一条黑乎乎的人影正向她这边走来。叶雁痕感到背后一阵发凉,她迅速地打开手提包,摸出了一把小巧的手枪,放进大衣里,打开车门,在车旁站定。来人三十多岁,高个儿,上身穿一件厚厚的呢子大衣,脚上穿一双皮靴,显得很精神。

二人站在风里,谁也没先开口说话。

"是你约我来的?"叶雁痕终于忍不住开了口。

"是的。"来人声音沙哑,像患了重感冒,"今天是第三天,我想叶总已经考虑好了。"

"钱没有问题,只是,我要看看你所说的证据值不值这个钱。"叶雁痕淡淡地说。

"你不相信?"来人的声音很冷。

"我凭什么相信?就凭你的信口雌黄?买东西还得先看看货呢,你也太小看我了吧!"她顿了一下,继续说,"你既然来了,我希望你明白一件事。"

"什么事?"

"叶雁痕不是吓大的,威胁那一套对我没有用!"

来人一怔,随即说:"我也希望你明白一件事。"

叶雁痕冷笑:"什么事?"

"若要人不知,除非己莫为!你以为你密谋杀害你丈夫的事,只有你一个人知道?"

"我密谋杀害自己的丈夫?你怎么会知道?"

"我原本不知道,可是你弟弟叶雁鸣知道!"

"我弟弟?他会杀他的姐夫?"

"会。因为,他的姐姐向他发出了指令,他就是这场谋杀的执行人!"来人的声音更冷。

叶雁痕微微一震,但仍然很冷静地说:"你有什么证据吗?"

"当然有!1999年12月21日这天,你安排蓝鲸公司安监部总经理,也就是你的亲弟弟叶雁鸣,同你的丈夫一起踏上了'巨鲸号',名义上是检查该船的安全工作,实际上就是要在航行途中结果你丈夫的性命。因为,你太懂得海了。一个人葬身大海,很难留下蛛丝马迹。而且,执行人又是你的亲弟弟,当然万无一失。不过,要想将苏浚航害死并非易事,因此你想出了一条毒计,让你弟弟在船上制造轮船起火的混乱局面,然后趁乱杀死你丈夫,将他抛尸大海。这样一来,大家的目光都会聚焦到轮船事故上而忽略你弟弟杀人的事实。你弟弟是搞安全工作的,让他做这件事是最佳人选。你的如意算盘是:等轮船故障消除后,再由你弟弟失声痛哭,说他们的苏总在排除故障中不慎落水,献出了宝贵的生命!"

叶雁痕不动声色地听着。等来人说完,她接着说:"这个主意不错!"

"可是,我们伟大的女阴谋家,你哪里会想到,那天的海况非常特殊。轮船起火后,难以扑灭,导致轮船丧失动力,在风浪中翻沉,酿成惊天海难!难道,你就不怕那几百个冤魂,夜夜向你索命吗?"来人提高了音调,显得有些激动。

"不要说了!"叶雁痕的嗓门也高了八度,"你别拿这起海难来吓唬我!更不要拿胡编乱造的情节来蒙我!你有证据吗?你拿出来呀!"

"我没有证据,为什么来找你?叶总,别以为天下人都是傻子,就你一人聪明!你犯了滔天大罪,现在还站在这里无动于衷,我真佩服你呀!要拿出证据并不难,但你必须先将钱转到我的账上。"来人说,"而且,一分钱都不能少!"

叶雁痕突然冷笑了一声,说:"你休想!我现在改主意了,你一分钱都别想拿到!"

"那好,告辞了!"来人一转身,准备离开。

"站住!"叶雁痕喝道。

来人停下脚步,转过身来。模糊的灯光下,他没有任何表情。

"我想再问你一个问题。"叶雁痕紧紧盯住他。

"请讲。"

叶雁痕沉默了一会儿,突然冷冷地说:"你叫什么名字?"

来人头也不回,缓缓地说:"这很重要吗?"

"你本来应该叫洪文光的,对吗?"

来人没有作答,但脚步停了下来。

"那你认为我该叫什么?"良久,来人终于说了句话。

"我不知道。但你绝不是洪文光!"叶雁痕声音变了调。

"我说过,我是谁并不重要,重要的是你的选择!"

一阵冰冷的海风吹来,那人的影子迅速消失在风里。

叶雁痕呆立原地。不知不觉间,泪水已淌满了她冰冷的脸庞。

007 | 无法结案

洪文光将一张50元面值的钞票递给了收费保安，说了声"不用找了"，然后启动他的帕萨特，离开大港国际海员俱乐部酒店，沿着滨海路风驰电掣而去。

汽车很快爬上了位于大港北郊的老山，再沿着蜿蜒的盘山路往下行驶。路上没有一辆车，连一个人都没有。洪文光喷出一口酒气，睁开微红的双眼看着下面美丽的海景，很惬意地笑了。

盘山路很陡，车速越来越快。洪文光熟练地打着方向盘，一点一点踩着刹车。突然，他感觉刹车没了。他使劲地踩，但车如离弦之箭，不受控制，前面又是一个急转弯。他拼命地打着方向盘，但车速太快，未能奏效。帕萨特疯了一样蹿出路面，翻滚着摔下陡坡，撞在一块岩石上，被弹起老高，然后掉进了海里，激起了冲天水柱。

一个小时后，三辆警车停在海边，警察开始组织人员打捞。洪文光的尸体很狰狞，颈椎折断，双眼外翻，满嘴淤血。警察从残车里仔细检查了他的物品，是一个皮包，包里有现金五万元，银联卡八张，身份证一张，信用卡一张，手机一部（已短路，无法再用）。

经法医鉴定，洪文光血液里含有大量酒精。因此，大港市公安局滨海路派出所认定洪文光系酒后开车，不慎坠崖而亡。于是就通知了他的家人，以便处理后事。

洪文光突然死亡，让萧邦感到惊奇。

同孟欣回到大港后，他已按孟中华的指示将这些天的资料整理完了。孟中华还没有跟他见面，但已特意交代，叶雁痕已搬回家中，晚上一起到叶雁痕家里去。

孟中华带着萧邦，进了客厅。今晚，叶雁痕看起来精神状态很好。她穿了一件低领口的粉红色毛衣，看上去胸部更挺，脖子更长了。

49

孟中华喝着茶，为近来出差未能及时探望连声道歉，幸好调查有了进展，可以专程前来汇报。他从皮包里拿出一套化妆品，送给叶雁痕："叶总是著名企业家，估计平时用惯了高档化妆品。这次出差上海，我专门到淮海路为您挑了一款香奈儿的，不知叶总喜不喜欢？"孟中华看上去神采奕奕。

"谢谢孟总。"叶雁痕站起来，收下礼物交给了徐妈，并示意她回避。

客厅里剩下三个人。萧邦除了礼貌地打了个招呼，一直没有说话。

孟中华打了个哈哈，说："叶总啊，您交代的事情已经有了进展，现在就请我们萧总向您汇报吧。"

萧邦便打开笔记本电脑，将采访三位幸存者的资料播放给叶雁痕看。叶雁痕戴上眼镜，很认真地看着。当她看到洪文光时，表情有些许变化。萧邦察觉到了这个细节，便将画面暂停，问叶雁痕："叶总，这个人您见过？"

叶雁痕点点头，说："几天前的一个晚上，我在老鸦嘴见过这个人。他想敲诈我，但我告诉他，我没有做错什么，一分钱都不会给他的。"

"这个人昨天已经死了。"萧邦淡淡地说，"据警方确切消息，洪文光酒后驾车，在滨海路老山连车带人掉进海里，车毁人亡。"说完，他拿出了二十多张死者的现场照片。照片还散发着一种清香，显然是冲洗出来不久，也不知萧邦是如何弄来的。

叶雁痕一张一张地看着照片，呆了半晌，说："继续往下看吧。"萧邦便又开始播放文件。

叶雁痕仔细地看完资料，点了一根烟，淡淡地说："萧大侦探真不简单，弄得如此详细，很专业啊。现在，请你对这件事做个总结吧。"

萧邦喝了口水，不紧不慢地说："叶总和孟总都看了资料，应该是心里有数了。但既然要我说，我就简单介绍一下吧。其实，这件案子的焦点就在船舵上。这个船舵是叶总送给苏总的礼物，而苏总遇难后和叶雁鸣一起失踪，引起了叶总的怀疑。当然，'怀疑'这个词不太准确，应该是一种对亲人的思念。叶总的目的，是想确认苏总和叶雁鸣是死是活。这一点，资料里有三个幸存者都证明了，可以断定苏总和叶雁鸣已经死了。那么，叶总怎么会受到威胁呢？就是这个洪文光在作怪。按照他的讲述，他与叶雁鸣同住一室。当'巨鲸号'遭遇台风后，叶雁鸣又与洪文光在一起。但这里面存在疑点，就是洪文光说了谎。他说叶雁鸣有遗愿，但按他第一次的说法，是要他照顾好皮筏子上的两个陌生女乘客，这很牵强。而且，他以前对媒体一直不提这件事，一定是想极力隐瞒真相。现在，请叶总和孟总看看我第二次采访洪文光的资料。"

萧邦熟练地打开另一个影音文件，场面仍然是在旅顺文光建材店洪文光的办公室里。画面只有洪文光一人，但可以听得出与洪文光对话的是萧邦。

  萧邦：洪先生，我觉得你对我撒了谎。通过我的采访，我发现你漏掉了一个情节，就是叶雁鸣先生在临死前交给了你一样东西。你不肯说，是因为你别有用心。

  洪文光：（很生气的样子）你在说什么？我怎么能拿了恩人的东西而不说出来？你是什么意思？

  萧邦：你别激动。实话告诉你，你威胁叶雁痕总裁的情况我们已经知道了。

  洪文光：（睁圆眼睛）你……你到底是什么人？

  萧邦：我是私人侦探，是叶总请我来的。你前几天打电话威胁叶总，我们都知道了。如果你不想蹲监狱，就请你说出实情吧。我保证，叶总只是需要知道真相，决不会怪你的。

  （洪文光沉默着）

  萧邦：人人都想发财，但君子爱财，取之有道。你看，叶总的弟弟救过你的命,还在临终前托付你为他办事,是多么相信你啊!可是你呢?恩将仇报,你不感到惭愧吗?

(洪文光突然哭了起来,那眼泪像被打开了闸门的水)

洪文光:既然你们什么都知道了,我就直说了吧。那天,叶雁鸣在皮筏子上,将一个手包塞给我,说要我去找他的姐姐叶雁痕并把包交给她。他说包里有一件东西,她一看就明白。我匆忙中接过手包,刚将它塞进内衣,他就沉下去了……我获救后,打开皮包,见里面有一枚船舵、一个钱包。钱包里有3000元现金,四张储蓄卡,一张身份证,还有一张塑封照片,照片背后是一首小诗……我一看身份证,才知道这个包不是叶雁鸣的,而是苏浚航的。

萧邦:所以你见财起意?

洪文光:(脸色很难看)萧先生,好歹我也是个老板,3000块对我算什么?唉,我一开始真的去找叶雁痕了,可是那时蓝鲸上下一片混乱。我有个朋友正好在蓝鲸上班,他告诉我,公司不少人都怀疑叶雁痕在这次海难中做了手脚。我是死过一次的人,目睹了那场惨绝人寰的海难,我为那么多死者抱不平!于是,我决定先不把这个手包交给叶雁痕,我要私下调查真相!经过差不多两年的调查,我渐渐搜集了一些证据。于是,我便开始了行动……

萧邦:什么证据?

洪文光:我不能告诉你!

萧邦:那打电话威胁她是你所为吧?

洪文光:(面部表情僵硬)如果叶雁痕心里没鬼,她怎么会害怕?我威胁她有用吗?

萧邦:那你到底想怎样?

洪文光:既然你们都知道是我了,我也没什么好说的。

但要解决这件事，我有一个条件。

萧邦：什么条件？

洪文光：此事我必须与叶雁痕单独私了。既然你是她请来的，你给她带个话，我会将那个手包交给她的，但她也不要再找我的麻烦，否则，大不了把所有的事情公开。

萧邦：好吧。这件事等我跟叶总交换意见后再来找你。

画面到此结束。客厅里又恢复了寂静。

萧邦发现，叶雁痕额头上冒出了一层细密的汗珠。叶雁痕察觉到萧邦的视线，起身去了一趟洗手间。回来后，她又神色如常了。她微笑着看着孟、萧二人，说："这个洪文光的出现，用悬念小说家的话来说，就是'结局在意料之外而又属情理之中'。"

孟中华似乎没有听懂。他说："萧总，你还有什么要补充的吗？"

萧邦思考了一下，说："那我接着说。我从云台回来后，马上找到洪文光，挖出了这个细节。洪文光倒也爽快，答应私了。因此，整个案子实际上就是洪文光所为。他想一夜暴富，便苦心设计了这个局，企图让叶总就范。没想到叶总不吃他那一套。现在我想问问叶总，您说前几天晚上见过洪文光，到底是哪一天？"

"四天前。"叶雁痕想也没想，"萧总是三天前与洪文光见面的，是吗？"

"正是，三天前的下午。"萧邦说。

"那这事越来越巧了。"叶雁痕目光闪了一下，继续说，"四天前洪文光敲诈我未遂，刚好在三天前就接待了萧总，被萧总问出了真相，而又在一天前突然死亡。两位专家，你们不觉得这件事很巧合吗？"

孟中华接过话头："事实跟巧合没有关系。反正，现在已经有了结果。洪文光死了，而您的丈夫和弟弟也确定死了。再复杂的过程，其结果往往很简单。"

"孟总！"叶雁痕盯着他，一字一句地说，"您觉得这个结果能让我信服吗？您说得很轻松，一个'死'字三条命，到底不是您的亲人啊！"

孟中华尴尬地笑了笑，说："叶总生气了？别误解，我不是这个意思。结果就是这样嘛，我们也尽力了。"

叶雁痕又点了根烟，吐了一个指环大小的烟圈，看着二人说："二位老总不会真的以为我设计害死我的丈夫和亲弟弟吧？"

孟中华连忙摆手，说："哪里哪里！叶总，您多想了。我们又不是公安机关，我们只是在为雇主服务，一切都会保密的。况且，我相信这是洪文光在胡说八道。现在他已经死了，我与萧总都是有职业道德的人，不会乱讲的，请您放心！"

叶雁痕看着萧邦，说："那萧总呢？"

萧邦耸了耸肩，说："孟总的意思，就是我的意思。"

叶雁痕捻灭烟头，说："看来，该结案了。孟总，对吗？"

孟中华摊了摊手，说："您是我们的雇主，您说了算。"

叶雁痕沉吟了一会儿，身体前倾了一下，严肃地说："孟总，实话实说，在这件事情上，你们是费了心思的。付出了劳动，就应该得到报酬。剩下的140万，我明天就汇到您的账户上。不过……"

孟中华警觉了一下，连忙问："不过什么？"

"我还有些事情想委托萧总单独办理，可以吗？"叶雁痕认真地说。

"这得问问萧总。萧总是我们真相的常务副总，我可不能支使他！"孟中华反应挺快。

"好吧。萧总，您同意吗？"叶雁痕平静地看着他。

"愿意效劳。不过，不知又是一起什么案子？"萧邦说。

"二位老总都是聪明人，难道一定要我说破吗？实话告诉二位，你们整的这堆材料，丝毫没有破绽，但我还是不能确定我丈夫和弟弟是否真的死了！"

"为什么？不是……不是已经有人证明了吗？"孟中华突然变得有些结巴。

"行了，孟总。"叶雁痕说，"我凭女人的直觉判断，这三个人的讲述只有一半可信，另一半也就是各自巧遇我丈夫和雁鸣的情节，是经过高明的导演精心排练过的。"

她怎么这么快就反应过来了？萧邦心里一激灵。

孟中华干笑了两声，说："叶总当然有权怀疑，我也不便多说什么。既然叶总不相信，那就等于我们真相公司白忙了一场。明天，我就安排人将60万预付款给叶总划过来，那140万也不要了，免得叶总认为我们公司骗人！"

叶雁痕突然笑了，她说："孟总，钱还是要给的。我已经表过态了，并不是说你们工作上有问题。您想想，就算有人导演这场戏，谁知道这个导演是谁？又有何居心？再者，虽然洪文光死了，但他的死因真是酒后驾车吗？如果是，他怎么恰好这两天跑到大港来喝酒？而且喝成那样还敢开车？难道一个人会自己喝醉？如果有人与他一起喝，那同他一起的人难道不会叮嘱他不要开车？如果不是，那这幕后的策划者又有什么企图？孟总，事情没有那么简单，也许故事才刚刚开始。我强调一点，我是信任你们真相公司的，不然我也不会再次请萧总帮忙，请你们不要把我的真心当作假意！"

叶雁痕一席话，说得二人哑口无言。

孟中华又点了根烟，才开口："好吧，恭敬不如从命。那叶总准备什么时候再请萧总出马？"

"就从现在起！"叶雁痕说，"这次我出500万，不过我要与孟总约法三章。"

孟中华的小眼睛眯缝了一下，闪过一丝精光，微笑着说："请讲。"

叶雁痕脱口而出："第一，萧总必须随时配合我的工作，说俗点就是随叫随到，甚至要住在我的家里，负责我的安全。第二，时间不会多于三个月。也就是说，如果三个月内能够让我满意，萧总就算交差了；如果三个月还不能达到我的要求，满三个月就可以自行离开。第三，也就是最重要的一条，这次孟总不能干涉萧总的行动，不能与萧总见面，也不能与萧总通话或发任何信息，总之您与萧总不能有任何交流。如果能满足这三点，我们就成交。"

孟中华在思考。几分钟后，他转头看着萧邦，亲密地说："老萧，你看呢？"

萧邦想也没想，说："只要孟总同意，我没意见。"

孟中华哈哈大笑，站起身来，伸了个懒腰，对叶雁痕说："好吧。既然叶总说从现在开始，那我就马上离开，免得叶总怪我违反约定。"说完，他居然头也不回地推门出去了。

客厅里只剩下萧邦和叶雁痕，萧邦端坐在沙发里，头都没抬一下。

叶雁痕突然变得温柔起来。她进了厨房，端了一盘水果出来，放在茶几上，微笑着看着萧邦，说："吃吧！其实我早就准备好了水果，就是不给那老狐狸吃。"

"谢谢！"

叶雁痕突然盯着萧邦，说："你想知道我为什么要这么做吗？"

萧邦摇摇头。

叶雁痕说："其实，那天晚上在老鸦嘴，我见到的那个人并不是洪文光，你想知道他是谁吗？"

"想。"萧邦依然头都没抬。

"就是你！"叶雁痕的眼睛像两把刀子，简直就要刺穿他。

"你怎么知道是我？"萧邦居然没有否认。

"因为我是女人。要知道，女人的嗅觉是非常灵敏的……"

"尤其是你这样的女人！"萧邦补充道。

"因此，我要花钱将你单独留下，按我的意思调查。"叶雁痕的眼角也笑了。

"为什么？"萧邦忍不住问。

"因为你的演技比老狐狸要强得多！当然，还有一个更重要的原因。"叶雁痕温柔地看着他。

"还有什么原因？"萧邦很糊涂的样子。

"因为你不但是个好演员，还是一个有趣的男人。要是提前十年，我说不定会爱上你！"叶雁痕连嘴角都在笑。

"为什么要提前十年？现在就没有这种可能吗？"萧邦做出疑惑的样子。

"没有，连一点可能都没有。"叶雁痕收住了笑，眼里突然变得空洞。

"为什么？"萧邦本不想问，但还是忍不住问了一句。

"因为，我的心已经死了！"叶雁痕的眼里更空，几乎完全失去了光泽。

008 | 又一起阴谋

已是凌晨2点，但天天渔村30号包房里仍然亮着灯。

孟中华大模大样地坐在主人位置，旁边坐着衣冠楚楚的王啸岩。孟欣则像一个小百灵一样，边给孟中华和王啸岩倒酒边说着祝酒词。

王啸岩的酒量不错，喝了十几杯才举手告饶："孟总，您真不愧是行伍出身，啸岩甘拜下风！"

孟中华哈哈大笑，拍了拍王啸岩的肩膀，大声说："王总客气了。我老孟是个粗人，招待不周，还望见谅。"

王啸岩单刀直入："孟总，您找啸岩来，到底为了何事？请直说。"

孟中华沉吟了一下，说："王总，您是大公司的领导，也许瞧不起像我们真相这样的小公司。以前请过您几次，您都没有赏脸。今天请您大驾光临，当然是有事求教。"

王啸岩装出有些不高兴的样子，说："孟总说的是哪里话？在大港乃至整个中国，有点名堂的人谁不知道'孟神通'的厉害？据说你们真相的业务已经扩展到了国外，能与孟总结识是啸岩的荣幸！前几次不是我不来，是公司那边杂事实在太多。您也知道，我在公司又没实权，只是个打杂干活的罢了。"

孟中华说："王总太客气了。说真的，以前我俩见过面，但没有深交。我老孟没有别的本事，就是甘愿为朋友两肋插刀。今天您既然来了，说明我们还是有缘分的。如果王总不嫌弃，我们交个朋友如何？"

王啸岩马上敬了孟中华一杯，说："那真是啸岩的福分！来，干了这一杯！"

二人一饮而尽后，孟中华忽然叹了口气，说："实话实说，至少王总目前还没有把我老孟真当朋友。"

王啸岩一愣，说："此话怎讲？"

"因为王总太忙，没有时间了解我们真相公司，更没有时间了解我老孟这个人。"孟中华见王啸岩在听，接着说，"王总一定问为何要了解你们呢？一家小小的调查公司而已嘛。但请允许我说句大话，如果王总在两年前能同我老孟像今天这样喝酒，现在的蓝鲸掌门人不是姓叶，而是姓王！"

王啸岩略微一惊，他虽然不太了解真相公司是怎么回事，但也有所耳闻。那些与自己过从甚密的业务伙伴在平时的闲聊中，都曾谈到孟中华是个手眼通天的人物。他一向骄傲，本身拥有研究生学历，出过国，在航运界也是响当当的人物，平时拒绝与那些没有身份地位的人交往。在他看来，一个没有上过大学的人，或许能够赚点来路不明的钱，但绝对上不了层次。因此，虽然对真相公司和孟中华这个人早有耳闻，但他一直没当回事。一个当过兵、干过几天警察的人，能有什么作为？

但王啸岩并非等闲之辈。他今天通过短暂的接触，感觉到面前这位肥头大耳的私企老板并不简单。他朦胧地意识到，今晚孟中华并不是仅仅为了请他喝酒，随即变得郑重起来，端起一杯酒，站起来恭恭敬敬地敬孟中华，说："啸岩愚笨，愿听孟总赐教。"

孟中华也站起来，用肥手托住杯底与王啸岩的酒杯撞了一下，仰脖子干了。放下杯子后，他点了根烟，不紧不慢地说："赐教不敢当。王总是研究生，又出过国，跟海打了16年的交道，发表过46篇高质量的学术论文，30岁就当上了航运帝国的副总裁，放眼海内，能有几人？最重要的是，王总为人低调，谦虚谨慎，做事周密，人脉通畅，在不久的将来必成为中国航运界的领袖人物。我只是一家小企业的老板，哪敢指教您呢？"

王啸岩一惊。孟中华三言两语，已全然昭示他对自己了如指掌，而自己却对他一无所知。倘若跟他做生意，岂不是要吃大亏？他暗自叮嘱自己，今晚一定多加小心！

不等王啸岩开口，孟中华继续说："我还想请教王总一个问题。"

"请讲。"王啸岩听着。

"依王总看来,中国目前最大的问题是什么?"孟中华弹了一下烟灰。

王啸岩想了想,说:"中国目前的问题很多,我说不好。但依我看来,应该是市场化的问题吧。"

孟中华说:"哦?请王总说得具体点。"

王啸岩说:"大道理我就不讲了,就拿我们蓝鲸来说,简直就是戴镣起舞,非常痛苦。本来,一家股份制航运公司,有着多年的国际运输资源,发展起来非常容易。可是我们呢?不能出一点事故,出了一点事故,相关部门就盯着你,三天两头整顿、检查、指导。您也知道,我们蓝鲸集团下属的公司出过事,但这种事情,应该由市场来解决,而不是由政府强行干涉。海上事故,应该由保险机构来处理。市场有市场的规律,如果强行干涉,必然导致走形式主义路线,非但对安全无益,反而会阻碍公司业务的正常发展。我瞎说啊,孟总多批评。"

孟中华击了一下掌,说:"哪是瞎说?很有道理啊。但这就是我们的国情,没有办法。再说,改变这种状况也需要时间啊,中国从封建社会直接过渡过来,今天搞成这样已经非常不容易了。"

王啸岩点了点头,若有所思地说:"听孟总的意思,您已经找出了中国目前面临的最大问题?"

孟中华说:"不敢,只是我的一点愚见。今天结识王总很高兴,就随便聊聊,说完就完了,不必当真。依我看来,中国目前最大的问题是贫富差距问题。您随便翻翻报纸,那些凶杀案、抢劫案,多数都是这个原因。一些有培养前途的人因为上不起学只能打工,一些漂亮的女孩本来可以成为明星,但迫于压力只能做地下小姐,靠卖淫为生;还有一些人本来可以活得更长一些,却因为交不起昂贵的医疗费只能眼睁睁地等死;还有更多的人,终身目标只是为了得到一张写有自己名字的房屋产权证。这些现象,说明贫富差距在扩大,即有钱的人可以利用金钱获取更多的机会和权利,而没钱的人丧失了学习和工作的机会。因此,这个社会变得越来越复杂,让人越来越没有安全感,这难道不是一个重要问题吗?"

王啸岩认真地听着。他突然发现像孟中华这样通常被人不屑的人,思考的问题反而会更尖锐更实际,不由得心下暗服。他说:"看来孟总是个忧国忧民的人。但这是大气候,不是我们商人能左右得了的。"

孟中华笑了:"王总,您误解了我的意思。这一点我还有自知之明。国家大事自有人去处理,那些身居高位的人会比你我研究得更透彻。我们分析和认识这种现象,就是要从中找到缝隙,看有没有生意可做。"

做生意?王啸岩被弄糊涂了。再说,我是搞航运的,你是搞地下侦探的,风马牛不相及,有何生意可做?但这只是他内心的想法,并没有表露出来。不过他已经意识到,今晚孟中华请他出来,还不单单是有事,而且看来事还不小!但既然孟中华没有切入正题,他也不能显露出急躁。于是他打了个哈哈:"啸岩愚钝,在对社会阶层的认识上难及孟总万一。今晚听孟总一席话,当真是茅塞顿开啊。但啸岩还是想不出,这些跟生意有什么关系呢?"

"当然有关系,至少跟我的生意有关系!"孟中华肯定地说,"打个不恰当的比方,假如有一天,王总在回家的路上,突然出现几个人拦截了您的奔驰600并威胁您,您该如何处置?"

"报警啊,"王啸岩想都没想就说,"我们纳税人养了那么多警察,他们干吗吃的?"

孟中华大笑起来,说:"王总真的认为警察是万能的吗?您或许还不知道,中国大陆近五年被暗杀的富豪就有200多人,遭绑架和敲诈的大案就有1200多起,而且每个人的资产绝不比王总少啊。我从事调查工作多年,深感贫富差距导致那些贫穷的亡命之徒一再铤而走险。在南方,结果一个富豪的命就可以得到上千万的钱。当然,一旦案子被破，凶手是活不成的，干脆将罪过全部揽下，这样，幕后凶手就可以在灭掉对手后逍遥法外。王总啊，阴谋在这个社会是存在的，不可不防啊！"

原来说了半天，是想让我寻求保护！王啸岩感觉自己虚惊了一场。看来这个孟中华也不过如此！他心里冷笑了一下。但他的演技已炉火纯青，依然笑着说："孟总，如果我有什么事，一定会请您帮忙的。但我坚持认为，在这个法治社会，只要行得正坐得端，哪会怕什么阴谋？只要自己不用阴谋害人，就不怕别人算计。"

孟中华突然不说话了。他沉下了脸，对一直在旁边微笑着倒酒的孟欣说："小欣，把我的包拿过来。"

孟欣起身将一个高档的真皮手包用双手递给了孟中华。王啸岩打了个哈欠。

孟中华突然严肃起来，对孟欣说："小欣，你先出去，我与王总有事要谈。"

孟欣很有深意地看了王啸岩一眼，便出去了，并将门关严。王啸岩立马正襟危坐。

孟中华看着王啸岩，压低了声音说："王总，您刚才说不怕阴谋，但如果是一个天大的阴谋呢？"

王啸岩感觉头皮麻了一下，困意全消。"您……您是什么意思？"他话都说不利索了。

孟中华并没有回答他，只是从包里拿出了一张照片，放到王啸岩的面前，低声问："请问，王总认识这个人吗？"

王啸岩拿起照片看了一下。照片上是一个二十来岁的小伙子，长得很精干，梳着一个中分头，打着领带，但一看就是个经过包装的乡下青年。王啸岩并不认识他。他将照片还给孟中华，淡淡地说："不认识。是孟总的什么人吗？"

孟中华没有回答他，而是又从包里取出一张照片，放在他的面前，小声地说:"这个,王总应该认识吧?"

到底在搞什么鬼啊?王啸岩懒懒地看了一眼。只那一瞥,他的脸一下变得苍白,如见鬼魅一般,瞳孔立时放大。照片上是一个五十多岁的男子,身着蓝色夹克衫,大背头,嘴角长了个很大的痦子。

"您怎么了?王总?"孟中华拍了拍他的肩膀。

王啸岩才回过神来,语无伦次地说:"没……没怎么。"

孟中华拿了根烟,贴在鼻子上闻了闻,沉声说:"王总,如果您连这个人都不认识,那就是我老孟交错了朋友!今天我们就到此为止吧!"

王啸岩的冷汗渗了出来。他清醒地认识到,今晚的正题,才刚刚开始。"我认识他,他叫杜志明,是一家货运公司的老板。但是……但是……他已经死了。"他不敢看孟中华的眼睛。

"说实话,王总,您真的拿老孟当朋友吗?"孟中华声音柔和下来。

"当然。不然,我今天怎么会来?又怎么会和您聊得如此投缘?"王啸岩强作镇定。

"那好。作为朋友,我就有话直说。这人的确叫杜志明,是江苏连通货运公司的总经理。他跟您可不是一般的关系,您叫他的母亲姑妈,他的公司还是您帮他筹建的。而且,他70%以上的业务都靠您罩着,对吧?"孟中华此刻的语气透着不容置疑。

"您……您在调查我?"王啸岩有点愠怒地看着孟中华。

"我不调查你,怎么能够救你?"孟中华已经不像先前那么客气了。

"救我?我怎么啦?有人要暗杀我吗?"王啸岩生气了。

"比暗杀更可怕。暗杀有可能躲得掉,但犯了国法,就非常麻烦了!"孟中华也加重了语气。

"我犯法?我犯了什么法?你别信口开河好不好?"现在的王啸岩,身上的儒雅气质早已荡然无存。

"你别生气嘛，王总。"孟中华的声音又调到了合适的分贝，"要知道，我老孟虽然不是什么有身份的大企业家，但目前还没有一个人说过我信口开河。没有依据的事，我绝对不会下定论！"

王啸岩喘了口气，努力使自己平静下来。他拿起了酒，给孟中华满上一杯："孟总，您别生气。啸岩只是因为看到表哥的遗像，有些激动。今天您找我来，有什么话就直说，我一定配合您！"

这才是个态度嘛！孟中华心里冷笑，但脸上却又堆起了笑容，说："那我就随便讲讲。您的这位表哥，是在两年前的'12·21'海难中去世的，对吧？"

"是啊。"王啸岩叹了口气说，"想不到我的表哥会死在我们公司的船上，真是遗憾啊！"

"有句话你可能不爱听。"孟中华盯着他的眼睛，"你的表哥，实际上是死在你的手上！"

王啸岩浑身一震，脸又唰地白了。

不等他说话，孟中华又接着道："因为，你让他执行由你策划的一个阴谋——将他自己的车引爆，从而导致了一场特大海难！"

王啸岩嘴唇剧烈地颤动，冷汗滚滚而下。但他还是挣扎着说："你瞎说！我怎么会害死我表哥？"

"你原本不是要害死你的表哥，而是要杀害你的大舅子，苏——浚——航！"孟中华一字一顿地念出了这个名字，根本不给他喘息的机会。

"你……你有什么证据？"王啸岩高大的身躯顿时矮了半截，显然是落了下风。

"这就是证据。"孟中华将第一张照片甩了过去，"这个人叫李子仪，是杜志明的司机。他还活着。"

王啸岩忍不住用袖子擦了一把汗，仍在狡辩："表哥的司机是小张，我认识的。这个人一定是冒充的。你不要听他乱说！"

"一个二十来岁的单纯小伙儿，怎么会乱说？我问你，发生海难事故那天，你在船上吗？"

"没有。"

"就是嘛。你又没在，怎么知道李子仪不是你表哥的司机？实话告诉你，这个李子仪是你表哥在事发三天前临时找的。他怕自己的司机太熟了，将来说不定会说漏了嘴，因此临时招了个司机，打算完事后就辞掉他，给他一笔钱，让他远走高飞。"

王啸岩一时怔住。

孟中华端起酒杯，说："王总是聪明人，细节我就不讲了。实话告诉你，这个小伙子已经将所有的情况向我讲了，他现在完全在我的掌控之中。王总，要是您还认我这个朋友，请干了这一杯，我们就以朋友的方式去做事。时间长了您就会知道，我老孟为朋友两肋插刀，绝不是一句空话！"

王啸岩说不出话，感觉快要虚脱，但他还是用尽全身力气抓住酒杯，将酒倒进了喉咙。

五分钟后，孟中华和王啸岩离开了饭店。等他们下了楼梯，一个蓄板寸的男服务生走进这个包房，猫腰钻入桌子底下，取出一个小小的盒子。然后，他轻轻地关上房门，离开了。

009 | 你究竟是谁

"想不到我快四张的人了，还会有人包养！"萧邦看着叶雁痕。

"你觉得委屈？"叶雁痕掩嘴而笑，语带调侃，"这可能是全世界最昂贵的包养费了吧？"

清晨的海正在醒来。海上弥漫着淡淡的雾气，一直延伸到天边。叶雁痕打开窗户，让清新的海风吹进来。她一边和萧邦贫着嘴，一边梳理她那柔长的秀发，然后将它绾起来。

看美女梳头真是种享受，萧邦居然有些痴了。倒转时间的轮盘，他回到了十年前的那个夏天，他从一场醉酒中醒来，窗外也是这般清新。他挣扎着爬起来，往窗外看去。窗外是一个葡萄架。一串串葡萄正泛青，青翠欲滴。一个腰身很细的女孩正背对着他，站在葡萄架下梳头。那如瀑布般一直垂到微翘的美臀上的秀发，被女孩细嫩修长的手抓了回去，搭在圆润的左肩上。然后，那把锃亮的黑梳子就在那柔美的发丝间上下游走。清风一吹，被梳直的发丝随风飘扬起来。

那女孩突然转过头，用深潭似的双眸看着他，说："你叫萧邦？"

"是。"那时他还是个少尉，说得最多的就是"是"与"不是"。

"是那个会弹钢琴的萧邦吗？"

"不是。"

"那你为何要盗用人家的名字？"

"不是我盗用。我本来就姓萧，我爹是敲梆子的，给我起名叫萧梆。后来上学了，大家都打我，说我是梆子。有一天老师在黑板上写下了我的名字，然后把'木'字旁擦掉，说以后大家不能再打萧邦了，因为我把他的梆子板拿走了。所以从那以后，我就叫萧邦。"

女孩扑哧一笑，说："你这人很有意思，我可以考虑和你交个朋友。"后来那个女孩就成了他的妻子。

老丈人刘卫国是个大校，萧邦的同乡，副军级，视他有如己出。

萧邦6岁时父亲去世,家里穷得揭不开锅,也上不起学。有一天,村里的支书来了,领萧邦去上学,一同去的还有村里的几个穷孩子。萧邦大一些后下跪感谢支书。支书说这不是我的功德,是一位不愿透露姓名的好人资助了你们。萧邦始终问不出恩人是谁。后来到了部队,入营就被叫到办公室。老丈人当时是个团长,鼓励萧邦好好干,后来果然给他提干。萧邦一度认为是老丈人资助了自己,但有次喝酒时提及此事,老丈人只说了句"自助者,天助之"。

萧邦的母亲后来也在村支书那里打听到,是一位不愿透露姓名的人资助了儿子。每次回家探亲,萧邦娘总是说:"……邦儿,无论你做什么,都不能忘本忘恩……你一定要找到恩人,给人家做牛做马,都是应该的……"

老丈人在萧邦与女儿结婚不久就因肝癌去世了。萧邦的妻子刘素筠很任性,在父亲死后才知道生活的艰难。他们彼此恩爱,但她却很少见到萧邦。萧邦很少陪她,总是很晚才回到家中。有时,连续几个星期都没有他的踪影,好像突然消失了一样。当"工作忙"这个词出现的频率太高而收入又太低的反差让妻子深恶痛绝后,萧邦选择了转业,做起了生意。可是,生意却经常亏本。当萧邦的妻子见同自己一起玩大的伙伴们纷纷开上了好车、用上了高档的化妆品时,便提出:如果萧邦还是这样整天夜不归宿而又收入微薄的话,就离婚。最终,萧邦未能改变现状,只好在离婚协议上签了字。妻子跟着一个在网上谈了两年的青年企业家去了上海,将女儿豆豆留给了他……

"在思念谁呢?"叶雁痕转过身来,"看你失魂落魄的样子,莫非……"

"我在想女儿。已经有好些天没见着她了。"萧邦回过神来。每当女儿扑进他怀里的时候,他就觉得整个世界都灿烂起来。

"是啊。"叶雁痕叹了口气,"如果我也有个孩子,该多好啊。"

萧邦没有说话。他不愿触及叶雁痕的伤疤。

叶雁痕沉默了一会儿，突然说："萧邦，我怎么感觉你好像无所不知似的？"

"我？"萧邦露出吃惊的表情，"我知道什么？"

"我也不知道你知道什么，反正，在'12·21'海难这件事上，你似乎比孟中华知道的要多得多。而且，你的目标似乎同孟神通很不一致。"

"请叶总直说吧。"萧邦恢复了平静，"如果我与孟总不一致，我连工资都领不到，这说不过去吧？况且，我为什么要这样做呢？"

叶雁痕沉吟了一下，说："你知道一个叫李子仪的人吗？"

"知道。"萧邦说，"就是'12·21'海难中的其中一个幸存者，一名汽车司机。"

"那你知道这个人失踪了吗？"叶雁痕直直地看着萧邦。

"不知道。"萧邦说，"看来叶总请的侦探不止我一个啊。"

叶雁痕没有直接回答他，自顾自地说："应该说，我对孟中华的了解和他对我的了解差不多，但为什么我对你几乎没有了解呢？而且，我居然对一个几乎没有什么了解的人如此信任，而为什么又对一个非常有能力而且比较了解的人那么怀疑？"

萧邦闭上了嘴巴。

"萧邦，能问你几个问题吗？"叶雁痕坐下来，呷了口咖啡。

"可以。"

"第一，你到真相公司的时间是我们见面的当天，而非孟中华所说，你原来是真相集团北京分公司的总经理。孟中华为何在你一来就让你当常务副总？而我打电话约孟中华的第二天，你就到了真相公司？这是不是太巧了？第二，你在调查过程中已经确切地知道所谓的调查不过是孟中华提前一步安排好的一场戏，为什么还要继续配合孟中华表演，以骗取我的信任？第三，你为何要化装成洪文光的模样来与我谈判？第四，当我突然要求你留下来时，你假装征得孟中华的同意,而实际上非常乐意留下来,丝毫没感到惊奇,这是为什么?"

"这四个问题其实是一个问题。"萧邦似乎早有准备,"那就是我要查出这起海难的真正原因。"

"你难道真的怀疑是我导致了这场海难?"叶雁痕尽量不让语气出现一丝颤抖。

"现在还不能下定论是谁。也许是你,也许是其他人。"萧邦说,"但无论是谁,都必须对这起海难负责,真相必将大白于天下!"

"你究竟是谁?为什么要查这起该死的海难?你有这个义务吗?天下那么多人,就你一个人有良知吗?"叶雁痕似乎有点控制不住自己的情绪。

"260条人命不明不白地葬身大海,你还讲什么良知?"萧邦也激动起来,"难道只有那些有身份的人的命才值钱?而那些平民百姓的命就那么低贱吗?"

见叶雁痕呆愣的样子,萧邦压住了情绪,在她对面坐下来,安慰她说:"叶总,说实话,通过接触,我感觉你虽然有些嫌疑,但很可能没有罪。你也不用追问我了。既然我们要坦诚合作,我也实话告诉你:在来真相公司之前,我已经有了一份工作。"

"什么工作?"叶雁痕眼睛亮了。

萧邦从口袋里掏出两个证件,递给叶雁痕。叶雁痕一看,是两个记者证,两个《华夏新闻周刊》的记者证。

萧邦笑了笑,说:"这两个几乎一模一样的记者证,其中一个是假的,是孟中华给我办的,而另一个才是真的。我的任务,就是彻底调查清楚'12·21'特大海难,然后做一期专刊,并且我也有私心,还想出一本书。事情就这么简单。"

叶雁痕松了一口气,说:"那你怎么不早说?害得我费那么多事!"

"你是不是心疼那500万?"萧邦正色说,"叶总,你说你了解孟中华,我看不尽然。目前来看,他已经是你最大的威胁!如果我没有猜错,他要的不是 500 万,而是有可能让你身败名裂!"

叶雁痕倒吸了一口凉气。但她还是半信半疑地问:"他?他有那么大的本事吗?"

"如果我没猜错,孟中华的计划是要让你交出蓝鲸。"萧邦淡淡地说。

叶雁痕端咖啡的手抖了一下,杯里的咖啡溅出几滴。她放下杯子,生硬地说:"你不是说他想接管蓝鲸吧?"

萧邦点了根烟,缓缓地说:"那倒不至于。第一,孟中华不懂航运,也不感兴趣;第二,他连股东都不是,蓝鲸没有人会买他的账;第三,蓝鲸是一艘价值几百亿的航运巨舰,别说一个孟中华,就是十个孟中华也不能掌控。"

"那你刚才说的是什么意思?"

"很简单,他可以假他人之手。"

"谁?"

"你的妹夫、蓝鲸副总裁——王啸岩。"

叶雁痕脸色倏变,苍白如纸。

010 | 惊变

叶雁痕走进宽敞的办公室,将外套挂在衣架上。这间办公室可能是大港市最高的办公室了。蓝鲸大厦共33层,叶雁痕的办公室就在顶层。从这间130平方米的组合式现代化办公室里,可以鸟瞰碧蓝的大海和繁忙的港口。叶雁痕只需打开电脑,就可以准确地知道,今天,蓝鲸又有几条船在这个著名的亿吨级港口吞吐。

叶雁痕喜欢在办公室工作。每次,只要走进办公室,她就显得异常兴奋,连那个令她心惊肉跳的噩梦的阴影也会荡然无存。阳光从明亮的落地窗泼进来,洒在一尘不染的椭圆形办公桌上。叶雁痕缓缓坐下,打开了电脑。叶雁痕上班的习惯,先是在几个门户网站上看看重要新闻,然后打开信箱看电子邮件。这两件事完了,她才正式开始工作。

今天共有三封未读邮件,其中两封一看地址就知是老朋友发来的,而第三封来自未知发件人。一般情况下,叶雁痕为避免电脑中病毒,不会打开不明邮件。但这封邮件的标题吓了她一跳:

洪文光向您问候!

洪文光?叶雁痕全身麻了一下。他不是已经死了吗?她犹豫起来。打不打开这封邮件?她思忖着。最终,严重的好奇心还是驱使她点了一下鼠标。页面跳动,一封信闪入她的眼帘:

叶总您好:
　　您一定很奇怪,一个死了的人为什么还会给您发邮件?这不奇怪!因为我虽然死了,但我的冤魂仍然时时跟着您,同时我也能够委托我的朋友发这个邮件给您,说我想说的话。
　　叶总,我现在在地狱里,同那些凶恶的鬼魂为伴。但他们所谓的恶，与您相比简直太小儿科了！我又看到那些在"巨鲸号"上丧命的人了。他们在地狱里哭成一团。他们没有衣服穿，蜷缩在阴冷的墙角，残胳膊断腿的，有的被鱼啃得只剩下骨架。但他们都还剩着一双眼睛，那眼睛里燃烧着怒火。在阴间，他们才知道自己是被您害死的！他们围着我，听我讲完您的所作所为，有的流了泪，而更多的是紧咬着牙。那是种可怕的声音，我想就算是一头大象，也会被他们在几分钟之内撕成碎块。这是一群多么可怜的鬼啊！地狱里装都装不下，因为他们在世间都是好人，阴间不能接收他们。据说阴间正在召开紧急会议，研究如何让他们回阳。然而，他们的尸体早已不再，即使放他们回来，也只能是孤魂野鬼……

叶总，您杀了我灭口，认为我死了，您就可以高枕无忧了。而事实是这样吗？阴谋终究是阴谋，早晚会败露的。您要当心，您的好日子不长了！我不会马上要了您的命，因为您应该慢慢品尝失去权力、失去亲人、失去朋友的痛苦！最终，您会失去自由，被判刑，被枪决，死后还要被天下人唾骂……

想着您不久就要同我们这些野鬼相会，我们是多么激动啊！您来了，我们会慢慢地扒开您的衣服，撕破您的皮肤，扒开您的血肉，掏出您的心脏，看看到底是个什么心脏！我们已经决定了，就算您的心脏再脏、再丑、再黑，我们也不会嫌弃，一定会将它分着吃了！

您等着吧！也许就在今天，您的噩梦真正来临了……

叶雁痕费了好大的劲才看完这封邮件。很显然，这是有人假冒死者洪文光写来的信，故意恶心她，让她感觉到事情远未终结。这说明，看不见的对手在行动了！

就在今天？叶雁痕打了个寒战！她突然感觉今天是那么冷。萧邦呢？她这时才意识到，在这个世界上，虽然她拥有一个航运帝国的控制权，也拥有亲人和朋友，但现在唯一能够信任的人，似乎是一个刚刚闯入她生活、似乎还很陌生的男人——萧邦！她马上拿起电话，拨了萧邦的电话号码。

电话通了。她急切地说："你在哪里？我有要紧事找你！"

电话里一片安静。

她生起气来，大吼道："萧邦，你死哪儿去了？怎么不说话？"

电话那头传来一声陌生而阴冷的笑："他还没死，不过随时都会死！"

叶雁痕浑身凉透，哆嗦着问："你……你是谁？你想把他怎么样？"

对方冷笑了两声，说："本来他很安全，但他不该知道得太多了，尤其不该帮你！你别指望他了，也别指望任何人了。这个世界上，没有一个人会帮你！"

叶雁痕还要说什么，对方粗暴地挂了电话。听着"嘟嘟"的忙音，叶雁痕僵在那儿。随后，她又重拨了一下号码，传来的语音提示是对方已关机。叶雁痕呆愣片刻，终于挂了电话。谁料电话铃声尖锐地响起，吓得她缩了一下手。

一种刺骨的寒意强烈地刺激着萧邦的神经末梢。他忍不住咳嗽起来。随即，他感到脑后钻心地疼。他终于醒了。在冬季被冷水泼醒的滋味真不好受。

萧邦努力睁开眼，迅速地恢复了知觉。自己的双手，被反剪着绑在一根铁柱子上。昏暗的灯光下，一股沉沉的霉味钻入他的鼻孔。他迅速扫了一眼四周，发现这是一间墙皮斑驳的地下室。他的前方，并排坐着三个戴墨镜的汉子，两个瘦子一个胖子，以同样的姿势交叉着手。

萧邦努力回忆昏迷前的情景：当他开着车拐过大港市人民路，穿进平安大街时发现，后面有一辆黑色的汽车一直在尾随他。萧邦正要从后视镜里辨认车号，然而，右边一辆车一下别了过来，挡在了他的前面。萧邦连忙刹车，但汽车还是追尾了。他的车头轻微地撞在前面那辆黑色奔驰的尾部。还没等他反应过来，前面的车上下来两个戴墨镜的汉子，直奔他而来。萧邦本能地打开车门，迎头而来的那个大汉用东北话骂了一声"他妈的"，然后一把抓住了萧邦的衣领。萧邦用手一格，那只手缩回去了。然而，萧邦突然感到身后一阵冷风扑来。接着，他感到后脑勺发出一声闷响，所有的思维像断电似的，天地间的一切都停止了……

"你姓萧？"终于，三个男人中那个胖子发话了，带着浓重的东北口音。即便是坐着，他也要比两个瘦子高一头。

"对。萧邦。"萧邦平静地回答。

"就是那个自以为聪明的萧邦？"胖子冷笑。

"我好像从没觉得自己有多聪明，倒是别人经常这样讽刺我。"萧邦舒活了一下脖子，才发现颈部有许多硬块，大概是流血过多后凝结而成的吧。

"聪明人和笨蛋，落在咱兄弟手里都一样！"胖子说，"都活不长！"

"你们想弄死我？"萧邦冷笑，"怕死，就不跟你们玩了！"

"你认为我们不敢做了你！"那个泼水的瘦子一步上前，用干瘦而修长的手卡住了萧邦的脖子。萧邦立马感到有无数星星在眼前晃。

"放开他！"胖子吼了一声。

那瘦子悻悻地松开了手。萧邦忍不住大声咳嗽起来。

"萧先生，摆在你面前的只有两条路。"一直没发话的那个瘦子站起来说，"一条路是乖乖滚回北京去，另一条是你在我们三个人中任选一个，徒手搏击，赢了就可以走人！"此人说话声音尖细，嗞嗞如蛇鸣，让人听了心里直发毛。

萧邦叹了口气，说："看来只有听你们的了。"

那泼水的瘦子走过来，为萧邦解开了绳索。

萧邦定定地看着那个声音尖细的瘦子，说："好吧，我就选你了。"

胖子和另一瘦子突然哈哈大笑起来。他们各自点了根烟，坐在凳子上。

萧邦甩了甩手，忍不住问："你们笑什么？"

胖子说："我们笑你真有眼力！"而那个声音嘶哑的瘦子扶了扶墨镜，站了起来。他的身高最多一米七，但往那儿一站，竟像是一杆标枪。

萧邦感到了扑面而来的杀气。他正思忖着如何应对，对方的腿不知怎么就突然踢在了他的小腹上。萧邦顿感一阵剧痛，接着，他的脸上又挨了一拳。萧邦彻底醒了，不断腾挪闪避，堪堪躲开那密如雨点的拳脚。几个回合下来，萧邦发出喘息声。"砰！"又一飞脚踢在他的左腰上。萧邦忍着剧痛，疾伸左手，捏住了瘦子的脚踝，右手借势一托，将那人生生地抛掷起来。那两个坐着的看客忍不住惊呼了一声。但那个被抛动的身体在空中翻了一个身，以标准的前扑姿势稳稳着地。地面顿时腾起了一片灰土。接着，那瘦子游蛇般迅疾地蹿过来，一个剪腿将萧邦绞翻在地，又一记重拳砸在萧邦的脸上。萧邦倒地不起。鲜血，顺着他的嘴角汩汩流出。他蜷缩在那里，像一只疲软的狗，发出粗重的喘息。得胜的瘦子拍了拍手，轻轻地将有点歪斜的墨镜扶了一下，居然连大气都没出一口。

随后，胜利者摸出根烟。那胖子连忙上前点火。胜利者深深地吸了几口，冲胖子说："这样的废物，也想出来混事！拉出去喂狗吧！"然后，他悠闲地打着响指。胖子和另一瘦子立刻冲过来，摁住萧邦，在他的眼睛上蒙了一块黑布，像拖一条死狗似的将萧邦拖出了地下室。

叶雁痕拿起电话，礼貌地说了声"您好"。

对方也客气地说："是叶总吗？我是李海星。"

原来是大港海事局副局长兼船舶处处长。叶雁痕放下心来，说："是李局长啊，您好您好。找我？有什么指示？"

"指示不敢。叶总，向你通报一下。今天，你们准备出港的船中，有五条船不能航行。"对方的声音很平静，但叶雁痕的心里"咚"地响了一下。

五条船被扣？天哪，这是蓝鲸有史以来没有过的事！"为什么？"叶雁痕急切地问。

"因为船舶安全达不到标准，不能出港。作为朋友，我先打个电话通知你，让你心里有个数。就这样吧，我挂了。"叶雁痕还想说什么，对方已经挂了电话。

这怎么可能？安全问题？不是做过了全面检查吗？叶雁痕感觉事情不妙。但海事局是船舶安全主管部门，而主管船舶安全的领导又发了话，他的话就是命令！到底是哪儿出了问题？叶雁痕的脑子里一团糨糊。她呆了半晌，才将电话挂上。

突然，电话又疯了似的响起来，叶雁痕吓了一跳。今天是怎么了？她真想逃离这间办公室，但电话继续尖叫。叶雁痕颤抖着手，拿起了话筒，同时努力使自己的心绪平静下来。

"喂，是雁痕吗？"话筒里清晰地传来一个浑厚的声音。叶雁痕差点哭出声来——是老头子苏振海打来的。

"爸爸，您怎么有空打电话来……"叶雁痕很快控制住了情绪。听到老头子的呼吸声，叶雁痕精神一振。这个世界上，似乎还不存在让老头子为难的事！

"孩子，你是怎么搞的嘛！"老头子顿了顿说，"蓝鲸交给你才几天，就不稳当了？你让爸爸好失望！"

叶雁痕一惊。在她的印象里，老头子是个非常有原则的人，从不乱说一个字。而今天打电话的内容,显得非常不妙。"怎么啦,爸爸?"叶雁痕深吸了口气,"是不是有人向您打小报告了?"

"雁痕啊,你是明知故问吧!"老头子叹息了一声,"我退休了,不想再过问蓝鲸的事。可是,你这么搞下去肯定不行!多的我就不说了,蓝鲸历史上还没有被扣五条船的记录啊!还有,公司上下对你很不满意,圈子里的朋友也说你不会来事。你究竟在忙什么?那个离过婚、背景不清不楚的男人真的那么重要吗?"

"爸爸……您说什么呀!"叶雁痕只觉大脑深层"轰"的一声。她变得语无伦次了。

"好了。别的我就不多讲了。我建议你先休息一段时间,清醒清醒,公司暂时让啸岩来打理吧。"老头子的声音不容置疑,但随后又安慰她道,"雁痕啊,你也别多想,爸爸是相信你的。虽然浚航走了,但我一直把你看作亲生女儿。你什么也不用说了,好好休息两天。爸爸要说再见了!"

叶雁痕半天缓不过劲来,直到听筒里的忙音将她的耳膜震得生疼。她感到自己的身体飘浮起来,眼前的景物逐渐变得虚幻。

寒冷而清新的空气冲进萧邦的鼻孔,他顿觉头脑一激灵,终于到地面上了。

萧邦浑身没有一点力气。两个拖他的汉子已经微喘了。萧邦听到了车门打开的声音,然后他被塞了进去。他还没坐稳,左右两边的两条汉子已将他挤在中间,并将他的手麻利地反绑起来。继而,他听到了轻微的汽车引擎声,车开动了。

大约过了半个小时,车停了下来。车门打开,一阵寒风刮进来,萧邦被拖出车门,扔在冰冷的地上。他听到了自己的右脸擦在地上的声音,像撕开刚上市的香蕉皮一样脆。

"再管闲事,叫你狗日的死无全尸!"这是萧邦听到的最后一句话。

　　汽车声渐渐消失，周围安静下来。萧邦伏在地上，凭借手腕的皮肤感觉了一下那拴得并不紧的鞋带。他把手交错着动了一下，鞋带就断了。接着，他扯开了那块讨厌的黑布，眼前明亮无比。

　　这是一片废墟，似乎有过建筑的痕迹，但已被枯黄的野草和狼藉的垃圾所占据。萧邦转过头，就看到了他的车。他舒活了一下筋骨，打开车门，见钥匙正插在锁孔上。他又仔细地检查了一下自己的物品，居然一样没少。看来，对方只是想警告他一下而已。

　　萧邦摸了摸后脑勺上凝结的血块，自嘲地笑了笑。他看了看后视镜，镜子里是一个颓唐的中年男人，脸皮被粗糙的地面擦肿了，看上去像一块刚下锅的肉。

011 | 谁制造了海难

叶雁痕坐在蓝鲸大厦二楼餐厅。她发现今天的咖啡实在苦得难以下咽。

蓝鲸集团普通职工餐厅在地下一层，而二楼的餐厅与部队的"小灶食堂"类似，是蓝鲸中高层领导用餐的地方。不过这艘航运巨舰的主人，是有专门的小包间的。叶雁痕无心吃饭，服务人员端来了一杯咖啡。叶雁痕就让门开着，这样外面的情况就可以尽收眼底。还未到开饭时间，外面没有人。

叶雁痕正胡思乱想着，穿着白色套裙的苏锦帆缓缓地向雅间这边走来。苏锦帆是一个非常精干的职业女性，一张如月亮般皎洁的脸庞，齐耳短发，就像 20 世纪三四十年代的留洋女生。叶雁痕跟这个小姑子关系还可以，更何况总裁自然要与集团的财神相处融洽。苏锦帆打了个招呼，在叶雁痕对面坐下来。

"听啸岩说，你有事找我？"叶雁痕尽量装得平静些。今天的一连串麻烦让她的脑袋现在还嗡嗡直响。

苏锦帆没有马上回答嫂子。她打开手包，从里面拿出了一件东西。

是那个血色船舵！叶雁痕感到心里刮起一阵阴风。"你……你怎么会有这个东西？"叶雁痕忍不住问。

苏锦帆平静地将船舵放在叶雁痕面前，轻声说："嫂子，你不想收回它吗？"

"你到底是从哪里弄来的？"叶雁痕再次追问。

"你不要问了。作为妹妹，我只想告诉你，现在有人要把这个东西交给警察。我不想你再卷进是非之中。"苏锦帆叹了口气，继续说，"嫂子，实话实说，公司上下现在谈论你的人很多。但我绝对不相信是你害死了哥哥。今天我找你，只想弄清楚一件事。"

"什么事？"

"那个叫洪文光的人,到底跟你有没有关系?"

"你也怀疑我?"

"可是,这个船舵是在洪文光那里找到的!"苏锦帆的眼神突然变成了尖利的刺。

"锦帆啊,我只能告诉你,洪文光的死,跟我没有关系!"叶雁痕回应着她的目光。

苏锦帆感到自己的刺插进了泥土里。过了大约一分钟,苏锦帆说:"嫂子,实话告诉你,啸岩可能要对你不利。听爸爸的意思,似乎想让你休息一段时间,让啸岩来管理。"

"爸爸给我打过电话了。"叶雁痕并不意外,只是平静地说,"可是,你为什么要告诉我这些?"

"因为,爸爸是爸爸,啸岩是啸岩,我是我。"苏锦帆说,"我只告诉你一件事,希望嫂子能明白。"

叶雁痕点点头。

"我只对蓝鲸负责。"

作为蓝鲸集团的首席财务官,这句话没有什么不对。但叶雁痕似乎听出了弦外之音。

"你找我,就是要告诉我这些?"叶雁痕点了根烟,侧着头问。

"还有更重要的事要告诉你。"苏锦帆说,"虽然我们是一家人,但你不了解我们这个家族中的任何一个人。"

她的话听起来是那样的冷,如同冬天的海水。

"当然……我,我只不过是个外人!"叶雁痕有些酸溜溜地说,"尤其是浚航失踪后。"

"嫂子,你误解了我的意思。我是说,你处在危险当中。"苏锦帆说着,站了起来。

叶雁痕又感到一阵凉意袭上心头。她急切地问:"锦帆,有话就直说吧。"

"我没有任何依据，是凭直觉。"

叶雁痕快速考虑了一下，突然，她拉住苏锦帆说："我该怎么办？"

苏锦帆看着她，说："放弃。"

"放弃什么？"叶雁痕追问。

"放弃权力，放弃追查，放弃一切！等风浪过去后，该是你的仍然会还给你。"

叶雁痕收起船舵，觉得自己又回到了小学时代，而她的小姑子成了她的老师。

风很大。北国海边的冬季，寒风像刀片一样锋利。

萧邦站在风里，任凭寒风在脸上刮来刮去。他看了看表，正好20：00。约会时从不迟到，是他多年的习惯。

一辆暗红色的丰田跑车从夜幕中钻出来，停在他的面前。车门打开，穿着浅蓝色羽绒服的苏锦帆一步跨了出来。萧邦连忙上前，帮她关上车门。凭借暗淡的星光，萧邦的眼中映出一个柔弱的身影。萧邦主动伸出了手。苏锦帆急忙脱掉柔软的皮手套，把手伸了过去，轻轻说了声"谢谢"。萧邦感到一阵寒意沁入自己的手掌。

"锦帆你好。"萧邦说，"我来了一个多星期，直到今晚才约你出来，真对不起。"

苏锦帆笑了一下，说："这都怪我，应该是我尽地主之谊。昨天我才接到素筠的电话。她好像知道你来了大港，要我多多照顾你。没想到你先给我打了电话。"

"素筠知道……我来大港？"萧邦很诧异。

"你们虽然分开了，但她没有忘记你。"苏锦帆见萧邦神色僵硬，便问，"对了，豆豆好吗？"

"我也不知道。"萧邦叹了口气，"她住在外婆家，我连电话都不敢打！"

"萧邦，这些年你过得好吗？"苏锦帆的神情突然黯然起来。

"还不错。你呢？"

"日子嘛，怎么都是过。"苏锦帆说，"唉，无忧无虑的日子早就烟消云散了。你和素筠度蜜月的时候，我是多么羡慕你们啊！萧邦，今天你找我出来，恐怕不是为了叙旧吧？"

萧邦笑笑说："当然是有事找你。"

"萧邦，如果我猜得没错，你是因为'12·21'海难才找我的，对吗？"

"是的。"

"你真是为了调查我哥哥的死而来？"

"是的。"

"你找我，是有事要问？"

"是的。"

"什么事？"

"家事。"萧邦突然盯住她的眼睛。

"我就知道你要问这个。"苏锦帆轻轻咳了一下，"如果我猜得不错，你调查的案情已经进展到了一个比较关键的时刻，但有一些地方想不通，对吧？"

"是的。"萧邦承认。他迅速移动目光，看着脸庞已被冻红的苏锦帆，"要不要到车里去坐着谈？"

苏锦帆摇摇头："不用。有时，寒冷会使人清醒一些。"

萧邦没再坚持："实话实说，我研究过你们家族。'12·21'海难，的确与你们家族关系很大。"

苏锦帆沉吟了一下，说："我也实话实说。这两年，我也在暗中研究这起海难。不仅仅因为这起海难是蓝鲸下属的公司出了责任事故，还因为260名无辜者的性命葬身大海，并且里面包括我的哥哥。当然，说得再具体一些，这起看似已风平浪静的海难，在两年后的今天，直接影响着蓝鲸集团的命运。"

萧邦没想到苏锦帆居然这么爽快,直接进入了主题。他掏出烟,背着风点了火,深吸一口,说:"你能够认识到这一层,我真感到高兴。以目前的情况来看,'12·21'海难人为因素要占80%以上。我查来查去,所有的线索都指向你们这个家族。我想知道这是为什么。"

苏锦帆居然很平静:"我知道你怀疑我嫂子,甚至怀疑我丈夫啸岩和我。我只能告诉你,我也在怀疑,甚至怀疑我自己。"

"很可能这起海难跟你们都没有关系。但现在,我最想知道你们家族的内在关系。当然,如果你觉得不方便说,就不说。本来,我无权问及隐私。"萧邦脸上一片坦然。

苏锦帆摇摇头说:"我们家族的内在关系的确比较复杂,不知你想知道哪一些?"

"那好。我说得不对,你别怪我。就先谈一个问题吧,据我所知,你的哥哥并非你父亲苏老船长亲生。"

苏锦帆怔了一下,但随即恢复了正常。她点了点头:"是的。但这件事普天之下知道的人不会超过五个。你是怎么知道的?"

萧邦并没有正面回答:"四十年前,印尼发生大规模的排华动乱,中国政府决定派遣远洋船只去印尼接侨。这就是中华人民共和国成立后第一次真正的远洋航行。那艘船名叫'光华'轮,船长陈宏泽。你父亲以前搞过航海,便自告奋勇去当了船员。在接侨过程中,一对印尼华侨夫妇不幸死亡,你父亲就将那对夫妇的一个男孩收养了。他就是苏浚航。

"你父亲对苏浚航视同己出,疼爱有加,决心将他培养成杰出的航海家。苏浚航也非常争气,年纪轻轻就继承了你父亲的事业,闯出了天下。可是,你父亲在后来似乎对他很不满意。一个将原来的公司做得更大的继承者,为什么会让创始人不满呢?"

"很简单,因为我父亲不赞成公司上市。这是两代经营者在观念上的不一致,没有什么。"苏锦帆做出了解释。

"好。那就说说你嫂子叶雁痕。叶雁痕同你哥哥一样,受过良好的教育,同样是航海世家出身,他们二人按说是天作之合。但不知为什么,你哥哥和你嫂子貌合神离,基本没有爱情,却能够相互配合,夫唱妇随。这又是为什么?"

苏锦帆面露些许诧异:"你知道的还真不少。很简单,我父亲和嫂子的父亲是结拜兄弟,因此安排了这桩婚姻。而他们虽然谈不上什么爱情,但都是事业型的人。至少,在事业上,他们还算志同道合吧。"

"好。那就说说你。你与王啸岩是自由恋爱,而且王啸岩也非常优秀,你也很爱他,可是你父亲似乎并不喜欢王啸岩,但又让他拥有蓝鲸的股份,这又是为什么?"

苏锦帆轻叹了一声,说:"难为你夸奖我丈夫。是的,我曾经爱过他,但结婚七年,我才发现这种爱是种错觉。坦白地说,以前我是想嫁一个像你这样的人,可是你那时已经结婚了。没办法,我总得嫁出去。女人,只要不想当尼姑,早晚都得嫁出去的。"

萧邦避开这个问题,说:"我想知道,你什么时候发现自己对王啸岩的爱是一种错觉。"

苏锦帆面露愠色,急促地说:"萧邦,我能不能不回答你?"

萧邦笑了一下,说:"那就由我来说吧。你与王啸岩结婚之后,发现他爱的是你们家族中的另一个女人,对不对?"

苏锦帆苦笑了一下,说道:"萧邦,你连这个都调查,不觉得挺没意思吗?"

萧邦突然把脸一沉,说道:"我无意窥探别人的隐私,但当个人的隐私有可能危害公众的时候,我就逼迫自己去调查分析。是的,表面看来,这是你们之间的私事,但我认为这些情感因素直接或间接地与'12·21'海难有关!"

苏锦帆一震,说:"你有什么依据?"

萧邦说:"实话实说,依据并不全面,但这种奇怪的情感关联必定会产生某些不正常的反应。也许你置身其中,反而被淹没了。"

苏锦帆抬起头,说:"很想听听你的高见。"

萧邦并没有客气:"这里面疑问很多。第一,你父亲在培养苏浚航方面,几乎耗尽了毕生心血,甚至将他当成了自己,但苏浚航在后来为什么有意疏远你父亲?第二,苏浚航和叶雁痕都是受过高等教育而且喝过洋墨水的人,为什么要接受一桩没有爱情的包办婚姻?第三,你父亲并不喜欢王啸岩,却还是让你们结婚,而且给了王啸岩可观的股权,并委以重任,本来这股权应该给自己的女儿的,这是为什么?第四,苏浚航在'12·21'海难中失踪,极其关心蓝鲸命运和儿子生命的苏老船长却一直没有做出任何反应,倒是与丈夫貌合神离的叶雁痕在海难事故已经平息的今天显得十分急,这是为什么?第五,苏老船长当前正准备让自己不喜欢的王啸岩掌舵蓝鲸,而你的意见又让他举棋不定,又是为什么?"

一阵寒风刮过,苏锦帆感觉头皮一阵发紧。她使劲地咳嗽了一声,良久才说:"萧邦,你到底想说什么?"

萧邦沉声说:"想说的其实只有一点——到底是谁制造了'12·21'特大海难?"

"那你认为是谁?"苏锦帆的眼神闪了一下。

"不能肯定。但至少现在就有两个可疑的对象。"

"谁?"

"王啸岩和叶雁痕!"萧邦加重了语气。

苏锦帆的身体晃了一下,说:"你有证据吗?"

"目前没有。"萧邦说,"但或许很快就有。"

012 ｜ 被绑架的总裁

叶雁痕的双手已麻木。从出生到现在，她第一次尝到了被控制的滋味。

下午4点，叶雁痕接到王啸岩的电话。王啸岩客气地约她到集团下属的国际海员俱乐部酒店，说是有紧要的事情和她单独谈谈。

"什么事不能在办公室谈？"叶雁痕今天经历了太多的事，心里烦躁。

"有关您的事。"王啸岩不紧不慢地说，"孟欣给了我一些关于您和'12·21'海难的证据。您想知道吗？"

叶雁痕心里冷笑了一下。要论证据，我手头也有你王啸岩的证据！她假装沉吟了一下，说："好吧。几点？"

"晚上10点，在海员俱乐部酒店，就我们俩。"王啸岩说。

"为什么不早一点？"叶雁痕说，"今天我很累了。"

"晚一点好。"王啸岩说，"免得酒店里认识我们的人看见。"

叶雁痕正准备晚上去淑女坊美容院修整一下，至少得三个小时，趁这段时间还可以思考一些问题，便答应了。

晚上9点半，叶雁痕从美容室走出来时，镜子里是一个浑身散发着迷人气息的少妇。大厅里有几个男人在理发，眼神齐刷刷地向她射来。叶雁痕从镜子里瞥到了各种暧昧的目光。她接过服务员递来的大衣，穿上，头也不回地走了出去，轻盈地走向街道拐角。这个淑女坊样样都好，就是没有停车的地方。她的车停在街道拐角的空地上。这片空地是拆迁留下的，还没有完全清理干净，就成了临时停车场。现在，有十几辆车并排着停在那里。

她绕过一辆黑色的皇冠，掏出电子钥匙按了一下，解锁声响起，她正准备去拉车门，突然，身旁的那辆车前后门同时打开，两条黑影猛扑过来。还没等她明白是怎么回事，一块黑布蒙上了她的眼睛，双手也被人牢牢固定在背后。她正想喊,一把匕首已横在她的脖子上。那刚刚做过精心护理的皮肤立即沁入刺骨的寒冷,传遍周身。

"敢喊一声,立马要你的命!"一个低沉的声音传来。然后她就被拖进了一辆汽车,梗着脖子坐在后排,被两个烟味很浓的男人挤在中间。

汽车正快速行驶。二十分钟后,她被强行拉下车,推搡着向一个不知名的地方走去。刺鼻的霉味使她精神一紧,中途两次差点摔倒,她感觉自己正往地下室走。幸好今天穿的鞋鞋跟并不高。

最终她被扔在冰冷的地上。没有暖气,没有座位。她的手被捆着,动弹不得。两个绑架她的家伙一声不吭,不知站在哪个角落盯着她。

"你们到底想干什么?"她大声地叫。

没有人搭理她。

"你们要钱?我给!"她嘶声叫道。

没有人理会她,她绝望得要麻木了。

是谁在向自己动手?王啸岩?孟中华?她现在已经没有力气呼喊。她要让自己的思维保持正常。有什么目的?要钱?要权?要色?她想不出来。现在最重要的是保住性命,其他都不重要。突然,一个人的名字闪入了她的脑海。她疼得发抖的心猛地热了一下。她坐了起来,对着黑暗喊道:"你们这些浑蛋,竟敢绑架我!你们知道我的舅舅是谁吗?"

"不就是靳峰吗?"黑暗里一个沙哑的声音说,"靳峰在警察眼里是局长,是大官,但在我们兄弟眼里,他什么也不是!"

"就算他厉害,这时也救不了你!神仙也救不了你!"另一个冰冷的声音说。

叶雁痕再次陷入绝望。

"谁说我救不了她!"一个洪钟般的声音传来。

叶雁痕心中一热。这是她熟悉的声音,虽然略显沙哑,但这正是舅舅的声音！"舅舅……"她忍不住高声喊起来。但她的声音很快被"砰砰"的打斗声掩盖了。叶雁痕看不见，但她能感觉出这是一场惊心动魄的战斗。她不禁为舅舅捏一把冷汗。随着几声惨叫，战斗结束。楼梯上传来纷乱的脚步声，似乎有人跑了。

叶雁痕还没完全明白过来，蒙在眼睛上的黑布被揭开了。她看到了舅舅的脸。一张胖胖的、有着职业警察那种不易看出悲喜的平静的脸。

"没事了。"舅舅说。舅舅又解开了她手上的绳子，扶她在一张破旧的椅子上坐下。叶雁痕这才注意到这是一个废旧的地下仓库，几根半明半暗的灯管被破蜘蛛网包围着，正发着微弱的光。

"雁痕，我来晚了。"舅舅的话语中饱含着爱怜。

"没有来晚……谢谢舅舅……"叶雁痕惊吓过度，有些结结巴巴地说。

"他们绑架你干什么？"舅舅突然问。

"不知道。"叶雁痕这时才剧烈地发起抖来。

"没事了。"舅舅说，"一切都过去了。雁痕啊，这里只有你和舅舅在，你就说实话。最近，我接到匿名举报，说两年前的'12·21'海难与你有关，说是你害死了浚航，是真的吗？"

"舅舅也相信这些？"叶雁痕差点哭出来，"我哪会害死浚航？我有什么理由？您别听人家瞎说！"

"我当然不会听人家乱说。但是，既然有人报案，公安机关必须受理，这是规矩，你叫我怎么办呢？"舅舅为难地说，"况且，人家肯定知道我是你舅舅，我要是包庇你，连我也得牵扯进去。"

"舅舅，您怎么知道我被绑架了？"叶雁痕避开这个话题，突然问。

"我？"舅舅顿了一下，"你舅舅是警察，当然知道。不过费了好大的劲才找到这里。"

"那您怎么不把那些坏人抓起来？"叶雁痕继续问。

"唉，舅舅老了，没用了。"靳峰说，"能将他们打跑，已经不错了。"

"谢谢舅舅。"叶雁痕停止了寒战，"舅舅，您到底想知道什么，直说吧。"

"好。"舅舅说，"其实舅舅早就知道你与浚航没有感情了，他甚至起了杀你之心，你才不得已这样做。舅舅想知道，你到底向你弟弟交代了些什么？"

叶雁痕突然冷笑："好个如意算盘！你想让我编故事吗？我还没傻到家吧？！"

靳峰一愣，不解地问："雁痕呀，你怎么能这样跟舅舅讲话？"

叶雁痕再次冷笑："别演戏了！你不是我舅舅。"

"靳峰"沉默了一下，说："你怎么知道？"

叶雁痕说："第一，我舅舅从来没有叫过我雁痕，而是叫我雁雁。"

"靳峰"一愣，随即哈哈大笑："是我大意了。第二呢？"

"因为你嘴里的烟味。"叶雁痕用麻木的手在鼻子前扇了一下，"我舅舅也抽烟，但绝没有你口中的那股恶臭！"

"靳峰"沉默了一下，居然笑着说："还有第三吗？"

"就算有吧。"叶雁痕说，"你的出现太像电影里的情节了，因此无法让人相信。"

见对方点头，叶雁痕说："但我开始真的以为你就是舅舅。因为无论从相貌、衣着和口音，你都与舅舅一模一样。但是，刚才讲的这三点，任何一点都可以断定你不是！"

"靳峰"叹了口气："现在我才知道，王啸岩斗不过你，我也低估了你。但你说我不是你舅舅，我又是谁呢？"

"你是孟中华！"叶雁痕一字一句地说。

孟中华哈哈大笑，说："不简单！不简单！我想知道，你是怎么判断出来的？是上述三点中的哪一点？"

"口臭！"叶雁痕忍不住笑了，"还记得上次你和萧邦在我家里骗我的事吗？那天我故意说要出500万请萧邦，尽快赶你走，就是因为再也无法忍受你的口臭！一秒钟也不能忍了！"

孟中华一怔，居然没有生气，只是喃喃地说："看来，我还是不懂女人！"

"可是他除了女人，什么都懂！"一个银铃般的声音撞击着墙壁，传到了叶雁痕的耳朵里。叶雁痕一抬头，就看见孟欣从楼梯上缓缓地走下来，脸上带着天使般的微笑。

"口臭不是绝症，可以医治，这只是抽烟太多、休息太少的原因。"孟欣仍然在笑，"可是，一个自作聪明的女人就跟得了绝症没有什么两样，只有等死！就像我们聪明的叶总裁，虽然吹气如兰，但死后的尸体也会同母狗一样臊臭！"

叶雁痕接收到孟欣刀锋般的眼神，只觉得全身凉透。

"并不是每个抽烟的人都有口臭。"一个清朗的声音从楼梯上传下来。叶雁痕定睛一看，萧邦慢慢地走下台阶，正不紧不慢地说着话，"一个良心真正坏了的人，又怎么能指望医生将他治好？"

孟中华和孟欣顿时僵在那儿。

013 | 主雇摊牌

萧邦在三人惊诧的目光里走向叶雁痕,并将自己的羽绒服脱下来,给她披上。他叹了口气,像埋怨妻子似的慢悠悠地说道:"女人为什么只懂得爱美,而不懂得爱惜自己的身体呢?"

叶雁痕的泪溢出眼眶。她真想扎进萧邦的怀里。

"孟总,想抽根烟吗?"萧邦从衣服里掏出一盒红河,"如果不嫌弃,我倒可以敬你一支,就是烟次了点。"

孟中华居然笑了笑:"红河也不错。当年,在老排手下当兵,能赏根哈德门抽就不错了。"他伸过手来,接了一支。

萧邦从裤兜里掏出一张银联卡和一套车钥匙,递给孟中华:"孟总,5万元一分未动。车和那些行头,都在外面。我们的戏,也该演完了。"

"怪不得你来得这么快!"孟中华平静地说,"老排想辞职了?"

"既然你叫我一声老排,我也实话告诉你。"萧邦收起笑容,"部队的那套东西,你只学了点皮毛就拿到社会上张扬,注定要失败!但是,你还是有了一些新的发明,所以才让我周旋了一阵。至于辞职,你也知道,一开始我就不是真想干地下侦探。"

孟中华接过物件,打了个哈哈:"小庙留不住大神。既然老排已被叶总挖走,那也好。不过,叶总目前好像也不是太顺,不知老排在蓝鲸能不能干得长?"

萧邦哼了一声,说:"咱们别扯远了。今晚,咱们的事,也该告一段落了吧?"

孟中华弹了弹烟灰,说:"的确该告一段落了。萧大记者,当年您在部队连写封情书都要找我,想不到今天握起了笔杆子,呵呵,世界变化真快啊。"

"别提部队了!"萧邦沉下脸,"我军培养出你这样的败类,实在是悲哀！刚才，叶总从三个方面识破你并非靳副局长，而我却能说出至少十个破绽！"

"愿闻其详。"孟中华将烟扔在地上，踩了一下。看来，抽惯了中华的人，这红河烟根本无法和嗓子亲密接触。

"你的这个面具，在处理上还是可以打90分的。但你用的是第四代产品。这种产品有个缺点：虽然看起来很熨帖，但由于厚了一些，无法很好地传达面部表情。我看，你还是将它撕了吧。"萧邦说。

"是，老排。"孟中华说着，便以手遮面，将面具撕了下来。

要不是亲眼所见，叶雁痕简直不敢相信世间真有如此精妙的易容技术。她不由得想起几天前在公园见到"洪文光"的场景。看来，"洪文光"就是萧邦。她心下大骇。

"是你先说，还是我先说？"萧邦吸尽最后一口烟，将烟头踩灭，"要不然你先问吧，我来回答。"

"好吧。"孟中华微笑着说，"我想知道，你是如何知道我们会在这里的？而且那么快就跟踪了过来。"

"这得问孟欣小姐。"萧邦淡淡地说，"你派遣孟欣小姐一路跟踪我到云台，趁我上洗手间时，在我衣服里安装了微型卫星定位器。而我也趁她不注意，在她的身上安装了更先进的微型卫星定位器。她给我安装，我出洗手间时就已知道；我给她安装，她至今也不知道。"

孟欣怔住，手下意识地在身上乱摸。

萧邦说："当然，你的目标并不是我，而是叶总。我不过是个导体，叶总才是目标。"

"那我究竟对叶总有什么企图？"孟中华掏出一盒中华，自顾自点上，"叶总与我远日无怨，近日无仇，我有什么理由打她的主意？"

"拉登与美国民众有什么仇？不是照样用飞机撞楼吗？"萧邦冷笑了一声，"对于某些人而言，金钱、权力、美色都是最好的理由。"

孟中华哼了一声："这三样，我好像并不缺！老排没钱，也不要以穷人之心度富人之腹。"

"我是没钱，但我抽红河抽得舒坦；有的人有钱，但抽中华也心里不安！"萧邦冷冷地说，"天地再大，也没有人的心大。孟总虽然执掌中国最大的地下调查集团，但并不满足，想染指蓝鲸这艘巨舰。而蓝鲸的掌门又的确有些把柄掌握在你手里，因此你要将文章做足。"

"你一个小小的记者，不就是想写'12·21'海难出名吗？"孟中华也冷笑了一声，"我不明白，蓝鲸的事情与你有什么关系？你管得着吗？"

"我是管不着。"萧邦盯着孟中华，"但是如果有人想遮蔽'12·21'海难的真相，混淆视听，我就决不答应！"

叶雁痕和孟欣觉得萧邦的声音如金属般撞击着墙壁，二人不由得吓了一跳。

"好吧。"孟中华口气突然缓和了许多，"既然你想蹚一蹚这池浑水，随你的便。我现在只想知道，对这件事，你到底还了解多少？"

"不多，也不少。"萧邦模糊应答，"我只知道一个非职业演员光靠演戏，是没有好结果的。"

孟中华扔掉烟头，叹了口气说："老萧啊，我不知道你究竟为什么一定要跟我作对。俗话说得好，好钢用在刀刃上。你在《华夏新闻周刊》，一个月几千块钱，还累得要死。你看，你刚来，我就腾出真相集团第一副总裁的位置请你干，要什么配什么，不比你干那个破记者强？刚才多有得罪，你是老领导，担待着点。既然你已经知道了那么多，我就明白地告诉你，我老孟是做大事的人，我要干得比蓝鲸更大！因此，我可以对天发誓，只要你老萧对真相无二心，我老孟绝对对你无二心！你是否可以考虑收回成命，咱们老哥俩一起打拼？真的，我可以把总裁的位子让出来，退居二线当董事长，怎么样？"

萧邦哈哈一笑："难为孟总了。不敢当啊！我的心没你黑，干不了这个。我还是做我的破记者吧。"

孟中华把脸一沉："既然如此，别怪我先君子后小人。你以为你今晚来到这里，还能走得出去吗？"

萧邦将手抱在胸前，微微一笑："既然我敢来，就不怕你。你还有什么招，尽管使出来吧！要不要我来预测一下即将发生的事？"

孟中华装作很糊涂的样子："即将发生什么事，连我都不知道，你怎么会知道？"

萧邦接着说："无非是你布下了重兵嘛！隔壁房间有五个人，手里都有家伙。这五个人，其中三个是练家子，其余两个是在逃犯。最厉害的那位现在蹲在墙边抽烟。这个人有很好的下盘功夫，力气奇大，大约1.85米，重约170斤；排名第二的这位老兄，体重不足100斤，手里正捏着柄匕首，因为等得不耐烦，正在用刀尖轻轻地划着墙；排名第三的这位老兄最沉得住气，这么冷的天也没忘记压腿。这会儿他正将左腿贴在墙上，已经有十分钟了，居然一动不动，就是我十年前也不一定能熬得过他。其余那两个渣滓不值一提，虽然亡命，却沉不住气，老是弄出响动。孟总啊，这两个人身上背着命案，而你却每月花两万元请他们，真不值当！"

叶雁痕和孟欣面露惊诧，而孟中华的瞳孔突然收缩。只有一个真正意义上的特种军人才知道这种听觉判断是多么可怕！孟中华拼命恢复镇定，并做好了下达命令的准备。

突然，楼梯上一个声音说："孟总沉迷酒色，已经丧失了野性。不然，今晚他又怎么会栽在萧先生的手里？"四人抬起头。视线里，身着警服的靳峰拍着胖嘟嘟的手，正微笑着朝他们走来。

014 | 亡命之赌

滨海花园小区。

王啸岩嘴里打着呼噜，眼皮却轻轻张开。苏锦帆像猫一样蜷在床上，双眼紧闭，呼吸均匀，显然是在疲累后睡熟了。王啸岩轻轻地将蚕丝被盖在她的身上，将灯关闭，又将门轻轻带上。然后，他出了客厅。在锁上房门的一刹那，他的眼睛亮了起来。

五分钟后，王啸岩开着他的奔驰600出了小区。十分钟后，他看到了大港市著名的漂流岛酒吧。漂流岛酒吧极不起眼，必须穿过山西路这条黑灯瞎火的老街才能看到。远远望去，漆黑的长街只有漂流岛霓虹闪烁，就像是煤炉深处的一点火星。

王啸岩将车停好，整装走了进去。夜已深，酒吧里散坐着十几个客人。服务生正忙着收拾舞台。这里，经常有二三流歌手前来表演助兴，看来刚刚收场。王啸岩就曾泡上一个女歌手，不过半年前他就将她蹬了。王啸岩泡女人和蹬女人的手段一样高。他找了个偏僻的角落坐下。从这个角落里可以观察进进出出的人，但别人却不容易发现他。

他抬了一下手腕。时针正指向凌晨两点。这个孟欣，怎么还没来？想着今晚就会有重大的收获，他感到大脑深处热了一下。通过这段时间的运作，以他的经验，有几种对他十分有利的结果将会到来——

1. 老头子已经对叶雁痕起了疑心，只要自己和苏锦帆不正式决裂，苏锦帆都是会站在自己这边的。

2. 据自己掌握的情况，孟欣已非常痛恨孟中华，要报复孟中华。这个有着深重心灵阴影的女子野心很大。如果好好利用，会成为自己的有生力量，将来可以利用她的势力扩张自己的势力。

3. 叶雁痕已是秋后的蚂蚱。孟欣已明确表示，会煽起孟、叶二人相斗，她在一旁搅局，等打败了叶雁痕，再将老孟这只老狐狸拿掉。

4. 孟欣实在是一个令人心痒的女子。年纪虽然不大，但女人味很浓，聪明程度也刚刚好，自己既能控制她，又不至于办砸了事儿，心理、生理的满足都是不二之选！碰上这样的尤物，简直是上天的眷顾！

王啸岩喝着啤酒，在回味与孟欣的几次缠绵。短短两天，他居然与孟欣睡了四次。国际海员俱乐部708房间，是他的私人空间，对外不预订。王啸岩让酒店老总装了鸳鸯浴池，平时在这里花钱找女人。时间长了，他觉得兴味索然。花钱买来的东西固然好，但总是缺少一点真正的征服感。而孟欣不同。孟欣如同一条滑滑的美人鱼，要费劲才能抓住，而纵使抓住也难以征服。她太懂男人，太懂细节，特别是她可以拿到瑜伽大赛奖项的各种动作让王啸岩体会到了从未有过的狂野。每次完事儿，他都感觉自己被掏空、被拆卸，但精神却又似乎被重新黏合。

他无法不痴迷。要论容颜，苏锦帆也不差，但苏锦帆是一条半冻状态下的鱼，不死不活，没有温度。就算在精神方面，苏锦帆也无法与他沟通。但孟欣似乎是一位全知全能的上帝，可以全方位无死角地懂他，随时都可以钻到他的心里去。她的话，她的动作，都让他迷醉而又有存在感……

时间又过了五分钟，孟欣还是没来。他有些着急。是不是那个萧邦捣了鬼？这个人有点名堂。虽然只有耳闻，但他隐隐觉得这个从北京来的家伙是一根刺。孟欣每次谈起他时都露出一种恐惧。叶雁痕、孟中华、孟欣，也包括老头子，他自信比较了解。但这个萧邦神出鬼没，似乎掌握了不少关于"12·21"海难的资料，而自己又无法控制他。看来，这个人得尽早下手！

王啸岩又喝了一口酒,感到一阵燥热,掏出手机准备打电话。突然,酒吧的门开了,一个美女冲了进来。

这么冷的天,这个女孩竟露着浑圆的大腿,上身只穿一件粉红的紧身毛衣,胸前鼓胀欲裂。没等王啸岩反应过来,她就扑上来紧紧抱住他,带着哭腔说:"大哥,带我走吧!让我离开这座伤心的城市,去哪儿都可以,干什么都行!"

王啸岩奋力挣扎,但那个女孩却死死黏住了他,还在他脸上啃了一口。"干什么?你干什么?你疯了吗?"王啸岩气得双眼冒火。三十多年来,他还没遇见过这种疯女孩。

王啸岩正琢磨如何摆脱纠缠,突然,酒吧的门被撞开,三个男人带着寒气冲了进来。王啸岩感到事情不对。第一个冲进来的人一把抓住了他的衣领,又一拳打在他的脸上。王啸岩脑袋轰响。模糊的视线中,一个胖子瞪圆牛眼气呼呼地看着他。

"你他妈的,敢泡老子的马子!"那胖子吐了一口口水,骂道,"小婊子,你给老子滚开!"

那个女孩松开了手,带着哭腔说:"你们就饶了我吧。我要跟着王大哥。王大哥爱我,我也爱他。你们就行行好吧……"

"都坐下说。"王啸岩听见一个沙哑的声音说。接着,他被一双干瘦的手强拉着坐下。

王啸岩强自镇定。他抬头仔细打量三个不速之客。一胖两瘦。胖子剃了个光头,身材高大。两个瘦子个头都不高,一个脸上有块一寸来长的疤,面目狰狞;一个戴副墨镜,瘦得让人担心他会被风刮走。更为奇怪的是,墨镜的左手小拇指上戴了一个黑色的戒指。

墨镜就坐在他对面,另外两人负手立在后面。那女孩瑟瑟发抖,斜倚在桌子旁。

"你姓王?"墨镜问。

"对。"王啸岩说,"我要报警,你们打人!"

97

"好。"墨镜将一个高档手机放在桌上,"报吧,这里有电话。"

王啸岩的手动了一下,但又突然停住。"是不是误会了?不知什么事情得罪了兄弟们?请明讲。"他清了清嗓子,总算镇定下来。

"那得问你啊。"墨镜说,"你泡了我兄弟的马子,我们能不找你麻烦吗?"

"我泡……这是哪儿跟哪儿的事?"王啸岩急了,"我根本不认识她!"

那女孩急忙说道:"王大哥,你太没良心了!你别提上裤子就不认人!昨晚你还发誓要带我走哩,今天咋就不认账了呢?"

"你认识我?"王啸岩瞪着那个女孩,"那你说说,我是干什么的?"

那女孩哼了一声,说:"别装了。你跟我睡了多少次了?还装!第一次我们在歌厅里见面,你就给了我名片。你看,我还保存着哩!你真没良心。"说着,她不知从哪儿摸出一张名片,放在桌上。

正是王啸岩的名片。但王啸岩实在想不起来什么时候给过这女孩名片。以他跟女人打交道的经验,除了客户,他从不给任何女人名片。

"王老板,我知道你有钱。"墨镜冷冷地说,"别以为是大老板,就敢泡哥们儿的马子。今天终于找到你了。你说,该怎么了断吧?!"

王啸岩气得直发抖。妈的,怎么会摊上这种事!看来,敌人向自己进攻了。他脑子里飞快地转动着:"既然你们认定是这样,我也没办法。你们说,该怎么办?"

墨镜哼了一声,说:"这还像个态度。这样吧,我们打个赌,输家必须为赢家做一件事,怎么样?"

王啸岩也哼了一声,说:"我凭什么跟你们赌?我又没做错什么!"

墨镜冷笑:"要是你今晚不赌,老子就要你的命!"王啸岩被森冷的声音吓了一跳。突然,那胖子一步蹿到他面前,手腕一翻,一把闪着寒光的匕首已抵在他的腰上。

王啸岩的腿随着迪斯科音乐的节奏开始发抖。他抬眼看吧台,服务人员早已不知去向。再看其他桌上的客人,已经全部走光了。

这一刻,他暗自发了毒誓:如果今晚能活着出去,一定要建立自己的地下安全组织!心里一发狠,他在瞬间就控制住了情绪。他居然笑了笑,说:"你说,怎么赌?"

墨镜一直绷着的脸突然舒展开了。他轻笑了一下:"王老板,为了公平,我给你个机会。既然是我提出来赌的,就应该由你来出题。老子是个粗人,但也不怕你使诈。愿赌服输,说话算数,请吧!"

他从不打牌,从不参与任何赌博,让他出题,还真是难为了他。疯狂的音乐节拍一下一下地敲打着他错乱的神经。王啸岩想不出。这时,他被墨镜左手枯瘦的小拇指上漆黑的戒指吸引住了。王啸岩顿时有了灵感。

"题目想好了。"王啸岩兴奋得发抖,"你说过,输了就必须为赢家做一件事,无论什么事,对吧?"

"就一件事,而且是输家能够办到的事,就这么简单。"墨镜有些不耐烦,"出题吧!"

一丝恶毒从王啸岩眼神里飞快地闪过。"我赌你这根戴戒指的指头!"他有些控制不住自己的兴奋,嘴唇像蜜蜂的翅膀抖动起来。

"赌我的手指?"墨镜一怔。天下的赌法千奇百怪,但从未听过赌手指的!

"你不同意?"王啸岩开始担心。

"老子说话算数!"墨镜斩钉截铁地说,"说吧,怎么个赌法?"

"我赌你的小指头净重30克!"王啸岩眼睛发着光。

"手指在老子手上,连老子都不知道重多少,你怎么知道刚好重30克?"墨镜有些蒙,"妈的,这算是什么赌法?"

"这可是你让我出题的!"王啸岩带着残酷的笑意,"如果你不能证明它不是30克,你就输了。"这个道理虽然有点歪,但实际上也是那么回事。聪明的王啸岩将难题踢给了对方。

墨镜果然沉默了，不久他爆发出一阵大笑："王啸岩，你有种！好吧，算你这题出得有水平！"

王啸岩以为自己赢定了。他正想开口，却见墨镜轻轻将漆黑的戒指除下来放入衣袋，把手招了招。胖子会意，将匕首递了过去。王啸岩心里一紧。只见墨镜拿起匕首，切向小拇指的根部。王啸岩听见锋利的匕首切过骨头的"嚓嚓"声……那女孩吓得一屁股坐在地上，而墨镜面不改色，"咔嚓"一声让小指头掉落在桌子上，霎时间鲜血如注。胖子迅速地拿出白纱布，帮他缠上。王啸岩的瞳孔顿时放大。

"这下你该知道它到底有多重了吧？"墨镜居然连眉头都没皱一下，仿佛是在割一只死狗的肉。而王啸岩感到胃在剧烈收缩，想一口喷出……但他以坚强的意志顶住了。

"可是……谁知道它有多重呢？"王啸岩还在狡辩。

墨镜没有理他。另外一个瘦子从衣服里掏出一把小巧的弹簧秤，并用一根细线将那根滴着血的手指拴起来，挂在秤钩上。瘦子像药铺里的老掌柜称贵重药材一样眯着眼，仔细地察看刻度。最后，他将秤放在王啸岩的眼前，说："你看清楚了，是27克，不是30克！"

王啸岩的冷汗涔涔而下。

"你输了！"墨镜已包扎完毕，冷冷地说。

王啸岩如斗败了的公鸡似的蔫头耷脑，他忽然明白自己跟真正的亡命徒打赌，无论如何都会输的。这就像他的生意伙伴抱着很多钱到澳门赌场去做梦一样，在上飞机的那一刻，就已定了输赢。

想通了这一点，王啸岩干脆主动地说："说吧，要我做一件什么事？"

"杀了萧邦。"墨镜的声音冷若寒铁。恰巧，一种重金属的撞击声在音乐里短促地响了一下。

"我去杀萧邦？我怎么杀他？"王啸岩心里发起抖来。他承认自己并不是个高尚的人，但要让他去杀人，他想都不敢想。

胖子已捡起那根指头。墨镜站起来，转身就走。"怎么杀他是你的事，因为你输了。"墨镜头也不回，"你又不是没杀过人！杀人不一定要亲自动手。但你要是杀不了他，我一定会亲自切了你！我保证！"

王啸岩也站起来，大声说："我也告诉你一件事。"

"什么事？"墨镜站住。

"如果你输了，"王啸岩喘了口气说，"我让你做的事，跟这件事完全相同！"

墨镜顿了一下，旋即大步走了出去。

恐惧布满了王啸岩的全身，他颓然坐下。冰凉的液体顺着他的腿根流下，双腿不争气地如筛糠般乱抖，将那止不住的液体洒得到处都是。难闻又难堪的味道让他清醒过来。他艰难地起身，企图扔下十几张百元钞票，悄悄离开。正对面的吧台里竟然趴着个女服务生，她正好抬起头来看王啸岩。视线相交，王啸岩的瞳孔猛地收缩。苏锦帆扯掉了头巾，用完全陌生的眼神盯着他。

015 | 港城第一神探

叶雁痕惊喜地叫了一声:"舅舅!"她快步走上前去,拉住了那只肥手。

靳峰脸上挂着笑,但职业警察在笑时,眼睛里仍然带着警惕。脸笑眼不笑,更是一个老警察长年修得的道行。靳峰并没有理会叶雁痕。他收起了笑,对孟中华说:"孟总,你演你的戏,我办我的案。考虑到这几年你协助公安机关破获了几起重案,你冒充我的事就不追究了。但是,你必须将萧先生刚才提到的那两个犯罪嫌疑人交出来。否则,别怪我不客气!"

孟中华恢复了镇定,打了个哈哈:"靳局长是咱们港城第一神探,没有什么事情逃得过您的法眼。您说他们是嫌疑人,我相信您,也相信公安机关会秉公办案。"说罢拍了拍手。暗处,果然低头走出五个长相凶恶的人来。

靳峰拍了一下手,楼梯上下来四名警察,拿出手铐,锁住其中两个形貌奇特的家伙。靳峰再一挥手,民警们带着犯罪嫌疑人走了。

靳峰伸出手与萧邦一握,道:"萧大记者,祝你在大港采访愉快!靳某因公务在身,先失陪了。"

叶雁痕抢着说:"舅舅,孟中华和孟欣密谋要害我,难道您想放他们走?"

靳峰冷然道:"如果孟总真想害你,那么证据呢?执法部门是要讲证据的,哪能随便抓人?"

"证据?"叶雁痕着急地说,"刚才的话您都听见了,还不是证据?"

"唉,你都当总裁了,怎么还像个孩子?"靳峰叹了口气,"刚才,萧记者做了一系列分析,我是听见了。可是,孟总什么也没承认啊。推断只是推断,不能作为证据。你是不是看福尔摩斯入迷了?我们办案是有程序的。就算是孟总有害人的想法，可是他害人了吗？害死了谁，或者骗了谁的财产？你能拿出证据来吗？"

叶雁痕拿不出，但她十分不甘心："难道，凶手一定要杀人后才能被抓？"

"是这样。"靳峰似乎有些不耐烦，打了个大哈欠，"法律只看结果。只有有了犯罪事实，过程才会有罪。这不是感情能够左右的，懂吗？这跟你是不是我的外甥女没有关系。"

"可是，至少他包庇、窝藏逃犯，难道这不是罪吗？"叶雁痕没想到舅舅今天一反常态。

靳峰看着孟中华："孟总，请问这两个人以前犯过罪，你知道吗？"

"我哪会知道？！"孟中华跺了一下脚，"这是公司的人事部门在社会上招来的，我根本不清楚他们的底细。不信你可以问他们。唉，这事怪我。明天我就将人事部经理辞了！"

靳峰看了一眼萧邦，对叶雁痕说："你看，孟总并不知情，又怎么能说人家包庇逃犯？再说，今晚由于孟总的密切配合，我们抓到了罪犯，证明孟总不但无罪，反而有功。"说完，他头也不回地走了。

孟中华手一挥，面无表情的三个打手也出去了。

萧邦一直像钉子一样钉在地上，没有动，也没有说话。他就是这么一个人，有时话多，有时话少，但绝不说无聊的废话。

孟中华打了个哈欠，终于说："老排，你看，咱们去吃点消夜，怎么样？"

萧邦淡淡一笑，说："恐怕和你吃消夜的不是我吧？算了。既然今晚咱们都挑明了，以后你也别叫我老排。你当你的老总，我干我的记者。再见。"他向叶雁痕一招手，二人头也不回地上了楼梯。

萧邦和叶雁痕走出地下室。叶雁痕才发现这是一个废弃的工厂，不过院子里倒也干净，似乎经常有人打扫。

叶雁痕突然发现萧邦的羽绒服还披在自己身上。淡淡的星光下，萧邦的身子显得更加单薄。但他往前走的步幅仍然那么稳定，只是脸已冻得发白。"来，你穿上吧。"叶雁痕脱下羽绒服，说，"闹了半天，我都忘了。"

萧邦摆了摆手："没事，我冻惯了。走吧，到大街上打个车，回去找你的车吧。"

叶雁痕没有坚持。他们刚刚出了这个废弃的院子，就见一辆警车停在路边。靳峰将头伸出车窗，招手让他们上车。

苏锦帆将酒吧角落里的一张小椅子搬开，自顾自坐下。桌上点了支红色的蜡烛，跳跃的烛火照亮了这方小天地。酒吧的大厅空无一人，静得能听到心跳的声音。

王啸岩像被老婆捉奸在床的负心汉一样，呆呆地站在她的面前。一双保养得很好的手，放了几次都没找到合适的位置。"你……你都看见了？"终于，他打破了沉默，"我……我怎么没注意到……"

"你们太认真了。"苏锦帆终于开了腔，"一个人太投入了，怎么会注意到别的东西？就像你一心盯着嫂子的位置一样，又怎么会注意到别人其实也在盯着你的位置？"王啸岩默不作声。

"在你的眼里，我是个了无生趣的女人，不会浪漫，不会撒娇，不会调情，更不会来点出其不意的刺激。"苏锦帆平静地说，"所以，你泡酒吧，找小姐，玩心跳。你以为这些事情，我都一无所知吗？"

王啸岩一惊。他嘴唇张了张，正要说话，苏锦帆扬起手，做了个暂停的手势。随后，她向暗处招了招手。

一个三十来岁的男人不知从哪里钻了出来。他没有看王啸岩，而是像首次被国家领导人单独接见的老百姓一样，哈腰站在那里。

苏锦帆说："小马，你向王总介绍一下自己吧。"

小马深深地点了一下头，说："是。王总您好，我是这里的经理，叫我小马就可以了。谢谢您经常来光顾。"

王啸岩强笑了一下:"原来是马总,幸会啊。"

苏锦帆微微一笑:"小马,你到外面去吧。打烊后,把门关好,我要和王总谈点事。"小马很乖地鞠了一躬,退下去了。

"现在你明白了吧?"苏锦帆问。

王啸岩好像明白了:"这个小马,好像很听你的话,似乎关系不一般。"

"岂止不一般!"苏锦帆说,"我曾经搂着他睡过三年,你说这关系能一般吗?"

王啸岩大惊,心里像吞了只苍蝇。虽然他经常在外寻花问柳,但当从自己的老婆嘴里听到这句话时,他仍然浑身不舒服。男人们也许都是这样,"只许官放火,不准百姓点灯"的心态根深蒂固。但他随即又想到这是苏锦帆在气他。他了解苏锦帆的为人——这个女人并不浪漫,但从她的个性来看,外遇的可能性几乎为零。

苏锦帆哼了一声,继续说:"你以为我会像你这种好色之徒一样乱来?实话告诉你,他是我弟弟。"

"你弟弟?"王啸岩这回真的吃惊了,"我怎么不知道,你还有这么一个弟弟?"

"王总,你以为你知道得很多,是吗?"苏锦帆面露不屑,"告诉你一个规则:往往自以为知道得很多的人,其实知道得很少。世间大多数人不知天高地厚,就是由于这种愚蠢的思想导致的。"

王啸岩没有反驳她。他只想知道这是怎么回事,又不好直接追问。但苏锦帆似乎已打定主意要和盘托出了。她轻叹了口气,似乎要将思维延伸到记忆的深处:"我9岁那年,父亲不知从哪里带回来一个流着鼻涕的脏男孩,只有4岁,要我们照顾他。他那时像个冻坏了的小野猫,张着惊恐的眼睛打量着我们。我就拉着他的手,给了他一把糖。他胆小,害怕,于是我就让他跟我一起睡,直到我上了初中,他也上学了,才分开睡。后来他去当兵,在海军陆战队,好长时间都见不着他。他退役回到青岛,没事干,我就找爸爸,弄了点钱,让他做点生意。他倒也争气,没用几年,就将漂流岛酒吧做起来了。"

王啸岩一下明白了。原来这个酒吧是她弟弟开的。幸好自己只在这里泡过两个妞,而且没有现场记录。想到这里,他稍微放松了些,装着很吃惊的样子问:"那你怎么不告诉我呢?他是你弟弟,也是我弟弟,我们应该像正常的亲戚一样往来呀。"

苏锦帆冷笑:"还是爸爸看得透世间事啊!他总是叮嘱我,对任何人都不能掏心掏肺,否则一旦吃亏,毫无回旋余地。我当时不信,现在才知道爸爸毕竟是经历过大风浪的人啊!王啸岩,实话告诉你,当初我嫁给你,爸爸就不同意,他觉得你这个人还算有才能,但品质有问题,一定要小心。没想到不到十年,你的狐狸尾巴就藏不住了!我告诉你,你要想得到蓝鲸集团,除非我死了,不然你休想!"

王啸岩一震。他从心底深深地后悔了。当初他追苏锦帆,的确是冲着苏氏家族去的。当然,那时清纯美丽的苏锦帆的确让他动心。随着时间的推移,他觉得妻子越来越普通,干点具体工作还可以,但谋略、胆识几乎没有,品位、情调更是为零。从内心讲,他喜欢挑战孟欣这样既有美貌又有心机的女人……而今夜,在遭受重创后,妻子的表现让他猛然惊醒:当你开始认真地瞧不起一个人时,这个人很可能成为你最难缠的敌人!

然而,真正明白一个道理通常都要亲身经历和体验,当你明白时,已很难扭转局面。就如人在将死时总是想:假如再让我活一回,决不这样活!可是,生命不会重来,事实已经存在……

"你在想什么呢?"苏锦帆冷漠地打断了王啸岩的沉思。

"我……我在想,他们逼我去杀萧邦,我该怎么办?"王啸岩说出这句话时,才意识到当前最棘手的问题并不是他跟苏锦帆的关系。

"活该!"苏锦帆说,"那些人怎么没找我呢?一定是你干了什么见不得人的事,才让人家要挟你!"

016 ｜谁是最可怕的角色

王啸岩暗自苦笑。他见苏锦帆的怒气缓和了些，便讨好地说："锦帆，你难道真的看着你的老公活生生地让人逼死吗？我知道，你最有办法，你一定想出了帮我的奇招，对吗？"

苏锦帆喊了一声，说："我们的王总不是很能耐吗？像我这种无用的女人，能有什么办法？"

王啸岩立刻从她的话中捕捉到了有益的信息，他居然从右眼里挤出了一滴眼泪，带着哭腔说："锦帆，都是我不好。是的，我好色，但我发誓，我只是闹着玩而已，除了你之外，我从未对任何女人动过感情！毕竟我们做了七年夫妻，我再不对，也是你的丈夫，我们是一家人啊！这次，请你帮帮我好吗？我真的没有一点办法了！"他抽泣了一下，赶紧用手捂着脸。他从指缝里看见苏锦帆虽然露出了一脸不屑，但确实是在思考的样子。他知道，像苏锦帆这种性格的女人，其本性是善良的。这种女人的凶狠全是装出来的，只是因为有强烈的自尊而已。而真正毒辣的女人，决不会将凶狠放在脸上。当他看见苏锦帆抽了一张纸巾递给他时，他已初步断定，自己接近成功了。

"好了，别装了。"苏锦帆说，"嫁给你，是我这一生唯一的错误。虽然我们没有了感情，但我也不能看着你送死。实话告诉你，那二个人我已经观察过了，并不那么可怕。真正可怕的角色，站在你面前，你甚至会忘记他的存在……"

"比方说小马。"王啸岩突然抢过话头。

"你……你怎么知道？"苏锦帆有些吃惊。

"因为我感到，他的身上有一种逼人的杀气。"王啸岩说，"那三个人也有杀气，尤其那个戴墨镜的瘦子。可是，那三个人的杀气是外在的，咄咄逼人，会让所有人察觉得到。而小马的杀气是内在的，藏得很深，甚至眼神都已有些木讷。但当你触及他时，那种悄无声息的杀气会像暗流一样涌来，直到把你淹没！"

苏锦帆的眼睛亮了一下："看来你虽然沉迷酒色，但还没完全丧失判断力。实话告诉你，在'12·21'海难重起波澜后，有几个可怕的人陆续出现。你向来自负，今天就让你猜一猜。"

"你是说，小马？"王啸岩猛然觉得结发妻子变得好陌生。

"他当然算一个。我说过，真正厉害的角色，是最不容易看出来的。"苏锦帆说，"小马到底有多厉害，我也不知道。虽然他是我弟弟，但我们已经长期不在一起了。不过有一点可以肯定：今晚让你尿了裤子的三个浑蛋，在他眼里不值一提。这个算你猜对了，继续猜吧。"

"萧邦算不算？"王啸岩问。

"他当然算。一个捉摸不定的人，是极其凶险的。"苏锦帆说，"到现在为止，我还是想不出他到底想干什么。一个记者真有那么多的时间和精力去探访一个过期的新闻？况且，中国的记者，多数都是吹鼓手，写马屁文章的多，有几个会冒着生命危险进行这种调查？而且谁又会配合他的调查？但如果说他是一个警察，也不太像。因为一个警探必须要立案后才会被批准侦查。他是从北京来，如果是警探，一定是高级公安机关下派。但是，'12·21'海难是国家定了案的，令出如山，又怎么会出尔反尔？再说，所有的信息表明，萧邦的确在转业后开过公司，而且确实失败欠债，妻子刘素筠弃他而去，跟了上海的一个老板。萧邦是绝对渴望得到一笔钱的。我觉得，这里面有一种可能比较大。"她突然顿了顿。

"哪种可能？"王啸岩急切地追问。

"就是为了钱！"苏锦帆说，"很可能情况是这样：在'12·21'海难中，死了260人，其中一定有不少死难者家属认为这场事故是人为的，心有不甘，因此私下串联，筹措一笔巨款，请高人查明真相，为亲人报仇雪恨！"

王啸岩顿觉浑身起了鸡皮疙瘩。他心里暗暗地对自己骂了句"你他妈的"。一直没想通的问题,居然被一直瞧不起的老婆一语道破!

苏锦帆接着说:"还有更可怕的人,你再猜!"

王啸岩感到今晚脑子不够用。他皱眉道:"难道是孟中华?"

"孟中华的地下探访势力遍布全国,所以人称'孟神通'。"苏锦帆顿了顿,"可是,孟中华的势力不过是依托基层公安机关,掌握了第一手线索而已。最重要的是,孟中华这个人好大喜功,喜欢搞形式主义,打肿脸充胖子,没有什么大不了的!"

王啸岩说:"所以,他不算?"

"不算。"苏锦帆非常肯定。

"那,孟欣算不算?"王啸岩回避着苏锦帆的眼神。

"哼,终于说到你的新晋情人了!"苏锦帆冷笑一声,继而又平静下来,"要说孟欣这丫头,倒也比孟中华强一些。她是一个人格扭曲的女人,受过心灵摧残,已经完全修炼到了表里不一但又很难察觉的境界。可是,由于她心灵蒙上严重阴影,情感不能平衡,容易在实际操作中出现偏差,弄不好会自取灭亡。这是一个悲剧人物,奉劝你少跟她来往,否则后果不堪设想!"

"看来她也不算。"王啸岩赶忙岔开话题。

"当然不算。"苏锦帆很干脆。

"你看,叶雁痕算不算?"王啸岩很小心地问。

"你说嫂子?"苏锦帆想了一下,似乎没料到丈夫会说到叶雁痕,"嫂子这个人是个企业家的料,但容易冲动,感情用事,还患得患失,常常举棋不定。这样的人管理一个小公司,肯定倒闭。但管理一个大公司,却有战略眼光和协调能力。现在,公司上下都传言她害死了哥哥。也不是没有这种可能,但目前证据不足,之所以被传得沸沸扬扬,完全是王总的功劳。因此,要说她可怕,就如同说大象可怕一样可笑。"

"看来她也不算。"王啸岩赶紧岔开话头。

"不算。"苏锦帆抬眼看着丈夫,示意他继续猜。

王啸岩挠了挠脑袋:"你饶了我吧,我实在想不出来了。"

"经常跟孟中华混在一起的人是谁?"苏锦帆提示道。

"你是说靳峰?"王啸岩吃了一惊。

"就是他!"苏锦帆说,"靳副局长在警界混了三十多年,红黑两道都敬他如神,没办过一起冤假错案,没挨过一次批评处分,没得罪过一个不该得罪的人,没有人知道他内心到底在想什么,尤其值得注意的是,他竟然没有对'12·21'海难公开表过一次态。这些,你觉得不可怕吗?"

王啸岩觉得背脊发凉。一个身处复杂地位的高级警官,居然没有一丝弱点。他越想越害怕。自己以前曾与此人打过交道,是不是也被他在不经意间套出了什么话?他不敢往下想……

"还有吗?我实在想不出来了。"王啸岩有些模糊的视线里,妻子越来越陌生,甚至越来越神秘。

"至少还有两个。"苏锦帆加重了语气。

"谁?"王啸岩竖起了耳朵。

"你,还有我!"苏锦帆的话短促有力,像一把锋利的匕首。

王啸岩只觉得脑袋"嗡"的一声:"你和我?你是说,你和我都很可怕?"

"是的。"苏锦帆说,"我问你,我了解你吗?或是你了解我吗?"

王啸岩张了一下嘴,说不出话。

"一对结婚七年的夫妻,一点都不了解对方,请问,世界上还有比这更可怕的吗?"

世间有人要杀你,有人想整你,还有人想骗你,但这一切都是外界的因素。可是,在一张床上睡觉的夫妻,如果都不了解对方,的确是件很可怕的事!历史上有许多著名的悲剧,并不是因为强敌的入侵,而只是因为身边的人发起了进攻。再高的警惕,也难防身边的人痛下杀手!这个道理王啸岩自然懂得。王啸岩觉得浑身发凉,冷汗正像破茧的飞蛾一样拼命地钻出毛孔。

"实话告诉你，我要是想害你，你已自然死亡十次！"苏锦帆的声音更冷，"但我也知道，你也不是一个简单的人。你演戏的技术，至少可以同我打个平手。当年我喜欢你，正是因为你超凡的智力和表演才能，因此我决定与你比赛，看谁能演得更好，也看谁能笑到最后！"她的脸上露出了残酷的笑意。王啸岩的冷汗滚滚而下。

"可是，拿自己的幸福做赌注，未免太残忍了些！"一个声音在黑暗里响起。昏暗的灯光下，萧邦直直地站在大约五米远的地方，仿佛已站了一个世纪。

017 | 甥舅与叔侄

叶雁痕给舅舅倒了一杯水。已近四更,大街上冷冷清清,好不容易才找到一个通宵营业的饭馆,但除了服务台有个小女孩在打哈欠,已无一个食客。靳峰找了一个小包间,锐利的眼神四下打量了一下,便坐了下来。

"你奇怪萧邦为什么急匆匆离开是吧?"靳峰喝了一口热水,表情完全放松了,"萧邦不是个简单的人,老孟玩不过他,你不要担心。我的老战友曾告诉过我,他们部队有个人叫萧邦,是他这些年见到的最完美的军人。有一年,萧邦参加在毛里求斯举行的七国特种部队联合演习,夺得全能冠军。此人意志坚如铁石,思维缜密,是一个令对手头疼的人物。舅舅在警界混了几十年,还没佩服过谁。但这个萧邦,的确让我另眼相看!"

叶雁痕听舅舅夸奖萧邦,不知为何心里竟然很高兴。

"你还在怪我没把孟中华抓起来,对吧?"靳峰笑了一下,"要认真讲起来,孟中华这个人可以拘。但以你的聪明,应该知道舅舅为何不抓他。目前抓他,只能定他很小的罪。而据线报,他已经构成了重大刑事案件,只是需要更多的证据。跟你打个比方:假如你养了一头猪,本来可以长到三百斤,可是你在它二百斤时就想把它卖了,你舍得吗?"

"舍不得。"叶雁痕说,"除非迫不得已。"

"这就对了嘛,又跑不了。"靳峰把眼睛眯起来,"孟中华就是我养的一头肥猪。其实他现在已经有五百斤重,但我还想把他养到八百斤,或者一千斤。干你舅舅这行,如果碰不到对手,也无趣得很!"

叶雁痕明白。其实在商场打拼何尝不是如此?甚至将这个道理推广到各行各业,都是通的。"舅舅,这里没有外人,我想问一句:到底,您对'12·21'海难知道多少?"叶雁痕虽然是他的外甥女,但说话也很小心。

"实话告诉你,目前有两个嫌疑对象。一个是你,一个是王啸岩。"靳峰压低了声音,"'12·21'海难头绪复杂,查来查去,现在所有的线索都汇聚到你和王啸岩身上。这里面有三种可能,一是你制造了这起海难,二是王啸岩,三是你们的计划恰巧碰到一起了,共同导致了这起海难!"

叶雁痕略微吃惊,抢着说:"难道没有第四种可能?"

"有。"靳峰说,"第四种可能就是真正的天灾,就如国家定案所做的简短鉴定一样。但如果真是那样,萧邦来这里干什么?孟中华死活想往里头掺和,又是为了什么?那个幸存者洪文光,没有死于海难却死于车祸,这又是为什么?你和王啸岩都极力想掩盖真相,且都将矛头指向对方,这又是为什么?"

"难道,这一切都与'12·21'海难有关?"叶雁痕说,"我实在想不出,您是如何将这一切联系起来的。"

"很简单。"靳峰说,"每个正常人做事,都有其目的。同样,每个正常人做事,都难免有漏洞。如果将上述这些人和事联系起来,不难看出,大家都在为这起海难操心。这些人为何要为一起与自己相干不大的海难操心?不过是这些人心里有鬼,有的想掩盖真相,有的想推卸责任,还有的想从中渔利。而且,每个参与的人,站在自己的立场上,似乎都找到了恰当的理由。"

"有没有第五种可能?"叶雁痕突然说,"孟中华并不缺钱。他积极参与此案调查,似乎还走在萧邦的前面,是不是他也有嫌疑?"

靳峰笑了笑:"如果按你这种推理,连我都有嫌疑。因为我曾参与此案的调查,比老孟更早,也更深入。"

"可是,您没有动机啊。"叶雁痕觉得舅舅是在开玩笑,"您身居要职,在警界很有名望,怎么会卷入这场旋涡?"

"任何事情都要辩证地看。"靳峰说,"有麻烦才会有警察。或者说,有了警察,麻烦才会更多!"

叶雁痕似乎没有听懂:"难道舅舅您真的有嫌疑?"

"从我自己的角度看,我没有嫌疑。"靳峰笑了笑说,"但从除我之外的任何人的角度看,或许就有嫌疑。也就是说,在真相没有浮出水面之前,任何与这起海难有点牵连的人,都有嫌疑!"

叶雁痕在听。同时她也在琢磨这个舅舅。舅舅在两年前参加了"12·21"海难事故调查组,应该说掌握的情况最为全面。而且,他是大港市公安局主管刑侦的领导,上级部门也会认真听取他的意见。倘若他要掩盖真相或毁灭证据,别人很难发现。女人的直觉告诉她,在处理孟中华这件事上,似乎并不像舅舅说的什么"养肥"再抓那么简单,他们之间肯定也存在不可告人之密,或是二人同谋,或是各自握有对方的把柄……这个舅舅不简单,没有任何背景,靠自己打出了天下,而且铁面无情,平时极少与她联系。

"雁雁,在想啥呢?"靳峰敲了一下桌子。

"我在想……麻烦这么多,我该怎么办呢?"

"雁雁啊,你虽然有嫌疑,但舅舅相信你是无辜的。"靳峰叹了口气,"自从老姐去世后,你就是我最亲的人了。我在警界,不好明着帮你,但有一个人可以帮你摆脱困境。"

"谁?"叶雁痕眼睛亮了。

"苏老船长,你的公公。"

叶雁痕精神一振,顿时感到一种神奇的力量传遍全身:"可是他在青岛,我不能抽身去见他。"

"据我所知,明天,哦不,就在今天,苏老船长就要驾临大港。"靳峰神情凝重,"你也知道,苏老船长在航运界是真正意义上的精神教父。就连本市高层领导,都曾受过他的恩惠。'12·21'海难及浚航和雁鸣的死因,或许只有依靠苏老船长,才会真正水落石出。"

叶雁痕相信。她隐隐感到,公公忍受了两年的丧子之痛,是该报仇雪恨的时候了！老头子要出山了！这个消息对叶雁痕而言，既是雨后骄阳，也是晴空霹雳！

孟中华将左手手指并拢，弯成一个弧形，向手心哈了一口气，把鼻子贴了上去，狠狠地嗅着。"叶雁痕说我有口臭，我怎么闻不见？"他问坐在对面的孟欣。

这是孟中华的家。间或有汽笛声从开着的窗口传进来。孟欣为叔叔倒上一杯绿茶，静静地坐在他的对面。"其实你一直都有口臭，只是我不敢说而已。"她今晚显得非常疲惫。

"怪不得……"孟中华将肉包子眼转了转，"每次和你……你都歪着头。"

"不要说了！"孟欣突然愤怒无比，眼睛变得像把刀子，"你这个浑蛋，真令我恶心！"她喘了口气，霍地站了起来。

孟中华掏烟点上，看着胸脯起伏的孟欣，眼里露出了色眯眯的笑："小欣，你也别拿那种怨毒的眼神瞅我。当初，是你想上大学，是你自愿的，我啥时候强迫过你？别以为自己多纯洁，你以为你的那些事我不知道？你说说，公司的高管，哪个没跟你睡过？你当我是瞎子吗？还有，我安排你去摸那个萧邦的底，你倒假戏真做了，还对人家动了感情……就你那点小心思，别跟我装！"孟中华说着说着，居然有些生气。

孟欣突然拿起茶杯，猛地摔在地板上。"滚蛋！"孟欣撕心裂肺地尖叫起来。

孟中华扔掉烟头，腾地站了起来，上前一把抓住孟欣的头发，左右开弓，"啪啪"两声，孟欣美丽的脸顿时变成了红色。她疯了似的往孟中华脸上抓。孟中华使劲抓住她的双手，将她按倒在地上。孟欣眼里的恨意更深。在孟中华强大的压力下，她失去了反抗的能力。是的，她曾经徒手恶斗过几个歹徒，毫发无损。但她那点功夫是孟中华教的。孟中华太熟悉她了，她的一个眼神，就会将她的内心世界暴露无遗。更多的时候，她不过是孟中华的影子而已。她没有再反抗，身体松懈下来，地板的冰凉唤醒了她的理智。每次与孟中华闹翻，其结果都是无条件服从。这已成为惯性，无奈的惯性。

孟中华将她抱起来，向卧室走去。孟中华将她放在床上，一件一件地脱她的衣服，打开了电视，播放不堪入目的国外 A 片，然后不厌其烦地模仿着屏幕上的一切。孟欣已经麻木，在孟中华粗重的喘息中一声不吭。她想起了十年前那个夜晚，孟中华就这样粗暴地占有了她，将她的心打碎……这就是她的亲叔叔，将她养大，供她上学，培养她成才，更趁机强行占有她，拼命虐待她，无限利用她去换取各种筹码……

孟中华的疯狂，不到五分钟就结束了。孟中华如往常完事后一般，跪在她的面前，努力地忏悔，一边抓扯自己的头发，一边打自己耳光，声泪俱下。倘若有人看见，一定认为这个奸恶之徒在演戏。而孟欣清楚地知道，他是真的在忏悔。他明明知道自己的乱伦行为该遭天谴，却无法控制自己。他能管理一个集团公司，但他无法管住自己。他爱孟欣，也恨孟欣。每次他让孟欣去陪别人睡觉，他都要喝很多的酒来麻醉自己，然后在衣服能够盖住的地方用烟头烫，用刀子划。他就是这样一个人。孟欣太了解他，就如同了解自己一样。

孟中华光着身子，一抽一抽地哭着，泪水混着鼻涕淌满了油脂过剩的脸。孟欣忽然有些同情他，莫名地伸过白嫩的手，轻轻为他擦去泪水和鼻涕。孟中华这才停止哭泣。他精神一振，开始慢慢地穿衣服。他们又和好了。而这一切，加起来总共还不到半个小时。

孟欣关掉电视，穿上衣服，来到客厅，她见孟中华已恢复神采奕奕的模样。她从他的眼神里看出，他在短暂的疯狂中找到了自信和灵感，又要采取行动了。

"小欣，其实我们的计划并没有失败。"孟中华坐直了身体，"虽然萧邦识破了我们的一些手段，但并没有打败我们。'12·21'海难复查案，才刚刚拉开序幕。"他抬头看了看窗外。天仍然很黑，但已是黎明前的黑暗。

"那下一步，我们怎么办？"孟欣冲了杯速溶咖啡，轻轻地呷了一口。

"等。"孟中华肯定地说，"现在这个案件已经非常复杂，谁先出头，谁就会被盯上。所以我们只能静观其变。"

"等？"孟欣不解，"等什么呢？"

"别着急嘛。"孟中华伸过手，摸了一下侄女的脸蛋，"就在今天，一个重量级的人物将来到大港。他的出现，对促成'12·21'海难一案有重大进展。"

"这个人是谁？"孟欣激动起来。

"苏振海。"

018 | 复仇的父亲

萧邦在苏锦帆和王啸岩的惊诧中,慢慢地走近他们。"苏总,你是不是认为门被马红军锁了,又有人把守,我肯定没法进来?"萧邦叹了口气,"小马的事迹上过报纸,的确厉害。但他怎么会想到,守门的那个家伙是个瞌睡大王,这会儿还在做大梦呢。"

"原来萧总还有偷听小两口聊天的习惯!"苏锦帆恢复了镇定,讽刺地说。

"这并不是个好习惯。"萧邦说,"但如果谁的私房话跟'12·21'海难有关,我一定会设法偷听。再说,'偷听'这个词看怎么理解。比方说大多数国家,都设有窃听机构为国家服务。因此,偷听的习惯虽然不好,有时还是需要的。"

"萧总果然好口才!"王啸岩站起来,伸出手与萧邦一握,"久闻萧总大名,想不到今晚我们能够在此相见,真是啸岩的荣幸!"

"哈哈,王总客气。"萧邦笑了一笑,"王总是航运界新秀,前途无量。但我们的相逢是荣幸还是不幸,现在还难说得很。"

王啸岩说:"萧总想得远了。是福是祸,哪能由人来定?还是顺其自然的好。"随即搬了把椅子,请萧邦坐下。苏锦帆倒了杯水给萧邦。

萧邦说了声"谢谢",便坐下喝水。

短暂的沉默中,三人皆用眼角的余光瞟着对方。

"其实,我并不想了解你们的私事。"萧邦打破尴尬,"可是,我既然参与调查这件案子,就不得不涉及你们的一些隐私。在此,我表示道歉……"

苏锦帆目光闪烁,打断了萧邦的话:"萧总,我想知道,你究竟了解我们多少隐私!现在就我们三人在场,请你直说。"

萧邦看了一眼王啸岩。王啸岩笑了笑:"萧总但说无妨。虽然,锦帆对我有些误会,但我们毕竟是一家人,没有什么好隐瞒的。"

"那好。"萧邦说,"既然二位想听真话,我就讲。而且,我还有些不明白的地方,也请二位一并答复。"

见二人点头,萧邦喝了口水,清了清嗓子,继续说:"据我所知,王总似乎也是这起海难中的关键人物。前天晚上十二点钟,请问王总,您在哪里?"

王啸岩一惊,说:"我在家休息啊。怎么啦?"

萧邦望着王啸岩说:"王总,有句俗话叫'要想人不知,除非己莫为'。这句话小孩子都知道,的确是真理。我不是警察,无权讯问你。还是由我来说吧。前天晚上,你见到了'12·21'海难的五个幸存者之一李子仪先生。小李现在就在大港,是孟总弄过来的,对吧?"

王啸岩干笑一声:"那就难怪了。萧总是真相集团的常务副总,当然是应该知道的。"

萧邦说:"纠正一点,我不是真相集团的副总,以前不是,现在不是,将来也不是。实际上贤夫妇已经知道了我的真实身份,刚才也谈及了。我们还是开门见山好些。"

王啸岩挺了一下腰板:"好吧。既然萧先生直爽,那我也直说。我知道萧先生在'12·21'海难一案上,掌握了大量的材料。无须浪费时间,请萧先生直接问吧。啸岩不才,但保证知无不言。"

"这才是王总的风格!"萧邦赞了一下,"但请放心,我也决不为难王总。前天晚上你们见面,说了些什么,我自然知道,就不必赘述了。可是王总居然对李子仪面授机宜,差不多是手把手教他说话,似乎有点过了。小李才二十出头,大难不死已是不易。而你们偏偏不让他安生,横加威胁,教他说谎,似乎有点不人道吧?"

王啸岩面色发白,忍不住喊道:"萧先生,我没威胁他!至于孟总怎么对他讲的,我不清楚。我只不过是想借他之口,说出真相而已。"

萧邦哼了一声:"真相就是真相,并不是没有漏洞的伪证!你这样做,无非是把所有的罪行都推给叶雁痕。但你怎么知道,叶总没有使用与你相同的办法?"

王啸岩吃了一惊,有些结巴地说:"难道……难道叶总也……"

"不错!江苏连云港籍下岗女工刘小芸,现在就在叶总手上。"萧邦正色道,"'12·21'海难仅有五人生还,也就是说,这五个人是见证人。我有幸接触过三个,即沈阳的施海龙、旅顺的洪文光和在云台做服装生意的山东枣庄籍女子王玉梅。也许在孟中华眼里,我是查不下去了,就回来了。其实,当我查到王玉梅那里时,猛然发现我做的这些工作,虽然不能说毫无意义,但价值并不大。而孟中华、叶雁痕和王总将思维努力伸向这五个幸存者,各自打着算盘,想炮制所谓的证据。但是,即使将这五个人全部找到大港来,也不能查出'12·21'海难的真相。"

"那请问萧先生,如果目击证人都不能证明真相,谁能够证明真相?"王啸岩有些讥讽地看着萧邦。

"谁制造了这场海难,谁就知道真相!"萧邦冷冷地说。

但到底是谁呢?如果真有人制造了这场海难,除非这个人得了精神病,否则谁又会主动承认?这也是王、苏二人都在思考的问题。

萧邦似乎胸有成竹。他顿了顿,接着说:"策划这场阴谋的人,当然不会主动承认。但任何精密的策划,都难免会有漏洞。有人努力地将人们的视线引向幸存者,而且还很不聪明地设计杀死了目击者之一洪文光,就是漏洞之一。'12·21'海难发生了两年。这两年来,暗地里有多少双眼睛密切关注着这场海难?恐怕难以统计。苏总,虽然你深藏不露,但你忽视了一个最不应该忽视的人。这个人掌握的线索、资料和证据,比孟中华、叶雁痕、靳副局长、贤夫妇和我加起来的都要多!"

苏锦帆和王啸岩同时震了一下,异口同声地问:"是谁?"

"苏振海,苏老船长。"萧邦一字一顿地说。

"你是说爸爸?"苏锦帆说,"爸爸早已退休,几乎不问世事,他怎么会管这件事？"

"他当然会管。"萧邦说，"说实话，你的哥哥苏浚航，一直被你父亲视为自己的化身，也最疼爱他。苏浚航死因不明，苏老船长最是痛心。虽然这两年他一直没有对此事提过只言片语，但反而说明老船长已在明察暗访，决心找出幕后黑手，为儿子报仇！"

王啸岩的脸惨白如纸。"你是说，爸爸认为报仇的时候已经到了？"他有点语无伦次。

"是该到了。"萧邦说，"任何恩怨，如果到了必须了结的时候，谁都躲不过。据我所知，苏老船长很快就会到大港来。"

"你怎么会知道？"王、苏二人又异口同声地问道。

"我有我的渠道。"萧邦淡淡地说，"而且，不仅我知道，靳副局长和孟中华也知道，大港市高层领导都知道。但你们——叶总、王总和苏总作为苏老船长的家人却不知道，是不是有点奇怪？"

这的确是件奇怪的事。不过王、苏二人相信萧邦说的都是实话。

"那，父亲什么时候来大港？"苏锦帆问。

"就在今天。"萧邦说完，向外看了一眼。一抹亮色懒懒地从窗口爬进来。

019 | 神秘的家族

大港国际机场位于海滩之上，上午11：30，几辆豪华轿车停在机场前的停车场。

叶雁痕、孟中华、苏锦帆、王啸岩像约好了似的，都赶到机场，前后相差不到十分钟。而让他们惊诧的是，牌照为市委、市政府的两辆奥迪早早地停在了那里。市委副书记张连勤、市政府秘书长江枫站在机场出口处聊着天。见叶雁痕他们走进来，便亲切地与他们一一握手。显然，市领导与叶、苏、王三人都是熟识的。轮到孟中华时，张、江二人皱了一下眉，做出努力回忆的样子。张连勤说："对不起，这位好面熟，但不知尊姓大名？"

叶雁痕连忙介绍："张书记主管政法，所以与商界人士很少往来。我来介绍一下，这位就是真相集团公司的总裁孟中华先生，本市著名的企业家。"

张连勤使劲地握住孟中华的手，哈哈大笑："原来是孟总，久闻大名。说起来，咱们也算一条战线上的。我今年才到政法口，没直接接触过孟总，但孟总可不是一般人噢。我听公安系统的同志们讲，孟总是大港的信息平台，外号'孟神通'，有这事吗？"

孟中华油光锃亮的脸红了一下，不好意思地说："张书记过奖了！小孟哪有什么'神通'？不过是配合公安机关做点实事，为人民服务罢了。我经常看电视上播出的张书记的讲话，您的指示精神，我每次都要安排公司的员工学习的。"

"好啊，好啊。"张连勤也是个胖子，带着浓重的山东口音，一说话脖子上的肉直抖，"其实一个民营企业学习党的方针政策，才会有长足的发展嘛。喂，你那个公司，有支部没有啊？"

"向张书记汇报一下，有。"孟中华笑呵呵地回答，"小孟当过兵，在省公安厅干过民警，18岁入党，现在已有近20年的党龄了，所以从我创业的那天起，就成立了党支部。当时公司只有3个党员，刚刚符合条件。现在不一样了，真相集团全国有9家分公司，共有党员98人，而且都是业务骨干。"

"好啊，好啊。"张连勤脖子上的肉抖得更欢了，"等我退休了，就到你们公司打工。"

孟中华还准备说两句，看到张连勤已经将目光投向了叶雁痕，他便生生地将早已准备好的话咽回了肚子里。

张连勤向叶雁痕招了招手，叶雁痕就跟着他向候机厅走去。王啸岩盯着他们的背影，心里冷笑了一下。孟中华突然一拉王啸岩，也走到一边说话去了。

苏锦帆孤零零地站在机场出口。她下定决心，这次父亲来大港，一定要找个机会，单独问他一些事情。她知道父亲是爱她的，这种爱显然与父亲爱哥哥有所不同。父亲对哥哥的爱是望子成龙，而对自己的爱是含在嘴里怕化了、捧在手心里怕摔了。苏锦帆清楚地知道，虽然今天来接父亲的人都有身份地位，但唯有自己，才是父亲的心头肉，其他的人，不过是曾经受过父亲的恩惠或是有求于父亲罢了。想到这些，苏锦帆心头敞亮了。

旅客们在机场广播声中鱼贯而出。叶雁痕等人伸长了脖子张望。但人几乎都走完了，还是没有看见苏振海老先生的身影。

大家面面相觑。苏锦帆正要掏出手机打电话，突然，一位风华绝代的少妇缓缓向出站口走来，正微笑着向他们招手。她穿着一件雪白的裘皮大衣，一头秀发如墨般垂在双肩，脸型和身材简直无可挑剔，如同不食人间烟火的仙子，让人无法判断她的实际年龄。她的脸略显苍白，眼里有一种淡淡的忧伤，楚楚动人，让人怜惜。她左手拉着一个精致的真皮随身行李箱，右手牵着一个五六岁的小男孩。那小男孩眨巴着明亮的眼睛，好奇地打量着灯火通明的机场。

少妇下了电梯，笑盈盈地走了过来。苏锦帆张嘴叫道："林姨，我爸爸呢？"

少妇正是苏锦帆的继母林海若，她轻启朱唇，先跟张连勤和江枫打了声招呼，歉意地说："让你们久等了！老船长临时有急事，暂时不能来，特意要我向各位领导道歉。"

张连勤和江枫打了个哈哈，各自伸出手去摸那个漂亮小男孩的头。少妇弯腰在小男孩的耳边说了句什么，那小男孩就扬起脸，脆生生地叫道："张叔叔好，江叔叔好。"张、江二人顿时眉开眼笑。

"我爸爸有什么事？"苏锦帆还在问。

林海若微笑着看着她，低声说："他没有告诉我，只是让我先来大港。在快上飞机前，他接到了一个电话，就匆匆赶回去了。"

一行人接着又寒暄了几句。显然，大家都很失望。但苏老船长既然有事不能来，他的夫人前来，也还是要招待的。于是，大家纷纷上车。林海若没有坐家里人的车，而是上了张连勤的奥迪。几辆车缓缓驶出机场，绝尘而去。

苏锦帆开着车，觉得今天的事有些蹊跷。在她的记忆中，父亲从不失约。既然市委、市政府都已出动，那么父亲这次来大港肯定有重要的事情，至少此行与哥哥的死因有关。可是父亲临时取消行程，让林姨带着小弟弟前来，是何用意？苏锦帆猜不透。

突然，她的手机响了。拿起电话，她就听到了父亲低沉的声音。"孩子，接到你林姨了吗？"父亲在电话那头说。

"接到了。"苏锦帆说，"不过她坐上市委张书记的车走了。爸爸，您怎么没来？"

"我要接待一位远方来的客人。"老头子说，"我们已经二十多年没见面了。你还记得吗？就是那位住在爱琴岛的康斯坦丁船长。我好像跟你讲过他传奇的一生。"

"知道了,爸爸。"苏锦帆小时候就听过康斯坦丁船长的故事,那是一位充满传奇色彩的船王,是父亲极为敬重的人物,"可是爸爸,您就不来了吗?"

"一时半会儿来不了了。"老头子说,"就请你照顾好你林姨和洋洋吧。我会随时跟你联系。"苏锦帆还想说些什么,老头子挂了电话。

叶雁痕脑子在飞快地转动着。她想不通老头子的用意。刚才张连勤单独找她聊了聊,说老头子的确有让她休息一段时间的意思,但他及时在老头子那里为她说了好话,认为从大局出发,还是应该相信她,掌门人突然变动对蓝鲸的稳定不利。据张连勤说,老头子采纳了他的意见。

叶雁痕知道,虽然老头子一直让他们这一辈管张连勤叫叔叔,但实际上,张连勤每次见了老头子,所有的表现都像是一个晚辈对长辈的尊重。没有人知道老头子与张连勤的关系到底有多深,但有一点叶雁痕可以肯定:只要老头子发句话,张连勤可以马上放弃被他看得比生命还重的乌纱帽……

手机突然响了。她腾出一只手,接通手机。是萧邦打来的。

"老船长没来,对吧?"萧邦不等她开口,就急切地说,"你把船长夫人送到宾馆,马上到雨露轩茶楼来见我。"

"好。"叶雁痕没问为什么就爽快地答应了。

孟中华熟练地打着方向盘,跟着车队向前疾驰。当车队驶上机场高速时,他拿出手机,拨通了靳峰的电话:"靳局长,您在哪里?"

"是不是老头子没来呀?"靳峰在电话那头说。

"您怎么知道?"孟中华说,"但是林海若带着儿子来了,在张书记的车上。"

"林海若一下飞机,我就知道了。"靳峰说,"老头子没来,你也不必跟了。马上动用你的力量,密切注意老头子的行动。半个小时后,咱们老地方见。"

孟中华说了声"是",挂了电话。然后,他用肥大的手指灵巧地拨着一个电话号码。

车队终于在大港市滨海路的香格里拉饭店停下来。一个经理模样的中年男人已等候在旋转门前,很周到地拉开了张连勤乘坐的那辆车的后门。一个服务生熟练地打开后备厢,将林海若的小皮箱拎了出来。苏锦帆、叶雁痕、王啸岩、张连勤和江枫陪着林海若和小男孩进了大堂,上了电梯,似乎没有人注意到孟中华没有跟来。

"我看,还是住雁痕或是锦帆家吧。"林海若的声音柔美且略带磁性。

"到了大港,就得听我们安排。"江枫笑道,"如果那样,叫我们如何向苏老船长交代?"

林海若没再坚持。

电梯到了23层。早有服务生将2308房间打开。这是一间豪华套房。从明亮的落地窗往外看,可以看到半个港口和一望无际的大海。

小男孩进屋后,跑到窗边向下张望,大声说:"妈妈,您看,您看,这房子好高啊!"

大家都笑了。林海若摸了摸孩子的头,小声说:"洋洋,别跑到窗户那儿去,乖一点。待会儿妈妈带你去吃饭。"

"饭已经准备好了。"那个经理模样的人说,"就等着张书记、江秘书长和客人们用餐了。"

这时,叶雁痕的手机响了起来。她背过身去接了,"嗯"了几声,便对林海若说:"林姨,公司有急事,我得先走,完事后再来陪您!"

林海若微笑着说:"去吧。我带着洋洋来,就是散散心,你不用操心。工作要紧,你先去吧。"

叶雁痕刚刚离开房间,王啸岩的手机也响了起来。

林海若笑道:"你们都走吧。反正我要待几天,有空再聊。"

王啸岩歉意地说了声"对不起",也告辞了。

萧邦轻轻地敲了一下桌子,对叶雁痕说:"看来,苏老船长又有了新的计划。"

"什么计划?"叶雁痕不明白。

"如果我猜得没错,苏老船长派你的林姨来,就是让她当先行官。"萧邦在摸烟。当他看到茶室的墙壁上贴着醒目的禁烟标志时,缩回了手。

"你说林姨?"叶雁痕笑了,"林姨连只蚂蚁都不敢碰,怎么会卷入这起案件当中?"

萧邦没有回答,陷入沉思。良久,才抬起头:"能不能将你林姨的情况讲讲?"

叶雁痕看了萧邦一眼:"你到底对我们家族知道多少?"

"并不太多。"萧邦也在看她,"不过你们家族非常神秘,有几件事情我感到十分奇怪。第一,苏老船长在 70 岁那年宣布与林海若女士结婚,还大张旗鼓地办了喜事,至少有 20 家地方媒体做了报道。以苏老船长多年来低调的行事风格,为何要在这件事情上大做文章?第二,苏老船长在婚后不到半年,就为你们添了一个小弟弟,古稀之年得子,本来是极其少见的喜事,但这件事苏老船长却讳莫如深,直到孩子都快 2 岁了,大家才知道这件事,这是为什么?第三,据媒体报道,林海若差不多算得上苏老船长的养女,跟了苏老船长三十多年,苏老船长 40 岁丧偶,30 年没有婚娶,为何偏偏在 70 岁这年娶了比他小 42 岁的林海若?"

叶雁痕惊得身体微微一晃,但又马上恢复了镇静:"既然你都知道了那么多,还问我干什么?不过你讲的这三个问题,我还真回答不出。"

"其实，三个问题归结起来，只有一个问题。"萧邦说，"那就是：林海若是谁？"

叶雁痕被弄蒙了。林海若是谁？当然是苏老船长的夫人，洋洋的妈妈，与自己年龄相仿的后妈，自己刚刚才见过她，就住在大港的香格里拉饭店。不过叶雁痕知道萧邦并不是一个随便提问的人。那么，这个"谁"字一定有它的含义，似乎已超出了她的想象。

叶雁痕答不上来。自她第一次踏进苏家的门，这个林姨就已经在那里了。她总是柔柔弱弱的，不大爱讲话，走起路来像猫那样轻，似乎怕踩着了什么。而自己的公公，总给人一种不怒自威的感觉。但每当有林海若在场时，公公都像变了一个人似的。公公的每一个眼神，似乎都被林海若牵引着，甚至生怕一声咳嗽惊吓了她。以前，叶雁痕的心思没在这上面，没有留意太多。今天，经萧邦这么一提醒，她才猛然惊觉：自己身为苏氏家族的一员，似乎从未真正了解这个家族。

020 | 苏洋洋失踪

两个按摩小姐轻轻地退出了房间。关门声很轻,锁舌撞击声却短促而有力,像利器划过皮肤。

靳峰这才将闭着的眼睛睁开。躺在他左侧床上的孟中华迅速地递上一支烟,帮他点上。靳峰深深地吸了一口,眼露精芒。这是他与秘密客人约会的地方——大港市龙泉洗浴中心。

"老孟,你认为老头子中途改变主意,先让林海若打前站,有什么用意?"靳峰乜着眼,问孟中华。

"据青岛那边的消息,老头子确实已经回家,正张罗着要接待一个来自希腊的大鼻子船长。"孟中华将肘部支起,侧过身对靳峰说,"不过依我看,老头子可能会暗中潜入大港。林海若来,是在明处;而老头子来,是在暗处。明暗结合,奇正互动,志在必得!"

靳峰用欣赏的眼光看着孟中华,缓缓地说:"老孟,你还真是个人才。如果当初不离开省厅,说不定职务已在我之上。你干吗要放弃呢?"

"放弃是为了选择。"孟中华见靳峰夸他,有些激动了,"当初在省厅,穷得连请朋友吃饭的钱都没有。现在,在经济问题上,至少可以自由支配了。"

靳峰的目光闪了一下,突然严肃地说:"别扯远了。老孟,实话告诉你,你跟老船长斗,还得十分小心。弄不好,你我连小命都得搭进去,懂吗?"

孟中华赶紧收起了刚刚冒出来的激动,小声说:"是。我也想听听靳局的高见。"

"我也不知道老头子葫芦里卖的是啥药。"靳峰叹了口气,"但我敢肯定,林海若的出现,必将产生新的波折,因此才找你商量对策。"

"林海若?"孟中华有些纳闷,"这个女人,不过是老头子的贴身丫鬟而已,有什么好担心的?"

靳峰霍地坐了起来,盯着孟中华:"老孟啊,你知道你为何差点栽在萧邦的手里吗?就是你太轻视对手!干我们这行的,这是大忌!"

孟中华正要说什么,突然,靳峰的手机尖叫起来。靳峰看了一眼显示,接通了电话。在"嗯"了几声后,一把掀开盖在肚子上的浴巾,大声说:"你说什么?怎么可能?赶紧派人追查!"

孟中华愣在那儿。在他的印象里,沉稳的靳峰从来没这么紧张过。

良久,靳峰才对孟中华说:"老头子的宝贝儿子洋洋,失踪了!"

"什么?"孟中华的嘴张得能塞进去一只蛤蟆,"这才多大会儿?怎么就出事了?"

萧邦又敲了一下桌子,叶雁痕才回过神来。

"想出一点眉目了吗?"萧邦说,"林海若在苏家一住就是30年,上完大学也没参加任何工作,继续陪着你公公,几乎足不出户。对于一个研究《海商法》的高才生,看来是可惜了。但我敢肯定,苏老船长之所以有那么大的号召力,至少有三分之一的功劳属于林海若。"

叶雁痕说:"既然你想知道林姨到底是谁,为何不去饭店问她?她就住在香格里拉饭店2308房间。"

"女人的秘密,怎么能够问得出?"萧邦叹了口气,"也许,女人本来就是一个秘密,而有非常秘密的女人,就更加深不可测……"

萧邦正想往下说,突然,叶雁痕手包里响起了刺耳的电话铃声。是一个陌生的电话。

"你是叶雁痕吗?"一个陌生的声音说。

"我是。"叶雁痕回答。

"你认识一个叫洋洋的小男孩吗?"对方的语气很平静。

"认识,他是我弟弟。"叶雁痕说,"怎么啦?有什么事吗?"

"他现在在我手里!"对方不等叶雁痕有任何反应,挂断了电话。

叶雁痕一激灵,脸色变得苍白。"洋洋被绑架了!"她说。

她看见一向沉稳的萧邦也露出了惊诧的表情。

孟欣从卫生间出来,用浴巾慢慢地擦着身上的水珠。王啸岩满脸泛红,用被子盖着精赤的身子,任凭干燥的蚕丝被吸附着涔涔而出的汗水。热潮已退,只有鬓角的发梢上还挂着几滴晶亮的汗珠。

"世上怎么会有你这种女人?!"强壮的王啸岩此时像一头恶斗了一场的公牛,连喘息的力气都没有了。

"世上有你这种男人,就有我这种女人!"孟欣也打着晃,扶了一下柔软的床垫,就势倒在床上。

王啸岩身子虽然动弹不得,眼神却异常活跃。他贪婪地看着这个完美的胴体,恨不得一口吞下去。但是现在,就算有一千万摆在面前,他都没有力气去拿了。这个妖精实在太厉害了,越跟她在一起越觉得她就是一个神秘的宝藏。孟欣嘤咛一声,蛇一样钻入被窝,将脸蛋贴上了他宽阔的胸膛。暴风雨后的宁静,令人陶醉。

"听说,你丈母娘是个绝色美女,是真的吗?"孟欣纤细的手指轻轻地在王啸岩身上游走着。

"我倒没觉得。这个世界上,又有谁比你更漂亮呢?据我所知,也只有两个人而已。"

"谁?"孟欣猛地侧过脸,仰望他。

"一个一百年前已经死了,一个还没有出生。"王啸岩抿着嘴说。

"该死的!"孟欣挥起粉拳,在他肩膀上轻轻地捶着。不过,她笑得更甜了。

"还是说说正事吧。事情进展到这一步,你我都没有退路。我老婆已经跟我挑明了,下一步不但不会再帮我,而且可能会对我不利。我唯一能指望的,就是你了。"

"嗯。"孟欣回应着他的动作,略微带着呻吟声说道,"我叔叔这边,现在对我已有所警觉。事情越来越复杂,幸好,我们手头还有几张牌。啸岩,你说过的,事情完了就与苏锦帆离婚,你不会骗我吧?"

"我怎么会骗你?我的心肝宝贝!"王啸岩爱怜地吻她的额头,"事情成功了,你我都是真正的老总,比翼齐飞,是何等痛快!可是,这一切,都必须扳倒老头子才成。你也知道,老头子是个非常传统的人,他不会允许我与他女儿离婚的。搞不好,还会收回我在蓝鲸的股份。那时,我可真是一无所有了。"

"怎么可能?"孟欣停止了动作,"依据《公司法》,这股份是有法律效力的,老头子吐出来的口水,难道还要舔回去不成?"

"宝贝儿,你是想当然啊。"王啸岩叹了口气,停下了手中的动作,"蓝鲸集团每次开董事会,大大小小的董事也有几十个,可谁都知道,只要老头子还有一口气,他想叫谁滚蛋,谁就得立马打铺盖卷。法律是法律,操作是操作。要说按法律,真相集团的存在就是非法的,可是你们不是运作得好好的吗?再说了,我那3%的股份,是老头子让给我的,老头子在《股权转让协议》上清楚地注明了几项制约我的条款,并让我写了保证书……事情难办哪!"

孟欣思索着,突然说:"难道老头子是个神仙?就没有一丝缺点和毛病?"

王啸岩又叹了口气,说:"我王啸岩也算见过世面的人,但我实在不知道老头子有什么弱点。他正义刚强、思维缜密、人脉广泛,又经历过大风大浪,还是全国政协委员、世界航海协会理事。就是咱们的市长,见了他都得让他三分。至于金钱,对他早已没有吸引力,因为没有人知道他到底拥有多少财富。前两年,美国的《福布斯》杂志在中国搞大陆富豪评比,调查到老头子那儿。你猜老头子怎么着?老头子对那个本土的调查员说:如果你想活得安稳些,赶紧滚蛋!本老人家最烦评这个比那个,你小子嫩得能掐出水来,还想来调查我?接着,他如数家珍地将调查员的底细说得一清二楚,包括他泡妞骗人的细节。那个调查员吓得面如土色，灰溜溜地逃走了。"

　　孟欣听着，却露出不以为然的神色。等王啸岩说完，她才说："照你的说法，那老头子还活着干什么？"王啸岩一愣。他没听懂。

　　孟欣似乎看懂了王啸岩的表情，接着说："我总认为，每个人活着都有其目的。如果一个人没有目的，那他活着就没有追求，没有追求的人，即使活着，与死人有什么分别？对大多数人而言，名利是第一位的，当然也有人追求感情这种虚幻的东西。还有更傻的人，居然为他人而活。打个比方，一对农村夫妇，为了让自己的儿子娶上媳妇，拼了一辈子。儿子结婚了，又接着为孙子做马牛……这些现象说明，人活着都是有牵挂的，不然，这个人就算没死，也不会活得太长。"

　　王啸岩静静地听着孟欣的奇谈怪论，他居然没有反驳，实际上他也不想反驳。因为，他现在最关心的事，就是如何对付老头子。对照孟欣的理论，他自己活着的理由非常充分，那就是要拥有蓝鲸完全的权力。有了这个，他便会拥有金钱和女人。当然，这个"女人"是不是孟欣，无关紧要。可是老头子到底靠什么支撑着呢？王啸岩想不通。

　　"啸岩，你说老头子没有缺点，我不太相信。"孟欣打断了王啸岩的沉思，"至少，老头子好色吧？"

　　"好色？"王啸岩忍不住想笑，"老头子40岁丧偶，30年单身，绝对没有同任何女人有那种关系，怎么能说他好色？"

　　"可是，据说他现在的夫人林海若，是个大美人，这怎么解释？"孟欣问。

　　"你是说林姨？"王啸岩说，"这个另当别论。林姨从小跟着他长大，就像他的女儿一般，非常亲密。据我所知，林姨大学毕业后就提出要嫁给他，但被老头子断然拒绝。直到8年以后，老头子才终于答应。再说，一个七十多岁的老人，即使有色心，也无能为力了。"

　　"恐怕不见得吧？"孟欣的手在王啸岩最怕痒的地方摸了一下，"依我看，恰恰相反，老头子厉害得很！你想，一个人在70岁时又生了个儿子,就足以说明问题了。"

王啸岩一时语塞。也许,因为他也是这个家族中的一员,所以忽略了一些外人看来很奇怪的东西。"也许,当局者迷吧。啸岩愿意恭听宝宝的高见。"他的手在黑暗中摸索着另一侧乳房。

"高见倒说不上。"孟欣将他的手推开,"我只是觉得,老头子并没有你们讲的那样神。只要他是人,就会有弱点。比如,他最心疼的人!"

王啸岩不禁停下动作,躺到一边,他用肘支起了头,看着孟欣,小声地问:"你是说苏锦帆?"

"苏锦帆算一个,苏浚航算一个,你的林姨算一个。当然他最心疼的,恐怕还是那棵幼苗。"说到这儿,她的眼睛里闪过一丝亮光。

王啸岩心里紧了一下。说真的,苏氏家族的人,都十分喜欢苏洋洋,就连王啸岩自己也不例外。如果他必须跟苏家闹翻,他也决不会伤害这个可爱的小家伙。他正思考着如何回应孟欣的话,突然,手机响了。是苏锦帆打来的。

"你在哪里?"苏锦帆急切地问。

"我……我在外面和朋友谈事。"他对老婆撒谎已成习惯。

"别逗了,王啸岩!"苏锦帆在那头大吼起来,"你把洋洋弄到哪里去了?"

"你说什么?"王啸岩坐了起来,"洋洋不是跟林姨在一起吗?"

"别装了!"苏锦帆冰冷的声音传来,"告诉你,王啸岩,如果洋洋有个三长两短,我一定亲手杀了你!"接着,"咔"的一声,电话挂断了。

王啸岩怔怔地盯着手机。几秒钟后,他掉头看着孟欣,眼里发出一种凶光:"是不是你干的?"

"你在说什么?"孟欣搞蒙了。

"是你派人绑架了洋洋,对吧?"王啸岩怒气冲冲地说,"孟欣,你知道你干了什么吗？这下，麻烦大了！"

"你说我绑架了洋洋？"孟欣猛地掀开被子，大声叫嚷起来，"我连他们住在哪里我都不知道，我怎么会绑架那孩子？王啸岩，你也别做得太过分了！"她迅速地穿好衣服，气呼呼地走了出去。宾馆的房门，被她摔得山响。

021 ｜刚强的弱母

下午 3 点，靳峰带着七名警察，敲开了香格里拉饭店 2308 房间的门。

林海若无力地坐在套间外屋的沙发上，眼圈红红的，显然刚刚哭过。叶雁痕、苏锦帆和王啸岩站在一边，脸色都很难看。

靳峰向众人打了个招呼，对林海若说："林女士，请放心，根据张书记的指示，我们已经在全城布了警力，争取在今晚以前找到洋洋。"说完，他扭头看了一眼身后一个非常英俊的警官，又对林海若说，"这位是港城区临港派出所所长刘明同志。现在，请刘警官做笔录吧。"

林海若说了声"谢谢"，等待警察发问。

刘明取出案件记录簿，端坐在林海若的对面，开始做笔录。

刘：林女士，请您叙述案发经过。

林：我是上午乘坐青岛至大港的航班来大港的。到大港住下的时间是12：30。12：45，市委张书记和市政府江秘书长请我吃饭，就在本酒店八楼餐厅。洋洋吃了几口，就四处乱跑。这孩子没出过远门，好奇。我也没管他，因为一般情况下，这么好的酒店，安全措施是让人放心的。我一直在同张书记和江秘书长他们聊天，一聊就聊到13：30左右，突然发现洋洋不见了。我便到处找，可是差不多找遍了整个酒店，连个影子都没有。而且，听洋洋的嫂子叶雁痕讲，大约在14：20左右，她接到了一个电话，一个男人说洋洋在他们手里……

刘：你没有接到过诸如敲诈之类的电话吗？

林：没有。

接着，刘所长又问了一些其他问题，如酒店服务人员是否见到有陌生人到餐厅劫走孩子、大堂保安是否看见孩子、中控电脑录像是否查到孩子图像等，得到的回答都是"没有"。

一个活蹦乱跳的男孩，就这样神秘地失踪了！

笔录做完，靳峰召集手下，在酒店借用了一间会议室，开始研究。

刘明沉思了一会儿，说："靳局长，此案是一起绑架案，而且不是普通的绑架勒索案，背后一定有阴谋。按说，林海若来大港，除了她的亲人和两位市领导，几乎没有其他人知道。刚才我仔细查看过监控录像，绑匪绝对不是从大堂四部电梯的任何一部下楼的，也没有从楼梯下去。因为无论从哪里到大堂，都很容易被发现。而且，当时酒店的行李员在送完林海若后，一直在大堂里值班，他是见过苏洋洋的。此外，因为林海若是张书记和江秘书长亲自接来的，大堂的保安印象很深，但保安人员根本没有看见有个小孩被人领出门去。那么，苏洋洋被绑架后到底去了哪里？有两个可能：一是从酒店的货梯下楼，然后从酒店后门出去；一是绑匪根本没有离开酒店，现在就在某个房间里。"

靳峰表示同意。香格里拉饭店的监控设备并没有全覆盖，其中客房、贵宾房、套房共389间，属于私密空间，如果一一盘查势必扰客。令人头疼的是，市领导下了死命令，一定要在午夜12点以前破案，时间不能等。靳峰清了清嗓子，沉声说："同志们，大家都知道，林海若女士是市领导的朋友，苏洋洋的父亲苏振海老先生又是德高望重的航海家、全国政协委员。因此，同志们今晚就不要休息了，马上进入状态！依我看，这起绑架案并不是简单的敲诈，弄点钱了事。所以，当前我们一方面要加紧搜查，另一方面要尽快搞清绑匪的作案动机。大家分头行动吧！"

警察们纷纷站起身，拿起手中的电话，投入战斗。

"你们先出去一会儿,雁痕留下。"林海若有气无力地对王啸岩和苏锦帆挥挥手。二人默默出去了。

叶雁痕轻轻关上门,将已经凉了的水倒掉,换了一杯热水。林海若接过,放在茶几上:"雁痕,你怎么看?"

"我认为,这是一起有预谋的绑架,不能将宝全部押在警察身上,我们自己也得想办法。"叶雁痕与林海若并不亲密,但对洋洋是喜欢的,焦虑之情不容掩饰。

"你爸爸又不在,我有什么办法?"林海若无助地看着叶雁痕,眼泪又流了出来。

"我认识一个人,或许他会有办法。"叶雁痕说,"他叫萧邦。"

"萧邦?"林海若微怔,"这个人是干什么的?"

"他是私人侦探,从特种部队退役的军官,本事很大。"

"好,我相信你。你去安排吧。"林海若似乎连说话的力气都没有了,"叫锦帆进来吧。"

叶雁痕走了出去,对呆立在楼道里的苏锦帆招了招手。

苏锦帆坐在林海若的对面,安慰道:"林姨,您别难过。没事的,我们会找到洋洋的。"

"小马呢?"林海若轻咳了一下,问苏锦帆,"小马知道了吗?"

"我还没有告诉他。"苏锦帆小心翼翼地回答,"您是说……"

"告诉小马,立即行动!"林海若扬起泪眼。那眼里闪过一丝亮光,"该他出场发挥作用了!"

"我明白,林姨。"苏锦帆狠狠地点头,"我这就去安排。"

"去叫啸岩进来吧。"林海若立即又恢复了倦态。

苏锦帆关门出去后片刻,王啸岩站在了林海若面前。他每次见到这位比他还小的丈母娘时,都不敢与她对视。

"坐吧,啸岩。"林海若挣扎着站起来,要给他倒水。

王啸岩慌忙制止,语无伦次地说:"林姨,我不渴……"

"听说,你与一个叫孟欣的丫头好上了?"林海若的声音仍然是柔弱的,但却让王啸岩打了个寒战。

"我……我只是……认识她。"他变得更加结巴了。

"别急着回答我。"林海若的声音像一阵柔风刮过,"一个男人,有外遇也是正常的。但是,如果这种外遇影响甚至威胁到一个大家族的整体利益,就是不可饶恕的!"这阵柔风吹到王啸岩的耳边,就变成了炸雷。

"啸岩怎么敢?您和爸爸对啸岩的恩情,是我几世都报不完的……"王啸岩感觉小腿肚子在发抖。

"那你敢说,洋洋的失踪,跟这个孟欣一点关系都没有吗?"林海若的语气突然变得强硬起来。这种强硬的声音划过王啸岩的大脑皮层,并伴着牙齿的磕碰声。他不敢吭气。房间里陷入诡异的沉默。

良久,林海若的声音又柔若春风:"你知道该怎么办了?"

"知道了。"王啸岩霍地站了起来。

孟欣拿出一串钥匙,先拣出一把十字形的,插进防盗门的锁孔里。她使劲一拧,防盗门发出沉闷的声响后被缓缓拉开。孟欣又换了一把鸭舌状的钥匙,打开了里面那道厚厚的木门。

这是一套三室一厅的住房。屋子里很安静,只有墙上的挂钟在均匀地发出"嗒嗒"的脆响。孟欣关了门,轻舒了口气,摁亮了墙上的开关。只有家,才能让她绷紧的神经松弛下来。虽然,她曾经与很多男人上过床,但在这个家里,她只允许自己一个人待着。就连孟中华,她都不让他在这里过夜。

她习惯地将挎包放在沙发上。突然,一个人影跃入她的眼帘,吓得她哆嗦了一下。那是个木雕般的男人,赫然坐在客厅的小椅子上,背对着她,仿佛在那里生了根。

"你……你是谁?"她惊叫。

"我是你的克星！"那人突然转过身，坐着的椅子也跟着转过来。

他脸上蒙着一块漆黑的布，只露出一双鹰一样的眼睛。这双眼睛正盯着她，那种寒光似乎要穿透她的身体，她快被这目光冻住了。

"坐下吧。"蒙面人的声音很有磁性，眼里的寒光瞬间收回去了，"本来早就想找你谈谈了，但今天找你谈，似乎也并不晚。"

孟欣扶着沙发的靠垫，身体微微发抖，慢慢地在沙发上瘫坐下去。

那把椅子仿佛粘在蒙面人的屁股上，跟着他往前靠近了一点。只听他轻声说："只要你老老实实地配合我，我保证你不会受到一点伤害……"

话音未落，已瘫坐在沙发上的孟欣突然将身体绷成一张弓，疾出一腿。高跟鞋带着风，毒蛇一般向蒙面人的心窝钻去。蒙面人吃了一惊，急忙用手格开。孟欣的另一只脚已飞起，结结实实地踹在蒙面人的胸脯上。"咔"的一声，蒙面人坐着的椅子四腿齐折。但孟欣觉得自己的腿如击败革，力道瞬间消于无形。椅子散落一地，而蒙面人一个标准的马步深蹲，稳如泰山。

孟欣绝不给他任何喘息的机会，轻喝一声，两条修长的腿连环出击，快得只能看见一片影子。但听风声呼呼，蒙面人的身子被罩进腿影中。占了上风的孟欣像个千手观音，一边施展腿法，一边从沙发底下抽出一根漆黑的棍子。惊险的打斗不到半分钟就结束了。房间安静下来。

孟欣坐在沙发上，右腿的脚踝被蒙面人一把抓住。而孟欣的手里，正捏着一根漆黑的电警棍，警棍的另一头已顶在对方的腰上。

"松手！"孟欣吐了一口气，对蒙面人喝道。蒙面人果然乖乖地松开了手。

孟欣的拇指在电警棍的开关上轻轻摸了一下，冷笑道："你知道这根棒子是多少伏的吗？"见蒙面人摇头，她继续冷笑，"三万伏！只要我一摁开关，你就会缩成一团，连求饶的话都说不利索了！"

蒙面人叹了口气,说:"我早该想到的。"

"可惜,迟了!"孟欣冷笑,"你认为姑奶奶好欺侮是吧?告诉你,任何人进了这间屋子,都别想轻轻松松地走出去,除非得到我的允许!"蒙面人闭上了嘴巴。

"说!你到底想干什么?"孟欣逼问。

"我想知道,你将洋洋弄到哪里去了?"蒙面人居然还很镇定。

"我弄走了洋洋?"孟欣笑了,"我连谁是洋洋都不知道,为什么要弄走他?"

"可是,我想不出谁会弄走洋洋。"蒙面人说,"你与王啸岩密谋已久,想威胁蓝鲸集团。你以为你做得天衣无缝,但所谓的秘密,在我看来,就跟摆在桌面上一样清楚!"

"呵,就算是我干的,又怎么样?"孟欣冷笑,"现在,我可以决定你的生死,难道你的脑子进水了吗?你给我听清楚,我数到三,你必须将脸上那块遮羞布给我扯下来!"孟欣说完开始数数。可是她已经数到四,蒙面人还是没有动。

孟欣摁动开关,不料电警棍的另一端并没有冒出蓝色的弧光。蒙面人轻轻拨开那根对他已构不成任何威胁的棍子,叹了口气说:"其实你这根棍子,电压并没有三万伏,而是二万五千伏。当我把它的电路破坏后,一伏都没有了,连一根干柴棍都不如。"孟欣怔住。

"我还要告诉你一件事。如果我想进谁的房间,谁也拦不住我。别说你,就连你的师傅老孟也不能!"蒙面人拍了拍手,又拉了一把椅子坐在她的对面,"实话实说,你的腿功还算可以,比我想象的要强一点。但对付我,还是差了一些。"

"你到底想干什么?"孟欣瞬间又恢复了镇定,干脆很舒服地靠在沙发上。

"刚才已经说了。"蒙面人说,"我并不想为难你,只要你痛痛快快地交出洋洋,我保证以后不再找你麻烦。"

141

"你怎么认定就是我弄走了洋洋？"孟欣说，"我弄走洋洋干什么？"

"我不管那么多。"蒙面人看了看表，冷冷地说，"现在是晚上六点半，在九点钟以前，请你将洋洋送到香格里拉饭店。记住，如果洋洋少一根汗毛，我保证把你身上的每一根毛都拔光！"

"如果我不能按时交出洋洋呢？"孟欣问。

"你就得死！"蒙面人的声音像铁一样冷而坚硬。说完，他头也不回地打开门，出去了。

一阵冷风从敞开的门外刮进来，孟欣感到一丝寒意从体内穿过。她呆坐了五分钟，拿起了电话。

022 | 棋逢对手

雪大片大片地从天空铺下来。萧邦带着一身寒气,进了温暖如春的大港市"北国风光"酒吧。孟欣懒散地坐在酒吧的角落。见萧邦到来,她突然来了精神,站起来微微一笑。萧邦觉得她的笑里至少有七成是疲惫。

"没想到你真的会来。"孟欣眨巴了一下有些干涩的眼睛。

"受到孟小姐邀请,是我的荣幸。"萧邦还是那种淡定而真实的笑。他笑的时候,嘴角微微上翘,眼眸更黑更亮了。

孟欣竟似有些痴了,干涩的眼睛也潮湿起来:"没想到,在我走投无路时能够帮助我的人,是一向被我防备和怀疑的人。"

"现在说这话还早。"萧邦坐在她的对面,"你不见得是真的走投无路,而我也不见得能够帮助你。但你一向防备和怀疑我,倒是真的。"

孟欣突然笑了,一滴眼泪伴随她的笑从漂亮的脸上滑落。

"其实,你应该找你叔叔或者王啸岩。"萧邦想安慰她,但他真的不会这个技术。

"你说的这两个人,的确都有些本事。"孟欣用手背揩了一下脸,"但他们与我的关系,是纯利益关系,附带点肉体关系。萧大哥,想必你也是知道的……"萧邦没有承认也没有否认。

"但你不一样!"孟欣有些激动,"是的,你是一个谜一样的人,我甚至一点都不了解你。但是,如果世界上还有一个人值得我相信,那就是你!你是一个值得任何人相信的人,哪怕是你的敌人!"萧邦没有否认。通常,别人在夸奖他时,他很少插话。他并不在意这些。

见萧邦平静地听着,孟欣觉得自己的激情没有收到预期效果。"你不相信?"她忍不住问。

"相信。"萧邦在微笑,"可是,你什么时候才能让我也信任你?"

"从今天起！"孟欣严肃起来，"我想好了，从今天起，我可以辜负任何人，但绝对不能对不起萧大哥你！"

"为什么突然觉得我有那么重要？"萧邦静静地看着她。

"因为你的心里，没有恐惧！"孟欣说，"在你进来的那一刹那，我顿时觉得你是无所畏惧的。是的，论智力你不是最高的，论功夫你不是最好的，论长相你不是最帅的，论实力你不是最强的，论地位你也不算高，论财富你更是不值一提。但你的心没有被污染，你的良知没有被湮没，你的道德没有沦丧，你能将生死置之度外——这一切都说明，你是无畏的！"

萧邦没想到好长时间没被人夸了，感觉还不错。他将身体向前倾了倾："孟小姐，谢谢你的夸奖。既然你那么信任我，请将今天晚上的事详细地讲述一遍吧。"

孟欣便将见到蒙面人的过程描述了一遍。

萧邦看了一下表，时针正指向晚上 7 点。

"你没有弄走洋洋？"萧邦问。

"没有。"孟欣狠命摇头。

萧邦点头："我相信。"孟欣眼里闪过感激的光芒。

"但问题是，谁弄走了洋洋？在大港，知道林海若来的人非常有限，知道林海若住在香格里拉饭店的人更是屈指可数。而林海若在中午用餐时丢了孩子，就更令人奇怪。"萧邦陷入了沉思。

孟欣也正在想这个问题。

"有这么几种可能。"萧邦分析，"第一，弄走洋洋的人，为了要挟苏老船长，迫使苏老船长就范；第二，为了敲诈一笔钱财；第三，为了嫁祸他人，引起混乱，阴谋者好浑水摸鱼。"孟欣暗服。萧邦三言两语一分析，就抓住了问题的关键。在她看来，第三种可能性最大。

果然，萧邦说："你或许会认为第三种可能性最大，但我却认为第一种可能性最大。"

"为什么？"

"因为苏老船长来大港的消息已经不再是秘密。关键是，他来大港的目的是什么？找出了这个原因，才能推测出洋洋被绑架的真正原因。只要找出这个原因，就有希望查出洋洋的下落。"

"你认为苏老船长来大港的真正原因是什么？"孟欣问。

"只有一个，就是'12·21'海难。"萧邦说，"如果说得再具体一些，只有两个字：报仇。时隔两年，苏老船长显然已经掌握了大量证据，此次来大港，是势在必得！"

"那么照你的推断，绑架洋洋的人，就是要阻止苏老船长报仇？"孟欣问。

"是的。"萧邦看了她一眼，"你认为谁会阻止苏老船长报仇呢？"

"只有一种人。"孟欣说，"就是'12·21'海难的制造者。"

"你只想到一个方面。"萧邦说，"还有一种人也可能成为苏老船长的对手。"

"哪一种？"

"'12·21'海难的受益者。"萧邦说，"这种人虽然没有参与这起事故的预谋，但却是实实在在的受益者。他们不愿意看到真相浮出水面。因为找到了真相，那他们得到的一切就会化为泡影。为了保护自己的利益，他们也会这样做。"

"什么？"孟欣倒吸了一口凉气，"这起海难，居然还会有人受益？"

"多数事情，都像一枚硬币一样有正反两面，就看你从哪种角度去看了。"萧邦说，"这起海难让很多人遭受沉重打击，但也有少数人的确得到了利益。比方说你，一边努力地证明自己的刚强，想尽办法获取你想要的；另一方面，你又不时用社会的道德规范来对照自己，让自己非常痛苦。其实，有些事是自己本身改变不了的。一个人的力量，毕竟太微弱了。"萧邦的话，像一把锋利的刀子，划开了她心上的毒瘤。她痛，但更觉得爽利——这个世界上居然还有人理解她，对她来说已足够。

萧邦及时控制了话题的走向，打断了孟欣将要泛滥的思潮："现在我想知道，袭击你的那个蒙面人的形体特征。"孟欣猛然回过神来，暗暗责怪自己刚才的失态。

"一米七八左右，精瘦，略带一点山东口音，眼神很冷，穿一双陆战靴，下盘根基极稳，出手快，在三十岁上下。"孟欣又恢复了常态。

"我知道他是谁了。"萧邦眼里放着光。

"是谁？"

"小马。"萧邦说，"他是苏老船长的养子，在海军陆战队服过役，其身手恐怕在老孟和我之上。"

孟欣瞪大了眼睛。她领教过小马的厉害，一旦碰上这个对手，将无法安眠。看来一切都很简单：小马的弟弟失踪了，他怀疑到孟欣，因此找上门来要人。可是自己并没有绑架他的弟弟。他要自己晚上9点交人，上哪儿找人去？

萧邦沉思了一会儿，突然说："有一个办法，能够让小马不再找你麻烦。"

"什么办法？"孟欣差点跳了起来。

"让他知道，绑架洋洋的人并不是你。"萧邦说。

孟欣又坐了回去。这是个地球人都明白的道理。问题是，要让小马知道绑架洋洋的人并不是孟欣，其难度并不比找到洋洋低。

萧邦走进漂流岛酒吧的时候，只有三两个客人坐在角落里喝酒。这种地方，通常要到晚上10点以后，才进入状态。

服务生将酒水单递给萧邦。萧邦没有看单子，而是将一个纸条递给服务生："请将这个交给你们老板。"服务生认真地看了一眼萧邦，一声不响地走了。

五分钟后,那个服务生走到萧邦近前,低声说:"我们老板有请。"

萧邦跟着他,穿过大厅,拐过吧台,进了一间灯光昏暗的屋子。一个三十来岁的男人端坐在一张漆黑的桌子后面,用鹰隼般的眼睛盯着缓缓走进来的萧邦。服务生知趣地出去了,并将门轻轻关上。

萧邦看着空无一物的桌子,笑了一下:"马先生,你开了这么大个酒吧,难道就没有为客人准备一杯酒吗?"

"我的酒,只给两种人喝。"小马说话简短有力。

"哪两种?"萧邦好奇地问。

"第一种是舍得花钱的客人,第二种是我的朋友。"小马冷冷地说。

"难道我不是你的朋友?"萧邦问。

"不是。"小马说,"我的朋友不会趁我不在时从后门偷偷地溜进来。"

萧邦笑了一下。他立即想起了昨晚的事:"那我花钱买一杯可以吗?"

"可以,但得到外面去喝。"小马连动都没动,"在这间屋子里,只招待朋友,而且完全免费。"

萧邦叹了口气:"那我可以坐下来吗?"

"椅子就在你的屁股下面,请便。"小马说。

"坐下收钱吗?"萧邦居然还在笑。

"不收。"小马说,"但凡是在我这里坐着而没酒喝的人,通常都不会坐太久。"

"为什么?"萧邦微笑着问。

小马缄口不言。萧邦则很随意地坐在椅子上,跷起了二郎腿。

"没想到,被人吹得神乎其神的萧大记者,原来是个啰唆的人!"小马面露不屑。

"马先生,"萧邦脸上仍然堆着笑,"请问你对农村熟悉吗?"

"有些了解。"小马不知萧邦想说什么。

"通常，乡村里有许多寿命很长的老太太。"萧邦顿了一下，"据本人调查，这些长寿的老太太都非常啰唆，无一例外。你想知道这是为什么吗？"

"为什么？"小马忍不住问。

"因为，那些本该比她们更长寿的人，都被她们唠叨死了。"萧邦自己也忍不住，笑了。

小马脸上的肌肉动了一下，但马上收起了就要散开的笑："萧先生，今天你来找我，不是为了说笑话吧？"他的眼里又射出了鹰隼般的光芒。

"那要看马先生想听笑话，还是想听真话。"萧邦说。

"真话？"小马不解，"本人向来严肃，当然是听真话。"

"好！"萧邦说，"那我告诉你，洋洋不是被孟欣绑架的。"

"那是被谁绑架的？"小马冷笑，"孟欣找过你？"

"是的。"萧邦说，"其实这和她找没找过我关系不大。她没有干这件事就是真话，也是事实。"

"我凭什么相信你？"小马继续冷笑，"你说她没干，她就没干吗？"

"马先生，你是聪明人。"萧邦严肃起来，"请问，她这样做的动机是什么？"

"那么我也请问萧先生，"小马盯着他说，"在大港，洋洋如果不是孟欣绑架的，会是谁？"

萧邦回答不出。

"要我相信不是孟欣干的，也可以。"小马口气缓和了许多，"不过，你得在九点钟之前找到洋洋并安全送到他妈妈那儿。否则，说什么都是废话！"

"好吧。"萧邦站了起来，"反正我已经告诉过你，孟欣没有绑架洋洋，信不信由你。我知道你本事大，但我也告诉你，如果你敢动孟欣，我就会揭发你！再见。"

小马霍地站了起来，沉声说："萧先生，你也太目中无人了！我这小地方，也不是想来就来，想走就走的！"

萧邦已经转过身，正准备拉门。突然，小马右手在桌子上按了一下，身体腾空而起，两条腿贴着桌面上方一寸左右，挟着劲风横扫过来，准确无误地踢在萧邦瘦削的身上。萧邦微微地晃了一下，但还是站稳了。小马不给他任何喘息的机会，双脚落地的刹那，一记摆拳直取萧邦右太阳穴。当铁拳离萧邦的脑袋仅一寸左右时，萧邦的头突然矮了下去。接着，萧邦迅疾用了一个后摆腿。小马顿时失去了根基，仰面向后倒去，后脑勺结结实实地磕在桌沿上。小马双手向后反撑，扶稳桌沿，试图借力弹起身子。但是，他感到坚硬的皮鞋底已卡在自己的喉头。这是恰如其分的一个侧踹。在间不容发之间，萧邦仅用一只右腿在瞬间就完成了腿法中两个简单但又难练的动作。而萧邦此时仍然没有完全转过身子，身体形成了一个标准的"丁"字，像铁铸的一样稳固。小马的汗水流了下来。他不敢相信这是真的。严格地说，十年来，他在实战中有胜有负，但绝没出现过今天这种败象。

萧邦将腿轻轻放下，转过身来，说道："其实，你的功夫不在我之下。但由于你太急躁，所以只攻不守。"

小马站直了身子，怀疑地看着他："有一件事我不明白。"

"哪件事？"萧邦问。

"以你的身手，怎么会被人打得头破血流？"

"你是说威胁王啸岩的那三个人？"萧邦冷笑，"有时，失败也是一种胜利。"他没有再和小马啰唆，而是推开门，径自走了出去。

小马揉了揉脖子，将萧邦鞋底上的灰尘轻轻地从喉结处抹掉，冷笑又浮上了那张刚毅的脸。

023 | 海难责任人突然死亡

大港市湖南路丽泽苑居民小区9号楼。孟中华上了电梯，在13层505房间门口停了下来。他伸出胖胖的指头，摁了一下门铃。没有人开门。孟中华继续摁着门铃。终于，在门铃响过三遍之后，防盗门开了。

一个胖子用身体挡住孟中华的视线，没好气地问："找谁？"

孟中华笑呵呵地说："找你们啊。许四哥，你们哥仨在这里住了33天，作为大港市的编外治安联防队员，我还是应该来打个招呼的。"

胖子怒目圆睁，没好气地说："你算老几？就是警察来了，老子也不怕。滚！"说完就要关门。

"让他进来！"屋里响起了一个沙哑而低沉的声音。

胖子立即停住，继而将门完全打开。孟中华就看到一个奇瘦的男人静静地坐在客厅的沙发上。在这个并不明亮的房间里，他居然戴着墨镜，左手缠了纱布。墨镜的旁边，站着另一个同样瘦弱的男人。

"请坐，孟先生。"墨镜说，"想不到我们兄弟被'孟神通'孟总裁盯上了。不知这是我们的荣幸，还是不幸？"

孟中华油光水滑的脸上笑意更浓了。"李二先生，孟某不才，但也不敢对威震沈阳的'李二哥''杨三哥'和'许四哥'不敬。您光临大港，我还是应该早点过来给您请安的。"他并没有坐，仍旧站着。

墨镜"嘿嘿"笑了两声："果然有点'神通'。咱们既然都在道上混，就不啰唆了。今晚孟总来找兄弟们，有什么事就直说吧。"

"李二哥爽快！"孟中华赞道，"那我就直说了。今天中午，有一个叫苏洋洋的小男孩走丢了。我想，三位大哥信息灵通，或许知道这个孩子的下落，因此特地上门寻求帮助。"

那胖子喝道："怎么？你认为是我们兄弟绑架了这个孩子？"

孟中华笑道："这是许四哥说的，我可什么也没说。"

李二哥对那胖子轻喝道："老四，你别说话！"转头对孟中华说，"孟总，你是老江湖了，说话得有凭据。请问，我们兄弟绑架那个孩子干啥？你又凭啥认定是我们兄弟干的？"

"我没说是你们兄弟干的啊。"孟中华干笑了一声，"但三位来大港的日子也不短了，你们首先盯叶雁痕，然后盯萧邦和王啸岩，当然也盯过我，还打伤了我的兄弟。我孟某人再不济，也容不得有人在大港撒野！"

李二哥身旁的那个瘦子突然向前跨出一步。但李二哥眼疾手快，一把拉住了他："老三，不得无礼！"那瘦子才又退回原地。

"看来，孟总知道的还真不少。"李二哥也干笑了一声，"可是孟总也知道，仅凭你一面之词，能说明什么呢？难道这个城里但凡有孩子丢了，都来找咱们兄弟？况且，咱们根本不知道啥羊羊牛牛的，孟总还是请便吧！"

"既然来了，就请李二哥给个说法！"孟中华突然把脸挂了起来。

那胖子终于忍不住，大声骂道："我操你奶奶的，你有什么资格向老子讨说法？"说着，一记"迎面锤"向孟中华的胖脸打过来。那拳头带着风，眼看孟中华那张胖脸就要开花。可不知为什么，胖子的拳头却被孟中华的胖手抓住了。孟中华那五根胖胖的指头，像强力胶一样牢牢地黏住了胖子硕大的拳头。胖子根本不能动弹。

"我当然没有资格。"孟中华淡淡一笑，"可是，有人有资格让你交代……"话音未落，屋外响起了敲门声。一直站着的那个瘦子连忙跑过去。门打开了，身着警服的靳峰带着四名警察闯了进来。

"李先生，对不起，你得跟我们走一趟！"靳峰寒着脸，对手下命令道，"都给我铐起来，带走！"三名警察麻利地掏出手铐，将三人铐了起来。

孟中华突然迅疾地一伸手，摘掉了李二哥的墨镜。李二哥的右眼，只剩下一个深深的洞，像一个干涸的小水坑。但他的左眼发出了一道寒光。这寒光扫过孟中华的脸时，变得像毒蛇一样。饶是孟中华久历江湖，心里也不禁寒了一下。

萧邦坐在叶雁痕的副驾驶座上。车窗外雪花狂舞。宝马正穿过已铺上了银装的街道，驶向郊区。

"我真不明白，"叶雁痕将暖气加大了一些，对身旁的萧邦说，"我是拜托你寻找洋洋的，你却让我当司机，冒着这么大的雪往郊区赶。像你这样聪明的人，为什么在这件事上不分轻重？"

"我不分轻重？"萧邦笑了，"你想想，绑架洋洋的人，就给你打了个电话，既没有说要钱，也没有说要命，你不感到奇怪吗？到现在居然没有一点动静，说明洋洋是安全的，绑架者一定另有目的。"

"什么目的？"

"我不知道。"萧邦打了个哈欠，"但这件事肯定和'12·21'海难有关。"

"什么都跟'12·21'海难有关。"叶雁痕哼了一声，"我都听烦了。"

"你耐心点，"萧邦安慰道，"既然洋洋没有什么危险，我们还是应该去办一件更为重要的事。"

"什么事？"

"去见一个人。"萧邦严肃起来，"这个人，其实你早该见见了。"

"谁？"叶雁痕急切地问。

"王建勋。"萧邦说，"云台轮渡公司总经理王建勋，你的属下。"

"见他？"叶雁痕说，"他不是已经坐牢了吗？"

"是的。"萧邦说，"他被判了刑。以前是在云台服刑，后来通过亲属的关系，转到大港市第二监狱，刑期减了两年。事实上，王建勋还是有些冤枉的，因为他上任不到两年，就发生了'12·21'海难。没办法啊，不判决他，无法服众。"

叶雁痕扭头看了他一眼："萧邦，你到底对这起海难知道多少啊？怎么每次都只说一点点？不错，王建勋当云台轮渡公司总经理时，我还在蓝鲸干着闲差。你说我应该早点见他，是什么意思？据我所知，他对船也不是太熟悉。而且，'巨鲸号'出事，他也不在船上，并不知情。"

萧邦等叶雁痕说完，才慢慢地说："王建勋再不知情，也是云台轮渡公司的总经理。我认为，在复查'12·21'海难这起案件上，他的价值，比五个所谓的亲历幸存者加起来还要高得多。"

"可是，你为什么不一个人去，要带上我？"叶雁痕又转过头，看了一眼萧邦。

"什么也不因为。"萧邦说，"你还是好好开车吧。"

车驶在城郊的柏油路上。路上积雪已厚，车驶过，激起层层雪雾。

见叶雁痕没有吭声，萧邦说："通过这段时间的接触，我觉得你虽然有嫌疑，但你至少不是一个真正的阴谋家。我开始信任你了。"

叶雁痕感觉鼻子有些酸。这是她接任蓝鲸总裁两年来，听到的最令她感动的一句话。"有件事……我一直没告诉你……"她将脸扭向另一边，吞吞吐吐地说。

"我知道。"萧邦说。

"你知道？"叶雁痕很惊讶。自己的话还没说完，萧邦就说已经知道，显然让她意外。

"你派人将刘小芸弄到了大港，安排她在海员俱乐部酒店做洗衣工，慢慢地'培养'她，以便在需要时用来对付王啸岩，对吧？"萧邦目光看着正前方，缓缓地说。

"你……你是怎么知道的？"叶雁痕觉得太不可思议了。

"我有我知道的方法。"萧邦没有正面回答她。

汽车驶过被两排高大整齐的杨树夹着的公路，在一堵阴森的围墙前停了下来。雪幕下,高大的围墙上隐约有铁丝网,墙内有一个非常突出的岗楼。岗楼上设置了一个探照灯,正旋转着透过雪雾四处探照。

萧邦掏出手机,打了个电话。几分钟后,阴森的大铁门一侧的小门开了,一个佩戴上尉警衔的武警军官走了出来,给萧邦敬了一个礼。

萧邦向叶雁痕使了个眼色,对那名武警军官说:"这位是王建勋的领导,蓝鲸集团的总裁叶总。"

上尉便向叶雁痕敬了一个礼:"二位请进。不过,探视时间不能超过半小时。"进了围墙,叶雁痕见里面干净整洁,像个部队院子,在茫茫的大雪中,显得愈加宁静。

萧邦在登记室取了个表格,先让叶雁痕填。然后是萧邦填写,他背过身子去,叶雁痕无法看清他写了些什么。上尉领着二人,穿过一幢楼,向院子的深处走去。雪很大,叶雁痕嗅出了一种久远的宁静。这就是所谓的监狱吗?她觉得,这里更像一个档次不低的养老院。一个穿警服的警察走过来,上尉和他低声说了句什么,那警察就钻进另一幢楼去了。上尉继续领着萧、叶二人进了一间屋子。这间屋子像一个小小的储蓄所,中间被玻璃和铁栏隔开,留了三个小窗。叶雁痕在电视里见过探视犯人的场景。这里与电视里场景的唯一差别,就是没有对讲器。

萧邦懒懒地坐在木质的长椅上。叶雁痕和上尉站着。等了七八分钟,刚才那名警察气喘吁吁地跑进来,在上尉的耳边说了句话。上尉的脸色顿时变得苍白。半晌,上尉才对萧邦说:"萧先生,对不起,出现意外了。你们要探视的王建勋,死了。"

叶雁痕只觉得脑袋"嗡"地响了一声。

"什么时候?"萧邦居然没有惊慌,但也露出诧异的表情。

"现在还不清楚。估计是刚死不久。下午没下雪之前,他还出来打篮球了。"上尉的脸色由白转红。

"那我们告辞了。"萧邦站了起来。

三人又沿着原来的路线返回。在送萧、叶二人出门的一刹那，上尉突然说："今晚你们来，都有谁知道？"

"绝对没人知道。"萧邦说。

"好吧。"上尉说，"等法医的鉴定结果出来，我再联系你。"

二人便上了车。叶雁痕打开车窗，掏出了烟，递给萧邦一支。萧邦摆摆手，说："戒了。"

为什么王建勋会突然死亡？他究竟知道了多少秘密？他是自杀还是他杀？在军警的严密监视下，他怎么会在萧邦和叶雁痕到来之时突然死亡……一连串问题缠绕着萧邦，也同样缠绕着叶雁痕。

现在他们只知道一件事——"12·21"海难中责任船公司的总经理王建勋，在这个雪夜，离奇地死在了大港市第二监狱。

024 | 麻乱的头绪

一盏巨大的带罩吊灯悬在胖子许四哥的头上。灼热的强光让许四哥觉得三伏天到了，头被烤得有些眩晕。靳峰坐在隔壁。他戴上耳机，连胖子的喘息声都能听得一清二楚。一个肩上扛着一杠一星的年轻警察坐在胖子的对面，做好了审讯的准备。

孟中华走后，靳峰采纳了他的建议，认定这个脾气急躁的胖子比较容易撕开口子。从查阅的资料来看，这三人有丰富的作案经验，曾是让公安系统头疼的"沈阳四凶"：老大赫龙，已伏法；老二是独眼龙李二，十年前曾在帮派火并中独自砍死一人、砍残三人；老三杨祚修，据说在少林寺学过几年，身手了得；老四是个屠户出身，力大无穷，凶狠好斗。这四人曾在沈阳横行几年，作案累累，均入过大狱。自老大被执行枪决后，三人突然销声匿迹了，至少有四五年时间不见踪影。

靳峰决定在今晚问出个究竟。以他多年的办案经验，这并不是难事。他正准备向那个年轻的刑警发出命令，上衣口袋里的手机振动起来。他摸出来一看，神情突然变得严肃，迅速地按了一下接听键，将手机贴紧了耳朵。

"你刚刚抓了三个人？"电话那头的声音很威严。

"是。"靳峰答道。

"是沈阳来的那三个人？"电话那头继续问。

"是。"靳峰答道。

"马上放了他们！"电话那头说。

"是！"靳峰答道。

那头的电话就挂了。

靳峰愣了会儿神，拿出对讲机，开始执行命令。

电视机开着，大港电视台的整点新闻仍然播放着那些无关痛痒的内容，突然，电视画面一闪，插播进一则寻人启事。

林海若流着眼泪，简单介绍了自己在大港香格里拉饭店丢失孩子的经过。画面切换，女主持人用甜美的声音说：

> 观众朋友们可以想象，一位来自青岛的母亲，丢失了一个年仅5岁的男孩，心情是多么焦急！请各位观众注意这位男孩的特征：身高一米左右，年龄5岁，上身穿一件白色的棉袄，下身穿一条淡红色的棉裤，脚上是一双乳白色的皮鞋，短头发，说标准普通话。如有观众发现，请及时与香格里拉饭店保卫部联系或拨打110，孩子的父母定有重谢……

萧邦摁了一下遥控器，关了电视，对有些发呆的叶雁痕说："你怎么看？"

叶雁痕回过神来："我脑袋是蒙的。唉，这件麻烦事何时结束啊？"

这是萧邦下榻的大港市警备区招待所，对外又称海城宾馆，设施比较简单，连中央空调都没有，倒是暖气烧得很烫。

"你的林姨看来是心急如焚啊。"萧邦说，"连广告都打出来了，看来是想让全城的人都知道，一个叫洋洋的孩子丢了。"

叶雁痕顺着他的思维想了一下："这管用吗？"

"也许是病急乱投医吧。"萧邦说，"情况有点复杂。今晚对某些人而言，又是一个不眠之夜。"

"哪些人？"

"首先是你我。"萧邦笑了一下，"还有王啸岩、苏锦帆、孟中华、孟欣、你舅舅和一干警察。当然，最睡不着的恐怕还是你林姨。"

"你是说，洋洋的失踪跟你提到的这些人有关系？"叶雁痕不解，"那你认为最有可能绑架洋洋的是谁呢？"

"是你。"萧邦目不转睛地盯着她。

"我？"叶雁痕睁圆了眼睛,"萧邦,你没发烧吧?"

"我没发烧,但有人会发烧。"萧邦说,"我想来想去,只有你最有可能。"

"理由呢?"叶雁痕居然没有生气。

"理由至少有两个。"萧邦看了一眼叶雁痕,继续说,"第一,你现在在蓝鲸集团总裁的位子上坐得并不稳当。谁都知道,蓝鲸的创始人苏老船长虽然退休,但他是蓝鲸董事局主席,仍然能够左右和影响蓝鲸。当前,王啸岩在费尽心机向你挑战,你必须拿出有分量的筹码,才有胜算的可能。而当前,苏老船长最关心的不过是三件事:蓝鲸的命运、儿子的死因和小儿子洋洋。现在洋洋突然丢了,这三件事就变成了一件事。因为绑架洋洋的人,无非是两个目的,一是想阻止苏老船长揭发'12·21'海难的真相,二是想找回孩子在苏老船长面前邀功请赏,而你目前的处境和一直被怀疑的内因促使你做出这样的决定。第二,你已经掌握了一些关于'12·21'海难的资料,也清楚孟中华、孟欣和王啸岩他们各自打的是什么算盘,因此借机下手,转移视线,让苏老船长通过已掌握的情况分析出孟中华叔侄绑架洋洋的可能性最大,而且王啸岩和苏锦帆也会怀疑到二孟头上。当王啸岩夫妇和孟氏叔侄明争暗斗之时,你趁机将孩子交出来,设置好现场,既能够嫁祸于人,又能够达到目的,可谓一举两得。"

叶雁痕等萧邦说完,才说:"听你这么一说,我都有点相信是我干的了。"

"难道你不相信?"萧邦歪着头,看着她。

"我想,只有鬼才会相信。"叶雁痕站起来,踱了几步,又接着说,"萧邦,你别自作聪明,胡乱分析。你也知道,下午我和你在一起,我没有作案时间。"

"将小孩子弄走这种事,用得着你亲自动手吗?"萧邦笑了,"你把那么多条船弄到国外去,也没有亲自动过手啊。"

叶雁痕突然停止了脚步，转过头看着萧邦，认真地说："我明白了。你是说……已经有人这样怀疑我了？"

萧邦哈哈大笑："你终于明白了。"

"告诉我，我现在该怎么办？"

"以静制动。"萧邦说，"这几天你没休息好，该回家睡觉了。"

漂流岛酒吧。小马的办公室。

苏锦帆对垂手站在面前的马红军说："坐下说。跟姐姐还客气，我就生气了。"小马说了声"是"，便坐下来。

酒吧的音响开得很大。二人近在咫尺，也必须亮开嗓门才听得清。

"你是说，萧邦认为孟欣并没有绑架洋洋？"苏锦帆问。

"后来我想了一下，这种可能性也不大。"小马说，"孟欣的确有些本事，但她可能没有这个胆子。"

"那你认为谁有这个胆子？"苏锦帆继续发问。

"我不敢说。"小马低下头。

"说！"苏锦帆有些愠怒了。

"我觉得……我觉得有可能是姐夫。"小马吞吞吐吐地说。

"说理由。"苏锦帆倒也没有吃惊。

"因为，姐夫想……想替代嫂子，所以……所以……"小马还是说不利索。

"以后，不准叫那个浑蛋姐夫！"苏锦帆大声说，"反正他姓王，你就叫他王八蛋吧！"

"是。"小马应道。

"你有什么证据？"苏锦帆怒气消了一些。

"王……他在接完林姨之后，摸清了林姨的住处，然后就离开了。这个时间，他完全有机会安排人将洋洋带走。"

"可是，酒店里有监控设备，是很难不留痕迹的。"苏锦帆说，"而且，林姨将我们都找齐后，我看王啸岩的神色，并不像心里有鬼。"

"姐姐说的是。"小马并没有马上反驳她，"关于酒店的监控设备，是针对不知情的人的，对懂行的人根本没用。况且，我认为王啸岩并没有加害洋洋的意思，只是打一个马虎眼，称将孩子弄走，再装成费尽千辛万苦找到洋洋，以取得爸爸的信任。"

苏锦帆静静地听着。突然，她哼了一声，说："如果照你的这个推论，其实叶雁痕的嫌疑也很大。"

"我认为嫂子不太可能。"小马说，"自从姐姐您让我注意嫂子之后，我暗地里调查了一段时间，觉得嫂子这个人脾气有点怪，但人还是很直的，应该不会想出这种下策。"

"弟弟啊，你太单纯了！"苏锦帆叹了口气，"我对嫂子也很尊敬，她的确是个帅才，这两年对蓝鲸的贡献很大。可是，只要'12·21'海难的真相一天不浮出水面，我就会对嫂子多一天警惕。我问你，你知不知道哥哥在世时，嫂子曾对哥哥动过杀机？"

"知道啊。"小马说，"这件事爸爸也知道，不就是几年前，哥哥和嫂子在青岛度假时的那件事吗？"

"对。"苏锦帆说，"那次哥哥没有死，但也没有揭穿她。"

"事实上这件事还是有些误会。"小马说，"我调查过这件事，嫂子并不想结果哥哥的性命，只是想让哥哥也失去生育能力。"

"什么？"苏锦帆吃了一惊。

"事情的经过是这样的。"小马说，"嫂子派了两个打手，事先潜伏在海里，等哥哥游过去时，两个打手看到嫂子放气球发出的信号，便将哥哥控制住。但没想到哥哥的潜水能力一流，没有得手。后来，爸爸让我查这件事，我找到了那两个混混，逼他们说出了真相。"

"那两个混混怎么说？"苏锦帆追问。

"他们说，叶雁痕只是叫他们割掉哥哥那……那地方……"小马又变得结结巴巴了。

苏锦帆听明白了,接着问:"那你将这件事告诉爸爸后,爸爸怎么说?"

"爸爸只是叹了口气,什么也没说。"小马没敢与苏锦帆对视,而是用手挠了一下头。

"那你知不知道,嫂子为什么那么恨哥哥?"苏锦帆又问。

"不知道。"小马说,"其实我跟嫂子并不熟,甚至,嫂子都不知道苏家有我这个人。"

"我告诉你吧。"苏锦帆长长地叹了口气,"都是情感惹的祸。从表面上看,哥哥和嫂子是一对神仙伴侣,而实际上感情裂痕很深。在这件事上,是哥哥先对不起嫂子。是他先下手,剥夺了一个女人的幸福,导致嫂子终生不能生育……"她似乎陷入辽远的思绪中。

小马没有问为什么。在他一直尊重的姐姐面前,他从不乱发问。

"扯远了。"苏锦帆回过神来,对小马说,"兄弟,你再给我办件事。"

"请姐姐吩咐。"小马坐直了身体。

"密切关注王啸岩、叶雁痕和萧邦,并将他们的动向第一时间反馈给我。"

"是!"小马站起身来。

025 | 萧邦出手

雪停风住。大港的早晨在娇艳的阳光中宛若一个羞怯的少女。

萧邦起得很早。长街已被清扫过，一尘不染。寒冷的空气仍然很割脸，早起的人们吐着长长的白气，各自忙碌着。萧邦走到报亭。不出所料，报亭里的大小报刊上都刊登了一张大幅照片。一个5岁孩子的照片。

萧邦掏出一枚硬币，买了一份《生活快报》。在A叠头版的右上方，一个面目俊秀的男孩正在向他微笑。照片下面只有几行小字：

> 我叫苏洋洋，我来大港玩。我走丢了。您要是看见我，请您拨打这个电话，我的父母会谢谢您。电话：1390112****

萧邦摸出一个精致的烟斗，叼在嘴里，吧嗒了一口，嘴里就喷出了一口烟雾。这是宣传得很厉害的"如烟"，据说能够帮助瘾君子戒烟，萧邦便买来一试。他思考问题的时候，通常都借助一些习惯动作来集中精力。

事情越来越复杂了。苏洋洋，一个5岁的小孩，突然失踪了。在这个纷繁复杂的世界，这并不稀奇。但这个小孩的失踪，却让萧邦觉得比洪文光和王建勋的死更离奇。

——苏老船长说要来，而且惊动了大港市高层领导，可老头子为何没来？

——苏洋洋和妈妈林海若刚刚落脚香格里拉酒店，就离奇失踪，是谁绑架了他？

——孩子刚刚失踪，大港市警方就组成专案组，而且由主管刑侦的靳峰副局长亲自带队,很不合常理,这是为什么?

——昨夜,大港电视台连续播放孩子失踪的消息,今天又在本城各大媒体上刊登寻人启事,看样子是想让每一个大港市民都知道这件事,这又是为什么?

——警方已主动请缨,保证昨夜能够将孩子找到。可是,今天早晨各大报刊纷纷刊登寻人启事,而报刊排版需要一定的时间,难道刊登者断定警方不能在昨晚破案?

——绑架洋洋的人,既不要钱,又不索命,到底想干什么?

这一切,是那么不合逻辑,甚至根本说不通。但萧邦断定,小孩苏洋洋的失踪,一定另有隐情。

他决定去找林海若。

林海若静静地坐在套间的客厅里,一脸倦容,似乎一夜没睡。

门外响起了敲门声。林海若慢慢站起来,轻轻地将门打开。她看到了身穿黑色羽绒服的萧邦。

"打扰了,林女士。"萧邦看见林海若眼里闪过一丝惊诧,便礼貌地说,"我叫萧邦,叶雁痕的朋友。我可以进来吗?"

"请进。"林海若嗓音有点哑,使本就柔弱的她愈加楚楚动人,"我听雁痕说起过萧先生,真是幸会啊!"

萧邦便进了房间,在沙发上坐了下来。林海若给他倒了杯热水。萧邦注意到她的头发有些纷乱,脸色苍白。但那双眼睛是绝美的,如同雾气弥漫的天空有两颗闪烁的星星。她显然没化妆,但那柔嫩的肌肤透出一种慑人的亮色。她的嘴唇是那么湿润,被天然地勾勒出几近完美的唇线,与精致的鼻子搭配,显得庄重、圣洁,让人不敢侵犯。

"萧先生来,有什么事吗?"林海若迎接着萧邦的目光。在视线交会的一刹那，萧邦感到一阵寒意袭来。他觉得自己的目光如同手电的光线投向了夜空，而对方的目光长驱直入，似乎已经照到了自己心灵的每一个角落。

"是关于洋洋的事。"萧邦并没有将目光收回，继续对视，"我想找到洋洋，并把他交给您。"

"太感谢了！"林海若说，"整整18个小时过去了，洋洋连一点消息都没有，我真担心他会出事……"

"请放心，我一定能够查出洋洋的下落。"萧邦郑重地说，"当然，我也知道您已经委托了其他人，警方也正在全力追查。但我想，多一条路也没有什么坏处。"

林海若等他说完，才缓缓地说："那就先谢谢您，萧先生。我听雁痕提起过您，据说您帮了她不少忙，而且还在为查出浚航的死因而努力地奔波着。不过，凡事都有因果，我还是冒昧地问一句：您为什么要帮我们苏家？"

萧邦感到她的瞳孔正发出一种慑人的亮光。但萧邦依旧没有回避她的眼神，而是淡淡地说："因为，叶总给了我钱。拿人钱财，与人消灾。我不知道这个理由是否充分？"

林海若收回了目光，看着窗外，点了点头："看来，我可以相信您。不是因为雁痕，是因为苏先生。"

"您是说苏老船长？"萧邦有些吃惊。

"是的，"林海若说，"昨天晚上，我与苏先生通了电话。他让我今天通过雁痕找到您，请您辛苦一趟。我正要给雁痕打电话，没想到您就来了。"

"难道说，苏老船长知道我？"萧邦有点受宠若惊，"那萧某真是太荣幸了！"

"萧先生不必客气。"林海若细语柔柔，"我家先生虽然远在青岛，但对大港的事还知道一些。苏先生认为，萧先生在调查'12·21'

海难这件案子上,已经有了很大的进展,因此一直热切地盼望能够见您一面。因为我们在方向上是一致的,都想弄清海难的真相。"

萧邦长长地出了一口气:"在来找您之前,我还有一些顾虑。没想到林女士竟然如此爽快。太好了!萧某本事有限,但自信能够完成任务,找到洋洋。我看,大家都是爽快人,我就直说了。现在,我想请林女士将洋洋失踪的情况再讲一遍。"

林海若显得非常郑重,尽管同样的话,她已对警察和亲人们讲了好几遍。

这个过程,萧邦已经听叶雁痕转述过两遍。听当事人讲第三遍,萧邦也没听出任何新的内容。萧邦陷入了沉思,良久才说:"请问林女士,您怎么看待洋洋的失踪?"

"我?"或许是有人第一次问这个问题,林海若微微有些诧异,"我从未遇到过这样的事。一个做母亲的,孩子丢了,脑子就乱了。"

"我是说,您认为洋洋是自然走失,还是被绑架?"萧邦仍然看着她的眼睛,"如果是绑架,您是否接到过要挟电话?"

林海若摇了摇头:"我现在是六神无主,越想越乱。洋洋失踪到现在,我没接到什么要挟电话,因此也感到非常奇怪。"

"所以您就登了广告,希望全城的人都知道洋洋失踪了?"萧邦突然从羽绒服里拿出一张报纸,放在茶几上。

林海若定睛一看,脸色变得更加苍白。"这个锦帆,我说过不要弄出声势来的!"她显然有些生气了,"昨天下午,锦帆来找我,说现在是信息时代,应该在媒体发布消息,让大家帮助找,线索会多一些。我是不同意的。我相信警方很快就会破案。唉,这个苏锦帆,净添乱!"

萧邦静静地看着一个美人少有的愠怒。这种愠怒就好比雪后的骄阳,使一个原本素淡的世界变得鲜活起来。

"报纸上留的这个电话是谁的?"萧邦又接着问。

"我的。"林海若说,"这事闹得满城风雨,苏先生要是知道了,一定会骂我的。"

萧邦看了一下表:"林女士,时间也不早了。我要是有孩子的消息,一定在第一时间通知您。"

"好吧。"林海若站起来,伸出柔若无骨的手与萧邦相握。萧邦轻轻地意思了一下,顿时,一丝沁骨的寒意从萧邦的手上传递开来。

萧邦出了电梯,拨通了叶雁痕的电话。"叶总早,我是萧邦。"萧邦不等她说话,继续说,"你知道不知道,你又请我做了一回私人侦探?"

"什么时候?"叶雁痕没听懂。

"刚才,在你林姨那儿。"萧邦"呵呵"地笑了两声,"我要去找洋洋了,我对你林姨说了,是你花钱雇我的。"

叶雁痕明白了:"知道了。你要去哪儿?"

"我也不知道。"萧邦说,"也许,我这一去就回不来了。你要保护好自己。"

萧邦感到电话那头的叶雁痕呼吸急促了一下。过了一会儿,她才说:"你也要保重。我等你!"也许,她感到这句话有些不妥,又接着补充了一句,"我等你的好消息。"

萧邦挂了电话。

出了酒店的大门,萧邦刚要打车,一辆桑塔纳出租车就停在旋转门前。萧邦拉开前门,坐了进去。

"先生去哪儿?"一个满脸胡子的出租车司机看了他一眼,问。

"大港海事局。"萧邦用手搓了一下脸,顺便做起了眼保健操。

那司机也不答话,熟练地挂挡加油。十五分钟后,汽车驶过港口路。积雪铺满沙滩,碧海就在眼前。

"喂,师傅,是不是走错了?"萧邦提醒道。他看过地图,大港海事局就在港口二号门。

"如果你是萧邦,就没有错!"那司机应了一声,猛踩油门。汽车像疯了一样驶向海边。

萧邦觉得不太对劲。他下意识地将手放在门把手上。

"不要乱动!"那司机说,"你到海事局去找李海星,也不会有太大的收获。"

"看来,碰到你老兄,一定会有意外收获。"萧邦将手放在怀里,很舒服地往后一靠。他并没有问司机是谁。显然,这样做是愚蠢的行为。这个人既然"找"到了自己,一定有话说。现在,萧邦就安静地等着他说话。然而这位司机却闭上了嘴巴。

汽车驶出堆满积雪的柏油路,下了一个小坡,钻进了沙滩上的一片小树丛。很快,出租车就停在小树丛的深处。

026 | 神探与神通

靳峰将大衣往椅背上一搭,就势坐了下来。早餐比较丰盛,一个鸡蛋,一碟咸菜,一碟花生米,一份培根,一份豆腐丝,一份炒青菜,四个包子,一杯牛奶。这是自助餐,孟中华在他进包间前五分钟就帮他弄好了。靳峰没客气,抓起筷子,呼哧呼哧地吃开了。

靳峰吃饭的速度很快,转眼已结束战斗。孟中华便递过来一张餐巾纸。靳峰将嘴唇上沾着的牛奶擦干净,摸出烟,很自然地凑上了孟中华伸过来的打火机火苗,深深地吸了一口。

"老孟,情况比较复杂啊。"靳峰开口了,"昨晚忙了一夜,发现了一些情况。弄得不好,你我都会陷入被动。"

"你是说,洋洋的事?"孟中华问。

"洋洋其实没什么事。"靳峰说,"好端端的一个孩子,不过是有人故布疑阵罢了,迟早会水落石出。你想,即使绑匪歹毒,对孩子下手的也很少。现在我们应该注意的是,有些事情,弄不好永远都是个谜!"

"靳局是说,王建勋离奇死亡的事?"孟中华又问。

"是啊,你到底是'孟神通'。"靳峰拿起一根牙签,很卖力地在牙缝里钻着洞,"刚才,法医报告出来了,死者的胃里残留着一些氰酸化合物。目前还没有搞清是自杀还是他杀。唯一的线索是,雁雁和萧邦去第二监狱前不久,王建勋就死了。"

"靳局是说,案发现场没有任何蛛丝马迹?"孟中华有些不信。

"昨夜下了大雪,第二监狱没有什么活动。王建勋平时老实,表现良好,几乎不与任何人交流,家里人也只来探望过一次。至于现场,没有什么痕迹。死者住的是一个单间,死亡时安静地躺在床上,桌子上只有一个空水杯,死亡时间大约是昨晚8点至9点,也就是看守所熄灯前。水杯里没有水,杯子上也只有王建勋一个人的指纹。看来,王建勋的死有三种可能：第一，是自杀，将毒药含在口中，饮水服下；第二，是外面的人潜入房间下毒，趁着大雪逃逸，没有留下踪迹；第三，是看守所内部人员下毒，这个相当容易。但无论是哪种情况，下毒者都是内行。"

"我认为看守所内部人员作案的可能性更大。"孟中华也点了根烟，猛吸了一口。

"说说看？"靳峰微眯双眼。

"萧邦和叶总前去探访的消息，只有内部人知道。萧邦的目的很明显，他已经认识到，在'12·21'海难这个问题上，王建勋是个突破口。虽然王啸岩和叶雁痕各自控制着一个幸存者，但实际上没有多少说服力了。王建勋虽然不是亲历者，但他毕竟是云台轮渡公司的总经理。云台轮渡公司的船就那么几条，'巨鲸号'算是几条船中比较好的了，因此，王建勋对它的情况应该是比较了解的。海难发生的当天，我不相信船长或大副不会打电话向总经理报告。那么，王建勋到底知道了些什么？从他对判决完全服从的态度来看，就有些蹊跷。他一直保持缄默，恰恰说明他有隐情。而被判刑后一年多，就减了两年刑，又被转移到大港来享受'待遇'，也说明另有隐情。据我所知，王建勋在第二监狱，说是服刑，其实跟监外执行差不多，住的是单间，伙食也不错，每天还可以在武警战士的监视下出去散步。这些都是很不正常的。可是，以前我没注意到这一点，总认为当事人才是最重要的，忽略了王建勋。直到一周以前，我才知道他被转到大港第二监狱来了。

"结合昨夜的情况看，萧邦前去探监，是事先联系好的。萧邦来大港，并不像我们想象的那么简单。据我所知，萧邦的路子很野，在部队很受首长的器重，军内关系网密布。

"萧邦与王建勋见面的事，事关'12·21'海难一案复查的进展，即使是看守所内部，也不是谁都能够知道的。因此，我的直觉告诉我，毒杀王建勋的人，是看守所内部的人，而且还应该是个在里头说话算数的人。"

靳峰静静地听他说完,才说:"你的推理不无道理。但是,你忽略了一个关键因素。"

孟中华坐直了身体。

"依我看,毒杀王建勋,并非仅仅是因为怕萧邦。咱们不管萧邦到底是什么身份,但肯定不是王建勋信得过的人,不然萧邦也不会迟迟不去找他。如果你是王建勋,你会将秘密告诉一个你根本不了解的人吗?因此即使王建勋不死,见到了萧邦,萧邦也不会有什么实质性的突破。以萧邦的机警,最多可以套点线索出来。因此,王建勋的死,有几种可能:第一,随着看管的放松,王建勋很可能不经意间讲了一些不该讲的话,泄露了一些秘密;第二,曾经承诺过王建勋的人并没有完全兑现诺言,因此王建勋经过近两年的牢狱生活后,发现自己背了黑锅,上了当,想发起反攻,对失信者进行报复;第三才是幕后的黑手怕萧邦套出王建勋的秘密。因此,萧邦到第二监狱去,只是加速了王建勋的死亡而已。"靳峰分析道。

孟中华不断点头。等靳峰说完,他有些疑惑地问:"依靳局的分析,王建勋是必死无疑。可是,想灭口的人,为什么要等到昨晚呢?趁早结果了他,不一样能达到目的吗?"

"问得好!"靳峰说,"不过你又忽视了一个因素,就是'12·21'海难是个天大的案子,如果责任船公司的老总在事故的浪潮还没有平息时就死亡,必然会引起更广泛的关注。这很容易败露。再说,王建勋接受审判,多多少少会有平息民愤的作用。你想想,这么大一起海难,哪能不了了之?况且,王建勋显然是接受了谈判的条件,愿意背黑锅。倘若这起案子没有再度引发关注,王建勋会继续减刑,最后悄悄出狱。一切都风平浪静。可谁想到这起案子终究还是无法平息,暗流又四下涌动,这是谋杀王建勋的人事先没有料到的。当王建勋在这起海难的复查中比较关键时,他的危险就来了。"

孟中华不得不服。看来,"港城神探"不是白叫的。"那,我们该怎么办？"孟中华问。

"纠正一下，不是我们，应该是你老孟该怎么办。"靳峰呵呵一笑，"我在警界，自有我们的规矩，这是上头定的。而你没有'上头'，你就看着办吧！"

孟中华心领神会，站起身来，帮靳峰拿起大衣张开等着。靳峰伸出肥胖的手，向张着的袖筒里伸去。在靳峰转身准备离去的时候，孟中华突然嗫嚅着说："靳局，我有个请求，那个萧邦实在讨厌，您能不能找个理由，把他抓了？至少，也别让他再掺和了。"

"抓他？"靳峰露出奇怪的表情，"我凭什么抓他？他犯了什么法？他参与调查这起案子，并没有危害到谁。就算他只是一名记者，也还拥有知情权的嘛！况且，我们并不清楚他的真实身份，弄不好会惹火上身。我再重复一遍，我们有我们的规矩，而你们是灵活的，懂吗？"

"懂了。"孟中华向他行了个注目礼。

他们刚刚离开，一个年轻的服务生走进房间，熟练地从桌子底下取出一个袖珍录音机，放进了衣袋里。

冷风从车窗里灌入，萧邦打了个寒噤。

司机掏出一盒红塔山，自己点了一根，一口接一口地抽。车窗关着，呛人的烟味熏得萧邦差点流了眼泪。自从前两天开始戒烟以来，他第一次感受到吸二手烟是多么痛苦。五分钟过去了。司机的烟已燃到烟嘴。他打开车窗，扔掉，又掏出一根，继续吸。十分钟过去，第二根烟又将燃尽。

萧邦实在忍不住了，侧过脸说："师傅，你拉我到这里来，就是为了让我吸二手烟？"

那人再次将烟扔掉，说："沉稳干练的萧邦，居然就这么点耐性？"

"再有耐性的人，也禁不住老兄的烟熏啊。"萧邦笑了，"如果你找我没什么急事，我是不是可以下车溜达一下？"

"你不想知道我为什么找你？"那人问。

"我猜，你会告诉我，对吧？"萧邦说。

"好吧。"那人说，"算起来，你来大港已有些时日了。这段时间，你真没闲着，四处打探，明察暗访，很辛苦啊。但是，据我所知，你似乎并没有取得突破性的进展。你索性先将一大堆问题搁起来，开始对一个孩子的失踪感兴趣了，是吗，萧神探？"

萧邦苦笑了一下："想不到我在查别人，别人也在查我。哈哈，听老兄的意思，好像是说我本不该卷入这个旋涡？"

"那倒也不是。"那人说，"这件事你不干，迟早也会有人干。只不过，你心中的一些疑团，也许我可以帮你解开。"

"哦？"萧邦似乎来了精神，"我倒想听听。"

"不过，我帮你解开疑团，你也应该有所回报才是。"那人淡淡地说，"你虽然不是生意人，但这个道理还是懂的，对吧？"

萧邦说："好！只要我能做到的，我一定办。"

那人叹了口气："我相信你。也许，这个世界上最应该相信的人，就是那些陌生人。我调查过你，你的经历和行为的确值得人信服。"

"谢谢夸奖。"萧邦说，"那我就不客气了。请问，在'12·21'海难中，到底谁是主谋？"

那人沉吟了一下，说："我就料到你会提这个问题。但实际上，你的这个问题太大了，我没法回答你。如果你问点具体的，或许我可以回答。"

"那好。"萧邦说，"叶雁痕是不是有嫌疑？"

"有。"

"王啸岩是不是有嫌疑？"

"有。"

"是不是真的发生了货舱起火导致'巨鲸号'丧失动力？"

"是。"

"有没有气象因素？"

"有。"

"究竟是自然因素大一些，还是人为因素大一些？"

"应该说，是四六开。自然因素占四，人为因素占六。"

"孟中华为什么要参与这起海难的复查？"

"这才像个问题。"那人哼了一声，"其实前面那几个问题你都很清楚，但孟中华为何要掺和进来，你拿不准。我可以透露一点，孟中华与靳峰，无非警匪一家。孟中华野心很大，他想染指蓝鲸，参与这起事故，在里面搅浑水，以便混淆视听、浑水摸鱼。"

萧邦笑了："说真的，老兄，你的回答我并不满意。"

"难道不是这样？"那人侧脸看着萧邦，"你知道孟中华的目的？"

"我不能告诉你。"萧邦仍然面带微笑，"不过，刚才我问的问题，其实等于没问。因为我突然发现，你知道的并不比我多。"

那人沉默了一会儿："难道，你觉得我是在吹牛？"

"你没有吹牛。"萧邦突然紧盯着他，"你的确知道一些我不知道的事。但今天你来找我，并不是要跟我谈'12·21'海难，而是要告诉我一件事。"

"什么事？"那人的身体微微颤了一下。

"你是谁？"萧邦提高了音量。

"我就是'巨鲸号'船长邵剑雄……"

"你不是。"萧邦突然拧开车门，站在风里。

那人也下了车，萧邦发现他是一个瘸子。

那人问："你……你怎么开的车门？"

萧邦没有回答他的问题："其实你正准备把你编好的关于'巨鲸号'沉没的故事告诉我，因为故事从船长的角度讲出来更加真实，但我实在懒得听了。天太冷了，我想回到有暖气的地方。"

"你以为你走得了？"那人胡须都快竖起来了。

027 | 夺命鞭和五四枪

一阵干硬的冷风刮过。小树丛枯枝上的积雪几乎被刮尽。萧邦和"邵剑雄"一动不动地站在海滩上的风里,仿佛两尊雕像。风过,一切又归于平静,唯有海浪撞击岩石的声音很有节奏地传来。

突然,这个一脸落魄的汉子变得精神百倍。只见他在腰间摸了一把,一条银灰色的九节鞭已赫然在手。他用粗大的手指轻轻地抚摸着略微发暗的鞭节,叹道:"兄弟啊,委屈你了。在这个人们四肢都退化了的时代,你也只能日夜在我腰间叹息。好久没让你吃肉了,今天就让你吃个饱——"

"吃"字刚一出口,但见银光一闪,那条盘曲在他手上的九节鞭,突然暴长,匹练般飞向一棵小树。只听"夺"的一声脆响,一切都归于平静。萧邦定睛一看,那长鞭已呈一条直线,鞭头插入小树树干的中心,并完全没入。

萧邦研究过器械。这九节鞭属软兵器,不易练习,鞭法以抡扫、缠绕、撩挂为主,人们常以"收回如虫,放击如龙"来形容它的厉害。刚才这一式,名叫"白蛇吐芯",显然经过千锤百炼,力度和精度均属上乘。最可怕的是,鞭头插入树干的速度极快,因为小树枝头残余的积雪并没有被震落下来。

萧邦木然地站在那里,似乎漠不关心。

那人手腕一抖,九节鞭鞭头被拔出树干。紧接着,那鞭节中的圆环自动叠起,一节接着一节,很有节奏地回到了他的手中。

突然,也不知他是如何出手的,那条鞭毒蛇般从他手中发出,刹那间便将萧邦层层罩住。

萧邦一动不动。每当鞭头挟着劲风击向他的要害时,他的浑身都似长了眼睛。长鞭无论是劈、抡、扫、钻,还是缠、撩、挂、卷,都从萧邦的腋下、肩上、头顶甚至裆下落空。

那人大喝一声，已瘸的左腿忽然抬起，急速收回的长鞭借势在小腿上缠绕半圈，突然改变方向，带着呼啸之声向萧邦斜劈过来。这一鞭出其不意，来势凶猛，眼见萧邦就要中鞭。但见他一个侧倒，右手撑地，来了一把"罗汉睡觉"，那鞭就在离他左肩不到半寸的地方劈下。鞭狠狠地抽在雪地上，顿时，一阵雪雾腾起。那雪溅射到萧邦的脸上，火辣辣地疼。

不待萧邦喘息，那人右腿一个深蹲，随即一套"地堂鞭"施展开来。那条九节鞭，随着诡异的招式，专取萧邦下三路。鞭影中，两条人影在雪地上腾挪闪展，层层腾起的雪幕浪花般翻滚着，再也分不清谁是攻击者，谁是被攻击者。当那人又使出一记杀招，长鞭贴着地面猛扫过来时，萧邦左手撑地，右手疾伸，准确地抓住了鞭头。由于力道奇大，萧邦借势一个滚翻，巧妙地站了起来。刚才还灵若游蛇的长鞭，此时竟成了一条死蛇，被二人握着一头一尾，扯得笔直。

那人大喝一声，盘马错步，使劲后拽，然而，那鞭头仿佛在萧邦手中生了根。当他再次发力猛拽时，萧邦突然一松手，那人收势不住，仰面倒在雪地上。那长鞭借势发力，竟打到他自己，额头顿时肿起一个大包。一场惊心动魄的厮杀，瞬间停了下来。

萧邦拍了拍手上沾着的雪，微笑着说："老兄，'毒龙鞭法'是河北'沧州鹰'老前辈的独门绝技。你能练到六七分，已经非常难得了。"

那人用一个很不雅观的姿势站起来，恶狠狠地说："萧邦，今天你要能活，我就自杀！"

"那倒不必。"萧邦又拍了拍羽绒服上的雪，"其实以你的功夫，找个武术学校当个教练，挣点钱挺好，干吗要干这种卖命的勾当？"

那人冷笑着看着他，没有说话。

忽然，一个懒洋洋的声音从汽车停着的地方传来："其实以你的功夫，开个武术学校都够了，干吗要卷入这场是非？"但见出租车的后备厢被缓缓掀开,一个蒙面人慢慢地从里面爬了出来,并伸了个懒腰,扭了扭脖子。那模样就像打了一夜牌的赌徒似的,浑身都处于慵懒状态。

萧邦没有吃惊,他发现这个蒙面人浑身极其放松,眼睛里是一种淡漠,如池塘里的死水一样。

当那人将手不经意地探入怀中时,萧邦的瞳孔突然收缩。他猛地跃起,右手向前,像一把犁铧一样划过雪地,身体借势拼命地向前蹿出。瞬间,他的身体贴着厚厚的积雪滑出去老远,接着几个滚翻,向海边逃去。

"砰——"一声清脆的枪响,蒙面人手中的五四手枪枪口冒出一缕青烟。他自信地昂了一下头,因为他清楚地看见萧邦前进的身体突然停顿并剧烈地颤抖了一下。他又扭了一下脖子,将左眼慢慢闭上,握枪的右手稳稳端平,发着凶光的右眼,正通过缺口寻找准星。当准星像一座山峰一样浮上山坳时,他看见了十分模糊的萧邦在晃动。他屏神静气,食指慢慢地压向扳机……

当他感觉撞针正撞向子弹时,突然右肩一阵刺骨的凉,一个控制不住的激灵使他全身一震。"砰——"第二次枪声终于响了。但随着枪响,那把手枪已掉在地上。蒙面人侧脸一看,一柄匕首已深深地插入自己的右肩。他咬了一下牙,对出租车司机喝道:"还不快追!"

惊魂未定的出租车司机拔腿向萧邦追去。跑了两步,又反过身来,拾起了雪地上的枪。

萧邦已跑出小树林,接近海边。海岸有两丈多高,是怪石突兀的岩壁。他站在岸边。回头看着提枪追来的出租车司机,忍着剧痛,闭上眼睛,伸直双臂向碧蓝的大海扎下去……

出租车司机追到岸边,只看见一个很小的水花在海面上泛起。他端起枪,对准那个水花,一连开了三枪。海浪拍打着岩石,又急速地退回去,发出轰然的响声。萧邦没有再浮起来。

整个上午,叶雁痕都在处理蓝鲸的业务。忙完正事,她才想起萧邦。这人神出鬼没,答应帮她查洋洋的下落,却整个上午都没有回音。她拿起电话,拨打萧邦的手机。语音提示传来:您拨打的用户不在服务区,请稍后再拨。一连拨了几遍,结果都是一样,叶雁痕气得差点摔电话。这个萧邦,总是在最需要他的时候联系不上!

电话刚刚挂上,就响了。叶雁痕立马接起,心平气和地"喂"了一声。

"是叶总吗?我是李海星。"电话那头说,"今天上午,林海若女士给我打了个电话,说一位姓萧的先生要来找我。我等了半天,怎么没来?听说你跟他很熟,你知道他到哪里去了吗?"

叶雁痕一惊,萧邦去找李海星干什么?不过她丝毫没有表露出来。"李局长你好。我是认识萧邦,他好像是北京来的记者,我们只是认识而已。他要去找你?我不知道啊。"

"其实,他来不来倒没什么关系。"李海星说,"我刚看了今天的报纸,说洋洋失踪了,是真的吗?"

"我也是才知道不久。"叶雁痕含糊其词,"李局长,上次扣船的事,还真给你添了麻烦!我代表蓝鲸感谢你!等有空了,还要请你坐坐。"

"那倒不必了。"李海星说,"你也知道,我能办的事,会尽力的。再说,老爷子也算我的恩师,咱们是一家人嘛。不过,工作上的事,有时需要协调,也不是我一个人说了算。"叶雁痕连声称是。聊了几句,李海星就挂了。

叶雁痕感觉很不对劲,她了解李海星,此人是出了名的小心谨慎。他是大港海事局副局长兼船舶处处长,责任重大,因此很少说话。大港市是计划单列市,算副省级。而海事局归国家交通部直属,正厅级。李海星那么年轻,就当上了副局长,总还是有他的道行。在"12·21"海难发生时,他是海事局船舶处处长,也是事故调查组成员之一。不过他似乎很少表态,给人感觉他是专家组的一个随行人员。叶雁痕凭

177

女性的直觉认为,李海星一定知道不少内情。

通常情况下,除了特别重要的事情,李海星一般不会亲自给叶雁痕打电话。但今天很奇怪,就算萧邦要去"采访"他,一时不去了,也没什么,他为什么要打这个电话呢?而且,他怎么知道萧邦跟我很熟?而林海若打电话给李海星,讲明萧邦要去找他。是萧邦要求林海若打的电话?叶雁痕回想起清晨萧邦给她来电话的情景,萧邦根本没有说要去找谁,只是说要去找洋洋。这么看来,这里头有问题。

叶雁痕习惯性地拿起签字笔,在空白纸上写下:

萧邦　林海若　洋洋　李海星　失踪　电话

几个关键词写完后,她又写下如下的话:

1. 萧邦在林海若的介绍下去找李海星;
2. 萧邦独自去找李海星,林海若猜到了,就通知了李;
3. 洋洋的失踪,可能跟李海星有关,李海星并不是"刚"看到今天刊登洋洋失踪的消息,因为林海若给他打过电话。林与李是校友,李又跟老头子关系不一般,怎么会"刚"知道?
4. 李海星打这个电话,是要告诉我什么?没见到萧邦,难道萧邦失踪了?他是在向我暗示吗?

叶雁痕心头一阵狂跳。她的脑海里顿时闪过一个念头:萧邦出事了!她突然觉得,洋洋的失踪,似乎是一个安排好的阴谋,目的像是要引萧邦出来,然后好收拾他!叶雁痕不敢再想下去。

电话铃再次响起。叶雁痕内心忐忑,拿起了电话。

电话那头是个男低音,声音小得像蚊子叫,而且在颤抖:"叶总,在洗衣房工作的那个刘小芸,服毒自杀了……"

"你说什么？！"叶雁痕站了起来。

"刘小芸喝农药死了。"那个声音显得很无力，像是在告饶。

"什么时候死的？"

"好像……好像是昨天晚上。"那个声音说，"都……都怪我，没看好她……"

叶雁痕只觉天旋地转。自己辛辛苦苦将一个"证人"从江苏弄过来，安排了"工作"，她却死了！冷汗渗出她的额头。她觉得，大脑深层的某个地方，正有几根皮筋状的东西在一扯一扯地疼。

028 | 叔侄反目

孟欣认真地整理了一下职业装，轻轻地走进了孟中华的办公室。她是真相集团唯一可以不敲门就进入总裁办公室的人。

孟中华示意她坐下，叼上粗大的雪茄。在办公场所，孟中华是用一个老板的目光看待孟欣这个下属的。在这一点上，老孟将"公""私"分得很开。

"今天孟总想吃什么？"孟欣小声地问。

"什么都不想吃。"孟中华说，"你想吃什么就吃吧，我心里难过，中午饭就免了。"

"不知您有什么心事？"孟欣关切地问。

"我的老战友，萧邦萧大记者，已葬身大海了！"孟中华眼里闪过一丝悲伤，"我也是刚刚得到的消息，他没命了。"

孟欣只觉得头皮麻了一下。这个消息对她而言，不知是好是坏。她知道，叔叔这个人虽然难以捉摸，但一般不会开这种玩笑。

"您是说……萧邦？"孟欣露出惊讶的表情，"他怎么会死？"

"唉，"孟中华叹息一声，"说实话，以萧邦的智力和功夫，在中国也算是罕见的人物。可是，萧邦最大的缺点，就是太自负，什么事情都要弄个明白。自负的人，往往很容易中别人设下的圈套。他被人杀了，扔在大海里了。表面看来，他是死在别人的手里，而实际上，他是死在自己的手里。"

孟欣木木地点头。她想再问一下萧邦是怎么死的，可她也知道孟中华的脾气：他不想说的话，任谁都不能让他开口。

"小欣啊，我知道你想问我，萧邦是怎么死的，是谁杀了他，对吧？"孟中华将雪茄扬了扬，孟欣下意识地摸出打火机，打着火凑了过去。但孟中华却没有去接火，而是拿起长方形的火柴盒，抽出一根火柴，往黑红色的擦皮上轻轻一划，"哧"的一声，有轻烟腾起，火焰也随之绽放开来。孟中华眯着眼,让火焰转着圈在雪茄头上吻着,然后,深深地吸了一口,喷出浓浓的烟雾。孟欣猛然惊觉,自己表现得失常了,便尴尬地收起打火机,坐得更端正了。

见孟欣没有开腔,孟中华的肉包子眼笨拙地转动了一下:"小欣,萧邦是怎么死的,我实际上也不太清楚,只是知道他死了。"他顿了顿,"其实,你这个特别助理,好像也并不是将所有的事情都向我汇报,对吗?"

孟欣浑身一颤,但她毕竟训练有素:"孟总,不知小欣做错了什么?"她将表情调成愠色,把小嘴噘了起来。

"也许,从你的角度看,你是对的。"孟中华的肉包子眼定定地看着她,"其实,这个世界上,任何人做任何事,从自己的角度出发,又有什么不对?拉登在恐怖分子的眼里是英雄,但在美国人民的眼里就是魔鬼。"

孟欣静静地听,她觉得今天特别反常。首先是萧邦的死,让她感到十分意外。对萧邦这个人,无论是友是敌,要她恨他,都是很困难的事。接着,叔叔的态度使她感到一丝不安。女人的直觉告诉她,叔叔已经对她产生怀疑。

"我知道你很想知道萧邦为什么会死,"孟中华继续说,"这个我可以告诉你,萧邦必须死!"

"为什么?"孟欣忍不住问。

"因为'12·21'海难。"孟中华又喷出一口烟雾,"任何想将'12·21'海难弄个水落石出的人,都只有死。'12·21'海难本是一个应该永远埋藏在历史尘埃里的事故,因为牵连的人太多了,国家都做了定论,就凭萧邦这样的人,再聪明,再能干,都不能翻案。许多人,自以为了不起,想给历史翻案,实际是徒劳无功的行为。你看看,历史上有几个案子是翻成功了的?所以,当谁都不想复查这起案件时,萧邦这样的人居然很固执地想查清楚,必定会遇到阻力。其实,萧邦已经好几次被暗示或被警告了，可他这个人，一根筋，结果只能惨遭毒手。所以我说不是别人杀了他，而是他自己杀了自己。"

孟欣像一个小学生一样乖乖地听着。孟中华讲的这些道理，她并不关心。她现在关心的事只有两件：第一，叔叔到底对自己安了什么心？第二，萧邦真的死了吗？他的死活，对自己将意味着什么？显然，这两件事，都是未知数。她现在才突然觉得，这个在床上哭得像一个没娘孩子的中年油腻男，向自己隐瞒了许多事情。她错误地估量了他。

"您是说，无论是谁，只要想弄清这起海难的真相，其结果都一样？"孟欣脑袋里想着如何套出叔叔对自己的看法，嘴里却说着这件事。

"你说对了。"孟中华转了一下布满血丝的眼珠，"这件案子，并不是简单的阴谋问题，无论从哪个层面，都必须让它和时间一起沉睡。所以，有一个人来查，就有一个人受阻；有十个人来查，就有十个人受阻。萧邦是因为知道得太多了，所以必死！"

孟欣点点头，她似乎明白了。

"小欣！"孟中华突然加重了语气，震得孟欣的身体像皮球似的弹了一下，"萧邦死了，没有人会再去管该死的'12·21'海难了，这件事结束了。可是，许多事情还没有结束。小欣，难道，你就不觉得有什么事要向叔叔讲讲吗？"

"孟总，您不是什么事情都知道吗？"孟欣回过神来，调整了一下坐姿，"您说萧邦死了，此事结束了，但据我所知，叶雁痕似乎还在暗中调查。还有，苏老船长似乎也出手了。难道他们就会善罢甘休？"

"我再告诉你一件事，叶雁痕安置的那个刘小芸，已经死了，好像是昨晚服毒自杀的。"孟中华漫不经心地说，"至于苏老头子，倒是个人物。可是，他就算有天大的本事，也无济于事。他翻不了案。如果他死活要为儿子报仇，也只能陷入更深的泥潭，弄不好连自己的一世英名都得搭进去。"

孟欣开始用一种陌生的眼光看着这位曾朝夕相处的老板、叔叔兼情人了。以她的智慧,她当然知道孟中华说的有理,但她分明嗅到一种对自己非常不利的气息。这种感觉如同渔民驾船出海时从风里闻到了远处的海面上涌起的巨浪一样,无须用眼观察。

果然,孟中华语气陡然一变:"孟欣,你长大了,你会飞了,连我这个叔叔你都不放在眼里了!"孟中华站了起来,用手势止住孟欣说话,"我一直信任你,培养你,没想到到头来,你却背叛我。本来,我打算睁一只眼闭一只眼算了,在萧邦还活着的时候,我决定让你继续表演下去。可是,萧邦死了,王建勋死了,刘小芸死了,洪文光死了,这起海难也将永远死去。那么,这件事就要告一段落了,我不能眼睁睁地看着有人破坏我一手创建的真相集团。你也知道,我对公司的感情,超过一切。就算你爷爷奶奶还活着,都不能比!要不是因为你是我的亲侄女,我早就让你死无全尸了!"

这一席话像一记闷雷,将孟欣彻底打晕了。她只觉得大脑轰然作响,小腿肚子控制不住地乱抖。她挣扎着带着哭腔说:"叔叔,您冤枉我啊……小欣无能,可能没将您吩咐的事情办好,可我怎么会背叛您?您是我的亲人啊!"

孟中华居然从肉包子眼里挤出几滴泪来:"就是因为你是我的亲人,我才伤心。也只有我爱的人,才能伤我如此之深!"孟中华肥大的巴掌拍在巨大的办公桌上,顿时茶杯盖飞了起来,又落回杯口,"你啥也别说了,自己看吧!"孟中华愤怒地将办公桌上的液晶显示屏转过来,对着孟欣。

液晶显示屏上开始出现画面,非常清晰。孟欣惊奇又恐惧地发现,画面里居然是自己。孟欣感到大脑深层的轰轰声像潮水般退去,所有的一切都停顿了。

靳峰独自开着警车,在海边停了下来。

他像一头猎犬一样找到了小树丛,猫下身子,仔细地搜寻着什么。雪地上很杂乱。靳峰拿出卷尺,量着那些散乱的脚印。靳峰在瞬间就判断出这是三个人的脚印,其中两人穿皮鞋,一人穿运动鞋。从脚印的分布情况来看,显然是经过激烈的打斗。大片的脚印,被一种类似绳索的东西击打过,显得纷乱。靳峰的目光突然停留在一棵小树上,树干上有一个深深的孔洞,如被子弹射过一样圆滑。靳峰再次猫下肥胖的腰,仔细地沿着足迹搜寻。突然,一个被砸出的小坑引起了他的注意。他摸出腰间的手枪,横放在那个小坑上,居然刚好吻合。他又仔细地寻找着,但没有发现弹壳。至于汽车轮胎碾过的痕迹,他只看了一眼。在一处枯草边,他终于发现了一丝血迹。由于天气太冷,血迹被凝结在草叶上,仍然保持着鲜艳的红色。靳峰笔直地站在血迹之处,回望着留有车轮印迹的地方,然后迈开步幅,走了起来。刚好四步。他稍作停顿,再向小树丛走去,小树丛里没有找到一丝血迹。沿着已有些模糊的脚印,他走到了海边。海边有被踩踏过的痕迹,但搜索了半天,居然没找到任何有用的线索。他并不甘心,继续四处搜索。

突然,一个雪团引起了他的注意,他蹲下身,拾起了它。这是一个被精心捏成的雪团,已被冻得铁一般硬。靳峰摸出手枪,用枪托轻轻地敲打。三五下之后,雪团被敲开,一条碎布片卷在里面。靳峰轻轻地将布条打开。这是一小块纯棉质地的粉色布条,似乎是从衬衣上撕下来的,其上沾满了斑斑血迹。靳峰将眼眯起来,仔细地辨认。视线里,他似乎看到这个布条上用血写着一个"王"字,但又好像是"主"字或"玉"字,总之模糊不清。靳峰将它抖了抖,装进一个薄薄的塑料袋里,收了起来。

孟中华啪地关掉了主机电源,冷冷地看着呆若木鸡的孟欣,沉声说:"你还有什么话说?"

孟欣的额头沁出了汗珠。她不敢与孟中华对视,也没有说话。

"你这个吃里爬外的贱货!"孟中华破口大骂,"你还有一点良心吗?谁拿钱供你上学?谁让你过上好日子?你难道不记得你高考后的遭遇吗？是谁救了你？你现在翅膀硬了，想造反了！你以为你的那些小动作，能瞒得过我吗？你私下串联几家分公司的经理，想将我挂起来，真是嫩哪！你自己看看吧！"

孟中华发着火，顺手从抽屉里拿出一沓文件，甩在孟欣面前。孟欣忍不住朝那些签满了字的文件上看去。她看到的是一份份声明：北京分公司、上海分公司、昆明分公司……一份份声明，都毫不留情地检举了她拉拢他们的行径，而且每位经理都郑重地签上自己的名字，表明誓死效忠孟中华总裁的决心。孟欣绝望了，她觉得自己在孟中华的面前，仍然是个孩子。她的思绪控制不住地闪回，一会儿是那张写着她名字的大学录取通知书；一会儿是自己屡屡辍学的哭泣脸庞；一会儿变成只有25元津贴却每月寄给她50元的叔叔的脸，以及他心疼与爱怜的眼神；还有那个阴冷的下午，被叔叔用一捆钞票砸得发晕，继而被他像野兽般残酷地蹂躏着……所有的噩梦从那里开始，又重复在每个噩梦中。难堪、羞辱、无尽的痛苦……

孟中华狠狠地砸了一下桌子，愤怒地吼道："你别以为我亏欠你！你以为你有什么了不起吗？老子找个处女，一等一的处女，只花八千块，而且永远没有麻烦！你也不想想，我花在你身上的钱，何止八十万！"

孟欣被叔叔的一声断喝惊醒了，她在极端的愤怒中也尖声叫道："你这个禽兽！你以为你有什么了不起吗？我爱跟谁就跟谁，爱干什么就干什么，你手段那么高，有本事就杀了我啊！"

"你以为我不敢？"孟中华站了起来，用手指着她。由于过分激动，口水都喷了出来，"我要整死你，就像整死一只蚂蚁一样简单！"

"那你整死我啊，那你整死我啊！"孟欣大叫起来，"别以为你忽悠了那些经理，就认为我垮了！孟中华，我告诉你，早在三年前，我就已经开始收集你犯罪的证据。只要我失踪超过三天，就会有人将那些证据交给新闻媒体和执法部门，我敢保证，从大港市、省政府一直到中央,都会有你的检举材料。你别以为我好欺侮!你毁了我的青春,毁了我的一切,我也会让你死无葬身之地!"说完,孟欣掩面冲了出去。

孟中华气得浑身发抖。他哆哆嗦嗦地拿起一根新的雪茄,可是划火柴的手不听使唤,总是划不着。

突然,手机响了,是靳峰的声音:"老孟,赶快到老地方,有事商量。"

孟中华挂了电话,立即又恢复了镇定。

孟欣开着她的蓝鸟跑车,连续闯了两个红灯,拐进了自己住的"远方故乡家园"社区。她开了门,将门狠狠地撞上。她感到一阵恶心,想呕吐。当她奔进洗手间时,看见鲜血淌了一地,她惊呆了。

一个受伤的男人,正蹲在洗手间用纸巾擦着血迹。他满头大汗,浑身血污,嘴唇发紫。

那个人,正是萧邦。

029 | 穿皮鞋的人

萧邦扬起苍白的脸，看了一眼孟欣。

这个一直让孟欣觉得谜一样的男人，此时看起来脆弱无比。只是，他的眼神依然镇定，看不出半点慌乱。

萧邦忍着剧痛，微张发紫的嘴唇，对孟欣扯起一个微笑："我以为你会晚些时候回来……"

孟欣蹲下身去，扶住了他："赶快去医院吧，你这样挺下去，要出事的！"孟欣说这句话时，明显感到自己的心跳得就要蹦出来。这次，她是真心的。

萧邦咬紧了牙，递给她一张皱巴巴的纸条："去药店，照着这上面的东西买。尽快回来吧。"说完，他无力地靠在马桶上，微闭双眼。

孟欣再没说一句话。她拿上纸条，将门关死，上街买药去了。

十五分钟后，孟欣娇喘着回来。萧邦仍然保持刚才的姿势，只是双眼紧闭，似乎睡着了。

"萧大哥！"孟欣叫了他一声，过去摇他。

萧邦睁开眼，微微一笑："辛苦了。没事的，受了点枪伤，在左肩上。你会手术吗？"

"会一点儿。"孟欣说，"为什么不去医院呢？"

"我要让我的对手知道，我已经死了！"萧邦说，"我死了，有利于案情的进展。"

孟欣没有多问，她是个聪明的女人。

"到我的床上去吧。你还能走吗？"

"我不但能走，还能爬窗户。"萧邦嘴硬。

孟欣没继续跟他说话。她麻利地将药物拿进卧室，将床罩掀了起来，铺了几个大号的黑色垃圾袋。准备停当，萧邦就很乖地趴在上面。

孟欣用剪刀剪开了他潮湿的沾满血迹的衣衫。孟欣惊诧地发现，

187

看上去很瘦的萧邦，居然很结实，到处都是隆起的肌肉，只是皮肤稍微黑了一些。

子弹是从左肩胛骨左侧贴骨擦过，射入萧邦的冈下肌的。萧邦递给孟欣一把寒芒四射的匕首："你知道怎么弄吗？"

"知道。"孟欣接过，将酒精倒在刃上，用打火机烧了一下。火焰燃尽，她递给萧邦一块被浸湿的新毛巾。萧邦将它含在嘴里。

伤口还浸着血。孟欣消了毒，手握匕首，深深地吸了一口气。她此时必须保持镇静。她知道这种疼痛是常人无法忍受的，必须一次成功。匕首深深剜入，萧邦的肩膀抖动了一下。孟欣再次用力，终于感到刀尖碰到了弹头。她轻轻地转动了一下刀尖，再次用力，弹头弹了出来，鲜血也随之迸射而出。萧邦的身体强烈地震动了一下，又恢复了平静。孟欣熟练地撒上云南白药，用纱布将伤口包扎好。整个过程，不过五分钟。

"我这里可没有男人的衣服，要不待会儿我去买吧。"孟欣将萧邦扶了起来，开始整理床铺。

"不用了。"萧邦满头大汗，长嘘了一口气，"你屋里这么热，衣服很快就干了。"

收拾完，孟欣回头对萧邦说："萧大哥，你被弄成这个样子，为什么要到我这里来？你不怕我……"

萧邦用毛巾擦了一把汗："我想来想去，大港虽大，竟没有我的容身之处。我只好来找你。"

"你不怕我出卖你？"孟欣突然盯着他。

"我信任你！"萧邦说。

一种从未有过的暖流突然在孟欣的心里涌起。她感到鼻子发酸！她一直活在欺诈的世界里。她的工作使她不敢相信任何人，她也知道任何人其实都不相信她，就连她的亲叔叔也一样。可是，一个仍然有些陌生的男人，在生死关头突然来找她，并且信任她，她无法抑制住内心的激动,尽管她非常清楚,以萧邦的能力,不可能真的"无处可去"!她说了句"我去收拾洗手间",便出了卧室。

一进洗手间,她的眼泪就止不住地流了下来。

龙泉洗浴中心几乎没有客人。

孟中华跨进包房时,靳峰已躺在床上,半眯着眼。孟中华做出了个请安的姿势。靳峰一摆手,让他躺到左侧的那张床上去。

"我去了萧邦被杀的现场。"靳峰开门见山,"情况有点复杂,现场留下的线索不多,凶手是作案老手。"

"大约是什么时候的事?"孟中华小心地问。

"看样子是9点到10点吧。"靳峰说,"从现场看,应该是三个人。当然萧邦算一个,还有一个瘸子和一个穿皮鞋的人。从脚印上来看,穿皮鞋的这个人,并没有与萧邦进行肉搏,倒是那个瘸子,似乎有些功夫。"

"什么?"孟中华露出惊讶的表情,"靳局是说,现场还有打斗痕迹?"

"有,"靳峰说,"我还是简单向你介绍一下吧。从现场看,萧邦一开始并不知道这个穿皮鞋的人。萧邦本人也穿皮鞋,他的脚印很浅。看得出,萧邦到现在还在练功,不容易啊。但另外这个穿皮鞋的人,鞋码比萧邦的要大一号,估计身材要壮一些。"

"可是,以萧邦的精明,怎么会不知道有人藏在暗处?"孟中华不解。

"刚开始我也纳闷。"靳峰顿了一下,继续分析,"后来我看了车轮的印迹,发现这辆车的后轮印迹很深,估计这个穿皮鞋的人,就藏在汽车的后备厢里。"

"这是辆什么车?"孟中华问。

"从印迹上看,好像是辆桑塔纳。"靳峰皱了一下眉头,"自从去年大港市交通部门规范出租车后,多数出租车都是这种桑塔纳。这种车的后备厢比较宽,躺进去一个人,还是没有问题的。"

"靳局是说,这个穿皮鞋的人躲在汽车的后备厢里,向萧邦发起了攻击?"孟中华问。

"不是。"靳峰肯定地说,"整个过程,看起来时间并不短。从现场的痕迹来看,可能一开始,那个瘸子与萧邦恶战了一场,瘸子不敌萧邦,穿皮鞋的人才出来动用了手枪。手枪曾有掉在地上的痕迹,离汽车只有四步的距离,证明穿皮鞋的人是从车里爬出来,向前追了几步。我猜想,萧邦一见到这个穿皮鞋的人,就开始向海边跑。萧邦逃跑的脚步很凌乱,其间还配合着军队正规的战术动作。这证明,萧邦意识到穿皮鞋的人枪法很厉害,是受过专门训练的。但即使如此,萧邦还是中弹了。我仔细搜索过现场,没有发现弹壳。瘸子和穿皮鞋的人收拾得很干净。但我也在现场发现了一丝血迹。这丝血迹离汽车停着的地方并不远,肯定不是萧邦的。我想有可能是穿皮鞋的人的。"

"靳局是说,穿皮鞋的人也受了伤?"孟中华睁圆了牛眼。

"一开始我也怀疑,因为穿皮鞋的人对萧邦实施的是突袭,不大可能会受伤。"靳峰又皱了一下眉,"但后来我顺着足迹追到海边,发现了这个。"他将一块布条拿出来,交给孟中华。

孟中华接过这块米粉色的布条,见上面用血写着个"王"字,似乎又是"玉"或"主"字。血迹呈黑色,已变得模糊。"靳局是说,这块布条有文章?"孟中华分析道,"萧邦没有时间包扎自己的伤,而穿皮鞋的人却有。从整个过程来看,瘸子实际上不可能是主使人。那么,受伤的一定是这个穿皮鞋的人。"

靳峰点点头:"是这样。不过你的看法好像有些武断。你怎么知道瘸子不可能是主使人?穿皮鞋的人受伤,是怎么受的伤?是谁留下的这块布?留下来干什么?想暗示什么?"

孟中华用左手摸了一下额头,讷讷地说:"靳局,我是瞎猜。现场我也没去过,不清楚,只是瞎猜。"

靳峰扫了他一眼,继续说:"我告诉你,那个瘸子,使的家伙是一条九节鞭,很沉的那种,要论功夫,你我不见得接得住。因此,我猜这个计划是分三步进行的:第一步,瘸子以什么东西吸引住了萧邦,希望他能够放弃对'12·21'海难的调查。如果这个奏效,那他们也没有必要杀死萧邦,遗憾的是萧邦没有同意。第二步就是硬拼,瘸子似乎对自己的功夫很自信,想将萧邦制服。这一步,很多人不理解,但像你我这样练过武的人,都有这个毛病,其实就是一种争强好胜的心理。但第二步瘸子并没占到便宜,萧邦也就放松了警惕。正在这时,穿皮鞋的人突然出现,实施了第三步。这第三步来得太快,萧邦再精明也没有想到。我猜想,穿皮鞋的人出现后,立马掏枪射击。而萧邦曾经过近乎残酷的特种部队训练,真枪实弹玩过,一看不对,马上就跑。在逃跑过程中,萧邦可能也出了手。他没有枪,可能是利用匕首之类的精短利器,对穿皮鞋的人实施了远距离攻击,以防止他连续开枪。显然,萧邦的反击还是起到了一定的阻止作用,因此穿皮鞋的人的枪掉在地上。那么,怎么才能使穿皮鞋的人的枪脱手?我分析有两种可能:一种是萧邦掷出的利器将穿皮鞋的人的枪击落,另一种就是萧邦掷出的利器射伤了穿皮鞋的人持枪的手。当然,这里所说的手,应该是从肩膀到手腕的任何一个部位。凭我的经验,萧邦如果在静止的状态下,射中穿皮鞋的人的虎口都不是什么难事,但在运动中,萧邦只能选择较大的目标。而穿皮鞋的人既然是对萧邦实施射击,那么他一定是侧身举枪瞄准,身体暴露的面积就很小。因此,我断定萧邦掷出的利器,一定是射伤了穿皮鞋的人的肩膀!"

孟中华浑身一震,也不知是对靳峰分析能力的敬佩,还是对萧邦有如此手段而震惊。那种表情,就好像自己被一刀刺中了心脏一样。

靳峰没有看他,自顾自地说:"当看到这块布条后,我更加坚定我的判断,结果有三:第一,萧邦的确中枪入海,恐怕已经没命了;

第二,这是一个经过精心策划的阴谋,瘸子是执行者,穿皮鞋的人是主谋或是监督者;第三,瘸子在现场故意留下这块布,好让我能够找到线索。"

"那……这个穿皮鞋的人,到底是谁?"孟中华问。

"问得好。"靳峰说,"找到这个穿皮鞋的人,就找到了刺杀萧邦的凶手。老孟,你也是专家,你说这个人该怎么找?"

孟中华的眉心皱成了"川"字。半晌,他说:"既然靳局认定这是一辆出租车,可以通过临近出事地点的交通监控录像找到这辆车。"

"要找到这辆车并不难。"靳峰说,"你没来之前,我已经派人查了。是有这么一辆出租车,但这是辆被盗的出租车,早上刚刚接到报案。现在这辆车已经在一个胡同里找到。车是空的。车上早已经处理过了,很难找到线索。"

孟中华说:"靳局既然已断定穿皮鞋的人肩膀受伤,那么这个人一定会到医院去治疗,查一下医院收治病人的情况就可以知道。"

靳峰摇摇头:"这个人非常狡猾,不然萧邦怎么会栽在他的手里?从现场看,他当时就已经算准萧邦要逃跑,否则萧邦怎么会中枪?这个人受伤后,马上就包扎了伤口,而且让瘸子清理了现场,他不会傻到上医院等我们找他。"

孟中华眼睛一亮:"靳局,看来那个瘸子故意在现场留下了线索。依我看,这个字应该是个'王'字。可姓王的人谁有可能杀萧邦?在我认识的人中,倒有一个人很可能。"

"谁?"

"王啸岩。"

靳峰沉吟了一下:"王啸岩杀萧邦的理由呢?"

孟中华回答不上来。他欠身坐了起来,对靳峰说:"靳局,您是不是要我去试探王啸岩?"

靳峰点了点头。

孟中华说:"靳局,我说句不该说的话。萧邦死就死了吧,反正'12·21'这件破案子,谁都不希望它再度引发关注。人都死了,就算查出真相,又能干什么?依我看,不如算了。"

"算了?"靳峰坐了起来,盯着孟中华,"老孟,现在我们连萧邦的来头都没搞清楚。你也不想想,一个身份不明的厉害角色,不明不白地死在大港,事情就这么简单吗?如果上头追查起来,还不是我的事!我能推得掉吗?"

"明白了!"孟中华将脚塞进鞋里,站了起来。

靳峰也站了起来,很友好地拍了拍孟中华的肩膀:"老孟啊,我们是朋友,所以我什么话都跟你讲。你也别着急,事情总会水落石出。这样吧,反正中午也是休息,不如泡个澡,顺便眯瞪一会儿。"

孟中华连忙握住他的手:"不了不了。我公司还有一些事。我尽快与王啸岩见面吧,有情况,第一时间向您汇报。"

萧邦侧躺在床上,微闭着眼睛。被窝里很暖和,房间的暖气也很足,深冬的阳光轻柔地抚摸着透亮的玻璃窗。孟欣就站在窗边,纤细的身影被阳光拉长,横在萧邦的身上。

萧邦似乎很累了,他需要休息。他知道孟欣有好多话要问他,可这会儿他连眼皮都懒得抬。他很渴,但他知道枪伤后忌饮水。奇怪的是,这个孟欣似乎什么都知道,没有给他水喝。他暗自叹息了一声。看来,自己至少要在这里住上一周了。

房间里就这样出奇地延续着安静。孟欣呆立窗前,一动不动。

萧邦突然睁开眼睛,挣扎着坐了起来:"孟欣,你难道不想知道我是怎么受的伤吗?"

"想。"孟欣转过头来。她刚刚洗完澡,穿了一套洁白的丝质内衣,浑身上下弥漫着诱人的气息。见萧邦睁开了眼,她走过来,在他的背后塞了一个枕头。萧邦便将身体斜过来靠在枕头上。

"那你为何不问？"萧邦看着她。

"不该问的不问，不该看的不看。"孟欣妩媚一笑，"况且，像你这样的人，我又怎么能问得出来？除非你自己愿意说。"

萧邦微微一笑。

"萧大哥，你知道吗？当我听说你死了的时候，我伤心得直想哭。"孟欣说。

"我死了？"萧邦一怔，"是谁告诉你的？"

"我叔叔。"孟欣说。

萧邦将有些干涩的眼珠转了转。他立刻就明白了。"孟神通"的消息，通常都是最快的。萧邦正要说什么，一阵急促的敲门声响起。

孟欣一激灵。她的住处，知道的人非常少。会是谁？她轻手轻脚地出了卧室，穿过客厅，通过单元门上的猫眼向外看去。她看见孟中华喘着粗气，举起肥胖的左手不停地敲击着防盗门。

030 | 意外之外

孟欣吓出了一身冷汗。孟中华仍在死命地敲门,她只得回身将卧室的门关上,然后去洗手间洗了手,嘴里叫着"来了来了",才磨磨蹭蹭地开了门,并假装揉着眼睛。

孟中华进了屋:"小欣,在干啥呢?怎么半天不开门?"

孟欣恨恨地看着他:"你来干什么?不是说我破坏公司吗?我不干了,行不行?"

孟中华便笑了:"小欣啊,是叔叔不好。其实呢,你这些年对公司,还是有功的,就是急躁了点。你也不想想,我又没成家,将来公司的一切,说穿了不都是你的?叔叔只是对你与王啸岩这种人来往很生气……你知道吗?萧邦的死,很可能就是王啸岩干的。"

孟欣站在那儿,仍然噘着嘴。

孟中华伸出肥手轻轻地揉了揉她的头顶:"小欣,别生气了,都是叔叔不好,叔叔向你道歉!你就是把叔叔杀了,叔叔又能说什么?毕竟是亲人啊……"随后,他抱住了她,轻轻地吻着她的头发,拍着她圆滑的香肩。孟欣被他安慰着,心头的焦灼如同火焰般烧得浑身发热。她知道,这种拖延几乎没有任何作用,要想叔叔离开这里,得赶紧想办法。

突然,孟中华猛地推开她,快步向卧室跑去。

孟欣的心提到嗓子眼上,脸色一下变得苍白。但显然,她拦阻也来不及了。

门被孟中华推开。不出所料,他果然看到了一个人。这个人穿着黑色的风衣,标枪般地站在窗前,脸朝外,像一个临窗看风景的诗人。

紧跟进来的孟欣扫了一眼床铺。床铺已被拉得整整齐齐,乳白色的床罩轻柔地盖住了整张床,连一丝皱褶都没有。

萧邦已不知去向。

孟中华和孟欣同时怔住。只见那人缓缓转过身来，他的身材修长，浑身上下没有一块多余的肉。一副很夸张的墨镜盖住了他半张脸。

孟欣心里一沉。她见过他，他曾将自己打败过。

"你就是孟中华？"那人沉声问。一个身材瘦削的人，嗓音居然很浑厚。

"我就是。"孟中华答，"你是谁？"

"我姓马。"那人说，"马上的马。"

"马红军？"孟中华干咳了一声，"漂流岛酒吧的老板小马？"

"就是我。"小马说，"你曾经四次派人来调查我的来历，对吧？"

"你也暗中调查过我两次。"孟中华嘿嘿一笑，"我的人吃过你的亏，但我并不是傻子。"

"你当然不是。"小马冷冷地说，"傻子怎么可以掌控在中国排名前三位的地下调查组织？但我警告你，不管是谁惹恼了苏家，都没有好下场！"

"我知道你是苏老船长的养子。"孟中华不紧不慢地说，"但我敢保证，我从未打过苏家的主意。我对苏老船长，是非常尊敬的。"

"你就用绑架苏洋洋的方式来尊敬苏老船长吗？"小马冷笑。

"是我绑架了苏洋洋？"孟中华脸色微变，"这件事，我怎么不知道？"

"很多事情你都不知道，但的确是你干的。"小马轻蔑一笑，"要不要我举几个例子？"

"愿闻其详。"孟中华将手抱在胸前。

"只说与'12·21'海难有关的几起案子吧。"小马说，"如果将孟总所有的案子都讲一遍，恐怕得讲三天三夜，而你被枪毙十次都不够！"

孟中华眯着眼，静静地听。

"第一件，是洪文光的死。"小马说，"在萧邦追查海难真相的过程中,你总是提前一步做好安排,萧邦不过是走一个过场而已。洪文光的表演,在这几个幸存者中比较出色,是因为孟导演你安排得好啊。洪文光自从在海难中逃得性命后,一直受你的控制,为你卖命。但由于他参与的事情不少,知道的也不少,你怕精明的萧邦套出实情,因此一直有灭口的念头。在此之前,洪文光为你做了几件事:一是将那枚带血的船舵放在了叶雁痕的房间;二是打电话、发邮件恫吓叶雁痕,配合你实施计划;三是瞒过萧邦,转移萧邦的视线。这些事情做完之后,他的价值几乎为零,留着反倒是个祸害,弄不好还会节外生枝。于是,你将他约到大港国际海员俱乐部酒店喝酒,给了他五万元现金,说另外五万元下次给。你算准洪文光回旅顺要经过老山的盘山路,因此派人在洪文光的车里做了手脚,导致洪文光车毁人亡。真是一着妙棋啊!你是老公安了,自然知道警察办案的程序,因此这个酒后驾车坠崖而亡的现场做得真是天衣无缝啊!"

孟中华仍然在微笑。他坐在床沿上,摸出了根"中华",递给小马:"分析得有道理,请继续。"

小马没接他的烟,接着讲述:"第二件,是王建勋的死。"

"哦?"孟中华点着烟,深吸了几口,"王建勋也是我杀的?"

"王建勋的死,孟总花的心思要多一些。"小马冷笑,"王建勋掌握的情况多,一旦他说出去,孟总损失财产事小,老命难保事大,因此你必须杀人灭口。"

"马先生,我的确知道王建勋死了,但他怎么死的,仍然是个谜,你的推理,缺乏足够的说服力。"孟中华将烟灰弹在地上,不以为然地说。

小马仍然笔直地站着:"你与王建勋早就认识,而且还为帮助他的儿女上大学走过后门。在'12·21'海难发生前,你就鼓动王建勋为'巨鲸号'买了500万元的货物保险,这笔保险已由太平洋保险公司全额赔付。而'巨鲸号'本身,在中国人民保险公司云台分公司投了9500万元的船舶保险。货物保险和船舶保险加起来，就是一个亿。这两笔大额保单，都是你暗地里与王建勋操作办理的……"

"你的意思是说，'12·21'海难是我制造的？哈哈，你不觉得可笑吗？"孟中华脸色大变，但他竭力掩饰。

"海难的原因很多，但至少也有你一份！"小马沉声道，"孟总是两头通吃啊，你先找到保险公司的业务经理，拉了云台轮渡公司的这个保额上亿的单子。国家规定，保险的提成比例是5%，但这个行业在中国很乱，多的时候百分之三四十也有。你拉的这笔单子，让你屁股都不抬，就分到了几十万的提成款。可是，区区几十万怎么能够满足你的胃口？于是你将目光盯在'巨鲸号'上，企图通过海难获得保赔，获取更大的利益。"

"如果按马先生所说，我好像拿到钱了？"孟中华将半截烟头扔在地上，有些恼怒地问。

"你没料到事情会变得那么复杂。"小马说，"本来，这件事情很快就平息了，王建勋也坐牢了，所以你就私下里照顾王建勋的家人，封住王建勋的嘴巴，又动用关系帮他减刑，想将大事化小。可是，萧邦的突然出现，让你很惊慌。在通过监狱内线得知萧邦要去见王建勋时，你就杀了王建勋！"

"我杀了王建勋？怎么杀的？怎么连我自己都不知道？"孟中华站了起来，随即又坐下。

"据今天早晨的法医报告，死者王建勋的胃里有大量的氰酸化合物。这种毒物，俗称'闪电式毒剂'，水溶喷雾，可瞬间致命。你就是用这种毒物杀了王建勋。"

"你真会开玩笑，马先生。"孟中华突然笑了，"大港市第二监狱有军警把守，我怎么能想去就去，想杀人就杀人？真是天方夜谭！"

"孟总，你这'孟神通'的外号，也不是白叫的。至于你如何作案，你自己最清楚，我就不啰唆了。现在说第三件。"

"还有第三件？"孟中华哈哈大笑起来，"你不会认为，美国'9·11'事件也是我干的吧？"

小马没有理会他，继续说道："第三件，就是杀死萧邦。"

孟欣的脑袋"嗡"地响了一声。她实在觉得太离奇了。但两个男人正全神贯注地对话，似乎已经忘记了她。

"萧邦也是我杀死的？"孟中华干笑了一声，"你大概也知道，萧邦是我的老战友，当过我的排长，我们是有观点不一致的时候，但感情是存在的。我为什么要杀死他？"

"因为萧邦将案情推进，危及你的利益了。"小马说，"杀死萧邦，有两个原因：一是你力求自保，二是恐怕还有其他不愿使这起海难水落石出的人暗示或命令你这么干。所以，你就设下了圈套，置萧邦于死地！"

"我是怎么杀死萧邦的？"孟中华又将手抱在胸前。

"你派人跟踪了萧邦。当得知萧邦进入香格里拉饭店后，你就让早已准备好的出租车停在楼下。萧邦一出酒店大门，汽车马上就开了过去，而你就躺在汽车的后备厢里。在这里，我要简单地提一下今天为你开车的这个人。此人名叫宋还山，是已故的武林名宿'沧州鹰'老先生的关门弟子，号称'宋三鞭'，就是说，很少有人能经得起他连环三鞭。此人受过你的恩惠，甘愿当你的爪牙。本来，你认为凭'宋三鞭'就能制服萧邦，没想到演员出身的宋还山在这场没有镜头的表演中露了马脚，又在比武中败北，因此你不得不使出最后的杀招，亲自出马，突然对萧邦实施枪击。这一点萧邦根本没有想到，所以中计遇害，但你也受了伤！"

孟中华脸色大变，霍地站了起来，打断他的话："你，是靳峰的人？"

"我还高攀不上靳局长。"小马冷笑，"但你和靳局长在洗浴间里的每次谈话，我倒是每个字都听清楚了。而且，你们的每个动作，我都看得很清楚。"

"你……你到底是谁?"孟中华有些惊慌了。

"我是漂流岛酒吧的老板,同时,我也是大港市龙泉洗浴中心的真正老板!"小马仰了一下脖子,"虽然,我的产业没你孟总大,但也同你一样,不同的场合,我有不同的身份。"

孟中华颓然坐下,心有不甘地说:"可是,连靳局长都怀疑是王啸岩干的,你怎么会怀疑到我?"

"你以为靳峰不知道是你?"小马冷笑,"去过现场的靳峰,已怀疑到你,所以叫你到洗浴中心去,说是有事商量,其实就是证明一下他的判断。他的眼神,不止十次盯着你的鞋。因为他在判断尺寸。而且,当你听到靳峰说'穿皮鞋的人'几个字时,你的身体不由自主地抖动了一下。而更主要的是,你故意叫宋还山在现场留下一块布条,上面写了个'王'字,想让靳峰怀疑是王啸岩干的,靳峰岂能上当?当你们分手的时候,靳峰看了看你的肩膀,问你是否愿意陪他泡个澡,你却坚决不同意。其实靳峰并不是真想泡澡,只是试探你。因为他知道,一个肩膀受了刀伤的人,是不能沾水的。这时,靳峰在你受伤的肩膀上拍了一下,你禁不住痛得浑身战栗,马上与靳峰握手以转移痛苦。精明的靳峰没有马上揭穿你,但他已经完全清楚了,萧邦就是你杀的!"

孟中华的额头上已渗出细密的汗珠。面对这个难缠的小马,他哑然无语。

"要不要把你的衣服脱下来证明你是清白的?"小马厉声道。

孟欣能感觉到一种寒光穿透墨镜,射到孟中华脸上。

"我不想乘人之危。"小马傲然道,"孟总,你也是练家子。但恕我直言,就算你肩膀没有受伤,想单打独斗,我也不会怕你。你当年在特侦大队,功夫也算仅次于萧邦。但我告诉你,海军陆战队员所吃的苦,比你们更多!"

孟中华沉默。

"现在再说说第四件案子。"占据上风的小马继续说,"今天早晨,

'12·21'海难中的幸存者之一刘小芸,死在海员俱乐部酒店的员工宿舍。警方初步调查,是服用了农药。可是,一个打工的妇女,为什么要服农药?这件案子,也是你造成的。你事先买通了洗衣房的主管,让主管带着刘小芸同宿舍的其他三名女工到外面去吃饭,单独将刘小芸留下来,就是让她'值班',然后你派人用枪逼着她喝下毒药。"

"我为什么要杀刘小芸?"孟中华显然很愤怒了。

小马没有理他:"'12·21'海难的5个幸存者,实际上你已经掌控了4个。这4个人是:沈阳的施海龙、旅顺的洪文光、在云台做服装生意的王玉梅、江苏的汽车司机李子仪。施海龙已完全被你收买,没问题了;洪文光非但不起作用还有可能坏你的事,你杀了他;王玉梅因为有个孩子,你抓住了她的命根,她只能按照你的意思办;李子仪虽然是王啸岩找到的筹码,但实际上早已被你控制,是个备胎;而这个刘小芸,因为一直被叶雁痕控制,你十二分不放心,于是也就痛下杀手!"

孟中华已气得手指发抖,终于忍不住大声嚷道:"马红军,你别血口喷人!你自己得了臆想症,胡乱猜测,你能拿出证据来吗?"

小马冷笑:"孟总,我不必拿出证据。萧邦也好,王建勋也好,刘小芸也好,洪文光也好,死活与我毫无关系。"

"那你说这些毫无根据的话干什么?"孟欣突然插嘴。

"我只是要你们知道,你们的行动并不是那么周密。"小马这才看了孟欣一眼,"上次,我认为是你绑架了苏洋洋。后来我才发现,真正的主谋是孟总。孟总,我虽然知道的不少,但我可以不告发你,只要你为我做一件事。"

"你是想让我把苏洋洋交出来?"孟中华问。

"孟总毕竟是老江湖了,就是这点小事。"小马说,"洋洋是我的弟弟。在我看来,国家和社会的事再大也是小事;而自己家的事儿,再小也是大事。"

"如果我不交出来，你会怎么样？"孟中华霍地站了起来。

"孟总，你手上有四条命案。"小马说，"你不会真的丢下由你一手创办的真相集团不管了吧？"

"马先生！"孟中华哈哈大笑起来，"我可以告诉你，你刚才讲的这些，只有你自己才会相信。如果任何第三者能够相信，我就跪下向他磕头！"

"难道，萧邦也不是你杀的？"小马微微地晃了一下身子。

"萧邦？"孟中华脸上又堆起了笑，"萧邦死了吗？如果萧邦还活着，是不是说明你的推断是错误的？"

"好啊！"小马冷笑，"如果孟总能够将活着的萧邦找出来，我便承认！"

孟中华转脸望着孟欣，缓缓地说："小欣，你刚才是不是见过萧邦？"

"我……我没有啊！"孟欣被突如其来的质问吓得花容失色。

"行了，"孟中华说，"别骗叔叔了。实话告诉你，我在这个小区也布下了眼线。萧邦受了重伤，潜入到这里来疗伤了，所以我才及时跟了过来。"

"那……那他在哪里？"孟欣发现自己的声音抖得像蝉鸣。

孟中华突然掉头看着卧室里那个硕大的木质双门衣柜，慢慢地走了过去。他朝着衣柜里喊道："萧先生，表演结束了，请出来吧！"

衣柜里果然有人动了动，发出轻微的声响。孟欣的毛发都竖了起来，而一直笔直地站在那里的马红军，也非常惊诧。

孟中华当机立断，手握衣柜门把手，使劲往外一拽。

衣柜门被打开，果然有一个人站在里面。不过，他不是萧邦，而是一个粉妆玉琢的小男孩，正忽闪忽闪地眨巴着明亮的眼睛。他，就是神秘失踪的苏洋洋。

孟中华张开的嘴，能塞进去一只蛤蟆。

031 | 小马"将军"

孟欣比孟中华更为吃惊！这是怎么回事，突然从自己的衣柜里冒出来一个小孩！

苏洋洋出了衣柜，一边叫着"小马哥哥"，一边向小马奔去。

小马牵住了他的手。"洋洋，你怎么会在这里？"小马问。

"小马哥哥，是这位阿姨将我藏在里面的。"洋洋指着孟欣，眨巴着眼睛说。

"到底是怎么回事？你说给哥哥听。"小马摸了摸洋洋的头，"别害怕，有哥哥在，没事了。"

"昨天中午，我和妈妈还有几个叔叔在一个好大好大的餐厅吃饭。我吃饱后，妈妈还在和几位叔叔聊天，我就跑出去玩。这时，这位阿姨走过来对我说，你爸爸在楼下呢。我说，爸爸没来这里。这位阿姨就说，你跟着我，下去看看就知道了。我就跟着这位阿姨到了楼下。这时，这位叔叔也就出现了。"洋洋指着孟中华，"这位叔叔戴着大墨镜，一把把我拉上了车，车就开了。我问这位阿姨，爸爸呢？这位阿姨说，你爸爸叫我们来接你。就这样，这位阿姨就把我拉到一个很大的房子里，让我看我最喜欢的动画片，还拿了好多好多的东西给我吃。"

"后来呢？"小马继续问。

"后来……后来我就一个人待在房间里看电视。"洋洋挠了挠脑袋，"我看累了，发现阿姨和叔叔都不见了。天黑了，我才想起妈妈，就大声喊。可是房间里没有人了，我很害怕，坐在椅子上不敢动。过了好长好长时间，这位阿姨才回来，说我妈妈有事，让她来照顾我，就让我睡觉了。"

"再后来呢？"小马又问。

"后来……后来记得不太清楚了。"洋洋转着漆亮的眸子，"我

203

只记得我醒来后,这位阿姨就将我带到了这里。"

"可是,这位阿姨为什么要把你关进柜子里呢?"小马继续问。

"一开始,这位阿姨没关我啊。"洋洋想了想说,"她给我讲了好多好多故事,最后她说她要跟我打赌。我最喜欢打赌了。她说要是我赢了,她就给我买钢铁侠。"

"这位阿姨跟你打了什么赌?"小马打断了他。

"这位阿姨说,一会儿有人要进来,要先把我藏在这个柜子里。她说如果我在里面待着,不出一点声,不自己开门出来,就算我赢。"洋洋转头看孟欣,"阿姨,我赢了,阿姨说话得算数!"

屋子里安静下来。孟中华和孟欣心里都清楚,这纯属胡扯!之前,他俩根本没见过这个孩子。

小马哼了一声:"孟总,在本城,要论搞地下活动,你是无人能比啊!怎么样,孩子不会说谎吧?你还说没绑架洋洋,现在,你怎么辩解?"

孟中华也哼了一声:"我用得着辩解吗?随便你怎么认为吧,我无话可说!"

小马突然摘下墨镜,那双蛇眼里射出一道寒芒,直逼孟中华:"孟总,咱们都是道上混的人,你也用不着跟我装蒜。洋洋是找到了,你没有伤害他,我可以放你一马。但是,我的哥哥苏浚航死于海难,是由你一手造成的,我绝不能饶恕你!"

"你想怎样?"孟中华傲然道,"马先生,别以为你拿话来吓唬我,我就怕你了!你刚才说的这些,无凭无据,只是往我身上泼脏水,谁会相信?"

"哈哈,心虚了不是?洋洋就在你亲侄女的衣柜里待着,这是怎么回事?"

孟中华回答不出。他此时的心情,就像一个经常设陷的猎人,一不小心掉进了深坑,丢盔弃甲后突然发现一条狼坐在坑口,不慌不忙地看着他挣扎。"马先生，打开天窗说亮话吧。"孟中华沉默了一下，终于开口，"你要我做什么，尽管开口，只要老孟能够做到。"

"这才是个态度嘛！"小马又将墨镜戴上，"孟总，兄弟请你做的事，对你而言，非常简单。"

孟中华一言不发。他知道，这是小马在将他的军。

"既然洋洋是被你带走的，你肯定有什么目的。以孟总严密的口风，也不会告诉我。因此，为安全起见，我想劳孟总大驾，亲自护送洋洋回青岛。"

"让我当保镖？"孟中华一怔，"马先生，如果时间允许，老孟愿意效劳。但是，想必马先生也知道，孟某人毕竟是一个集团的负责人，杂务繁多，离不开啊。"

"孟总，我是很认真的。"小马很有耐心地说，"说实话，自从洋洋失踪以后，苏老船长非常着急。或许你并不知道，在苏老船长的心中，洋洋比蓝鲸集团更重要。洋洋是苏老船长的命根子，这次来大港出了意外，苏老船长十分愤怒，要我们不惜一切代价找到洋洋，安全送回青岛。"

"据我所知，马先生曾是海军陆战队的比武尖子，又是洋洋的哥哥，这个光荣的任务，恐怕没有谁比你更合适了吧？"孟中华扭动了一下脖子，"况且，你的酒吧和洗浴中心并不需要你时刻盯着，你是幕后老板，有人替你管，不像我，还要事必躬亲。"

"孟总误解了。"小马又摘了墨镜，看了孟欣一眼，继续说道，"如果仅仅是送洋洋回去，买张机票，半天就可以完成任务。然而事实上，却有不少人想打苏老船长的主意。苏老船长本来决定于昨日抵达大港，因为临时有事未能成行。可是，这件连我这个当儿子的都不知道的事，却有很多人不知从哪里得到了消息。接着，发生了一系列事件。别的我就不提了，单说洋洋失踪这件事，就很奇怪。因此，苏老船长的意思，既然有人想绑架洋洋，那么就乘船走水路，从大港直达青岛。自然，别有用心的人仍然会从洋洋身上着手，因此，必须有得力的人护送才行。"

"马先生的意思是，护送洋洋不过是一个幌子，意在引蛇出洞？"孟中华问，"那为什么要找我送？是苏老船长的意思吗？"

"孟总果然是精明人！"小马说，"当然，这是苏老船长的安排，我只是执行他老人家的命令而已。至于人选，他本来考虑请两位神通广大的人物中的一位，一个是你，还有一个是萧邦。"

"萧邦？"孟中华不解，"苏老船长也知道萧邦？承蒙苏老船长不弃，在下曾与苏老船长有过数面之缘。但这个萧邦，苏老船长怎么能对他放心？"

小马哈哈大笑："苏老船长虽然足不出户，但在掌握信息方面，恐怕仅次于孟总了。萧邦来大港是没有几天，但此人的智慧、武功，绝不在你我之下。这个人，虽然毛病很多，但至少是个好人。实话实说，苏老船长在考虑人选时，首先想到的是他，其次才是孟总。"

孟中华眼里闪过一丝不快，但瞬间隐去："看来，苏老船长是对的。我建议，马先生还是去请萧邦吧。"

"可是，萧邦让你一枪致命，掉进了海里，我总不能找个死人送我弟弟回家吧？"小马皮笑肉不笑地看着他，"你刚才说要让一个活着的萧邦见我，可萧邦在哪儿呢？"

孟中华正要回话。突然，一个声音在门口响起："我就在这里。"

正是萧邦。他正懒懒地靠在卧室外的门框上，虽然脸色有些发白，但眼睛仍然很亮。

在场的所有人都怔住了。

叶雁痕敲开了苏锦帆的办公室。苏锦帆的办公室没有叶雁痕的大，但也有80平方米。已是午后，明亮的阳光从落地玻璃窗照射进来，映红了苏锦帆的半张脸。见嫂子进门，苏锦帆起身相迎。二人便在真皮沙发上落座。

自苏锦帆担任蓝鲸财务总监以来,叶雁痕亲自到她的办公室来,只有两次。一次是苏锦帆办公室搬迁,一次是会计师事务所来查对账目。今天,嫂子突然登门,肯定是有极重要的事。苏锦帆从余光里看见,嫂子的脸色很不好,几丝鱼尾纹顽强地趴在她的眼角,再加上眼球上网状的血丝,她的疲态暴露无遗。

"锦帆啊,忙什么呢?"叶雁痕微笑了一下。苏锦帆发现,这个十分疲惫的女人笑起来,有点像老太婆。

"没忙。还是那些事。"苏锦帆回答,"嫂子,怎么有空到我这里来?"

"我有件大事,要找你商量。"叶雁痕叹了口气,"你也看见了,我是累得筋疲力尽了,想找你说会儿话。这么大个公司,除了你,还真找不到知心人啊。"

"承蒙嫂子看得起!"苏锦帆将手伸过去,握住了叶雁痕的手,"说吧,嫂子,什么事能难倒你啊?"

"我想辞职。"叶雁痕淡淡地说。

"什么?"苏锦帆大吃一惊,"嫂子,你不是开玩笑的吧?"

"这不是玩笑。"叶雁痕说,"其实,我早就不想干了。一个女人,成天在商场里经风历浪,还招人嫉恨,没有必要。现在的这些股东,私下里议论我,好像我占了蓝鲸什么便宜似的。你是管钱的,你心里最清楚,我签的每一份文件都没有私心。蓝鲸给了我这么高的薪水,我用不着贪。你哥哥走了,我又没孩子,每月我和徐妈的花销有五千块就够了,要更多的钱也没有用。当初,是爸爸将这副担子交给我,要我挑起来。这两年,我实在太累了。所以,我决定辞职!"

苏锦帆张大了嘴巴。嫂子的这个决定,实在太出乎她的意料了。在她的心里,嫂子十分看重权位,她曾专门给蓝鲸集团中所有与苏氏家族有关系的人开过会,并明确宣布,凡是在公开场合,一律称她"总裁",严格按公司的规章制度执行。特别是这段时间,公司关于叶雁痕有可能"下课"的谣言一直不断,而自己的丈夫王啸岩又对总裁之位虎视眈眈,嫂子也表现出顽强的抗争姿态,说明嫂子是不甘认输的。然而,事情的变化总是很快,在这个风平浪静的午后,嫂子居然说要辞职!

"能不能再考虑一下?"苏锦帆扶了扶眼镜,"嫂子,你也是公司董事局成员,按照章程,就算你要辞职,也需要董事局批准。爸爸是董事局主席,至少需要他同意才行。可是,公司现在的情况你最清楚,是离不开你的。你要辞职,有你的原因,我也不便问。但请你以大局为重!"

"以大局为重?"叶雁痕面露愠色,"我以大局为重,大局以我为重了吗?什么批准不批准,说穿了,还不是爸爸一句话。而爸爸非常爱你,会听你的建议,因此只要你同意,基本上就可以定了。"

"嫂子,你别生气。"苏锦帆歉意地笑了一下,"刚才我说的话,可能没讲究分寸。但是嫂子,你要理解我。你也知道,两年前你上任时,阻力重重,而我是一直支持你的。"

叶雁痕这才意识到自己暴躁的毛病又犯了,赶紧挤出了一丝笑意:"妹子,我哪能生你的气?你也知道,这段时间,出了这么多事情,爸爸也开始怀疑我了,没有以前的那种信任了。趁着蓝鲸还运转良好,我还是离开吧。今天来找你,就是请妹子向爸爸讲清楚,做做他的工作,我也好交班。"

"交班?"苏锦帆从叶雁痕的眼神里读到了一种坚定,"交给谁?"

"那我就无权过问了。"叶雁痕说,"这得看爸爸的意思。爸爸是董事局主席,他指定谁就是谁。"

苏锦帆没有说话。她了解叶雁痕。这个女人的确脾气暴躁,但也是个说一不二的人,强劝她没有用。她沉思片刻,终于说:"嫂子,你愿意听听我的建议吗?"

"我来，就是要听你的意见嘛，这还用问？"叶雁痕勉强笑了一下。

"嫂子也别真辞职，可以向董事局提交一份休假报告，时间你自己定。这段时间，由你推荐一个人暂时代理总裁的职务。"

叶雁痕说："妹子，你的意思是，我并没有真正辞职，可以考验一下接任代理总裁，如果合格，我就可以完全卸任。这样做，使公司的运转维持正常，是一种软着陆的办法，对吗？"

苏锦帆点点头："当然，也有另外一层意思。如果接任的代理总裁并不合格，你还得回来接着干。那时，你也休整得差不多了。我的意思是：可进可退，公私兼顾。"

可进可退，公私兼顾？叶雁痕不禁感叹，这位平时不哼不哈的小姑子，似乎得了老头子的真传，考虑周全啊。

这次她主动将手搭在了苏锦帆的手背上。苏锦帆翻转手心，轻轻地握住了她的手："如果嫂子同意，我就给爸爸打电话。"

"谢谢！"叶雁痕说，"不过，请等我走后再打吧。我不想当面知道爸爸的态度。"

苏锦帆当然知道叶雁痕是为了给她创造一个更为私密的空间，也就没有推辞。

叶雁痕站了起来，准备离开，但转念一想，又坐下了。"锦帆，你很实在，嫂子也不瞒你。"叶雁痕轻咳了一声，目光游离了一下，"实际上，你也知道我辞职，并不是为了休假，而是要办一些私人的事。既然你那么信任我，我就直说。"

苏锦帆并没有制止她。聪明的女人在一起，通常都不做蠢笨之事。

"我告诉你一件事。萧邦，很可能已经死了。"叶雁痕说。

"你说什么？"苏锦帆小巧的屁股在沙发上弹了一下，露出惊愕的表情，"什么时候的事？"

"就在今天。"叶雁痕说，"直到现在，我也联系不上他。早上七点多钟，他给我打电话的时候，就说过一句'也许，我这一去就回不来了'。后来一想,可能当时他就嗅到了危险的气息吧。妹子,萧邦可是在帮我们找洋洋的过程中失踪的。直觉告诉我,他一定是出事了。"

还是孟中华反应快。他转过身来说:"老排,你脸色怎么那么差?我就说你没死嘛,可是这位马先生就是不相信。"

"如果有一颗子弹射入你的身体,你的脸色恐怕也不会好。"萧邦淡淡地说,"再说,你们这场戏演得太长了,让我没有耐心看下去了。"

孟欣关切地看着他:"萧大哥,你刚才……"

萧邦说:"我刚才就在隔壁你的书房里。孟总刚才也说了,他有线人,知道我来过;而马先生,当然是从窗户进来的。不过,马先生从窗户进来时,还将这个小朋友一起带进来了。"

"老排,你是说,马先生带着一个孩子,还能爬楼?"孟中华睁大了眼睛。

萧邦看了一眼一言不发的小马,缓缓说道:"带着一个孩子爬楼,当然也是可能的,但难免被人发现。就在孟总敲门的时候,马先生轻轻地撬开了窗户,先将这位小朋友托进来,自己随后跳进来,将小朋友藏在了衣柜里。"

孟中华叔侄大惊。原来这一切都是小马安排好的。可是,小马将洋洋托进窗户,显然很危险,似乎不太可能。

萧邦转了一下眼珠:"一开始,我也很吃惊。但随后我就想到了。洋洋实际上一直住在隔壁。当马先生从窗户里看见孟总进入小区时,就开始动作了。马先生先是将隔壁的窗户打开,从猫眼里观察孟总何时敲门。他知道孟欣一定会去开门,就趁这个时间将孩子从窗口里托了过来。如果我猜得没错,隔壁这套房子,是马先生租下来的,而且趁孟欣不在家时,早已演习过几次,就是要造成洋洋是被孟总叔侄绑架的假象。"

那孩子睁着明亮的眼睛看着萧邦,又仰起头看着小马,一副不知所措的样子。

"小朋友,你叫洋洋是吗?"萧邦弯下腰,笑呵呵地对他说。

"对啊,你怎么知道?"洋洋忽闪着眼睛,很奇怪的样子。

"我不但知道你叫洋洋,还知道你不能得到钢铁侠了。"萧邦哈哈大笑起来。

"不可能!"洋洋有些急了。

"因为你小马哥哥是个说话不算数的人。"萧邦继续笑道,"他让你演这场戏,说只要在柜子里不出声,并且一定要按他教你的话表演一遍,才给你买钢铁侠,对不对啊?"

"你……你怎么知道?"洋洋既吃惊又略带警惕地问。

"萧先生,别套孩子的话了。"小马终于开口了,"都怪我失察,没料到你会在这里。"

孟欣突然明白了:这一切,都是小马捣的鬼,以与洋洋打赌的方式,骗着孩子配合他演了一出戏!

萧邦哈哈大笑:"因为你已经确定,我已葬身大海了,对吧?"

小马冷笑:"是啊。没料到我们的孟总,枪法还是差了一些,最终没能让你送命!"

萧邦突然收起了笑,黑着脸说:"不是孟总的枪法差,是你的枪法太一般!"

"你说什么?"小马哈哈大笑,"难道是我开的枪?"

"当然是你!"萧邦冷笑,"萧某再傻,被谁打了一枪,心里还是有数的。"

这句话,令孟欣大吃一惊!刚才,她还一直以为是叔叔干了这件事,没想到凶手居然是小马!

"你有什么证据?"小马问。孟欣明显感到小马的脸色变了。

"至少有五点!"萧邦沉声说,"第一,那辆桑塔纳出租车的后备厢,像孟总这样的胖子,能蜷缩在里面已经很不容易了,他无论如何也待不了两个小时。第二，在我看'宋三鞭'演戏的时候，孟总正在与靳峰副局长吃早餐并讨论王建勋被杀一案，根本没有作案时间。第三，你出了后备厢就朝我开枪，不给我任何喘息的时间，证明你怕我认出你来，虽然你蒙着面，但你还是假着嗓子说了一句话。我可以告诉你，我这个人听力还行。只要我听过某人说的话，我就会记住他的口音，再高明的假嗓子，其基本音色是难以改变的。上次在你的酒吧里，我与你交谈过，因此印象很深。第四，'宋三鞭'这个人是你的亲信，你曾经救过他的命，将他藏在龙泉洗浴中心养起来，遇到重要的事情就让他出马。第五，当然就是你的肩膀上有我的刀伤，这个最直接。不信，你把衣服脱下来让我们瞧瞧！"

小马的脸色由白变红，孟欣明显感觉到他的身体微微晃了一下。

"萧先生高明！"小马打了个哈哈，"你讲的这五点，其实都是猜想，是你个人的感觉，不能作为证据。要我脱衣服可以，不过你得让孟总先脱。我倒要看看，到底是谁的肩膀上有伤！"

刚才还有点幸灾乐祸的孟中华一愣，支吾着说："我……萧先生不是已经说跟我没关系了吗？"

萧邦抬眼看着孟中华："孟总，你就脱给他看！"

孟中华脸色大变，却依旧一动不动。

小马哈哈大笑："萧先生自诩聪明，可事实胜于雄辩。在事实面前，多好的推理和口才都是没有用的！"

孟中华突然一咬牙，也不管孟欣在场，断然地将皮衣脱下，接着又脱掉毛衣和内衣，露出了白晃晃的上身。在他的右肩上，赫然包扎着崭新的纱布，显然是受了伤。

孟欣当场怔住。就连萧邦，也微微一惊。

孟中华冷笑了一声："马先生，该你了！"

小马并没有脱衣服，而是冷笑道："萧先生也看见了，孟总的右肩的确受了伤，正是你的匕首击中的位置。既然证据已经找到，当着孟小姐的面，我就不必脱了吧？"

萧邦没有理他。突然，他对着门口说："靳局长，你也该现身了吧？"

小马、孟中华、孟欣一惊，全部扭头向门外看去。门外没有人。就在这间不容发之际，萧邦身形一晃，挥起右掌，在小马的右肩拍了一下。小马顿时"哎呀"一声，疼得忍不住蹲了下去。显然，他的右肩也受了伤。孟欣感到太奇怪了：屋子里的三个大男人，居然都受了伤！可是，到底是谁向萧邦开的枪？如果不是孟中华，他为什么也受了伤？孟欣觉得自己的脑袋变得很大。

萧邦冷冷地看着小马，没有作声。孟中华却哈哈大笑："还是老排洞若观火，一眼就看出马先生使诈。唉，这个社会，像我这样的老实人，真是越来越少了。"

萧邦没有理他，而是对挣扎着站起来的小马说："马先生，你还有何话说？"

小马正要说话，突然，传来了沉重的敲门声。

孟欣打开房门，四名警察站在门口，冷冷地看着她。

"你们……找谁？"孟欣问。

"你叫孟欣？"领头的那个高个警察掏出了证件，迅速地晃了一下。孟欣根本没看清，他就装起来了。

"我是。"孟欣在工作中见过不少警察,因此对他们这一套很熟悉。

"有人举报，在这里发现了一个失踪孩子的踪迹。"高个警察说，"而且，就在里面的屋子里。"他大手一挥，后面三个警察扑进房间，将萧邦等一干人堵在卧室。

高个警察随后跨入房间，盯着瞪圆了眼睛的苏洋洋，问："孩子，你叫什么名字？"

"警察叔叔，我叫苏洋洋。"孩子好奇地看着高个帽檐上的警徽，答道。

高个警察说:"洋洋,别害怕,叔叔马上带你去见妈妈。"他当着众人的面,迅速拨了一个电话,高声说,"是刘处长吗?苏洋洋找到了。是,是,马上就回去。"

挂了电话,他扫了一眼屋里的人,冷冷地说:"各位,都别说话,全部跟我到局里走一趟!"其实屋里谁也没说话。萧邦看着几位还略微喘气的警察,似乎明白了什么。

大港市公安局是一座气势恢宏的现代化建筑。警车在大楼东侧停下,两名警察分别带着萧邦和孟中华、孟欣,进了两个房间。

那个年轻的警察进屋后关上了门,没再理萧邦,自顾自地泡了杯茶。萧邦坐在木质的小椅子上让他"晾"着,肩头传来的阵痛刺激着他的大脑神经。他干脆微闭上眼。年轻警察喝了几口茶,才慢吞吞地拿出笔录本,不带一丝情感地做笔录。

警察:根据中华人民共和国相关法律,被询问人须据实回答警方的所有问题。如果回答不实,须承担相关法律责任。你清楚吗?

(萧邦点了点头。)

警察:姓名?

萧邦:萧邦。

警察:怎么写?

萧邦:草肃萧,治国安邦的邦。

警察:年龄?

萧邦:37岁。

警察:职业?

萧邦:记者。

警察：工作单位？

萧邦：《华夏新闻周刊》。

警察：政治面貌？

萧邦：中国共产党党员。

警察：来大港事由？

萧邦：调查，采访。

警察：因何卷入苏洋洋失踪案？

萧邦：受苏洋洋母亲林海若女士委托，帮助她寻找失踪的孩子。

警察：你不是警察，无权参与任何调查，你不知道吗？

萧邦：记者有采访权和知情权，这不违法。

警察：（哼了一声，将笔一扔）你是记者吗？请出示证件吧！

萧邦：我遭到枪击，掉在海里，弄丢了。

警察：那就看看身份证吧。

萧邦：也丢了。

警察：那你怎么能证明你的身份？

萧邦：我本来就是，何须证明？

警察：（摊了摊手）好吧。你既然不能证明你是记者，但我可以证明你不是记者！

萧邦：你能证明？

警察不再说话，打开抽屉，拿出一沓杂志甩在桌子上。

萧邦定睛一看，是一沓《华夏新闻周刊》。

警察轻蔑地一笑："萧先生，这是今年五月份到现在的《华夏新闻周刊》，一共 30 期。可是，这 30 期杂志里，根本找不到萧先生的一篇文章，周刊的版权页也没有你的大名。作为一个周刊的记者，这好像不太正常，你怎么解释？

萧邦怔住。他马上明白这个询问是提前安排好的。

"没词了吧？"警察冷笑，"萧先生，真的假不了，假的真不了。你冒充记者也就罢了，不过冒充记者到大港来四处活动，公然参与调查且动机不明，是违法的。我们早就关注你了，你还有什么话说？"

"警察同志，你也不要咄咄逼人！"萧邦突然提高了声音，"《华夏新闻周刊》的记者，就一定要发表稿件吗？半年不发表稿件的记者，中国就没有吗？"

警察一愣，随即说："那好，你倒是证明你是《华夏新闻周刊》的记者呀？！"

萧邦冷冷一笑："很简单，杂志上有联系电话。你打电话到总编室，问一下不就清楚了吗？"

警察腾地一下站了起来，正要发火。突然，门被推开，一个声音说："小陈，不得对萧先生无礼！"

萧邦转过头，就看见满脸堆笑的靳峰走了进来。

033 | 奇异的刺客

汹涌的激流冲过来。萧邦完全被冲天的海浪淹没了,黑暗吞噬了他。他觉得自己的身体无法阻止地下沉,心却悬了起来。突然,冰冷的刀锋刺入他的肩膀……他打了个寒噤,醒了。

窗外有猛烈的寒风刮过,愈加衬出室内的宁静。萧邦从遥远的梦中醒来,阵痛不断传向大脑,使他迅速清醒。

他慢慢睁开了眼。雪白的墙,雪白的床单,两只大号吊瓶挂在床边的输液架上,导管里正滴着晶亮的液体,墙角一个落地台灯发着微弱的光。他想起来了,是靳峰几乎绑架着把他送到大港市第一人民医院。医生在做了检查后,给他注射了一种药。萧邦感到浑身乏力,很快便昏睡过去了。

他挣扎着想爬起来,但没有成功。这时,他听到了均匀的呼吸声。他将头使劲地勾起来,在床边,一个熟悉的影子正趴在床沿,发出细而匀的鼾声。是叶雁痕。萧邦轻轻地叹息了一声。一个航运帝国的总裁,居然衣不解带地看护自己……身在异乡,遭此劫难,自己又如何不感激?萧邦的脑子又开始胡思乱想了。这是他多年的毛病,只要醒着,就在思考问题。

突然,叶雁痕的肩膀微微动了一下,醒了。她睁开惺忪的睡眼,抬头向吊瓶看去。两只吊瓶中一只已流干,还有一只只剩下三分之一了。"哎呀,你看我……差点误了大事!"叶雁痕歉意地笑了一下,迅速用袖子揩去嘴角上的口水。

"辛苦你了。"萧邦一出声,才发现自己的嗓音有些沙哑,"我怎么睡着啦?"

"呵呵,你都睡了一天两夜了。"叶雁痕恢复了常态,起身轻轻将萧邦扶了起来,在他背后垫了一个枕头,使他能够侧靠在上面。

"你是说,我死过去了几十个小时?"萧邦有些吃惊。

"准确地说，是32个小时。"叶雁痕看了一下表，笑道，"现在是深夜一点。从入院到现在，你一直在昏睡之中。"

萧邦心里叫了一声"糟糕"。这一天多的时间里，又不知发生了什么事！

"谢谢你。"萧邦感激地看着她，"靳副局长呢？"

"他刚刚离开。"叶雁痕说，"他让我看护你，说等你醒后打电话给他，他再过来。"说着，她掏出了手机。

萧邦做了个阻止的手势："先别忙，我有事问你。"

叶雁痕说："你想问，到底是谁对你下的毒手？"

萧邦淡淡一笑："叶总啊，这个你就别问了，肯定不是我自己伤了自己就是了。你现在的处境也很危险，要当心才是啊！"

叶雁痕低下头。昏暗的灯光下，叶雁痕仿佛苍老了十岁。她的眼袋已有点挤压脸庞的意思了，头发也很乱，面色苍白，嘴唇很干。此时的她，哪里像一个航运帝国的总裁？如果说她是一个陪孩子住了三天院的家庭主妇，可能更像一些。

"我已经给爸爸打过电话了。"她眼神闪烁了一下，又黯淡下去，"我已经辞职了，不再是什么叶总了……萧邦，你觉得我做得对吗？"

"也许，你是对的。"萧邦说，"我来大港，是想查出'12·21'海难的真相。可是，查来查去，越来越迷茫，而且还接二连三地死人，一些人因此受到牵连——事情不但没有向好的方面发展，反而越来越糟，我感到很失败……"

"萧邦，你并没有失败。"叶雁痕轻轻地抹了一把眼泪，幽幽地说，"成功和失败的标准，取决于你真正想做的事。"

"我做成了什么事？"萧邦苦笑，"我欠了一屁股债，本想通过调查'12·21'海难翻一下身，可是现在怎么样？真正的幕后黑手仍然逍遥法外，越调查阻力越大，我也陷入了迷茫。"

"我不这么看，萧邦。"叶雁痕止住了眼泪，"正因为你渐渐深入这个天大的谜案,所以使很多心里有鬼的人害怕了,千方百计要置你于死地!这充分说明,他们是怕你的,你已经快要成功了!"

萧邦精神一振。与叶雁痕交往以来,萧邦感到叶雁痕刚才的这句话最有力量。他挣扎着坐了起来,叶雁痕连忙过去扶住他。

"我昏睡的这一天,发生了什么事情?"萧邦问。说出口,他才意识到这句话很不具体,赶紧补充,"我是说,洋洋他们怎么样了?"

"哦,你是说这件事。"叶雁痕回过神来,"洋洋已经和他妈妈在一起了,在警方的保护下仍然住在香格里拉饭店。据舅舅讲,警察已对孟中华和孟欣做了笔录,暂时放他们回家了。"

"那,苏锦帆和小马呢?"

"锦帆暂时代理我的职务。"叶雁痕说,"这是爸爸的意思。爸爸并没有同意我完全辞职,只是说我需要休整一段时间,让锦帆出任代总裁;关于你说的小马,舅舅说他虽然也有嫌疑,但证据不足,先放他出来,再进行监视。"

"王啸岩呢?"

"啸岩没有什么变动,不过他与孟欣的事,爸爸已经知道了,十分恼怒,好像已经打电话警告了他。"

"靳副局长现在在什么地方?我要马上见到他。"萧邦似乎一下来了精神,对叶雁痕说,"请你马上联系他!"

叶雁痕看着十分严肃的萧邦,只得掏出手机,走出了房间。当她准备拨通舅舅的电话时,突然看到一个熟悉的身影,安静地坐在医院走廊的椅子上。是苏锦帆。

林海若举起红酒杯,含笑着又敬了靳峰一杯。这是香格里拉饭店八层的餐厅。餐厅里除了林、靳二人,早已没了食客。靳峰欠身举杯相迎,轻轻地撞了一下林海若手中的高脚酒杯,然后一饮而尽。已是深夜,但林海若看起来毫无倦意,脸色十分光艳,如同一个热恋中的美少女。

"靳局长,我和我家先生不知怎么感谢您才好。"林海若的声音,柔中带脆,胜过任何美妙的音乐,靳峰感觉耳朵里舒服得直痒痒。

"能为林女士和苏老船长做点事,是靳某的荣幸!"靳峰微微一笑,"况且,寻找洋洋是我们警方的分内之事。现在洋洋已经找到,我们会派人送你们母子安全回到青岛。"

"那倒不用了。"林海若含笑道,"洋洋的父亲来电话说,我们给大港警方添了不少麻烦,已经很过意不去了,不能再耽误你们的公务。虽然,您是雁痕的舅舅,讲起来我们还是亲戚,但公是公,私是私。您也知道,洋洋的父亲就是这么一个人,从来都是公私分明的。"

"可是,我怎么能够让你们在毫无保护的情况下回青岛?"靳峰摊开了手,"再说,市领导已特意嘱咐我,要加强安全方面的措施,我不能不执行命令。苏老船长是对国家的航运事业有过特殊贡献的人,又是全国政协委员,享受点特殊待遇,也是应该的嘛!"

"是啊。"林海若并没有直接反驳他,"靳局长,正因为洋洋的父亲是这样一位德高望重的航海家,所以他才特别低调。他常常对我讲,不能搞特殊。如果每一位对国家建设有贡献的人都搞特殊,那么这个国家就乱了嘛!我想,我们还是不要拂逆他的意思吧。"

话说到这个份上,靳峰就不好再说什么了。

"请问林女士,你们准备什么时候起程?"靳峰小心地问。

"那要看萧邦先生的伤什么时候能够好一点。"林海若轻描淡写地说。

"您是说萧邦?"靳峰心里一动,这事怎么扯上萧邦了?但他丝毫没有表现出来,继续说,"萧先生目前住在大港市第一人民医院,已经安睡了一天多。医生说他受的虽然是枪伤,但庆幸的是没有伤着要害,所以我估计三四天内可以行动……"

林海若打断了他:"萧先生配合你们找到了洋洋,但警方似乎没有认定绑架洋洋的罪犯,萧先生遭受枪击的案子也没有定论。靳局长,我可以先将绑架洋洋的事放一放,但萧先生是受我委托,在调查洋洋失踪一案的过程中受的伤,我们苏家不能对有恩于我们的人坐视不管。靳局长,您认为是谁伤害了萧先生呢?"

靳峰感到一阵冷风从心里刮过:这个林海若,果然是心机深沉之人!但他江湖经验老到,岂能被林海若难倒?他清了清嗓子,不紧不慢地说:"林女士,目前这起案子正在调查取证当中,还不能做出准确的判断。您也知道,我国目前正在进行一系列的改革,特别是在司法程序上更民主了。因此,我们办案人员,可以说是戴着镣铐跳舞:一方面要将犯罪分子尽快抓捕归案,另一方面也要保障公民的合法权益。因此,我们调查任何一起案子,都是格外小心的,如果在证据不确凿的情况下随便定性,就有悖于法律的精神。对于萧先生遭到枪击的案子,目前还在怀疑阶段。而且,被怀疑的对象,不止一个人,并且似乎跟你们苏氏家族有些关联,所以我们更要慎重从事,免得冤枉了好人。林女士,我理解您的心情,但我们得按法律程序办事,希望您能理解。"

靳峰的话说得滴水不漏,林海若如果再逼问下去,就显得太无理了。于是,她又举起杯子,浅笑道:"好吧,靳局长是闻名港城的神探,自然心中有数,我就不便多问了,我相信您!我看这样吧,请您转告萧先生,就说我们家苏老船长很想见他一面,一则感谢他此次不惜性命的帮助,二来也正好保护我们母子回青岛。这样,您也就不必担心我们母子的安全了。至于刚才我讲的那些,纯属个人看法,一切由靳局长做主。"

搞了半天,原来就是想让萧邦到青岛去见老爷子!靳峰心里透亮了。他站了起来,对林海若说:"林女士,请放心,这几天你们在大港的安全完全有保障,我已派了便衣保护你们。时间不早了,您也该好好休息了。我还要去医院看看萧先生。"

林海若将他送到电梯口，微笑着挥手告别。靳峰进了电梯。当电梯门快要关闭时，他猛然转过身来，透过那条越来越小的细缝向外看去。他看见林海若那张一直微笑着的脸，突然变得冰冷。

"怎么是你？"叶雁痕看着苏锦帆，忍不住问。

"嫂子感到奇怪？"苏锦帆站了起来，"我想来看看萧邦，不行吗？"

"看你，说到哪儿去了。"叶雁痕说，"不过，萧邦现在刚睡着，我们就在外面聊一会儿吧。"

苏锦帆微微一笑："好吧，嫂子。想不到堂堂总裁，居然当起了护理人员，真是不可思议啊。"

"锦帆，你取笑了。"叶雁痕正色说，"现在你才是总裁，我已经辞职了。"

"都是你向爸爸乱讲，说我能干，害得我压力很大。"今夜的苏锦帆容光焕发，同叶雁痕形成了鲜明的对比。她拉了一把叶雁痕，在她身旁的椅子上坐下，"我开过会了，就说我们的叶总要休假，由我暂时代理几天。呵呵，嫂子啊，你随时回来，位子还是你的。"

叶雁痕正要说话，这时，走廊里一个戴眼镜的护士推着护理车过来了。她看了一眼门牌号，就推车往里面拐。

"干什么？"叶雁痕站起来拦住了她。

"这是312病房吗？"护士问。

"对啊。"叶雁痕说，"这么晚了，还要吃药吗？"

"该换注射液了。"由于戴着厚厚的口罩，护士说话有些含混不清。她没再理会叶雁痕，径直推车进门，反手将门关上了。

叶雁痕这才想起萧邦的那瓶注射液已经快完了，于是没再理会，回头同苏锦帆说话。

"萧邦的伤怎么样？"苏锦帆问。

叶雁痕正想回答她,突然,身后的病房里传来了响动,似乎是瓶子碎了的声音,接着是萧邦的一声大吼:"抓住她!"

叶雁痕和苏锦帆几乎同时跳了起来。还没等她们反应过来,那名护士已夺门而出。还是苏锦帆反应快,伸手去抓那护士,但那护士像泥鳅一样一个滑步,闪开了,掉头向左边的走廊跑去。叶雁痕意识到出了问题,一把推开前面的苏锦帆,拔腿向那名护士追去。可那护士已如疾风般冲向楼梯,"噔噔噔"一阵脚步声,已不见了人影。

叶雁痕惦记着萧邦,赶忙反身进了房间。只见萧邦坐在床沿上,大口地喘着粗气。那支架上的吊瓶已被取下,地板上摔碎了一个瓶子,药液流了一地。那个护理车,已被打翻,那些医疗器具,滚得到处都是。

"到底发生了什么?"叶雁痕惊恐地看着萧邦。

"她想杀了我!"萧邦喘息着说。

034 | 船舵再现

叶雁痕和苏锦帆见面的当儿,萧邦听出了苏锦帆的声音。他知道苏锦帆肯定会闯进来。为了"配合"叶雁痕说自己"刚睡着",他用右肘撑了一下,慢慢地躺了下去,闭上了眼睛。门外隐隐约约地传来叶、苏二人的说话声。萧邦侧耳倾听,但无法听完整一句话。一会儿,房门被打开。萧邦听见了护理车的声响,便知道有护士来换药了。

那护士走得很轻,仿佛怕"惊醒"了萧邦。萧邦将眼皮张了一下,眼睛眯成一条细缝。视线里,那护士拿起一瓶药液,就往输液架上挂。可是,当她将那瓶药液举得与原来的两个空瓶一样高的时候,才发现应该先将空瓶取下,再将新瓶放在塑料网兜里。在这个错误的动作产生后,护士侧头看了一眼床上的萧邦。萧邦没有动静。护士轻嘘了一口气,这才将新瓶摇了摇,再轻轻地拔下了针头,扎进新瓶口,小心翼翼地取下原来的两个吊瓶,再慢慢地挂上去。这一系列动作完成后,她的胸脯很明显地起伏了一下,再回头去看床上的萧邦。萧邦已完全睁开眼睛。让护士吃惊的是,萧邦的右手已将扎在左手手背上的针头拔了出来,那液体正一滴一滴滴在床下的地板上。护士浑身一颤。因为她发现萧邦的眼神像一盏明灯,照得她无处藏身。

"你想用毒液害死我?"萧邦沉声说,"幸好我没有真睡着!"

那女护士只愣了不到两秒,突然从身上摸出一柄匕首,照着萧邦的胸口扎下去!那匕首挟着劲风,眼看就要刺进萧邦的心脏。但当匕首离萧邦的胸口不到半尺时,护士的手腕突然被一只强有力的手托住,动弹不得。萧邦冷笑:"你的功夫还是差一点。"话音未落,那护士突然俯下身,张嘴向萧邦的手背咬去。

萧邦只得松手,突起右腿,踹在护士的腰上。由于劲道太强,那护士仰面后倒,撞翻了支架和护理车。那刚吊上的药瓶,摔在地上,碎了。护士见事情不妙,拔腿飞逃,萧邦便大喊一声:"抓住她……"

叶雁痕冲过来扶起了萧邦,眼神里充满了关切。

萧邦的喘息渐渐平息下来。他向苏锦帆打了个招呼,平静地说:"不要紧,我还死不了。"

这时,一位值班医生慌张地跑进病房,扫了一眼现场,急切地问:"病人怎么样了?"

"我没事,医生。"萧邦此时已完全恢复镇定,"你们的护士受伤了吗?"

"我听到响动,就跑了出来。护士小李被人打晕在值班室里了。"医生说,"连衣服都被人换了,不过没有生命危险。"

很明显,预谋害萧邦的人袭击了女护士,然后换了衣服,再实施"毒液谋杀",其目的是让萧邦不明不白地死在医院。

这个女人是谁?是谁让她来行凶?对方怎么知道我住在大港第一人民医院?萧邦脑子里反复地问着这个问题。而正在这时,靳峰匆匆闯了进来。靳峰闪动着敏锐的眼睛,向医生出示了证件,说:"医生,请您暂时离开。我要和病人私下交谈。"医生看了一眼一片狼藉的病房,轻叹了一声,还是出去了。

靳峰又向叶、苏二人说:"你们也先出去一下吧。"叶雁痕和苏锦帆对望一眼,也出去了,并将房门轻轻关上。

靳峰在床边坐下来,面色凝重地说:"萧先生,现在的情况很不妙,我想知道你的真实想法。"

"靳副局长是大港的名探,又是领导,我听你的。"萧邦表现出配合的姿态,"我知道最近我有麻烦,但我也知道,就算我离开大港,事情还是不会终结。没有终结的事,早晚还会出现麻烦。"

"我并不是说你应该离开大港。"靳峰摆了摆手,换了一种更亲和的口气,"老萧啊,只有当前的几个问题解决了,才能推进'12·21'海难的复查。第一,到底是谁开枪伤了你?第二,刚才又是谁想在医院里置你于死地?"

萧邦微微一笑:"靳副局长,您讲的这两个问题,不是我最关心的。我最关心的问题也是两个:第一,为什么在我刚刚要揭穿马红军和孟中华的阴谋时,警察就出现了?第二,警方为什么要带我到警局并安排人调查我?"

靳峰摸了一下鼻子,含笑道:"实际上,你还想问我更多的问题,譬如我与孟中华到底是什么关系?我曾参加过'12·21'海难调查组,到底对此案知道多少?我再次介入此案,到底意欲何为?甚至你还怀疑,这起海难与我是不是有牵连?对吧?"

萧邦沉吟了一下:"坦率地讲,您讲的这些,我都想过。就目前的情况来看,很多人都想阻止我继续查下去。当然,最有效的阻止是您下一个命令,就像那天那个小警察似的盘问我一番,然后找个理由将我押送回京了事。可是,我奇怪您为什么没有这么做。"

"因为我没有必要这么做。"靳峰笑了,"萧先生并非常人,就算送你回京,你仍然可以再来。再说,像你这样的人,倘若没有一点背景,又如何敢来蹚这池浑水?"

"哦?"萧邦眨了眨眼睛,"靳副局长是说,我萧某人还有背景?不知是什么背景?"

"这个你心头有数。"靳峰仍然在微笑,"除非你自己告诉我,不然我又怎么能问得出来?"

"靳副局长果然目光如炬!"萧邦郑重地赞了一句,"我可以告诉您,我的确受人所托,不然我吃饱没事干,大冷的天跑到大港来干什么?但我不能说出是受谁所托,请靳副局长理解。"

靳峰点了点头:"既然老萧是坦诚的人,老靳也不能在你面前伪装。实话告诉你,老孟的确跟我有比较深的私人交情,但只限于查案办案。我只告诉你一点:老孟也并不是一个简单的人,他也有背景,不到万不得已的时候,我不能查办他。"

萧邦叹道:"当警察非常不易,尤其是在这个复杂的社会里。咱们先不说老孟,我想问靳副局长,在枪击我的问题上,马红军嫌疑最大,可警方为何不审问他?"

靳峰眼里闪烁了一下,但随即又恢复了常态:"应该说,老孟和小马都有嫌疑,因为他们的肩膀上都有刀伤,而且均在同一个位置。我去过你遭到袭击的现场,在洗浴中心试探过老孟,也调查过小马,目前还没有定论。要论起来,老孟害你可能性更大,但他在你被枪击的那天早上明明跟我在一起吃早餐,作案时间不具备;而小马与你远日无冤,近日无仇,作案动机不明,也不能就确定是他。也就是说,有可能真正的凶手还藏在暗处。"他见萧邦嘴角冷笑了一下,又接着说,"当然,老孟与小马也不能排除。"

"靳副局长,我明白了。"萧邦调整了一下靠姿。

"你明白什么了?"靳峰忍不住追问。

"因为小马和老孟都是有背景的人。"萧邦冷笑,"或许,小马的来头比老孟更大。"

"何以见得?"

"小马能够让宋三鞭那样的人做牛做马,能够在大港开一家酒吧、一家洗浴中心和一家色情场所,从未有过涉案记录,就充分说明他不是一般人。再者,他的另一个身份是苏老船长的养子,就更不简单。"萧邦将目光转向靳峰。

靳峰打了个哈哈:"看来,老萧对小马很感兴趣了。关于小马,我对他的了解不如对老孟的了解深。不过,是不是他干的,或者他到底是个什么人物,你马上就有更好的机会去了解了。"

"机会?"萧邦很诧异,"什么机会?"

"我刚刚接受林海若女士的委托,来请你护送他们母子回青岛。"靳峰笑了一下,"这样一来,你就可以零距离接触苏老船长了。这不是你一直期盼的吗?"

萧邦有些激动,但他并没有表露出来,而是很小心地问:"这是林海若的意思,还是您的意思?或者说,是老船长的意思?"

"当然是老船长的意思。"靳峰回答,"老船长想见你一面,所以才特意嘱咐林海若请你当一回保镖。本来,这次护送,我是安排了警力的,但苏老船长似乎有意为你创造一次单独见面的机会。我想,你会很感兴趣。"

萧邦当然感兴趣。"什么时候起程?"萧邦问。

"那得看你恢复的程度。"靳峰说,"林海若女士非常关心你,并责备我没有及时查出枪击你的凶手。"

"我看就明天吧。"萧邦强打精神,"我的伤并无大碍,在此也谢谢靳副局长的关照。"

"不用谢我。"靳峰呵呵笑道,"要谢就谢我的外甥女雁雁吧。她对你可不是一般的好,不仅为你掏了全部住院费用,还亲自照顾你,连我这个当舅舅的,都没享受过这种待遇。"

萧邦哑然。叶雁痕的确对他很好,但这种"好"可能更多是对她自身焦虑的缓解。毕竟,萧邦被枪击多多少少与她有关。当然,比起这些杂事,萧邦更关注案情。随着时间一天天过去,案情似乎变得越来越糟,各方的潜在力量纠缠不清,让他无法理清头绪。靳峰曾是事故调查组主要成员,目前看来亦正亦邪,但有一点是肯定的——他是叶雁痕的舅舅。

想到此处,萧邦突然问:"叶总卧室里出现的那枚船舵,靳副局长知道吧?"说完这句话,萧邦立即觉得是多余的。因为靳峰掌握的线索,肯定比他这个外来的人多。

果然,靳峰的话印证了他的看法:"这枚船舵当然是一种信号,雁雁把它交给我了。"说罢,他伸手入怀,从大衣里掏出这枚船舵,递给萧邦。

船舵很小,但挺沉。萧邦将它放在手心里,仔细地把玩。这真是一件令人叹为观止的工艺品,整个船舵浑然天成,再挑剔的人也不可能从中挑出任何毛病。萧邦将船舵放在鼻子上闻了闻，船舵发出一股淡淡的血腥味。萧邦又用手指头弹了弹船舵的手柄，手柄发出沉沉的声响。看来，船舵并不是空心。这枚船舵是叶雁痕送给苏浚航的礼物，可是，它每次出现，都要发生意外的事，这暗示着什么？它本身有什么秘密？萧邦百思不得其解。

靳峰看了一下手表，对萧邦说："老萧，恕我愚钝，琢磨了好久也没琢磨出什么来。我曾去过大港的航模一条街，那里也有这种类似的船舵模型。说实话，这个船舵，我找技术人员看过了，就是一个普通的船舵模型。船舵曾沾过血，但经过很仔细的处理后，已经查不出成形的指纹。我虽然保留着它，但认为它已经没有多大的用处了。"

萧邦点了点头："既然靳副局长都仔细察看过了，我想我也很难从这上头找出什么线索来。我看这样吧，这个船舵倒是很好玩，反正您也认为没多大用处了，不如留在我这里，做个把玩之物。您看怎么样？"

靳峰呵呵笑了："只要老萧感兴趣，就留给你了。话又说回来，或许你能够从这上头发现什么线索。老萧当过特种兵，是我不能比的。"

萧邦笑了笑："靳副局长客气了。我对侦查这一行，还是个学徒，您就别拿我取笑了。"说完，他将船舵收了起来。

"我看，船舵本身没什么，倒是船舵之外可以找出一些线索来。"靳峰陷入了深思，"譬如，放在雁雁家抽屉里的船舵是怎么消失的？苏锦帆女士是如何拿到这枚船舵的？她为什么要将它还给雁雁？这些事情，总会有一些关联。正好，雁雁和苏锦帆就在外面候着，我去把她们叫进来问问。"

萧邦点点头。靳峰整了整衣衫，起身出去了。靳峰推开了门，正准备叫叶雁痕和苏锦帆，却发现走廊的椅子上坐着另一个女人。这个女人眨巴着忽闪忽闪的眼睛，仰头看着他。她是孟欣。

035 | 嫌疑人现身

叶雁痕和苏锦帆退出病房后，各自找了张椅子坐下。

"锦帆，你认为是谁要害死萧邦？"叶雁痕问。

"我怎么会知道？"苏锦帆一脸惊讶。

"如果我猜得没错，你多少知道一点。"叶雁痕面无表情。

"嫂子，你没发烧吧？"苏锦帆有点生气了，"你是不是经历了这些事，对谁都怀疑啊？"

"你当我是傻子吗？"叶雁痕加重了语气，"固然，你不可能是主谋，但你要是说这些事情你一点都不知道，只有傻子才会相信！"

"嫂子！"苏锦帆有些愠怒了，"我一直尊重你，你别血口喷人！说话要有依据，不能信口开河。"

"那好！"叶雁痕说，"既然都说到这份上了，我就请教你几个问题：那天在你办公室，我猜测萧邦死了，你在没有任何迹象的情况下，表情是那样的肯定。你怎么知道萧邦遭了毒手？除非暗杀萧邦的事你早有耳闻！还有，你怎么那么快就得知萧邦没有死的消息？并且清楚地知道他住在这家医院？如果这几个问题你能够回答我，我向你请罪！"

叶雁痕说完，用眼角的余光观察苏锦帆。出乎意料的是，苏锦帆并没有丝毫的慌乱，而是平静地说："嫂子原来早就疑心我啊！可是，你怎么不早说呢？为何要拖到现在？"

"因为萧邦刚才又险些丧命。"叶雁痕冷笑，"你一出现，萧邦就处在危险当中，这是不是巧合？"

"嫂子，你也在场啊。"苏锦帆耐心地说，"你也看见了，那个护士不是我，我还去追她了。"

"就是因为你追她了，我才更起疑心。"叶雁痕哼了一声，"你看似是去抓她，实际是为了挡住我，好让她逃走。你追她的样子，哪像是追？简直就是送别！还有一个疑点，当那个假护士进入房间时，你心神不宁。虽然跟我说着话，但有一半的注意力都在留心病房里的动静。因此，你的突然出现，是为了掩护和接应那名想谋杀萧邦的假护士，对不对？"

苏锦帆冷笑："照你所说，我成了谋害萧邦的主角。请问，我为什么要杀害萧邦？对我有什么好处吗？"

"你自己最清楚。"叶雁痕也冷笑回应，"我并没有说你是主角，但你不可能一点都不知情。这些年，你隐瞒了我许多事，你并不是大家所看到的那么单纯。"

"哦？"苏锦帆笑了，"嫂子你真逗。我隐瞒你？可我为什么要将所有的事情都告诉你？我有这个义务吗？在我大哥的死因上，你怎么不一五一十地告诉我？要说起来，恐怕你才是始作俑者吧？"

"呵，你还真厉害呀！"叶雁痕也笑了，"不就是大家猜测我有谋害亲夫的嫌疑吗？可是证据呢？光猜测谁不会？"

"好！"苏锦帆说，"那你说我有什么事情瞒着你，你也拿出证据来呀！"

"别的就不说了，单说这个小马吧。"叶雁痕沉声说，"本来，我作为苏家的媳妇，应该知道有这么一个弟弟吧？可是这些年，你们讳莫如深，决不透露半点口风，是为你们家族的势力埋下一个伏笔吧？小马在大港活动了好几年，开了酒吧和洗浴中心，暗中监视任何对苏家不利的人。这个小马，跟你虽然并非亲姐弟，但胜似亲姐弟。你的任何指令，他都会不折不扣地执行。我想，在萧邦被枪击这件事情上，小马恐怕难逃干系吧？"

苏锦帆浑身一震。看来这位嫂子幕后活动的能力，超出了她的想象。但事已至此，也没必要再装下去了："嫂子，没想到你也是幕后活动的高手。以前，我一直同情你，认为你不可能有暗害哥哥的可能。但你今天的表现，让我既吃惊又失望。我现在已经断定，我哥哥就是你害死的！因为你有这个能力！"

叶雁痕冷笑："你哥哥的确该死！但我并没有谋害他，是他自己该死！！"

苏锦帆正要答话，忽然一个低沉的男中音在楼道尽头说："生又何欢？死又何惧？"

是苏浚航的声音！叶雁痕和苏锦帆几乎同时站起，向楼道尽头跑去。只听"咚咚"的脚步声从楼梯口传来。苏、叶二人想都没想，便追了下去。

医院门前很寂静，没有人。冷风吹来，叶雁痕打了个寒战。突然，停在医院门前的一辆黑色出租车启动了。一条黑影打开车门，钻了进去。车发动了。苏、叶二人快步跑向自己的车，发动引擎，追随出租车而去。

"小孟，你怎么会在这里？"靳峰对楼道里的孟欣说，"雁雁和锦帆呢？"

"我没看见她们呀，靳局长。"孟欣说，"我听说萧大哥在这里住院，便赶过来看看他。"

正在这时，靳峰的手机响了。他对孟欣说："你自己进去吧。他在里面。"然后，便走到楼道的尽头去接电话。

萧邦打了个哈欠，就看见孟欣走了进来。他将腿挪了挪，示意孟欣坐下。

"听说你住在这里，我就一直想来看你。"孟欣眼里满是关切。

"谢谢你。"萧邦说，"没什么事了。要不是你那天及时帮我处理，恐怕伤口会感染，现在或许已经不能说话了。"

"我欠你的，萧大哥。"孟欣眼里有雾。

萧邦害怕孟欣扯远，急忙转移了话题："你叔叔呢？"

"他?"孟欣叹了口气说,"他也受了伤,在疗养。"

"本来我不该问你。但我还是忍不住问一句:你叔叔肩膀上的伤是怎么回事?"萧邦看着孟欣。

孟欣回应着他的目光:"我正是来告诉你这件事的。"她顿了顿,继续说,"就在你遭到枪击的那天,叔叔去了一趟大港市天香娱乐城……"

"天香娱乐城?"萧邦问,"你叔叔去那里干什么?"

孟欣将头压得更低:"我实在不好意思说出来……那里,是大港最有名的色情场所……"

萧邦似乎明白了。

那天,孟中华告别靳峰后,很无聊地钻进了车里,用一根木质牙签仔细地剔着牙。手包里传来悦耳的铃声。他掏出手机一看,是一条短信:

  10点半,老地方见。阿梅。

阿梅是天香娱乐城的歌厅经理,自从与孟中华有染后,便成了他的眼线。老孟在这里获得的情报,比其他地方要多得多,也准确得多。阿梅总结得好:男人最大的毛病,就是容易向陌生女人显摆自己的秘密。孟中华每次到天香娱乐城去,都能获得一些意想不到的秘密。这些秘密涉及官场和商界,往往能让孟中华在办案中出奇制胜。当然,他也在阿梅身上花了不少钱,因为阿梅的兼职工作做得实在太出色了。

看完短信,孟中华一阵兴奋。今天,或许又有什么意想不到的重要消息!因为阿梅每次发短信给他,必有重要情报。当孟中华准时到达天香娱乐城时,阿梅已笑吟吟地在厅里等他了。他随阿梅到了二楼的歌厅。正是上午,整个二楼没有客人,弥漫着一种阴冷的气息,其间夹杂着呛人的烟味和汗臭味。阿梅打开了一个房间,拉着老孟坐在一个很宽的大沙发上。

孟中华捏了一把阿梅的脸蛋,两腿之间就有些热了。阿梅媚笑着坐在他的大腿上,亲了他一口,然后将他的外衣脱了下来。孟中华浑身发热,便去解阿梅的扣子。阿梅轻轻地推开了他:"亲爱的孟老板,你猜猜,今天我将给你什么惊喜?"

孟中华嘿嘿地笑着,色眯眯地说:"宝宝,你已经不能再给我什么惊喜了……"

"孟老板,你错了。"阿梅仍然在媚笑,"今天我给你的惊喜,是你想不到的……"

孟中华正要继续调笑,突然,阿梅抱着他脖子的右手迅疾地从沙发的靠背后面抽出一柄匕首,照着孟中华的右臂扎了下去……老孟在剧痛中睁大了眼睛。阿梅这个举动太令他吃惊了。他迅速做出反应,但阿梅的手更快,已抽出匕首,将它很准确地横在他的肥脖子上。

"你要敢乱动,老娘就要了你的命!"阿梅的媚眼瞬间变得阴冷可怕。

"你……为什么……"孟中华刚才涌动的热血此时已变得冰凉。

"你这头肥猪!"阿梅朝他的脸上啐了一口,"占老娘的便宜占够了吧?今天也让你尝尝老娘的厉害!"

"你……你究竟想干什么?"孟中华在钻心的疼痛中彻底清醒了。他估摸着,这个丧心病狂的女人是想敲诈他的钱。他下了狠心:只要这个臭女人放了自己,可以先答应,然后再想办法。

"老娘问你,你认识王啸岩吧?"阿梅恶狠狠地说。

这个问题又出乎老孟的意料:"认识,怎么啦?"他想用手拨开匕首,无奈那匕首压得更紧了。老孟感到那种刺骨的寒正向他的肌肤渗透。

"实话告诉你,王啸岩的处男之身,是老娘给破的!"阿梅冷冷地说,"可是,这小子现在已经不来找我了。你知道这是为什么?"

"又不是我不让他来了,我怎么知道?"孟中华说,"这跟我有关系吗?"

"哼!跟你没关系?你看看这是什么。"阿梅从衣服里拿出一张光盘,在孟中华眼前晃了一下,"你自己回去看看吧!"

阿梅将光盘扔下,顺便又扔给他一卷崭新的纱布。没等孟中华反应过来,她已收起匕首,出了包房。

孟中华像做了一场噩梦一般。说真的,久经风浪的他,对肩膀上扎得并不深的一点小伤并不在乎,但他搞不清阿梅为何说翻脸就翻脸。他解开衣服,将阿梅为他准备好的纱布缠在伤口上。伤口并不深,但仍然疼痛难忍。他悻悻地下了楼,好奇心使他急急忙忙地赶回公司,将光盘放进电脑播放。画面里果然有王啸岩,他正在与侄女小欣做爱。孟中华愤怒了。

当然,孟欣对萧邦的讲述并没有那么详细,特别是关于光盘的细节根本没有提及。而孟欣知道这件事,是孟中华在出了公安局大门后,为证实自己没有伤害萧邦而对孟欣讲的。孟中华对孟欣讲的另一层意思,也是想刺激孟欣一下,让孟欣知道他还有别的女人。虽然,这个女人已彻底不可靠,不过是马红军的一颗棋子罢了。

孟欣倒满不在乎。她问叔叔:为什么不向萧邦解释清楚呢?

孟中华摊了摊手:这明明是马红军设下的圈套嘛!我说我在娱乐城遭到一个"妈咪"的暗算,怎么说得出口?又有谁会相信?况且,小马当时也在场,我不能说。我是哑巴吃黄连,有苦说不出啊!

萧邦听孟欣简要地叙述完,微闭上眼睛,似乎在思考着什么。

孟欣扫了一眼病房里乱七八糟的东西,有些吃惊地问:"这里发生了什么吗?"

"有人想杀我。"萧邦说,"想用毒液杀我。"随即,他将过程讲了一遍。

"为什么？"孟欣睁大了眼睛，"为什么总有人想杀你？"

"我也不知道为什么有人看上了我的命。今晚来的杀手是个女的，身手不错。"萧邦叹了口气，"一个女人，如果有好的身手，并不是一件幸运的事。"

"刚才我看到靳局了，他是不是已将那个女杀手抓了起来？"孟欣眨巴着眼睛问。

"跑了。"萧邦说，"她早已做好了全身而退的准备，不然她也不会来。"

孟欣开始咬嘴唇，似乎在思考。突然，她像有了重大发现一样，有些惊喜地说："我想，一定是她！"

"谁？"萧邦问。

"就是那个阿梅！"孟欣肯定地说，"据叔叔讲，她用的是匕首，而且手法极其干净利落。这件事情一联系起来，就八九不离十了！"

"哦？"萧邦随着她的思路想了一下，"你是说，这一切仍然是小马在暗中操作？"

"是啊。"孟欣说，"据我们调查，大港天香娱乐城也是小马开的，那个阿梅自然是他的手下。小马在对你实施枪击后，认为你必死无疑。像你这样的人物突然在大港消失，一定会引起警方的注意，因此他要找个背黑锅的。于是，他就安排阿梅引诱叔叔上钩，在小马受伤的同一位置下了刀，伪造了证据。然后，他再将这个消息通过其他方式告诉靳局，靳局就在洗浴中心试探叔叔。接着，他又安排洋洋出现在我的房间里，使我们叔侄百口莫辩，走投无路。可是人算不如天算，没想到你居然没死，而且选择了我家作为疗伤的地方，揭穿了他的阴谋。这样一来，只要你出来做证，他就难逃法网。在情急之下，他找到阿梅，趁你在住院疗伤的时候，痛下杀手，来个死无对证！"

萧邦静静地听着。等孟欣讲完，他才淡淡地说："你的分析，倒也入情入理。只是，小马为什么要杀我呢？"

"这个……只有小马才清楚。"孟欣说，"你在我家时，已经说过，你在遭到枪击时听出了小马的声音。那么，他在第一次杀你没有得逞后，继续实施第二次，也在情理之中。"

萧邦突然叹了口气，道："可惜，我这个人有时不相信分析，只相信直觉，我自己的直觉。"

孟欣在听。但她的两只手很不自在地互相交叉着。

"第一次有可能是小马所为。但第二次，决不会是你说的那个阿梅！"萧邦突然沉声说。

"那……是谁？"孟欣突然有些紧张。

"是你！"萧邦定定地看着她。

孟欣的瞳孔突然收缩。

叶雁痕和苏锦帆一前一后追随着那辆出租车上了大街。那辆出租车开得极快,驶过长长的街道,一直向大港市郊的大港新区驶去。大约十五分钟后,出租车突然拐进一个阴暗的胡同。由于车速很快,叶雁痕来不及拐弯,直往前冲。等她减速掉头时,出租车已驶入胡同深处。叶雁痕掉头拐进黑沉沉的胡同,见那辆出租车停了下来,打着尾灯。叶雁痕一踩刹车,也跟着停了下来。她从反光镜里看见,苏锦帆也停下来,并打开了车门,向出租车奔去。叶雁痕咬了咬牙,只得下车。但当二人接近出租车时,那司机也下了车,站在寒风里。

"车上的人呢?"苏锦帆冲那个中年出租车司机嚷道。

"走了。"那司机淡淡地说。

"走了?"苏锦帆的火暴脾气上来了,"你让他走了?你没看见我们在追他吗?"

"我管得着吗?"那司机没好气地说,"谁给钱,谁就是爷!乘客就是上帝,他要走,我为什么要拦他?"

叶雁痕没有说话。她将目光向车里投去,车里黑沉沉的,什么也看不清。苏锦帆气得有点发抖,但她毫无办法,出租车司机说的也有道理。

"请问这位先生,刚才那位乘客没留下什么话吗?"叶雁痕丌了口。

"嗯,这位女士倒很懂礼貌嘛。"那出租车司机嘿嘿笑了,"刚才那位客人说了,后面跟来的两位女士都是大老板,所以让我向二位讨点赏钱。"

"你想敲诈?"苏锦帆又气不打一处来。

"要多少?"叶雁痕却心平气和地问。

"不多,两个亿。"那司机嘿嘿笑了。

"你有病啊！"苏锦帆快跳起来了。

"请你别开玩笑，"叶雁痕寒起脸，"我们俩的命加起来，也不值这么多！"

"二位别紧张，我说的不是人民币。"那司机又嘿嘿地笑了。

"难道是美元？"苏锦帆哼了一声。

"是冥币。"那司机也哼了一声，"那位先生让我转告二位，向二位讨点钱，买面值两亿的冥币，烧给已死的人和即将要死的人。"

叶雁痕一惊，看来这个司机话中有话。

"已死的人是谁？即将要死的人又是谁？"苏锦帆问。

"那位先生没告诉我已死的人是谁，但他告诉我，即将要死的人，与二位女士相当熟！"那司机皮笑肉不笑地说。

叶雁痕打了个寒战。不知为何，她脑子里突然想起萧邦。萧邦受了重伤，刚才差点送命，正处在危险中。那么，现在……她掏出电话，迅速地拨通了靳峰的电话。电话通了，靳峰在那头说："雁雁，我正准备找你呢，你怎么不在医院？"

"舅舅，你在哪里？"叶雁痕急切地说，"在医院吗？"

"不在。我出来了，有点急事。你在哪里？"靳峰问。

"我在大港新区……"叶雁痕觉得这事三言两语说不清，"这里……有一辆值得怀疑的出租车……"她掉头看那个司机。但那个司机却将身子一缩，进了出租车，发动引擎，一溜烟跑了。

"遇到麻烦了吗？"靳峰显然有些着急。

"没……没事。"叶雁痕显得更着急，"舅舅，只有萧邦一个人在医院里吗？"

"孟欣在那里。"靳峰说，"到底是怎么回事？"

"没事，我马上回医院。"叶雁痕感到一阵发晕。她挂了电话。

"锦帆，你是跟我回医院，还是回家？"叶雁痕问呆立在那里的苏锦帆。

"随便。"苏锦帆向自己的车走去。

孟欣的脸色变得苍白。她定定地看着萧邦,嘴唇哆嗦了一下,将要说的话生生咽了回去。她对萧邦刚才的判断,既没有承认,也没有否认。

病房内安静下来。萧邦叹了口气,道:"孟小姐,其实你并不是真的想杀我,否则又怎么会故意露出破绽?"

"我故意露出了破绽?"孟欣终于开口了。

萧邦深吸了口气,缓缓说道:"你化装成护士进入病房时,故意将护理车推得很响,以引起我的注意,因为你担心我真的睡着了,这是第一个信号;第二个信号,你在挂吊瓶时,故意显露出生手容易犯的错误,没有先将原来的吊瓶取下来,因为你用眼角的余光已经瞥见我微微睁开了眼睛;第三个信号,你故意将新瓶摇了摇,让我看见新瓶里泛起异样的水花,意在暗示我此溶液有毒。然后,你才慢慢地将针头扎进毒液里,好让我有足够的时间拔下左手手背上的针头。做完这些,你做出很吃惊的样子看着我,然后拔出匕首向我刺来。以你的功夫,完全可以攻击我的伤处。可是你却故意将匕首刺向我的胸口,以便我防范。所有的这一切,都说明你是故意要留我这条命,因此设计了这几个破绽。"

孟欣的表情,好像是在听萧邦讲故事。等萧邦说完,她才说:"我既然是要来杀你的,为何要故意留下这些破绽呢?这岂不是多此一举?"

"因为你必须来。"萧邦说,"在暗杀我这个问题上,你似乎已别无选择。你这样做,是想让指使你的人相信,由于我的防范很严密,所以暗杀行动失败了。"

孟欣的肩膀微微抖动了一下。她回避着萧邦的目光,涩声说:"难道你真的什么事情都知道,什么细节都能识破吗?"

"事实上,一开始我虽然嗅出了杀气,但并不能确定是你。"萧邦说,"可是,当托着你的手时,我已断定是你。否则,你又怎么能够从我的手里逃脱?"

孟欣一震,颤声问:"你怎么能够断定是我?"

"因为同样的一只手,曾救过我的命。"萧邦叹了口气,"是这只手,将我的伤口洗干净,将我体内的子弹挑出来,为我包扎伤口。这样的事,我一辈子都不会忘记!"

孟欣的双肩已开始抖动。她再也忍不住,任凭泪珠滚出眼眶。"萧大哥,你知道吗?我去而复返,支开了靳局和叶雁痕她们,还是要来杀你!"她使劲地咬了一下嘴唇。

"我知道。"萧邦说,"我的命是你救的,按理说,我应该让你拿走。可是,我刚才挑明此事,就是要告诉你,我要活下去。因为,'12·21'海难还没有告破,我不能死!你知道吗?我并不是怕死,而是我不能死!"

"你是要我放过你?"孟欣抹了一把眼泪,看了看表,急切地说,"萧大哥,既然我去而复返,就必须要你的命,否则……"

"否则,你就得死。"萧邦又叹息了一声,"这之间好像别无选择!"

"只有一个选择,"孟欣扑通一下给萧邦跪下了,"萧大哥,只要你答应我,离开大港,永远不要再参与这场海难的调查,我就会放过你!萧大哥,我求你了!"

看着声泪俱下的孟欣,萧邦心里一片茫然。但这种悲悯被更大的责任所淹没。"不行!"他沉声说。

孟欣突然将手伸进后腰,摸出一把小巧的手枪,对准了萧邦。"你不要逼我……"她的手指已扣上了扳机……

叶雁痕疯了一样加大油门。宝马像离弦之箭射过城区,在医院门前停下。她三步并作两步，上了三楼，推开了房门。房间里，一名医生负手站在病床前，一名护士正在收拾床铺。床铺上没有人。萧邦已不知去向。

叶雁痕一把抓住医生的胳膊，大声叫道："病人呢？"

"我也不知道。"医生很疲惫地打了个哈欠，"我在值班室看书，听到这个病房里有一声尖叫，便同护士一起过来看个究竟。可是，当我们走进这个房间时，病人就不见了。"

"什么时候的事？"叶雁痕问。

"几分钟以前吧。"那医生很奇怪地打量着她，"叶总，这个病人是您什么人？怪怪的。我可是遵照您的吩咐，让他住最好的病房，用了最好的药……"

叶雁痕没兴趣听她啰唆，只是说了声"谢谢"，便冲出房间，下了楼。靳峰正从车上下来，与叶雁痕撞个满怀。

"怎么啦？雁雁？"他有些吃惊地问。

"萧邦不见了。"叶雁痕快要哭出声来，"一定是孟欣这个贱人对他下毒手了……"

"不要着急！"靳峰拍了拍她的肩膀，"你先回去休息，我负责帮你找到萧邦。"

萧邦将靳峰给他的大衣裹在身上，迎风而行。长街很静，静得能听见自己踩碎冰碴的声音。

几分钟前，孟欣用枪指着他。

"你只要一开枪，就会被抓住，你也活不了！"萧邦沉声说。

"你不要逼我……"孟欣握枪的手在晃。

萧邦担心手枪走火，干脆闭上眼睛。面对枪，自己又受了重伤，他毫无办法。突然，孟欣哭出声来。萧邦感觉孟欣扑上来，紧紧地抱住了他，在他脸上狠狠地亲了一下。当他睁开眼睛时，孟欣已冲出了房间。

萧邦心里一阵酸痛。他知道,孟欣没有杀他,她这一去,必遭凶险。他想也没想,一下坐了起来,挣扎着将靳峰给他的大衣穿在身上,套上鞋子,轻轻地出了病房。医院在酣睡,没有一点声音。他迅速下了楼,出了医院。大街上空无一人,昏黄的路灯像恹恹欲睡的老人,萧邦感到一阵眩晕。他抬眼望去。在左前方100米左右的胡同口,似乎有一条纤细的人影一闪。难道是孟欣?他想也没想,追了上去。他要找到孟欣,想办法帮她摆脱控制。他冲进了胡同口。胡同很深,两边都是高墙,越往里走残雪越多。经过两天太阳的曝晒,积雪还没有融化,说明这条胡同人迹罕至。

萧邦喷出一口热气。他突然觉得,空气里有一种异于寒流的东西正向他射过来。他停下了脚步。果然,淡淡的星光下,一条纤细的人影立在他的前方,仿佛一根早就钉在那里的木桩。萧邦的眼睛闪了一下,立即辨别出这条人影不是孟欣,而是上次在地下室与他交手的那个瘦子。在能见度如此低的晚上,此人居然还戴着墨镜。紧接着,身后传来了细微的脚步声。萧邦转过头,就看见一胖一瘦两条汉子慢慢地向他走来。

萧邦站定,深深地吸了一口寒冷的空气,然后轻轻地耸了耸肩。肩头的疼痛,使他更加清醒。

"别来无恙?萧大侦探!"前面那个戴墨镜的瘦子冷冷地说。

"有恙,而且是大恙,差点被人一枪打死了。"萧邦居然打了个哈哈,"原来是李二哥、杨三哥和许四哥啊!"

"哼,算你还有点眼力!"李二哥冷笑,"上次饶你不死,想不到你还是不长记性,还要追查什么海难,结果差点把小命丢掉。兄弟们看你太辛苦了,今天特意来慰问慰问你。"

"感谢三位老大的好意。"萧邦展颜一笑,"我看,三位老大今天这架势好像不是来慰问的,倒是我应该向李二哥问候。"

"问候我？"李二哥一脸狐疑，"老子有什么好问候的？"

"上次你为了吓唬王啸岩，切掉了自己一根手指，不知好了没有？"萧邦哈哈大笑，"据说当时你出门后飞跑向医院，不过还是晚了一点。虽然接上了，但到现在还伸不直，是真的吗？以后不要开这种玩笑了，都一把年纪的人了。"

李二哥咬了一下牙，低头看了一眼还缠着纱布的左手，恨声道："萧邦，如果今天你能走出这个胡同，老子要是再出来混，就是王八蛋！"

萧邦突然收起笑，冷冷地说："李老二，别以为你那几下子就能出来混。你是被人利用了，你忘了你们老大临死时说的话吗？他叫你们过安分日子，不要走他的老路。你认为你找到了新的靠山，就可以胡作非为？念你也算条汉子，你领着杨三、许四赶紧走人吧！"

胖子许四怒喝一声，突然从背后拦腰抱向萧邦。萧邦脚步一移，许胖子扑了个空。紧接着杨三晃了一下身形，欺身而进，突然一个深蹲，疾伸右腿，猛扫萧邦下盘。萧邦根本没有看他，腾空一跃，稳稳站在地上，眼睛始终盯着李二。这几个动作如电光石火。然而李二仍然没有动，死死盯住萧邦。杨三、许四一击没有得手，见老二没有动静，便各自站好方位，伺机而动。空气似乎就要凝结。四人木桩似的站着，没有人动，谁也不再说话。

这样僵持了三四分钟，那李二突然轻吁了一声。这吁声似乎是三人的暗号，但见三条人影迅疾地扑向萧邦。李二率先出手，铁爪般的右手直攻萧邦咽喉；杨三飞起连环腿，攻击萧邦腰部，许四半蹲身体，猛扫萧邦下盘——三人从各方封死了萧邦的退路。让三人没想到的是，萧邦居然半步都没有挪动。但见他疾伸右手，一把抓住了李二形如铁钩的右掌；左手一探，刚好抓住了杨三的脚腕；而许四的扫腿，结结实实地击打在他的小腿肚上。只听"咔"的一声，李二的手指折了四根；杨三突然觉得身子一轻，被萧邦直接扔了出去；许四更惨，他感到自己的胫骨打在了一根铁棍上，顿时抱着小腿，疼得坐在地上。

战斗在一瞬间就分出了胜负。李二和许四一个伤了手,一个伤了腿。杨三摔在地上,半天没爬起来。

李二用还未痊愈的左手握着受伤的右手,咬牙道:"你……没有受伤?"

"我受伤了,但对付你们几个,还是绰绰有余!"萧邦冷笑。

"那……上次在地下室,你……你怎么输了?"李二还是不信。

"那是我故意让你们赢的。"萧邦说,"因为那时我并不知道你们的来历,需要时间调查你们,因此给你们留了一条活路。"

"那……现在呢?"李二双手均已不能再动,他的信心已失。

"现在的情况有所不同。"萧邦说,"因为我已经清楚了你们的来历。你们来大港的主要任务,就是跟踪和监视我的行动,阻止我进行调查,必要时会对我下毒手。如果我猜得不错,你们在我住院后就守在医院附近了。如果我没有被人弄死在医院,就是你们的事,对吧?"

李二哼了一声:"萧邦,算你能耐!但我实话告诉你,如果你不滚出大港,就会死无葬身之地!"

萧邦懒洋洋地伸了一下脖子,对李二说:"这个,李二哥就甭操心了。至少,现在我还活得好好的,而你们几个的情况似乎并不太好。"说着,他缓缓地走向李二。

萧邦的手突然一伸,完全模仿李二刚才的招数,准确地卡住了他的咽喉。李二疾出右腿,猛扫萧邦腰部。但萧邦一提膝,就化解了他的边腿。突然,身后一阵寒风刮过。萧邦一侧身,顺手一带李二,杨三的腾空侧踹正好踢在李二瘦弱的胸脯上。由于萧邦并未放手,这一脚踢得实在,李二忍不住惨叫了一声。已爬起来的许四狂吼一声,猛扑过来。萧邦往右一闪,左肘铁杵似的击在许四的胸口。许四立马瘫软在地上。而萧邦捏着李二咽喉的手并没有松开,而是加大了力度。李二喉头发出"咕咕"的声响。

萧邦这才稍微松了一点劲,冷冷地说:"李二,你只要说出谁在指使你，我就放了你们哥仨！"

李二喘了口气。微弱的星光下，李二额头上冒出了汗珠。他终于从喉咙里蹦出一句话："要我们兄弟当叛徒，你休想！有种你就杀了我们！"

萧邦哼了一声，手指突然用力，李二那张瘦脸顿时扭曲变形，有如鬼魅。他使劲张着嘴，紧咬着牙，鼻孔像个风箱，呼呼直冒热气。

萧邦突然动了恻隐之心。他叹了口气，松开手，对李二说："你也是条汉子，我不必侮辱你，至少你比那些放冷枪的人值得尊重。你们走吧。"

杨三走过去扶着李二，拉起了愤怒的许胖子。三人不再说一句话，互相搀扶着，慢慢地走向胡同口。等他们的脚步声完全消失，萧邦才一屁股坐在地上。他从衣袋里摸出纸巾，轻轻地伸进腋下。那里，鲜血在汇聚。显然，经过剧烈的运动，他的伤口迸裂了。然后，他又费力地撩起了裤腿。淡淡的星光下，他的小腿已肿得像一个馒头。他叹息了一声，暗道侥幸。倘若三人的心理防线不过早崩溃，自己怕是很难再坚持下去了。肩头和小腿的痛互相作用，使他流出了冷汗。他略一思忖，决定走出胡同口，设法找个地方处理自己的伤。

正当他挣扎着准备站起来时，一个冷涩的声音在暗处响起："萧先生，既然伤口已经迸裂，就让我来替你治治吧！"

萧邦一回头，就看见一条人影幽灵般从暗处闪了出来。

037 | 死地

寒风刮过,天上仅有的几颗星星均已被阴云吞噬。

萧邦暗暗叫苦。以他的听力,居然没有觉察到来人的行踪,可见其功夫绝不在他之下。当前,自己创口迸裂,小腿受伤,给了敌手一个可乘之机。

黑影幽灵似的慢慢逼近,在离萧邦六七步远的地方停下。但萧邦仍然看不清他的脸,因为他只将一个挺拔的背影对着萧邦。

萧邦仍然坐在地上,一动不动。良久,他才叹了口气:"马先生,要想杀我,现在就是最好的机会,我已没有还手之力了。"

那人转身,果然就是小马。小马的眼睛很亮,是那种兴奋的刺亮。他的眼神射向萧邦,脚步也缓缓地移动。在离萧邦两步远的地方,他停止前进,很有耐心地蹲下身来。那神情,很像阔别多年的老战友,准备向有着生死之交的兄弟说两句掏心窝子的话。

"萧先生,能请教您一个问题吗?"小马问。他今夜穿一身黑色的劲装,连运动鞋都是黑色的,显得神秘而冷酷。

"能回答马先生的问题,是萧某的荣幸。"萧邦终于忍不住咳嗽了一声。

"您知道在通常情况下,猫一旦抓住了老鼠,都会玩半天再慢慢咬死吃掉,请问这是为什么?"小马皱了一下眉头,"这个问题困扰了我许多年,一直没有完美的答案。我听说萧先生见闻广博,故有此一问,还请萧先生不吝赐教!"

一股烈焰陡然从萧邦心头燃起,但又被他强压了下去。他微微一笑:"马先生,那是猫在向主人表演它的耐心和炫耀它的功绩。当猫确定老鼠再也逃不出掌心时,才会故意显露这种耐心。而事实上,猫是最没有耐心的。"

"回答正确!"小马张开嘴,白亮而整齐的牙在黑暗里闪着光,

"这个现象说明,只有胜利者才会有耐心,而失败者必定急躁得很。"

"马先生是说,我很急躁?"萧邦问。

"你已知道自己这次是活不成了,想求速死。"小马收起笑,冷冷地说,"不过你也知道,现在的猫抓一只老鼠也不容易,尤其是逮住了一只精明的硕鼠!所以,我还想玩玩……""玩"字的半截还在小马的喉咙里,他已出手。

他的铁拳准确无误地打到萧邦受伤的左臂上。萧邦居然没有躲。也许,他已无力再躲。这一拳虽不能称为重若千钧,但即使打在壮汉身上也叫人无法承受。萧邦本来是坐着的,这时不得不倒在地上,大声咳嗽。

小马收拳,又蹲回原来的地方,笑呵呵地看着萧邦在那里挣扎。"如果我记得没错,那一枪就是打在这个位置。"他嘘了口气,"本来,我瞄准的地方,应该再往右边位移六寸左右,可惜你跑得实在太快了。我为我没有一枪将你送上西天而让你受这么多罪深表歉意!但我保证,这次我不会再失手了。天亮前,你不会再有痛苦。一切都要结束了!"

萧邦双手按地,艰难地撑起身子,又坐了下来。

刚才与李二兄弟一战,他已耗尽了全身力气;面对野狼一样的小马,他已没有任何办法。

"我猜,像你这样的人倒不是怕死,而是怕不明不白地死,对吧?"小马歪着头,看着满脸流汗的萧邦,"你想知道一些事情的真相,而且非常想!"

"马先生说得对极了。"萧邦深深吸了口气,努力使自己清醒一些,"不过我猜,马先生未必肯告诉我。"

小马哈哈大笑:"萧先生果然是聪明人!我小马再蠢,也不至于对一个毫无还手之力的人讲他最想知道的事情。"

"可是,我也知道你不会马上要了我的命。"萧邦居然笑了,"因为我知道的事情，你并不完全知道，你需要在结果我之前知道一些秘密。"

"哦？"小马将手抱在胸前，"我想知道的秘密？你有多少秘密可以让我感兴趣？"

"不多，但至少有三点。"萧邦缓缓地说。

"哪三点？"小马似乎有点兴趣了。

"第一点，你到目前为止，还不清楚我的来历，你很想知道。虽然，你已调查过我，但几乎没有结果。"萧邦说，"你第一次开枪杀我，也算'迫不得已'吧。如果我不再参与海难的调查，知难而退，就不会有性命之忧。"

"呵呵，听起来好像有些道理。但不管你是什么来历，你已必死无疑，我调查你干什么？谁会对死人感兴趣？"小马有些不屑。

"我是死是活并不重要，重要的是死人旁边还有活人！"萧邦加重了语气，"'12·21'海难死了那么多人，可是为什么我一参与调查，你们就紧张了呢？是因为你们并不清楚这活着的人当中，到底有哪些人高度关注此案，你们就害怕了！你们可以杀死我，但你们也知道，我既然敢来大港，就有手段将我所了解的一切及时传送出去。因此，你现在就算弄死我，也无济于事，因为还有无数个萧邦会继续调查此案，直到真相大白于天下！"说到后面，萧邦的语气变得斩钉截铁。

小马果然怔了一下，但他马上变得镇静。"萧先生，你也别拿大话来吓唬我！"他哼了一声，"我这些年也受过这些所谓的伸张正义的教育，但最后发现不过是一个天大的谎言。这个世界变了，没有所谓的正义和邪恶，只有事实上的成功与失败！成王败寇，是人类生存法则。我不管你是谁，到今天这一步，是你咎由自取！好了，第一点对我无效，请说第二点。"

"第二点，你并不知道有三位举足轻重的人物将对你采取什么行动，甚至你还不清楚他们站在什么立场上。"萧邦苍白的脸上露出了笑容。

"你说的是哪三位？"小马有些急躁了。

"靳峰、孟中华和王啸岩。"萧邦回答。

"呵呵，萧先生是说这三个人将会为难我？"小马冷笑，"难道这三个人也掌握了什么秘密？"

"马先生，你就不要装了。"萧邦说，"这三个人，各自有其秘密，但三人又互相猜忌，并不是同路人，各自都有自己的势力。靳峰就不用说了，在警界的手段如何，想必你也知道。现在的问题是：靳大侦探从未就任何有关海难的事情表过态。他到底是想捂着这起海难，还是伺机破解这起海难？不得而知。人的可怕就在于他的动机不明，靳峰在长达两年的时间里，掌握了很多与海难有关的第一手材料，这难道不可怕吗？至于老孟，你别以为你上次将他击败了。老孟号称'孟神通'，其地下势力绝不比你弱。虽然，在很多事情上，他似乎处在下风，显得被动，但你见过一个总处在下风的人却总是毫发无损吗？老孟显然是装疯卖傻的高手，总让人感觉他智商不高，无非是打肿脸充胖子，而事实上他的地下调查集团却在稳步扩张，这就是老孟的可怕之处，属于大智若愚型，也是最难缠的对手。至于王啸岩，你私下里跟踪和调查了他多年，自认为掌握了一个白面书生的一切情况，可是我问你一个问题，你就回答不了……"

"什么问题？"小马眼神开始闪烁。

"既然你们家族对王啸岩不放心，可为什么一直让他干蓝鲸的副总裁？"萧邦突然盯住小马。

小马心里一惊。这么简单的问题，他似乎从未想过。经萧邦一提，他才发现，这个姐夫并不像他想象的那么简单！小马沉默了。萧邦讲的这三个人，小马都下过心思。但仔细一想，自己掌握的情况只是皮毛，根本没有涉及核心！

"想不想知道第三点？"萧邦似乎恢复了一点力气，微笑着看着小马。

"请讲。"此时的小马,眼神已有些散乱。

"第三点,才是最要命的一点。"萧邦加重了语气,"你对你的义父苏老船长的真实想法越来越模糊!"

小马晃了一下身子,吃惊地看着萧邦。"你……你在说什么?"他霍地站了起来。

"别激动。"萧邦示意他重新蹲下,"你对苏老船长的疑心,已非一朝一夕了。"

"你怀疑我和爸爸的关系?"小马沉声道,"或许,有一件事你并不知道,现在告诉你也无妨。要你的命,是爸爸的意思!"

他本以为萧邦听到这句话时,会非常吃惊。不料萧邦平静如常,只是叹了口气:"事情并非如此。苏老船长不会杀我,因为他要借助我的力量查出海难的真相。"

小马"哼"了一声。

萧邦没有理他,继续说道:"在许多人看来,你是忠于苏老船长的,然而事实并不是这样。是的,苏老船长虽然并非你的生父,但对你却胜过父亲。他抚养了你,将你送到部队,把你培养成一个可以独当一面的男子汉,又给你资金,让你搞经营,成就了你的梦想。老船长这么做,是想让你成为他的得力助手,为他办事。可是,随着年龄的增长,在羽翼渐丰时,你背叛了他!"

"什么?"小马身子微微发抖,"萧邦,你别信口开河!"

"马红军,我有必要吗?"萧邦叹了口气,"说你背叛,有点武断,但这个意思是没有错的。因为,你有三个心结,促使你必定要背叛你的养父!"不待小马说话,萧邦转过头,将目光投向夜的深处,继续说道:"第一个心结,是你怀疑苏老船长害死了你的亲生父亲。你的父亲曾是老船长手下的一名船员,在一次航行途中离奇地死在船上。那次出航回来,苏老船长就到河南乡下收养了你。这几年,你一直在寻访当年同你父亲一同出海的几名船员,虽然未找到证据,但疑心越来越重。第二个心结,是因为你自从当上了三家企业的老总后,想完全自立门户,轰轰烈烈地干一番大事业,你不愿再受老头子的管制和指使。这是人之常情,翅膀硬了,谁不想单飞?第三个心结,就是林海……"

"不要说了!"小马一拳打在地上。顿时,地面发出沉闷的声响。

萧邦闭上了嘴巴。

小马喘着粗气。良久,他才涩声问:"萧邦,你还知道什么?快说出来吧!免得带进了坟墓里!"

萧邦淡淡一笑:"好吧。既然你给我机会,我就说出来吧。自从'12·21'海难复查开始后,激流涌动,你认为机会来了。其实你并不关心什么海难,而是在寻找机会。你知道要与老船长抗衡太过艰难,必须有靠山才行。正在这时,你的靠山出现了。这个靠山,就是想极力隐瞒和平息这场海难的人,因为一旦这起海难的真相被披露,他就会玩完。但你的这位靠山非等闲之辈,他知道火一旦烧起来,用纸去捂是非常愚蠢的行为,便采取了搅糨糊的策略,将这个局搅乱,故意制造一些疑点,转移视线,混淆视听,最终嫁祸于人。因为他非常清楚,这起海难的原因非常复杂,许多人都值得怀疑,只有制造事端,才能让除他之外的人都现身,而自己最终金蝉脱壳,逍遥法外。所以,他想到了你,并与你结盟。于是,他策划,你执行,一幕幕好戏就这样开始上演了。"

小马的脸色越来越难看。待萧邦说完,他才冷冷地说:"那你说说,这个人是谁?"

"我不能告诉你。"萧邦诡异地一笑,"这个人和你的情况,我早已写成材料,送出了大港。因此,在天明之后如果我不在了,你和那位幕后指挥者就会被抓!"

小马转了一下眼珠。突然,他哈哈大笑:"萧邦,我差点着了你的道儿！原来，你是想活命，故意诈我！其实，你刚才讲的全都是推测，并无丝毫依据！"

萧邦对小马快速的反应暗自佩服。但事已至此，他只好笑道："但是，你刚才已经承认了。从你这段时间的种种行为来看，你的确有了靠山，而且还不是一般的靠山。"

小马哈哈大笑："萧邦，我不想再跟你啰唆了。还有什么遗言，请说出来吧。"

萧邦叹息了一声："没有了。动手吧。"

小马摸出一把小巧的手枪，对准了萧邦。

038 | 意外的结局

萧邦闭上了眼睛。他知道在目前这种情况下，自己无论如何都难以躲过小马的一击，现在他脑子里唯一牵挂的就是豆豆。可怜的孩子……爸爸好累，就要离你而去……但小马并没有开枪。

萧邦睁开眼："怎么？你改变主意了？"

小马冷笑："我从不对人开第二枪，但这并不代表我改变了主意。"

萧邦没明白他的意思。但就在这时，胡同口走进来一个人。近了，竟然是孟欣。其实萧邦早就猜想到孟欣已被小马控制，但还是没想到孟欣变化这么快。孟欣面无表情，脸色十分苍白。她像一只乖顺的小猫一样，静静地听候主人的指令。

小马将枪递给了她："杀了他！"

"是！"孟欣接过枪，对准了萧邦。

就在萧邦准备再次闭眼等死的当儿，孟欣突然掉转枪口，对准了小马。

"你……疯了！"小马和萧邦都同样吃惊。

"该死的人是你！"孟欣紧咬银牙，"本来，我答应帮你杀人，但我改变主意了。"

"你是不是认为我给你的条件不够高？"小马摊了摊手，"这个好说。我知道你想要什么，我完全可以给你。而且，现在你除了跟我合作，已别无选择，你醒醒吧！"

"我很清醒。"孟欣面带寒霜，"我现在只后悔一件事。"

"什么事？"小马问。

"我怎么会跟你这种人渣合作？"孟欣说。

"你后悔了？"小马显得很平静。

"现在后悔，好像并不晚。"孟欣扬了一下枪口，"而且，我也知道了你的一些事情。我杀死你后，马上报案，就说你第二次要枪杀萧先生，我来得及时，在情急中夺过你的枪，在万不得已的情况下自卫。"

"好主意！"小马赞道，"想必萧先生也乐意当这个证人。"

孟欣没有理会他，继续说："当然，还有其他的证据，譬如你指使我杀害萧先生，用毒液和枪。可是我并没有这么做，而且帮助萧先生揭穿了你的阴谋。"

"唉，看来我是栽在你这个小狐狸精手里了。"小马叹了口气，"可是，我不明白，你为什么要这么做？"

"因为我不愿再这么提心吊胆地活下去了。"孟欣看了一眼萧邦，说，"自从与萧先生接触后，我被他感化了，觉得以前做的很多事都是错误的。"

"哦？"小马的笑意浮上脸庞，"原来你要从良了！恭喜！"

孟欣的眼里已有怒意。她厉声道："姓马的，你要搞清楚，现在你的命，掌握在我的手里！"

"那你为何不开枪？"小马嘿嘿笑道，"我最不愿意与娘们啰唆！"

孟欣扣动了扳机。可是，只有撞针空撞的声音。枪里没有子弹。

小马很轻易地就夺过了枪，揣了起来，并很轻松地伸了个懒腰，微笑着对孟欣说："对你这种贱人，我怎么可能将一把子弹上了膛的枪给你？老子玩枪的时候，你还在学校里念那些没用的课本呢！想跟我斗，老孟还算够格，你不行……"

"行"字刚一脱口，孟欣已掏出另一把手枪，对准了他。小马一愣。

灿烂的笑容又浮上了孟欣的脸："马总，这支枪也是你给我的。你让我用它去杀萧邦，可是没想到最终，它还是指向了你！这次，你可别告诉我里面没子弹。我可以告诉你，当你在玩枪的时候，我也在玩。只不过你玩枪免费，我玩枪花钱而已。实话告诉你，当你将这把枪给我，要我去杀萧先生的时候，我将子弹退出来验过。因此，请你别乱动，小心枪走火！"

小马的脸变成了苦瓜。

"你有什么遗言?"孟欣笑吟吟地说,"别以为就你们男人怕啰唆,其实我们女人也十分讨厌啰唆!"

"等等。"小马说,"想不到今天阴沟里翻了船!都怪我不谨慎,怎么忘了你还有另一把枪?现在,我只想知道一件事……"

"快说吧。"孟欣笑道,"给你一次机会。"

"我只想知道,你究竟是谁的人?"小马问。

"我当然是孟总的人。"孟欣说,"他是我的叔叔,许多人都知道。"

"你不是!"小马说,"你和你的叔叔虽然是同一类人,但绝对不是一路人!"

"我只能告诉你这些了。"孟欣笑道,"马先生,你死到临头,却还在审问我,你不觉得可笑吗?"

"一点都不可笑。"一直沉默不语的萧邦突然开了口。

孟欣退后一步,瞟了萧邦一眼,奇怪地问:"萧大哥,你是不是担心马先生会突然袭击我?抢了我的枪?"

"马先生不会抢你的枪,但他会逼你说出你不想说的秘密。"萧邦继续叹息,"因为,你虽然用枪指着他,但对他而言,你手里拿的,不过是一根干柴棍而已。"

"为什么?"孟欣的身体微晃了一下。

"因为,你看见的那颗子弹,不过是仿真子弹,连一只猫都打不死。"萧邦说。

冷汗钻出了孟欣的额头。

小马哈哈大笑:"还是萧先生精明。实际上,只要有脑子的人就会想到,再蠢的人,也不会将真正能够要命的枪交给别人而忘记了。"

孟欣迟疑地看着那把枪,疑惑地问:"可是,你明明叫我用这把枪去杀萧先生的……"

"不错！"小马背负着手，像电影里的侦探一样踱起了方步，"我让你用毒液去杀萧邦，你没有得手，说萧邦识破了你的阴谋，我便让你用枪去杀他。其实那时我就知道，你不是真的想杀萧邦，不然怎么可能失手？你受过特殊的训练，扮演一名护士，是轻而易举的，怎么可能露出破绽？除非你是故意的。因此，我断定你第二次也不会要萧邦的命，就给了你这把相当于玩具的手枪。我倒要看看，你将怎么继续表演下去。现在，这场戏接近尾声了，结局就是：你和萧先生将双双丧命，同赴黄泉！"

"你要亲手杀死我们？"孟欣说。

"不是，"小马的牙在闪着光，"是你们互相残杀，最后同归于尽！"

孟欣没有听懂。

萧邦仍然坐在地上。他喘了口气，说："孟小姐，马先生的意思，自然是他杀死我们后，制造成你我拼斗的现场。因为，你我，本来就是敌对的……"

"萧先生说得对极了！"小马眼里继续闪着光，"萧先生毕竟是特种兵出身，自然知道要制造这个结果，对于我们这些受过特殊训练的人来讲，是比较容易的。"

到这时，孟欣才算真正明白了。

"你有什么遗言？"小马微笑着问孟欣。

"没有遗言，但有一个心愿，希望马先生成全。"她扬起脸，眼里居然有了泪花。

"请讲。"小马说，"我马红军对合理的请求，可以答应。"

"我想最后见一见我叔叔。"孟欣低下了头，"虽然他……但他毕竟是我唯一的亲人……"

"可以理解。"小马似乎表现出一种同情，"马上吗？"

"你能马上找到他？"孟欣似乎来了精神。

"好像没问题。"小马掏出手机，拨通了电话，"孟总，小欣想见你最后一面，请到岱家胡同。"然后，他挂了电话，并看了一下表，对孟欣说："现在是3：50，孟总一分钟后就到。想到你的叔叔为你送终，你是不是很激动？"

"他给我送终？"孟欣突然觉得有些不对，"难道他会来杀了我？"

"当然还有萧先生。"小马微微一笑，"情况在变化。先是你背叛了叔叔，投奔了我，再就是你的叔叔投奔了我，要亲手杀了你！"

萧邦内心一震！这简直太不可思议了。孟欣似乎在风中剧烈地颤抖。

"实话告诉你们。这个结果，我和孟总已经策划好了。"小马得意地笑了起来，"孟总曾经是萧先生带过的兵，萧先生传授给他杀人的方法，今天他要回报师门了；至于孟小姐的命运，就更戏剧化了。我马红军做过很多有意思的事，但只有今天这件事，最有意思，哈哈哈……"

这时，胡同口一个声音说："能与马先生共同做一件有意思的事，实在太有意思了！"

萧邦和孟欣转过头，就看见肥胖的孟中华从黑暗处匆匆走了过来。

小马与孟中华亲切握手，并低声问："外面都安排好了吧？"

"放心！"孟中华嘿嘿笑道，"我可以向马总保证，这个胡同，连只苍蝇也飞不进来。"

萧邦忍不住笑了："孟总，这么冷的天，哪有苍蝇啊？"

孟中华仍然笑呵呵的，转过身对萧邦说："老排啊，这天冷吗？我看你坐在地上，倒像乘凉的样子。哎呀，光顾跟马总说话，差点把你忘了，对不住，对不住。"

萧邦咳嗽了一声，叹息道："这个世界变化真快啊。一天以前，孟总和马先生还斗得不可开交，没想到这么快就结成联盟了。"

"呵呵，这个世界唯一不变的就是变化。"孟中华大嘴一咧，"每一天,都有新的变化啊,有人暴富,有人成名,也有人跳楼,还有人猝死,再正常不过了。远的不说,就拿老排来说,前段时间上蹿下跳,意气风发,似乎一切尽在掌握之中。可是今晚,怎么那么憔悴啊?到底是谁把我们的绝顶高手打成这样?"他将脸转向马红军,"马总,是你下的手吗?"

"冤枉啊!"小马嘿嘿笑了起来,"今晚我可是连指头都没动一下,怎么会打人?"

"哦,看来,是有比老排更厉害的高手来过。"孟中华嘿嘿地笑了一声,"马总啊,你叫我来,不光是为了看看萧先生的狼狈相吧?"

"当然还有更重要的事。"小马冷笑着看着孟欣,"你的宝贝侄女想见你最后一面。"

孟中华这才看了一眼孟欣。孟欣木木地站在那里,似乎对二人的表演视若无睹。"小欣得罪马总了吗?"孟中华问。

"她倒没有得罪我,只不过连续用两支枪,想要了我的命而已。"小马冷声道。

"那么,马总准备怎么处置她?"孟中华不带任何表情,问马红军。

"按既定的方案办吧。"小马抱起双手,"有些事情,拖下去总不是办法。"

"好吧。"孟中华慢慢地掏出一把手枪,对准了孟欣。

孟欣仍然木木地站着,仿佛这一切都与她无关。

"小欣,你还有什么话要说?"孟中华晃了晃枪头,"这是叔叔最后一次听你说话了。"

"对你这种人,我无话可说。"孟欣半眼都没瞧他,"开枪吧!"

"好——"孟中华"好"字一出口,迅速一蹲身,扣动了扳机。

"砰砰砰砰砰砰——"枪声爆豆似的响起来。但一瞬间又恢复了寂静。在这间不容发的时刻,岱家胡同戏剧性地发生了一幕骇人的场景——

孟中华掉转枪口，迅速地向小马和萧邦各开了一枪；小马掏枪迅速地向孟中华和萧邦各开了一枪；孟欣不知从哪里又掏出一把枪，对小马和孟中华各开了一枪……颇有意思的是，居然没有人向孟欣开枪！除了孟欣，其他所有的人都倒在地上。

突然，胡同口警笛呼啸，靳峰带着全副武装的武警冲了进来……闪烁的灯光刺痛了萧邦的眼，他被两名战士架上了警车，再也撑不住，昏了过去……

039 | 共同的对手

萧邦再次醒来时，冬日的阳光正从明净的玻璃窗洒进来，轻柔地抚摸着他的脸庞。屋内很安静。墙上的挂钟发出嚓嚓的声响，撞击着他的耳鼓。靳峰坐在窗边的沙发上，静静地读报。

萧邦动了一下，问靳峰："靳副局长，这是什么地方啊？"

靳峰放下报纸，起身坐在萧邦的床沿上，眨了眨布满血丝的眼睛："这是秘密的私人诊所。专门为大款开的。"

萧邦打量了一下房间，的确布置得很豪华，既有医院的设备，又有家庭的温馨："谢谢靳副局长。要不是你，我恐怕早就没命了。"

"看来，给你预备一件防弹衣还是有必要的。"靳峰呵呵一笑，"虽然我不能确定你昨晚会遭到枪击，但干我们这行的，以防万一。"

萧邦点了点头。在他住进医院后，靳峰就给他穿了一件防弹衣。除了萧、靳二人，连叶雁痕都不知道。

"自从小马杀你未遂之后，你就处在危险中，不做点准备怎么行？"靳峰看着萧邦，"你先别急。昨晚的事，待我慢慢说给你听。"

萧邦挣扎着准备坐起来。靳峰扶着他，将枕头塞在他的身后。

萧邦靠在柔软的枕头上，感觉肩膀上的疼痛似乎减缓了一些，但小腿上的疼痛却一阵接一阵地传来。

"我知道你想问孟欣叔侄和小马的情况。"靳峰说，"我希望你猜一猜。"

"孟欣没事，老孟和小马死了？"萧邦问。

"这回你猜错了。"靳峰叹了口气，"这是一场谁都没想到的结局。孟欣死了，老孟和小马各自受了重伤。"

萧邦一震。在他清醒的时候，他明明看见孟欣向小马和孟中华开了枪，而小马和孟中华并没有向她开枪。

"很多事情，不能按常理去判断。"靳峰深吸了一口气，露出了疲惫的神情,"小马和孟中华,也都穿着防弹衣。他们互相开枪,包括射向你,因为时间太仓促,几乎都打到同一个位置,就是胸部。然而,这里面只有孟欣早就料到了一切,因此,她开枪射击的位置,选择了防弹衣不能遮挡的部位。"

萧邦心里一寒。无论如何,孟欣的死,仍然让他悲伤。"她……她是怎么死的?"萧邦并不关心老孟和小马,而是急切地想知道孟欣的死因。

"她是自杀。"靳峰说,"在我们包围了案发现场后,孟欣根本没有挣扎,顺从地上了警车。等到了公安局,她已经死了。经法医鉴定,她是事先服毒,显然是做好了死的准备。"

萧邦脑中电闪。他回想起孟欣在昨晚的一切行为。从医院里引出萧邦到先后掏出两把枪来迷惑小马,最终引出孟中华后,她才掏出第三把枪。显然,她的内心里已有了必须杀死小马和孟中华的决心。在得手后,她已完成心愿,便服毒自杀……可是,她为何要这样做?她要杀死孟中华,机会应该很多;而要杀死小马,也不必等到孟中华前来……就算杀了二人,她仍然可以据理力争,可为何要自杀?萧邦凭直觉判断,孟欣并非畏罪自杀。

"也许,你在想孟欣为何要自杀。"靳峰打断了萧邦的思绪,"我也一直在想这个问题。孟欣在岱家胡同出现,起初是因为小马。从孟欣想在医院里杀你的情况分析,她已被小马收买,或者说,被操纵小马的人所控制,必须听从小马的指令。在这种情况下,孟欣必须表现出对新主子的顺从。然而,她从内心十分厌恶小马,动了杀机。当然,她也清楚,小马不会对她毫无防备,因此她故意在前两次掏枪时指向小马,目的是麻痹小马。在小马认定她再无反抗之力后,她才哀求小马要见一见叔叔孟中华。事实上,孟欣可能已明白孟中华与小马有了牵连,知道小马能够满足她的'要求'。孟欣此举,是想一箭双雕,要将自己所恨的人双双击毙。根据我掌握的情况,孟欣同叔叔的关系非常复杂，孟中华不仅是她的叔叔和老板，也是她的情人，她一直在一种无法说清的痛苦中活着。从某种意义上讲，她对孟中华的恨，超过了小马。小马无非是逼她做一些不情愿的事，而孟中华却是毁了她一生的幸福。因此，杀这两个人，是孟欣深思熟虑后的决定。于是，她拔出了藏在小腿上的第三把枪。"

萧邦没有说话。靳峰的分析不无道理。可是，在自己住进医院短短一天多的时间里，小马、孟欣和孟中华之间究竟发生了什么？

"我们再从小马的角度去看这场复杂的枪击案。"靳峰转了一下疲惫的眼珠，继续说，"小马是个多疑的人，所以一直提防着孟欣。他当然不会相信孟欣会心甘情愿地完全归顺于他，于是故意给了她一支枪，要她杀死你。不出所料，孟欣掉转枪口，对准了他。他当即就揭穿孟欣没在医院杀死你，是故意为之；随即，孟欣将另一支枪掏了出来，对准小马。小马早就疑心孟欣不会真的杀害你，因此在枪里装了一颗仿真弹。看着孟欣绝望的表情，小马非常得意。当孟欣提出要见孟中华时，他欣然应允，马上通知孟中华赶来。这时，他的注意力全在孟中华身上。虽然孟中华曾在私下里与他结成同盟，但疑心很重的小马绝不会相信老谋深算的孟中华。当孟中华掏枪射击时，小马也开了枪，分别向孟中华和你射击。小马的任务，无非是要取你和孟中华的性命，孟欣在这里头，显得无关紧要。可他万万没想到，孟欣和孟中华同时向他开了枪。"

萧邦暗自叹了口气。如果不是亲眼所见，他根本无法相信会有这样的结果出现。

"如果从孟中华的角度看，会更清楚一些。"靳峰继续分析，"孟中华早有灭你之心，不过由于他不清楚你的来历，迟迟没有下手，要了一些手段，但都未能奏效。然而他一直没有放弃寻找杀你的机会。随着案情的进展，孟中华意识到小马的出现又是一个很大的障碍，他几次被小马逼得走投无路，因此杀心顿起。也许，他与小马的联合，正是他主动找小马的,这一点有待考证。在与小马结成'同盟'之后,他认为会有更多的机会除掉小马而不露痕迹。正好,昨晚你们几个'冤家'都会齐了。孟中华认为下手的时机已到。他必须抓住时机,对你和小马开枪。孟欣,毕竟是他的侄女,虽然他对侄女的一些行为非常愤怒,但还没有到一定要杀掉孟欣的那一步。"

萧邦静静地听他讲完,才说:"按照靳副局长的分析,每一个人的出手,都有其理由。可是,孟中华既然与小马联盟,为什么要杀掉小马呢?"

"这是其中关键的一点。"靳峰说,"孟中华与小马,都是阻止你查'12·21'海难的人。"

萧邦似乎听明白了。但靳峰怕他听不明白,便又解释道:"按常理,孟中华和小马都是想阻止你调查此案的人,应该是同一战壕里的人才对,可为什么他们互相又掐了起来?这个问题其实非常简单,那就是他们一面要阻止你继续追查此案,一面又要将案情往对方的头上引,最终使自己逃脱干系,逍遥法外。"

萧邦当然清楚这一点。说穿了,这起案件的主谋显然不只是一方,而是多方。这就好比一户人家的财物被盗,作案的人不是一个,而是两个以上。在案子即将告破的时候,凡是参与偷盗的人,一面要力图阻止调查,另一面又要努力将罪责推给其他的人。可是,到底有多少人参与了这起海难的策划和实施?孟中华和小马背后的人又是谁?萧邦并不知道。目前,他只知道,孟中华和小马都要杀他,而且又互相残杀。这起案子真是越来越复杂了。

"孟欣是什么时候死的?死前留下什么没有?"萧邦突然问。

"在去往局里的路上。"靳峰递给了他一张纸条,"这是从孟欣的衣袋里找到的,给你的。"

萧邦接过一张纸条,上面写着四个字:月光宝盒。这是一个谜。但孟欣在死前留下这四个字,一定有她的深意。萧邦把字条放进了内衣的口袋里。现在,萧邦来不及想这四个字的意思,心里只有难过。虽然孟欣一而再再而三地欺骗他,但对孟欣,他总是恨不起来。这个漂亮的女孩,就像一朵美丽的红罂粟,对任何男人都能构成致命的诱惑。可惜,她凋谢了……

"那么,小马和老孟伤在了什么位置?要紧吗?"萧邦问。

"小马和孟中华都受了重伤。"靳峰说,"小马被子弹从太阳穴上方射了过去,还在昏迷中;孟中华被子弹从肩胛骨下穿过,经抢救,已脱离了生命危险,但很虚弱,不肯说一个字。"

孟中华和小马还活着!只要这两个人活着,就有线索,就有希望。萧邦精神一振,继而又陷入沉思。而靳峰张了一下嘴。萧邦立即感觉出了他的欲言又止。

"靳副局长还有什么要对我说的?"萧邦问。

"发生了那么多事,我看我们的对手沉不住气了。"靳峰郑重地说。

我们的对手?萧邦揣摩着这句话的含义。凭直觉,萧邦觉得自己同靳峰之间,远未达到"我们"的程度。但他是个精明的人,当即说:"依靳副局长看,'我们的对手',指的是谁?"

"现在仍然不能断定。"靳峰转了一下眼珠,"也许我们的对手不止一人,但这段时间发生的事,如果稍微作一下串联,就可以想出一些眉目来。"

萧邦在听。通常,在别人发表重要意见的时候,他都能管住自己的嘴巴。

"我们首先从王建勋被杀一案说起。"靳峰说,"王建勋被杀,绝不是一般人所为,到现在仍然没有丝毫线索,说明作案的人十分熟悉监狱的情况,而且身手十分了得。没有孟中华和小马这样的身手和对杀人技巧的熟稔,是很难成功的。接着,洋洋失踪,闹得满城风雨。现在看来,洋洋失踪是故意安排,其目的大概有两个:一是引出藏匿在大港的重要人物,譬如苏浚航或邵剑雄等海难失踪者;二是嫁祸孟中华,逼他现出原形。当然,目前都只是猜测,还不能确定。再接下来,就是你被枪击一案。从现在的情况来看,枪击你是马红军所为。可是,马红军为何要杀你?而且,为什么还要安排宋三鞭演那场戏?这颇令我费解。后来我想了想,可能是宋三鞭信誓旦旦地说他能够搞定你,小马也认为如果能够瞒过你,让你中了他们的圈套或逼你离开大港,就没有必要开枪杀你,因为杀了你必生事端,警方不会不了了之。但宋三鞭的计划失败了,小马迫不得已,才动了手,但他也受了伤。受了伤的小马确定你已经死亡,知道麻烦很快就会找上门来,便安排手下阿梅引诱了孟中华,在孟中华肩膀上的同一位置来了一刀,让孟中华百口莫辩,以便嫁祸于他。没想到的是,你却逃到了孟欣的住所,让孟欣为你疗伤,从而识破了小马的把戏。再接下来,与小马敌对的孟中华和孟欣突然站在了小马的一边,孟欣乔装混进医院实施暗杀。就在昨晚,你在岱家胡同与来自沈阳的李二、杨三、许四一场恶战,虽然打败了这三个混混,但自己也受了重伤,接着小马、孟欣和孟中华登场……所有的这一切,看似复杂,其实都与一个人有关。"

"谁?"萧邦问。

"小马。"靳峰加重了语气。

萧邦认为靳峰分析得有道理。这些案件,除了王建勋一案不能确定是小马所为外,其余事件的确都有小马参与。可是,这能说明什么呢?

"我必须提醒你一下。"靳峰说,"老萧,你自然知道小马的来历。"

萧邦突然一震。说来说去,靳峰是在暗指另一个人。这个人就是苏振海。因为小马是老爷子的养子。

"靳副局长的意思是,这一切与苏老船长有关?"萧邦若有所思,"可是,苏老船长为何要这样做?在海难事故中,他的儿子苏浚航也是受害者;再说,洋洋是他的心头肉,他怎么会忍心让宝贝儿子涉险?"

"你说的也有道理。"靳峰没有反驳他,"可是,就算小马有再大的胆子,也不敢做出上述的这一切。小马有三家公司,有钱有势,如果不是由于特殊的原因,他不会蹚这池浑水。"

"可是,据我所知,小马对老爷子很不满,似乎另有隐情。"萧邦说。

"就算是小马对老爷子不满,可老爷子的话,他还是不敢不听。"靳峰说,"以小马目前的势力,与孟中华为敌都显得力不从心,更别说想背叛老船长了。当然,我并不是说这一切就是苏老船长策划的,但至少有嫌疑。你想,他明明已通知大港市领导要来大港的,可是却没有来,而是让他的夫人和孩子来了。这样做,苏老船长便于在幕后掌握情况,比他本人亲自来,获取的情报要多得多。"

萧邦头皮一麻。看来,这个苏振海才真正可怕。

"还有一件事,我没有告诉你。"靳峰叹了口气,"昨晚与你交手的李二兄弟,曾被我带人拘捕。李二兄弟三人,以前根本没在大港出现过。而这次来,显得很蹊跷。你第一次在一个地下室碰到他们,就已知道他们是在警告和威胁你,不要参与'12·21'海难的调查。接着,他们又出现在小马的漂流岛酒吧,威胁王啸岩,要王啸岩杀了你。那次之后,我手下的人就已盯上了他们,而且孟中华也盯得很紧。结果,在孟中华的引导下,我们的干警抓住了他们。但你猜怎么着?不到半个小时,就有一个电话打到我这儿来,让我放了他们。"

"是谁给你打的这个电话?"萧邦问。

"对不起,这个不能告诉你。"靳峰回避着萧邦的眼神,"不过,我可以告诉你,是一位领导。试想,谁会有那么大的本事,能够左右我的领导?我想,此事与苏老船长有些牵连。"

这是个新的情况。萧邦眼睛一亮,但随即又说:"照你所说,李二兄弟与小马应该是一路人,可是,目前似乎没有迹象表明这一点。"

"苏老船长做事,当然不能用常理去推断。"靳峰"哼"了一声,"雁雁与浚航结婚那么多年,王啸岩娶苏锦帆的时间也不短,可是雁雁和王啸岩却不知道还有一个小马存在，这足以说明苏老船长的心机。"

萧邦沉默了。看来这个苏振海，的确不是一般人。难道说，这起海难是苏振海一手制造的？可是，他为何要这么做？制造一起海难，就是为了害死自己的爱子？这显然说不通。

"我知道你的疑惑。"靳峰抬起双手，揉了揉太阳穴，"其实这也是我的疑惑。要说苏老船长是幕后凶手，在情理上实在说不过去。可是，前段时间所发生的一切，都隐隐指向他。现在一想这个问题，我的头就大。"

萧邦也感觉自己的头很大。

"谜团终会有解开的时候。"靳峰突然微微一笑，"老萧，现在不用想那么多。至于苏老船长，你马上就有机会见到他了。"

萧邦这才记起，林海若强烈要求他护送她和洋洋回青岛。

040 | 通透的女人

阴天。一声长长的汽笛过后,"辽远号"客滚船解锚起航。

萧邦走出房间,站在顶层甲板,向岸上望去。岸上送别的人都在挥手,唯有叶雁痕孤零零地站在那里,像一尊雕像。萧邦叹息了一声。一串悬而未决的事情还没有一点眉目,自己却又要去青岛见苏老船长。自从参与这起海难的调查以来,怪事层出不穷。洪文光、王建勋、刘小芸、孟欣均已死亡,这四个人,显然都是由于"12·21"海难调查而死,而叶雁痕也在危险当中。事情越来越复杂了,他已感到疲惫不堪。

必须尽快查出幕后的黑手,否则,还会有无辜的人被卷入其中……萧邦深吸了一口带着浓浓海腥味的冷空气,陷入了沉思。突然,身后一个柔弱的声音说:"萧先生,船都离港了,你还在痴望什么?"

萧邦回过头,就看见林海若正从船舱里向他走来。林海若今天穿了一件咖啡色的羊绒大衣,一条紫色的围巾衬托着她白皙的脸庞。看上去,她的气色好极了。

萧邦微微地笑了一下,反身靠在栏杆上:"林女士好。我在想,这么大的一艘船,怎么会沉呢?"

"再大的船,在海上只不过是一粒弹丸罢了。"林海若转过话头,笑呵呵地说,"我刚才见雁痕痴痴地朝船上望,是不是对萧先生有意思了?"

"好像不是这样。"萧邦说,"她是舍不得你和洋洋回去呀。对了,洋洋呢?"

"洋洋在房间里玩你送给他的钢铁侠。"林海若仍在微笑,"我还没谢谢你呢。你呀,真是心细。"

林海若虽然在东拉西扯,但萧邦只瞟了一眼,就知道她另有话说。这是船上最好的客舱,装饰得极为奢华。普通的旅客,在这种短途船上一般只坐三等舱，只有少部分带车的人坐二等以上的舱位。像这种头等舱的"贵宾间"，连走道上的地板都擦得能照出人影来，显然是给特殊的客人预备的。

萧邦是个耐得住性子的人。一般情况下，他并不会主动提出话题。因为他知道，通常主动提起话题的人，往往都会变得被动。

林海若看着神采奕奕的萧邦，关切地问："萧先生的伤，真的完全好了吗？"

萧邦点点头："部队有句老话，叫'轻伤不下火线'。而我在大港最好的私人医院住了近一周，现在已差不多全好了。"

林海若又聊了几句闲天，顾盼了一下，这才小声说："萧先生，虽然我们才接触过两次，但我觉得你这个人非常实在。我让洋洋待在里屋，就是想找你单独谈谈。"

"不知林女士有什么事要告诉我？"他马上郑重起来。

"是关于小马的事。"林海若叹了口气，"也许你认为，洋洋失踪一事，是我们故意安排的。最重要的是，你无端挨了小马一枪……"

萧邦又是一怔。他没想到这个林海若，说话总是那么开门见山。但他的表情仍然很镇定，带着善意的微笑说："林女士不要因为我挨了小马一枪而感到难过。小马是小马，你们是你们。"

林海若欲言又止。萧邦的这句话，很巧妙地回答了她。她不由得再仔细看了一眼这个男人。还是那样瘦，那样沉稳。尤其那双星一般的眼睛，澄澈而明亮。他究竟知道些什么？这是个令林海若非常头疼的问题。她突然觉得今天想套出他的话的念头是非常愚蠢的。对这种人，最好的办法就是直言相告。

"萧先生，我不是想澄清我们苏家与小马的关系。"林海若轻轻地说，"事实上，小马一直很受苏老船长器重。但一个男人长大了，有了自己的事业，又有几个家长能控制得住羽翼渐丰的孩子？我已经将小马所做的一切向苏老船长汇报了，老船长非常愤怒。要不是小马仍在昏迷之中，恐怕老船长会把他送进监狱。"

"事情都过去了。"萧邦淡淡地说，"再说，小马做这些事情，也许不是他本人的意愿，很可能有人指使。反正我还好好地活着嘛，这件事只能以后再说了。当前，就是完成靳副局长交给我的任务，送你们安全回青岛。"

"我是怕萧先生误解，才直言不讳。"林海若转了一下眼珠，声音像柔风般传来，"其实，我知道萧先生说送我们母子回青岛，并不是由于靳局长的安排，而是本身就想到青岛，见见苏老船长。"

萧邦似乎已经习惯了林海若的开门见山。"其实我来大港之前，就想拜访苏老船长，可惜一直没有机会。如今，我能随同苏老船长的夫人到青岛去拜访他，真是求之不得啊。"

林海若轻轻地倚在扶栏上，继续说："萧先生也很坦白嘛。自然，你是需要见到苏老船长的。因为，你有许多疑问，希望在见到苏老船长之后，能够弄清楚。"

萧邦点点头："我参与调查的这起案子，的确与苏老船长关系重大。首先，苏浚航是苏老船长的儿子；其次，蓝鲸集团董事局主席是老船长；最后，小马是老船长的养子。这起案子，看似复杂，而实际上都围绕苏氏家族展开。说穿了，我在大港虽然遇到了不少麻烦，但集中起来只有两点：一是蓝鲸集团权力的角逐，二是有很多阻力阻止我继续调查此案。而这两点之间，似乎有一些关联。我想，在苏老船长那里，可能会有答案。"

林海若眨了眨眼睛，对萧邦的说法未加任何评价，只是说："萧先生，你是一个精明的人。但我提醒你，任何事情都有个因果。我知道你有些怀疑苏老船长，不过我可以告诉你，当你见到苏老船长后，你的看法会有所改变。"

萧邦本来还有许多疑问，但他见林海若回避了这个话题，便将到了嘴边的话收了回去。他打了个哈欠，做出了准备回房休息的样子。

林海若却连挪动一下的意思都没有。萧邦察觉出她还有话说，便将双手插进衣兜，等她发话。

林海若略微沉吟了一下，终于说："萧先生，此次请你护送我们母子回青岛，其实并不是出于对安全问题的考虑。我将洋洋留在房间里，是想创造一个我们私下交流的机会，你明白吗？"

萧邦马上严肃起来："请林女士直说。我拿人格担保，你所说的每一句话，我都会为之保密。"

林海若幽幽地叹了口气："萧先生，我要是不相信你，又如何会单独找你谈？唉，此事头绪太多，我也不知从何说起了。"

萧邦脑子里闪过一个念头，他及时捕捉到了它："那么，我可不可以问一些问题？"林海若点点头。

"这些天来，我一直在想一些弄不明白的问题，包括临时想到的，大概有八个。"萧邦说，"这八个问题中，恰好有一些问题与你们家族相关，不知该不该问？"

"我想，第一个问题就是苏老船长为什么说来大港，却没有来？"林海若用明澈的眼眸看着萧邦。萧邦点头。

"其实，苏老船长不是故意不来，而是他来不了大港了。"林海若叹息了一声，"这件事情的原因，连雁痕和锦帆她们都不知道。"

"发生了什么事？"萧邦一惊，他感到事情不妙。

"在我们来大港之前，苏老船长出了车祸……"林海若眼里有雾，"经紧急抢救，命是保住了，不过，他……他的下半身已严重受伤……"

这个消息太令萧邦意外了。"车祸？"他问，"难道是有预谋的车祸吗？"

"这也正是苏老船长想请你到青岛的原因之一。"林海若接过萧邦递过来的纸巾，说了声"谢谢"，又继续说，"当时我并没有在他的身边，不知道发生了什么事。苏老船长通常都不会对我讲这些事情，他只要求我带好洋洋。不过，我感觉到这次车祸很蹊跷。"她轻轻地将纸巾贴向眼眶,揩去泪水,继续说:"苏老船长是非常守信的人。他不能来大港了,便委托我带着洋洋来,以完成他此次的使命。说得直白些,我这次来,是为了蓝鲸,为了我们家族的利益。"

萧邦点点头。他现在在想的问题是:如果苏老船长所出的意外是一次阴谋,那么是谁在对苏老船长下手?

林海若打断了他的思绪:"我想,萧先生的第二个问题就是洋洋的失踪,是不是我故意安排的。"

萧邦正待开口,林海若却已发话:"如果我说我没有安排这件事,你可能不会相信。现在你已经知道,洋洋是被小马藏起来了,而小马又是老船长的养子,你自然会想到这是我们家族故意安排的。但事实是,这件事情事先我并不知道。再愚蠢的母亲,也不会让自己的孩子涉险。至于小马为什么要这么做,只有他自己知道。"

"从目前的情况看,小马似乎有意嫁祸孟中华。"萧邦终于插上了嘴,"不过,现在要紧的不是这件事。现在,最重要的事情,是查出'12·21'海难的真相,一切问题都会迎刃而解。犯了法的人,总会被制裁的。"

林海若点了点头,似乎也不想在这件事上深谈下去。"萧先生,我说这些,主要是怕你往苏老船长身上想。"她说,"事实上,只要你见到苏老船长,就不会再怀疑他。"

你怎么会那么肯定?萧邦在心里冷笑了一声。"我想,是林女士多虑了,我怎么会往苏老船长身上想呢?老船长是老船长,小马是小马,不能因为小马有了嫌疑,就怀疑到老船长。父子之间、夫妻之间,虽然关系亲密,但在法律上是分开的,不能因为亲人犯了法,就受到牵连。"

林海若终于露出了微笑:"看来,萧先生是一位通情达理的人,是我多虑了。现在,我想猜猜萧先生的第三个问题。"

"请讲。"萧邦做出倾听的样子。

"第三个问题,大概是关于雁痕的。"林海若说,"你与雁痕接触较多,是不是觉得她这个人,似乎没有什么心机,可总感觉她在动什么心思?在苏浚航失踪这件事上,她嫌疑最大,可为什么苏老船长还是让她执掌蓝鲸?"

萧邦点了点头。这个问题始终缠绕着他,一直没有合理的解释。他在与叶雁痕频繁的接触中,的确觉得这个女人比较单纯,只不过有时很厉害罢了。

"或许这样解释,你就会明白。"林海若说,"雁痕属于有大才的人。大凡有大才的人,都显得简单,甚至有些愚钝。做大事的人,考虑的往往不是细节,而是战略。雁痕接受的是西方的价值观,在公司的很多战略上,一开始是受到大家反对的,而结果总是出人意料的好。因此,她做这个CEO是最称职的,甚至比浚航在的时候还要成功。这就是苏老船长用她的全部原因。"

萧邦眼睛一亮。林海若三言两语,便说出了问题的关键,让萧邦心下暗服。仔细一想也是,蓝鲸是一家大企业,是苏老船长心血的凝结,他不可能因为感情的因素而让自己缔造的航运帝国衰微下去。况且,叶雁痕与苏浚航本是夫妻,苏浚航伤害过叶雁痕,叶雁痕就算报复苏浚航,也在情理之中。

"可是,叶总前两天提出辞职,苏老船长好像也同意了嘛。"萧邦仍然有些不解。

"雁痕是一个情绪化的人。"林海若似乎已料到萧邦有此一问,"在现代管理中,中国人往往认为一个情绪化的人是搞不好企业的。在蓝鲸的董事局中,就有一些股东提出这一观点,但苏老船长不这么看。苏老船长认为,如果一个人的情绪太过稳定,什么事情都想得很周到,那么这个人往往没有创意,只适合做一些具体工作。所谓商机,往往一闪即逝。没有无所不能的掌门人,只有最能抓住契机的掌门人。雁痕就是这样的人。"

萧邦对企业管理并不在行。但听林海若这么一说，若有所悟。几十年来，萧邦见过很多女性，但没有一位比面前这位侃侃而谈的女子更加通透。

041 | 存疑的身份

客船进入深水区，海上烟雾笼罩。

林海若谈兴正浓。"苏老船长批准了雁痕休假，让锦帆暂代总裁这一职务，不过是让她有时间思考一些现实的问题罢了。我敢打赌，不出一周，雁痕又想回公司上班了。"

萧邦突然看着林海若，直白地说："林女士能将人看得么透，真是令萧某佩服啊。"

林海若叹了口气："也许正因为我用在琢磨人上的时间比琢磨事上的时间多吧，因此最多能当个参谋，当不了主帅啊！"

"如果按你的理论，我是什么也干不成。"萧邦自嘲起来。

"你？"林海若笑靥如花，"你是又琢磨人又琢磨事，花在这上面的时间都差不多，所以只能做个侦探。"

萧邦也笑了起来。他突然觉得这个林海若也是个很有意思的人。"第三个问题说完了，请继续猜第四个问题吧。"萧邦已感觉林海若对他所想的问题几乎了如指掌，干脆直接问她了。

"第四个问题，我想可能是关于锦帆的。"林海若说，"萧先生想知道，苏锦帆究竟是个什么样的人，对吧？"

萧邦点点头。在她的印象里，苏锦帆比叶雁痕更深沉更老练。

"其实，在蓝鲸内部，多数人都认为锦帆比雁痕更适合当总裁。锦帆稳重、缜密、负责任，特别能保守秘密。但苏老船长对他这位千金的看法是：只能管钱。当然，萧先生并不关心蓝鲸的事，而是想知道锦帆到底与你查的这起案子有无关联。我可以告诉你，锦帆与这起案子关系并不大，因为锦帆关心的事情，无非是蓝鲸的兴衰。"

"但如果我调查的这起案子恰好也关系到蓝鲸的兴衰呢？"

林海若的眼神闪了一下。萧邦突如其来的这一句话，让她略微吃惊。但她毕竟是一个应变能力非常强的人。"难道萧先生有这方面的证据吗？"她反问道。

"没有，"萧邦说，"我只是假设。从目前来看，苏锦帆女士并无染指这起案子的迹象，只不过她与小马的关系非比寻常。恕我直言，她对小马的影响，可能比你亲自出马都要好使得多。"

"这个当然。"林海若微微一笑，"锦帆和小马，在一块儿长大，虽然不是亲姐弟，但胜似亲姐弟。"

"据我所知，小马开酒吧、洗浴中心和娱乐城的原始资金，都是苏锦帆女士帮助筹措的。"

"你知道的还真不少。"林海若说，"不过，我也耳闻，锦帆以前好像追求过你，而你来大港后，也私下找她谈过话。"

萧邦面上一红，忙道："那都是传言。实际上，苏女士跟我的前妻是同学，我跟她只不过是认识而已。我的确找过她，但正如你所说，她是一个守口如瓶的人，所以见了一面，她什么也没说。"

"如果一定要我说说锦帆，我可以直言相告。"林海若突然郑重起来，"锦帆是个搞情报的好手。虽然，她在蓝鲸从事的是财务工作，但她掌握的商业情报是公司无人能比的，而且都很准确。自然，对社会上的一些事情，她也并不陌生。苏老船长每次在做重大裁决时，都要听听她的意见。"

萧邦算是听明白了。林海若这句话的弦外之音就是：苏锦帆掌握的情况多而准确。但话只能说到这个份上了。如果再追问下去，一则显得不礼貌，二来林海若也不会和盘托出。见好就收，也是萧邦的优点之一。

"谢谢林女士的分析。"萧邦说，"现在，我想知道第五个问题的答案。"

"我想，这第五个问题，可能与王啸岩有关。"林海若沉吟了一下，接着说，"也许，这个问题一直困扰你。啸岩很有野心，一直都想当蓝鲸的总裁，明里暗里地跟雁痕斗，这个我也是知道的。但这个人的表现，落差很大，一会儿跟什么孟欣好，一会儿又跟自己老婆玩手段，不过都并不高明。可能你比较奇怪，像这么一个人，苏老船长为何还要重用他，并且还给了他股权？"

这正是萧邦弄不明白的问题。王啸岩这个人，他虽然接触过，但并没有过深地探究。孟中华在大港天天渔村找他谈话的录音，萧邦当然听过，也仔细琢磨过。特别是王啸岩在漂流岛酒吧与李二赌手指的事，更让萧邦迷惑。王啸岩是一个能够接受要挟的人吗？在"12·21"海难中，他是不是如孟中华所说，也是主要策划人？他在蓝鲸干了十多年，主管公司大部分业务，又有野心，苏老头子难道对他没有察觉？在萧邦接二连三遭到袭击和发生这么多事的这段时间里，他按兵不动，没有明显的动向。但以他的能力，不可能静观其变，他在干什么？这一揽子问题在萧邦的脑子里电闪而过，让他陷入了沉思。

林海若似乎早有准备："啸岩这个人，是个将才。当年，苏老船长在位的时候，曾到大学里去现场面试。当天面试的毕业生有三十多人，学校专门提供了一间教室。苏老船长一个字也没讲，而是让手下人发试题，坐在那里观察。学生们做完交卷后，问还有没有事。发卷人说可以走了。于是大家都纷纷离座，出门走了，只有啸岩没走。他将弄乱的座椅一一扶正放好，然后向发卷人深深地鞠了一个躬，轻轻地关上门走了。在那次面试中，一共录用了四人，其中就有王啸岩。那时大学生很抢手，因此大家不愁找不到工作，所以在面试时都没太在意一个民营航运企业，只有啸岩看到了前景，答卷做得最认真。而他那次对细节的重视，在后来的公司会议上，屡被老船长提及。老船长认为啸岩是个执行能力很强的人，一直刻意培养他，甚至让他干了几年船员，历练他，最后又将女儿嫁给他。可以说，在蓝鲸上下，除了浚航，老船长在啸岩身上下的力气最大。因此，对于一个自己亲手培养出来的能人，即使有些毛病，老船长仍然会以大局为重。我不知道我的这个解释，是不是你想要的答案。"

萧邦连忙点头:"从根本上看,应该是这样吧。"但他隐隐觉得,关于王啸岩这个问题,可能更为复杂一些。然而林海若,可能也只能讲这些了。

林海若似乎觉察出了萧邦对这种解释并不十分满意,便又说:"关于这个问题,我再补充一点:苏老船长是一个传统的人,啸岩毕竟是他的女婿,即使啸岩和锦帆有了感情上的波折,他也是倾向于和解的。老船长并不希望女儿离婚,他非常看重家庭的和睦。"

"可是,婚姻有时就像一面镜子,一旦有了裂痕,就很难修复了。"

"这是萧先生对婚姻的认识。"林海若很巧妙地说,"或许萧先生有过这种切身体会,但苏老船长并不这么看。苏老船长总是教导我们,人,除了死而不能复生外,一切皆有可能。"

萧邦心里冷笑了一下。这个苏老头,因为自己娶了个比自己小四十岁的女人,就认为天下没有什么事情办不到吗?但他嘴上却说:"以苏老船长涉世之深,自然有深切的人生感悟,这是萧某无法达到的境界。"

林海若微微一笑:"你倒是谦虚了。"她顿了顿,也许是觉得这个问题也只能谈到这里了,就说,"第六个问题,我想就是关于靳峰局长的问题。"

萧邦心里暗暗佩服。这个林海若真是太厉害了,所猜的问题,竟与自己想问的完全一致!靳峰一直是一个谜一样的人物。他到底是一个正义凛然的好警察,还是一个心机深沉的投机分子?目前不好断定。他是叶雁痕的舅舅,但又与叶雁痕走得并不近,让人难以捉摸。

"这位靳局长,自然是消息灵通的人物,可以说黑道白道,他都是通的。苏老船长曾对我说过,在大港,靳局长办事,有时比红头文件还好使。当然,这些情况,萧先生都是知道的,我就不多言了。我想,萧先生最想知道的是:这位靳神探,究竟与我们苏家有没有关系?"

萧邦只好笑了一下，表示认同。林海若总是快他半拍说出他想说的话。

"我只能坦白地告诉你：没有。"林海若郑重地说，"虽然，这个答案萧先生不一定满意，但事实如此。"

"我已经很满意了。"萧邦露出微笑，"我绝对相信。"

"现在我来说说第七个问题。"林海若变得镇静，将目光投向海面，"萧先生是不是很想知道，我究竟是谁？"

萧邦心里一惊。这正是他最想知道的问题。从他调查过的关于林海若的资料来看，这个女人几乎没有什么作为，只不过是苏老船长的娇妻、蓝鲸集团的挂名法律顾问而已。

林海若不等他仔细想这个问题，便道："这个问题看来非常简单，我是苏老船长的妻子、洋洋的母亲，公开的职务是蓝鲸集团的法律顾问。这些情况，萧先生都是知道的，但萧先生似乎想知道更多的情况。"

"比方说呢？"萧邦的表情依然镇定。既然到了这个份上，干脆顺杆爬。

"比方说，我为什么会嫁给比我大四十岁的苏老船长？我对苏老船长和蓝鲸集团，甚至对'12·21'海难，到底了解多少？而最重要的是，我的真实身份是什么？"

萧邦心头一阵激动：林海若对此即便不会像前六个问题一样直言，至少也会透露一些重要的信息。

然而萧邦很快就失望了。林海若将目光从激流涌动的海面上收回，定定地看着萧邦，严肃地说："萧先生想知道这些问题的答案吗？"

"如果你觉得方便，我很乐意听你讲一讲。"萧邦回应着她的目光。

"可以。不过，我有一个小小的条件。"林海若说，"除非萧先生也将自身的真实情况一五一十地说出来。"

"我？"萧邦笑了，"我的真实情况，就是莫名其妙地参与了这起海难事故的调查，就这么简单。"

林海若叹了口气,说道:"我就知道萧先生不肯说。毕竟,我们还不是很了解啊。是的,我也调查过你的情况,你的公开身份是转业军人,《华夏新闻周刊》的记者,曾以老战友身份加入孟中华先生的真相调查集团,当了几天挂名副总。但是,你的问题跟我的问题一样,我不妨作一下对比:以我的条件,难道非得嫁给苏老船长才有前途吗?难道非得操心蓝鲸和这起海难不可吗?而你也一样,你曾是一名优秀军人,完全可以通过正规途径转业到一个不错的国家机构,过安稳的日子。可是,你却选择自主择业,自己开公司,结果赔了钱,不得已才应聘到《华夏新闻周刊》这样的事业单位去做记者。可是,萧先生似乎从未做过专职的文字工作,又不是小年轻了,这似乎不太合情理吧?再说,一个记者,有必要冒着生命危险到大港调查'12·21'海难吗?这就如同我好端端的不去搞我的法律本行,却卷入这场海难一样,无法让人信服。"

　　萧邦一时语塞。这个林海若的厉害,实在出乎他意料。本来自己是抱着"少说话,多打探"的想法,能套出多少就套出多少,未料到林海若竟反客为主,将自己绕进去了。

042 | 幕后的黑手

轮船剧烈地晃动了一下。萧邦想伸手扶林海若,手到半途又缩了回来。林海若似乎毫不在意,冻红的脸蛋显得娇艳可人。

"靳峰副局长也问过相同的问题。"萧邦知道林海若这一军已经将得他没了退路,只得应付,"我曾对他说过,我不能告诉他。尽管我的身份,已引起很多猜测,但我只能说,对'12·21'海难的复查,我不去做,也会有人去做!因为,人们有知道真相的权利!"

林海若突然发现萧邦的面容变得刚毅,犹如铁铸一般,那双不大的眼睛,放射出一种令人生畏的寒芒。

"如果你愿意告诉我这第七个问题,我当然十分感谢。但就算你不告诉我,我迟早也会知道。我已发过誓,不将这起海难查个水落石出,我决不退出,除非我中途死于非命!"萧邦的话掷地有声。

林海若终于将目光缩了回去。她微微叹息道:"其实我知道你是不会说的,因此,我就想到了第八个问题,那就是你不明白我为什么要单独找你谈。难道,我单独找你谈,就是为了将你想知道而我又恰好知道的事情全部告诉你吗?"

萧邦当然也想到了这一层。今天,林海若前面讲的六个问题,的确给了他不少信息,应该是很有收获。但以林海若的精明,为何要找他谈这些?这里头 定有原因。但到底是什么原因,萧邦猜不出。

"有一件事,你是知道的。"林海若抬起头,"其实你并不是第一个想弄清'12·21'海难真相的人。在这起海难发生以后,靳峰局长是第一个参与调查的警探,但奇怪的是靳局长对外界从未透露过一丁点看法,他选择了缄默。以他的身份,这很不正常。而在他之后,明里暗里来调查这起海难的人,不下十个,而且都是高人。这些人要么是公安机关的探员,要么是地下调查人员,所采用的手段五花八门。有的从技术层面入手,分析船舶结构,甚至跑到'巨鲸号'残骸所在地，试图从船上找到《航海日志》；有的采用非法手段窃听相关人员的谈话，甚至连下作的色情手段都用上了。可是，两年过去了，这些调查人员都像一阵风一样消失了。接着，你突然来到了大港，开始搅动这池浑水。与前面那些探案人员不同的是，你出现后，就有人相继死亡。洪文光、王建勋、刘小芸、孟欣，都离奇地死了。这说明，你的手段比前面那些人要高，来头比前面那些人要大，才会给某些人产生这么大的压力。"

萧邦听着，慢慢就明白了：林海若找他私下里谈，其实就是想摸他的底。

林海若话锋一转："我讲这些，只想说明一个问题：这起海难的复查，为什么阻力那么大？不错，你已经怀疑到我们苏氏家族，甚至觉得苏老船长有可能是主谋。但请你分析一下，孟中华与苏家根本扯不上关系，他为何一而再、再而三地阻止你甚至有谋杀你的嫌疑？靳局长对此案应该非常清楚，可他为何一直不表态？还有就是小马，我刚才提到过，他的行为有些异常。况且，他在大港独立做事已非一日，就算苏老船长也不是百分之百了解他。再就是王建勋的死，太过离奇，居然到现在仍未发现蛛丝马迹。这些串联到一起，你不觉得事情比想象的要复杂得多吗？换句话说，你所遇到的人，不过是棋子罢了，背后一定有一只操纵他们的手，当然，或许是几只手也说不定！"

萧邦感到今天脑子根本不够用。林海若绕来绕去，就是想说明一点："12·21"海难的主谋，并没有浮出水面，但肯定不是苏老船长。

"那请问林女士，你说这背后的手，到底是谁的手？"萧邦问。

"这就是我今天找你单独谈的问题。"林海若深吸了一口冷空气，"我目前并不知道到底是谁，但大概有个范围。能够在两年内轻易就退了几路追查兵马的人，不会太多。具有这个实力的人，绝非孟中华之流可比，也就是说，再大的企业，都不可能有那么大的本事，个人就更不消说了。而除了企业和个人，还会有谁？"

林海若巧妙地将球踢给了萧邦。萧邦知道，能够左右局势、掩盖真相的人，当然是权力场的人……那么，他们是……地方领导？萧邦当然想过这个问题。但这个意思从林海若嘴里说出来，还是让他打了个寒战。他将目光投向林海若。在目光交会的一刹那，他从林海若眼里看到了一丝恐惧。

"我明白了。"萧邦说，"谢谢林女士的提醒。"

"这就是苏老船长忍辱负重两年，一直按兵不动的原因，也是这次我来大港的真正原因。"林海若轻吐了口气，将揣进大衣兜里的纤手抽出来，轻轻地揉着已冻得发红的脸。

萧邦也搓了搓手，说道："如果照林女士所说，得停止对这起案子的调查。林女士是不是也想劝我知难而退？"

"萧先生，这回你猜错了。"林海若说，"苏老船长认为，是该真相大白的时候了。不但不能退，而且还要加大调查力度，一举查出罪魁祸首！"

"哦？"萧邦眨了眨眼睛，"难道时机成熟了？"

"其实从你一来大港，新的机会就到来了。"林海若也眨了眨眼睛，"萧先生，如果我猜得没错，你在大港，并不是单兵作战。你身后有强大的支持力量，而且也有眼线，只不过为了不暴露目标，你主动请缨，做孤胆英雄罢了。从你几次涉险的情况来看，对方已经感到了前所未有的压力，甚至非常恐惧。因为，'12·21'海难是一个惊天大案，一旦真相大白于天下，必将牵扯出一些重要人物。很可能，在查出真相后，其轰动效应不会比两年前的海难弱。所以，苏老船长的意思，是想借助你的力量，帮助我们家族报仇雪恨。至于需要提供什么协助，从现在开始，你尽管提。"

一阵海风吹来，船又开始有些摇晃了。萧邦看着冻得有些微微发抖的林海若，说："我看，咱们还是先进屋吧。你的意思，我大概明白了。"

林海若含笑点头。她对自己今天的表现似乎很满意,便顺便开了个玩笑:"萧先生不仅智慧超群,而且还懂得体贴人。我想,谁要是当了你的夫人,一定非常幸福。"

萧邦心里一酸:事实并非如此。在跨进舱门的时候,萧邦突然想起豆豆。可爱的女儿,你在干什么呢?

一路无话。六个小时后,船到青岛港。

天气仍然很阴。萧邦和林海若刚一出港,一辆黑色奔驰已停在那里。司机是一个长得很敦实的中年人,表情很木讷。他接过林海若的行李,机械地向萧邦打了个招呼,然后拉开汽车的后门,让林海若母子坐上去,一声不吭地上了车。萧邦坐在副驾驶座上,看着冷风卷起几个塑料袋,往一片旧式建筑飞去,便扭头对林海若说:"青岛似乎没有想象中的美啊。"

"在很多情况下,想象比实际的要好得多。再说,真正美丽的地方你还没看到。"林海若微微一笑,"萧先生是第一次到青岛吗?"

"对。"萧邦说。接下来便是沉默。

那司机开车极稳。已近黄昏,深冬的青岛大街,行人并不多。萧邦看着车窗外闪过的旧式德国建筑,觉得这座城市透着一种怪异。车穿过市区,向海滨驶去。随后,一幢接一幢的别墅出现在眼前。终于,汽车上了一个斜坡,向一个高大的铁门驶去。当汽车驶到铁门前时,门就自动开启。汽车慢慢地滑了进去。

这是一个独立的小院,有一个三层的主楼和四五间平房,与北京的首长驻地极为相似。也许因为是阴天的黄昏,整个院落呈现出一种萧索的景象。虽然,院里的不少树木仍泛着青。车停在主楼前,那司机打开车门,请萧邦和林海若母子下车。萧邦看了一眼门楼,它装饰得极为古朴,甚至有点单调,像一个老宅子。

洋洋下车后,便撒腿往里跑去,一边跑一边叫着"爸爸"。萧邦突然想到,一个 5 岁的男孩,叫一个 75 岁的老人"爸爸",还真有点别扭。但想着马上就要见到一个传奇人物,他打起了精神。

主楼的正门徐徐推开,一位坐在轮椅上的老人双手转动着轮子,面带微笑,向萧邦迎来。老人的头发黑白相间,一张国字脸,鼻梁挺直,胡须刮得干干净净,但仍然看得出是那种气派的络腮胡子,仿佛每隔半天就要钻出来一茬。让萧邦感到意外的是,他居然穿着一身深蓝色的西服,一条灰蓝色的条纹领带打得一丝不苟。特别是那双眼睛,很有神采,虽然含着笑,却透着一种威严。

萧邦快步走上前去。老人伸出宽大的右手,使劲握住萧邦的手。那手,温暖而有力,萧邦立即感到一种镇定。

"欢迎你,萧先生。一路辛苦了!"老头子露出了整洁的牙齿,眼角的皱纹很规则地堆了起来。

"苏老船长好。见到您这么精神,萧邦很高兴。"萧邦说,"苏老船长的大名,很早以前就听说过。今天来到贵府见到您,真是三生有幸。"

苏振海哈哈大笑。那笑哪像是一个年过七旬的老者的笑?中气十足,颇有洪钟之音。"萧兄弟,你就别客气了。我们搞船的人,最不讲礼数。既然来了,就是自己人,千万别跟我老头子客气。"

寒暄中,林海若已轻轻地扶着轮椅靠背,掉转头,慢慢地往厅里推。萧邦发现,林海若一回到家,立即变成了一个温柔贤淑的妻子。

小楼的客厅温暖如春,布置得十分简洁。苏振海请萧邦在黑色的真皮沙发上坐下,林海若便泡了好茶,轻轻地放在茶几上,走开了。萧邦一抬头,就见对面的墙上,挂着一幅笔力遒劲的书法作品。字大如拳头,用行草写就。萧邦扫了一眼,原来是一首词:

中国海轮,第一次,乘风破浪。所到处,人民欢喜,吾邦新创。海运百年无我份，而今奋起多兴旺。待明朝舰艇万千艘，更雄放。

守纪律，好榜样。走私绝，负时望。真英雄风格，人间天上。载运友谊驰四海，亚非欧美波涛壮。看东方日出满天红，高万丈。

"好字！"萧邦赞道。

苏振海哈哈大笑："萧兄弟见笑了，这是我50岁生日时胡乱涂抹的，糟蹋了好词。萧先生见多识广，可知这首词的来历？"

萧邦摇摇头，有些窘迫。"萧邦愚钝，对诗词一窍不通。从字面的意思来看，好像是关于航海的，不知这首词是哪位名家的作品？"

"萧兄弟说对了。"苏振海突然敛容，表情凝重起来，"这首词，是陈毅元帅为中华第一轮'光华'轮所题。当年，我有幸能见到陈老总。我清楚地记得，那是1963年3月，广州正是春花烂漫的时节。陈老总上船后，询问了航行情况，就即兴作了这首《满江红》。"

"陈老总的诗词，气势不凡。"萧邦随声附和，"这首《满江红》，表达了老一辈革命家振兴海运的信念，值得敬佩。"

"是啊。"苏振海说，"陈老总当过上海市市长，后来担任副总理，懂经济，深知海运对一个国家的重要。近观百年来的历史，拥有制海权的国家，无不兴旺发达。然而，我们国家在海洋理念上起步太晚了。直到中华人民共和国成立后的60年代，才有第一艘远洋船。"

"那自然是陈老总题词的这艘'光华'轮了。"萧邦说。

"正是。"苏振海深深地叹了口气，"我正是接触了'光华'轮，才毕生从事航海事业的；也因为接触了'光华'轮，才有了浚航这个孩子；而有了浚航后，我才有了成立蓝鲸的念头。这一切，或许都是命中注定的吧……"

萧邦看见，这个饱经风霜的老人，此时陷入了深深的追忆之中。

"萧兄弟，你已经知道浚航是我的养子。但我今晚要告诉你一个秘密——苏浚航，的确是我的孩子……"

萧邦一惊。苏振海透露的这个秘密，太让他意外了。如果苏浚航果真是苏振海的孩子，那么，就意味着他的分析将被推翻。因为，一位父亲，实在不太可能杀死自己的孩子！

043 | 家国情怀

这是一间宽大的书房,四面用实木书架围着,中间放了一张差不多有乒乓球案大小的无屉书桌,桌上只放了一部奇大的电话。萧邦在书桌前坐下来,感觉自己正置身于一个小型图书馆中。

林海若端上茶,轻轻地关上门,出去了。萧邦自然知道,苏老爷子有重要的话要与他单独谈。显然,苏振海并不是一个啰唆的人。萧邦注意到,自从自己走进苏家的客厅,看到陈毅的《满江红》后,苏振海三言两语就直奔主题。但他只提到苏浚航并不是他的养子,而是他的亲生儿子后,马上就住了嘴,安排林海若摆晚饭,还喝了一点张裕干红。席间,苏振海只字不提有关海难的事,而是闲聊些天气、时事之类。

现在,苏振海就端坐在轮椅上,陷入了沉思。萧邦打破了这种沉默:"苏老船长,刚才我们谈到印尼接侨的事,我就想到在1998年,印尼又发生大规模的排华事件,大批华人遭到迫害。要说,全球都有华人,为什么印尼频繁发生这种事件呢?"

"这是有其历史根源的。"苏振海从辽远的回忆中回过神来,"说到底,是中国在明、清两朝放弃制海权所带来的后遗症。明成祖时期,郑和七下西洋,中国人了解了一些外面的世界。每逢政局动荡或战乱,就有不少沿海的中国人陆续到他国避祸谋生,他们也就是较早的华侨。中国人生存能力强,能吃苦,善经商,因此在印尼,就有不少两广、山东一带的人移民过去了。而在中国闭关锁国时,葡萄牙、荷兰相继侵占印尼群岛,是造成印尼华人悲惨处境的远因。而近因,则是荷兰、日本两国在印尼进行了长达百年的残暴统治,尤其对华人十分歧视。印尼在1945年建国后,长期处于政治动荡中,右派军人集团仇视和憎恨华人。每逢政治动乱,华人都要遭殃,被烧杀抢夺,惨不忍睹。1960年,印尼发生了历史上最严重的排华事件,中国政府决定将难侨接回国内,于是就有了中华人民共和国第一艘远洋船'光华'轮。"

"中国曾是航海大国,据说郑和时代的船队是当时世界上最大的,为何到 20 世纪 60 年代才有远洋船?"萧邦不解地问。

苏振海长长地叹息了一声:"郑和时代,是为了彰显国威,本着和平友好,才建造了规模浩大的船队。但明成祖死后,船队就解散了,图纸也烧毁了,至今宝船的建造技术仍然是个谜。在清代,由于清政府禁止海运,中国的造船技术萎缩。晚清时期,李鸿章斥巨资买船,建立了北洋水师,然而只是船队规模上去了,对航海、造船技术甚至船队的维护都非常落后,懂海战的军人更是寥寥无几,慈禧又把军费挪去修园子了,所以让日本人打得全军覆没。到了民国时期,中国的船队有所发展,但国民党去台湾时,将能用的船舶几乎都带走了,不能用的,也都炸沉。中华人民共和国成立时,中国的航海几乎是一片空白,再加上联合国通过决议案,禁止我国船队在世界航行,美军太平洋第七舰队又长期封锁台湾海峡,根本出不去。后来没有办法,才与波兰、捷克两国成立了合资公司,即'中波公司'和'中捷公司',以他们的名义开始远洋运输,但我们没有自己的船。在 1960 年印尼反华事件发生后,中央政府认识到中国没有自己的船队,对经济发展是个瓶颈,才决定买船去接难侨,开展远洋事业。刚才所说的这艘'光华'轮,原名'玛丽雅娜号',1930 年由英国贝尔法斯特船厂建造,8944 载重吨,653 个客位,是条老旧船,都快退役了。当时,周总理亲自批了 26 万英镑,派人从希腊的船公司买回来,这在三年困难时期是极为罕见的。买回来的这条船,经过修理、改装后更名为'光华'轮,意为'光我中华'。1961 年 4 月 27 日,也就是中国远洋运输公司成立那天,'光华'轮从广州黄埔港起航,前往雅加达接侨。我清楚记得,'光华'轮首航时,全船共 189 人,船长是陈宏泽,政委是袁业盛,轮机长是戴金根。而我,当时只是一名普通船员。"

萧邦沉默了。虽然他急切地想知道苏浚航的事,但当苏振海简要地讲述了这段历史的前因后果时,他的心头陡然涌起一种悲怆。历史已成过去,不可更改,但惨痛的教训,实在让每一个中国人都无法释怀。

为了转移这种沉重,萧邦问苏振海:"苏老船长是学航海的吗?"

"我哪是学航海的呀。"苏振海微微一笑,"当时的船员中,很少有懂航海的。那时,我在青岛的一家德国船公司当船员,知道了印尼排华事件后,辞职参与了修理'光华'轮的工作,接着便志愿去当船员。没想到这一干,就是几十年,也与航海结下了不解之缘。"

"苏老船长一直在这条船上工作吗?"

"'光华'轮首次到达雅加达,是5月3日。当时我国驻印尼大使黄镇接见了我们,并安排我们在大使馆吃饭。第一航次,在雅加达接侨577人,于5月17日顺利抵达黄埔港。第二、三航次去了棉兰,每个航次接侨五六百人,回程港是广东湛江。难侨中,有很多是种橡胶的技术工人,回国后就到海南岛安家,发展橡胶事业。后两个航次去其他港口,整个印尼接侨工作至1961年10月17日结束,共分5次,接回侨胞2000多人。每航次接侨的港口、人数等,是由中侨委和中国驻印尼大使馆、领事馆安排的。"

"难为苏老船长记得那么清楚,萧邦十分佩服。"说这句话时,萧邦是带着敬意的。

"唉,其实我并不是一个记性很好的人,但这件事,烙印很深,是无法忘记的。"苏振海略一沉吟,抬头看了一眼萧邦,终于说,"其实我主动报名参加'光华'轮接侨,除了爱国热情,还是有私心的。说来话长啊,简单地说,就是为了浚航他娘……"

萧邦一惊。终于说到正题上了……他将身子向前倾了倾,小声地问:"您是说,苏浚航先生的母亲,也是难侨?"

苏振海将轮椅一转,把目光投向黑沉沉的窗外,开始讲述:"这都是我年轻时犯下的罪孽……浚航的生母,也是青岛人,我俩可谓是青梅竹马。她叫李淑华,比我小4岁,12岁那年跟随父亲到印尼去了。

淑华的父亲李声涛先生，最初是在印尼从事橡胶加工，后来开始涉足近海运输，有了自己的产业。1958年，李声涛先生带着淑华回青岛省亲，我和淑华阔别了14年才得以见面。当时我年届三十，早该成家了。可是，我一直惦记着淑华，不肯娶亲。我们家与李家是世交，我叫李声涛先生伯伯。李伯伯回国，除了探亲，还要拜访一些商家，所以就将淑华安排在我们家住下，只身前往济南、上海和北京办事。应该说，这一次见面，我和淑华都有了那个意思。可是，李伯伯已经将淑华许配给了印尼的张家。张家也是华侨，在印尼已有四代，是个大家族，当初李伯伯就是投靠张家而去的。等李伯伯回到青岛，得知我与淑华有了感情，非常生气。他是传统的人，信誉第一，说什么也得将女儿嫁给张家。淑华没有办法，临行前便与我有了越轨之事。回印尼后，淑华就在父亲的强行安排下，迅速嫁给了张家……我得知消息，悲恸欲绝，但毫无办法。过了两年，我从报纸上得知印尼发生了惨绝人寰的排华事件，心里十分担心淑华的安全，便趁着'光华'轮接侨之机，主动报名参加了这项工作。我到雅加达后，急忙通过大使馆的工作人员打听李伯伯一家的情况。然而，当时印尼十分混乱，时间又紧，一时无法打探到消息，我只好托使馆的一名翻译帮忙打探，还给了他我的联系地址。第一个航程回来，'光华'轮稍事修整。这期间，我接到那名翻译的急电，说李伯伯的庄园已被毁，东西被抢劫一空，好像一家人迁到棉兰去了。我心下稍安。但紧接着又传来棉兰有更多的华侨遭到残酷迫害的消息，'光华'轮又立即起航去棉兰。这次我留了个心眼，央求那名翻译通过棉兰领事馆打探到李伯伯一家在棉兰的地址。可是，当我们抵达棉兰后，李伯伯和伯母已惨遭杀害，一起逃往棉兰的张家也被冲散，淑华不知去向。我非常悲伤，一面接待纷纷逃向'光华'轮的难侨，一面向侨胞打听淑华的下落。有一个老华侨告诉我，淑华的丈夫被活活打死，淑华带着小孩逃跑了。我心中大痛，但也无能为力，只得托领事馆的人继续帮忙寻找。第三次去棉兰，已是8月份了。没想到，这次我们的船刚刚靠港，领事馆的人就告知我，李淑华找到了……"

萧邦听得入了神。但苏振海讲到这里，却停了下来。萧邦看见，他那双很有神采的眼睛，此时竟有了泪花。

"功夫不负有心人啊。"萧邦叹道，"这次，是不是将李阿姨接到了？"

苏振海脸部的肌肉抽动了一下，洪亮的嗓音变得低沉："我是见着淑华了。可是，她……她已经不成人形了。当领事馆的人将她解救出来时，她已有些痴呆了。天知道她受了什么非人的折磨，见到我时目光呆滞，但手里紧紧抱着一个头部受了伤的男孩……这个男孩就是浚航。淑华见到我，半天才哭出声。我安慰她，祖国的船来接你回家，我来接你回家……淑华放声大哭。她找了一个无人的所在，轻声告诉我，说她的心已死，不用回国了，挣扎着活到今天，就是为了等我……让我把这个孩子带回去，他是我们的孩子……我并没有吃惊，我知道淑华不会骗我。这孩子也硬气，头上流了血，就是不哭。淑华将孩子交给我，便一头向码头的铁柱子上撞去。我吓呆了，等我回过神来时，淑华的脑浆都流了出来……我呆立当场，孩子这才哭出声来。事后，领事馆的人才告诉我，淑华遭到当地军警的轮奸，要不是为了保全孩子，她早就自尽了……"

讲到这里，苏振海混浊的眼泪流了出来。他也不去擦，任凭它像蚯蚓一样在脸上乱爬。萧邦被这种悲怆的气氛深深感染，也发出了一声长长的叹息。

墙上的挂钟发出"嗒嗒"的声音，使整个书房显得愈加安静。苏振海青筋暴突的手使劲地握住轮椅把手，半响，才蹦出一句话："该死的畜生！"

1998年发生的印尼排华暴乱，萧邦略有所闻。但今天听苏振海讲述四十多年前的暴行，他的心灵被深深震撼了。为了将苏振海的注意力从悲愤中转移出来，他小声地问："印尼这些畜生，难道就得不到惩罚吗？中国怎么不派海军去教训他们？"

"唉，事情并没有那么简单。"苏振海这才抹了一把眼泪，声音又恢复了原有的洪亮，"中国一贯主张和平，主张韬光养晦，等自身强大后施加影响，因此不派军队攻打任何国家，虽然很多人不赞成这种国策，但如果真的派兵南洋，势必让敌对国家钻空子，所以只能忍。关于印尼的排华事件，1960年还不是最厉害的。1965年9月30日，印尼又发生了震惊世界的'9·30'排华事件，总统警卫部队谋反，华人遭到更为残酷的迫害。中国政府只得中断了与印尼的交往，直到1988年才恢复外交关系。你说的1998年那次排华事件，是印尼历史上最为残暴的一次，是1998年5月13日至15日发生的，称为'5·13'事件。仅雅加达市，在50个小时内，27个地区发生暴乱，近1200名华人死亡，468名妇女遭强奸，最小的只有9岁，凶手当场分尸、焚烧，最可恨的是暴徒居然称华人妇女肮脏的生殖器玷污了他们圣洁的阴茎……"

"这帮禽兽不如的东西！"萧邦怒火中烧。1998年，他还在服役，印尼发生惨案时，他正在毛里求斯参加多国联合军演，并留在那里任教，对"5·13"惨案只是道听途说。今夜经苏振海讲起，萧邦恨不得立即冲到印尼，与这帮暴徒决一死战！

书房又陷入短暂的沉默。良久，萧邦才恨恨地说："难道就任由这帮暴徒无法无天吗？这世界还有人道吗？中国政府难道坐视不管？"

苏振海轻叹一声："'5·13'惨案发生后，世界各国均自发谴责印尼，全球一片声讨声。中国政府发表严正声明，谴责印尼暴行。但印尼方面只说是部分不法分子所为，并无实际的惩罚行动。"

对于苏振海讲的这段秘闻，萧邦闻所未闻。作为受部队培养多年的老兵，他深感一个国家的强大太重要了。于是他脱口而出："我想，如果美国人在世界任何一个国家发生这种惨剧，美国一定不会罢休。

再说,也没有哪个国家敢对美国人这么干!"

"说得好!"苏振海赞道,"只有国家强大,才不会被欺侮。历史是强者改写的,我国的造船业已名列世界第三,航运实力排在世界前四位,正在向海事强国迈进。我想在不久的将来,中国一定能成为真正的全球海事中心。"

萧邦郑重地点了点头:"苏老船长为了国家的航运事业,披肝沥胆,萧邦十分佩服。"

苏振海感叹:"我老了,国家的强大需要你们年轻人努力奋斗。很可惜,浚航英年早逝,航运界失去了一颗明星!"

萧邦心里一震。果然,老头子要进入正题了。

"萧兄弟,你来找我,实际上是为了'12·21'海难的事。"苏振海转过轮椅,目光如电,看着萧邦,"而我想见你,也正是为这起案子。我老了,但并不糊涂。浚航是我的希望,谁要是毁灭了我的希望,我就会让谁加倍偿还!"

这句话说得斩钉截铁。萧邦从苏振海眼里读到了一种愤怒。显然,老头子动了感情。

"也许,萧兄弟认为我与这起海难有关。"苏振海说,"的确,云台轮渡公司是蓝鲸的子公司,浚航又是我的孩子,要说没有关系,那是不可能的。但是,虎毒不食子,我又怎么可能将一艘载着我儿子的船弄沉?"

"苏老船长多虑了。"萧邦连忙插嘴,"事实上,萧邦没有怀疑您。我这次来,就是想请教老船长一些不明白的问题,以便对这起案子的复查提供更多的线索。"

"当然,怀疑也并非空穴来风。"苏振海缓缓地说,"我这两年强忍悲痛,保持沉默,可却有人将矛盾往我这里引,故意制造一些事端。我不怕,我在海上漂泊半生,有几次差点被海盗砍死,我还怕什么?这起案子,既然已经发生了,我就是拼了老命,也要和他们斗争到底！"

"他们？"萧邦马上抓住了这两个字，"不知苏老船长所说的'他们'是谁？"

"他们就是想要我全家的命、夺走蓝鲸的人！"苏振海哼了一声，"当然，同时也是想要你的命的人。"

044 ｜往事不如烟

窗外不知何时刮起了寒风，呜呜作响，而屋内却温暖如春。倘若不是有要紧的事让萧邦强打精神，他可能会趴在桌子上睡着了。

而苏振海毫无倦意。他喝了一口茶，沉声说道："'12·21'海难，看似是突发事件，实际上有很多外因。我还是先说说浚航这个人吧。"

萧邦闪了闪眼睛，做出倾听的样子。他发现，不知为何，自从走进苏家，几乎所有的话语权都掌握在了苏老头子手里，他变得像个小学生。

"这么多年，浚航都不知道自己的亲生父亲是我。因为我不愿让他知道我与他的母亲有这么一段故事。浚航是自尊心非常强的人，如果告诉他，他很可能在感情上接受不了。这孩子，在某些方面很开放，但在某些方面又很保守。浚航15岁那年，我将他母亲的遭遇告诉了他。他当时并没有流一滴眼泪，只是将手里的一支铅笔折断了。我那时就告诉他，这一切的深层原因，是我们国家并不强大，所以我鼓励他奋发图强，为国家的建设尽力。浚航很争气，高中毕业后就考取了当时的大港海运学院，一直是名列前茅的学生。后来，他继承了我的事业，我将蓝鲸完全交给他管理。说实话，浚航对蓝鲸的贡献是巨大的，比我管得好，让蓝鲸实现了国际化。在经营理念上，我们父子虽然有一些分歧，然而我并没有老糊涂，在大方向上，我还是倾向于发展的。有传言说我们父子不和，纯属瞎扯。浚航是尊重我的，我也很爱护他，打断骨头连着筋，我们总还是一条心的。

"当然，这里不得不提到一个人，那就是你已经接触过的雁痕。雁痕也是不可多得的管理型人才，这两年我将蓝鲸交给她，是完全放心的。有人造谣，说我用雁痕是别有用心。这完全是信口开河！很多人只知道雁痕是我的儿媳妇，却不知道雁痕的父亲与我情同手足，比亲兄弟都亲。雁痕的父亲死得早，临终时唯一的愿望就是要我照顾她。

我当时就跟他讲,我让雁痕做我的儿媳妇,行不行?她的父亲才放心离去。

"也有人说浚航和雁痕的婚姻,是我包办的。这个说法简直可笑。你想,浚航和雁痕都是受过高等教育的人,我又如何能够勉强他们?他们的结合,是自愿的,我只不过正式提出来而已。当然,后来他们的感情好像出了点问题,但这不是我这个做父亲的能够左右的。年轻人有年轻人的想法,我不能干涉他们。实际上,我不会干涉任何事,除非有什么事影响和危害了蓝鲸。

"可以说,雁痕是蓝鲸的救星。在'12·21'海难发生后,业界一片哗然,认为蓝鲸失去了浚航,将面临危机。然而我清楚地知道,雁痕会比浚航做得更好。事实正如我预料的那样,蓝鲸并没有垮,反而实现了跨越式发展。这都是雁痕的功劳。她处理危机和开拓国际市场的能力,比起浚航来毫不逊色,这使蓝鲸的对手们感到吃惊,而雁痕因为业绩卓著处,在一些矛盾的旋涡中。雁痕前几天向我提出辞职,我口头表示同意,但实际上我知道蓝鲸离不开她,她也离不开蓝鲸。所以,我让她暂时休整一下,等这起海难彻底查清了,我仍然会请她掌舵。因为,我不相信她会谋害自己的丈夫。说得更明白一些,不管雁痕是不是苏家的人,我都会用她,因为没有人比她更合适。"

苏振海一口气说了这么多,好像事先经过周密考虑。萧邦不得不点头。他联系起林海若在船上说的那些话——看来,是老头子让林海若打的预防针。

"萧兄弟,我知道红军对你的袭击让你产生了更深的怀疑。"苏振海开门见山,"红军这孩子,是我一手带大的。因为成绩不好,成天打架,我就让他去当兵。在我抚养的几个孩子中,红军是最不喜欢航海的,无论怎么灌输,他都听不进去。有时候,做父亲也有做父亲的难处,尤其是做一个养父。"

苏振海又长长地叹了口气,继续说道:"或许,你已经知道,红军的父亲是我手下的船员。当年，我当船长时，红军的父亲做过我的三副，得了急病，死在马六甲海峡的航程中。老马与我情同手足，临终时托我照顾他唯一的孩子马红军。老马家在农村，他的老婆在丈夫死后就改嫁了，所以我就收养了红军。那时红军还是个拖着鼻涕的小男孩，很倔强，很不好管，上学也不认真，倒是和锦帆很要好。他从海军陆战队退役后，没事干，成天给我惹麻烦。没办法，我才让锦帆出了点钱，让他自己创业。这孩子在大港开酒吧和娱乐城，尝到了赚钱的甜头，也许就觉得我老头子不过如此了，所以一年半载，也不回来看我一次。而一些别有用心的人对他说，当年他父亲的死与我有关系。我也是最近才知道这个消息的。这简直是挑拨离间。但萧兄弟，你也要理解，一个父亲早死的孩子，心头总是会有一些猜想，无论养父对他怎么好，都无济于事。我这一生的成功，或许正是我收养和资助了不少孩子；而我这一生的失败，也许也正是我收养和资助了不少孩子……"

收养和资助了不少孩子？萧邦心里一动，老头子这句话，引起了他的重视。

"萧兄弟，事已至此，我必须向你坦诚相告，但也希望你保密。"苏振海郑重地说，"事实上，我的孩子中，除了浚航，其余的都并非亲生。"

萧邦一震。这么说，连苏锦帆也并非他的女儿？

"我收养的孩子，包括浚航、锦帆、红军和海若。这里边，浚航和红军的情况你已经知道，但锦帆和海若的情况，可能你不是太清楚。"苏振海目光游离了一下，继续说，"锦帆是我前妻的外甥女，而海若则是一个弃婴。"

萧邦又一怔。看来，这个苏家，关系还真错综复杂。

苏振海又陷入回忆。良久，他才说："我前妻毕美云知书识礼，可惜在我40岁时不幸因病辞世。我们没有孩子，美云的妹妹未婚先孕，又与恋人感情破裂,决心去国外发展,临行前便将孩子托付给她的姐姐。我十分喜欢孩子,便对外称锦帆是我们的孩子,视她如掌上明珠。直到现在,锦帆都不知道她还有生母在世。这孩子倒也争气,勤奋好学,内敛,适合管理钱财,所以我就安排她在蓝鲸管钱。

"至于海若,你同她一路走来,自然发现她的学识和能力,决不在雁痕和锦帆之下。这么一朵花,怎么嫁给了我这个老头子?这或许是萧兄弟最疑惑的问题。唉,实际上,这一切都并非我所愿。海若感恩情结太重,一直不愿离我左右。而她又是我的养女,这是很多人都知道的。时间长了,难免有些非议,所以在她的恳求下,我终于同意……现在想来,都是我一时冲动,未能考虑周全,耽误了她的前程,真是罪过啊……"

"其实这也没什么。只要两相情愿,也不必理会世俗的评说。"萧邦连忙安慰道,"这种事情,世界上也很多。"

"难为萧兄弟能够理解。"苏振海欣慰地一笑,"说真的,有海若在身边,我什么都不怕,她让我体会到了从未有过的幸福。也许,人老了就脆弱,更需要关爱吧。海若是我平生仅见的最聪明的人,三十年来,我从未批评过她一句,她总是那么善解人意,考虑事情十分周全,帮我解决了很多难题。没有她,我会觉得生命毫无意义,因此我宁可顶着压力,也要和她在一起……"老头子动了感情,萧邦发现,此时的苏振海满脸红光。

到底他和林海若之间,恩惠多于爱情,还是爱情多于恩惠?萧邦想不明白。

苏振海继续说:"海若的身世,比其他几个孩子都要苦得多。34年前,我从新加坡回来,在广州街头碰到了海若。那时的海若被包在襁褓里,静静地躺在深夜无人的大街上。我一探她的鼻息,已经没气了。我放下了她,转身离开。可走了七八步远,我又回头了。我抱起了她,向医院跑去。经过抢救,她活过来了,但一直很柔弱,到 4 岁时才会说一句完整的话。"

"但据我所知,林海若女士似乎并不是在你们家长大的。"萧邦终于插嘴。

"是的。"苏振海说,"这件事说来话长。不知是何缘故,我的前妻毕美云并不喜欢海若,我又常年在海上工作,不能亲自照顾她。我曾经做了几次工作,但美云仍然从感情上接纳不了海若。在海若6岁那年,我将她带到广东番禺,托付给了我手下一个船员的妻子,给她抚养费,请她照顾海若。这位船员的妻子没有孩子,对海若十分疼爱。而我,每次船到广州,总会抽时间去陪陪海若。她从小性格孤僻,但每次见了我,都十分高兴,总缠着我给她讲一些海上的故事,渐渐地,她对航海有了很多的了解,也喜欢上了这个行业。后来,她执意要考航海类的大学,还读了海商法的研究生。"

苏振海讲完,又喝了口茶,才转头看着萧邦,微笑着说:"萧兄弟,我可是将我们家的事毫无隐瞒地告诉你了,不知你还有什么疑问?"

"谢谢苏老船长。"萧邦也微笑着说,"您说的已经够详细了。萧邦能得到您的信任,深感荣幸。如果可能,我还想知道一点关于'巨鲸号'的事。"

"没问题。"苏振海说,"关于'巨鲸号'的情况,在事发后,新闻媒体的分析,包括一些海事专家的意见,我想你都比较了解了。需要说明的是,这艘船当初从日本买回来,我是不太同意的,但浚航批准了。你也知道,大港至云台的这条航线,随着近年来东北、山东、江苏经济的发展,客滚船的需求很旺盛,经济效益很好。但当初成立云台轮渡公司,我就不太同意,是浚航执意要弄。我对近海运输一直不看好,因为国内的运输情况比较复杂,管理头绪太多,往往政出多门,却又总管不好。而远洋运输,看起来复杂,但只要批了航线,将船舶质量提上去,搞起来要顺手得多。

"说真的,自从将蓝鲸交给浚航以后,我只过问关系到公司发展方向的事，其他的事，一律由浚航处理。云台轮渡公司的成立，本身就存在安全隐患。名义上，云台轮渡公司是蓝鲸的子公司，而实际上是云台市政府管辖的云台航运公司与蓝鲸集团共同出资，蓝鲸占51%的股份，云台航运公司占49%的股份，董事长由浚航担任，总经理由云台方面派出，就是死在大港的王建勋。当时的情况比较复杂。云台方面向上级打了报告，声称蓝鲸作为一个成熟的航运企业，应支持云台的建设，很仓促地成立了云台轮渡公司。也怪我当时大意，听信了浚航的建议，也就没管，没料到惹出这么一个天大的案子，使蓝鲸的信誉遭受损害，得不偿失！"

045 | 祸出多源

关于云台轮渡公司的组建情况,萧邦还是第一次知道。以前,他只是从媒体上得知,云台轮渡公司是蓝鲸的子公司,没料到公司的组建还掺杂了地方因素。

"其实,蓝鲸集团控股的公司中,也有不少合资公司,包括与香港、新加坡和中远集团都有合资公司,譬如蓝鲸集运和蓝鲸油运两家上市公司,就是与香港远东航运和中远集团合资成立的公司,经营得也很好。因此,不能说与谁合作就不好,相反,与有实力的集团合作,反而利于整合人力资源和调配市场份额。但云台轮渡公司的成立,里面掺杂了一些很不正常的因素。说白了,云台航运公司本身就是一个负债累累的国有企业,要借蓝鲸的实力咸鱼翻身。当然,这里头,云台市政府所起的作用很大。"

"难道,云台市政府有意染指蓝鲸的业务?或是想将蓝鲸引入该市,以促进该市经济的发展?"

"二者都不是。"苏振海说,"作为一个沿海城市,云台市这几年的发展很快,绝不会打一个航运企业的主意。政府就是政府,很多时候代表着国家的利益,所行使的职责是促进一方经济和各项事业的发展,本身没有什么问题。对一级政府而言,多一项合作和少一项合作,并不会明显地影响当地经济的发展。也就是说,政府不会将经济利益看得很重,而是注重为经济发展创造条件。对利益看重的,是个人。说穿了,当时云台航运公司与蓝鲸合作,无非是个别别有用心的人,想从中捞取好处,才打着政府的旗号。因此,公司的成立非常仓促,审批程序也非常简单,简直跟走过场一样。这种运作模式,在中国相当普遍,甚至有的政府官员最后也被牵连进去,最终犯了国法,锒铛入狱。"

这下萧邦算是听明白了:云台轮渡公司,是在有人干预的背景下诞生的。

苏振海似乎担心萧邦不明白，接着补充："当然，蓝鲸也可以拒绝与云台航运公司合作。但事实上，云台是一个重要的港口，许多职能管理部门都在与蓝鲸打交道。大港至云台的这条航线，的确是黄金水道，业务繁忙。倘若我们不合作，虽然对蓝鲸的业务不能造成巨大的影响，但船到人家地盘上，要找点麻烦，还是轻而易举的。自从云台轮渡公司成立后，这条航线上的客货滚装业务，差不多被云台轮渡垄断了。甚至，其他航运公司曾到北京告状，但上面派人下来一查，找不到不正当竞争的证据，也就不了了之。我干航运多年，深知这个行业的水很深，也知道原因出在哪里，总感觉这样下去，破坏了市场规则，早晚要出事。果不其然，两年前就出了'12·21'海难。发生海难那晚，当我接到电话后，一夜未眠。我有两个方面的担心：一是担心浚航出事，二是担心海难将对蓝鲸造成致命的打击。"

"难道，苏老船长不担心二百多条人命的安全吗？"萧邦突然问。

苏老船长怔了一下，随即说："那是当然。我从事航海工作几十年，最担心的自然还是人命。因为，财产损失了，可以再找回来，生命一旦失去，就永远不会再回来了。"萧邦在余光里看到一直义正词严的苏老船长，脸上的尴尬之色一闪而逝。

"听苏老船长刚才的意思，是不是暗指这起海难的源头，是因为云台轮渡公司的成立并不完全符合市场规则而直接或间接造成的？"萧邦转移了话题。

"萧兄弟所言，是一个原因。"苏振海略作思忖，接着说，"我想，更深层的原因，是人的内心。我总认为，最大的灾难在人的内心。"

萧邦微微一震，若有所悟。苏振海又发话了："灾难大体分为两种，一种是自然灾难，一种是人为灾难。自然灾难就不必说了，譬如地震、洪水、干旱、海啸、台风、火山爆发等，是不可抗因素；而像'一战'和'二战'以及我国发生的十年浩劫等，就属于人为灾难。

往大处说，即使是自然灾难，也与人类的行为有关。人类破坏自然，自然就会得到报复；人的一己之私，也容易导致灾难；独裁者、掌权者和想发灾难财的人，如果控制得不好，就容易引发大的灾难。"

"老船长的意思是说，'12·21'海难是有人故意制造的？"萧邦探了一下身子，直接发问。

苏振海略一沉吟："目前，我并没有太多的证据证明这一点，但我越来越觉得这起海难有太多的人为痕迹。"

萧邦抓住机会，顺杆一爬："譬如说呢？"

"我想至少有五点。"苏振海说，"第一点，两年前这起海难发生后，国务院组成的调查组往返于大港和云台两地，可是调查工作开展得很艰难，所有的当事人都将责任往他人身上推。首当其冲的是两地海事部门。作为主管安全的海事主管机关，自然应承担责任。可是海事部门的人说，是港务局在港口检查时不严，汽车上船时没有检查到位，导致起火。接着就是谴责气象部门，未能将海上气象准确地预测出来。一般情况下，海上风力达7级以上，按规定是要停航的，可海难发生的当天，出事海域海上风力超过11级。再接下来，就是责怪船检部门，认为在海事安全链中，船舶技术是核心，像'巨鲸号'这样的船，在该海域的稳性状况和船舶结构都应该有明确的书面报告，不能适航就不应发放相应的船舶航行证书。最后，又谴责海上搜救部门，为何长达七个小时没有救助船舶来救援？最后还是海军派来了救援船只。而这几个部门的解释似乎也合乎情理：港口方面说例行检查没有问题，而车辆上船一般是由船公司自己检查，港口方面只是抽查，不可能一一复检，没有足够的人力和时间。船检方面说，对于船舶的船体、轮机和电路系统的检查，都是按验船规范执行的，没有问题。这里需要说明一下：现行的船舶检验分为中央船检和地方船检，中央船检机构就是中国船级社，所发的证书，全世界通用；而地方船检发的证书，国内可以通用。这就存在着两种不同的标准。'巨鲸号'是地方船检检验发证的，发证机构拿出了检验报告，是符合要求的。气象部门也直喊冤，因为气象学也只能预报通常情况下的天气情况，总有例外的时候，世界上目前还没有一家气象机构能够准确地预测每天的天气情况。而救捞部门也大诉其苦。因为中国的救助打捞，与发达国家相去甚远，一直以来'以捞养救'，即靠打捞沉船和出租船舶来维持救助经费，因为救助是义务的，国家没有投入足够的财力，生存下来都很困难。当时还没有救助飞机，救助船大都是老旧船，设施比较好的上海救捞局又远水救不了近火，所以才无法及时救助。你看看，各方都有难处和道理，所以追究起责任来，只能追究船公司本身的责任，使调查工作阻力重重。

"第二点，就是对这起海难的处理，引起了很多猜测。'12·21'海难本来是件天大的案子，可是最终结果，归结到海况和操作不当上，仅仅从重处理了王建勋等几名公司主管领导，对云台和大港两地的主管领导的处理并没有多重，最严重的就是罢免，有的中层干部不降反升，这同样说明里头有人在作怪。

"第三点，就是在这两年当中，相继有几拨人前来调查此案，可是调查了半截，全都烟消云散了。一般情况下，作为一起重大案子，调查也得有始有终，无疾而终的调查，我还是头一次遇见。

"第四点，就是王建勋、洪文光、刘小芸等人的死。严格地说，这些人死得非常无辜，但也恰恰说明这幕后操纵者心虚到了杀人灭口的地步。

"第五点，直接关系到你和我。你一到大港，就有人盯上你，三番五次想置你于死地；而我，准备去一趟大港，还未动身，就遭到突然袭击，差点要了我的老命。

"综合这些情况来看，如果这起海难真的是自然灾难，那么这一切都不会发生。而发生了这一切，恰恰说明有人制造了这起海难。眼看波澜又起，他们就坐不住了，想方设法要除掉一切对他们不利的因素。"

萧邦用心过滤着苏振海的话。他注意到一个现象：苏老爷子从各个方面推测有人制造了这起海难，但他却又不直接说是谁。那么，到底是谁制造了这起海难？制造海难的人又是为了什么？为财？为情？为地位？还是为了报复？听了苏振海的话，萧邦不仅没理清头绪，反而更加如坠五里雾中。

叶雁痕打开窗户，让冷风灌进房间。她顿时觉得烦闷的心情舒畅了许多。这是大港市海城宾馆。在送萧邦离开大港后，她就驱车到了这里住下。部队的招待所，相对比较安全。

两个小时前，她打电话给"辽远号"船长，得知萧邦和林海若母子已安全靠港，这才放了心。本来，经过了一系列变故，她的脑子里总是担心萧邦上了"辽远号"客滚轮后，又横生枝节。现在看来，这种担心是多余的。

现在是夜里10点。这会儿，萧邦可能正与公公深谈。萧邦此行，究竟能有什么收获，现在还不得而知。想起公公慈祥的面容，她的心里一阵温暖。不管怎么说，这些年来，老爷子对自己真的很好。"如果这个世界上，还有一个人值得信任，那就是苏船长。"这是父亲的临终遗言。父亲跟了老头子半辈子，自然非常了解公公。

那天，当她打电话向公公请求辞职的时候，公公沉默半响，用低沉的声音说："孩子，你需要休息。如果你觉得这样可以让你得到休息，我没有意见。"

公公的胸怀，像海一样广阔。这位在海上打拼了大半辈子的老人，似乎没有任何事可以让他悲或喜。他总是以慈父的宽容和威严，为孩子们筑起一面可以挡风避雨的墙。在叶雁痕就任蓝鲸总裁的日子里，公公只解决难题，从不直接出面干涉她的任何决定。叶雁痕回想起在蓝鲸的日日夜夜，不禁为有这样一位好公公和英明的董事局主席感到骄傲。

才刚刚卸任两天,叶雁痕又坐不住了。前些天,她觉得做总裁很无聊,甚至产生了深深的厌烦。而现在,当她真正无所事事时,才发现不做总裁,跟行尸走肉没什么区别。

她突然有些后悔自己的冒失。蓝鲸高层虽然斗争频繁,但只要做一天总裁,就有一天权威,而现在自己居然拱手相让,真是傻到家了!这不正是苏锦帆所希望的吗?苏锦帆与王啸岩,说到天上去也是夫妻。这个小姑子,心机深沉得很啊!弄了半天,还是我死活要扶她上马!她一上马,再扶她老公岂不是易如反掌?哎呀,真是太冲动了!但如果现在再向公公声明自己要回去当总裁,又显得太幼稚了。

叶雁痕越想越觉得自己上当了。她掏出一支烟,狠狠地吸了几口。不行,一定要想办法回公司……

046 | 杀机与矛头

　　大港市海城宾馆是一个独立的小院，主楼七层。由于部队建筑的楼层空间比较高，所以显得很气派。主楼临街，街对面是一个菜市场，菜市场的后面是一片旧式居民楼。

　　这时，菜市场后面的3号居民楼9层的一个房间里，一条黑影正站在窗口，紧紧地盯着40米开外的海城宾馆7层中部的一个房间。黑影把旋有消声器的组合式长枪架在窗台上，闭起左眼，将右眼紧贴在瞄准镜上，寻找着目标。斜对面的房间也没有灯火，只能凭借昏暗的月光看见一个模糊而苗条的身影。突然，那个房间里有打火机之类的光闪了一下。黑影一阵激动，因为他从瞄准镜里很准确地捕捉到了叶雁痕那张漂亮的脸。他开始屏息，将枪头稍稍往下压了压，右手食指轻轻地压上了扳机……

　　叶雁痕放在窗边茶几上的手机突然响起来。她连忙俯身去看。就在这一瞬间，她分明听到耳旁"嗖"地响了一声。紧接着，"轰"的一声，房间里的电视机突然爆炸，吓得叶雁痕本能地抱头往地上一蹲。幸好，电视机爆炸只是自身碎裂，并没有残片射向她。但叶雁痕此时的腿肚子剧烈地抽筋。过了三四秒钟，她的心脏才开始狂跳起来。

　　居民楼里的杀手嘟囔了一句"他妈的"，将右眼从瞄准镜移开。他看见对面的房间里闪了一下火光，发出一声并不大的爆炸声，才知道子弹打在电视机上了。接着，他看见目标亮了灯，正拨打电话。在灯光的作用下，目标更加明显。杀手深吸了口气，再次将右眼贴向瞄准镜。

　　就在这时，门被踹开，一名警察举枪对准了他，大声喝道："不许动！"紧接着，楼道里传来急促的脚步声。警察来了！

　　杀手想也没想，一步跃上窗台。那名冲进来的警察一愣，立即开了一枪。当子弹"噗"地射入杀手的左腿时，他的右腿已跨出窗外，身子急速向下坠去……

叶雁痕打电话到宾馆的前台，大声吼道："怎么回事？你们这破宾馆，电视机爆炸了！"

宾馆前台的服务员连忙赔礼道歉，说马上派工程人员来看。

叶雁痕恶狠狠地扣了电话。这段时间点背，总是出些邪乎事，使她的脾气变得越来越坏。她正琢磨用什么话恶狠狠地训斥前来查看的工程人员时，门铃响了。

她冲过去开门，正准备发火，却见两名警察站在门口，冷冷地问她："请问你是叶雁痕女士吗？"

"我是。"叶雁痕觉得气氛不对，"有什么事吗？"

一名高个警察将证件掏出来在她面前晃了一下："我们是大港市公安局的。接到上级命令，前来执行公务。请你跟我们走一趟。"

"什么？"叶雁痕气愤地说，"听你们的口气，好像我犯了法似的。对不起，我还有公司业务要处理。"

"请配合公安机关！"高个警察说，"你是不是触犯了法律，我们无权判定。现在，我们只是执行公务，明白吗？"

看着两名警察森冷的表情，叶雁痕感到了从未有过的紧张。以前，每当她看到警察时，总觉得这些人是装腔作势。而今晚，她嗅出了那种威严。"好吧，请等我收拾一下。"她准备关门。

高个警察一把扶住门沿，冷冷地说："请马上收拾吧。门，就不必关了。"

叶雁痕无奈。其实她是想稳定一下情绪。本来，她住进这里，就没有带什么东西。东西都在车上。"可是，我的车……"她终于软了下来。

"这个我们已经安排好了，车就暂时存在宾馆。"另一个皮肤较黑的警察说。

"好吧。"叶雁痕觉得此时说什么都多余，只得草草收拾了一下，跟着两名警察下了楼。

311

"我想请问老船长，'12·21'海难发生后，除了国务院成立的事故调查组，警方也参与了调查。为何时至今日，警方一直未明确表过态？"萧邦问仍然端坐如钟的苏振海，并站起身来给他加了一杯水。

苏振海说了声"谢谢"，对萧邦提的问题略一思忖，便道："这件案子的发生地属大港市辖区，主要由大港市公安局负责。你在大港时，曾接触到靳峰副局长。当时，靳副局长就是主管这起案件的负责人。而据我所知，从你来大港重新调查此案时，靳副局长似乎就一直在关注，好像还救过你的命。"

"依苏老船长看，靳副局长这个人，对海难的了解是不是很深入？"

"对于这样的案子，了解程度深浅，并无本质区别。"苏振海顿了顿，又补充说，"通常，这样的案子，都是以专家的评定意见为准，公安机关不过是走个过场罢了。靳峰这个人，是出了名的警探，更深谙为官之道，在同辈的警察中出类拔萃。他这个人，黑白两道都通，再挑剔的领导都很难找出他的毛病。也许你不太了解大港这个城市。在中华人民共和国成立前，大港是黑帮集聚之地，风头盖过沈阳，民间的地下组织很有历史。后来，迫于压力，地下组织收敛了不少，但仍然存在，社会治安一直处于起伏状态。又由于是沿海城市，走私猖獗，大案要案发生了不少，只不过普通老百姓不知道而已。靳峰当过港城区公安分局局长，那段时间可谓风平浪静，治安状况良好。调入市局任主管刑侦的副局长以后，连续破获几起大案要案，使他声名鹊起。靳峰是雁痕的舅舅，我与他有过接触，但没有深交，总体感觉此人深藏不露。"

"萧邦有一句话，不知当讲不当讲？"萧邦看着苏老船长。

"萧兄弟客气，有话请直说。"苏振海微微一笑。

"依您看，这个靳峰，是否也与'12·21'海难事故有关？"萧邦问。

"请原谅,这不是我能回答的问题。"苏振海皱了一下眉头,"说真的,这也是我一直思考的问题。但我们那个年代过来的人,讲究实事求是,有一说一,有二说二。我清楚的事情,当然是知无不言。然而,就目前的情况来看,没有特别的迹象能说明靳峰与这起海难有关,只不过他职责在身,参与过调查罢了。再说,调查已于两年前结束,专家调查组已有定论,他即使有什么疑虑,也不会犯傻想出这个风头。"

"但如果这起案件牵连出人命案子,我想他不会不管吧?"

"这倒是。"苏振海似乎没想到这一层,"萧兄弟要不提醒我,我还差点忽略了。是的,王建勋等人的死,靳峰是要管的。但我也有个问题问萧兄弟,如果害死王建勋等人的主谋是靳峰不敢得罪的人呢?"

萧邦一惊。什么人靳峰不敢得罪?除非是他的顶头上司!

他想了一下,终于说:"我想,老船长这个问题其实不难回答。不管是谁,如果触犯了国法,都将受到制裁!"

这是一句冠冕堂皇的话,人们听多了早就见怪不怪。但这句话传进苏振海的耳朵里,还是让他感到了一种庄严。"是的。"苏振海接过话头,"法律就是法律。任何国家如果没有法律做保障,人民的权益就无法得到保护。可是,在现实中,的确有人逃过了法网,尤其是那些掌握权力的人。"

"我坚信,再大的权力,终究大不过天理。或许,有的罪犯会一时侥幸逃脱法律的制裁,但终有落入法网的一天。这取决于执法的力度,和执法人员的责任感。"

"我想,如果萧兄弟是执法人员,一定会让不少犯罪分子头疼。"苏振海微微一笑,"但萧兄弟公开的身份,好像只是一名记者。"

"我是什么身份其实并不重要。"萧邦严肃起来,"重要的是如果我打定主意做一件事情,除非死了,否则决不会回头!"

这句话说得掷地有声,坐在轮椅上的苏振海哈哈大笑。笑毕,他才真诚地说:"萧兄弟,我果然没看错人!事实上,你的性格与我非常相近。我也是个不到黄河心不死的人。想查清楚'12·21'海难,不豁出性命,恐怕不行。现在,我已知道了萧兄弟的决心,我也实言相告。虽然我拿不出什么真凭实据,但我敢断定,这起案子,与大港市高层有关。"

这本在萧邦的意料之中。他想了想,轻声问道:"您是说,靳峰的主管领导有嫌疑?"

苏振海沉吟了一下,也低声说:"萧兄弟,今晚的话,只限我们两个人知道。你我虽然素昧平生,但经过交流,我感觉你是一个非常有正义感和遵守诺言的人。我将你请到书房来,就是想与你单独谈。我敢保证,我们的谈话内容,连海若我都不会让她知道。"

萧邦点点头。他知道苏老爷子对海若的感情。苏老爷子这句话的意思是想表明,这是一次绝密的谈话。

"萧兄弟知不知道张连勤这个人?"苏振海眨了眨眼睛,问。

"知道,但对他几乎没有了解。"萧邦说,"张连勤目前是大港市委副书记,主管政法。"

"是的。"苏振海说,"他到大港上任才一年多。以前,他是云台市副市长。"

"哦?"萧邦警觉起来,"这么说来,发生'12·21'海难的时候,张连勤并不在大港?"

"是的。"苏振海说,"那时他是云台市主管经贸的副市长。'12·21'海难发生后,大港市主管交通的副市长被撤职了。张连勤先到大港接替了这个位置,不久就在换届当上了市委常委、主管政法的副书记。"

这只是一个简单的叙述,但言下之意似乎别有所指,萧邦不能明说,便道:"看来,老船长对这位张书记熟悉得很啊。"

"岂止是熟悉!"苏振海叹了口气,"他当年曾在我手下当过船员。那时,他刚从部队复员,一无所有。这人非常刻苦,总比别人多干些活儿,总是会计人喜欢。后来,我看他有培养前途,便送他上了学。毕业后,他被我安排在大港港务局工作,慢慢混了个干部身份,后来就青云直上,当了云台的副市长。要论本事,这个张连勤是我所认识的人当中比较出色的,是个当官的料,这几年更是快成政治明星了。"

"恕我直言,"萧邦直截了当地说,"是不是这位张书记有点忘恩负义?"

"忘恩负义?"苏振海轻哼一声,"忘恩负义之人,有几个能成大气候的?聪明的人,不仅不会忘恩负义,反而会到处打感恩这张牌。这个张连勤,一直到处宣扬我对他的恩德有如再生父母,每次提到我,都显得很严肃。其实,我当年不过是看他这个人很聪明能干,帮了他一下而已。但他这些年,一有空就来看我,虚心求教,摆出一副永远都是学生的样子。他在云台工作的时候,不管大会小会,都要提到我,还专门带领一帮干部到我这里来'取经',他还向手下说,只要学到苏老船长百分之一二,云台市的经济建设就会有翻天覆地的变化。你看,他这么一整,简直都把我当成神给供起来了。到大港上任之后,他也经常来电话问候,还三番五次请我当大港市政策咨询顾问。我当然没有答应,一则因为年纪大了,当个政协委员就累得够呛;二来随着时间的推移,我渐渐发现他并不像人们看到的那样单纯。"

"难道,'12·21'海难真的与他有关?"萧邦突然问道。

"如果跟他无关,他为什么要派人来害我?"苏振海眼里突然有了怒意,"我这双腿致残,就是拜他所赐!"

萧邦一惊。这实在太出乎他意料了!

047 | 高手过招

大港香格里拉饭店，餐厅包房。

靳峰像一个正向首长汇报思想的老兵一样，端正地坐在餐桌前，很自然地为张连勤斟满一杯酒，再为自己倒了一杯，轻声说："张书记好酒量！自从去年我得了胰腺炎后，就不沾酒了。但张书记是我的领导，就算是死，也得陪您喝两杯。"

张连勤呵呵一笑："这个酒，是感谢酒，靳兄弟一定要喝。这是在酒店，不是办公室，所以你就别一口一个书记，叫张大哥吧。实在不行，就叫老张。说好，今天我们不谈工作，拉拉家常。我主管政法口也快一年了，第一次请你喝酒，感谢你对老哥工作的支持，你总得给面子吧？"

"张书记要我喝，我就喝。"靳峰眯眼笑了，"大港市六百万人，有几个能喝到张书记请的酒？靳峰深表感谢，先干为敬了！"说罢，一仰脖子干了。

张连勤也将酒干了，随即哈哈大笑："咱们都当过兵，不必拘泥。说实话，我这个副书记，也就干到头了，退休后还不知干什么去。不比你，你年轻有为，空间很大。公安系统，也是出领导干部的地方。你们田局长，明年就到点了。几个副局长中，数你最能干，资历也最深，要好好把握机会哟。"

这句话意味深长。靳峰马上又站起来，为张连勤倒酒，却被张连勤按着坐下了。"我自己来。今天是我请你喝酒，怎么倒成了你来侍候我？不行不行！我不知道你在部队当兵时干什么，我当的那个兵啊，就是在首长身边，为首长搞卫生、洗衣服、倒酒。所以，我敢打赌，对于倒酒，我比你强。"说罢，他拿起五粮液酒瓶，将肘抬起，转动着酒瓶，那酒便成了细线，均匀地流进了靳峰的酒杯里。当细线渐渐将酒杯填满时，他忽然一收，半截酒线仍在空中，而他已将酒瓶收回。

靳峰定睛一看，那酒刚好满沿，一滴不多一滴不少。

"张书记真是高手啊！"靳峰由衷赞道。

"唉，熟能生巧罢了。"张连勤给自己倒了一杯，端起来与靳峰碰杯，"这些年，我在官场摸爬滚打，也是从侍候人开始的。这得感谢苏老船长，是他教会了我做人的道理。反正我也快到点了，不妨今天将苏老船长当年对我的教诲转述给你。"

靳峰将碰了杯的酒端着，很恭敬地说："张书记的良言，一定是千金不换，靳峰万分感激！"

"我说了，不是我说的，而是苏老船长说的。"张连勤突然严肃起来，"苏老船长说：发展的道路只有一条，那就是你要想尽一切办法维护你的领导并把他推到更高的位置，你才会得到更好的保护和相应的位置。说真的，我张连勤也还读过几本书，但唯有苏老船长的这句话，最实在，也最管用。"

靳峰若有所悟，郑重说了声"谢谢张书记教诲"，便又把酒干了。

张连勤酒量奇大，一会儿工夫，一瓶五粮液就见了底。靳峰赶忙出了包房，叫服务生又上了一瓶。在接下来的推杯换盏中，张连勤又滔滔不绝地讲了一些苏振海的逸闻，闲扯了一些家常，这才很关切地问："最近工作上有什么压力吗？"

"要说没有压力，那是假的，不过还应付得了。"靳峰说，"关于几起人命案了，局里已经向您做过书面汇报了。棘手是有点棘手，但破案也需要时间。"

"听说最近大港来了个不明身份的人，叫萧邦，你接触过吗？"张连勤点了一根烟，将身子往椅子靠背上一靠，很随意地问。

"见过面，也安排人调查过，是《华夏新闻周刊》的人。"靳峰仍然坐得很直，"我也向北京打过电话，《华夏新闻周刊》的社长亲口向我证实，萧邦确系他们的记者。"

"一个记者，跑到大港来干什么？"张连勤说，"听说他要调查采访'12·21'海难,这好像不是一个记者应该干的事嘛。况且,《华夏新闻周刊》不是党内媒体,顶多是个二流刊物,管这事干什么?我看,这件事情不是那么简单。"

靳峰感觉很热,他拿起餐巾纸擦了一下额上的汗,小心地说:"这件事情没有处理好,请张书记指示。"

"你看你,又来了!"张连勤摆摆手,"我哪有怪你的意思?我只是提醒你,对一些特殊的事情,要多留个心眼。通过这一年来的工作接触,我觉得你很能干,又聪明,我可从来没有把你当外人看!你还记得吗?上次你抓了三个人,准备审讯时,我给你打了个电话让你放人。也许你心头疑惑我为何要这么做,现在我可以告诉你,这三个人,我必须放。"

"为什么?"靳峰明知问领导的话很犯忌,但还是情不自禁地问。

"因为,他们是苏老船长的人。"张连勤淡淡地说。

靳峰只觉得酒上了头,脑袋"嗡"地响了一声。

萧邦喝了一口茶,压了压内心的震惊。难道林海若说的老头子遭遇车祸之事,就是张连勤所为?既然是暗害,一定比较隐秘,老头子又为何那么肯定?

苏振海及时消除了他的这种疑虑:"我老了,也没有萧兄弟这样的专业背景,对于侦破推理,可以说一窍不通。但我的直觉还算灵敏。因为这个世界上,真正想要我这条朽命的人并不多,我得罪过的人,也屈指可数。按常理,我帮助过张连勤,也算他的恩人吧。可他为什么会恩将仇报?也许,从他的角度来看,这也是迫不得已。张的事情,我比较清楚,尤其是'12·21'海难发生后,他就没有一日安稳过。而我,这两年看似毫无动静,实则也有一些调查。张嗅到了这种气息,寝食难安。就目前的情况来看,真正能够威胁到他的人,不外乎三个:萧兄弟算一个,靳峰算一个,老朽算一个。而这三人当中,你远道而来，又不直接与他接触，费的周折要大一些，还得一点一点地查找证据，才能对他构成威胁，因此他一开始并没有除掉你的意思，而是找人威胁你，见你不吃那一套，才下决心杀你；靳峰是他的部下，就算怀疑到他，也不敢明目张胆调查他，因为靳的政治生命攥在他手中，官大一级压死人，比较好控制；而我呢，对他可以说是知根知底，目前还挂了个全国政协委员的头衔嘛，别说是他，就是书记和市长，也还得给我三分面子。在这种情况下，一旦我决心为浚航报仇，势必将他牵扯进去，所以他最是忌惮。

"我可以向萧兄弟交个底：正是由于张在云台当副市长时候的干预和操作，才出了'云台轮渡'这样的怪胎公司，他是直接捞了好处的。这里头的猫腻，不用我多说，萧兄弟自然也猜得出来，将来会有证据证明这一切。我再提示一点，就是原大港市副市长郭凤潮，与张有些过节，张一直想取而代之，曾走通了上层关系，想到大港来。但上面的人说了，郭的政绩尚可，而且上面也有人在护着他，不好办，除非郭自己犯错误，张才有机会。就这样，在'12·21'海难后，郭受到牵连，被免去职务，现赋闲在家。还有，大港市海事局副局长李海星，与张过从甚密，在这起海难事故后不降反升，由船舶处处长升任副局长。这些情况，我只能讲到这里了，请萧兄弟理解。

"当然，上述这些只是内因，而具体到我个人的情况，有以下几点：第一，我前段时间要到大港去，只给他打过电话，连我的家人都不知道，但就在我准备出发前，突然遭了车祸，说明他怕我去大港见了其他市领导，说出他的秘密，所以痛下杀手；第二，在我出发的前一天，他打电话给我，拜托我代他去看望瘫痪在床的老父亲，并约好了时间，而我就是在去往他家的路上遇到车祸的；第三，那辆肇事的越野车是云台市的车牌，当时从对面的坡道上越过马路分界线直冲下来，而且专门撞我坐的副驾驶位置，就是想置我于死地，幸好我命大，只是伤了腿，保住了老命。"

"您是说,张连勤的老父亲也在青岛?"萧邦不经意地问道,"他以前不是在云台工作吗?怎么老父亲在青岛?"

"说起来,这事也是我帮的忙。"苏振海说,"他父亲本来在乡下,我老早就劝他在城里为他的父亲买一套房子,找个小保姆照顾,便于安心工作。他同意了。于是我派人为他找了一个风景比较好的地段,买了一套三居室,供老爷子居住。老爷子86岁了,头脑清醒,但下半身根本动不了。"

"是不是离这里很远?"萧邦问,"我想,肇事者一定算准了您前去的路线。"

"大概是这样吧。"苏振海说,"老爷子就住在本区的新海景小区,也就十公里左右吧。"

"肇事者抓住了吗?"

"他当然跑不掉。"苏振海哼了一声,"现在被拘押在看守所。这是个亡命徒,声称自己喝了酒,不是故意的。经血液检测,这家伙血液里的确含有一定的酒精量,但怎么会那么巧?所以,警方以'酒后驾驶'论处,只是拘留了他。而我又不能将我的怀疑向警方讲,怕打草惊蛇,只能忍了。"

"我听说,林海若女士代您去大港,市政府很重视,好像张连勤副书记和江枫秘书长还亲自到机场接站。市委出动两名常委亲临机场,规格很高啊。"

"这个倒是没什么问题。"苏振海说,"我还在大港工作的时候,就是省政协常委,又跟大港市历任主要领导都有些交情,无论于公于私,接待我一下,形式而已,没什么好奇怪的。关键的问题是,张连勤心中有鬼,怕我到了大港后直接与其他市领导透露对他不利的秘密。到了这个时候,他不会善罢甘休的。我腿脚受了伤,待在家里,他也派人盯我,甚至买通了我的人。说一句你很难相信的话,今天咱们的谈话内容,如果我老头子稍不留意,就会直接传到张连勤的耳朵里。"

萧邦又一惊。但见苏振海从桌子底下摸出一个窃听器，将它放在桌子上。

"萧兄弟是行家，自然知道这玩意儿是最新的配置了。不过，请放心，在我们谈话之前，我已经将它破坏了。比起船舶电气系统，它还是要简单得多。"苏振海把玩着，对萧邦微微一笑。

他的笑里有某种说不出的狠劲，让萧邦不由得心里一寒。

048 | 上峰的命令

靳峰露出了吃惊的表情:"张书记是说,这三个人是苏老船长豢养的打手?"

"岂止是打手!"张连勤鼻子里哼了一声,突然又转移了话题,"兄弟在大港,年头也不短了,可对苏老船长这个人有所了解?"

"没有什么接触。"靳峰小心地说,"我对他的了解,就如同大众对他的了解一样,只是从媒体上知道一些而已。"

"恐怕不见得吧?"张连勤眉毛跳了一下,笑道,"据我所知,你是蓝鲸老总叶雁痕的亲舅舅哟,叶总亲人死得早,你是母舅当娘,说起来,与苏老船长还是亲家嘛。"

靳峰马上说:"是亲家倒不假,但叶雁痕这孩子跟我不亲。虽然都在本城,但我与她很少来往,更别说她的公公了。再者,谁都知道,苏老船长是实业家,又是全国政协委员,我没敢高攀。"

张连勤哈哈大笑,看着有些紧张的靳峰,说道:"看把你吓成那样!实话告诉你,我与苏老船长一直很亲,就跟父亲与儿子那样亲。跟他来往的人多了去了,你怕什么?这又不是封建王朝,谁要是犯了重罪,得株连九族。你办案那么多年,自然知道谁犯罪谁承担法律责任,即使亲娘老子,也各说各的。"

靳峰这才很不自然地笑了笑:"谢谢张书记点拨。我倒不是怕什么,只不过事实如此,我又如何敢向您撒谎?"

"好了,不提这个。"张连勤转了一下混浊的眼珠,"我告诉你这件事,就是要向你说明一个道理,道貌岸然的人,往往包藏祸心,只是一般人看不出来罢了。"

靳峰听出了张连勤的弦外之音,但在张连勤没有直接表明之前,他不敢贸然发问。

见靳峰毫无反应,张连勤脸色就有些难看了:"兄弟,恕我直言,你这个人有个弱点，就是在上级面前不够大胆，顾虑太多。我们作为党的干部，要分得清大是大非，敢于追求真理。是的，党内有些干部，为了保全自己，干起工作来缩手缩脚，其结果是让人民饱尝冤屈，这是要不得的。"

"张书记批评得是。"靳峰不住点头，但仍是一副不明所以的表情。

张连勤实在没有性子再等他发问了，直截了当地说："我不知道你是真糊涂还是装糊涂。苏老船长的人，在大港作案，我却把他放了，你也不问问原因吗？"

"我想，张书记让我放人，自有张书记的道理。"

"那是自然。"张连勤对这句话似乎比较满意，"实话告诉你，那是苏老船长打电话让我放的。而我放人，不仅仅是为了他对我的恩情，更重要的是，我要放长线钓大鱼。直白点说，是我已经了解到，我的大恩人苏老船长，有制造'12·21'海难的嫌疑。"

来了！靳峰心里暗暗喊了一声。他张大了嘴，惊讶地问："这怎么可能？苏老船长，可是苏浚航的父亲啊！"

"对于特殊案情，不能用常理去推断。"张连勤冷笑，"再说，苏浚航并非他的亲生儿子，只不过是当年他去印尼接难侨时抱养的孤儿。你办了这么多年的案子，难道没有办过父亲杀死儿子或者儿子杀死父亲的案子吗？"

靳峰当然办过。对于一个资深警探，什么千奇百怪的案子都办过。

"可是，似乎没有什么证据啊。"

"苏老船长是什么人？岂能轻易让人抓住把柄？"张连勤的眉毛又跳了一下，"他是搞船出身，对船舶和海况的了解，就跟了解自己的身体一样。事实上，在陆地上所有的案子，只要是杀人，难免留下蛛丝马迹。可是大海能够淹没一切证据，只要是沉船事件，调查起来都非常麻烦，这是第一点；第二点，如果苏老船长与此海难无关，他的儿子失踪了两年，他为什么没有任何行动？除非他希望自己的儿子死或亲自安排了这起海难；第三点，在这起海难的鉴定结果出来后，先后又有几批调查人员来大港，然而都是有头无尾，最后不了了之，试问谁有这么大的本事？我看就连咱们的书记、市长都不可能有那么大的能量；第四点，当萧邦出现在大港以后，先是遭到那三个黑社会分子的袭击，再就是在海边遭到枪击，而枪击萧邦的最大嫌疑人，就是苏老船长的养子马红军；第五点，他曾给我打电话，说要来大港，可是却没有来，而是派他的娇妻林海若带着小儿子前来，来了之后，小儿子又神秘失踪，这分明是故布疑阵，别有用心。你是刑侦专家，我说的这些事情，你也比较清楚，你说说，他为什么要这么做？我想，这一切，只为一个目的：阻止某些人对海难进行调查，好让自己逍遥法外。"

靳峰认真听完，做出猛然醒悟的样子："哎呀，经张书记这么一提醒，还真是那么回事！我以前一直不敢往这上面想。像苏老船长这样德高望重的人，怎么可能做出这些事呢？"

"当然，今天我们的谈话，只限于我们两人知道。"张连勤郑重地说，"你可能不太清楚，这位老船长，是位通天人物，很多人受过他的恩惠，并不见得能像我这样拎得清。至于他为什么要制造这起海难，我就不得而知了。"

"张书记，我明白了。"靳峰说，"现在，马红军在我手里，我会严加审问，争取让他招出幕后的指使者，进而顺藤摸瓜，查出海难的原因。"他说完，赶紧给张连勤倒了一杯酒，等待上司的肯定。

然而，张连勤却使劲地摇了摇头，不急不缓地说："兄弟啊，你没明白，你真的没明白。"

"请张书记指示，靳峰一定执行。"靳峰倒完酒，又坐得很直了。

"我刚才是说怀疑苏老船长制造了这起海难，并没有说一定是他，明白了吗？小马之流，只是其门下走狗而已，打死他又能怎样？事情并不那么简单。不信，你去打听打听，苏老船长在大港以及全国的势力，是超乎你想象的，没有那么容易就可以扳倒的。弄不好，你这顶小小的乌纱帽,就会被莫名其妙地摘掉,懂吗?"

"那,请张书记明示,我该怎么做?"靳峰小心地问。

"四个字。"张连勤微弯拇指,亮出四个指头,"停止调查。"

"停止调查?"靳峰简直不敢相信自己的耳朵,"明明知道这起案子已到了关键时刻,我作为主管刑侦的副局长,怎么可能停止调查?再说,您刚才不是说要放长线钓大鱼吗?"

"小靳啊,你还年轻。"张连勤突然改了称呼,有些语重心长的意味,"我问你,就算你查出了这起案子是苏老船长所为,又能怎么样?"

"至少,可以让真相大白于天下,为那些死去的冤魂昭雪,这是祖国和人民赋予我们人民警察的职责!"靳峰说得义正词严。

"你说得没错。"张连勤端起酒杯,主动碰了靳峰迅速举起的杯子,又干了一杯,才接着说,"但我问你,如果照你所说,查出了真相,你知道会是什么后果吗?"

"让罪犯伏法,让正义伸张。"靳峰说。

"哈哈,"张连勤大笑起来,笑声震得靳峰的耳膜生疼,"我怎么越看你越像一个刚从警校毕业的学生?你也太天真了吧!实话告诉你,一旦你查清了这起案子,必将引起巨浪狂潮。你也不想想,这是一起什么案子?在两年前,国家已对此案作了最终结论,你想挑战权威,这是其一;其二,一旦这起案子不是原来的那个结果,势必引起强烈的震荡,到那时,我敢打赌,大港市的领导,没有一个脱得了干系,新闻媒体一片骂声,也必将再次引起那些死难者家属的悲伤,发生民变也未可知;第三,你也脱不了干系,那时,新闻媒体会问你:两年前你干吗去了?为何现在才查出来?是不是另有隐情?等等等等。未知的因素太多,但没有一样是对稳定社会秩序有利的。我就搞不明白,你是想当个人英雄,还是想将已经灭了的死灰重新点燃?你忘了两年前,大批群众在海滩上集体祭奠、哭声震天的场面了吗?你成天学习文件,忘记了'稳定压倒一切'的指示精神了吗?你认为只要查出真凶，就可以让260个遇难者死而复活吗？你到底懂不懂政治？到底有没有大局意识？"

说到最后，张连勤的手挥了起来，俨然是领导训斥下属的架势。靳峰的热汗滚滚而下。张连勤发的连珠炮，将他震晕了。半晌，他才颤抖着手给张连勤倒酒。张连勤却一把夺过酒瓶，反给他倒上，自己也斟了一杯，轻轻地与靳峰碰杯，脸色也缓和下来。

在干了这一杯之后，张连勤才和颜悦色地说："兄弟啊，你我在一条战线上，我不得不为你考虑，也不得不为大港考虑。刚才，我激动了点，但事实就是如此。我毕竟比你痴长几岁，看的文件比你多几份，受的罪也要比你多一些，这才给你说实话。你这样蛮干，最好的结果是你出了名，但一旦造成不可收拾的局面，你以后的日子不会好过，懂了吗？"

靳峰用肥手抹了一把汗，使劲地点了点头。

"所以，今天我约你来，一则请你喝酒，二来不愿看到我的兄弟睁着眼睛往火坑里跳。你只要办好其他案子，一样会得到晋升。这起该死的海难，就让它沉睡吧，反正你我又没接到命令，一定要查办此案。"张连勤见靳峰吓成那样，又来了点安慰。

"可是，要是萧邦仍然坚持继续调查此案，怎么办？"

"这才是你要抓紧解决的问题。"张连勤眉毛又跳了一下，"我说过，这个萧邦身份极其可疑，弄不好是上面派来的高级警探，不然，一个小小的记者，怎么敢明目张胆地在大港活动？但我认为，只要你把住这一关，我再找机会与苏老船长沟通一下，封住萧邦的退路，任他怎么查，都很难找到实据，自然就会无功而返。"

"那马红军和孟中华二人向萧邦开过枪，怎么处理？"

"你怎么什么事都问我？"张连勤有点不高兴了，"这是另一回事，他们要杀萧邦，有实证，该拘就拘，该上法庭就上法庭，到时候我给院长说明一下情况，判了算了。"

"您确定苏老船长那边,能够沟通好吗?"靳峰仍然有些担心的样子。

"我曾是他的手下,比较了解他,应该没什么问题。"张连勤自信地说,"况且,这件事情,一旦兴风作浪,对谁都没有好处。苏老船长是一位智者,我想他会听取我的建议。毕竟,他帮过我,我也应该帮帮他。"

他帮你,你就帮他?靳峰从心里冷笑。他感觉最后这两句话,哪像一个市委副书记兼政法委书记的口吻?简直和市井之徒毫无两样!但他脸上露出了会心的微笑,点了点头,对张连勤说:"张书记说得对极了。我这个人,以前就是不知道感恩,所以错过了许多机会。今天听您这么一说,才明白了:不管做官也好,执法也好,首先要学会做人。"

"说得好!"张连勤居然站了起来,使劲握住了下属的手,"兄弟啊,原来你也是明白人。看来,我是早该约你一起唠唠了。来来来,咱哥俩再干它几杯!"

酒又上来,二人连连碰杯。第三瓶酒干完,张连勤见靳峰已有些目眩,知道他酒劲上头了,才关切地说:"好了,今晚就先喝到这里,我还要回办公室加班,你回去好好睡个觉吧。"

靳峰红着眼,晃晃悠悠地站起来,却一头向墙上撞去。

"门在这边,兄弟。"张连勤扶住了他,就听见靳峰嘴里含混不清地说着什么。他打开了门,向远处角落里坐着的司机招了招手。司机会意,便过来扶住靳峰,出了包房,往楼下走去。

这是香格里拉饭店的特殊餐厅,专门供高级客人用的。到了楼下,靳峰使劲地推张连勤的司机,嚷着要送张书记回家。张连勤见他真的醉了,便准备让靳峰坐他的车。但就在这时,一名年轻的警察从大堂里出来,扶住了靳峰,对张连勤说:"张书记,还是我送靳局长回家吧。"

张连勤回头认真地看了一眼醉了的靳峰,才上了他的奥迪,一溜烟走了。

等张连勤的车消失在长街尽头，靳峰一把挣脱小警察的手，红红的眼睛突然变得炯炯有光了。"雁雁怎么样？"他一边问，一边摸出已关闭的手机。

"叶总脱险，被安排在招待所里住下了。她脾气很大，老是嚷着要见您。"小警察说。

"甭理她，别把她娇惯坏了！"靳峰冷冷地说，"就让她在那里待着吧。把车开过来，马上回局里。"

"是！"小警察接过靳峰递来的钥匙，迅捷地向警车跑去。

靳峰站在那里，本来肥胖的身体，此时居然站得笔直，像一座雕像。他眨了眨毫无困意的眼睛，嘴角浮上了一丝冷笑。

049 | 社会的脊梁

夜已深。苏振海毫无倦意，目光灼灼。萧邦感到这位老人的精力，恐怕远在自己之上。

"今夜听苏老船长纵论海事风云，剖析海难原因，真让萧邦佩服不已。"萧邦将双手平放在桌上，微笑着说，"但不知苏老船长还有什么交代？也就是说，下一步除了注意张连勤外，我还该做些什么？"

"萧兄弟客气了。"苏振海转动了一下轮椅，"萧兄弟决非平凡之辈，既然要调查这起海难，想必自有主张，我只不过将我所知道的一些原委告诉你罢了。其实，我倒很想知道萧兄弟下一步将如何进行，是不是要继续查找必要的证据？"

"证据固然重要，"萧邦此时也变得精神抖擞，"但摸清事情的源头，恐怕更为重要。这起惊天动地的海难，看似迷雾重重，实际上可能就只有那么几个主因。而主因，无非是祸从心起。现在，我们如果一点一点去搜集证据，恐怕难以奏效。而对相关人等的研究分析，可能更实际一些。"

"相关人等？"苏振海的眼神闪了一下，"萧兄弟指的相关人等，不知包括哪些人？"

"我想分为三个层面。第一个层面，是管理方面的人，譬如您、张连勤、叶雁痕、苏浚航、工建勋等；第二个层面，是直接阻止调查这起海难的人，譬如孟中华、马红军、孟欣等；第三个层面，就是不明情况的人，譬如靳副局长、王啸岩、苏锦帆、林海若、李海星和我。"

苏振海微微一怔，说道："难道这里面所有的人，都与海难有关？"

"我想多少都有点关系吧。"萧邦微微一笑，"否则，大家为何都那么关心这起海难？"

"你这么一说，还真有些道理。"苏振海点了点头，"不过，你说的第三个层面的人，为何叫'不明情况'？恕我愚钝，没听明白。"

"所谓不明情况，就是这些人到底意欲何为，不是很清楚。当然，也包括我。我自然知道我要干什么，但凡是盯上我的人，恐怕都不太明白：一个远道而来的人，为何要拼了老命查这起案子？再说靳副局长，他本是主管这起案子的，在两年前他已交差。可当这起案子再度引发关注之后，他一直盯得很紧，似乎别有用心。其余的几个人，当前的表现都比较模糊，但显然各自都有其目的。"

"哦？"苏振海似乎来了兴致，"那么，萧兄弟是说，'12·21'海难的罪魁祸首，一定在你所列的这三个层面的人之内？"

"没有无缘无故的爱，也没有无缘无故的恨，更没有无缘无故的行为。"萧邦没有直接回答这个问题，"萧邦认为，苏老船长所说的'灾难在人的内心'一句，直指要害，可谓经典。一个人的行动，必然是受其内心所驱使。一个人做事，其动机无非是为情、为利、为权，极个别的人是为了信仰。而事实上，如果没有情、权、利、信仰做牵引，人的行为动力恐怕就会变得消极，或是看破红尘，或是得过且过，进入无为状态，自然不会生出事端。那么，究竟是什么导致了这起海难的发生？我想来想去，恐怕跑不出这个范围。当一个人做了某件事尤其是心中有鬼时，会不自觉地表现出种种迹象，或煽风点火，或故意掩盖，或制造混乱，或指鹿为马，或威逼利诱——做这些事情的人，都是为了达到某种目的。然而，纵观古今中外的案件，也正是罪犯在惊慌失措、人为制造假象的过程中暴露了自己，犯了掩耳盗铃的错误，才容易露出破绽，最终加快破案进程。因此，我想在老船长这句'灾难在人的内心'后面加一句话，叫作'罪恶的灵魂必将万劫不复'！"

苏振海浑身一震。他却拍了两下掌，大声说："萧兄弟妙论！古人云：朝闻道，夕死可矣。没想到我苏振海快进坟墓了，还能听到如此深刻的见解，哈哈，真是豁然开朗啊！"

"苏老船长谬赞了。"萧邦说，"您刚才问我，是不是这起海难事故的制造者就在上述这些人之内，我不能肯定回答，但一定与这些人有关。这三个层面的人,相当复杂,有隐忍不发的,有坚持正义的,有借题发挥的,有浑水摸鱼的,有嫁祸于人的,各有各的用心,各自都在演自己的戏,而且演得相当精彩。当然,也包括我自己。"

"请萧兄弟直言,我老头子在这里头是个什么角色?"苏振海又笑了,"我看,我也就是个配角,弄不好还是个跑龙套的。"

"苏老船长真会开玩笑,"萧邦淡淡一笑,"您是著名航海家,德高望重,自然是坚持正义和真理的。如果这真的是一部戏,那么您至少也是一位重量级的特邀演员,对树立这部戏的正面形象起了关键作用。"

"哈哈,"苏振海大笑起来,"与萧兄弟聊天,真是平生一大快事!只可惜,我腿脚不方便,不然陪你一醉方休。"

"谢谢苏老船长。"萧邦打了个小小的哈欠,"夜深了,我怕影响您休息呢。"

"哦,你看我这人,一兴奋起来,忘了萧兄弟旅途劳顿,应该休息了。"苏振海露出了慈爱长者的表情,"这样吧,今天太晚了,就在寒舍住下。明天,我安排司机陪你逛逛青岛。工作和休息,都得兼顾到嘛。"

"谢谢。"萧邦说,"今晚我收获颇多,我想明天一早就回大港,继续进行调查。如果那边有什么新的情况,我会及时向您反馈。"

苏振海犹豫了一下,便道:"说实话,我非常舍不得你。对你,我真是相见恨晚啊。有一件事,我想同你商量一下。"

"什么事?"

"听说,我们家雁痕有点喜欢你。"苏振海似乎早就想好了说辞,不待萧邦回答,继续说,"雁痕工作繁重,很孤单,她又不会照顾自己。你也知道,雁痕是故人之女,我一直把她当作亲生女儿看待。浚航失踪了两年,估计已无生还可能。我想,你离了婚,也是一个人过。恕我直言,你们在感情上都有过挫折,不妨汲取经验,重新组织家庭。

当然,我只是建议,或许萧先生另有意中人也说不定。或者,你要是不愿意,请直说。我们都是男人嘛,不必像女子一样含蓄。"

萧邦迎着苏振海慈父般的目光,静静地听完。这当儿,他突然感到一种眩晕。他想起了辞世的父亲,想起了他的老首长——刘素筠的父亲。在这种慈爱的目光中,萧邦感到自己是一棵草,在久历干涸后迎来了阳光和雨露。

"谢谢!"萧邦真诚地说,"我非常感谢苏老船长的美意,但目前谈这些,恐怕为时尚早。我看,等'12·21'海难调查结束后,再谈这件事吧。"他并没有拒绝苏振海。

"好!"苏振海想站起来,但当他的手扶在轮椅上时,才意识到自己的腿不方便。他伸出手,使劲握住萧邦的手,声音有些微颤,"我这样考虑,只是因为太喜欢你了,希望你成为苏氏家族的一员。因为,苏家需要男人,尤其像你这样的男人!"

这句话说得恳切,萧邦不由得心念一动。做叶雁痕的丈夫,对他的前程有什么影响,恐怕连傻子都知道。

靳峰目光冷峻,在扔了一地烟头的办公室里来回踱步。他入城已多年,其他方面改造得都很好,只剩下乱扔烟头这个农民习性了。田局长每次进他的办公室前,都要提醒他打开窗户,否则这个烟雾弥漫的房间会把人呛晕。他掏出手机,拨萧邦的电话。还是关机。看来,萧邦与苏老头的谈话还没有结束。他不由得想起,在萧邦与林海若离开大港前,他们间的一次对话:

靳:你认为我是一个好警察吗?
萧:不好说。但至少可以肯定,你不是一个单纯的警察。
靳:怎么解释?
萧:不需要解释。单纯的人,干不了警察,也干不好。

靳：想听听我对你的印象和评价吗？

萧：不想。

靳：为什么？

萧：评价这东西很害人。我只坚持做我认为应该做的，别人的褒贬，容易影响自己认识一个真实的自我。

靳：人们不是常说要虚心接受批评，谦虚接受夸奖吗？

萧：只有真正不自信的人，才需要在他人那里寻找安慰。

靳：你很自信？

萧：是自负。

靳：自负好像是人生大忌。

萧：但自负的人，通常都会将一些细节考虑周全，以事实证明自己有这个能力。

靳：此去青岛，有什么想法？

萧：听。

靳：不看？

萧：听比看管用。其一，场景、表情可以伪装，但真实的心声和虚假的言辞，可以通过声音震荡空气的强度，直接感知表述人的心情，从而判断其内心世界，这是从声音震荡气流的变化来捕捉的；其二，可以从句式、顺序、语调等听出对方的思路，从而判断其表达的目的；其三，以逻辑推理来判断谈话者表述内容的真伪。大凡喜欢说话或口才好的人，都会有很多漏洞，而一些细微的漏洞，往往就是最有价值的信息。

靳：我听说你的听力已达到极致，是在部队训练出来的吗？

萧：是。我可以闭上眼睛坐在火车站候车大厅分辨出熟悉的人在什么位置，也可以在百鸟齐鸣的清晨听出露珠滑落枝干的声音。

靳：在侦查中，听是不是非常关键？

萧：在任何事情中，听都非常关键。

靳：你认为此行，能听出新的线索吗？

萧：只要他开口说话，就一定有新的线索。

靳：但我好像知道你曾太过于相信自己的听力而让小马打了一枪。

萧：那是因为他是小马。海军陆战队的训练，经常将自己埋在沙坑里，静止不动待上几个小时。小马的这种功夫，在陆战队已练到一流，非我能及，所以我没听出来。

靳：看来你们是各有神通啊。那么，老孟的神通是什么？

萧：老孟装傻的功夫，很少有人及得上。

靳：那我的特长是什么？

萧：你的定力，我、小马和老孟加起来都比不上。

靳：难得你这样夸奖我。

萧：不是夸奖你。你除了天生心理素质特别好以外，恐怕更多的是见过和办过的案子太多，已心如止水。

靳：最后再问一个问题：你认为我和你，是友是敌？

萧：我认为二者都不是。

靳：那是什么？

萧：你和我这样的人，无论性别，无论国籍，无论职业，只要我们在世界的任何地方碰到，都会自然联手！

这是萧邦出发前对靳峰说的最后一句话。每当想起这句话，靳峰心头就涌起一种温暖。萧邦的这句话说明了一切：因为"道"。这个世界上，很多人并不认识，但他们的心，日月可鉴；他们做的事，天地撼动。无论处在什么样的社会，无论远古还是今天，这样的人都是社会的脊梁,引领着社会发展的方向。因此,萧邦对靳峰的救助,并没有过多的感谢。

现在,形势的逼迫让靳峰进入了一种前所未有的兴奋状态。他知道,机会对于一个真正的警探,有时比生命更重要。萧邦没有开机,他只得按原计划行动。

一个年轻警察敲门走了进来。靳峰稳稳地坐在办公桌后面,盯着年轻警察。年轻警察站得很直。这是靳峰对属下的基本要求:汇报工作的时候,不许坐着。

"你说。"靳峰直截了当。

"报告靳局,涉嫌枪击叶总的杀手已当场摔死。据查,此人29岁,系大港市普安店区杨村人,名叫张保兴。"年轻警察说。

"家里还有什么人?"

"只有一个瞎眼的老母亲。张保兴本人无业,有时做点小买卖,家里很穷。"

"马上派人守在张保兴家。任何人去他家,都得调查。"

"是。"

"我要的关于今天下午'辽远号'乘客情况的资料,准备好了吗?"

"准备好了。"年轻警察一边拿出一张A4纸,一边汇报,"一共是224名乘客,包括咱们的4名警员。三等舱161人,只有5人出舱,但都没有异常表现;二等舱49人,都在睡觉;头等舱14人,没有人四处走动,只是,萧邦和林海若在舱外甲板上聊了62分钟才进舱。"

靳峰点点头,接过更为详细的表格,放在桌上,看了看表,问年轻警察:"王啸岩晚上在哪里活动过?"

"先在天天渔村同客户吃饭,后来就去了天香娱乐城。"

"现在还没出来?"

"没出来。"

靳峰略一思考，霍地站起，对年轻警察命令："通知特别行动小组，各就各位，今晚都别睡觉了，完成任务后，每人奖励一条玉溪。"

"是。"年轻警察立正。

"通知完后，马上跟我出发。"靳峰再次命令。

"是！"年轻警察快步出门去了。

050 | 入套

萧邦此时已躺在苏家客房的床上。床很柔软,屋里温暖如春。这间客房的布置比得上四星级宾馆,有单独的浴室。但萧邦并没有享用。事实上,刚才的困意是装出来的。他此时的大脑,像用水洗过一般,清晰极了。

他打开手机,一条短信传了过来:

萧兄:张已约我喝酒,矛头直指老船,恐怕将有行动;我们必须抢先布置,免受被动。雁已安妥,请放心。正布网。如有收获,速回大港,须仰仗兄之力量,方有希望!靳。

萧邦看完,马上回复:

有收获。明日即回。

当他正要按回复键时,突然又改变了主意,便将短信删了。正在这时,他听到了轻微的敲门声。萧邦辨别出是有人用食指的第二关节轻轻叩了一下门。他本来就和衣而卧,故起床很方便。他没有开灯,轻轻走到门边,拉开了门。一张冷漠的面孔出现在他的面前,像一具僵尸。正是开车接他和林海若母子的那名壮实的司机。

靳峰带着年轻警察,驱车直奔天香娱乐城。车刚刚停下,一名便衣从暗处闪了出来,迅速钻进了车里。

"王啸岩在哪儿?"靳峰问。

"在三楼32号包房。"便衣回答。

"你确定?"靳峰问。

"是。"便衣一指停在左前方的一辆奔驰,"您看,他的车还在那里。"

"他在32号包房干什么?"靳峰问。

"我没敢进去,怕打草惊蛇。"便衣回答,"不过王啸岩喜欢在这里找女人,好像来过几次了。"

"怎么是'好像'?"靳峰沉声说,"到底来过几次?"

"不……不知道。"便衣有些紧张了。

"跟你们讲过多少次了,调查要准确,不能用'好像''似乎''也许'这样的词来搪塞我,明白了吗?"

"是!"便衣听见自己的心在跳。

"好了。"靳峰很不耐烦地一挥手,"你就位吧。我和小陈上去。"

靳峰上了三楼。32号房间在三楼最里边,门口站着一个标枪般的年轻服务生,表情木然,像个哨兵。身着警服的靳峰走了过去,他居然视而不见。他妈的,这个王啸岩也太狂了吧,泡妞还带哨兵!靳峰心里骂道。但他还是强忍怒气,对那名服务生说:"把门打开,我要找人。"

服务生居然一点都不怕他:"客人吩咐过,无论是谁,都不见。"

靳峰当了几十年警察,还是第一次见到这么牛的服务生!

"让开!"跟在靳峰身后的年轻警察伸手去推服务生。但不知为何,被服务生轻轻一带,差点摔了个狗吃屎。

靳峰突然出手,一记勾拳结结实实地打在服务生的下颌上。但那服务生也十分了得,在靳峰的胸脯上还了一拳。靳峰连半步都没有后退,接着就像抓小鸡似的把服务生扔了出去。

靳峰一脚踹开了门。他正要骂出声来。但看到眼前一幕场景时,整个人都呆住了。三个人,围在一张麻将桌旁,各自的面前都整整齐齐地码好了牌。对着门的位置空着,也整整齐齐地码着牌,似乎在等人。这三个人是王啸岩、张连勤和大港市公安局局长田光。

三个人看见他,都像见了阔别多年的老友一样对他热情地一笑。张连勤一挥肥手,笑呵呵地说:"靳峰同志,正好三缺一。明天是周末,咱们几个,玩几把怎么样?"

靳峰拼命地挤出一丝笑。但这笑实在无法牵动整个面部肌肉,只好硬生生地僵在脸上。

萧邦问那人:"有事?"

那人向他招了招手,用低沉的声音说:"跟我来。"

萧邦便跟在那人的后面,穿过长长的走道,下了楼梯,出了后门,来到一个假山林立的园子中。

天上云浓星淡,但仍然可以分辨出眼前的实物。那人停下,对萧邦说:"我听说,你的功夫非常厉害。"

"只是一般。"萧邦不知他想干什么。

那人也不说话,随手捡起一块石头,突然一拳击在石头上。石头碎了。那人拍了拍手,问萧邦:"你能做到吗?"

萧邦摇摇头:"做不到。但我不是石头。"

那人哼了一声:"我知道你是苏老船长的尊贵客人,本不该打扰你休息。但是,我不能容忍有人欺侮我的师弟。今晚,我一定要找回本门的尊严!"

萧邦很诧异:"不知萧邦何处得罪了尊师弟?"

"我师弟就是宋三鞭。"那人说,"他不争气,残疾了,败在你的手下。我作为他师兄,有这个义务为他雪耻!"

萧邦想起了海边的那场恶战。可是,那本是宋三鞭要害他,他迫不得已才还手,又怎么能说是"雪耻"?但萧邦没有与那人争辩,只是淡淡地说:"你出手吧。"

那人突然一哈腰,浑身关节"咔咔"直响,形如满弓。一阵冷风吹来,萧邦顿时感到了一种前所未有的杀气向他逼来。那人弓起的身子突然像猫一样跃起,照着萧邦头顶就是一记劈拳。这一招快如闪电,萧邦竟无法闪避,只得错步拉弓,伸手一格。但听一声沉闷的撞击,萧邦感到有千钧之力压来。他虽然化解了对方的力道,但不由得"噔噔噔"倒退三步,才稳住身形。那人略微吃了一惊,随即欺身而进,左右开弓,迅猛的拳头挟着劲风,照着萧邦的要害攻来。这套拳法看起来非常笨拙,但每一式都藏着精妙的变化。萧邦凝神静气,左闪右避,竟不敢与他硬碰。那人猛攻到第三十六式,见萧邦身法轻灵,一味闪避,突然低叱一声,双腿如影般连环踢出。萧邦疲于应付其拳头的攻击,没料到此人的腿法比拳法更为精到,不由得手忙脚乱。那人瞅准一个破绽,一个绊脚击在萧邦小腿。萧邦下盘被破,立即倒地。那人提腿,迅疾踹向萧邦。正在这时,树丛后面一声断喝:"住手!"

那人踹出的腿,硬生生收了回来。萧邦慢慢爬起来,便见苏振海坐在轮椅上,正被林海若缓缓地推了过来。那人垂手面对主人,一言不发。

倒是萧邦哈哈一笑,拍了拍屁股上沾着的草叶,对苏振海说:"没料到苏老船长府中,藏龙卧虎啊!"

苏振海连声对萧邦说"对不起",同时扭头狠狠地对那人训斥道:"我跟你讲过多少次了,你总是好斗!当年你师父在世的时候,就常对我讲:习武之人,切忌好斗,要学会谦让,须知天外有天,人外有人!你总是自视甚高,难道非得受到重创,才肯罢手吗?"

萧邦微笑着听苏振海训斥他的司机。苏老头的这句训斥,怎么听都像是在警告萧邦。萧邦败了,又被苏老头指桑骂槐,居然还笑得出来。

那司机低下头,说了声"是",便不再言语。

"下去吧。"苏振海对他的司机说,"萧先生是我的客人,以后不许再对萧先生无礼。"

那人又低头说了声"是",转身穿过树丛走了。

"这位先生的武功,实在非萧邦能及。"萧邦微微一笑,"苏老船长不必责怪他。我们练武之人,难免经常切磋,胜败本无所谓。再说,这位先生为了师门,光明正大地约我比试,比起那些暗箭伤人的人,理应受到尊重。"

苏老船长哈哈大笑:"难为萧兄弟爽直,看来是我老头子多虑了。时间不早了,请萧兄弟回房休息吧。"

站在苏振海身后的林海若,始终一言不发。萧邦觉察出,只要有苏振海在场,林海若基本不说话。

尴尬的场面被老局长田光打破:"来来来,靳局长,搓两把嘛,反正又不赌钱,纯粹玩玩而已。"

张连勤红光满面,好似今晚他并没有和靳峰喝过酒。他也笑呵呵地说:"靳局长,我听说你的麻将打得出神入化,今天能否传授几招?"

王啸岩也在帮腔:"靳局长,啸岩刚刚学会玩麻将。以前,老觉得这东西没意思,但经过张书记的指点,才发现这里头也包含着无穷智慧。"

三人一唱二和,靳峰只得坐下,从调整后的表情中挤出一丝笑来:"各位领导都是高手,我也好几年没玩了。既然各位领导有兴致,靳峰愿意作陪。"

门被刚才那个服务生关上了。大家开始码牌。这四人之中,除了王啸岩,其余三位的手都肥如老蚕,但码起牌来,都极其灵活。那牛骨头磨成的麻将牌,在他们手中似乎都有了灵性。眨眼工夫,除了王啸岩,都已将牌码好。

四人随便掷了骰子,是张连勤先抓牌。张连勤一边翻牌,一边对田光说:"田局长,难得王总今晚雅兴请我们玩。现在的王总,可是跨国集团的老总,当红的企业家,我是深感荣幸啊。"

田光点点头:"王总具有国际化眼光,哪像我们,这一辈子都窝在大港,没见过啥世面。"

王啸岩打牌的确有些生，这会儿手忙脚乱，抓了的牌，像梅花桩似的放在面前，不停地探头去看。见张、田二人这么说，连忙应道："二位领导就别拿啸岩开玩笑了。啸岩只是蓝鲸的副手，做点实际工作。张书记和两位局长，都是大港人民的父母官，党的好干部。啸岩能够请到三位，是我的荣幸才对。"

靳峰的牌打得轻松，这种玩意儿，他10岁就会玩。当年为破一起豪赌案，他在一个地下赌场连败三大高手，因此对他来讲，这牌就跟全部翻过来一样清楚。但他从三人的话中，听出了一些端倪。看来今晚自己太过大意，上了套了。

他心里暗骂那个守在楼下的便衣：蠢猪！他妈的盯个屁！还不知道和哪个小姐调情去了！等老子回去收拾你个小兔崽子！

等着看老张和老田有啥反应吧。唉，看来今晚的行动……靳峰表面认真打牌，心里却是十分焦急。

突然，靳峰腰间的手机清脆地叫了起来。他打开看了一眼，并没有接，就挂了。可那边接着又打，他只好关了机。张连勤看了他一眼："靳局长这么忙？周末晚上还电话不断？"

靳峰若无其事地说："是朋友约我去喝酒。今天有二位领导和王总在，我只能不理他们。"

田局长说："靳局长喝酒，在咱们局里可是出了名的。等玩够局数，我请张书记、王总和你喝几杯。你也知道嘛，张书记平时太忙，机会难得哟。"

靳峰连声道："那是那是，张书记日理万机，能坐下来打盘麻将，一年也不会有一回的。"嘴里说着，心里却暗暗叫苦。看来，这是一个设好的套儿，一时半会儿脱不了身。自己精明一世，还是着了道儿！

这时，左边的田光打了一个三条，靳峰叫了声"碰"。却不料对面的张连勤将牌一翻，哈哈一笑："不好意思，门前清。"大家一看，还是清七对。

大家连声叫好。王啸岩拿出一个精致的钱包，开始掏钱。张连勤说："王总干什么？不是说好不来钱的吗？"

王啸岩说："干打，玩儿盘就没意思了。来小一点，十元一个子儿。我要是赢了，也不客气的。"

老田也开始摸钱包："张书记手气好，来了个开门红。如果不意思一下，就不合规矩。你说呢？靳局长？"

靳峰连声说："那是那是。没点彩头，的确玩不高兴。十元就十元吧。反正输了，张书记将来批点奖金就行。"

张连勤哈哈大笑："王总倒无所谓，你们二位局长，可是警察哟，会不会坏了规矩？"

靳峰说："只要不是聚众赌博，小圈子里来点彩头，我想问题不大。"

张连勤打了个哈哈："那我就放心了。反正公安局的两位领导都在，我也不怕有人抓我。"

田光微微一震，小心地说："张书记说笑了。您是大港市政法一把手，谁敢抓您？"

"那倒不一定。"张连勤边摸牌，边似笑非笑地扫了靳峰一眼，"领导干部中，被双规的多了去了，何况像我这样的芝麻官！"

051 | 麻将桌上释兵权

靳峰听见自己的心猛跳了一下,但他脸上依然镇静。他已将牌码好,接过话头说:"张书记虽然到任只有一年,但政绩赫赫,大家都是清楚的。要说玩个麻将就被抓,那我也经常玩,早该被抓了。"

"要论起功劳,还得数靳局长。"张连勤也码好了牌,就等慢得像蜗牛一样的王啸岩了,"玩麻将是个人爱好,犯不了大错误。但据我所知,我们的干部队伍中有个别人,麻将倒是不怎么玩,却玩心眼,耍手段,搞独立王国,违反组织程序。田局长,你说这样的人,其危害是不是比玩麻将更大?"

"张书记说得是。"田光齐牌先是将牌的正面全部朝下,齐好后再一翻。这当儿,他一翻牌,十三张牌中间那张却掉了出来,是个红中。田光赶紧收了进去,接着说:"张书记说的这种人,不知在我们公安系统有没有?"

张连勤没有直接回答,却开玩笑似的说:"老田,我有三个红中,千万别打出来让我杠了。"随即用眼角的余光扫了一眼靳峰。靳峰正专注地整理牌面。

场面有些冷。王啸岩仍然手忙脚乱,但似乎也听出了张连勤的弦外之音,有些紧张地说:"三位领导如果是谈公事,啸岩还是回避一下吧。"

张连勤笑呵呵地说:"王总又不是外人,有什么好回避的?说起来,在座的四人,没有一个外人。王总是苏老船长的女婿,而我呢,是苏老船长的学生。老田和小靳,也都是我的部下,小靳还是叶总的舅舅,锦帆又是老田的干女儿。你们说,这种关系,还见外吗?"

田光眨巴了一下小眼睛。这个59岁的胖老头,看上去像农民一样朴实,从不对手下大声说话。他打出一张红中,张连勤真的就杠了,接着起了一张牌,恰好是杠上花,又和了。

大家又掏钱包。田光摸出一盒软中华,分给张、靳二人,点上深深吸了一口,才说:"张书记今天叫我来,是不是有事交代?"

"是有点事。"张连勤吧嗒了一口烟,"既然这里没外人,我就明说了。有系统内的同志反映,靳峰同志最近好像有特别行动。本来嘛,靳峰同志是主管刑侦的副局长,案子的事情,可以自己做主。但是,大规模调动警力,似乎也应该同老田和我商量一下吧?"

靳峰的冷汗一下涌出毛孔。张连勤今晚一连对他换了三种称呼,显然是别有所指。看来,有人打小报告!妈的!他一下站了起来,对张连勤说:"张书记,我靳峰如果在工作上有失误,我请求处分。但也请您别轻易相信那些诬告。"

"诬告?"张连勤突然黑了脸,吓得王啸岩哆嗦了一下,"我再糊涂,还没落到是非不分的地步吧!靳峰同志,你作为高级警官,怎么越来越将纪律抛之脑后?你一定要逼我说出你的所作所为吗?"

他愤怒地扔了麻将,将刚才赢的钱三下五除二还给了输家,也站起身来,大声说道:"要不是看在老田的面子上,我今天就撤了你!"

"我不知道张书记说的'所作所为'是指什么。"靳峰面色虽变,但仍然镇定。

"屁眼里有屎,心里明白!"张连勤哼了一声,"你看看这个吧!"说着,他从身旁的包里抽出一沓厚厚的检举材料,甩到麻将桌上。

靳峰硬着头皮,接过来翻,不禁吓了一跳。这些材料,有的检举他动用私刑,对犯人严刑拷打;有的举报他收受贿赂,贪赃枉法。更出奇的是,一份材料举报他伙同孟中华搞"黑吃黑",为地下调查组织提供方便……靳峰只觉得眼前一黑。

他心里清楚,这是一个设好的局,就算他说到天上去,也是没有用的。现在,也许只有田局长才能救他。他将目光投向田光。田光回避着他的目光。靳峰知道自己栽了!今晚布置的"网",因为自己这个撒网人被控制了,等于白费心血。他突然明白,张连勤请他喝酒前,就已经知道他的全盘计划，只是警告他别轻举妄动，可保他无恙。而自己坚持为之，必然是这种结果！

"老田，你身为局长，也不能看着我难办哪！"张连勤对田光要客气很多，"靳峰同志今晚调兵遣将，居然对某些市领导进行秘密调查。这事是谁批准的？公安局开过党委会了吗？"

田光又抽了一口烟，说道："请张书记息怒。靳峰同志的问题，主要是我平时过问得少，我有责任。但我认为，这些揭发材料也有待查证。毕竟靳峰同志的这个工作，容易得罪人，不好干。如果确有其事，局党委将拿出意见上报。"

张连勤见田光表了态，才说："按理说，靳峰是我们这条线上的人，从同志间的角度讲，我难道想处理他吗？但他再这样胡闹下去，其他市领导会怎么看我们？我不能包庇我的部下啊！老田，反正你是老同志了，你看这事咋办才好？"

靳峰心里一阵难过。看来，张连勤是早就安排好了啊。就连门口那个"服务生"，都是便衣。他今天走进这个门，就别想再从容离去。虽然他有自信能够轻易脱身，但这不是演电影，能像香港警察一样破门而出。他看了一眼沉默不语的田局长，将腰间的手枪解了下来，放在田光的面前，小声地说："田局长，枪先交给您。既然有人让张书记为难，我服从组织决定。"

在他解枪的时候，张连勤心里"咯噔"了一下。但见靳峰主动服了软，才将绷着的脸缓和下来，有些语重心长地说："小靳啊，你也别有什么意见。我难道不爱护你吗？如果我的部下总是被查办，我这张脸也没地儿搁。我看这样吧，你先休息一段时间，我呢，再同老田商量一下，会尽快平息这件事，你仍然当你的副局长。这不是什么大问题，只是需要时间去做工作，明白吗？"

"明白了。"靳峰仍然站得很直。他心里清楚：张连勤这么说，就是停职调查。

"为了不让工作打扰你,我建议你把手机也给田局长吧。"张连勤说,"老田,你看呢?"

田光说:"我看可以。"又对靳峰说,"你就好好休息几天吧,这边的事,有我。"

靳峰只得有些迟疑地把手机拿了出来。突然,他对张连勤说:"报告张书记,交手机没问题,但里面有一些私人信息,与工作无关。"

"你可以删除。"张连勤脸色已经完全恢复平静了,"我这个人,公是公,私是私。你的问题还有待调查嘛,就算真的犯了点错误,在私下里,我还是你老大哥嘛。"

靳峰便迅速删除了一些信息,然后将手机交给了田光。

"那,今天先这样吧。"张连勤站了起来。

王啸岩赶忙去取张连勤挂在衣帽架上的皮大衣。张连勤穿上,对仍然站在那里的靳峰说:"靳峰同志,你也别背思想包袱。其实呢,你还是做了不少工作的,也比较累,不如休息一段时间。"又转头对田光说,"老田,局里的事情,我不便过问,你看着安排。得空了,我再找你一同去看小靳吧。"

田光也站了起来,打开房门,对门外傻站着的年轻警察说:"小陈,你送靳局长回家吧。"

靳峰什么也没说,跟着小陈出门去了。一个闻名港城的高级警探,就这样在麻将桌上被解除了"兵权"。

上午9点,萧邦乘坐的飞机顺利降落在大港国际机场。飞机上人很少,大约只占了三分之一的座位。在航行的四十分钟里,萧邦默默地观察了其他的乘客,并没有发现可疑的跟踪者。一切都井然有序。萧邦戴上墨镜,跟着人流出了机舱,进入通道。大港机场规模并不大,转眼就到了出口。几个举牌接站的人焦急地张望着。就在他刚刚走出出口的时候,两名年轻警察向他靠过来。

"萧先生好,又见面了。"其中一个警察说。

萧邦一看,原来是上次在大港市公安局盘问他身份的那名警察。

"你好。"萧邦说,"有什么事吗?"

"靳局长知道你从青岛回来,特地派我们来接你。"那名警察说,"本来靳局长要亲自来的,因为有个会,就特地派我俩来接你,说有重要事情找你商量。"

靳峰怎么知道我乘8:20的航班?萧邦心里一惊。他从镜片后面仔细地观察了一下,见两名警察都很友好,便说:"谢谢靳副局长。给你们添麻烦了。"

"不客气。"那名警察说,"请上车吧。"

说话间,一辆桑塔纳警车开了过来。萧邦随两名警察上了车。这两名警察一胖一瘦,瘦警察就是上次盘问萧邦的那位,陪萧邦坐在后座;胖警察一直没有说话,上车就坐在了副驾驶位置上。

警车出了机场,上了高速公路,风驰电掣般疾驶。包括开车的警察在内,三名警察在萧邦上车后都没再说话。车内的暖气袭来,萧邦感到一阵燥热,不禁有些烦闷,便没话找话:"靳副局长还好吧?"他问身边的瘦警察。

"挺好。"瘦警察答道。

"昨晚我们通电话时,他告诉我说,今天中午要请我吃饭。不知他这一忙,还算不算数?"

"靳局长说话,当然算数。"瘦警察说,"好像已经安排好了。"

"靳副局长还说,能请到大港的张书记出面,萧邦真是荣幸啊。"萧邦又说。

"这个不太清楚。"瘦警察说,"领导们的事,我们不便过问。"

"看来我真是走运啊。"萧邦自言自语地说完这一句,便也闭上嘴巴,靠在后座上闭目养神。

警车很快进入郊区,穿过市区,再进入市公安局大院。警车绕过主楼，在楼后面停了下来。三名警察迅速下车，胖警察为萧邦拉开了车门。

"怎么走后门了？"萧邦问瘦警察，"上次来，不是走前门的吗？"

"对特殊的客人，我们都是从后门迎接的。"瘦警察微笑着说，"靳局长可能已开完会了，请萧先生上楼吧。"

萧邦懒洋洋地向后门那边走了几步，突然停下脚步，严肃地说："警察同志，我要真诚地感谢你们。"

"谢我们什么？"瘦警察有些警觉。但看见其他两位同事配合自己，已呈掎角之势包抄了萧邦的后路，而前面只有一个一丈余高的铁栅栏，便放了心。

"谢谢你们让我省了一百多块的车费！"萧邦说完这句话，身子突然猎鹰般蹿起，直奔向那个高大的铁栅栏。

三名警察呆了一下，立马反应过来，拔腿追去。但此时的萧邦，已像一只猴子一样，右手握住一根铁栅栏，身子借势倒飞起来。铁栅栏上面是锋利如矛头的铁柄，但萧邦左手稳稳地抓紧了一根铁柄，身体随之弹起，翻落在铁栅栏外。这几个动作如兔起鹘落，快得无法看清。胖警察最先赶到栅栏前，但只是跳了两下，终是未敢学萧邦，样子极为滑稽；而瘦警察则反身进了车里，发动引擎，掉转车头，欲绕过栅栏追击萧邦。萧邦翻过栅栏，从容地拍了拍手，穿过大街，向一条小街飞跑过去。顿时，公安局大院警笛长鸣，四辆警车呼啸着冲出大院，向萧邦逃跑的方向追去。

052 | 孤掌难鸣

靳峰目光呆滞地坐在沙发上。警察小陈拿来扫把，仔细地清扫他扔在地上的烟头。这是他的家，但同时也差不多成了拘押他的所在。幸好老婆出差，儿子住校，不然，他还真没法子向家人解释。他不能责怪小陈。这是局长的命令，要小陈"照顾"好靳局长。小陈一直跟着靳峰，靳峰不想为难他。

那部红色的电话就放在书桌上。但靳峰知道，任何打进打出的电话，都有人监听。所以，除了抽烟，他动都懒得动一下。他看看表，时间已是9：40。萧邦乘坐青岛至大港的航班，这会儿也应该到了。而到了大港，萧邦一定会来找他。靳峰脑子突然一激灵。坏了！一定会有人将萧邦控制起来。自己不就是在麻将桌上被控制了吗？张连勤的网，拉得更大！靳峰心急如焚，但他没有办法，在警局，他毕竟只是副局长。老田的命令，没有人敢不听。眼看就要成功了，就差那么一点点啊！靳峰紧紧地握了一下拳头。在中国这个复杂的国度，当一名真正的警察，是那么难！

"小陈，会打麻将吗？"靳峰问正在拖地板的年轻警察。

"副局长，我不会。"小陈不好意思地笑了笑。

"当警察，就得什么都会。"靳峰说，"把麻将桌撑起来，咱俩打。你不会，我教你。"

"两个人打麻将？"小陈大惑不解。

"就我们俩。"靳峰好像来了精神。

四辆警车迅速包围了萧邦隐没的老渔家胡同。老渔家胡同是条旧街，总共也不过半公里长。两旁是林立的海鲜店铺，路面上油腻腻的，刺鼻的腥味终日不散。瘦警察的车停在这边的街口，那边街口已有两辆警车停下。十几名警察迅速下车，瞪圆眼睛，在人群中搜寻着。那架势，恐怕连一只苍蝇也逃不过他们的眼睛。交易的人们都好奇地打量着在人群中急速穿梭的警察。五分钟过去，警察一无所获。整条街，只有一个有些破旧的公共厕所没有搜寻了。十几个警察纷纷向那里聚拢。胖警察问守在那里的瘦警察："里面看过了吗？"

"男厕所没人。除非他进了女厕所。"瘦警察歪着脑袋，看了女厕所一眼。

"肯定就在里面！"胖警察向女厕所里喊了一声，"里面有人吗？"

没有人声。胖警察大胆地闯了进去。厕所里果然有一个人。

一个老女人，头发斑白，满脸皱纹，穿着灰不拉叽的衣服，正蹲在蹲坑上痛苦地呻吟。

胖警察的突然闯入吓了她一跳。"流氓——"她张嘴露出黑牙，敞开沙哑的嗓子，怪鸟般叫了一声。胖警察吓得魂飞魄散，赶紧逃出了厕所。

"有人吗？"瘦警察凑过来问。

"见他妈的鬼，是个老太太。"胖警察一脸晦气，"人早他妈的跑了，咱们还傻子似的在这里转！走！"他忍不住吐了一口痰，头也不回，直奔警车而去。余下的警察也就散了。

几分钟后，那位老太太佝偻着身子从厕所里出来，颤巍巍地上了大街。她转过街口，招手打了一辆出租车。

"老太太，去哪儿？"司机问。

"去港城区湖南路。"老太太声音沙哑，好像患了重感冒。

当出租车在湖南路停下来时，老太太下了车。她继续佝偻着身子向一个小胡同走去。胡同里没有人。老太太突然挺直了身子，将花白的头发揪下来，又撕下一个面具，并将羽绒服脱下来迅速翻出里层，穿在身上。正是萧邦。

当萧邦再次走出胡同口时，他已变成了一个精瘦的老人。他走进一家卖早点的饭馆。此时饭馆已无人用餐，服务人员正收拾狼藉的杯盘。萧邦要了一杯水,使劲地漱了口,跑到水池边去吐。水池里立即被一种类似墨汁的东西染黑。萧邦放水冲掉后,再回到座位,要了一杯牛奶、一个鸡蛋、一屉包子,认真地吃起来。他边吃边想着事。看来,靳峰的计划已经失败,张连勤不仅封杀了靳峰的计划,还布置人马抓自己。虽然就算自己进了局子,对方想栽赃也要费些周折,但等自己被放出来时,恐怕为时已晚。看来,对手开始收网了!

失去了靳峰的联盟,事情变得越来越糟。现在,萧邦已陷入被动。以前,他在大港活动,至少靳峰明里暗里提供了一些协助。而现在,靳峰很可能自身难保,他又处于被追捕的状态。就算警方拿不出什么证据,但他越墙逃跑,也会成为警方的口实——你没有犯罪,拼命逃跑干什么?萧邦叹息了一声。今天吃着包子,简直味同嚼蜡。

要扳回局面,得寻找新的突破口。对于一个实际上已经沉睡的案子,寻找证据是多么艰难!如果张连勤的网已收,突破口没有了,此次大港之行,不仅会一无所获,还很有可能丢掉老命!萧邦心乱如麻。他感到了自己的孤独和无助。转眼就到年关,当别人都忙着办年货的时候,他却在陌生的地方,靠化装逃避警察的追捕!他有些绝望了。想想自己来大港后,洪文光、王建勋、刘小芸、孟欣……这些无辜的人相继死去。本来,自己的初衷是想为260名冤魂昭雪,没想到却又增加了另外4名冤魂……

饭馆门前,几个扛着大包小包的民工正从街上走过。萧邦知道,他们要回家过年了。豆豆还好吗?他下意识地摸了摸手机。是该给女儿打个电话了……但他理智地控制住了。他害怕听到女儿的声音,怕自己控制不住想回家。每次他准备给家里打电话的时候,都要做剧烈的思想斗争。

萧邦将手机放了回去,他的手接触到了一个硬硬的东西,是那枚船舵。他猛地一激灵,这枚船舵到底有什么秘密?它是叶雁痕送给丈夫苏浚航的礼物,叶雁痕当然能够辨认得出,因此排除假冒的可能。

难道苏浚航真的没有死？可是，如果苏浚航没有死，为何两年来一直没有出现？假设这枚船舵真是苏浚航用来警示即将遭到报复的叶雁痕，为何要这么麻烦？报复的手段很多，对于像苏浚航这样的人物，设计绝妙的杀人办法并不难，他为何要多此一举？是不是别有用心？假设苏浚航的确死了，又是谁用这枚船舵来吓唬叶雁痕？居心何在？用这个手段的人又怎么知道一定能够奏效？由此判断，苏浚航仍然在世的可能性极大。但他为何一直不露面？这些问题缠绕着萧邦。查案至今，虽然其他问题层出不穷，但这些问题至今仍然是个谜。

萧邦看了看表，此时正是10∶30。他突然想起靳峰曾提到大港有个什么"航模一条街"，便问那个正用围裙擦着手的饭馆老板："老板是本地人吗？"

饭馆老板点点头："大叔来大港玩？"

"探亲。"萧邦说，"我儿子在这里工作。"

饭馆老板"哦"了一声。

"我想请问一下，这附近有没有卖航海模型的商店？"萧邦问。

"有啊。"饭馆老板说，"您顺着这条街往南走，第二个十字路口往西，那一条街都是。"

"一条街都是？"萧邦很好奇，"有人买吗？"

"那条街叫海运街，大港海事大学就在那条街上。"饭馆老板很热情，"很多航海方面的东西，都能在那里买到。大港是个航运中心，很有历史喽。大叔是第一次来吧？"

"是。"萧邦站了起来。付完账后，他顺着饭馆老板所指的方向走去。

小陈很聪明。麻将他虽然不会打，但也见人打过，牌还是认得的。靳峰不敢教他复杂的玩法，便教了他最简单的"北京麻将"。小陈一会儿便基本掌握了。

"做一名真正的警察，什么都得会。"靳峰边教他打牌，边说，"尤其是搞侦破的警察，必须对三教九流有所了解。社会是个海洋，不是大学课本上的死知识。"小陈不住点头。

"社会越来越复杂，做警察很累，做一名真正的警察更累。"靳峰自顾自地点了一根烟，接着说，"你也看到了我的下场，你也清楚这是为什么，但我竟毫无办法。"

"靳局长，我……我对不起您！"小陈低下头，"但这是田局长的命令，我不敢违抗……"

"小陈啊，这事跟你没关系。"靳峰说，"说实话，你认为你有本事看得住我吗？我上头没人，靠自己的努力一步步走到今天。要不然，凭老张那德行，也想控制我？完蛋去吧！"这是靳峰第一次说出这样的话，小陈吓得脸有些白。

"实话告诉你，只要我一出门，就会有人盯住我。老田派你来，是怕我没有对脾气的人说说话，烦。这件事情，老田也没有办法。他明年就退了，多一事不如少一事，想全身而退，画个圆满的句号，懂吗？"小陈不住点头。

靳峰突然把牌面一翻，又是一个清一色。小陈佩服得五体投地。靳峰说："你跟我玩了六把，每把我都和一个名堂，你却总是叫不了牌，有啥体会没有？"小陈摇头。

"告诉你，打麻将就跟人生一样。"靳峰深深吸尽最后一口烟，扔了烟头接着说，"刚学打牌的人，总觉得自己运气不好，好牌都让别人抓走了。这就跟你们刚毕业时一样，有的分到基层，有的分到省局市局，还有的进了中央机关。所以，抓牌很重要，抓了好牌，胜算的概率就会高一些。"小陈点头。

"可是，运气也不能保你一定赢。譬如这两把牌，你上手的牌都比我好，为什么我反而赢了？就是因为你不会运作，只盯着手里的牌，没有研究场子里的牌。一个懂得牌理的人，除了眼明手快，还得算准对方手里的牌和底牌，所以不会打错一张。这就跟同学、战友、发小一样，起点都是一样的，甚至有的人起点很低，但最终却赢得了胜利，其关键在于那颗心。用心做人做事，用心琢磨牌，哪有总是输的道理？"

小陈张大了眼睛。原来，靳副局长是借麻将给他讲人生道理。但听靳峰又接着说："每一个学玩麻将的人，开头都总是输。那些高手往往都是输得差不多只剩下裤衩了，才深刻反省自己的过失，潜心研究，最后掌握了高超的技术。人生也是一样，总是失败的人，一旦从失败中汲取教训，就会发掘出新的智慧，最终反败为胜。凡是成大器的人，往往是输九次，赢一次；九次小输，一次大赢。你可能听人说我靳峰破案如神，好像真是神探。实话告诉你，我也是经过无数次失败后，才总结出了一些经验。所以，失败并不可怕，可怕的是让失败彻底磨灭了雄心。"小陈琢磨着靳峰的话，觉得靳峰另有所指。

"这个世界上，每一个人其实都是赌徒，只不过下注有大有小而已。别看你现在赢不了我，但若干年后，你很可能远胜于我。因此，没有永远的胜，也没有永远的败。"

"靳局长是说，这个世界上没有永远的事情？"小陈眨巴着眼，问。

"有。"靳峰将目光投向远方，"除非这件事情，上对得起天，下对得起地，中间对得起自己的良心。譬如大家知道的岳飞，未能施展抱负，被害死在风波亭。从简单的胜负来说，他是败了；但从历史长河来看，他已成为永恒！"

小陈若有所思地点头："靳局长说得是。看来，世间唯有精神的力量无敌。"

"是的。"靳峰满意地点了点头，"正义无敌！"

小陈突然感到热血上涌。他站了起来，向靳峰敬了一个礼，严肃地说："请靳局长指示，民警陈一中保证完成您交给的任何任务！"

靳峰拍了拍肥手，微笑着还了一礼，说道："你是一个可造之材，我没有看错你！"

053 ｜海运街奇遇

  海运街是一条略显幽静的小街，窄得只容得下两辆汽车并排驶过。时近中午，街上行人并不多，各店铺的生意都很清淡。卖航海模型的店铺只有十四五家，并非像那个饭馆老板说的"整个一条街都是"。萧邦从第一家开始逛，看看这个，摸摸那个。店主们都见怪不怪。凭他们的经验，这个老头子买的可能性极小。

  航海模型大同小异，有帆船、宝船、楼船、军舰、潜艇、水翼飞船、豪华邮轮等，甚至连各种船坞都有，古今中外，种类齐全。船上配套产品也名目繁多，惟妙惟肖，应有尽有。这些模型的材料，有镀金的、实木的、塑料的、纯金属的，还有纯银制作的船上部件，如舵、锚、帆、桨等。由于大港是旅游城市，内地旅客都喜欢到这里来选购一些制作精良的航海模型，收藏或当礼品送人。夏天是旺季，冬天的人气要差很多。

  逛了几家，萧邦发现这些店铺经营的产品各有特色，有的主要经营大型模型，有的却是专卖精巧模型，还有的专卖材料，便于喜好者自己设计、组装。这真是非常有趣的事情。萧邦想，等"12·21"海难一案结束，一定买一些材料带回去，与豆豆一起组装，然后做成饰物，装点房间。

  逛到第七家店时，萧邦眼前陡然一亮。因为，这家店几乎专卖船舵。各式各样、各种材料的船舵挂了一墙，明净的玻璃罩里，比较值钱的船舵模型更加抢眼，真有一种金碧辉煌之感。但萧邦的眼睛，却被挂在墙上的一组船舵吸引住了。因为那一组船舵，和他怀里揣的那个船舵实在太像了。直径也只有寸余，均为八个手柄，木材密度很高，都很精巧，看上去沉甸甸的。柜台后面坐着一个四十多岁的中年男人，正聚精会神地修指甲。萧邦走上前去，向中年人打了个招呼，指着一枚船舵说道："老板，这个多少钱？"

中年人抬头看了一眼，说道："那是红木船舵，五百块一个。"

"五百块？"萧邦说，"这么贵？"

"不贵。"中年人说话干脆，"这是手工制作，工艺精良，<u>丝丝入扣</u>，要好几天才能做成一个。"说罢，取下一个，放在玻璃柜台上。

萧邦拿起，仔细端详。果然，这船舵手感极好，接缝处不露痕迹，浑然天成。萧邦用手指弹了弹，舵柄发出沉闷的声响。

中年人又取下一个。萧邦一看，大小差不多，但仔细比较，仍然能够看出有一些细微的差异。譬如舵盘，虽然都是标准的圆，但其圆润程度和厚度都不一样。

萧邦说出了这个发现。中年人如遇知音，大声赞道："老先生好眼力！实话告诉您，这些船舵，每一个都是绝版，绝不是模具生产，因为它们全部是手工制作而成。"

"不知这位制作高手是谁？"萧邦问。

中年人说："当然是一位航海专家。不过他早就不干航海了，现在喜欢上了这个。"他指了一下琳琅满目的各种船舵模型，"这些，全部出自他的巧手。您别看这条街上的航海模型很多，但只有本店的东西，才能称得上是真正意义上的作品。"

"所以你卖得这么贵？"

"工艺有价，智慧无价。"中年人说，"老先生是位行家，当然知道本店的作品，件件有创意，件件有品位。五百块，吃顿饭而已。但如果收藏了一件珍品，其意义就不一样了。"

"老板是个营销专家。"萧邦露齿一笑，"看来我不买都不行了。"

"老先生真会开玩笑。"店主爽朗一笑，"货卖识家。这样吧，今天咱俩投缘，老先生看着给。从一块钱起，您愿意出多少，就出多少。"

萧邦还是第一次碰到这么讨价的店主，反倒为难了。他灵机一动："老板，五百块就五百块，我买。但有一事相求，请你帮忙鉴定一下这枚船舵到底值几个钱。"说罢,从衣服里拿出那枚船舵,递给店主。

店主接过,放在手心仔细端详。末了,取来放大镜,又开始研究。萧邦见店主面色凝重,心也跟着揪了起来。半响,那店主说:"敢问老先生,这枚船舵从何而来?"

"朋友送的。"萧邦说。

"这绝非中国产品。"店主说,"说实话,我干这行也有些年头了,对各种材质,尤其是木材比较了解,但这枚船舵的木质,我竟说不上来。我想,这种木材密度极高,好像是地中海一带的。"

萧邦心下一惊。看来这个店主,倒也不是假冒的行家。这枚船舵是叶雁痕从希腊带回来的,多半是当地的产物。萧邦眼珠一转,故意叹了口气:"唉,想不到我找了不少所谓的专家,竟然没有一人能评估这枚船舵的价值!"

店主面露难堪之色。他呆了半响,突然对萧邦说:"老先生,请稍候,我去去就来。"说罢,转身打开柜台后面的一扇门,走进里屋去了。

大约三分钟后,店主从里屋出来,笑容满面地对萧邦说:"老先生,正好今天有一位专家在这里,他已答应帮你鉴定。里面请吧。"

萧邦心里一阵狂跳。他抑制住这种兴奋,进了柜台,向那扇小门走去。

进屋后,店主把门关上了。这是一间约有 30 平方米的屋子,亮着灯,屋内摆满了各种制作模型的器材。一个高大的背影对着萧邦,正专心致志地在制作一个模型。

那人头也不回,略显苍凉的声音传进了萧邦的耳鼓:"萧邦先生,我已在此恭候多日,没想到直到今天才等到你的大驾,真是幸会。"

萧邦不由得浑身一震。

靳峰穿了一件肥大的棉衣,扣上一顶帽子,戴了一副墨镜,急匆匆地下了三楼,快步向小区外走去。当他走到小区大门口时,四名便衣围了过来。

"靳局长,要去哪里呀?"其中一名便衣问。

靳峰"哼"了一声。

"请靳局长不要为难我们。"那名便衣摊了摊手,"平时兄弟们都听您的话,您就休息两天吧。"

靳峰摘掉墨镜,四名便衣大吃一惊。原来,"靳峰"是小陈。

"陈警官?"一名便衣失声道,"靳局呢?"

"靳局让我下楼买烟。"小陈晃了一下手里的一张百元大钞。

四名便衣二话没说,转身飞跑上三楼。靳峰的房门开着。四个便衣找了个遍,可哪里还有靳峰的影子?

一名便衣哆嗦着手,掏出手机,战战兢兢地汇报:"田……田局长,靳局长……他……他……"

"靳局长怎么啦?"电话那头平静地问。

"靳局长不见了。"便衣深吸了一口气,才把话说利索。

"怎么不见的?"电话那头冷冷地问。

"是陈一中扮成靳局长,假装下楼买烟,放走的。"便衣将责任往小陈身上推。

"知道了。"电话那头还是很平静,"你们四个,继续守在那里,不要告诉任何人,就当靳局长还在屋里。懂了吗?"

"是!"便衣"啪"地立正。

"还有,你告诉小陈,继续扮成靳局长的样子,每天在窗户前晃几下。记住,要学得像,懂了吗?"

"是!"便衣的汗水从额头上汩汩流出,但心却放稳了。

那人放下手中的器具,慢慢地转过身来。

他身材高大,一张国字脸,头发已有些花白,脸部僵硬,毫无表情。只有那双眼睛,虽然略显黯淡,但仍藏有慑人的寒芒。

"原来是苏浚航先生。"萧邦摘下发套,露出了真面目,"并不是我来晚了,而是我认为苏先生已经不在世上了。"

"我实际上已经不在世上了,只是残躯还活着而已。"苏浚航示意萧邦坐下,"我一直在等你来。确切地说,当你踏上大港这片土地,我就知道你终究会来找我。因为,你一直怀疑我没有死。"

"何以见得?"萧邦接过苏浚航从暖水瓶里倒的一杯水,说了声"谢谢"。

"因为你一直想知道这枚船舵的秘密。"苏浚航从小桌上拿起店主送来的那枚船舵,"谜底总会有揭开的时候。况且,这个谜实际上并不复杂。"

"恕萧邦愚钝,直到现在,也没想出这枚船舵到底有什么秘密。"萧邦自嘲地笑了一下,"或许,我是侦探小说看多了,总认为某个特殊的物件,一定有什么秘密吧。"

"没想到萧先生倒很谦虚。"苏浚航仍然面无表情,说话时嘴角总会轻微地抽动一下,"这枚船舵本身并没有秘密。如果一定要找出秘密,那么,这个秘密就是我。"

"你?"萧邦不解。

"船舵出现,证明我还活着。"苏浚航淡淡地说。

这本是个非常简单的问题。其实世间许多问题都非常简单,是人为地复杂化了。

萧邦点点头:"当我走进这家店时,我就有种感觉,觉得摆在前面的那些作品,凝聚着一种悲愤。"

"哦?"苏浚航目光一闪,"难道萧先生能从那些模型上看出制作者的情绪?"

"正如店主所言,那些作品,是出自一位专家之手。"萧邦正色说,"这些船舵,虽然大小不一,但每一件作品都打上了深深的烙印,那就是制作者下刀狠、重、稳，有时甚至手在颤抖。虽然经过修改，填补了缺陷，上了色，但如果用手仔细触摸，仍然能够感觉出那种深深的悲愤已刻印在船舵上。"

苏浚航长长地叹了口气："萧先生所言极是。但请你想一想，一个死里逃生、背负罪责、心怀大恨的人，又如何能让心静如止水？不过，还是因为我修炼不够啊。"

萧邦说："苏先生过谦了。我想，任何人有你一半的遭遇，可能早就崩溃了。而苏先生却能静静地在这里制作模型，以宣泄愤懑，令萧邦佩服！"

这句话说得真诚，苏浚航的嘴角不禁猛地抽动了一下。"我其实不应该再活着。"良久，苏浚航才涩声说，"我应该同遇难者一起远去，离开这个世界……但我活着，是为了讨回一个公道！"

公道？萧邦心里一沉。他非常想知道两年前的12月21日这天，"巨鲸号"到底发生了什么。但他知道，对于像苏浚航这样的人，如果他不愿意说，问破天也白搭。所以他没有说话，但做出了一个倾听的姿势。

"我知道萧先生非常想知道出事那天，船上到底发生了什么。"苏浚航回过神来，定定地看着萧邦，"那是一场噩梦！无数次，我都在夜半被这个噩梦惊醒。可是，我必须告诉你，我虽然经历了那场灾难，但到现在也未完全搞清楚到底是谁制造了这起海难。也许，很多人都认为，只有亲历者才最清楚真相，而事实上，真相不在船上。"

"什么？"萧邦略微吃了一惊，"难道出事的当天，并没有什么可疑的地方吗？"

"那倒不是。"苏浚航说，"'12·21'海难看似是一个突发事件，但实际上它是诸多因素的集合体。这里面，有人为的阴谋，也有客观的巧合。"

"你所说的'客观巧合'指的是什么？"

"简单地说,就是海况和船况。"苏浚航说,"我查过资料,应该说'12·21'海难发生当天,海上突然出现的风暴,是百年不遇的。也就是说,即使这条船上没有任何阴谋,海难悲剧也将不可避免地发生,只是程度可能没有那么严重而已。因为'巨鲸号'客滚轮,本身就存在船舶缺陷,稳性和救生设备都很差。这条船,原本是日本制造的旧船,经过改装后卖给我们的,其适航水域是按日本近海海况的要求来设计的,不适合出事海域的海况——越是处于风口的浅海,风浪越大。这一点,我有责任,因为这条船,是我批准购进的。而且,出事的当天,我就在船上做安全检查。萧先生,我是一个罪人,我对不起那些遇难者和他们的亲人!"

萧邦略感意外:苏浚航说来说去,竟将罪责往自己身上揽。他继续喝着水,没有说话。

"当然,我讲这些,并不是为那些不法分子开脱。"苏浚航沉声说,"这起海难的发生,的确有人做了手脚。我也是在逃生后才慢慢找到一些线索,事情远非我想象的那么简单。"

"如果苏先生愿意,我很想听听当天船上的情况。"萧邦终于忍不住说,"也许,这样对我们共同研究这起案子有所帮助。"

"请萧先生不要着急。"苏浚航淡淡地说,"其实,萧先生拜访过三位幸存者。他们各自描述的情景,其相同部分就是当时船上的状况,只是我知道得更多一些而已。我既然请你进这间屋子,就会一五一十地将我所知道的全部告诉你。但当前的问题是,所有的谋划者都不在船上,而他们才是需要认真分析的人。"

"苏先生是说,所谓的'谋划者'不止一个人?"萧邦问。

"萧先生这是多此一问。"苏浚航直言不讳,"你我虽然是第一次见面,但我可不是第一次见到你。我虽然大部分时间都在这里制作模型,但也在默默关注这起海难的每一个动向。萧先生一到大港,便将死水掀起狂澜,屡屡识破假象,逼得那些心怀鬼胎的人坐卧不宁,说明萧先生并非一般探员可比,除了自身智勇超群,恐怕还有坚强的后盾。这些,也是我决心找你的原因。"

"决心找我?"萧邦很纳闷。

"是的。"苏浚航说,"在你住进大港市人民医院后,我曾探望过你,不过你不知道而已。可惜,那天晚上找你的人太多,我无法进入病房,只是暗示叶雁痕你有危险,就离开了。"

对苏浚航说的这个情节,萧邦虽然不知,但还是冷冷地打了个寒战。看来,这个苏浚航,也颇有深沉的心机。

"说来也巧。"苏浚航又补充说,"那晚,我潜入医院后,躲在值班室对面的仓库里,就看见孟欣进了值班室,将值班护士打昏,再换上护士的衣服。我当时心里一惊,知道她将对你不利,于是就静静等待,一旦发生意外,我便会匿名报警。但她的计划失败了。她逃下楼后,我悄悄跟了过去,却意外发现了几个根本没想到的情况:在医院的院墙东侧,小马给了孟欣一支枪,要她再次刺杀你;在医院的院墙西侧,靳峰副局长正打电话部署警力;在医院对面的胡同口,三个黑衣人正在抽烟,不时向你住的那个病房看去。我估摸着,今晚这家医院得热闹了,而叶雁痕还在楼道里喋喋不休地与锦帆争吵,这势必成为这几组人员实施计划的障碍,于是我返回医院,将叶雁痕和锦帆引开,好腾出空间让这些人一一登场。萧先生,说句实话,你也别多心,当时,我只想看看这些人到底想干什么,从而解释我一直没有想清楚的问题,并没有过多地考虑你的安全问题,请原谅。再说,我见靳副局长已部署警力,料想你不会有多大危险。"

不会有多大危险?要是孟欣枪里的子弹是真的,真的一枪毙了我呢?萧邦心里冷笑了一下,但脸上只是淡淡一笑:"苏先生不必自责,萧邦命大,轻易死不了。"

苏浚航对这个问题似乎并不关心,只是点到为止。他没有再表示歉意,接着说:"引开叶雁痕和锦帆后,我返回医院附近的岱家胡同,欣赏了一场惊心动魄的打斗。当然,最终,是萧先生胜利了,我也从中获得了一些有用的信息。直到靳副局长来收场,我才离开。"

萧邦略微一惊。看来,这个苏浚航,也是练家子。否则,凭自己的听力,即使他躲在较远的暗处,也应该有所察觉才对。于是他哈哈一笑:"没想到苏先生也是练武的高手啊。"

苏浚航并没有否认:"萧先生过奖了。高手谈不上,比起萧先生和小马就差远了,甚至连老孟和靳副局长都不如。但我七岁开始练武,三十多年来很少间断,总还是有些基础的,不然我在蓝鲸的工作压力这么大,如何扛得住?不过,练武一事,除了父亲,连叶雁痕都不知道。"

萧邦注意到,每当提起叶雁痕时,苏浚航总是以全名相称,不像苏老船长、靳峰等人对叶雁痕的称呼显得亲近些。这对作为叶雁痕丈夫的苏浚航来说,有些异样。但这种事情毕竟涉及隐私,萧邦不便直接发问。

苏浚航接着说道:"倘若我没有这点功底,断难在那次海难中生还。你可能很奇怪,为什么我和你说话时毫无表情?我可以告诉你,是因为我在那次海难中面部严重烧伤,逃生后在朋友的帮助下做了面部手术。"

这一点萧邦已经猜到了。

"现在,我可以给你讲述那场海难了。"苏浚航深深地吸了一口气,"噩梦开始的时候,是一个温馨的早晨……"

两年前的12月21日,清晨。苏浚航被一阵轻轻的敲门声惊醒了。虽然,现在他仍然和叶雁痕住在同一幢别墅里,但他们早已分居。苏浚航开门,见她站在门口。今天的叶雁痕化了淡妆,楚楚动人。苏浚航觉得,她已有很长时间没这么漂亮过了。

"早餐做好了。"叶雁痕微笑道,"雁鸣来了,正在客厅等你,说有事要向你汇报。还有,浴缸里的水已经放好了,试试我新买的沐浴露吧。"

"谢谢!我洗完就下来。"苏浚航心里一暖。这段时间太累了,妻子一直和他冷战。没想到这个奇冷的冬日,她破天荒地表露出一个妻子温柔的一面。

浴缸里的水很热。苏浚航闭了眼,默默想着心事。这些年来,他的确冷落了妻子,因为他本不爱她……他爱的是另一个神仙般的女人,但又无法成为眷属……除非,这个世界上,只剩下了她和他。对于强硬的叶雁痕,苏浚航一直在排斥,尽量从她身上找缺点和毛病。她不优秀吗?优秀。她不善解人意吗?她甚至可以一眼看破丈夫的心事。可是苏浚航就是无法从心里爱她。

他想起十年前那个雪花狂舞的晚上,父亲苏振海燃起一支雪茄,郑重地对他说:"我们欠叶家的,所以你必须娶雁痕为妻,这是你作为蓝鲸继承人的重要条件。"父亲对他太过严厉,近乎苛刻。从小,父亲总是为他设计好一切,甚至连买什么笔、吃什么水果都为他列得很详细。他每次在接受这种刻意的安排时都十分愤懑,但对这类安排又形成了无法摆脱的心理依赖。他常常感到,自己是一个模型,由父亲粗大有力的手雕琢而成。

而叶雁痕,其实也并不爱他。过早失去亲人的叶雁痕处处表现出刚强,但实际上非常脆弱。她过早地恋爱了。那是一场短命的爱情,男方是个虐待狂,将叶雁痕的依赖当成了发泄的有利条件,结果自然是两败俱伤,各自的心灵都留下了阴影。苏浚航在新婚之夜发现叶雁痕已非处女,心上就打了个结。本来,叶雁痕准备将一切告诉他,但苏浚航的态度让她顿生逆反之心,隔膜与日俱增。

　　现在,已过不惑之年的苏浚航,事业如日中天,渐渐地明白了人生诸多道理,因此对自己没当好一个真正的丈夫有些内疚。特别是今天早晨,他突然发现妻子其实并不比他碰到过的任何女人逊色。一个刚强的女人一旦温柔起来,还真带有某种强劲的诱惑。他突然感觉身体的某个部位热了起来,心脏开始卖力地工作。他三下五除二冲净身上的泡沫,进了卧室,有些猴急地给楼下的叶雁痕打了个电话。两分钟后,叶雁痕进了他的房间。苏浚航一脚将门踢上,扑向她。粗重的喘息声回荡在房间。

　　十分钟后,苏浚航像烂泥一样瘫在床上。叶雁痕披衣起床,一抬眼就看到了那枚放在床头柜上的船舵。"没想到,你还带着它。"叶雁痕轻抚那枚船舵。

　　"我会一直带在身边。"苏浚航说,"因为它是你送给我的。"
　　叶雁痕有些感动,将沾了几滴泪珠的脸,埋向他宽阔的胸膛。

　　早餐很丰盛,苏浚航的胃口也特别好。
　　"一定要去吗?"他对埋头吃饭的小舅子叶雁鸣说。
　　"快到年底了,我想应该去一下。"叶雁鸣说,"每年交通部对春运安全工作都十分重视,但安全工作并不好抓,一方面公司基层管理人员比较麻木,另一方面,乘客的安全意识更是淡薄。如果总裁出面,随船检查,在航行中发现的一些问题,就可以及时得到纠正,同时还可以向旅客宣传一下安全防范知识。我们这些人,讲了百遍也没人听。而姐夫是总裁,说话有分量,会收到事半功倍的效果。"
　　"你看呢?"苏浚航扭头问正慢慢喝着牛奶的妻子。
　　"雁鸣说得有理。"叶雁痕说,"我看这样吧,雁鸣就陪你姐夫一起去,也好有个照应。"

"行。"苏浚航同意,"几点的航班?"

"下午吧。"叶雁鸣说,"最近云台轮渡公司的一条船起火了,上面抓得很紧。我们就坐下午到云台的'巨鲸号'吧。"

"好。"苏浚航说,"自从这条船买回来后,我还没上去过。正好,我上午有点事要处理,下午你就辛苦一趟,陪我去看看。"

叶雁鸣点点头。他的姐姐又叮嘱道:"最近你姐夫很累,你要照顾好他。"

"知道了。"叶雁鸣答道。

苏浚航开完会,已是下午一点半。他出了会议室,便见叶雁鸣站在楼道里等他。

"找我有事?"苏浚航问。

"该走了。"叶雁鸣有些焦急,"船可能都开了。"

苏浚航这才想起下午要到船上去。他立即作了指示:"跟老邵打个电话,等等我们。"说完便进了办公室,迅速地换了衣服。

苏浚航带着叶雁鸣赶到船上时,船还未开。不少乘客出了船舱,乱哄哄地议论着什么。

"怎么不开船?"苏浚航问船长邵剑雄。

"报告总裁,预报说下午海上有风浪。"邵剑雄也是原大港海运学院毕业,算是苏浚航的学弟。他当这个船长,还是苏浚航亲自点的将,当然老头子也是同意的。

"几级?"苏浚航问。

"预报说七级以上。"邵剑雄说,"海洋气象预报通常都比较模糊。"

"你看呢?"苏浚航征求船长的意见。

"我看可以开航。"邵剑雄说,"今天的车辆较多,都装好了,不开航会比较麻烦。"

"到了船上,我听船长的。"苏浚航看了一眼阴沉的天。海洋气候可真怪,上午还晴空万里,下午就阴云密布了。

"那就请总裁和叶总进舱。"邵剑雄说,"我特意安排了两个单间。"

"不用了。别搞得那么麻烦。我是来工作,不是来享受的。况且,我还有些事情要与叶总商量,就住一起吧。还有,要向旅客广播将会出现风浪的情况。"苏浚航补充道,"如果有的旅客想下船,要尊重旅客的选择。"邵剑雄赶紧派人去布置了。

苏浚航带着叶雁鸣上船后,首先检查了货舱。最底层的货舱装了不少严重超载的货车,将汽车轮胎压得变了形。苏浚航看了看固定架,发现有的车辆只是象征性地卡在那里,估计船一晃动,车辆就得移位。

"怎么搞的?"苏浚航盯着身后的邵剑雄,严肃地说,"就这样搞法,安全能过得去吗?部里下发的《货物绑扎手册》,你们学习了吗?"

邵剑雄面上一红:"最近这条航线特别繁忙,航行频繁,航次安排得很紧,有时只有不到一个小时的装卸时间,哪里来得及?带车旅客经常抱怨装卸太麻烦……"

苏浚航有点火了:"这是理由吗?人命关天,不要一味迎合旅客的要求。上次你们云台轮渡的'通汇'轮因汽车碰撞溢油起火,部里通报批评,教训还不够深刻吗?"邵剑雄连连点头,额头上都有些汗了。

"车上装的是什么?"苏浚航指着被帆布捆扎得密不透风的满车货物。

"这个没法一一检查。"邵剑雄面露难色,"进港时,港口安监部门已经查过了。"

苏浚航皱了一下眉头,对邵剑雄命令:"组织船员,严格按照部里的要求检查车辆捆扎,尽可能地对货物进行检查。如果有问题,及时解决。解决不了,宁可不出航。"

"是!"邵剑雄擦了一把汗。

"另外,让大副检查救生设备。"苏浚航又补充道。

船长便去行动了。苏浚航带着叶雁鸣,走进了客舱。差不多一个半小时后,船上基本安顿停当,"巨鲸号"解缆拔锚,鸣笛起航。"巨鲸号"一开始的航行很顺利。苏浚航坐在一等客舱,几乎感觉不到晃动。但他做梦也没想到,这是一艘不归船。

055 | 海难发生前

叶雁鸣作为蓝鲸集团的安监部总经理,自然对国内外航线的安全比较了解。苏浚航平时忙于公司兼并和国际事务的运作,这一块关注得不多。今天趁着与小舅子在一起,便详细地问了关于船舶安全的方方面面。叶雁鸣是勤勉之人,对答如流。这让苏浚航很满意。

由于叶雁鸣是妻子的亲弟弟,苏浚航又和他姐姐处于冷战状态,故平时有意回避他。叶雁鸣难免有些尴尬,没有特别要紧的事也不去找姐夫。今天与姐夫同处一室,便将一些平时可报可不报的工作向总裁一一汇报。苏浚航认真听完,才感到这条航线的安全形势非常严峻。

"你是说,这条航线上的救助基本处于无效状态?"苏浚航问,"不是说云台救捞局的救助能力全国排名第三吗?"

"全国第三指的是救助船的总吨位。"叶雁鸣说,"但这些船大多数都在从事经营活动,并没有做好随时待命的准备。别说云台救捞局,就是全国的救捞系统,几乎都处于这种状态。"

苏浚航沉默了。他深知海上运输是个高风险行业,特别是近年来海峡两岸经济的发展以及欧亚大陆的交通繁荣,使这个海湾成了繁忙的黄金水道。可是各航运企业过度追求经济利益,漠视生命财产安全,海损事故频出。这次自己一上船,就发现了许多安全隐患,着实令人焦心。

他在内心深处叹息了一声。看来,还是老爷子有远见啊。当初,老爷子就不同意蓝鲸出资组建云台轮渡公司,认为别看现在有利可图,将来肯定后患无穷。可是,他并没有听。在他正式接管蓝鲸后,他发现自己原本不必对老头子言听计从,也能成事。成功运作两家合资公司上市、建立海外中心等得意大手笔,让他感到老头子落伍了。苏浚航在成功的喜悦中认定,公司下一步必然选择兼并之路,必须迅速掌握近海运输的主动权,因为中国经济的快速发展为近海运输提供了便利条件，而国内中小航运企业处于无序竞争状态，倘若通过兼并的方式逐一完成对这些企业的整合，必将取得战略性的成功。新的世纪即将来临，苏浚航已嗅到"新航海"时代的味道，全球航运中心东移已成不争事实，谁先掌握这个主动权，谁就是未来的海上交通霸主。

但是，今天苏浚航看到的一些细节让他猛然一醒：国内航运状况，要想快速赶上国际水平，恐怕需要一代人的奋斗。这里边，主要是管理意识和民众意识太落后了，大家只为追求短期利益，两眼盯紧钱，缺乏长远的目光。整个国家都是如此，又如何能要求哪一条船、哪一位船长严格执行安全标准？

苏浚航深深地吸了一口气。他觉得今天来对了。以前，在办公室看到的都是经过粉饰后的汇报材料，一线操作情况掌握得少。叶雁痕曾几次提醒他最好抽空到船上去感受一下，他总是不屑。自己就是搞船出身，全球各大港口几乎都去过，还用得着再去补习这方面的知识吗？但是今天，他一上船，就嗅出了一种危险。他突然觉得，妻子的很多见解，原本正确。

一个想法突然形成：等这次检查完毕后，应找妻子好好谈谈。以前，自己的确对不起她。至少，她该得到应有的尊重。就算离婚，也要说到明处……

他对端坐在床上的叶雁鸣说："你眯会儿吧。刚才一通折腾，还真有点困了。待会儿再跟我去检查。"

叶雁鸣应了一声，便向后倒去。苏浚航还真有些困了，也开始闭目养神。也不知过了多长时间，突然，船身一阵剧烈的震动，将苏浚航惊醒。他一看表，时针正指17：00。

叶雁鸣也被惊醒了，吃惊地望着他，问："怎么了？"

苏浚航取了衣帽架上的大衣穿上，急切地说："走，出去看看。"

出了房间，苏浚航被舱道里疯狂灌入的冷风刮得打了个趔趄。叶雁鸣扶了他一下，苏浚航摆摆手，扶稳了舷梯，向下走去。出了船舱，苏浚航才发现天已提前黑了,海上昏黑一团,看不到半点亮光,也没有发现来往的船只,呼啸的海风拼命地往船上灌。

一个船员见到苏浚航,赶紧跑了过来。

"你们船长在哪儿?"苏浚航喊了一声。

"在驾驶台。"那名船员有些紧张。

"快领我到驾驶台去。"苏浚航又喊了一声。

那名船员便领着苏浚航和叶雁鸣,穿过通道,跌跌撞撞地向驾驶舱走去。几分钟后,苏浚航进了驾驶舱,见邵剑雄双眉紧蹙,注视着操作台上那一排变化着的仪表。驾驶舱的钢化玻璃被涂上一层水雾,使窗外的能见度几乎为零。

正在轮值的三副见苏浚航突然出现,吃了一惊,大声叫道:"船长,总裁来了。"

邵剑雄回过神来,也吃了一惊。苏浚航示意他坐下,问道:"情况怎么样?"

"目前比较正常。"邵剑雄说,"半个小时前开始有风浪,船体有些晃,但轮机和电路系统运转正常。为安全起见,我已将航速调到14节。"

苏浚航没说话,将双手举了起来。邵剑雄一看,脸就有些白了。原来,苏浚航的双手沾满了铁锈,想必是前来驾驶舱的途中,随手抓扶走道两边的铁栏而被沾上的。

"总裁,对不起。"邵剑雄说,"由于航次太频繁,我们无法将卫生搞彻底……"

"邵船长,这恐怕不是卫生问题吧?"苏浚航的脸色冷得可怕,"这样的船,要是在国外,连港都出不去,还敢运营!船舶维修和保养,非常重要,你们管安全的经理干什么吃的?"

这时船身又剧烈地震荡了一下,差点把苏浚航摔倒。

邵剑雄立即出了汗,怯怯地说:"总裁教训得是!这个航次跑完,说啥也不敢开航了,一定好好整顿船员,让'巨鲸号'进厂维修。"

"一定要全面检验,该修就修。"苏浚航把怒气降了降,"你打个报告上来,集团派专人来盯。钱不是问题,一定要请中国船级社的专家来勘验。我没细查,但感到现在这个样子,隐患无穷。一旦出了事,这个责任你担不起,懂吗?"

邵剑雄连连点头:"我一定落实总裁的指示。这次靠港,我就抓紧办。"

"但愿这次,上天保佑我们。"苏浚航叹了口气,扫了一眼叶雁鸣,又对邵剑雄说,"剑雄,填好《航海日志》,密切监视变化。我和叶总到别的地方看看。"

"是!"邵剑雄坚定地回答。

苏浚航便带着叶雁鸣出了驾驶室,向甲板走去。海风吹得更为猛烈。苏浚航明显感到如山的海浪在翻滚。他挪动脚步,向左舷靠近,扶住了栏杆,探头向下看去。但见船下白浪翻卷,整个船体突然倾斜,似乎有什么东西掉进了海里。他正努力去看,突然,他感到身体被猛地推了一下。他一惊。但在一瞬间,他明白是小舅子的手抱住了自己的大腿。

"总裁,危险!"叶雁鸣大声喊道。

苏浚航回身一看,见叶雁鸣双眼盛满了恐惧。看来小舅子真关心他。刚才,他只需轻轻一推,他就会栽到恶浪翻涌的海里去。"谢谢。"苏浚航拨开小舅子的手,挣扎着继续向客舱走去。叶雁鸣紧跟其后。不知为何,在这么大的冷风中,他居然淌出了汗,双手在不住地颤抖。

苏浚航进了三等舱,见大部分旅客都躺在狭窄的铺上半眯着眼。偶尔有几个睁眼的,用好奇的目光打量着进来的苏浚航等人。一个服务员跟在苏浚航的身后,不安地直搓手。船舱里倒还比较暖和,地板也比较干净。苏浚航随手从铺位下方掏出一个很旧的救生衣,问服务员:"都告诉他们怎么用了吗?"

373

服务员脸有些红,结结巴巴地说:"他们都知道。"

"你怎么知道他们知道?"苏浚航拍了拍躺在靠舱门床位上铺的一个小伙子,"你会用吗?"

"用它干吗使?"小伙子一口东北腔,"这么大的船,指定没事。"

"那万一要出事了呢?"苏浚航很有耐心地说,"要是真出事了,你怎么办?"

"往身上一套不就完了嘛!"小伙子不以为然。

苏浚航无话可说,便让叶雁鸣叫醒所有旅客。他站在舱门口,将从来都没解开过的救生衣费力地解开,按照操作步骤一边讲解,一边往身上套。套到一半,突然轮船右舷猛地倾斜,苏浚航一下摔倒在地,后脑勺磕在舱壁上。舱内立即传来一阵哄笑。叶雁鸣赶忙过去扶他。苏浚航忍着剧痛,继续将救生衣穿好。

"如果碰到危险情况,请大家按照我说的做!"苏浚航大声说,"大家别当成儿戏,要学会自救!"

没有什么反应。当苏浚航转身离开时,大家又倒头躺了下去。

"这个人,像个当官的。"一个带山东口音的中年男子说。

"这年头,当官的都没好东西!"另一个带东北口音的人跟着说,"今天倒是有点奇怪。怎么没有带照相的来?难道这次不上电视?"

身旁发出粗野的笑声。笑声未绝,一阵沉闷的响声从船体的深处传来。接着,船身出现从未有过的剧烈震荡,将靠舱门那个床位上铺的小伙子震得一骨碌摔在地板上。旋即,船体吱吱嘎嘎地乱响起来。

"我的妈呀——"那被摔疼的小伙子半天没爬起来,大声叫唤。

所有的旅客都噤了声。船舱里被一种恐惧气氛所笼罩。

"原来货舱真的发生了爆炸!"萧邦说,"苏先生那时刚从三等舱出来?"

"是的。"苏浚航仍然端坐着,目光深沉,"实际上,这是第一次爆炸。货舱先后发生了四次爆炸。最后一次爆炸时,船已开始下沉。"

萧邦一惊:"你说的这几次爆炸,是由于汽车发生碰撞后溢油起火,还是有人故意引爆?"

苏浚航犹豫了一下:"这个还真不好回答你。但有一个细节,让我一直怀疑有人设了圈套。"

萧邦眼睛一亮,问苏浚航:"什么细节?"

苏浚航便又开始讲述。

056 ｜船上的杀机

苏浚航没有理会那些乘客的闲言，带着叶雁鸣离开了三等舱。一声巨响从脚底下的货舱深层传来，震得船身剧烈颤抖。叶雁鸣站立不稳，摔倒在走道上。苏浚航连忙扶起了他。

苏浚航一把抓住一个服务员，大声说："赶快报告船长，全船进入紧急状态，不许任何乘客离开船舱！"那服务人员点点头，紧张地跑了出去。

爆炸过后，"巨鲸号"剧烈地震动了一下，船体暂时恢复了稳定，仍然向前行驶。苏浚航来到甲板上，见船尾隐约冒起了浓烟，内心涌起一种说不出的恐惧。他强打精神，压住这种情绪，反身穿过走道，来到服务台前，对傻站在那里的服务员说："马上接通驾驶台，我要跟船长通话。"

服务员把电话接通了。苏浚航听见了邵剑雄喘息的声音。

"剑雄，怎么回事？"苏浚航问。

"一层货舱有一辆车爆炸起火，消防人员正在灭火。"邵剑雄声音微颤，显然非常紧张。

"不要慌张。"苏浚航安慰他，"你在那里全权指挥，通知大副到三等舱服务台来，我找他有事。"

"是！"邵剑雄应道。

一会儿，大副来了。苏浚航见这个大副三十出头，身板结实，便拍了拍他的肩膀，说道："带车的司机都在哪里？"

"多数在散席，二、三等舱也有个别的。"大副说。

"赶紧召集他们到甲板上来。"苏浚航命令，"要快！"

过了六七分钟，几十名司机都来了，在船的后部甲板聚集。

"我是船公司的董事长。"苏浚航不待大副介绍，就急切地说，"兄弟们，今天情况有点特殊。刚才大家也听到了爆炸声，有一辆车着火了,现在正在扑救。风浪很大,兄弟们别大意,要团结。"

人群里的一个汉子尖声尖气地说:"航程都快到一半了,估计没事吧?"

苏浚航沉声说:"大伙别心存侥幸,我当过几年船长,海上的事情,不好说。我把你们找来,就是要大家说实话。我知道你们的货,其实都没有经过仔细的检查。现在,大家摸着良心说,到底谁的车里装了易燃易爆的东西。说出来,我决不怪你,大家想办法处理。这船上有几百号人,人命关天,万一出了差错,没法向他们的亲人交代,大伙听明白没有?"

没有人说话。

"我可是丑话说在前头,你们要不说,我们马上组织人检查,查出来一个,就处理一个;查出来两个,就处理一双。兄弟们哪,这不比平时。你们看看这风浪,车子稍微一错位,就有可能溢油,再碰撞起火,不仅殃及大伙,自己也没有好处。"

大伙儿你看看我,我看看你,但谁都没有说话。

苏浚航十分恼怒。据他所知,这些汽车司机,全都超载,安全意识十分淡薄。他正要用更严厉的言辞来震慑他们,突然,一个二十出头的小伙子朝前走了一步,小声说:"我有情况要向您汇报。"

苏浚航赶紧将身子凑过去:"什么情况?"

"我们老板在车里装了一些酒,不知算不算危险物品?"小伙子用手捋了一下中分头,说。

"多少酒?什么酒?"苏浚航警觉起来,"车停在哪儿?"

"两箱白酒。"小伙子说,"车停在C舱。"

苏浚航想也没想,立即对大副及叶雁鸣说:"走,去看看。"又转头对小伙子说,"赶紧叫上你的老板,一起去看看。"

他刚走两步,又回头对呆在那里的司机们说:"有谁装了危险品的,不好意思说,可以私下告诉船员。要想办法控制。情况紧急,你

377

们不要瞒着不报,要有点良心!"

司机们便散了。

C 舱较小,是由第三层甲板改装成的货舱,专门为停泊小车使用。

苏浚航带着大副和叶雁鸣开灯进舱后,发现里面停着 11 辆小轿车,还富余几个车位。这 11 辆小轿车除了有 3 辆还在原位未动,其余的都已位移。有 4 台车因为船身的震荡而撞在左舱壁上。明眼人一看就知道,这些小车多数根本没有被捆扎,只是在前后四轮下放了四个垫木塞,现在连那些垫木塞都位移了。只有那三辆原位不动的小车,是经过比较细致的固定的。

"妈的——"极少说脏话的苏浚航忍不住骂了一句娘。真是不看不知道,一看吓一跳!他和叶雁鸣上船后花了一个小时检查,发现到处都是死角,特别是满载加重车的货舱,他是严厉命令要重新加固的。没想到 C 舱的小车泊位,固定还是这么差劲!

这时,那个小伙子领着他肥胖的老板来了。

"你贵姓?"苏浚航问。

"我姓杜。"老板说。

"车在哪儿?"苏浚航问。

老板四下看了看,指着靠左舷的一辆帕萨特说:"在那儿。"

苏浚航:"打开看看。"

老板对司机一努嘴,那司机便拿出钥匙,领着苏浚航走近车辆,打开了后备厢。司机打开后,后退了几步,让苏浚航查看。

苏浚航弓下身去,见后备厢里放了两个密封好的纸箱子。他正要让司机将它打开,"轰"的一声,后备厢突然爆炸,汽车屁股被掀得老高,苏浚航本能地向后一闪,但仍感到一股气浪直冲向自己。他顿时昏了过去……

萧邦听到这里，吃了一惊，忙问："你是说，当你正准备查看后备厢里究竟装了什么时，汽车就突然爆炸了？"

"是的。"苏浚航平静地说，"世界上没有这么巧的事，这分明是有人设下的陷阱，引我上钩，目的就是想炸死我。"

萧邦心下骇然。阴谋者居然敢在众目睽睽之下下手，这实在太令人难以置信了。"你刚才所提到的细节，难道就是这个细节？"萧邦问。

"是的。"苏浚航说，"那司机打开后备厢后，迅速向后撤了几步，将我一人留在那里。而叶雁鸣、大副和那个杜老板，离汽车有八九步远。后来，我仔细地回忆过，当时他们的表情都很怪异，只是我急于知道车里到底是什么危险品，没有分心注意到这些。"

"难道说，车里装的不是酒？"萧邦又问。

"肯定不是。"苏浚航说，"我后来曾买过两个装酒的纸箱，将酒瓶子放了进去，情形根本不同。所以，当那个司机在甲板上站出来说车里装了白酒时，就已经对我撒了谎。"

萧邦说道："看来那个司机只是受人指使，并非主谋。那么，另外三个人是大副、叶雁鸣和胖老板，你现在搞清楚他们中是谁在指使司机这么干了吗？"

"萧先生是这方面的专家，你看呢？"苏浚航反问道。

"我看就是那个胖老板。"萧邦说。

"为什么？"苏浚航问。

"我是用的排除法。"萧邦回答，"那个大副最没有可能。因为在此之前，他可能见过你，但并不熟悉，而且是你主动打电话给邵船长，让他派大副来的。也就是说，你要不点他，他几乎没有机会跟你一起进入C舱。其次是叶雁鸣。叶是你的部下，对你的指挥言听计从。依你讲述的情况来看，当时船上已经有些混乱，他根本不知道你下一步会做什么。就算他早就跟那名司机串通好了，你要是不去C舱，他也没有这个机会。况且，他想害你，并不一定要通过这种手段。我注意到你前面讲过的一个情节,当你出了驾驶舱,趴在栏杆上查看海面情况时,船身突然歪斜。你毫无防备,而这时叶雁鸣抱住了你的腿。那时并没有其他人在场,他只要一用力,你就会掉进波涛汹涌的海里。或者,他在你背后来一刀,再将你扔进海里,存活的概率就很小。所以,我认为叶雁鸣也可以排除。"

苏浚航目光闪烁。等萧邦说完,他才叹息道:"萧先生果然高明!事实正如你所说,自然是那个杜老板所为。他与我素不相识,当然是有人指使他这么做的。而指使他的这个人,自然对我的性格相当了解。我这个人,一旦发生紧急情况,必定心急如焚。所以,杜老板安排他的司机站出来说车上有白酒,引我去看。而他在那么短的时间就能赶到,说明他早有准备。"

萧邦点点头:"看来是杜老板在后备厢里安装了爆炸装置,等你凑过去时,便启动了遥控设备,引爆了汽车。"

苏浚航点点头:"你说得一点不错。我记得当时我问他'贵姓'时,他的脸色就很阴沉,而且右手始终揣在大衣兜里。看来,他手里捏着一个遥控器。"

萧邦说:"那后来呢?后来是不是发生了更为可怖的事?"

苏浚航将双手交叉在胸前,又继续讲述。

苏浚航苏醒了。他发现自己躺在房间里,一名船医正向他脸上抹药。叶雁鸣就在身边,一脸焦急,都快哭出来了。船长邵剑雄也站在那里,显得非常慌乱。

苏浚航强撑着坐起来。他感觉眼里像进了一把沙子一样难受,还不住地淌眼泪。船医叮嘱他别动,给他滴了一种透明的眼药水。清凉的眼药水刺激着他的神经。他除了脸部被灼伤外,身体其他部位并无大碍。他问邵剑雄:"船上的火,扑灭了没有?"

"报告总裁,火势已得到控制。"邵剑雄说,"请总裁放心,现在风力有所减退,船在正常航行。"

苏浚航坐直身子,对邵剑雄说:"请回岗位吧。我最后提醒你一次,一定要想办法稳定旅客的情绪,将所有的消防设备都拿出来,组织人员对车辆继续检查,及时补救。"

"是,总裁。"邵剑雄躬身答道。

"其实,我是越俎代庖,不该使用行政手段来指挥你。"苏浚航叹了口气,"你是船长,凡是船上的人,都应该听你指挥。你很实在,干完这一班,你交了差,我决定调你到集团来做管理,别再提心吊胆了。只是今天的事情,非同小可,我急躁了点,在这里向你检讨。"

邵剑雄感动得快要流下泪来,他颤着嗓子说:"总裁,你对我恩重如山,别说指挥我,就是让我献出生命,我都会毫不犹豫!"

"剑雄啊,现在不是动感情的时候。"苏浚航缓缓地说,"当前,是要保证船舶航行顺利,要以大局为重,不要管我,我会配合好你的。去吧,坚守岗位,该下决断就下决断。我保证,从现在起,我不再命令你做什么。我和叶总以及这一船人的命,都交给你了,明白吗?"

"是!"邵剑雄眼圈通红,"请总裁保重!"他整了整衣服,转身出了房间。

"看来这个邵船长,倒也是个性情中人。"萧邦插嘴。

"是的。"苏浚航说,"他是苦命的人,年近四十,还未娶亲,对公司忠心耿耿。'巨鲸号'虽然在管理上有很多问题,可也不能全怪他。王建勋当这个总经理,很不称职,在排航次上给'巨鲸号'排得很满,往往进港不到两个小时,就要返航,邵剑雄也是无力抗衡。当我从叶雁鸣那里了解到这个情况后,决定调他到总部,让他休整一段。可惜,他竟未能活过那个晚上……"

"苏先生没有立即追查,到底是谁致使你严重受伤的吗?"萧邦问。

"当时根本没有时间。"苏浚航说,"那时我虽然产生了怀疑,但还不能确定到底是谁所为。我只想等船安全靠港,再查清此事。没想到,随之而来的变化让我始料未及!"

那时,苏浚航已开始怀疑叶雁鸣。他联想起早上叶雁痕的反常表现,还破天荒地同自己云雨了一回,并在饭桌上力劝他同弟弟一起随船巡查。而到了船上,他总隐隐地感到叶雁鸣心事重重,偏偏在他俯视海面查看海况时抱住了自己的大腿……联想到这一切,苏浚航暗骂了一声"他妈的",此时他对叶雁痕产生了深深的恨意,也对身边的叶雁鸣加强了提防。

他想,必须将叶雁鸣调开,决不能再给他伺机下手的机会。等到了岸上,立马收拾这小子!于是他对叶雁鸣说:"雁鸣,邵船长正安排人清查车辆捆扎状况,底舱的情况怎么样,我们不知道。你是安全专家,还得你亲自出马,到下面去指挥船员们把活儿干好。"

"可是……你的伤?"叶雁鸣露出了关切的表情,"我有责任保护总裁的安全。"

这孙子真他妈会装!苏浚航心里骂道。但他没有表露出来,只是淡淡地说:"这里有船医嘛,你就不用管了。有你在,我的安全就有保证吗?恐怕不见得吧?"

叶雁鸣的脸一下就成了白纸。苏浚航看在眼里,心想也不能让他觉出自己的疑心,便说:"船上几百号人的命重要,还是我一个人的命重要?你跟了我那么多年,怎么没有大局意识?我会照顾好自己的,你放心。现在我以总裁的名义命令你:马上参加船上的安全补救工作,直到轮船安全靠港,你再来见我!"

叶雁鸣只得领命。在蓝鲸,谁都知道苏浚航令出如山,拒不执行者的下场,就是下岗。叶雁鸣离开房间的时候,船身又开始剧烈晃动,狂风劲猛,鬼哭狼嚎一般,使船舱里充满了凄凉。"总裁,请保重!"

这是叶雁鸣对苏浚航说的最后一句话。说这句话时,叶雁鸣流了眼泪。从那以后,苏浚航再也没见过叶雁鸣。

057 | "巨鲸号"沉没

"叶雁鸣没想到你会将他支走?"萧邦问。

"他没想到。他更没想到的是,我没死,他却死了。"苏浚航眼含恨意,"但无论如何,他的姐姐指使他干掉我,是不争的事实。"

"你为何那么肯定?"

苏浚航眼里恨意更深。良久,他才淡淡地说:"这事,如果追根溯源,也怨我。萧先生,你曾找过锦帆,和她谈过我同叶雁痕的事。叶雁痕在青岛和我度假时,的确曾雇了杀手,想在水里弄死我,我心里是非常清楚的。但我并没有揭穿她,因为我曾做过对不起她的事。"

苏浚航顿了顿,他没说自己为什么"对不起她",萧邦也不便追问。

苏浚航接着说:"从那以后,我就提防着她。过了这么久,她一直没有新的行动,渐渐地我就放松了警惕。这次行动,她可能已与弟弟密谋了好多次,才决定在船上动手。可是她千算万算,没注意到最根本的问题。"

"最根本的问题?"萧邦没听明白。

"根本问题是叶雁鸣的性格。"苏浚航说,"叶雁鸣这个人,性格比较懦弱,从小对姐姐言听计从,叫干什么就干什么。可是,他偏偏又是个善良的人,经常收养一些流浪猫狗,平时连杀一只鸡都不敢下手。在蓝鲸,他是出名的好人,居然将自己的年终奖分给手下的兄弟姐妹,一分不剩。其实,他那天有几次机会可以杀掉我而不露痕迹,但他都放弃了。因此,他在走出房间时流了泪,我估计有几层意思:一是他仿佛解脱了;二是他真的很担心我的安全,因为他也感觉出另外有人打我的主意了;三是他担心这次回去会受到姐姐的责骂。我感到他当时精神有些恍惚,脚步都有些不稳了。当然,这是我在逃生后通过回忆慢慢分析的,而在当时的情况下,来不及多想。"

"是不是在叶雁鸣离开后,船上又发生了变化?"萧邦问。

"是的。"苏浚航沉声说,"而且不是一般的变化!"

苏浚航等叶雁鸣一走,马上就让船医离开。船医对高高在上的老板很是敬畏,便提着药箱子走了。船还在剧烈晃动,而苏浚航则盘算着今日如何脱险。但那时的他,思维仍局限在叶雁痕想害他这一点上。他认为自己只要将叶雁鸣弄走,再找个比较安全的地方躲起来,等这条该死的船顺利靠了港,就有办法查出真相。于是,他将围巾往头上一缠,遮住火辣作痛的伤口,出了舱门,向最便宜的散席舱走去。

进了舱,他看见几十个衣着朴素的人表情惊恐地扶住座椅,显然是被这罕见的风浪吓呆了。空位还有不少。他找了个靠窗的位子坐下,迅速脱掉大衣,熟练地从座下取出救生衣,穿在身上。当他结好绳子时,船体猛然翻转了一下。他赶紧双手抓牢座椅靠背。舱内的灯突然灭了,旅客顿时乱成一团,好几个乘客从座椅上滑倒,哭爹喊娘地叫了起来。紧接着,苏浚航听见下面的船舱中发出一声惊天动地的爆炸,身旁的玻璃突然碎裂,冷风像千万把刀子一样射进船舱……

"救命啊……救命啊……"一声声惨烈的呼喊此起彼伏,但在狂风中显得那么微弱。

苏浚航努力控制住心神,死命地抓紧座椅。这时,船体又慢慢回落,随即向反方向翻转。一个巨浪扑来,冰冷的海水疯狂地灌进船舱……"大家快穿救生衣!"苏浚航放开嗓门大叫起来。但他的嗓子很快就被一口咸而冷的海水封住了。他只得迅速屏住呼吸。这时的他,大脑里只有逃生的欲望。一切爱恨情仇、功名利禄,对他而言,都不再重要。

"船怎么突然就沉了?"萧邦觉得自己的头皮发麻。

"这时候船还没有沉。"苏浚航说,"但船上的灯灭了,说明电路系统出了故障。人处在黑暗的环境里,最是恐惧,我甚至闻到了刺鼻的大小便的味道。这些可怜的乘客,直到这时才意识到问题很严重。"

"我听说,当时的风力达到了11级。"萧邦说,"11级风是什么概念？"

"这个可不好形容。"苏浚航说，"前一分钟舱里还有温度，地面也比较干燥，可是就那么一会儿的工夫，一个浪头扑过来，整个船舱就有了半米深的水。"

"我还听说，如果这条船一直往前开，顶风而行，会没有事的。但船长临时决定掉头行驶，遭遇台风侧击，导致倾覆，最后沉船地点离出发港已经很近了，是真的吗？"萧邦问。

"这种说法太过主观。"苏浚航说，"事实上，当海上风暴越来越强后，船根本无法向前行驶。发动机的马力是有限的，无法冲破排山倒海的巨浪。后来，我经过冷静分析，觉得'巨鲸号'在第一次爆炸后就开始逐步倒退了，只是在船上感觉不到是前进还是后退。一条万吨级的船，在这种百年不遇的大风浪中，简直就如一粒药丸一般，太渺小了。不过，掉头这回事，是的确存在的。我想，很可能邵船长通过卫星定位系统，得知船离出发港并不太远，又鉴于船上连续发生爆炸，扑火工作收效甚微，于是就强行掉头，意在冲滩或加速回港，寻求救援。"

"据说，'巨鲸号'连续发出了三次求救信号，都没有求得救援。这是怎么回事？"萧邦问。

"据我所知，在第一次爆炸后，邵船长就发出了求救信号，可是附近海面没有过往船只，救捞部门的船又在其他海域，远水救不了近火。后来我才知道，那天下午，从大港出发的船，只有我们这一条，其余的都被海监部门勒令停航，我才隐约感觉到事情要复杂得多。"

萧邦皱眉道："看来'巨鲸号'在出发前就已注定孤立无援了。就算不遇到超强风暴，船上的爆炸也必将使船翻沉。"

"是这样。"苏浚航说，"孤船出海，遭遇风暴，底舱爆炸，没有救援，等待那二百多人的，只有一条路……"

"不归路。"萧邦接口道，"所有参与这起海难谋划的人和不负责任的管理者，都实在该死！"

"是的。"苏浚航冷冷地说，"实际上有的参与这场阴谋的人，自己也死在了船上。可笑的是，这些人自以为聪明，认为只要杀了我，就万事大吉了。可他们万万没有想到，'巨鲸号'会遭遇那么大的风浪，而且在回航途中很快翻沉，让他们也成了冤死鬼。"

"是啊。"萧邦感叹，"大凡害人的人，最终却是害了自己。"

苏浚航"哼"了一声，没再往下接萧邦的话，而是继续讲述。

狂浪过后，舱内的水往外流。苏浚航在极度的紧张中忘记了疼痛。他将嘴里的海水喷出来，喘了一口气。

灯火在一瞬间又亮了起来。这时船上的广播响了，一个颤得快要哭出来的女声含混不清地告诉大家别慌，船长已采取果断措施，一定能够安全靠港云云。

苏浚航心里骂了声"浑蛋"，是谁让播音员这么瞎说？稳定乘客的情绪当然可以，不过也应该让大家穿上救生衣啊。他挣扎着站了起来，才感到没了窗户的船舱是那样冷。他想找个船员，让他转告邵剑雄，命令所有人员都穿上救生衣，而且要准备放救生艇，万一不行就先下人。可是，他刚一挪动，就被再次晃动的船体弄得差点摔倒。

船舱里一片混乱，不停地有人呕吐。有人拿出手机，想给家里打电话，可是手机进了水，根本无法使用，气得那些人将手机扔在地板上。

苏浚航感到船体的晃动频率加大，根本无法站立。他努力地睁眼往外看去，见海浪如一座座大山层层地压过来。从海浪的侧面观察，苏浚航感觉船在掉头。这个邵剑雄，疯了吗？他心里直骂这个学弟真他妈糊涂，这个时候掉头，飓风正好从侧面扑来，不翻才怪！

果然，船身在剧烈的颠簸之后，船体开始严重倾斜。苏浚航眼睁睁地看着一个巨浪扑打过来，右舷迅速升高，船体斜度加大，快要竖了起来……

但听一阵阵爆炸声从货舱传来,"嗵嗵"有声,似乎非常遥远,但又十分清晰。紧接着,浓烟四起,一种让人无法呼吸的呛人味道在舱里迅速弥漫开来。苏浚航的心猛地一沉,他知道这下真的完了。

"看来,掉头后船真的就沉了。"萧邦说。

"其实船沉得比较慢,并不是瞬间就沉没的。"苏浚航说,"这一点,邵剑雄犯了严重错误。他这个人有个缺点,什么事情都想求个周全,不懂得丢卒保车的道理。也许,在他的心里,人船同样重要,所以拼命地想保住船。而实际上,事态恶化到这种程度,应该只顾人命,船和船上的财产,通通不要考虑。因此,在船体已呈45度角时,他可能还梦想让船恢复平衡。"

"看来,领导者必须要当机立断,不能患得患失。"萧邦说。

"是这样。"苏浚航说。

"那么,船下沉的过程,大约有多长时间?"萧邦问。

"我在受伤后,手表已不知丢在哪里了,所以没有时间可看。"苏浚航略一沉吟,接着说,"不过,我估计至少也有个七八分钟吧。"

萧邦点点头,将头往前探了探,又做出了倾听的样子。

"大家快逃命吧!"苏浚航声嘶力竭地喊。可是他自己都觉得这种呼喊毫无作用,因为多数乘客此时已神情恍惚。再加上船上的灯又灭了,四周黑乎乎的,什么也看不清。

苏浚航摸准刚才那个碎了玻璃的窗户,用足力气艰难地往外爬。爬出了窗口,他凭着记忆,觉得这个舱的旁边有一个梯子,他就拼命地寻找。当船倒过来时,他得反向逃生,也就是说这个梯子以前是往上走,这会儿得往下爬。终于,他摸着了梯子,一级一级地爬。每爬一级,海水就淹过一级。苏浚航感到自己是在和船沉没的速度赛跑。

终于,他爬到了尽头,挣扎着出了舱,用手吊着一根栏杆。此时的他感觉不到冷,而是燥热。他听到零星的哭声从海面传来,似乎有人跳到海里去了。

现在,他来不及想那么多了。他突然感到,当一个人自身难保的时候,心里唯一想的事情就是如何活下去。别的人,别的事,完全可以抛弃。

船在沉没前底部扬起。苏浚航做了一个深呼吸,准备迎接那即将到来的巨浪。这时,他听见船上鸣了两声笛,声音凄厉。他一扭头,被海面一片通红的景象惊呆了,那些燃烧着的车辆不知何时出了底舱,那么大的海浪也没有一下将火浇灭……"巨鲸号"像一座倒塌的大楼砸向海面,激起了巨浪,产生了强大的旋涡……浪头打了过来,他来不及多想,一头扎进了海浪中……

但听耳旁"嗖"的一声,强大的旋涡像卷一片树叶一样把他卷向深海。苏浚航曾专门接受过海泳训练,但从未碰到过这样强大得连自己的手脚都无法伸展的旋涡。他差不多失去了知觉。也不知过了多久,耳边的响声停了下来,但无法呼吸让他的胸腔闷得似乎要爆炸。他实在憋不住,张嘴喝了一口海水,又使劲闭上嘴,开始运动四肢划水。这会儿,四肢终于可以活动了。

求生的欲望使他强迫自己冷静。身在何处,不得而知,他只知道自己被海水包围着。他奋力往上划水,但海面似乎在遥远的天边,难以到达。于是,他又忍不住喝了一口海水。

当苏浚航喝到第四口海水时,突然感觉上半身一轻。"噌"的一声,他的头冒出了海面。

他立即张开嘴,呼吸了一口空气。这寒冷的空气一入胸腔,他的肺快活极了。这是苏浚航四十多年来,第一次强烈地感到肺的存在。

借着救生衣的浮力和自己熟练的技术,苏浚航有了求生的信心。他努力地搜寻四周,但海面上什么也没有。滔滔的海浪奔涌而来,苏浚航已决定活下去!

058 | 劫后余生

也不知道游了多长时间。这时,他看见一艘并不大的船开了过来。苏浚航真想大叫一声。但一瞬间,他犹豫了。这会儿,他边踩水边回想这场从天而降的灾难,觉得这里面一定有阴谋。如果自己寻求救援,不仅无法查出真相,而且作为第一责任人,无法逃避法律的制裁……

他的心冷了下去。他知道自己辉煌的人生,在踏上"巨鲸号"时已经结束了。什么总裁、董事长,都已成过眼云烟。牢狱之灾倒无所谓,可是自己精明一世,却让人设计陷害,无论如何都让他难以咽下这口气。悲愤像海水一样包围着他。他咬了咬牙,决定独自逃生。

"苏浚航,记住,你已经死了!"他对着大海高声喊道。可是他的声音,连自己听上去都是那么微弱。

当一艘船的探照灯向他扫过来。他赶忙将头压在水面上。探照灯一晃,就过去了。

"这艘船,就是唯一前来救援的海军998给养船?"萧邦问。

"是的。"苏浚航说,"其实当时我看不清楚,不知是哪里的船。我也是后来看了报纸才知道的。据报载,这条船共救起17人,但只有2人活过来了,其余的都未能抢救过来。"

"真是一场惊世劫难!"萧邦叹道,"265人,只有5人……不,加上你只有6人活过来,这实在太耸人听闻了。"

"我也没想到只活了这么几个。"苏浚航说,"我认为至少能有一半的人可以活下来。但这些可怜的乘客,一开始就没有重视,很多人到死都没穿上救生衣,大部分人连舱门都没出,活活地被海水闷死在里头。邵剑雄要是不死,怎么向大家交代!"

"听说,邵船长也失踪了。"萧邦说。

"叶雁鸣也失踪了。"苏浚航说,"我们三个人的失踪,一度引起各种猜测。但我实话告诉你,叶、邵二人断无生还可能。"

"为什么?"萧邦不解。

"因为性格。"苏浚航说,"我太了解这两个人了。叶雁鸣我已给你讲过,这是个好人,就算他逃生了,也会因为自己是管安全的,有负罪感而谢罪自杀;邵剑雄这个人,天生一副感恩心肠,谁要对他好,他就会舍命相待。出了这样的事,他会觉得对不起我。再者,他无牵无挂,不会留恋这个世界。因此,我分析,以他的条件和水性,他不是不会逃生,而是不愿逃生,决定以死谢罪。"

萧邦点点头:"我听说这个邵船长,对你们苏家感恩戴德。据说,当年他一贫如洗,连上学的钱,都是你们苏家垫付的,是吗?"

"是的。"苏浚航说,"这不足为奇。父亲这个人,虽然很固执,但他乐善好施。他资助上大学的人,不止邵剑雄一个,无法统计数目。我只知道他将个人财富三分之二以上用于资助他人,而绝大多数都是义捐,不留姓名的那种。"

不知为何,萧邦心头隐隐闪过一丝不安。他觉得这个问题可以到此为止了,便问:"那么,你是靠你的潜水技能,自行获救的吗?"

"不是。"苏浚航说,"在海军的那艘船开走后,我碰到了一个救生筏,漂移到了岸边。到了岸上,我才发现其实出事地点离岸边只有不到五公里的距离。"

这一点,萧邦听施海龙说过。那么,接下来的故事,萧邦不问他也自然知道:心怀仇恨的苏浚航逃生后不敢露面,只得在朋友的帮助下做了面部手术,隐姓埋名,暗中关注这起海难。但苏浚航在这两年中到底调查到了什么?这一点萧邦无从知晓。

然而萧邦深知,一个背负着仇恨和责任的受害者,一个突然变得一无所有的企业家,一个隐姓埋名的逃难者,其内心的痛苦决非常人能够体会。同时,他的调查,自然会非常深入。萧邦隐约感到,既然苏浚航愿意见他,就一定会将一些他想了解的内容告诉他。所以他在等。

苏浚航讲完了自己的经历,平静地望着小窗外阴沉的天空。苏浚航所住的小屋是一间独立的房间。房间的两边各有一扇小窗,窗外是杂乱的小院。冬日阴霾的天空使院子的能见度较低,苏浚航背对着的那扇小窗投射进的一束暗淡的光线,照在他的身上,使他看上去更加落寞。

"萧先生,我知道你刚从青岛回来。"苏浚航又开了口,"你见着了我的父亲,是否很有收获?"

"是的,我见到了苏老船长。"萧邦说,"谈到收获,我想还是有的。至少,我听到了一堂令人热血沸腾的爱国主义教育课。"

苏浚航沉吟了一下:"父亲是一位爱国人士,更是一位乐善好施的人。他一生所做的事,上对国家有利,下对人民有益。这些,已是众所周知。所以,他赢得了人们的尊敬。"

萧邦点了点头:"苏老船长给我的印象,的确如此。我来大港之前,耳朵里就塞满了对老船长的赞美。有人曾说,苏老船长像所有人的父亲。"

苏浚航点点头:"也许你觉得非常奇怪,我既然还活着,为什么不去找我的父亲?"

终于扯到正题上来了!萧邦心里说。但他只是扬了扬头:"也许,你的父亲太过刚直,会将你送到法庭,接受审判。因为,你是云台轮渡公司的董事长,也是法人。"

谁知苏浚航开门见山地说:"萧先生不要忌讳什么。我本事有限,但决不是贪生怕死之辈,更不是为了逃避法律的制裁。王建勋不过也只是判了六年。就算对我严一点,最多也就是十年八年。因此,萧先生不必忌讳我们是父子,就不畅所欲言。实话告诉你,我和我父亲之间,有着不可调和的矛盾。我甚至怀疑,这起海难,与父亲有很大的关系。"

萧邦装作一惊："这，怎么可能？"

苏浚航没理会他的惊讶："这也是我一直不敢相信，也一直不愿相信的事。一个父亲要杀死自己的儿子，怎么下得了手？但经过两年的调查和思考，我越来越觉得父亲与这起海难有关。本来，我想让这些怀疑永远成为一个谜，但事情发展到了这一步，我不得不告诉你。"

萧邦变得严肃起来："苏先生的意思是说，事情已经发展到了非常紧急的时刻？"

"是的。"苏浚航目光变得阴沉，"就在昨晚，发生了一系列可怕的变化。首先，叶雁痕遭到暗算，幸好凶手未得逞，持枪跳楼而亡；紧接着，靳峰副局长部署了警力，开始抓捕可疑人员，然而他没有成功，突然被控制了起来；再接着，我的行踪被人发现，只得躲到这里来；而你，刚一出机场就被警察控制。这一切变化说明，幕后操纵者开始收网了。"

萧邦大吃一惊。果然不出所料，昨晚大港的确发生了一连串的变化。特别是靳峰突然被控制，使萧邦顿时陷入了更加孤立的境地。但同时，萧邦也感觉出，面前坐着的这个苏浚航，亦非等闲之辈，居然在逃亡中还能准确获悉这些秘密情况。可是，苏浚航说自己的父亲与这起海难有关，但昨晚苏振海明明在青岛，难道大港这边的变化，也与他有关？

苏浚航当然看出了萧邦的疑虑，便道："萧先生，此事千头万绪，三言两语说不清楚。也许我说出一件事，你就会将一切都联系起来。"

"什么事？"萧邦警觉起来。

"就是洋洋失踪。"

萧邦脑子里电闪。苏浚航的这句话，果然将很多无关的东西串联起来了。洋洋失踪一案，差点让萧邦丢了老命，也差点让孟中华现出了原形。但这些，现在看来都不过是边缘的事件。那么大张旗鼓地打广告、登报纸，决不是慌乱中的决定，而是另有目的。那么，这个目的有可能就是引出苏浚航。因为苏老爷子怀疑儿子并没有死。那么,为什么要用洋洋来引出苏浚航?除非洋洋是苏浚航的孩子!道理就这么简单。

"萧先生想通了?"苏浚航问。

"基本想通了。"萧邦策略地说,"看来,洋洋与你有关。"

"洋洋,是我和林海若的孩子。"苏浚航说。

虽然萧邦心里早有准备,但当苏浚航亲口说出这句话时,他还是觉得心脏猛地抽搐了一下。

而正在这时,只听"噗"的一声,苏浚航的脑袋猛地向前倾了一下,接着,头上涌出鲜血。一颗子弹射入他的后脑。苏浚航一头栽倒在地上。

萧邦只看了一眼,就如猎鹰般掠起,打开了这间屋子的后门。院子里有冷风刮过,一条人影在院门外一闪。萧邦冲出院子,院外是一条小街。只见一辆黑色的本田停在那里。一个蒙面黑衣人回头看了萧邦一眼,迅速上了车。车立即启动了。萧邦拔腿追了出去。午后的小街上没有出租车。本田车迅速冲出小街,转眼没了踪影。

事态越来越严重了,萧邦把自己又变成了一个老头子。站在大街上,他打了一辆出租车,向海边驶去。

萧邦在海边一个很深的胡同里下了车,便飞快地穿过一条小巷,进了一个商场。他在商场里装模作样地看那些凌乱的货物,见无人跟来,才顺手买了一沓信纸,一支签字笔,又迅速穿过商场的大厅,从后门出来,打了一辆出租车,原路返回海运街,在大港海事大学的后门停了下来。

萧邦下了车,向学校的食堂走去。已是午后,食堂里几乎没有人用餐。他摸出一点零钱,到窗口买了一份饭,慢慢地吃起来。

正是周末，大港海事大学有些冷清。教学大楼后侧的操场上，十几个大学生正在打篮球。他们都穿着秋衣，却在剧烈的运动中淌着汗。一个眉心中间有块黑痣的男生跑着去追被同学挡出场外的篮球。他正弯腰捡球，突然被人拍了一下肩膀。男生吃了一惊。他站起身，见一个瘦高的老头子双眼发出一种凶光盯着自己，不禁一怔。

"李信民。"老头子说，"我找你有事。"

"你是谁？"他一脚将球踢向场心，有些戒备地看着老头子。

"你不认识我，但我女儿认识你。"老头子说，"如果不想陪我去见校长，就跟我走一趟吧。"

"你女儿是谁？"李信民愈加惊疑。

"别装蒜了！"老头子压低了声音，"我女儿昨晚给我打了电话，说你欺侮她。你小子知道吗？我乖女儿哭得很伤心！"

"我没有怎么她啊！"李信民毕竟只是个大学生，见女朋友的家长找来了，早就吓得没了主意，"我对芸芸挺好的，怎么会欺侮她？伯父，真的，我没怎么她……"

老头子拍了一下他的肩膀，"嗯"了一声，说道："你小子长得还行，就不知心眼儿怎么样？你也不想想，我们家就她一个女儿，做父亲的能不担心吗？"

"可是……芸芸说她还有一个妹妹呀。"李信民挠了挠头，说。

"这丫头，连这都告诉你了？"老头子说，"那是我和她妈抱养的，芸子还不知道。"

李信民点点头，样子极为恭顺。

"小子，走，我得找个地方跟你谈谈。"萧邦看了一眼他的同学们，"到外面去吧，别让芸子知道我来过。"

李信民点点头，走向场边，将棉衣往肩膀上一搭，对同学们喊道："我有事，你们先玩吧。"便跟着老头子出了操场。

这个老头子自然就是萧邦。他暗自为自己蒙对了而庆幸。但他转念一想,现在的大学生,哪有不谈恋爱的?

萧邦找了一个茶馆,要了一壶最便宜的茶。李信民赶紧掏钱包,想讨好未来的老丈人。

萧邦一把按住他:"你干吗?你还是学生,有钱是不是?你别管了,完了我再结。"

李信民便乖乖地停了手,说声"谢谢伯父",便很小心地为萧邦倒茶,连大气都不敢出。

"家里有什么人?"萧邦问。

"爸爸妈妈,还有爷爷奶奶。"李信民转了一下眼珠,说道。

"我可不喜欢撒谎的孩子!"萧邦沉声说,"你的情况,芸子都告诉我了,你为什么要跟我说假话?"

李信民脸色大变,这才颤着声音说:"伯父,对不起……我是怕您嫌弃我们家……"

萧邦打断了他:"做人要实在。你们家的情况,我听芸子大体讲过。你妈妈那么辛苦,替人当管家,还不是为了你能上大学,将来有个出头之日?我要是嫌弃你,怎么会大老远跑来找你谈?"

李信民这才松了口气,赶紧说:"谢谢大伯能够体谅我们家。我妈妈,的确辛苦,为了我……"

"你马上打电话让你妈妈赶过来。"萧邦又打断了他,"我要和她谈谈。"

"这个……"李信民有些迟疑。

"傻小子,既然我要找你妈谈,说明对你印象不错,懂吗?"萧邦笑了一下,"你妈要知道你女朋友的父亲来了,不也很高兴吗?"

这句话说得李信民心花怒放,赶忙到吧台找到电话。那只拨电话的手,兴奋得直抖,似乎比当年拿到了大学录取通知书还要激动。

绝密隐情

徐妈打了辆车，兴冲冲地赶到了茶馆。这时，萧邦已换了个小包间，并叮嘱服务人员不要打扰。徐妈进屋，笑脸灿烂，以为见着了未来的亲家呢。

寒暄过后，萧邦对李信民说："信民，回学校去吧。我要同你妈单独谈谈你和芸子的事。"李信民便关上门，乐呵呵地走了。

今天的徐妈收拾得很干净，穿了一件暗花呢子大衣，看上去绝不是一个保姆，而是一个家庭幸福的女主人。

"哎呀，信民这孩子，有了女朋友，也不告诉俺这当娘的，您看……"徐妈习惯性地搓了搓手，以掩饰自己的紧张。

"徐妈，你可知罪？"萧邦突然掏出一个上面印着国徽的黑皮证件，在她面前晃了一下，"我是公安机关的。叫你到这里来，就是要让你老实交代！你记住，作为一个公民，你有义务向公安机关坦白，将你知道的一切说出来！"

徐妈刚刚绽放的笑容突然僵在脸上，整个人像被重重地击了一棍。"你……你不是信民女朋友的……爸爸？"她被弄蒙了，结结巴巴地说。

"不是。"萧邦说，"我用这种办法让你出来，是为你的安全考虑。你可能还不知道，你服务的叶雁痕家以及苏家的全部人员，都已经被公安人员秘密监视，没有任何人能够逃脱法网！我今天单独找你谈，是想给你一个自首的机会，你明白吗？"

"俺……没有犯罪啊……"徐妈内心在挣扎，"俺只是个保姆，啥也不知道……"

萧邦轻轻地拍了一下桌子，茶杯里的水被震得晃了一下。"徐妈，你看看这个！"他拿出那枚船舵，放在桌子上，"经公安机关鉴定，这上面有你的指纹，你还想狡辩！"

徐妈一见那枚船舵，吓得脸都白了，嘴唇哆嗦着，说不出话来。

萧邦见火候已到，便又严肃地说："苏浚航并没有死。他亲口告诉我，说你是苏老船长在叶雁痕家安插的耳目。"他突然意识到"耳目"这个词，徐妈很可能听不明白，便又补充道，"就是说，叶雁痕家里发生的每一件事，你都必须向老船长汇报。"

"苏总……苏总还说了些啥？"徐妈的防线已一点点被攻破了。

"苏浚航说，有一件事，只有极少数人知道，其中一个是你。"萧邦目光灼灼地看着她。

"俺知道啥？"徐妈此时露出了恐惧的表情。

"洋洋，是他和林海若的孩子！"萧邦冷冷地说。

徐妈眼里的恐惧更深。她突然流出了眼泪，颤着嗓子说："既然你什么都知道，还问俺干啥？"

萧邦没理会她，继续说道："你别害怕。你要分得清恩情和法律。我知道，信民5岁时，他父亲就过世了，是苏老船长帮了你，又让你一直在他家干活，对你们母子恩重如山。信民上这个大学，如果没有苏家，恐怕也上不成，所以你一直非常感谢苏家。你的这种感情，我们公安机关表示理解。但感情是感情，法律是法律。你要是连这点都分不清，如何教育信民？实话告诉你，这次我们公安机关已全面行动，没有一个犯了法的人跑得掉！徐妈，你要为你的儿子着想，争取立功赎罪，免得让信民没法做人！"

这一招最管用。每次萧邦提到信民，徐妈的眼神都要闪动一下，到了这时，她再也扛不住了，突然起身，拖开椅子，"扑通"一声给萧邦跪下了，声泪俱下地说："公安同志，俺求求你，千万别让信民知道这些……俺真的没办法……俺也是被逼的呀！"

萧邦扶起了她。他突然有些不忍。他深深感到，这就是一个母亲，一个为了儿子而不惜一切的母亲。但想起苏浚航的死，想起那场海难夺走的无辜生命，他狠了狠心，仍然冷冷地说："徐妈，公安机关对你的调查已有很长时间。不瞒你说，你的儿子已被监视了。本来，上级要找信民的校长谈话,先让他休学,但被我阻止了。我也有儿有女,考虑到信民从小就没了爹,是你一把屎一把尿地把他拉扯大不容易,这才请示上级,找你单独谈谈。要不然,你就不是在这里坐着交代,而是在公安局受审!懂吗?"

"俺谢谢你,俺代死去的信民爹谢谢你……千万别让信民受影响啊……"徐妈彻底崩溃了,呜呜地哭了起来。

萧邦担心她的哭声会引起服务人员的注意,便小声安慰:"别哭别哭,这不是找你谈嘛。我们调查过了,你的罪不重,只要你认真坦白,我会报请上级免你的罪,并且,我保证不让信民知道。"

徐妈点头如捣蒜:"俺一定配合公安同志,一定配合……"突然,她好像想起了什么似的,带着疑惑的眼神问,"你们既然都已经知道了,还让俺说什么?"

萧邦掏出纸笔,往桌上一放,沉声说道:"这叫做笔录,是书面材料,你懂不懂?公安机关哪有不做笔录的?我们总不能向领导口头汇报吧?刚夸你两句,你倒好,反问起我来了。是我问你,还是你问我?"

徐妈立马老实了:"俺不懂。请公安同志问吧。凡是俺知道的,俺全说。"

"徐妈,你的证词将作为证据在法庭上举证,如果你撒了谎,将追究法律责任。下面开始问话。"萧邦坐直了身子,开始做笔录:

  问:姓名?

  答:徐秀英。

  问:年龄?

  答:53岁。

  问:哪里人?

  答:山东临沂人。

问：什么工作？

答：在叶雁痕总裁家当保姆。

问：何时到苏振海家工作的？

答：15年前。

问：15年前社会上还很少有保姆，你是怎么去的？

答：当时，俺并不是以保姆的身份到苏振海船长家的。俺村一个小伙在苏船长公司的船上当船员，便将俺孤儿寡母的情况对苏船长讲了。苏船长同情俺，便让俺带着孩子到青岛去，在他家烧烧饭，搞搞卫生。

问：何时到大港来的？

答：大概是10年前吧，那时苏总和叶总结了婚，苏船长就安排俺照顾他们夫妻，俺就来了。

问：林海若那时候在做什么？住在苏家吗？

答：那时候俺还不认识海若姑娘，海若姑娘好像在上学。俺是海若姑娘大学毕业后才见到她的。

问：大学毕业还是研究生毕业？

答：俺不太懂这个，应该是研究生毕业。

问：苏振海说林海若曾向他求婚，有这事吗？

答：俺不太清楚，俺不知道。俺只知道，苏船长对海若姑娘特别好，从眼神就看得出来；而海若姑娘也特别尊重苏船长，是那种打心眼里的尊重。

问：苏振海与苏浚航的关系怎么样？

答：很好啊。苏船长对苏总好得没法说，不然怎么会将那么大个公司交给他？

（萧邦轻拍了一下桌子：徐妈，再次提醒你，是我问你，不是你问我，好好回答问题！）

（徐妈慌忙点头）

问：可是，据苏浚航向公安机关反映，苏振海明里对他好，暗里却设防着他，而且设计害他，这是怎么回事？

（徐妈脸色大变）

答：这事俺不清楚。可能是苏船长知道洋洋是苏总同海若姑娘生的以后，才恨起儿子来的吧？

（徐妈突然发现自己又问了一句，便拍了一下自己的嘴：肯定是这么回事）

问：那你是什么时候知道洋洋是苏浚航和林海若所生？

（徐妈沉思）

答：好像是三年前……

（萧邦打断她）

问：到底是几年前？

答：是三年前的夏天，大港很热，苏总到青岛去度假。那时候苏船长已退休，待在青岛。苏船长打电话叫俺同苏总回去。俺记得那是一个月亮很圆的晚上，苏船长在房子后面的园子里吃完晚饭，便对司机老张说要出去散散心，叫俺也陪着去。车开到半路，苏船长下车，塞给俺一些钱，悄悄地在俺耳朵边上说，秀英，你打车回去，听海若和浚航在说些什么。要注意，不要让他们发现。俺心里好奇怪，这一家子人，还有啥秘密不成？但俺最听苏船长的话，就打车回去了。俺悄悄地绕过房子，见海若姑娘正在收拾碗筷，苏总正抱着洋洋转来转去。俺趴在花丛中，一动不敢动。半天，两人也不说话。这时，苏总一手抱着孩子，一手掏出一个电话，对那头问道，车到哪里了？那头不知说啥，苏总嗯了一声，挂了电话，对海若姑娘说，都到了老年俱乐部了。海若姑娘这才放下手中的活儿，扑过来抱紧了苏总。俺心里咚咚直跳，就是打死俺，俺也不敢相信这是真的……

（徐妈说到这里，仿佛回到了当年，喘了口气）

（萧邦待她喘完，才继续发问）

问：你是说，这么多年，你们这些人没有一个人发现林海若与苏浚航是这种关系？

答：是的。平时，海若姑娘文文静静，对苏船长百依百顺，而苏总很有老板派头，对苏船长很尊重。每次家庭聚会俺基本都在场，从来没有发现海若姑娘对苏总有半点那个意思。自从海若姑娘嫁给苏船长后，苏总也跟着大家叫海若"林姨"，同她很少说话。就算说话，也都是一本正经，就跟苏总同公司的人谈工作似的。

问：接下来，发生了什么？

（徐妈突然有些难以启齿，但她被萧邦冰冷的目光吓得赶紧回答）

答：接下来……苏总将孩子放在婴儿车上，也不管孩子哭闹，两人就像蛇一样缠在一起……那阵势，电影里也没这么邪乎……

问：后来呢？

答：后来……后来孩子哭得实在凶，海若姑娘便挣脱了苏总，抱起了孩子，轻轻地拍打着，孩子便不哭了。这时，海若姑娘轻轻地说，洋洋别哭，爸爸在这里呢，爸爸在这里呢。俺当时吓得魂飞魄散，真没想到洋洋会是苏总和海若姑娘的！这时，苏总点了根烟，呆呆地望着天上。过了好一会儿，苏总才说，老头子知道咱们的事吗？海若姑娘摇摇头，说，不知道。苏总又问，你到底爱他，还是爱我？海若姑娘就不说话。苏总气得吼了一声，你哑巴啦？怎么不说话？海若姑娘"嘘"了一声，说，别吓着孩子。苏总便气呼呼地坐下来，带着一种恨声说，我不知道是你有病，还是我有病！

海若姑娘说，也许咱们都有病吧。苏总就扔掉烟，双手不停地抓自己的头发，对着月亮哭了起来，发出了狼一样的叫声。海若姑娘也不管他，只是说，别闹了，一会儿他回来了，看不吓死你！苏总吼道，妈的，我杀了他！海若姑娘就嘿嘿地笑了两声，说，行了行了，乖宝宝，你从小就怕他，你敢吗？你每次偷偷与我约会，都要派哨兵。苏总说，我告诉你，我很快就会收拾他的！海若姑娘说，行了行了，他是你爸爸，你已经做了对不起他的事了。苏总的牙咬得咯咯直响，说，什么爸爸？这次我来，就是要告诉你一个天大的秘密。海若姑娘问，什么秘密？苏总说，他不是我的父亲！我最近查出来了，我是华侨的儿子，我不姓苏，我姓张，我叫张浚航，你知道吗？海若姑娘叹了口气，说，那又怎么样？至少，他养了你，给了你一个公司。苏总说，我不要这些，我只要你！海若姑娘又叹了口气，说，都四十岁的人了，你怎么那么幼稚？你觉得可能吗？苏总站起来又坐下，一掌打在桌子上，说，你不就是贪恋他的钱财吗？海若姑娘说，你以为我挣不到钱？我是觉得他实在太疼我了，我不能离开他。苏总说，我对你不好？海若姑娘说，好，都好，不过是两种感觉。苏总突然站起来，一巴掌打到海若姑娘的脸上，骂道，你这个婊子，我是瞎了眼了！海若姑娘让他打，也没还手。四周又安静下来。过了好一会儿，苏总又哭了起来。这时，孩子已经睡着了，海若姑娘才将孩子轻轻放在婴儿车上，慢慢地向苏总走过去，并将苏总的头抱住，贴在自己的胸脯上。苏总放声大哭，海若姑娘只是叹息，没再说话……

　　（萧邦听得入了神。虽然他的笔沙沙地在纸上画，但那些圈圈套套的字，连他自己都不认识。徐妈讲完，很小心地问萧邦：我可以喝口水吗？萧邦点头。徐妈端起茶，喝了一口。）

060 | 情劫

问：那后来呢？

答：这时苏总的手机响了起来。他拿出手机一看，有些惊慌地说，他回来了，你赶快进屋吧。海若姑娘才不紧不慢地抱起孩子，进屋去了。苏总坐在那里没动。过了一会儿，院子里果然响起了汽车声，苏船长的声音传来，浚航，还在院里吗？苏总站起来，说，爸爸，我在这里。苏船长就进了后院，一边走一边说，今晚的月亮真圆啊。苏总说，是啊是啊，爸爸还不睡？苏船长说，浚航，到我的书房来吧，我想跟你谈谈公司的事。苏总便起来，跟着苏船长进屋去了。俺的心这个跳啊，浑身都被汗水湿透了。这要是在古代，偷听主人的秘密，是死罪啊！俺见没人了，才爬起来，悄悄地跑到院子外面，摘了好多狗尾巴草，回到厨房为洋洋编蝈蝈笼子。俺编蝈蝈笼子可好了……

（萧邦及时打断了她）

问：是不是到了第二天，苏船长才问你昨晚的事啊？

（徐妈瞪圆了双眼）

答：是啊。公安同志，你真是太神了，就是第二天。那天晚上，俺一夜都没睡好，心里怕啊，心想苏船长一定会找俺问话。可是等了一夜，苏船长也没叫俺，俺的心慢慢就放下了。可是，第二天一早，苏船长便叫醒俺，让俺陪他散步。到了海边，他突然停下来，就问俺昨晚的事。苏船长是俺大恩人啊，俺哪敢瞒他？就一五一十地说了。苏船长这人，真是有海量啊，听完也不生气，只是问俺，浚航真的说要杀我？俺当时腿都快抽筋了，赶忙说，俺想苏总这是气话，他哪敢哩！谁知苏船长哼了一声，说，虎毒不食子，蟹仔敢吃娘啊！

他有什么不敢？孩子也有了，权力也有了……俺当时就吓得走不动，心想完了完了。苏船长突然转头看着俺，那眼神，刀子一样啊，俺就坐地上了。苏船长把俺扶起来，盯着俺说，秀英啊，俺对你咋样？俺马上给他跪下了，说，苏船长对俺，就是再生父母也比不上啊，比亲爹还亲！苏船长就说，秀英，你给我听好——这事，天知地知，你知我知。如果还有其他人知道，就是你说出去的，懂吗？俺不怕你笑话，当时俺就尿裤子了。苏船长见俺这样，便拍拍俺的肩膀，说，秀英啊，我知道你那口子死得早，孤儿寡母的，可怜啊。你放心，只要跟着我好好干，你们家信民，今年该考大学了。我保证，他今年一定能上大学……

（萧邦突然打断了她）

问：你们家信民考大学时，是不是差了点分数？

答：这个……这个……

（徐妈怯怯地瞥了一眼桌子那头的记录）

（萧邦连忙说：放心，这个我不会记录在这上面）

（徐妈才点点头）

问：差了几分？

答：8分。

问：是苏振海给办的吗？

答：是的。

问：关于苏浚航与林海若的这件事，你从来都没告诉过任何人？

答：是的。俺哪敢违背当初的誓言啊，今天，你是政府派来的，俺才讲实话。

问：你在叶雁痕家干活，是苏振海安排的，名义上是叶雁痕的保姆，实际上是替苏船长监视叶雁痕的行动，对吗？

答：是的。其实苏船长舍不得俺。苏船长喜欢吃俺烧的饭菜。

问：是不是苏振海告诉你，你是他最信任的人？

答：是的。苏船长曾对俺这样讲过。俺感觉苏船长实际上并不信任叶总，还专门给俺配了一部手机，要俺每天都向他汇报。这个手机平时不开，用的时候才开……

（萧邦连忙打断了她）

问：你什么时候开始跟着叶雁痕的？

答：自从苏总和叶总结婚之后，我就一直跟着，有十年了。

问：据苏浚航招认，他曾经用了一种药，让叶雁痕不能生育，是真的吗？

答：俺不知道是啥药，但那药是俺端给叶总喝的。

问：什么时候的事？说详细点。

答：具体日期记不清楚了。俺想，大概是五年前吧。那是一个风很大的夜晚，俺都快睡着了，就听见楼上动静很大。接着就听到苏总的大骂声。这是俺第一次见到他们两口子打架。俺吓得赶忙起了床，想打电话告诉苏船长。正在这时，苏总下楼来，撞见了俺。苏总站在客厅里抽烟，俺就倒水伺候他。过了一会儿，苏总进了厨房，倒腾了一会儿，然后叫俺进去。他说，徐妈，您将这碗参汤给雁痕端上去。俺一想不对劲啊，怎么刚吵完架，苏总就给叶总做参汤？苏总似乎看出了俺的怀疑，便小声说，徐妈，您别紧张，我与雁痕是闹了点别扭，但也不至于给她喝什么有毒的东西，我是怕她伤了身子，才弄点补品给她喝。俺便端起参汤上去了。叶总见是俺，就哭，说苏浚航没有良心。俺安慰她几句，她就喝了参汤，睡了。俺下楼，苏总还在厅里，问喝了没有。我说喝了。苏总才很放心似的，也睡了。俺当时不知道这是什么意思。好像是过了两天吧，叶总深夜喝了酒回来，在洗手间呕吐。俺心疼，就送她上楼。这时叶总清醒了许多，说想要喝点东西。俺就去厨房，却见苏总已将参汤弄好，吩咐俺端上去。俺照办了。就这样，从第一个晚上开始，俺一共端了四次参汤给叶总喝。这事，就这样过去了。大约一个月过后，叶总有一天突然找俺，问俺，徐妈，您跟我说实话，是不是苏浚航叫您给我下了药？俺大吃一惊，心想没有这事啊。叶总就流了泪，说，徐妈，您知道一个女人最大的苦是什么吗？俺本想说是死了男人，但叶总却说，是不能生育！我这段时间月经不调，去医院检查，结果是中了毒，不能生育了。俺吓得魂飞魄散，突然想起那几次参汤的事。经不住叶总反复盘问，俺只得告诉了她，求她千万别让苏总知道。叶总听完，脸如死灰，那样子好像死过去了一般。俺吓得不敢吱声，俺听见叶总的牙咬得咯咯响。不过叶总这人倒是说话算数，从那以后绝口不提这事，也没再与苏总吵过架。

问：这件事，你告诉过苏振海吗？

答：告诉过。

问：苏振海怎么说？

答：苏船长听完后，啥也没说，只是吩咐俺不要往外说。

问：你刚才说苏振海的司机老张，是一直跟着苏振海吗？

答：老张师傅比俺还来得早，好像一直跟着苏船长。

问：你了解老张这个人吗？

答：老张这个人平时从来不多话，跟木头似的，不太了解。

（萧邦觉得对徐妈的问话，也只能到这里了。毕竟她只

是一个下人,不可能知道太多的秘密,便准备收场)

问:你还有什么情况要向公安机关反映?

答:没有了。

(萧邦翻了一页)

问:被询问人徐秀英,你保证你说的句句属实吗?

答:我保证。

询问到此结束。萧邦让徐妈签字。徐妈便在刚翻的页面上郑重地签了自己的名字。徐妈写得很慢,一笔一画都很用力。萧邦拿过来一看,那字就像用火柴棍棒拼成的。

萧邦喝了一口水,对徐妈说:"徐秀英同志,今天你的表现还可以,政府对你的坦白行为比较满意。就先到这里吧。你回去后,要假装什么都不知道,也不要告诉任何人,知道吗?"徐妈使劲点头。

"要是你胆敢向苏船长打电话讲今天的事,你今天的良好表现就会一笔勾销,而且还会连累到信民。你自己想清楚。"萧邦冷冷地说,"你回去吧。"

徐妈连忙站起来,不停地道谢,然后急匆匆地出了门。

萧邦待徐妈走后,迅速出了房间,结完账,步行穿过一个胡同,招手打了辆出租车,疾驰而去。

大港市原副市长郭凤潮躺在自家阳台的躺椅上,昏昏沉沉地睡了过去。自从他被罢官之后,家里就冷清了。当年,他在位的时候,他总是怕回家。因为每次回家,都有人在等他,找他办事。而现在,就连住在楼下的老部下,见了他都躲。所以,他懒得出门。电视节目没得看,就看闲书,或听京剧。现在是清闲了,可无边的失落让他觉得这种生活跟死了没什么两样。女儿嫁人了,正坐月子,老婆便去照顾女儿了。他每天三四点就醒了,起来瞎折腾。然而一到下午就困,便在躺椅上眯瞪。

门铃声突然响起,吓得他头皮一麻。如果老婆回家,通常都是自己开门。今天,肯定来了客人。他赶紧起来,用手指梳了梳稀稀疏疏的头发,说声"来了",便打开了门。一个穿着带帽羽绒服的人站在门口,浑身上下裹得严严实实,只留两只眼睛一个鼻子。郭凤潮吃了一惊。但见那人将帽子摘下来,露出了胖胖的脸。

"原来是小靳。"郭凤潮心里有说不出的高兴。两年了,终于来了一个干部!

靳峰带着一身寒气,鞋也不脱,就闯了进去。他直接走向阳台,拿出一个半尺长、长筒状的东西四下观看。末了,才对郭凤潮说:"老领导,今天我来,是有要事汇报。"

"哟,靳局长开什么玩笑?"郭凤潮自嘲地笑了,并给靳峰倒水,"我嘛,是戴罪之人,现在大家都躲我,你能来看我一眼,就很感谢了,还'汇报'什么?我早就被罢免了。再说,以前在位的时候,也管不了你呀。"

靳峰微微喘了几口气,在椅子上坐下来:"老领导,我也被罢免了。"

"什么?"郭凤潮吃了一惊,"大港又出大事了?"

"风起云涌。"靳峰一脸严肃地说,"已经到了不得不最后做决定的时候了。"

郭凤潮这才感到事态的严重性,略微沉吟了一下:"难道……难道那起案子,又起大波澜了吗?"

"郭市长,我知道您虽然待在家里,但一直在默默关注这起案子。"靳峰有些焦急地说,"您被撤职,就是有人设计了圈套啊!"

郭凤潮摇摇头,淡淡地说:"靳局长,如果你认为我被撤职,我会有什么想法,你就错了。每当想起那二百多名死难者,我就寝食难安!组织对我的处理太轻了。当官是为了什么?如果当官不解决老百姓的问题，反而让老百姓受难，人民还需要这样的官吗？这样的官，应该受到严肃处理！组织上对我的处理，我认为不是重了，而是轻了。"

靳峰着急地搓了搓肥手，恳切地说："郭市长，现在不是说这个的时候。靳峰以前是不归您管，但您也多少了解我的为人吧？今天我来找您，说明事态已经非常严重，不仅关系到这起冤案能不能破，也关系到您的人身安全！"

郭凤潮微微一震，"哼"了一声："难道，他们还真想杀我灭口不成？"

"现在没有过多的时间向您汇报。"靳峰着急地站了起来，"如果您相信靳峰，请马上跟我下楼！"

郭凤潮见靳峰眼里充满了焦急，也重视起来："小靳，你真的被免了？"

"我怎么敢跟我的老领导开这种玩笑？"靳峰说，"就在昨晚，张书记叫上田局长，当场就让我回家等通知，收了我的枪和手机，并派便衣看着我。我也是逃出来的。"

郭凤潮这才意识到事情非常严重。他说了声"稍等"，便进了书房。一分钟后，他已穿好大衣，戴上茶色眼镜，跟着靳峰出了家门。一辆出租车停在楼下。靳峰让郭凤潮坐在后座，他就坐在了驾驶座上，然后迅速地启动了车。当车穿过小区时，郭凤潮通过车窗看见两辆黑色的小车驶进了院子，在刚才靳峰停车的地方停了下来。随后，六七条汉子迅速上了楼……

"来得好快！"靳峰说道，"再晚两分钟，我们就走不脱了。"

郭凤潮脑袋突然有点蒙："小靳，他们是来抓我的吗？"

"抓您倒不至于，不过一定会请您去某个地方，问您一些您不愿说的事。"靳峰边开车，边说，"老领导啊，您可能还不知道，这两年来，一直有人想暗算您，都是我派人挡了回去。但我派的人，今天早上就被解除了，因为我已无指挥权。"

郭凤潮这才算是听明白了。他沉默了一会儿，说："小靳，谢谢你。"

"老领导客气了。"靳峰说，"实际上，应该说谢谢的是我。说实话，在当前形势下，您是我的唯一救星。"

郭凤潮没听懂。

"我需要您打个电话。"靳峰将四个车窗关死，反手递给郭凤潮一部手机，"我知道您连自己被罢了官，都没打这个电话。但我今天求您一次。因为，我不是为了我自己，而是为了挽回局面！"

郭凤潮接过电话，沉默着。过了一会儿，他才说："小靳，是不是这起案子已被那人完全控制了？"

靳峰说："是。我有一个情况还没向您汇报。昨晚，我已派出警力，连各分局和派出所的警力都组织好了，马上就要成功了，我却突然被控制了，功亏一篑啊，我是无能为力了！所以我就想到了您。也许，只有您，才能影响高层，从而扳回这一局。"

郭凤潮捏着手机的手微微颤抖，显然在做思想斗争。良久，他才说："小靳啊，不是我不打这个电话，我不知道该说什么啊。你搞侦查出身，自然知道说话要讲凭据的，我不能乱说啊。"

靳峰似乎早有准备，马上接口："老领导，对那人的手段，您是一清二楚。不过您为人正直，不愿为自己辩解。但请老领导以大局为重，想想这起案子使多少人成为孤儿寡母！您不为自己着想，也得为那些死难者的家属想想啊！"

郭凤潮痛苦地闭上了眼睛。

靳峰见火候已到，便压低嗓门："这两年，我几乎天天都在暗中调查这起案子，已经掌握了很多证据，只是我现在无法使用它们。您也知道，在当前的机制下，往往权大于法，让我们办案人员费老劲了。我忍了两年，眼看就可以收网了，却被人突然捆住了手脚，您能体会我的苦衷吗？"他说着，回头看了郭凤潮一眼。

郭凤潮点点头,但似乎仍在犹豫。

"我再告诉您一件事,您也许就放心了。"靳峰说。

郭凤潮侧耳在听。

"前一段时间,从北京来了个人,叫萧邦,是来调查这起案子的。"靳峰顿了顿,"这是个神秘的人物,其侦查能力远在我之上。他来了不到一个月,掌握的情况或许比我两年来的积累还要多。昨天,他去了一趟青岛,找苏振海去了,现在很可能已经回到大港。"

"他是什么身份?"郭凤潮眼睛闪了一下。

"公开的身份是记者。"靳峰说,"真实身份不清楚。不过从他来大港的种种表现来看,不像是一个记者,或者是一个地下侦探,他背后好像有非常强大的力量。"

郭凤潮转了一下眼珠。他沉思了一会儿,终于说:"小靳,我明白了。这个电话,我打!"

此时靳峰开的出租车已到了滨海路。路上车辆不多。靳峰一提速,将车开到了海滩上,然后灭了火,独自下了车,将车门关死。他要给郭凤潮留下一个打电话的私人空间。

郭凤潮微微点头,拿出手机,做了一个深呼吸,才慢慢地拨着一个电话号码。

电话通了。"喂,是刘书记吗?"他突然坐直了身子,嘴咧得很大,"您好您好,我是大港的凤潮……"

061 | 月光宝盒

深冬的北国，天黑得较早，然而萧邦却觉得今天实在太漫长了。夜幕终于层层罩下。萧邦从一家修锁店出来，漫步向孟欣原所在的小区走去。小区是新区，门楼很高。他紧了紧外衣，进了小区，找到了孟欣的房间号。防盗门紧锁，而且贴着"大港市公安局港城分局湖南路派出所"字样的封条。萧邦从衣兜里掏出一小瓶液体，轻轻地喷在封条的上半部分。然后，他转身上了楼梯，侧耳倾听孟欣房间对面屋里的动静。对面的房间没有动静。两分钟后，萧邦轻轻地揭开封条，迅速地掏出一个奇形怪状的东西，轻轻地捅进锁孔里。他只拧了两下，防盗门就开了。他又如法炮制，打开了里面的门。他一闪身就进去了，并将门轻轻带死。屋内一片黑暗，萧邦拿出微型手电筒，四处照了一下。屋里还是老样子，甚至连卧室的门都没关。萧邦进了卧室，坐在那张宽大的双人床上。被套仍然很柔软，萧邦想起在这里疗伤时孟欣照顾他的情景，感觉竟有些恍若隔世。连日来奔忙不息，他虽然没有忘记孟欣的死，但当他真正坐在亡人的床上时，才真真切切地感受到那种悲伤。

孟欣是一个复杂的女人，她的成长经历，决定了她一生的不幸。他突然想到，林海若的成长经历，是不是也决定了她必然活在那种状态之中？萧邦叹了口气。人是多么无奈的动物啊。大千世界，芸芸众生，又有几个人能够真正掌控自己的命运呢？一弯新月挂在窗外的高楼上方，发出淡淡的光。萧邦思如潮涌。他想起了豆豆。孩子，爸爸一定要创造一个好环境，让你健康成长……

他打开微型手电，向天花板上照去。卧室的天花板，四周打了石膏线，粉刷得很白，正中间是一个大吊灯。萧邦从客厅里搬来一把椅子，一脚踩上去，够着了天花板。八只吊灯呈标准圆形，均匀地分布在灯座上。萧邦侧着头，用手电仔细地照灯座的上方。突然，他看见一个三寸见方的铁盒，被卡在灯座上面的夹缝里。萧邦一用力，就取下了它。盒子沉甸甸的。萧邦跳下椅子，坐在床上研究起来。

这个黑色的盒子显然放上去的时间不长，并没有多少灰尘，但用手一摸，颜色就更亮了。整个盒子浑然一体，看不到接缝。萧邦将手电的光集中在盒子正面。那上面是几个银灰色的字：月光宝盒。

萧邦暗喜。孟欣临死前留的字条，正是这四个字。一个人在告别世界前留下的东西，当然最为重要。他深吸了口气，将盒子翻过来。一个细小的锁孔，在盒子的背面。对于开锁，他当然是行家。以前在特种部队，这是专门的课程，而他是教官兵们开各种稀奇古怪的锁的特级教官。所以，盒子很快就被打开了。里面是一个很小的优盘。萧邦将优盘小心地放进内衣兜，然后将盒子揣进了外衣兜。满载而归！他小心地回到卧室，将坐过的床铺拉平，把椅子搬回原地，轻轻地打开门，关上门，再拿出一小瓶液体，喷在封条原先的位置上，用手一捋，封条复归原位。

他快步下了楼。刚出楼门，他就嗅到了一股极其危险的气息。一辆车停在楼门口，车窗开着，后座上的一个胖子正用一把手枪指着他。

"不要乱动，我亲爱的老排。"车内传来了一个沙哑的声音。萧邦一看，正是孟中华！

"把东西交出来吧。"孟中华说，"戏演得太长了，该结束了。"

萧邦感到一阵冷风从心里刮过。

夜色静静地笼罩着大港市普安店区杨村。在村东头的一间破旧的瓦房里，一个十五瓦的灯泡正发着昏黄的光，灯泡上残留着蜘蛛网。靠墙有一张床，床上躺着一个头发灰白的老太太。门没有关，寒风打在门上，吱呀有声。

突然，门外一条黑影轻轻地推开了门，闪进屋内。

老太太侧耳一听，用低哑的声音有气无力地说："是保兴回来了吗?"

黑影便出现在灯光下,原来是曾经联手攻击过萧邦的胖子许四。他靠向床边,低声说:"大娘,我是保兴的朋友。"

许四看到的是一个瞎眼的胖老太太。

"朋友?"老太太盖在被窝里的手伸了一下,准备坐起来。许四连忙说:"您别起来。我来,是有重要的事要告诉大娘。"

"什么事呀?"老太太慢吞吞地问,"是不是保兴又惹祸了?"

许四沉默了一会儿,说:"大娘,保兴出事了。"

"怎么了?"老太太问,"犯法了吗?"

"他死了。"许四低声说,"被车撞死了……"

老太太身子抖动了一下,半天没有说话。

许四知道,这个突然的打击,对老太太是致命的。他便也不说话。

空气凝结了一般。

终于,老太太张开嘴,颤着嗓音说:"谁撞死了保兴?怎么会出车祸?我这瞎老太太,可怎么办哪!"

许四说:"大娘,这是灾祸,没办法。保兴是活不回来了,但我们兄弟几个会照顾您一辈子。"

"我不要你们照顾,我只要保兴。"老太太使劲挤着瞎眼,声音悲戚,"难道公安没有抓到撞保兴的人吗?"

"人死不能复生,大娘节哀顺变吧。"许四说,"撞保兴的那个人,当场就被我们兄弟几个抓住了。"

"怎么处理的啊?"老太太恨声道,"政府应该判他的刑吧?"

"是的。"许四说,"按照法律,可以判几年,但保兴已经死了。现在的问题是,您怎么办啊?"

老太太痛苦地颤抖着。

"大娘,保兴在世时,我们都是好兄弟。"许四一边说,一边从衣服里拿出一沓钱,"所以,我们兄弟商量后,凑了点钱,您先花着吧。不够了，兄弟们再想办法。"

"多少钱啊？"老太太停止了抖动，问。

"一万块。"许四把那一沓钱往老太太的被窝里塞。此时他心里一阵轻松——只要老太太收了这钱，自己就算交差了。

许四拿着钱的手还未将钱完全放下，突然，老太太藏在被窝里的手一翻，许四的手便被一只铁钳似的手捉住了。他一惊，使劲地抽手。但那"老太太"坐了起来，掀开头套，露出了本来面目。他是靳峰。靳峰眼里有刀锋般的寒意。

"他妈的！"他仍然牢牢地捉住许四的手，骂道，"一万块钱就买一条人命，你们也未免太黑了吧！"

许四吓得魂飞魄散。

"原来是孟总！"萧邦装作大吃一惊，"我正愁没车，谢谢孟总开车来接我啊。"

孟中华一愣，仍然将枪指着他："老排，别耍花招，既然咱俩早已翻脸，就别套交情了。我也不想杀你，你把手里的东西交出来，就可以走。我老孟只顾自己，其他的事我管不着。"

萧邦快速地用眼角的余光扫了一下环境，大门口和楼梯上都有人影，看来老孟早已布了重兵，只等自己下楼入套。他身子没动，嘴里说道："孟总，既然你知道孟欣藏了东西，干吗不自己去拿？"

"老孟是个粗人，懒得动脑子。"孟中华将枪头晃了晃，"有你代劳，我何必费劲？快交出来！要不然，我真的开枪了。这次，我保证只打你的脑袋！"他一改平日的傻相，眼露凶光。

"看来今天是必须给你了。"萧邦叹了口气，"我本该想到，这个地方一直都有你的眼线。都怪我大意了。"他慢慢地摸出了那个铁盒子。

孟中华的眼珠瞪圆了，命令萧邦："你给我拿过来！"

萧邦只得向车前凑了凑。

孟中华准备去接。

萧邦突然一缩手。

"干什么？"孟中华厉声道，"你真的不想要命了吗？"

"孟总，不是不给你，但你也得答应我一个条件。"萧邦说。

"哈，老排，真有你的！"孟中华说，"算了吧，谁叫咱们在一个战壕里待过！你说吧。"

"条件很简单，你得把我安全送出大港。"萧邦说。

"为什么？"孟中华没想到他会提这个要求。在他的印象里，萧邦是那种宁死不屈的傻人。

"唉，我现在明白了，这个案子不是我管得了的。"萧邦叹了口气，"既然靳副局长都下台了，我还折腾什么？现在，我想全身而退，需要你的协助。"

孟中华转了几下眼珠，突然微微一笑："老排，你总算明白了。现在也还不迟嘛。其实，当初你只要听我的劝，也不必搞得这么辛苦。没问题，这事好办！"说完，他发出一种轻微的吁声。

一个年轻小伙立即从暗处闪了出来，说了声："003向孟总报到！"

孟中华仍然注视着萧邦，对那自称"003"的小伙子说："将那辆车开过来。"

一会儿，一辆本田车开来了，停住孟中华的车前面。萧邦便将铁盒给了孟中华。

孟中华接过，掂在手里看了看，见铁盒紧锁，便问："钥匙呢？"

"钥匙在我这里。"萧邦说，"等我安全离开大港时，我会把它交给你的司机。"

孟中华想了想，反正盒子已在手，就算打不开，毁了就是。在这里开枪，必定引起居民的注意，便让了一步，说道："好！老排，毕竟咱们有过交情，我就信你一次。上车吧。"

417

萧邦便上了前面那辆车，坐在副驾驶座上。他刚坐稳，孟中华已坐在了他的后面，手里仍然握着枪。萧邦根本没有回头。

"开车，走机场高速。"孟中华命令完司机，又对萧邦说，"老排，我想了想，还是亲自送你到机场好一些。以后啊，我们那些战友要是知道你来了一趟大港，我不但没接你，连送也没送一下，就说不过去了。"

"谢谢孟总。"萧邦很安稳地靠在座上，"就是不知道现在还有没有航班？"

"有啊。"孟中华说，"大港最晚的航班是晚上10:20，怎么也不会误点。"接下来双方都闭上了嘴巴。

本田车穿过繁华的市区，向滨海路驶去。再过十分钟，就可以上机场高速了。

孟中华突然对那个开车的小伙子说："停车！"小伙子便将车停在路旁的荒地里。

孟中华将枪顶在了萧邦的后脑勺上，冷冷地说："老排，对不起了，你必须马上将钥匙交出来。"

"不是说好到机场再交吗？"萧邦居然没慌。

"我改主意了，不行吗？"孟中华哈哈大笑，"这里没人，处理起来要方便一些。你还真以为我会送你上机场？我是来送你上西天的！我数到三，你要不交出钥匙，我就开枪。"

萧邦叹了口气，说道："其实不管我交不交，你都要杀我，对吧？"

孟中华又哈哈大笑："老排就是聪明啊。可惜，你的死期到了！"他将指头压上了扳机……

许四已被靳峰揍得爬不起来了。他跪在地上，不停地喘气。不过他不是向靳峰下跪，而是跪向一个浑身发抖的老妇人。儿子的死，让她几近昏厥。她眼瞎，但耳朵特灵。在靳峰扮成她的时候，她在里屋听得清清楚楚。

"你儿子死了,是被人收买的。收买他的人说,如果他不幸被捕,就要选择自尽,那么,他的老母亲就可以拿到 20 万。"老妇人想起靳峰的话,心里在滴血。这个蠢孩子,怎么会干这种事呢?你只要好好活着,娘就是天天喝粥也高兴啊……她现在恨极了收买儿子的人。所以她愿意配合警察。

"你有老母亲吗?"靳峰恨恨地指着许四骂道,"你们这些人,还有点人性吗?"

许四终于忍不住哭了:"靳局长,这事跟我没关系啊,是你们警察追张保兴,他一着急才跳楼自尽的。"

"瞎扯!"靳峰又给了他一记耳光,许四的胖脸更胖了,"他要是不开枪射击叶雁痕,警察会抓他吗?说!到底是谁指使张保兴干的?"

许四哆嗦着,不敢说话。

"娃啊,你就说吧。"老妇人停止了抖动,突然说,"保兴死了,我也没啥活头了。但我死之前,也想知道究竟是谁害死了保兴,你就让我这个瞎老婆子安了这份心吧!"

老妇人的声音十分凄厉,连靳峰听了,都起了一身鸡皮疙瘩。

靳峰突然觉得,这就是母亲的心声。母亲就是母亲,母亲只关心孩子。无论她的孩子是伟人,还是罪犯。

许四终于下了很大的决心,几乎是吼着说:"他就是张连勤,大港市政法委书记,你们满意了吧?!"

062 | 点化

当孟中华的手指压上扳机的时候，突然听到一个冰冷的声音说："不许动！"孟中华吃了一惊。因为，一支黑黑的枪管，已对准了他的脑门。是那个给他开车的司机。

"老三，你……"孟中华突然觉得有些眩晕。这简直太不可思议了。这个被他称为"老三"的年轻人，是几年前他在建筑工地"捡"回来的打工仔。这几年，孟中华在他身上下了很多功夫，已经将他培养成心腹和得力干将。

萧邦一伸手，就夺去了孟中华的枪。

"你……你们认识？"孟中华这回真的傻眼了。

"不认识。"小伙子说，"但我非常清楚，我的枪该对准你，而不是他。"说完，他不知从哪里拿出一副手铐，熟练地将孟中华锁了。

"你到底是谁？"孟中华身经百战，却没想到最终会栽在一个毛头小子的手里。

"大港市公安局刑侦大队特勤中队警员靳开。"他掏出一个证件晃了一下，"当然，还有另外一个身份，就是靳峰副局长的亲侄子。现在我正式通知你：犯罪嫌疑人孟中华，你被捕了。你有权保持沉默。"

孟中华如被重击！靳峰的侄子在他手下当了几年的卧底，他居然不知道！孟中华终于瘫坐在后座上。

靳开发动汽车，掉头往城里开。一路上谁也没有说话。

车到市区，靳开问萧邦："你要到哪里去？"

"就到这里吧。"萧邦微笑道，"辛苦了！我现在想喝一杯咖啡，好像对面就有一家。"于是他下了车。

对面不仅有咖啡厅，还有网吧。萧邦从容地进了网吧。他交了押金，找了一台最靠里的电脑，坐下，对服务人员说："来杯咖啡。"

然后，他打开了电脑，将优盘插在接口上。

在电脑读取数据的时候，他突然想到了靳峰。"任何时候，如果你碰到一个自称003的人，你可以信任他。"这是靳峰对他说过的话。他的脑袋里浮现出靳峰那张胖胖的脸。这张脸同孟中华的脸一样胖，但不同的是，它很冷漠，而孟中华的脸要和蔼可亲得多。

但萧邦每次想到这张脸，心里就涌起一股温暖。

大港国际海员俱乐部酒店12层，日本料理餐厅。

王啸岩和张连勤都脱了鞋，像日本人一样盘腿坐在擦得一尘不染的柳木地板上。桌上已经摆好了希鲮鱼、象拔蚌、三文鱼、鳗鱼寿司、龙虾等少而精的品种，加上芥末的味道很浓，激起了二人的食欲。二人边吃边聊，也喝一点清酒。王啸岩今晚容光焕发，全然没有昨晚在麻将桌上的窘态。显然，昨晚是装的。

"啸岩啊，以后多找机会坐坐。"张连勤喝了一小口清酒，对王啸岩说，"虽然咱们是这种关系，但也需要经常沟通。你呀，就是书生气。在社会上混，还需得江湖一点嘛。"

"张大哥教训的是。"王啸岩说，"啸岩以前总以为做好自己的专业就可以了，经过一些事后才发现，有时，功夫是在诗外啊。"

"不是有时，而是常常。"张连勤纠正，"你的事情，老哥也知道一些。譬如说，孟中华就曾经威胁过你嘛。"

王啸岩一惊，但随即变得坦然。"哦，张大哥是说那次孟中华找我喝酒啊？他倒是暗示了我一些事情，但现在想来，好像也没多大用。"

"不对吧，兄弟？"张连勤微微一笑，"孟中华这个人，是只老狐狸，装傻的本事，目前我还没见过第二个人比得上他。他也跟我装，我呢，当然早就知道他，我也跟他装。你可能还不知道，前段时间他进了局子，我让老田把他放了。"

"什么？"王啸岩问，"怎么把他给放了？他是有罪在身啊。"

"兄弟别担心。"张连勤用白色的湿毛巾擦了擦手,"我放他,是暂时的,不过是要他去对付某个讨厌的人。他斗得过,最好;斗不过,照样回局子里;两败俱伤,也比较理想。"

王啸岩没听太懂。

"兄弟不是外人,老哥干脆跟你明说了吧。"张连勤又吃了一块生鱼片,"放他出来,是为了对付萧邦。"

"萧邦还在折腾吗?"王啸岩说,"昨晚,田局长不是答应将他抓起来吗?"

"老田是派人抓他了。"张连勤说,"不过,到了公安局大院里,让这小子给跑了。老孟眼线多,只有狐狸对猎人的味道最敏感。所以,我就把他放了。我还告诉他,如果这次再办不成,他也别想混了。"

王啸岩点点头:"张大哥就是厉害,一切尽在掌握之中。"

张连勤哈哈大笑:"别人这么说,是奉承,我不爱听;但兄弟这么说,我爱听。喂,我问你,你怎么和孟欣那小妮子搞在一起啊?也许老哥多嘴哈。"

王啸岩面上一红,不好意思地说:"张大哥笑话了。其实,我哪是跟她真好?我不过是想从她那里,打听一些事情罢了。"

张连勤突然把脸一沉:"啸岩啊,你水平是挺高,但你还年轻啊。今天老哥得好好说道说道你,你别不爱听。女人这个东西,很奇怪,弄不好就引火烧身。人们常说:色字头上一把刀,这是至理名言。凡是玩女人的男人,没出事的少啊。别说是你我兄弟这智商,连伟人都吃过大亏。这点不是自吹,你老哥我就从来不沾情色,和你嫂子恩恩爱爱,后院里风平浪静。以前我当兵那会儿,侍候首长,首长经常教育干部们:上面要管住嘴巴,下面要管住鸡巴。这两样管住了,其他的事就好整。不是老哥说你,你这些年到处瞎玩,最后落到啥好处?本来该你的总裁位子,结果让叶雁痕抢了。你以为老爷子不知道你那点破事?他的心是一片海,容得下这些,所以才没有跟你翻脸。他要是翻了脸,别说你这副总干不成,在航运界你混都没法混,你懂不懂?"

王啸岩把头压得很低,感觉毛毛汗都出来了。看来,今天,这位大港市的第四把手是来给他上课的。

张连勤掏出烟,王啸岩赶紧给他点上。张连勤吸了一口,接着训斥他:"换了别人,我都懒得说这些。可是,咱们是兄弟,我怎么能看着你往火坑里跳?你前段时间琢磨那些事,说句你不爱听的话,狗屁没用!孟欣那丫头,鬼精灵有,但翻不起大浪,她知道的都是些皮毛;还有马兄弟场子里的那个阿梅,整个一鸡头,人家小马都看不上,不知被老孟睡了多少回,你也不嫌脏,整天往那儿蹿。你堂堂一集团副总,该顾点颜面吧?我告诉你,你找个时间,把你包养的那个女人,赶紧给我打发走。听到没有?"

王啸岩脸都白了。等张连勤训完,才使劲点头:"我听张大哥的。"

"我本来不想管你这些破事,"张连勤将半截烟掐灭,"但我是大港的领导啊。如果哪一天,老爷子问我:连勤哪,咱家啸岩,你怎么照顾成那样?你说,我该怎么回答?我跟你讲,好几次,你被公安人员现场直播了,你以为是你副总的头衔把人家压住了?还不是我打电话给老田你才脱身?这事儿,我不会再说第二遍。"

王啸岩轻嘘了口气,心想只要别提这事,其他事都好办……

张连勤顿了顿,突然问道:"兄弟,说实话,你觉得你了解老爷子吗?"

王啸岩又一惊,他没想到张连勤会问这个问题。

他呆了半晌,终于说:"不是特别了解。"

"还特别呢!"张连勤白了他一眼,"要我说,你根本就不了解。"

王啸岩只得承认。

"你还记得有一天晚上,你在漂流岛酒吧喝酒时让三个人给算计了吧?"张连勤目光灼灼,盯得王啸岩无处闪避,"你当时是在等孟欣,可是孟欣没来,却来了三个地痞。那个老大把手指一刹,你就吓尿了。"

王啸岩的汗一下冒了出来。真是哪壶不开提哪壶。那天晚上的事,王啸岩觉得是他一生的耻辱。不过,他不知道这事与老爷子有什么关系。

"我告诉你,那三个人,是老爷子找来的。"张连勤没理会王啸岩的惊讶,"这三个人是真正的亡命徒,老爷子曾救过他们,所以誓死效忠。他们来大港,只做两件事情。第一件,就是阻止萧邦对海难的调查;第二件,就是为了锦帆的安全与幸福。"

王啸岩再次一惊。阻止萧邦,他也知道并非一两股力量,不足为奇;但第二件事,他就感到有些神秘了。

果然,张连勤继续说:"锦帆是你的老婆,但你们之间存在鸿沟。当然,这在现代社会很正常。可是这种事情发生在苏家,就不正常。为什么?因为你娶的是老爷子的女儿,你就得无限服从老爷子。那三个在酒吧吓你的人,实际上是在试探你,看你有没有勇气和能力去对付萧邦。你呢,总是以为什么事情只要通过谋划就可以做到,譬如你总在想如何取代叶雁痕,但你的一切行动,都没有奏效。这一点,老爷子了如指掌。幸好,你没有太过明目张胆,只是想通过孟氏叔侄那边的力量来为自己打通渠道。实际上这是一着臭棋,因为孟中华叔侄自身就是下水的泥菩萨,怎么保得了你?这都是你阅历太浅,刚刚感受到一点地下社会的力量,就以为无所不能。在当今的中国,你见过哪个黑社会帮派成过大气候?再强大的地下组织,只要武警出场,立马全完蛋。这是国情,你懂不懂?"

王啸岩端着酒杯,让甘洌的清酒在小杯里晃,却没有喝下去。张连勤一通没有逻辑的话,将他弄蒙了。

"刚才我说了半天,其实归结起来,就一句话:权力决定一切。"张连勤说完,端起酒杯,轻轻地碰了一下王啸岩端着的杯子,一仰脖子干了。王啸岩也干了,并赶忙给他倒上。

王啸岩用湿毛巾擦了一把汗，才说："感谢老大哥的指点，啸岩这才有些明白了。大哥的意思是说，关键时刻还得靠政府，要想发展就得靠贵人。不知啸岩理解得对不对？"

张连勤哈哈大笑，欠身拍了拍王啸岩的肩膀，说道："兄弟真是绝顶聪明之人，这两句话总结得真好！你看，我说半天也没说明白，你一下子就抓住了要点，果然厉害！兄弟啊，刚才呢，老哥是恨铁不成钢，才说了你几句。可是忠言逆耳，兄弟要理解。老爷子和我，很快就要成过山的太阳啦，天下是你们的。懂吗？"

王啸岩见张连勤夸他，刚才被揪紧的心慢慢放松了。他说："过山的太阳，也是太阳。月亮之所以明亮，还不是过山的太阳照亮的？"

张连勤拍了拍手，端起酒杯敬了王啸岩一下，说道："兄弟这句话更经典！哎呀，都怪老哥，没经常找你唠。就凭你这种悟性，将来必成大器，恐怕连老爷子和我加起来都不如你！"

王啸岩有点飘飘欲仙了。

张连勤笑毕，突然严肃地说："兄弟，既然你刚才认识得这么深刻了，我就跟你讲实话。你说得没错，一个人的发展，没有贵人的提携和扶持，根本不可能。你想想你的过去吧，可能比我要好一点，但你仔细想想，你的同学中，有几个混出来了？你能有今天，这还不是老爷子一手栽培的结果？我也是一样啊，没有老爷子，现在可能还在干船员，打杂，因为没有上大学的机会，就是死路一条。这些，你已经知道，我就不重复了。说这个的意思，就是说老爷子是我们的恩人，我们不能拂逆了他的意思。前段时间，我和你，都让老爷子不高兴，有些别有用心的人，说我当了官以后，就牛了，不听老爷子的了。这是扯淡！谁都知道，我张连勤能有今天，全是老爷子给的，我是忘本的人吗？幸好最近我向老爷子及时汇报了情况，他也明确表态，任何人在任何时候，都不能影响我们这种牢固的关系，我才放心。至于你，比我要危险得多。老爷子让人试探你，调查你，你却以为自己做得天衣无缝。老爷子曾对我说过：啸岩这个人嘛，用还是要用的，就是性子急了点！兄弟啊，这话可不是一般的话，我听了心里都打鼓！老爷子的意思是说啊，你想当总裁，搞得太明显了，他本人比较反感。"

王啸岩刚刚放平的心又揪起来了。一股热气在他的体内涌起，他又开始出汗了："张大哥，我对老爷子，可没二心啊！你说，我该怎么办？"

063 | 航运教父

张连勤沉吟了一下，说："兄弟别紧张，既然老哥找你谈，说明有办法。问题的关键是，你一直想当上蓝鲸真正的掌门人。这点你不必解释，大家都看得出来。要说呢，你当一把手，是有这个资格的。别说是现在，就是当年浚航掌舵的时候，你也并不比他差到哪里去嘛。可是，你仔细想过没有？蓝鲸不是一个小企业，也不是一般的企业，这里头的关系盘根错节，就是在浚航操持的时候，有一半的风险都是老爷子在扛着，所以蓝鲸这艘大船才在风浪中平稳前进。要做蓝鲸的掌门人，必须具备两种能力：一是精通航运业务，二是拥有高层人脉。二者缺一不可。就你目前的情景来看，业务方面早已没问题，就是在人脉上差一些。你那些同学，帮点小忙还可以，可一旦高层来了个死命令，他们全都作鸟兽散，没人敢搭这个手。因此，如果你愿意听老哥的，我倒可以给你支几招。"

王啸岩赶忙把身体倾过去，诚恳地说："请张大哥指点，啸岩感激不尽！"

张连勤便说："第一招，马上向老爷子表示绝对的效忠。有些人认为，老爷子已经75岁了，已是风烛残年。这是个错误的看法。据我所知，老爷子再活个十五二十年，没一点问题。而更重要的是，老爷子的人脉，上达中枢，下至平民，各色人等都有。这些人，都曾受过老爷子的恩惠，只要老爷子一句话，他们就会想方设法为他办事。我可以向你透露一组数字，在老爷子的人脉网中，省部级以上官员有23名，厅局级达107人，县团级的小官就没数了；在财力方面，受过老爷子恩惠的人，掌控10亿以上资产的达40人，50亿以上资产的达10人，100亿以上资产的3人。上述的这些人，都在老爷子的秘密名单中，随时可以为老爷子提供方便。老爷子这个人，我跟了他多年，我认为他最忌讳的就是有人同他唱反调，不听话；而凡是对他真心尊重的人,他都会设法保护。因此,你要掏出你的心,找个机会向他表示绝对的效忠,一切就好办了。"

王啸岩听得心惊!张连勤刚才扳指头一数,俨然像老爷子的会计似的。照张连勤所说,那么老爷子看来还真有点像《教父》里的那个科莱昂老头子了。

不待王啸岩有反应,张连勤接着说道:"第二招,马上断绝外面所有的男女关系,向锦帆表示忏悔。你可以花些时间,将这些年锦帆的所有优点和对你的好一一列出来,然后归纳整理,再烂熟于心。这样,在你对她表示真诚的忏悔时,让女人感动的话就会像波浪一样层层叠叠地涌向她。女人毕竟是虚荣和感性的,至少你的话会让她对你的憎恨缓解,你再以实际行动证明你真心爱她,慢慢就会扭转局面。这一招十分关键,它是你向老爷子表忠心的基础。一旦过了这一关,老爷子就会原谅你的过失,因为,你已经与苏氏家族的理念接轨了,懂吗?"

王啸岩仔细地听着。虽然他的内心不停地反抗,但他实在找不出任何理由来反驳张连勤。现在,他终于朦胧地意识到张连勤能从一个普通工作人员干到大港市的第四把手,凭的绝不是运气。于是他狠狠地点了点头:"张大哥真是一语惊醒梦中人啊!你这一席话,比我自己琢磨十年都管用。"

张连勤没理会他的奉承,继续说:"第三招,马上在你培养的所有势力中灌输效忠苏锦帆总裁的思想。要做得彻底,不是做表面文章,而是扑下身子去做。据老哥所知,目前蓝鲸集团中,大概有五分之一的股东支持你,三分之一的员工拥戴你。但只要老爷子一句话,就能将不听话的股东挤出去;再说员工,虽然有三分之一的人拥戴你,而且都是些技术骨干,但这些人没有决定权。所以,你要向苏氏家族效忠,带着部队为之摇旗呐喊,对锦帆来说,就是雪中送炭,老爷子就会觉得你非常成熟了。这样,你不仅可以坐稳你常务副总裁的位子,而且会为你将来出任总裁铺平道路。记住,什么时候你真正赢得了苏氏家族的信任,什么时候你就是锦帆真正的丈夫,那么,你就是真正的总裁了。"

王啸岩被深深地撼动了。如果早有人这么点拨他,他何必去干那些蠢事?他简直有点热泪盈眶的意思了。他端起酒杯,站起来,躬下身子去敬仍然盘腿坐着的张连勤:"张大哥,你是啸岩的恩师啊!啸岩能得到你的指点,真是感激莫名。我一定按大哥的指示办!"

张连勤就笑呵呵地干了酒,说道:"啸岩啊,你只要将这三招使好,不出几年,就会名声大振。"

"借张大哥吉言。"王啸岩坐了回去。他现在的心情好多了,因为他看到了希望。

"兄弟啊,事情呢,说好说,做难做。"张连勤收住了笑,"今天我约你来,还有重要的事情要找你商量。"

王啸岩心里"咯噔"了一下。原来,这个平时他敬而远之的"大哥",还没切入正题!

"当前最要紧的事,就是平息'12·21'海难复查案。"张连勤压低了声音,"这起案子,你也知道一些,甚至可以说,你也参与了(他用手止住了王啸岩将要说出来的话)。老孟上次说的那个江苏司机李子仪,现在我已让他录好了口供。放心,你清白了。不过,当前的形势还有一点点麻烦,需要你和锦帆协助我。"

王啸岩没听明白。但当听到"你清白了"时,才把心放下来了。

"一切都由张大哥做主。"王啸岩当即表态。

"这起海难,不管是什么原因,从稳定大局出发,谁都不希望它出什么漏子。人都已经死了,也经过专家鉴定了,该发的款也全部发放了。现在唯一的麻烦就是有人想借此大做文章、公报私仇。兄弟不是外人,我可以明确地告诉你,这两天我已经动用了我的人脉,几乎将它控制住了。现在还有点小小的麻烦:一个是萧邦,一个是靳峰。

这两个人,又臭又硬。你昨晚也看到了,我暂时停了靳峰的职,但我的权力也只能用到这儿了,因为靳峰这小子也不是好惹的,他是大港真正的地头蛇,根子也很深,要灭他不太可能;而那个萧邦,一定是上头派来的,否则他哪敢公然在我眼皮底下瞎晃荡?"

王啸岩点点头。昨晚的表演,当然也是他依了张连勤的吩咐,出出场而已。但现在张连勤说只有这两个人难处理了,不知有什么妙策没有?

张连勤当然知道他的疑虑:"对靳峰的处理,大不了让他平级调动,不是什么大问题,只是可能要花点银子;但对萧邦这个不明身份的人,老哥我还真没办法。因为以你老哥的道行,至今也没查出他到底是干什么的。所以,我也想请教一下兄弟,你有啥好法子没有?"

王啸岩当然知道萧邦,也隐约感觉这个人来头不小。他皱着眉头,想了一会儿,才说:"不行啊,就这样算了!"他将右手手掌竖起,往下一砍。

"这个,我倒也想过。"张连勤说,"实施起来,也没多大问题。可是,一旦上面追查起来,一个大活人在大港消失了,我作为主管政法的书记,怎么交代?"

这是个难题。王啸岩回答不出。

"兄弟啊,什么事情都不能想当然。今天我找你,就是要商量出结果来。"张连勤眉毛跳了一下,"另外告诉你一个好消息,老爷子,现在已经在大港了。"

"什么?爸爸来了?"王啸岩一惊。

"对萧邦这件事情,我想可能老爷子已经有了主意。但我们毕竟是兄弟,老爷子是长辈,办事情还是要我们去办。"张连勤扫了王啸岩一眼,"我个人的看法,对萧邦的处理,可以有三种方案。但无论哪种方案,都需要经济支持。"

原来是要钱!王啸岩终于明白了。

"说到钱,也许就不亲热了。"张连勤打了个哈哈,"但钱这东西,的确好使。有足够的钱,才有足够的权,反之亦然。因此,我找你,想商量一下,你那边,到底能拿出多少钱来?"

王啸岩嘴唇动了一下,半天才嗫嚅着说:"张大哥,你也知道,蓝鲸的钱,全都是锦帆管着,我哪动得了。"

"我刚才不是已经给你支招了嘛。"张连勤似乎早料到他会这么说,"再说,自从雁痕辞职以后,蓝鲸的事,还不是你们小两口说了算?以你们俩的聪明,做点小手脚,谁也看不出来。"

"可是,锦帆愿意吗?"王啸岩说,"她这个人,头很难剃的。"

"那要看是谁剃她的头了。"张连勤又点了一根烟,"她的工作,我来做。现在我问的是你,你同不同意?"

"只要锦帆同意,我就没意见。"王啸岩表了态。

"好。"张连勤拿起电话,轻轻按了一下重拨键。

"锦帆,我和啸岩在等你。"他说完,就挂了电话。

王啸岩一惊。

不到五分钟,身着和服的服务小姐轻轻地拉开门,满面笑容的苏锦帆就走了进来。王啸岩赶紧起来为苏锦帆找了一个坐垫,脸上也挂着笑。但他的心里一苦。看来,这一切都是设计好了的。他感到了从未有过的沮丧。

萧邦昏昏沉沉地从网吧的卫生间出来。看着那些青少年乐此不疲地聊天、玩游戏,萧邦心里叹了一声。在这种乌烟瘴气的地方,待两个小时他都受不了。他拿出手机。自从自己摆脱了警察的追捕,他就把它关掉。这玩意儿,容易暴露目标。他想,应该和靳峰取得联系了。就算靳峰手机被没收,他也会想办法与自己联系的。

手机开了。过了大约五秒钟,一条短信闪了出来:

千万别开机！靳

发送短信的是一个陌生的手机号码，时间是 10：46：07。

萧邦赶忙关掉了手机。但他转念一想，立即又打开了手机。因为他在关手机时，似乎听到了"嘀"的一声，可能还有短信。

果然，又一条短信跳了出来：

我已去找郭，千万要开机！靳

留言时间是 17：49：02。

他删了两条短信，再没有短信息进来。他拍了一下胸脯，暗道：差点误事！

萧邦慢悠悠地到了收款台，取了押金，打着哈欠，慢慢地出了网吧。在网吧窄窄的过道里，一个穿风衣的大个子迎面向他撞来。萧邦本能地一躲，但那人宽大的风衣罩住了他，下面一个铲腿击向他的胫骨。萧邦马上一个转身，背靠那人，巧妙地化解了这迅疾的一腿。

但就在萧邦的身子贴向那人的时候，一个硬邦邦的东西顶在了他的腰间。"不要乱动！小心走火！"那人沉声说。萧邦就老实了。

那人顶住他腰间的枪丝毫没有挪动，只是一把搂住了萧邦的脖子，向外走去。在别人看来，他们像亲密的哥俩。萧邦只得跟着向前走。他虽然身经百战，但今天这么快就被制住，还是头一次。

他已嗅到了一种令他焦虑的气息。

网吧前停着一辆黑色的奔驰。那司机见大个子押着萧邦走过来，便下车将后门打开。萧邦在大个子猛推他进车时看见，这个司机就是昨晚在苏振海家后园同他交手的那个人，曾被徐妈称为"老张"。萧邦觉得大个子的功夫不输老张。这两人同时出现，说明对手已下了最后的决心。萧邦刚一坐下，车就开动了。奔驰车在大街上飞驰起来。

而大个子顶在他腰间的枪没有移开。

"二位找我，不是想请我喝酒吧？"在这个时候，萧邦居然还有心情开玩笑。

没有人搭理他。老张专心开车，大个子握枪的手仍然很稳。汽车很快出了市区，向海边开去。

一路上，萧邦在仔细地想这个大个子。这个人，他从未见过。杀手？警察？他觉得都不像。这个人，虽然拿枪顶着自己，但他身上有一种威严，绝对不是一般人！萧邦的脑子里突然一闪。他侧头对那人说："你别那么紧张，我跑不了。"

那人还是没有理他。

"我已经知道你是谁了。"萧邦突然说。

那人没有说话。

这时，车已经停了下来。车窗外是黑沉沉的夜，天上浓云密布。一个作案的好天气。

"你就是大港海事局副局长，李海星先生。"萧邦说。

064 | 决战

那人一震,终于说:"萧先生果然厉害!不过,今晚你再也休想逃走了。"

"我本来就没想逃走。"萧邦说,"上次,本来我是去找你,却被宋三鞭骗到这里,然后被小马枪击,掉进了海里。这次,我想结局也差不多。"

"能下海喂鱼,总比你的尸体火化了强。"李海星说,"火化还要花钱,多少也得占块地方。死在海里,化作鱼食,对海洋生态还算有点贡献。"

"李先生想得很周到啊。"萧邦笑道,"你是在车里动手,还是下车后再动手?"

"你别着急。"李海星说,"像你这样的人,如果在死前不露两手,怎么会甘心?你不是特种部队的特级教官吗?今天,还有几个兄弟要来为你送行。"

"没想到萧邦死得这么轰轰烈烈。"萧邦叹道,"估计,上次输了的那个'宋三鞭'也会来。"

"还有三位朋友。"李海星说,"上次你强忍伤痛,骗了他们。这次,我会在旁边提醒他们,一定好好招待你。"

萧邦自然知道那是李二兄弟。

说话间,一辆黑色的奥迪开进了沙滩,在奔驰前停了下来。从车上下来了三个人,是李二、杨三和宋三鞭。

李海星用枪头使劲顶了萧邦一下。"下车!"他命令道。

"这边的车门都锁死了,我怎么下?"萧邦苦笑。

驾驶座上的老张摁了一下按钮。萧邦从容下车,居然还活动了一下腰身。

所有的人都下了车,围住萧邦。

海浪拍打岩石的声音一阵接一阵传来,空气中布满了浓浓的杀气。

"老四怎么没来?"李海星问李二。

"老四另有差事。"李二说,"这次,我们不会再上他的当了。"

"一枪崩了他得了,"杨三对李海星说,"干吗那么费劲?"

"萧先生也算条汉子。"李海星不紧不慢地说,"就算让他死,也要死得壮烈一些。你们这几个人,除了张师傅,其他人都吃过败仗,就不想回敬他一下吗?"

"我们听李局长的。"老张师兄弟齐声说。

"我的意思,逮住了老鼠,就得玩玩。"李海星说,"至于怎么玩,你们各自想办法,我都同意。但一枪把他毙了,就很没意思。"

"我上次输得不服,我先来。"宋三鞭说,"如果我输了,再留给你们。"

"不行,我们兄弟先上。"李二冷冷地说,"我们兄弟肯定不是他的对手,但先斗一阵,你们也好捡个便宜。"

"还是我先上吧。"老张的声音阴沉沉的,"今晚,我倒想试试传说中的特级教练到底有多了不起!"

萧邦静静地听着,仿佛这事与他无关。等他们说完,萧邦才叹了口气:"你们都是高手,可惜才华用错了地方。"

李海星哈哈大笑:"萧先生死到临头,还在卖劝世文。"接着,又对宋、李、杨、张四人说,"都别争了,就按刚才的顺序来。我在旁边督战。谁要是表现出色,我送他一块劳力士。"

于是大伙儿四下散开,给宋三鞭和萧邦腾出了一片空地。宋三鞭慢慢脱掉棉衣,探手入怀,一条长鞭已在手。

"宋先生,你当个三流武打演员还可以,但干这行真的不合适。"萧邦伸了一个懒腰,"沧州鹰老前辈收了你这么个弟子,九泉之下也不能安宁!"

"放你娘的狗屁!"宋三鞭大怒。他今天有帮手在侧,信心倍增。

只见他手腕一抖，长鞭挟着劲风向萧邦扫来。

萧邦后退半步，突然伸手，抓住了鞭头，借势在地上一个滚翻，已到了宋三鞭身后。宋三鞭大吃一惊，正待反攻，突然感到脖子一凉。不知怎么搞的，他的长鞭，居然毒蛇一样缠上了自己的脖子。

萧邦并没有使劲勒他，而是很快松了手，说道："你的功夫本来不差，但今天你心浮气躁，想在他们面前展示你的鞭法，结果让我抓住了先机。等你从号子里出来，好好找个小区，当个保安经理，我看比较合适。"

宋三鞭眼里一片死灰。他长叹一声，颓然坐在地上，也不管师兄恶毒的眼神。

宋三鞭在一招之间落败，是所有人都没想到的。李二和杨三也不说话，硬着头皮走上前来，分别运了运气。

萧邦对二人说："你们兄弟三人，论人品，比小马、老孟之流要强许多。念在你们也算汉子，不必动手了。因为你们的杀气已退，步法踉跄，根本不是我的对手！"

李二顿生退意。但他瞥了一眼持枪在侧的李海星，还是领着杨三上前，在离萧邦两步远的地方站定。突然，李二飞起一脚，直踢萧邦左肋；杨三一个滚翻，竟用一种死缠烂打的办法，去抱萧邦的双腿。

萧邦居然没有移动，好像甘愿挨打似的。李二那一腿，硬生生地踢在他的身上；而杨三也如愿抱住了他的双腿。但就在这一瞬间，萧邦出了右手，铁钳似的抓住了李二的膝盖。但听一声惨呼，李二倒了下去，双手抱膝，缩成一团；而杨三更惨，他正想用力扳倒萧邦，突然感觉头顶"嗡"地响了一声。萧邦看都没看他，一肘砸在他的百会穴上，他应声倒地。

这场打斗快如闪电。持枪在侧的李海星看得明白：原来萧邦只出了一只手，就使李二膝关节脱臼，再用肘给了杨三沉重的一击。这实在太可怕了！如果不是亲眼所见，谁也不会相信萧邦只出一只手便将两大高手重创。李海星握枪的手，微微颤抖起来。他突然隐隐地感觉到，在网吧门口，如果萧邦不想被他控制，完全可以走脱。他暗叫不妙。看来，老张也没有出手的必要了。现在就得马上结果了这个可怕的人。他咬了咬牙，悄悄地将手枪端了起来，很稳地瞄准了萧邦的脑袋。这么近的距离，而且萧邦背对着他，正全神贯注地对付慢慢走过来的老张……他有信心一枪毙掉萧邦。他屏住呼吸，食指开始用力……

叶雁痕坐在别墅的客厅里，默默地抽着烟。她被莫名其妙地带到公安局招待所，又被莫名其妙地放了出来。而更让她郁闷的是，她下午打电话到公司找总裁办主任打听一下公司的事，这个由她一手提起来的得力部下，竟然支支吾吾。看来自己一步走错，全盘皆输。她打电话给公公苏振海，青岛那边无人接听。据她所知，公公从来都不用手机。

萧邦去了青岛，到底如何？为什么公安局将自己抓去又放了？她冷静下来，想起昨晚在宾馆里电视机爆炸的事。她努力地回忆着。突然，她像明白了什么似的，一拍大腿，拿起电话就给舅舅靳峰打。

语音提示：你呼叫的用户已关机。

叶雁痕又坐回沙发上，慢慢闭上了眼睛。一连串想不通的问题，让她头昏脑涨。

突然，一阵轻微的响动惊醒了她。她睁开眼，就看见公公苏振海出现在面前。公公端坐在轮椅上。他的后面，满脸微笑的林海若轻轻地推着轮椅，正向她走来。

这时萧邦身形一晃，已迎上了老张。但这种晃动并不大，因此李海星只需微调一下就可以击中他。但当他的食指再次用力时，突然感到右手一麻，一种透骨的凉意穿透他的手腕，手枪"咚"的一声掉在了沙地上。他还没明白这是怎么一回事，一排强烈的灯光突然向这边照射过来。沙滩旁黑黝黝的小树丛里，冒出了一群头戴钢盔、手持长枪的武警。他们正面无表情地冲过来。除了萧邦，在场的每一个人都被耀眼的强光照得傻了眼。他们没敢动。瞬间，武警战士已将李海星等人围住。李海星借着光亮，才发现自己的右手手腕已被子弹击穿，此时正有鲜血汩汩流出。

"先给李局长包扎伤口。"一个浑厚的声音传来。

李海星强忍剧痛。他终于看见，大港市赫赫有名的神探靳峰正腆着肚子，从那群武警中间闪了出来。

"爸爸，您……您什么时候来的？"叶雁痕惊喜地叫了一声。

"刚到不久。"苏振海慈祥地笑着，"在青岛待久了，也想你们呀。"

"徐妈——"叶雁痕一下站了起来，高声对厨房叫喊，"赶紧准备饭，爸爸还没吃饭吧？"

"没有啊。"苏振海笑呵呵地说，"先别忙，天还早。我们一家人得好好聚一聚。一会儿，锦帆、啸岩他们也来，让徐妈多准备几个菜。"

叶雁痕高兴极了。她想，今晚借着一家人团聚，也有机会向爸爸说说自己的事了……

一个武警卫生员上来，三下五除二包扎好了李海星的伤口。此时，其余的人，都被警察铐上了。警笛响起，正有一辆大面包车闪着警灯，向沙滩驶来。

萧邦过来握住靳峰的手，二人相视一笑。

等其余人员都被押上了警车，靳峰才向武警和警察们打了一个手势。警灯熄灭，场面顿时安静下来。靳峰突然熟练地从李海星的衣兜里摸出手机，放在他的左手手心。

"麻烦李局长打个电话。"靳峰说，"你知道该给谁打，也知道该怎么说。大家都是明白人，不用我废话了吧？"

李海星沉默了一下，提了提气，便开始笨拙地按键。

电话通了。李海星对电话那头说："我是海星，事情已办妥。"便挂了电话。

靳峰满意地点点头："你手上有伤，就不铐你了。上车吧。"

突然，叶雁痕听到苏振海怀里响起了清脆悦耳的手机铃声。

苏振海拿起手机，放在耳朵上。他只是"嗯"了一声，便挂了。

"爸爸，您也用手机了？"叶雁痕问。

"唉，这不是你林姨买的嘛！"苏振海显得精神很足，开心地笑了，"她说出来散散心，如果没手机，不好跟你们联系。我最烦这东西，声音又小，没有电话那么清楚。"

"刚才是谁给您打电话啊？"

"是张连勤书记，"苏振海说，"他说他一会儿也过来。这个连勤啊，当了官也没架子。要说起来，也算咱们家的人，来就来吧。"

叶雁痕想着市委领导也要来，便亲自到厨房，安排饭菜去了。这些天来，今晚是她最高兴的日子。

065 | 恩与情

一个小时后,叶雁痕家的客厅里灯火辉煌,气氛热烈,好像是遇上了大喜事。张连勤、王啸岩、苏锦帆和小马都到了。不过,小马仍然昏迷,只能像死人一样靠在轮椅上。

大圆桌上摆满了美味,以海鲜为主。叶雁痕今晚特别有精神,还亲自下了厨。她和徐妈摆好菜,用围裙擦了擦手,将它解下来给徐妈,微笑着对众人说:"今晚比较仓促,不知道爸爸要回来,更不知道张书记大驾光临,所以随便做了几个家常菜。幸好大家都不是外人,不然爸爸就该批评我了。"

苏振海哈哈大笑,对张连勤说:"张书记,请上座吧。你看,雁痕是越来越客气了。"

张连勤连连摆手:"老船长,您是主人,您上座。您还是叫我连勤吧,'张书记'听起来生分。在座的都知道,我是您老的学生啊。"

于是众人落座。苏振海仍然坐在轮椅上,占了主人位置;张连勤坐在苏振海右首。叶雁痕被大家推举坐左首,毕竟她是本宅主人。但苏振海面上一寒,沉声说道:"这个位置,要给浚航留着。浚航或许已经死了,但他还活在我心中。"于是大家都面带悲色,闭上嘴巴沉默。

叶雁痕只好挨着那个代表"苏浚航"的空椅子坐下。接下来的次序是林海若、苏锦帆、王啸岩和小马。小马是经张连勤特批,由王啸岩开车从大港武警医院接过来的。叶雁痕不明白公公为何将一个昏迷不醒的人弄来,但她又不好发问。

圆桌很大,现在只占了八个位置,还显得空。苏振海说:"让徐妈也来吧。她也是咱们家的人。"于是叶雁痕起身去厨房叫徐妈。徐妈怯怯地挨着小马的席位坐了。

酒菜上齐,苏振海端起了小酒杯,郑重地说:"今晚,我讲三句话。第一句,感谢张书记对我们家的照顾;第二句,为失踪的浚航祈祷；第三句，希望我们家的人更加团结，再创辉煌！"苏振海和小马不能站立。小马昏迷，苏锦帆就把他面前的酒端起代他干杯。其余的人都站着把酒干了。

苏振海环视众人，说道："另外，今晚我有一件事要宣布，也请张书记做个见证。"大家见他很庄严的样子，都竖起了耳朵。

苏振海清了清嗓子，神情严肃地说："现在，我以家长和蓝鲸集团董事局主席的名义宣布：苏锦帆正式就任蓝鲸集团总裁，王啸岩就任蓝鲸集团常务副总裁。"

掌声响起。

叶雁痕只觉得一股寒意瞬间笼罩了她，眼前一片模糊。这是真的吗？她不敢相信，今晚她忙活了半宿，本想让老头子高兴，恢复她的职务，没想到是这种结果……她强忍着内心的悲痛，很不自然地对苏锦帆挤出一丝笑："祝贺你，锦帆……"她的声音小得连自己都听不见。

"对于雁痕，我另有安排。"苏振海半眼都没瞧她，"雁痕接任蓝鲸总裁两年来，很有建树，这些都是有目共睹的，最可贵的是她有让贤的肚量。前段时间，雁痕向我提出辞职，说想休息休息，并推举锦帆接替她的位置。经董事局考察，雁痕的确太累了，需要好好休整。鉴于雁痕有过国际管理经验，又创办了蓝鲸欧洲中心，所以董事局决定：批准叶雁痕休假一个月，期满后赴蓝鲸集团欧洲中心接任总经理职务，其在公司持有的股权不变。"在场的所有人，都没有说话。

叶雁痕的心彻底凉了。公公这么做，不但收了她的权力，而且还要再次"发配"她到希腊去，将她彻底边缘化。你还不如干脆杀了我！她心里吼道。可是，她清楚地知道，这种反抗毫无作用。她彻底失败了，但她不明白失败在什么地方。她只看到苏锦帆明亮的眼眸里闪过一丝轻蔑。

"对我的决定，你们谁有不同意见？"苏振海说完，问大家。除了小马无法表态，所有的人都表示坚决拥护他的决定。苏振海满意地举起了酒杯。

"我不同意!"突然,一个洪亮的声音从客厅外传来。所有的人都大吃一惊。叶雁痕抬起头,就见一个眼睛很亮的瘦高汉子闯进了客厅。正是萧邦!在场的所有人都吃了一惊。

还是苏振海反应快,他的脸上堆起了笑:"原来是萧先生大驾光临。徐妈,快搬椅子,请萧邦先生坐到我旁边来。"

徐妈赶忙去搬椅子。不知何故,她居然被椅子绊了一下,差点摔倒。

萧邦一把接过椅子,在末席坐下,对苏振海说道:"谢谢苏老船长。我是外人,还是坐在这里好些。"

苏振海哈哈大笑:"萧先生怎么会是外人?至少也是贵客啊。"他将手向张连勤一引,说道,"我来跟萧先生介绍一下,这位就是大港市委副书记兼政法委书记张连勤同志。"

张连勤便向萧邦不冷不热地点了一下头:"老船长多次讲过萧先生,说是后起之秀。今晚一见,果然气度不凡!"

这时徐妈为萧邦添了碗筷和酒杯,并为他倒上酒。可萧邦丝毫没有动筷子的意思。

听张连勤表扬完,萧邦微微一笑:"张书记客气了。萧邦在青岛时,苏老船长也屡屡提起张书记,说张书记是位很有作为的领导。今晚能见到您,是萧邦的荣幸。"

苏振海环视众人:"你们谁还不认识萧先生?"

余下的人纷纷说认识认识。苏振海便将目光停在叶雁痕的脸上,有些意味深长地说:"雁痕啊,既然萧先生来了,有件事我必须征求你的意见。"他见众人都凝神静听,才干咳了一声,继续说,"萧先生在青岛探望我时,我们谈得很深,国事家事都有涉猎。我曾经明确对萧先生提出,既然浚航已经两年都没有音讯了,雁痕还很年轻,不能荒废了青春。鉴于萧邦先生与雁痕情投意合,不如由老头子做主,成就一段美好姻缘。当时,萧先生并没有拒绝。我说的是实话吧?萧先生？"

萧邦点了点头。叶雁痕刚才精神受到打击，还没回过神来，如今又突然冒出这一出，显得更加惶然。

苏振海趁热打铁："雁痕哪，在座的都知道，我和你爸爸是把兄弟，把你视同亲生闺女。今天在座的都没有外人，你就表个态吧，行还是不行？如果你同意，我看你就不必去希腊了，因为萧先生可能不太方便随你远居国外嘛。我老了，但我也是个通情达理的人，会尽可能地为你们提供方便的。"

叶雁痕心情复杂极了。她谈不上喜欢萧邦，但也绝不讨厌。倘若在平时，萧邦真诚求亲，她或许会考虑考虑。但是在这种场合下，她没有一点心情。她突然觉得自己一向尊敬的公公，也是个不露痕迹的变色龙。刚才还要把她流放希腊，现在突然又说可以留在国内。这算什么？难道我叶雁痕是任人摆布的棋子？一种抗拒陡然从心里升起。她冷冷地说："多谢爸爸好意，我不同意。一方面，浚航是死是活还不清楚，我不想在丈夫死因不明的情况下改嫁；另一方面，我既然嫁给了苏家，就不想再嫁其他人。"

场面变得尴尬，苏振海搓了搓手，不知说什么才好。这时，张连勤出来圆场："雁痕啊，你也别由着性子。现在是什么时代？就算浚航还活着，按法律规定，失踪公民到了一定年限，其配偶可以向法院提出申请，再自由选择婚姻。况且萧先生仪表堂堂，又有稳定的职业，你还是应该慎重考虑的。"

萧邦不想再在这件事情上纠缠下去，突然插话："苏浚航先生确定已经死亡。"

在场的人都睁大了眼睛。苏振海浑身一颤，大声问："你说什么？他是怎么死的？什么时候的事？"

"就在今天。"萧邦冷冷地说，"时间是中午 12:23，地点是大港海事大学对面的一家航海模型专卖店，苏浚航被人枪击在专卖店后院的一间模型制作室里。他的尸体,现在停在大港市第二火葬场的太平间。"

叶雁痕尖声问道:"萧邦,你说的都是真的?"

"千真万确。"萧邦说,"因为当时我就坐在他的对面,听他讲述'12·21'海难的经过。"

"唉,我可怜的孩子啊……"苏振海的脸色一下变得灰暗,仿佛老了十岁。良久,他的眼角终于淌出了泪水。"孩子们,让我们为你们的大哥祈祷吧!"

接着,有哭声传来。首先哭出来的是林海若,接着是叶雁痕和苏锦帆,场面一片悲戚。

苏振海双手扶着轮椅把手,连眼泪都不擦,盯着萧邦:"萧先生,我只有一个儿子,现在他死了……我这一生,从未求过任何人,现在我求你一次,行吗?"任何人都看得出,老头子带着乞怜,也带着希望。

萧邦坐直了身子:"苏老船长请讲。"

"萧先生……你愿意做我的儿子吗?当然,我知道这很唐突,但请允许我把话说完……今天没外人……本来,我打算把这个故事带到坟墓里,可……可我听到浚航已死,我必须讲出来……"

萧邦和在场的人都一惊,不明白老船长想说什么。苏浚航死了,要萧邦做他的儿子,完全是风马牛不相及的事儿呀。但听苏振海说道:"30年前,河北定县燕赵乡萧家河村,一个丧父的男孩跪在父亲的遗体前哭泣。他才6岁,但很聪明也很懂事。他想给父亲买一口棺材,也想同别的孩子一样上学。但父亲的病已经让这个家庭家徒四壁,母亲连件换洗的衣服都没有……不过,小男孩的愿望第三天就达成了,不但父亲得以妥善安葬,他也顺利上学了……"这个故事,在场的人听了都觉得不算稀奇,但萧邦的内心似乎遭到重击,脸色变得苍白。

苏振海接着讲述:"这个男孩非常用功,也很争气,遗憾的是高考时因患肺病未能参加。他痛心极了,不知道如何才能找到人生的方向。这时,又一个改变命运的机会来了——招兵的干部从已经刷掉的名单中找到了他,把他带到部队,交给了刘卫国团长……这孩子的确是位练武的好苗子,在部队立了功,提了干。后来,已经升到副军级的刘卫国还将自己的千金许配给他。"

说到这里,他顿了顿,看着木头人一样的萧邦:"萧先生,你知道我讲的是谁吗?"

萧邦猛然一昂头:"是我。"

苏振海泪迹已干,苍老的脸上露出了慈爱的微笑:"现在,你知道我为什么想请你做我的儿子了。30年来,你的每一步成长,我都在关注……"

张连勤插嘴:"老船长恐怕不仅仅是关注吧。培养一位像萧兄弟这样的人才,花费钱财尚在其次,心血的浇灌才是最大的付出。"他在"兄弟""钱财""心血"三个词上加了重音。

苏振海一摆手:"张书记不必这样说。其实这些年来,萧先生一直在寻找匿名帮助他的人,但我最怕有人找我报恩……连勤,你是知道的……"

张连勤突然流出了眼泪,哽咽着说:"老船长啊,您何必这样苦了自己!受过您恩惠的人,何止萧兄弟一个?连勤当年退伍后,在船上就是一个小船员,是您手把手栽培,才有我的今天……如果您不是为了帮助我和萧兄弟这样困苦的草根,如何会身为航运集团董事局主席还过着粗茶淡饭的生活?别人或许不知,但我知道,几十年来,您资助困苦子弟的资财何止百亿……"

"张书记不要说了。"苏振海打断了他,"本来我不愿提到这些,只是今晚确认浚航已故,心中悲痛,才对萧先生提出不情之请……"在场的人都清楚,萧邦一旦认了苏振海做父亲,不仅能化解老人的丧子之痛,而且萧邦将成为苏氏家族的成员。一个老人30年来默默相助,有资格提出这样的"不情之请"。

萧邦的内心在煎熬。母亲的话在耳边轰然响起："……邦儿，无论你做什么，都不能忘本忘恩……你一定要找到恩人，给人家做牛做马，都是应该的……"

萧邦是一个孝子。母亲的念叨，如同一块巨石压在心头。现在，恩人找到了。他就坐在桌子的那一端。萧邦艰难地站起来，绕过桌子，走到苏振海的轮椅旁，双膝跪了下去，按照老家的风俗，向苏振海咚咚咚磕了三个响头。

张连勤的脸上，浮起了一丝笑意。

066 | 艰难的抉择

苏振海含笑接受了萧邦的叩拜，仿佛刚才听闻苏浚航死讯的悲伤，已被萧邦的感恩化为乌有。他招手让叶雁痕过来，右手拉着萧邦，左手拉着叶雁痕，慈爱地说："阿邦，雁痕，我虽然不是你们的亲生父亲，但我早就把你们当作自己的孩子。刚才连勤说我几十年资助孩子们的钱超过百亿不实，实际上只有 65 亿，不过全都没有留名是事实。锦帆在蓝鲸管钱，不说远的，就是近年来也有 7.5 亿的公益捐助，都是上了账的。"

苏锦帆说："爸爸，您不是不让我说出来吗？"

苏振海叹道："以前不让你说，那是因为我不愿让人知道。现在不同了……现在，我决定辞去蓝鲸集团董事局主席的职务，把我的全部股份拿出来做公益。以前做公益是私下的，现在必须公开。我觉得雁痕有爱心，可以成立蓝鲸公益基金，由雁痕负责管理。"众人都吃了一惊。苏振海是蓝鲸的创始人，至今仍拥有蓝鲸 35% 的股份。倘若按蓝鲸资产 500 亿估算，苏振海的个人财富不下 170 亿！

叶雁痕对这个倒有印象。苏浚航当总裁时签了多少钱她不知道，但这两年公公授意由她签批的善款就超过 3 亿元。

张连勤叹道："老船长真是活菩萨！别的我就不说了，单单说两年前发生的'12·21'海难，每位遇难者的家属在政府发放的 6 万抚恤金之外，都领到了苏老船长额外补发的善款 10 万元。这个，可能连锦帆都不知道。"

苏锦帆问："爸爸，是真的吗？"

苏振海怜爱地看着一直没说话的林海若，轻声说："这是你林姨一手办的。那么多死难者，孤儿寡母的，可怜啊……我老了，要那么多钱干什么？"

林海若低下头，声音低得刚刚让每个人都听得见："是张师傅花了半年的时间,挨家挨户送的……"

萧邦明白,张师傅就是苏振海的司机。花半年时间找到每名遇难者的家属并把钱发到手,是一项艰巨的任务。他本已被苏振海拉起,此时再次跪下,又咚咚咚磕了三个响头。

苏振海强有力的手再次把他拉起。萧邦说:"我代死难者家属,向苏老船长表示感谢!"

张连勤略感好奇:"萧兄弟,莫非遇难者当中,有你的亲属?"

"没有。"萧邦长身而起,回到座位,"但我是一名人民警察。人民警察是人民的守护者,可以代表死难者表示感谢!"说罢,掏出一个黑皮证件打开。众人一看,上面是一个国徽和"公安"二字,下面有萧邦的头像。在座的人,以前虽不知萧邦的真实身份,但稍有常识的人都猜想得出萧邦一定是北京下派的高级警探。但萧邦直到现在才亮明身份,究竟意欲何为?

苏振海一摆手:"阿邦,无论你是警察也好,记者也罢,都不重要,重要的是我们的缘分,我们的交集。你当然可以代表死难者,如果你觉得我那点微薄的补助不能让死难者家属过上好日子,将来你可以和雁痕商量,用蓝鲸公益基金补偿他们……"

萧邦明白苏振海的潜在意思:无论你是谁,没有我的资助不会有今天;逝者已去,死难者的家属得到好处才是最实际的。

而苏振海此时已让徐妈找来纸笔,就着桌沿写委托书。蓝鲸高层和苏氏家族的人都知道,老爷子习惯亲拟重要文件,而且字字手写。他正在拟写的,正是委托叶雁痕担任蓝鲸公益基金的负责人。在场的所有人,都屏息静等,就连张连勤都没敢插话,只是默默吸烟。

萧邦的内心在摇摆。的确,叶雁痕就算不能再当蓝鲸的总裁,可是170多亿的基金将会帮到多少人!苏振海的安排,断非一时兴起,显然筹谋已久。他知道,老船长帮自己和难以计数的陌生人,全无私心……是该停止了吗?

一幕画面从他大脑深处浮现——

一间门窗紧闭的屋子,一张老式木质书桌,一张沟壑纵横的脸。坐在书桌后面的人,厚厚的嘴唇里正蹦着词儿:"萧邦,这是一次艰难的任务,你必须完成!"

"是!"

"阻力很大,没有人会帮你,但你只需想着你身后跟着260个冤魂,你就会大踏步前行!"

"是,老首长!"萧邦向他敬了一个军礼。

…………

老首长正军级,先转业做了副总警监,再秘密把萧邦调过去,给他假身份、假职业。因为,他们从事的秘密调查,全都是大案要案密案……老首长教会了他侦查、反侦查、格斗等技术和勇气,但没有教他如何面对情感。

苏振海的确是他的恩人。不,苏振海不仅是他个人的恩人,还是很多人的恩人。张连勤说得没错,他就是人间的佛……

我该怎么办?萧邦感觉冷汗钻出了额头。他茫然地看着眼前这些人,觉得他们都如同虚幻的影像在眼前浮动。

"阿邦,你怎么啦?"苏振海雄浑的声音传来,把他震醒了。

叶雁痕接过苏振海的委托书,心情非常复杂。这意味着,总裁位置虽然被苏锦帆夺走,但接下来的这个工作,其意义决不比执掌蓝鲸小。

萧邦端起桌上的酒杯,再次起身绕过桌子,敬苏振海:"苏老船长,萧邦再次感谢您为社会所做的贡献。"

张连勤哈哈一笑,也起身敬苏振海:"老船长之心可昭日月,连勤也敬您一杯。"在座的除了小马,都举杯相敬。

苏振海含笑把杯中酒一饮而尽,拍拍萧邦的肩膀:"阿邦,这下你可以安心喝酒了。"

萧邦再次回座。此时，他的内心不再激荡，又给自己倒了一杯，起身道："这杯酒，我敬各位，同时向各位宣布一件事……"

众人除了苏振海和小马，都站起身来，等待他的下文。叶雁痕猜想，萧邦仍然会说一些感谢的话，会接受苏振海收他为义子的提议，甚至会向自己求婚……

但听萧邦朗声道："经过近一个月的调查，'12·21'特大海难一案，已经告破了。"

众人都呆在原地。张连勤面色一沉，把酒杯往桌上一磕。顿时，小酒杯碎了，酒流到白色的桌布上。"萧邦，就算你是中央派来的警探，也应该向你的上级汇报。今晚是苏家合家团聚，你捣什么乱！"

萧邦没有理会他，继续沉声说道："萧邦来到大港，在各位以及大港警方的支持下，终于理清了头绪，查出了真相。这里，要特别感谢那些设法阻止我调查的人，是他们在新一轮的阴谋中暴露了自己，结果反而成为重要的破案线索。"

众人纷纷坐下。每个人的表情都不一样，但有一点是相同的，那就是惊讶。

"到底是谁制造了这起海难？"还是叶雁痕沉不住气，率先提问。

"第一个就是你！"萧邦说，"苏浚航的妻子，蓝鲸集团总裁叶雁痕女士！"

此言一出，满座皆惊。连一向稳重的王啸岩，都惊得胳膊一抬，面前的杯子被打翻了。

"你说……是我？"叶雁痕眼里盛满了恐惧，嘶声道，"你有什么证据？"

萧邦从容地从怀里掏出那枚船舵，放在桌子上，缓缓地说："这枚船舵，就是证据。它产自希腊，是你送给丈夫苏浚航的礼物。但是，在23天前的一个晚上，它出现在你的房间，你感到十分恐惧。你怀疑苏浚航还活在世上，但又不敢报案，怕引起警方的怀疑。于是，你便找到了真相调查集团的老总孟中华,试图通过地下途径查出苏浚航的下落。随后,便发生了一系列的事件。我介入调查,孟中华暗中做了手脚,买通了幸存者施海龙、洪文光、王玉梅,精心导演了一出出戏;随后,洪文光和云台轮渡公司原总经理王建勋离奇死亡;接下来,我屡次遭遇追杀,另一幸存者刘小芸被毒杀,孟中华的侄女孟欣自杀。这些事情,有的与你有关,有的与你无关。但你为什么不敢通过正当途径调查而要花重金找地下调查组织?你曾经一度被恫吓,有一次在接到恐吓信后,私自到海边见洪文光。当然,那个'洪文光'是我装扮的。你为何会受人威胁?是因为你心里有鬼。但你的本意并不是想制造一起海难,导致260人死亡或失踪,而是想杀了苏浚航。结果,苏浚航还活着,其他无辜的生命却葬身海底,你的良心使你寝食难安,噩梦连连。"

所有人的目光都盯紧了叶雁痕。她感到一阵眩晕,感到周围的每一双眼睛,都充满怨毒,公公苏振海刚刚签完字的手在微微发抖,好像刚才做出了一个错误的决定……

"可是……我为什么要杀害我的丈夫?"她挣扎着,反问萧邦。

"因为情。"萧邦说,"你与苏浚航,并没有真正的爱情。你嫁给他以后,发现他并不爱你,因为他心里有别的女人。发展到最后,他居然与那个女人有了孩子。于是,你的心里很不平衡,便也有了外遇,并故意怀上了孩子,用这种方式来报复苏浚航。苏浚航是个非常强势的人,虽然他并不爱你,但他决不允许自己的妻子这样侮辱他。于是,他逼你做了人流,并且采用卑劣的手段,设计让你喝下绝育药物。你知道后,愈加痛恨丈夫,发誓要杀死他。第一次谋杀,你选择了同他到青岛度假的时机,买通杀手潜藏在海里,想溺死苏浚航,至少也要割了他的生殖器,让他尝尝绝育的滋味。没想到苏浚航自小练武,又有过硬的海泳本领,让他逃脱了。苏浚航很聪明,不愿揭穿你,只是提防着你、疏远你,于是你们分居了。这样过了几年,看似风平浪静了,而你又策划了新的谋杀计划。你从事航运,自然知道在海上杀人比陆上杀人容易销毁证据,你想到了叶雁鸣。你弟弟从小被你带大,对你的任何决定从来不敢违抗。于是,你酝酿了一个计划:命令叶雁鸣借着同姐夫视察'巨鲸号'之机,设法在船上杀死苏浚航,抛尸大海。"

叶雁痕听着听着,脸色变得苍白。她本来还想极力辩驳,但此时她感到任何语言都苍白无力,只得大放悲声。没有人劝她。所有的人都用一种鄙夷的目光在看她。甚至,苏锦帆还背过身去吐了一口口水。

萧邦丝毫未被叶雁痕的哭声所影响,继续说道:"然而,你的计划并没有得逞,原因是你的弟弟实在下不了手,而船上又发生了惊人的变化。'巨鲸号'开航后两个多小时,船体发生震荡,苏浚航带着叶雁鸣去视察驾驶舱。在回客舱的甲板上,苏浚航俯身去看海况。这时,正好轮船倾斜,苏浚航险些掉进海里。要说,这是千载难逢的时机,可是叶雁鸣从小善良,连只鸡都没杀过,还收养了很多流浪小动物,所以他在关键时刻收手了。

"接着,'巨鲸号'上又发生了一些意外。苏浚航当过船长,人又非常精明,嗅出了船上的危险气息多半是冲着他来的。于是,他让大副召集司机,逐一排查。这时,有个叫李子仪的江苏司机,说老板让他在车里装了白酒。苏浚航情急之下,带着叶雁鸣、大副去停放小轿车的第三层货舱,并让李子仪叫来那个姓杜的老板,亲自查看李子仪所说的白酒。李子仪将汽车的后备厢打开后,向后退了几步,汽车突然就爆炸了,当场将苏浚航炸昏,他的脸部也严重灼伤。苏浚航经过船医的抢救,醒了过来,联想起上船前叶雁痕的表现,开始怀疑叶雁鸣,于是支开叶雁鸣,躲进散席舱。但让苏浚航没想到的是,货舱又连续发生了爆炸,船舶因强行掉头导致倾覆,他自己因为有过硬的潜水技术逃得性命,深感此次海难是人为制造,因此做了面部植皮手术,隐姓埋名,在大港海事大学附近的'航模一条街'干起了制作船模的营生,暗中调查这起海难的真相。

"经过两年的调查,他掌握了大量证据。他本来可以直接杀掉叶雁痕,但他也清楚,虽然叶雁痕有杀他之心,但毕竟叶雁鸣没有实际行动,而自己过去的确曾有对不住妻子的地方。但这种恨又使他难以平静,于是把叶雁痕送给他的礼物——也就是这枚船舵放进妻子房间,观察叶雁痕到底有什么行动,便于顺藤摸瓜,找到更多的证据。果然不出苏浚航所料,叶雁痕发现船舵后非常惊恐,便去找孟中华。而孟中华正好借机大做文章,设计了许多陷阱,使本案变得更加扑朔迷离,叶雁痕不仅没有收到预期效果,反而卷入更大的旋涡之中。

"综上所述,可以得出以下结论:叶雁痕的确有密谋杀死丈夫的嫌疑,但其情节并没有构成杀人事实,因此虽然有罪,却是这起海难中,罪责最轻的一个。"

067 | 人祸

众人都默不作声,场面变得安静。良久,叶雁痕也停止了抽泣,红着眼睛感激地看了萧邦一眼,颤着嗓子说:"谢谢你……"

苏振海打破沉寂:"按萧先生的说法,这里头还有罪责比雁痕更大的?"

叶雁痕注意到,公公把刚才的亲昵称呼"阿邦"变回了"萧先生"。

"当然有。"萧邦冷冷地说,"而且不止一个!"

"哦?"苏振海似乎来了兴致,"那就请萧先生继续讲吧。"他又环视了一下众人,接着说:"你们听好,萧先生的话,不管你们同不同意,都不要打岔,让他讲完。"这句话的意思看似是给萧邦说话的机会,实际上是告诫苏家人不要乱说话,免得让萧邦抓住了把柄。

萧邦没理会这个,继续说:"今天我来,就是要说清楚这起案子的前因后果。就是苏老船长不让我说,我也要说的。"

苏振海微微一笑:"萧先生多虑了,我当然愿意听你的高见,怎么会不让你说?请继续讲吧。在讲之前,能不能再陪老头子喝杯酒?"他端起了酒杯。

萧邦纹丝不动:"萧邦今夜前来,该敬的酒已经敬完,谢谢苏老船长的好意。"

王啸岩已有些愠怒,他觉得自己在老丈人面前表现的时候到了,大声说道:"姓萧的,你好大的架子!要知道爸爸对你恩同再造,你这个忘恩负义的东西!"

"我不是东西。"萧邦面无表情,"你别着急,马上就讲到你了。"

王啸岩怒道:"讲到我什么?难道这起海难是我制造的?"他站了起来。

苏振海将酒杯往桌上一放,但听"啪"的一声,小酒杯齐柄断裂,酒洒了出来。"啸岩,你不听话是吧?萧先生要说,就让他说。为人不做亏心事,半夜不怕鬼敲门。你给我坐下!"

王啸岩气呼呼地坐下了。

萧邦淡淡地说:"刚才王啸岩先生说'难道这起海难是我制造的?',回答是肯定的。你跟叶雁痕不同,你要的是权,而不是情。你在蓝鲸干了十多年,从一个普通员工干到主管业务的副总裁,按说你应该感谢苏家才对。是苏老船长当年亲自去大学招你进的公司,慢慢地培养你,并将女儿嫁给你。你说我忘恩负义,你做得又如何?你在获得了这一切之后,忘记了自己曾经是一名贫困大学生,忘记了做人不能忘本,让欲望无限膨胀。随着你对航运业务研究的深入,你开始目空一切,觉得苏浚航也不过如此,他当总裁,只不过因为他是苏老船长的儿子,子承父业而已,没有什么了不起。取而代之的想法,一度让你彻夜难眠。但你深知苏老船长洞察秋毫,你再怎么努力,他也不可能罢了苏浚航而让你执掌蓝鲸,除非苏浚航死了,你才会有机会。

"于是,你开始策划谋杀苏浚航,其思路也与叶雁痕大同小异。因为你们都是搞航海的,对这套程序太熟悉了,知道在海上结束苏浚航的生命,麻烦会非常少。唯一不同的是,叶雁痕找错了人,选择了善良的弟弟;而你,找准了你的表哥——江苏连通货运公司的总经理杜志明。杜志明这个人心狠手毒,唯利是图。你告诉他,如果在船上杀了苏浚航,或是将其致残,你就能掌管蓝鲸,以后会在业务上全力支持他。恰好,叶雁鸣在向你汇报工作时,说起了苏浚航视察'巨鲸号'的事。你详细地问了情况,还装作自己也想去。叶雁鸣怕你去了,苏浚航就不去,因此特别说明苏浚航是云台轮渡公司的董事长和法人,他去比较合适。于是,你就给杜志明下了命令,一定要想办法整死苏浚航,并将苏浚航这个人容易着急的性格特点告诉了他。

"杜志明这个人很细心,把以前的司机小张辞了,临时找了李子仪当司机,想等事成之后再辞掉他,给他一笔钱了事。这样,杜志明精心准备了炸药包。这个炸药包既不能太小,也不能太大。太小,引爆后达不到效果;太大,不好控制,因为引爆人自己就在现场。设计好这套方案后,杜志明便向你汇报。你便通过自己的关系,使这辆装了炸药的帕萨特免检进港,上了第三层货舱。在船上,杜志明一直在寻找机会引苏浚航上钩。恰好,底层货舱发生了爆炸,杜志明便指使司机将苏浚航引到现场,自己也跟了过去,如愿地实施了计划。但让杜志明没有想到的是,苏浚航只是炸伤了脸部,而船不久后便沉了,连他也没有逃脱劫难。

"海难发生后,你有了取而代之的机会。可是事与愿违,苏老船长对你日益萌生的野心产生了警惕,并没有给你机会,而是让叶雁痕当了总裁。你恨得牙痒痒,伺机反攻。在两年的蛰伏中,你隐隐感到叶雁痕有些问题,也感到无论自己怎么努力,苏家都不可能完全认可你。于是,你想到了外力,开始接触真相公司的孟欣。你本来就好色,有过许多见不得人的乱性行为。当见到孟欣后,你被孟欣的美貌所诱惑,但孟欣却吊你的胃口。因为孟欣并不是真喜欢你,而是也想通过你逐渐染指蓝鲸,获得经济上的利益。孟中华通过自己的地下势力,将幸存者之一李子仪弄到了大港,以此要挟于你。你果然害怕,便答应与真相公司合作,从而演了一幕幕好戏。

"综上,王啸岩谋杀苏浚航证据确凿,间接引发了'12·21'海难事故。补充一点,王啸岩之所以这么做,完全是因为争夺公司权力的问题,倒不是想故意制造这起惊天的海难。"

王啸岩热汗滚滚。他几次想打断萧邦的话,都被苏振海制止了。

"啸岩,你辜负了我的苦心。"苏振海长叹一声,"并不是我完全听信萧先生的推理,只是,你觊觎总裁宝座已非一日,我岂能不知?我给了你多少机会啊,孩子,你就是执迷不悟!"

王啸岩的眼泪终于夺眶而出,嘶声道:"爸爸,我……我对不起您!我罪该万死……"

萧邦冷眼旁观，待王啸岩止住了哭声，才又沉声说道："要论罪该万死，你还算不上。罪该万死之人，比王啸岩要坏上百倍！"

"不知萧先生所指是谁？"苏振海一震，动容地问道。

"这个人就是孟中华。"萧邦面带寒霜，"说起来，这个人还曾是我手下的兵。我反复思考，当年那个在部队成绩优良的乡下孩子，怎么会突然变成了一个魔鬼？"

没有人能回答这个问题。在场的人，也没有人会有兴趣思考这个问题。他们只想尽快知道孟中华何以罪该万死。

或许萧邦也不需要他们回答。他说："我想，都是因为'利'吧。孟中华出身贫苦，一直梦想着成为巨富。但他的公司总是经营不好，欠了很多债务，于是开始铤而走险，干起了违法勾当。有一次，他通过关系，请到了大港市公安局副局长靳峰吃饭。靳峰为避嫌疑，便叫了他的外甥女叶雁痕作陪。席间，孟中华了解到蓝鲸集团拥有数百亿资产，一条船就价值上亿元。他惊呆了，同时也深受打击。他盘算了一下真相公司的增长速度，就算按当时发展速度的数倍无风险地攀升，他的公司几辈子也休想赶上蓝鲸。孟中华是个很要强的人，从那时开始，他就以蓝鲸集团为参照，发誓要成为亿万富翁。因此，他很注重收集蓝鲸集团的信息。

"几年前，他获悉蓝鲸集团要从日本买回一条二手滚装船，获知船舶保险和货物保险都下大宗保险，如果拉上 单，就有几十万的提成。孟中华就通过关系认识了云台轮渡公司的总经理王建勋，为王建勋办了几件私事，取得了王的信任。这时，他再到保险公司游说，说只要他出面，'巨鲸号'的上亿保单就能拉来。当时，至少有七八家设在云台的国内外保险分支机构都在抢夺'巨鲸号'保单，孟中华稳住王建勋，便在这几家保险公司游说，哄抬提成价位。按照《沿海、内河保险条款》规定，'巨鲸号'是老旧船，投保一切险，按船舶实际价值确定保险金额为9500万元，费率为4%。就这样，在办完'巨鲸号'保险之后，孟中华顺利地拿到了高达 30 万元的酬金。此事从设想到运作，不到一月时间，他只出了三次面。

"按照国家规定，船险最长期限为一年。由于'巨鲸号'是老旧船，第二年投保按基本费率追加了 10%，孟中华又拿到了一笔钱。见到赚钱这么容易，一个更为疯狂的想法开始在他的心里酝酿，那就是搞到保险公司的钱。于是，他通过地下渠道，一气购进 12 台大型货车，包装成了满载货物的样子。幕后操作完毕，孟中华便在劳务市场找到那些急于工作的外地汽车司机，分别给每辆车配了人。随后，他就很顺利地办了车险和货物保险。这些车、货，虽然都是由孟中华一手操作，但保单持有人却归口于不同的小运输公司和个人。事情办妥之后，他就盯准了'巨鲸号'，准备大做文章。

"他再次找到王建勋。王建勋告诉他，'巨鲸号'虽然总保额投了 9500 万元，而实际上此船当时只花了 800 万美元购进，购进后花了 400 万元人民币改装，加固了船体，增加了设施，充其量也就值 7000 万元，而且因为船龄太久，如果按交通部的硬性规定，用不了几年就得淘汰。孟中华见缝插针，试探着说，如果这条船沉了，那么公司将获利至少 2000 万元。王建勋说，如果不幸海损获得保赔，他可以通过公司融资的方式借给孟中华 500 万元。孟中华高兴极了，因为他的真相集团其实是一个空壳，急需要资金注入。于是，两年前的 12 月 21 日这天，孟中华动用私人关系，让他的 12 辆货车免检上船，在其中两辆货车中藏了爆炸物品。孟中华派了自己的心腹跟踪上船，其目的就是要一举将'巨鲸号'炸沉。

"然而，孟中华和王建勋将事情想得简单了些。王建勋认为这条航线船舶往来频繁，船上的救助设施也不错，估计人不会出什么大事，就算出事了，也容易获救。可令他们万万没有想到的是，发生海难的当天，海上天气恶劣，'巨鲸号'成了一艘孤船，根本无法救援，就连孟中华派出的心腹都死了。海难发生后，并不像孟、王二人预料的那样,因为遇难者众多,成了震惊世界的新闻,国家的关注力度空前。王建勋被抓后,孟中华吓得魂飞魄散,惶惶不可终日,连那12辆车的保赔他都懒得去打理。

"然而让孟中华庆幸的是,由于他派出的手下都死了,居然没有人查出他的罪证,只有王建勋和参与者孟欣知道此事。孟欣是他的侄女,一直被他控制,他有把握;对于王建勋,孟中华一方面倾其全力照顾他的家人,另一方面不惜血本找关系为王建勋减刑。直到一年后,他才到王建勋服刑的监狱探访了他,并承诺他会在外面继续运作,尽早保他出去。两年过去了,叶雁痕找到了他,请他调查苏浚航失踪一案。孟中华因为亲手制造了这起海难,所以对幸存者控制得很紧,五个幸存者中,他控制了四个,即沈阳的施海龙、旅顺的洪文光、在云台做服装生意的王玉梅、江苏司机李子仪,唯一漏网的是连云港的刘小芸。但刘小芸是个下岗职工,孟中华谅她也翻不起大浪,所以没再追查。对于苏浚航和叶雁鸣的失踪,孟中华认定他们已无生还的可能,所以就设了一个局,让叶雁痕上当。这时,我来到了大港,孟中华虽然对我有所怀疑,但认为我出面更能赢得叶雁痕的信任,便让我去调查。而我在调查过程当中,发现处处巧合,自然知道这是孟中华设的局。于是我将计就计,戳穿了他的阴谋。孟中华对我恨之入骨,三番五次想置我于死地,因此故布疑阵,跟我周旋。"

068 | 孟神通认罪

张连勤插嘴："这个孟中华是不是犯罪目前还缺乏实证，但企图污染我们纯洁的公安队伍确有其事。公安局副局长靳峰，就长期与这个姓孟的厮混，我已经停了靳峰的职，有待司法调查后审判。在大港，无论什么人，只要犯法，都难逃天网。"

萧邦知道张连勤想择清自己，同时把靳峰装进去。他没理会，继续说："我的出现，对孟中华是个很大的威胁。特别是洪文光和王建勋，孟中华盯得最紧。洪文光被孟中华控制以后，心甘情愿为他所用。孟中华一方面想赚取叶雁痕的调查佣金，另一方面他又指使洪文光敲诈叶雁痕，想把'损失'捞回。眼见我逐渐深入调查，他害怕洪文光成为我的突破口，便下狠心放弃了利用洪文光敲诈叶雁痕的计划，约请洪文光喝酒，同时派人破坏了洪文光的刹车，于是就制造了老山洪文光酒后车祸一案。随后，他敏感地捕捉到我要去探访王建勋，便潜入大港市第二人民监狱，毒杀了王建勋。关于王建勋被杀一案，据法医鉴定，死者的胃里残留着大量的氰酸化合物，这种毒品又称'闪电式毒剂'，可瞬间致命。那么，王建勋死得平静，无任何挣扎痕迹，肯定是他在死前遇到了自己信任的人，骗他喝下了毒剂。孟中华在我手下当过几年兵，对潜入、侦查和反侦查都很在行，他要进入监狱是有办法的，而且王建勋受过他的恩惠，对他是放心的。因此，王建勋就是被孟中华所杀。

"孟中华在杀王建勋灭口之后，获悉叶雁痕也开始行动，将唯一没有被他控制的刘小芸安排在蓝鲸集团下属的大港国际海员俱乐部酒店洗衣房工作，以便将来受到指控时手里也有个证人。孟中华干脆一不做二不休，派人制造了'刘小芸服毒自杀'案。至此，孟中华灭口的人数上升到三人，而他却还佯装糊涂，与靳峰副局长和我周旋。这个大奸大恶之徒，其手段之狠毒令人发指。然而，法网恢恢，疏而不漏。就在他得意忘形之时，终于落网了。"

萧邦一口气说完，在场的人简直像听天书似的，都露出前所未有的惊诧表情。

张连勤击了两下掌，说道："推理很精彩，萧先生说的这些，可有证据？就算没有证据，你是怎么知道的？不会是凭空想象出来的吧？"

苏锦帆和王啸岩对视了一眼，目露轻蔑。

萧邦没有马上回答张连勤，而是掏出一个优盘，在空中扬了扬："关于孟中华的事情，一直以来最让我疑虑，始终不能让我将无数断层处联系起来。但这个盘里的资料，让我豁然开朗，所以就全明白了。"

"什么盘？"张连勤问，"一个盘里的资料，就能够证明吗？"

"别的盘里的资料或许不能证明孟中华的罪行，但这个盘里的资料一定能！"萧邦冷笑，"因为，它是孟中华的亲侄女孟欣死前留下来的。"

他不待张连勤说话，接着说："孟中华与孟欣的关系，我想在座的各位或多或少都有耳闻。孟中华是一个变态的人，他强奸了自己的亲侄女，后来又供她上大学，将她培养成一个供自己利用的机器。一方面，她是叔叔的情人；另一方面，她又要按叔叔的指令去勾引有权有势的男人，干出下流勾当并记录下来，作为要挟这些人的重要凭据。在座的某人，就曾上过这种当，我就不点名了。这里需要特别说明的是，孟欣是个受害者，她想摆脱叔叔的控制，于是她也留了个心眼，暗中搜集了叔叔的不少证据，存在这个盘里。孟中华万万没想到，亲侄女到头来会反戈一击，伤着了他的要害。"

张连勤待他说完，才慢慢地点了根烟，一边吸着，一边不以为然地说："有些东西看似有道理，一旦到了法庭上就不灵了。"

"这些东西不用到法庭上，就很灵。"萧邦双眼放出寒光，直射张连勤，"因为，孟中华本人要是将一切都承认了，还用得着举证吗？"

"萧先生的意思是说,孟中华已经承认了自己的罪行?"张连勤哈哈大笑,转头望着端坐如钟的苏振海。他的笑声还未消失,突然像撞见了鬼似的,笑容活活僵在脸上。

客厅里多了两个人。靳峰穿着明亮的警服,将一脸沮丧的孟中华推进了客厅。孟中华戴着锃亮的手铐,被汗水濡湿的头发散乱地黏在额头上,仿佛老了二十岁。

"孟中华,现在你可以向张书记汇报一下,刚才我讲的,你是不是已经承认了?"萧邦回头看着孟中华。

孟中华干裂的嘴唇动了一下,一种类似敲击锈铁的声音从他的嗓子里传出:"成王败寇,我没什么好说的。"

靳峰今晚的眼睛十分明亮。以前,他总是不敢盯着领导看。可是今晚,他的眼睛直直地盯着顶头上司张连勤,似乎张连勤是位美女明星。张连勤将目光缩了回去。气氛变得非常紧张。本来,靳峰的闯入,大家应该打个招呼,可是没有人说话。

苏振海干咳了一声:"靳局长请坐。办案很辛苦,但事情归事情,饭还是要吃的嘛。徐妈,搬椅子。"

靳峰说了声"谢谢"。这时,搬椅子的徐妈突然摔倒了。叶雁痕起身,扶起了她,发现她居然昏了过去。

萧邦看在眼里,迅速起身,接过徐妈,在她的人中上掐了一下,然后掏出一粒药丸,让徐妈张嘴服了下去。一会儿,徐妈醒转,双眼失神地坐在那里,似乎已经痴傻。

于是除了孟中华仍然站着,其余的人都坐下了。

"萧先生,请继续讲吧,大家都在听呢。"靳峰今天神清气爽,英武之气露了出来。

"好。"萧邦扫了一眼孟中华,"孟中华既已招认自己的罪行,我就不啰唆了。不过,有一点我必须补充,那就是孟欣的死因。"

孟欣的死因,的确是一个谜。这个由天使与魔鬼结合而成的女子,为什么会突然自杀?

"刚才讲过,孟欣是个受害者。她一方面努力地为叔叔工作,另一方面又十分痛恨叔叔。这期间,她认识了我,在我受了枪伤后还帮助过我。我一直劝她从善,虽然收效甚微,但至少让她受到了一点感化。可是,在我被靳副局长送进大港市第一人民医院后,她居然潜入医院意图杀我。我当时就认出了她,但我无法理解她为什么会这样做。接着,我在岱家胡同遭到攻击,先是出现了李二兄弟,继而出现了马红军。随后,孟欣来了。马红军让她当场杀了我,可孟欣却将枪对准了马红军。然而马红军早就算准孟欣不会真的杀我,因此轻易控制了她,并叫来孟中华,要他亲自杀死自己的侄女。可是当时的情况发生了戏剧性的变化:孟欣将真正装有实弹的第三把枪掏出来,分别射向马红军和孟中华,而孟中华和马红军也分别掏枪射向对方和我。这件事挺令人费解,我在获救后想破了脑袋都不明白。但当我看到孟欣留下的资料后,才突然明白了。"

"明白了什么?"张连勤问,"这件事情我听田局长向我汇报过,我到现在也没明白呢。"

"很简单,是因为一个人。"萧邦淡淡地说,"因为这个人手段更高,控制了孟中华和小马,并让他们自相残杀,他好坐收渔翁之利!也正是这个人,以极端的权势逼死了孟欣——无论孟欣如何做,她都得死!"

"这个人是谁?"张连勤睁圆了眼睛。

"就是你!"萧邦加重了语气,沉声说,"大港市第四把手,主管公、检、法的政法委书记张连勤同志!"在场的人,除了萧邦、靳峰、孟中华和昏迷不醒的小马,所有的人都浑身一震。

069 | 带血的仕途

"萧先生,你要搞清楚,你在跟谁说话!"张连勤脸色倏变,但仍然能控制住情绪,"你可以对叶雁痕、王啸岩和孟中华信口开河,但我大小也是一个地方领导,你再敢乱咬,我会依法制裁你!"

"就你这种假人民公仆,还有资格提到'法律'二字?"萧邦陡然起立,一掌拍在桌子上,顿时,有杯盘飞起,"老子最恨你这种祸国殃民的贪官污吏!恨不得一枪崩了你!你还想给我耍威风?怕是平时作威作福惯了,就以为天下没人动得了你?!今晚我就不信邪,偏要摸摸你的老虎屁股,看你还能把我吃了?"

在座的人都吓了一跳。在叶雁痕和靳峰的心目中,萧邦是一个非常沉稳的人,从未见他发过火、说过粗话。今晚他居然控制不住自己的情绪,显然心里对张连勤痛恨到了极点。

张连勤居然没有动怒。他扭头看了一眼身旁一言不发的苏振海:"老船长,您看见没有?萧先生暴跳如雷了,连基本程序都不懂,他以为他是谁啊?"

谁知苏振海淡淡地说:"张书记,苏某一介平民,无权过问官方的事。"

张连勤碰了个钉子,才将目光迎上萧邦愤怒的目光:"萧先生,如果大家只是聊聊,说过就算完,我可以奉陪。但如果你想调查我,你得拿出上头的文件,懂吗?"

"别说萧先生是真正的警察,就算普通公民也有检举揭发的权利。"靳峰冷冷地说,"况且,我是执法人员,我愿意在此监督萧邦同志!"

张连勤一拍桌子,大声喝道:"靳峰,你现在在停职反省!你眼里还有我这个领导吗?"

"我眼里有领导,更有法律。"靳峰迎上张连勤的目光,"领导首先是公民,然后才是领导。别忘了,领导的权力是人民给予的,领导不能凌驾于法律之上!"

张连勤气得双手发抖。他掏出手机,准备打电话。

"不用打了,我在这里。"突然,一个声音从厅外传来。大家扭过头,就看见公安局的田光局长慢慢地走了进来。

"老田,你……"张连勤太吃惊了。因为,平时很少穿制服的老田,今晚不仅帽子戴得端正,连风纪扣都扣得很严实。

张连勤吃惊,叶雁痕更吃惊。今晚接二连三从厅外走进不速之客,她的家简直成了戏台,各色人等纷纷登场。

"张书记,你别责怪靳局长。"老田还是那副不温不火的样子,"他是职责在身,请容许他办案吧。"

张连勤大为光火,气呼呼地说:"老田,你也跟靳峰一样糊涂吗?要谈,咱们私下谈,今天这个场合,不合适!"

老田突然立正,沉声宣布:"根据省纪委刘书记的指示,对'12·21'海难的调查,今晚在叶雁痕家现场办案,所有相关人员,一律不准擅自离开,否则一切后果自负!"

这次,连苏振海都大吃一惊。场面顿时安静下来。连每个人呼吸的声音,都听得一清二楚。

张连勤终于闭上了嘴巴,坐了回去,掏出烟,点火。但那打火机的火苗,总也够不着。没有人管他。没有人动。

靳峰搬了一把椅子,请田局长坐下,对萧邦说:"萧先生请继续。"

萧邦清了清嗓子:"刚才讲到,岱家胡同戏剧性的一幕,令人费解。可是,当我看到孟欣留下的资料后,就明白了,这一切,都是张连勤书记捣的鬼。张书记不是一般人,他与人接触,都是单线联系。在获悉孟中华被逼得走投无路后,张书记主动找到了孟中华,告诉孟如果按他的意思办,可以保他无恙。孟中华知道政法委书记权力很大,贴上他等于找到了救星,自然对张书记的指示奉若神明。他哪里知道,张书记此前已经找过了马红军,并以同样的方式对马红军做了承诺。马红军因为在海边对我实施过枪击,自知罪责难逃,在大港如果还有人可以想办法保他,这个人就是张书记。在这种情况下,马红军找到孟欣,要她杀了萧邦,条件就是他承诺可以帮孟欣干掉孟中华,使孟欣成为真正的真相集团总裁。孟欣吃过马红军的亏,知道马红军比叔叔更狠毒、更可怕。

"而正在她走投无路之时,张书记找到了她,清楚地告诉她,她必须杀掉孟中华、小马和萧邦,她才能获得保护,同时,她不但可以当上真相总裁,而且可以帮她融资200万。张书记对孟欣开出的价码,比马红军高得多,也容易兑现。孟欣陷入了绝望,她知道凭她的本事,无法从这个旋涡中挣脱出来,因为她清楚地知道,她只要一杀了马红军和孟中华,自己也是死路一条,身居高位的张书记必然会杀她灭口。那一晚,她痛苦极了。她恨叔叔,恨小马,恨张书记,恨这个世界。很可能,唯一让她觉得有一点点温暖的,是我从来都没有歧视她、利用她。她心中仅存的一点点良心,唤醒了她的正义。于是她将资料整理好,放进铁盒里,藏在自家卧室的灯架上,再在衣袋里留下'月光宝盒'字条,提醒我找到证据。其实,从她出门的那一刻起,她就已经决定不再活在这个世上,她要报复。她报复的人,首先是叔叔孟中华,因为叔叔毁了她一生的幸福;其次是马红军,因为马红军逼得她走投无路;第三个就是张书记,因为张书记让她感到了绝望。她并没有真的在医院杀我,而是在岱家胡同向叔叔和马红军开了枪,随后自杀。"

说到这里,萧邦叹了口气,接着说:"孟欣这个女孩,其缜密的思维和智慧,绝不比会装傻的叔叔差,只是她太弱小了,受的伤害太多了。如果换一种环境,她或许会成为像叶总一样杰出的人。可惜她的成长环境决定了她的一生,只能是个悲剧!"

一声沉重的叹息传来:"人活着,又有几个人能够真正掌握自己的命运呢?"是苏振海的声音。

"苏老船长所言极是。"萧邦顿了顿,"张连勤一石三鸟,无非是想让马红军和孟欣叔侄互相残杀,同归于尽,顺带将我也捎上,就什么事也没有了。这条毒计,不可谓不高明啊!"

"萧先生,你不要血口喷人!"张连勤听到这里,再也按捺不住,"就凭孟欣那丫头留下的资料,你就能断定是我所为吗?我倒想问问你这个凭空推理的侦查专家,我作为大港市的领导,为什么要这样做?有理由吗?"

"问得好!"萧邦朗声说道,"理由很简单:因为'12·21'海难!"

叶雁痕和苏锦帆等人都张大了嘴巴,怎么把张书记都扯进来了?

"真是疯狗乱咬人!"张连勤怒道,"这么说,是我制造了'12·21'海难?"

"是的。"萧邦说,"在'12·21'海难事件上,你动的心思和所犯下的罪行,恐怕比叶雁痕、王啸岩和孟中华加起来的还要多!"

张连勤的脸都青了,开始喘息。

萧邦不待他说话,接着说:"如果说叶雁痕是因为情,王啸岩是因为权,孟中华是因为钱,你张连勤就是因为欲,官欲。"

因为"官欲"?难道张连勤的官还不够大吗?这是大家思考的问题。

"要说,张连勤的官当得也不小了,就算在云台市当副市长,也是副厅级官员了,为何还要在这上头琢磨?"萧邦环视了一下众人,继续说,"这里头有个原因,因为张连勤爬到云台市副市长的位置上时,已经56岁了,剩下的时间已经不多,他想再升一级。张连勤是个官迷,可是他在官场上出道较晚。当年他退役时,已经二十五六岁,好不容易才到苏老船长的船上当了个船员,眼看一辈子就没什么前程了。但他碰到了贵人。苏老船长见他聪明能干,就是缺张文凭,便花钱让他上了大学。大学毕业后,苏老船长又通过关系,将他安排到大港市港务局工作,慢慢从基层干起。就这样,他通过苏老船长的帮助和自身的努力,终于干到了港务局局长,后来就调到云台市当副市长。而他的同学、大港市原主管交通的副市长郭凤潮,却比他官高一级,当上了计划单列市的副市长,这使他耿耿于怀。大港与云台不同,云台是地级市,在中国多了去了。而大港是副省级市,享受中央的经济特惠政策,干起工作来要痛快得多,想捞好处也比较容易。张连勤在大港港务局当副局长时,郭凤潮也是副局长。时过境迁,郭凤潮比他官大,张连勤心里就不服,死活都要回大港来,而且盯紧了郭凤潮的位置。但郭凤潮为人正派,官声不错,不容易撼动。张连勤走了上层路线,希望领导能够调走郭凤潮,由他来干。上级领导批评了他,说做官不是买卖,哪能随你的意。当然,上级领导也知道张的能力,当个副市长绰绰有余,只是张的要求不合组织程序,除非郭凤潮突然犯了严重错误,在极特殊的情况下才有张的机会。张连勤记住了这一点,便动了心思。一方面,他是主管云台经贸的副市长,因此下了很大的力气,将本市经济搞得有声有色,特别在港口建设和航运方面加大了力度,媒体上也加大宣传,一时成为新闻人物;另一方面,他开始为郭凤潮设套,郭凤潮主管交通,一旦出了特大海损事故,必然下台。因此,他就开始秘密谋划'12·21'海难。

"在这一点上,应该说张连勤做得比叶雁痕、王啸岩和孟中华都要高明,因为谁也想象不到他会为了提升一级、如愿回到大港而不惜以民众的生命财产作为代价。也就是说,他的这个动机,连老同学郭凤潮都被蒙在鼓里。但在操纵这件事情上,还是颇费周折。倘若他谋划的这起海难太小,不能引起足够的重视,对郭凤潮也构不成威胁。于是,他下了狠心,要整就整出个惊天大案!

"在这方面,张连勤的条件可谓得天独厚。首先,大港市港务局是他的老巢,很多他一手提拔的部下仍然听他的,在港航监督、安全检查方面,他一个电话就可以搞定;其次,云台轮渡公司就是他一手操办的,包括总经理王建勋,都是他亲自点的将,所以对这个公司,张连勤有绝对的控制权;其三,他虽然不分管云台的交通,但毕竟是云台市的领导,对救助部门也能实施影响。这样一来,我们的张副市长就选定了'巨鲸号'。他首先给大港方面的港航管理部门打了招呼,说其他船舶可以不放行,但'巨鲸号'上有云台市政府所需的重要物资,必须放行。因此在出事那天,只有'巨鲸号'孤船出海。随后,他重金收买了船上的船员,一方面引爆早就在汽车上放置的炸药,另一方面恶意破坏船上的动力系统。苏浚航先生在被杀前,亲口给我讲过'巨鲸号'沉没的全过程,我这里有录音,在此就不多说了。事实上,船上发生的第一次爆炸,就是张连勤安排的人所为。第一次爆炸对船体的破坏很大,但没有引起船长邵剑雄的足够重视。之后,货舱又发生爆炸,又遇到大风浪,孤立无援,终于沉没。张连勤真是狠毒啊,他知道如果仅仅是沉船,人死得不多,对郭凤潮的影响也有限,因此早就以支持经济建设为由将云台市搜救的船只调出去了。这样一来,在那么冷的冬天,260号人活活被冻死在海水里,真是惨绝人寰啊!

"然而,张连勤在出事那天,却在组织人员对云台市各航运公司进行安全检查。按说,这事本不归他管,但恰恰是出事那天,他出了风头,上级认为他这个人很有安全意识,表彰了他。随后,这起惊天海难掀起了层层巨浪,很多人受到牵连,而张连勤却在省报上刊登了早已写好的署名文章,强烈谴责主管当局漠视人命,并总结了海上运输管理的若干经验,又引起了领导的重视。这样,在郭凤潮被撤职后,张连勤被特别调动,担任了大港市副市长,终于如愿以偿。不久后,大港市换届,张连勤'因抓安全生产有功',被市人大提名担任大港市市委常委、副书记、政法委书记。"

070 | 罪恶的联盟

张连勤耐着性子听完,哼了一声:"萧先生讲了那么多,简直破绽百出,我都懒得回答。现在我只问你一个关键问题,你说是我安排了船员在船上引爆炸药和破坏船舶动力设备,这个船员是谁?叫什么名字?哪里人?他既然是船员,怎么会不顾自己的性命引火烧身?咱们先就说说这个,你认为说得通吗?"

大家都将目光投向萧邦。萧邦淡淡一笑:"这个问题,我想请靳副局长来回答。"

"张书记少安毋躁。"靳峰说,"你收买亡命徒为你服务,又不是一次两次,就别装得那么像了。"

"靳峰,你说话要有根据!"张连勤愤怒地指着他,"什么一次两次的,你找出证据来!"

靳峰就对外喊了一声:"带犯罪嫌疑人许四!"

两名警察带着面无表情的许四进了客厅。张连勤一下傻眼了。在座的人都睁大了眼睛,不知靳峰要搞什么名堂。

"昨晚10:08,一个名叫张保兴的人在大港市海城宾馆对面的居民楼上伏击入住该宾馆的叶雁痕。当时叶雁痕手机响了,她俯身去看手机,子弹从她耳边飞过,击中了电视机。当张保兴再次瞄准叶雁痕时,公安人员冲进张保兴所在的房间。张保兴见自己无处可逃,跳楼自尽。其实,在此之前,我们的特别行动小组成员已监听到张书记与张保兴的通话。张书记要张保兴杀了叶雁痕,给他5万元。如果被抓获,张书记让张保兴自杀,他马上派人给张保兴的瞎眼老母亲送去20万元。张保兴住在本市普安店杨村,这个人下过岗,整天游手好闲,却是个孝子,20万元对他诱惑很大。他知道一旦自己败露就要坐牢,老母亲也就没人管了,不如自杀,母亲还能拿到20万元,也算尽了孝心。可是,黄泉路上的张保兴万万没想到,我们的张书记说话不算数,只派许四送去了一万块,被我当场抓获,已经录了口供。"

叶雁痕只觉得汗毛都竖了起来。原来,昨晚自己差点送了小命!

张连勤的脸色顿时变得有些灰白。

"在'巨鲸号'上,张书记用同样的手段,买通了一个名叫刘小华的机工,首先向他支付了一万元'定金',并说事成之后再给他50万元。张书记担心刘小华执行不力,要求刘小华一定要看见船沉了再逃生。刘小华水性极好,曾是云台市民间游泳比赛冠军,因此对自己的水性很自负。但当'巨鲸号'真的沉没之时,刘小华被那种惨烈的景象吓坏了。他虽然上了一个救生艇,但觉得自己太不是人了,因此他拿出事先做了防水保护的手机,给家里打了个电话。他什么也没说,只说了四个字:我真该死。随后,他投水自尽了。"

张连勤的脸色变成了死灰色。他挣扎着说:"你……你亲眼看见了吗?你怎么知道他说了这四个字?"

"因为几个幸存者中,那个名叫李子仪的司机还活着,他就在那个救生艇上,亲眼看见的。"靳峰冷笑,"我们的张书记没兑现承诺,根本没有给刘小华家属50万元。刘小华家属和其他遇难者家属一样,也只得到了政府支付的6万元,后来才又收到苏老船长送去的10万元。我曾去刘小华家探访过,他的妻子流着泪,告诉我刘小华死前说的,正是这四个字。"

张连勤嘴唇颤抖,努力地蹦出一句话:"那……我为什么要杀害叶雁痕?她……她跟我又没有利害关系。"

"叶雁痕跟你是没有利害关系,但有一个人跟你却有着千丝万缕的关系。"萧邦仍然目光灼灼。

"谁?"张连勤眼前一黑。他已经彻底败了。

"就是一直沉稳冷静的苏老船长!"萧邦说这句话时,仿佛用尽了全身力气。

在场的每一个人,都几乎跳了起来。只有苏振海,仍然显得那么平静,似乎这一切,都与他无关。直到现在,他的表情仍然像一个听众那样专注。萧邦看了他一眼,显得有些迟疑。毕竟,苏老船长对他有再造之恩。倘若今晚不是箭在弦上,他实在不忍伤害这位老人。

"萧先生,有话就说嘛。"苏振海坐得久了,似乎有些倦意,"我的孩子们都在这里,但你不必忌讳。人生祸福相依,该来的,总会来;该结束的,总会结束。"这句话说得苍凉,众人的心都为之一沉。

"苏老船长,您是一位令人尊敬的人……您的恩义广布四方,萧邦虽在今晚才知道您的恩情,但心头感念多年……"萧邦终于开了口,"不过……无论是什么人,只要犯了罪,都要接受法律的制裁!"

"看样子,我是犯了大罪了。"苏振海淡淡地说,"萧先生,你尽管讲。我已经过了75岁了,明天,就是我76岁的生日。实际上,我已经活够了,也累够了,我不会再担心什么事。今晚,田局长、靳局长也来了,我想门外还有很多人,只是这屋里太小了,装不下,就先委屈他们挨会儿冻吧……这么冷的天,有这么多人来看我,我已经很感谢了。"

"那就得罪了。"萧邦站了起来,敛容说道,"为表示对苏老船长的敬意,我这次要站着说。首先,我还是要表达我对一位著名航海家和爱国者的敬意。苏老船长对我国的航海事业甚至对我国海上力量的建设倾尽了毕生心血,这是我作为晚辈和受过苏老船长恩惠的人,必须铭心刻骨的……"

"那些都是过去的事了,萧先生休要再提。"苏振海打断了他,"也许,萧先生觉得头绪过多,看来我得提示你一下,是不是接着刚才的话题说,会更好一些?"

"好吧,"萧邦低下头,声音变小了许多,"那就还是从叶雁痕女士说起。叶总被免,苏锦帆上位,这是刚刚发生的事。但这个人事安排,早就在苏老船长心里决定了,在我来大港复查'12·21'海难时他就已决定,只不过暂时没有宣布而已。因为,信息耳目众多的苏老船长,隐隐感到我的背后有更强大的力量,弄不好会将他暴露出来,所以故意制造洋洋失踪案以扰乱视线,同时让我去青岛给我上课,暗指海难是张连勤所为。同时,老船长却私下打电话给张连勤,让他通过权力的手段控制靳峰副局长布下的警力,解除靳峰副局长的职务,让张连勤杀了叶雁痕。苏老船长这么做意欲何为?这就是苏老船长的高明之处。杀叶雁痕这件事情,表示他和张连勤心照不宣,捅出来对谁都没有好处,是一种再结同盟的'暗誓'。但是,让张连勤没想到的是,苏老船长在安排了张连勤干这件事时,他又亲自给靳峰副局长打了个电话,说自己获悉张连勤有暗杀叶雁痕的倾向。于是靳副局长派特勤人员监视张连勤,追踪杀手张保兴。苏老船长这么做,是已知道'12·21'海难再也捂不住了,最好找到一个替罪羊,这个人就是张连勤。于是,就发生了枪击叶雁痕未遂一案。

"在我未去青岛之前,这些策划都已经在进行中了。这个时候,我去了青岛,拜访了苏老船长。这次拜访,其实是苏老船长想摸我的底,他先用热血沸腾的历史故事树立了自己的高大形象,继而将责任推到了张连勤身上。但那晚谈话结束,苏老船长认识到我并没有完全受他影响,而是产生了新的怀疑,便改变了原有的计划,出动最有力的王牌,无论杀多少人,都要把局面控制住!"

叶雁痕心头一片冰凉。但此时,众人的焦点都在萧、苏二人身上,没人理会她的心情。

"其实,苏老船长您并没有遭遇什么车祸。"萧邦盯着他,"您这样做,无非是使了个障眼法而已。"

"哦?"苏振海并没有吃惊,"何以见得?"

"我在您的书房与您长谈完毕,您习惯性地起来送我出门。但当您腿部肌肉刚刚开始用力时,突然意识到自己的腿'受伤了',于是赶紧用手扶了一下轮椅。这个细节,刚好被我看见了。"

"还有什么是装的?"苏振海似乎对他所说的问题越来越感兴趣。

"就是您从桌子底下拿出来的那个窃听器。"萧邦说,"您拿出它晃了一下,并说您已经将它弄坏了,您是想告诉我,您处在威胁和危险之中,有人在阻止您为儿子报仇。但那个窃听器,实际上正在工作,已经将我们的对话全部记录下来了。您是想事后再分析研究自己是否说错了话和我说了哪些话。"

"唉,"苏振海又一声长叹,"为什么我越老越糊涂?雁痕哪,你要记牢:以后做事,千万别班门弄斧。"众人不知道苏振海为什么突然对叶雁痕说这句话。

苏振海接着说:"萧先生,现在,你该说出你真正想说的了。夜深了,大家也该休息了。"

"谢谢苏老船长提醒。"萧邦清了清嗓子,"其实,刚才说这些,无非是说明一个问题:'12·21'海难,最大的阴谋者或是主谋,就是我们敬爱的苏老船长!"

071 | 天子魔与人间佛

虽然大家早有心理准备，但当萧邦说出来时，大家还是不约而同地张大了嘴巴。

"既然苏老船长提出早点结束，我也不想浪费大家的时间了。"萧邦说，"叶雁痕、王啸岩、孟中华和张连勤四人的犯罪动机，无非是为了四个字：情、权、利、欲。而苏老船长的动机，基本包含了这四个字。"

又是举座皆惊。

萧邦接着说："首先说情。这一点，由于苏老船长德高望重，我就点到为止吧。苏老船长对林海若女士非常疼爱。林女士是苏老船长从街头捡回来的弃婴，从小对苏老船长就非常崇拜和依恋。林女士长大后，的确是位绝色美人，可以说人见人爱。尤其是苏浚航，对林海若更是如痴如醉。当然，后来的小马和王啸岩也对林女士十分垂涎，可是林女士只爱两个人，那就是老船长和苏浚航。这是一种复杂的情感，萧邦智识有限，无法解释这种情结，但事实确是这样。于是，就有了林女士坚持嫁给苏老船长却为苏浚航生下了孩子洋洋的事……"

"萧先生！"苏振海才扬手打断了他，"拜托，请给老朽留点面子吧。"

"好吧。"萧邦立即止住了话头，顿了一下，"但洋洋是苏浚航与林海若的孩子，是前不久闹得沸沸扬扬的'苏洋洋失踪'一案的主因，我不得不提及。"

苏振海闭上了眼睛。

萧邦显得有些疲惫了，哑着嗓子说道："苏洋洋失踪一案的起因，就是苏老船长猜测儿子并没有死。因此，才安排了这个局，意在引出苏浚航。但苏浚航并不上当，始终不肯露面，结果反而引出我被小马枪击、孟中华险些被小马揭穿等事。这件事，应该说一开始连苏锦帆都不知道，她是后来才逐渐明白的。是林海若先将洋洋藏了起来，再交给了小马。经过了一番折腾，根本目的没有达到，也要找个借口才对。于是，便依了小马的意思，在孟欣的隔壁躲了起来，从而嫁祸给孟中华，以便收场。

"如果说苏老船长因为儿子做了对不起父亲的事便要杀他的话，还不够有说服力。那么，这里必须提到关于'权'的问题。也许大家会想，苏浚航的总裁之位都是父亲给的，怎么会有这个问题？事实并非如此。刚才讲过，苏老船长爱国，又对国家有很大的贡献，但同时他又是个极其强权的人，加上精力旺盛，总想持续那种'一切尽在掌握'的感觉。在苏老船长退居二线、当董事局主席之后，他仍然牢牢地抓住蓝鲸的权力不放，使苏浚航感到很掣肘，等于当了个傀儡总裁。这对于心高气傲的苏浚航而言，比死还难受。于是，他开始大力实施扩张计划，兼并收购公司，并促成两家控股企业上市。同时，他大力对蓝鲸内部实行改革，提高了员工的待遇，深受公司上下拥戴。这样一来，苏老船长慢慢地就真的变成了'太上皇'，而不是发号施令的幕后掌权者，因此极其失落，慢慢对儿子的擅自做主产生了强烈的抵抗情绪。到后来，儿子居然连招呼都不给他打，就独自运作项目，譬如成立云台轮渡公司这样的例子。苏老船长非常恼怒，曾找儿子谈过。但一来苏浚航翅膀硬了，二来儿子对父亲占有他心爱的女人十分嫉恨，对父亲的指示口头应允，私下又是一套。苏老船长十分震怒，一度动了杀机。因为儿子干到这个份上，罢免他难以服众，除非将他除掉。不过，他的这种想法始终游移不定。直到有一天，他让视他为恩人的心腹徐妈偷听了苏浚航和林海若女士的谈话，儿子竟然说要'杀了他'，他才下决心提前动手。

"当然，仅凭这'情、权'二字，并不能促使苏老船长制造这起海难。他在盘算，除掉儿子之后，公司的利益不能受损。大家都知道，苏老船长创办蓝鲸实属不易，几乎耗尽了大半生心血。而现在的苏浚航擅自做主，与濒临倒闭的云台航运公司合作，成立了云台轮渡公司，他一想到这件事就十分懊恼，恨不得马上取消。但他又知道，这是张连勤在捣鬼。对张连勤，他越来越觉得这个当了官的门生渐渐偏向苏浚航了，心头十分生气。然而这些都不是主要的，要紧的是云台轮渡这样的公司，基本上都是草台班子，只是挥霍蓝鲸的家底，不会赚什么钱。他心疼啊，自己打下的江山，岂能让别人肆意践踏！与其这样耗下去，不如痛斩一臂，毁了这个令他十分厌恶的公司！而云台轮渡公司有政府背景，要实现这个目的，除非有大事故发生，这个公司才会被取消。从长远利益考虑，苏老船长下决心为云台轮渡公司制造一起海难，使之成为政府取缔的事故公司。

"最后，还得说到郭凤潮这个人。在这一点上，苏老船长和张连勤是一致的，都希望郭凤潮下台。因为郭凤潮这个人很不识时务，总是对蓝鲸集团管控严厉。苏老船长固执地认为，这是政治原因。几年前，现任大港市政府秘书长的江枫还是市文化局局长，与时任交通局局长的郭凤潮平级，当时二人皆被提名为秘书长候选人。结果是江枫当选，郭凤潮落选。虽然江枫是凭自己的实力上去的，但由于江枫是苏老船长的干儿子，郭凤潮认为是苏老船长做了手脚，因此怀恨在心。不过，郭凤潮很快也当上了副市长，虽然级别与江枫一样，但毕竟不是常委，心理落差很大，因此格外努力。郭凤潮上升仅一年，就在交通方面抓出了政绩，眼看有成为常务副市长的可能，苏老船长就着急了。大家都知道，苏老船长这个人，谁要是跟着他，听话，他就会不遗余力地保护谁。如果郭凤潮真的当上常务副市长，那么他的干儿子就要吃亏，除非郭凤潮下台，才能免去后患。

"在这种复杂的背景下，苏老船长制造了这起海难。当然，他制造的方式与其他人都不同。除了引爆车辆，最主要的是他牢牢抓住了船长邵剑雄。在这里，我不得不多讲两句，邵剑雄出身贫苦，父母双亡，从小受舅舅一家的白眼，考上大学却无钱去上。苏老船长知道后，便主动帮助他,等他毕业后又让他到蓝鲸工作。邵剑雄对苏老船长的感情,甚至超过了普通家庭中儿子对父亲的感情。因此,当大家都在骂'巨鲸号'船长掉头是个大失误时,又有谁知道其实这是苏老船长下的命令?"

众人一惊。如果"巨鲸号"不掉头,船的损坏在所难免,但绝不可能造成一起惊天的海难。原来,这最后的一击,是苏老船长下的手!可是,邵剑雄已在那次海难中失踪,目前看来死亡的可能性更大,又有谁能举证是苏老船长命令他的呢?

靳峰回答了这个问题:"警方通过通信公司的记录查询到,在邵剑雄强行掉头前五分钟,的确有一个青岛的电话打到邵剑雄的手机上。经查,这部手机,是以苏老船长的司机老张的身份证登记的。"

苏振海没有说话,默默地将围在脖子上的餐巾摘了下来,问:"按萧先生所说,我既然想嫁祸给张连勤,可是,为什么我们又坐到了一起?这是不是有点矛盾?"

"是的。"萧邦说,"表面上看起来,这的确有些矛盾,甚至您和张书记在昨天以前,都在想方设法算计对方,将责任和线索往对方那边引。可是当您来到大港之后,一切都变了。您和张书记,因为要互相保护而迅速结成了同盟。"

"哦?"苏振海问,"为何会变化得如此之快?"

"因为事情在变化。"萧邦说,"你们互掐之时,双方都留了后手,因为你们并不知道这次复查'12·21'海难的力度到底有多大。但是,当你们确定到了最后,就只有我和靳副局长在台上唱戏时,你们的思路就变了。张书记迅速解除了靳副局长的职务,收了靳副局长撒出的网;而您也不能没有动作,于是亲临大港,主要是做两件事:第一件,杀死我以阻断调查;第二件,重洗蓝鲸的牌。这两件事,第二件容易得多,因为是您说了算;第一件要麻烦一点,因为当时您不知道我在哪里。于是,您找到了曾屡受您恩惠的大港海事局副局长李海星,让他担当杀我的负责人,由您的司机兼保镖老张和他的师弟宋三鞭配合。这个计划想好后,您与张书记通了话。张书记为保险起见,还派出了他豢养的打手李二兄弟,一起到海边执行您的计划。您与张书记约定,如果将我杀死,那么这起海难的复查就可以告一段落了,再有谁来复查,其破绽就会越来越少,最后只能不了了之。此外,您已与张连勤谋划好了杀死我以后的对策,就是从蓝鲸调出巨款摆平此事,张连勤也费心做通了王啸岩的工作。所以,您一直在等李海星的电话。可是,您万万没想到,田局长早已对张书记的罪行有所了解,便让靳副局长自行走脱,找到了郭凤潮,通过郭凤潮拿到了省纪委刘书记的尚方宝剑,立即行动,一举将这些爪牙抓获。当您接到李海星的'报喜'电话时,他刚刚被捕。"

萧邦讲完,场面再次安静。

萧邦看着神情黯然的苏振海,叹息一声:"其实,就算今晚苏老船长不提及对我的资助,我也知道您数十年来帮助过很多需要帮助的人……萧邦虽能讲明这起海难的因由,但无法想通您为什么会这样……"

靳峰接过话头:"在佛经里,有'天子魔'的说法。天子魔是四大魔之一,住在欲界,妨碍人之胜善,憎嫉贤圣之法,并能做种种扰乱……苏老船长一方面有天子魔的邪欲,一方面又有经世济人的佛性。这,恐怕得留给心理学家解释吧。"

苏振海呆了半晌,没有理会靳峰的评价,问萧邦:"萧先生,你说浚航被人枪杀,凶手是否查到?"

"已经查到。"萧邦说,"他就在这里。"

所有人都顺着他指的方向看去。那里,只有一个昏迷不醒的小马。

072 | 无言的结局

靳峰突然走过去，拍了拍小马的肩膀，大声说："别再装了，戏演完了。"果然，小马睁开了眼睛，有些痛苦地看着苏振海。

"孩子，认罪吧！"苏振海流出了热泪，"其实，我让你去杀你哥哥时，我的心，也在绞痛！"

小马突然放声大哭。一个冷血杀手，此时竟如此脆弱！良久，小马擦干眼泪，恨恨地对萧邦说："你怎么能够判断是我？"

"因为你的眼神。"萧邦说，"你不该在上车前回头看我一眼。我这人有个毛病，只要我认识的人的眼神让我有了印象，我就不会忘记。"

小马闭上了嘴巴。

场面又陷入死寂。良久，苏振海倏然站起身来说："萧先生，现在我只剩下一个问题，你是怎么知道是我派徐妈去偷听浚航与海若的秘密谈话的？"

"因为是徐妈告诉我的。"

"我明白了。"苏振海叹息道，"我不会再问什么问题了。但请田局长给我一点时间，我有点事要向家里人私下交代，完事后就跟你们走，好不好？"

一直未说话的田光与靳峰交换了一下眼神，点了点头。靳峰说："除了苏家的人，都出去吧。"

于是，大厅里的人纷纷往外走。叶雁痕和王啸岩也站了起来。苏振海和蔼地说："雁痕，你留下。"王啸岩以为丈人会叫他，可苏振海再也没吭声，他只得悻悻地出了门。张连勤、田局长、靳峰、徐妈、孟中华、小马和许四都出去了，萧邦走在最后。

门被打开，外面寒风刺骨，漆黑一团。萧邦感觉浑身发冷。

张连勤走在最前面。突然，两个高大的身影拦住了他的去路。其中一个高个子中年人说："张书记，这边请。我们是省纪委的，你将在规定的地点、规定的时间向组织如实交代问题。"张连勤什么也没说，跟着他们上了一辆小轿车。

寒风中，院内站着两排全副武装的武警，乌黑的长枪被端成了两条直线。几名警察走过来，分别给王啸岩、徐妈、小马上了铐子；孟中华和许四早已上了铐，直接被警察带进了车里。

萧邦和田、靳二人站在风里等着。

时间一分一秒地过去。

"有问题吗？"靳峰轻声问田光。

田光叹了口气，没有直接回答靳峰的问题："兄弟，明年我就退了。借此机会，我送给你一句话：警察，首先是人，要多体现人道的一面。"

靳峰突然并起腿，向老局长敬了一个礼。

就在靳峰后脚跟磕碰的当儿，只听客厅内"砰"的一声枪响，震得蒙上了一层雾气的窗玻璃微微地颤动了一下。接着，传来了女人们撕心裂肺的哭声。

午后。阳光。海浪。沙滩。

萧邦摘下墨镜，很恭敬地点燃了一炷香，轻轻地插在沙滩上。风吹过，缕缕烟雾随风飘散。

"据说，每年清明，有成百上千的人在这里祭奠他们不幸遇难的亲人。"萧邦对身后的叶雁痕说，"我虽然不是他们的亲人，但希望我的这份祭奠，他们能感受到。"

"还有我的。"叶雁痕抬起略显苍白的脸。

萧邦点点头："愿悲剧不再重演。"

余下是沉默。

良久，萧邦问："昨天晚上，苏老船长临走前说了些什么？"

"他一共说了三句话。"叶雁痕脱口而出,"他说:孩子们,我爱你们;雁痕,你继续当总裁吧;浚航,我将去寻你,请你饶恕我的罪过……"

"说完最后一句,他就开了枪?"萧邦问。

"是的。"叶雁痕回答。

萧邦抽手摸烟,但衣兜里是空的。他深吸了一口带着咸腥味的空气,对叶雁痕说:"我要走了,谢谢你。"海风吹动着他的风衣,使他的人看起来更加挺直。

叶雁痕呆立原地,直到萧邦的身影由黑点变成虚无。她叹了口气,钻进了停在沙滩上的汽车。她打开了还带着墨香的报纸。

在 A 叠的右下角,刊登着公公苏振海的一幅照片。照片下是这样的文字:

著名航海家苏振海先生逝世

苏振海,山东青岛人,著名航海家,全国政协委员,世界航海协会理事,社会活动家。20 世纪 60 年代曾参与印尼接侨活动,后任远洋船长,是 7 条国际航线的开辟者,著名航运企业环亚蓝鲸集团创办人。因病医治无效,于今日凌晨在大港逝世,享年 76 岁。

《相夫：婚姻治疗师前传》
作者：怀旧船长
分类：畅销小说／婚姻情感
出版时间：2017年6月

"娘家大哥"怀旧船长二十年相人识人、情感研究精华之作，千万粉丝口碑盛赞"最易成功的鉴人择偶秘籍"！

国企美女主管孔爱佳，相亲N次未果，竟要平安夜"一夜相五男"。开办试离婚公司的熟男宋时鱼，意外成了爱佳的"相亲导师"。谁知相亲顺利却更难抉择，加之遇上大姐爱美哭诉横遭丈夫和小三联合挑衅，意欲与落魄诗人私奔，而爱淘倾心流浪歌手，使尽手段助其上位，爱佳无奈中又找到了宋时鱼。性格迥异的孔家三姐妹是否能在宋时鱼的帮助下，亲手缔造属于自己的幸福？

《婚姻治疗师》

作者：怀旧船长

分类：畅销小说／婚姻情感

上市时间：2017年4月

"娘家大哥"怀旧船长燃爆天涯网超热门
婚恋治愈系小说！

  留美心理咨询师戚晏容婚姻失败，回京创办中途岛婚姻治疗机构。失恋的女医师叶枫琴和前霸道总裁屠百药相继加入，"婚姻治疗师"铁三角班底正式组成。岂料一群富豪的棘手案例纷至沓来，各个都像来踢馆的，中途岛婚姻治疗机构迎来空前挑战……

图书在版编目（CIP）数据

惊世大海难 / 怀旧船长著. -- 杭州：浙江文艺出版社，2018.11
ISBN 978-7-5339-5404-8

Ⅰ. ①惊… Ⅱ. ①怀… Ⅲ. ①长篇小说-中国-当代 Ⅳ. ①I247.5

中国版本图书馆CIP数据核字(2018)第210464号

惊世大海难　JINGSHI DA HAINAN

怀旧船长　著

责任编辑	瞿昌林
装帧设计	
排版制作	苗向伟
责任印制	朱毅平

出版发行	浙江文艺出版社
网　　址	www.zjwycbs.cn
联系电话	0571-85152727
经　　销	浙江省新华书店集团有限公司
印　　刷	浙江新华数码印务有限公司
开　　本	880毫米×1230毫米　1/32
字　　数	402千字
印　　张	15.5
版　　次	2018年11月第1版　2018年11月第1次印刷
书　　号	ISBN 978-7-5339-5404-8
定　　价	49.80元

版权所有　违者必究

（如有印装质量问题，请寄承印单位调换）

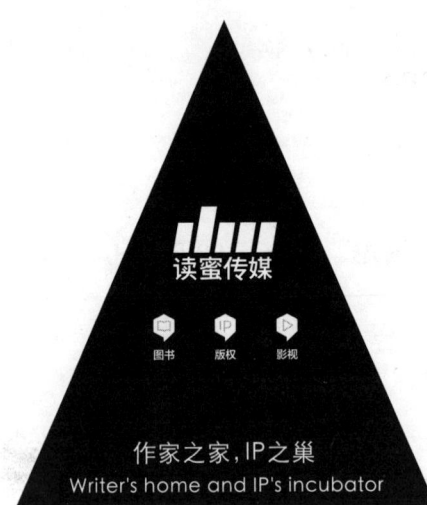